당대 율시의 지평을 열다

심전기(沈佺期)·송지문(宋之問)의 시가예술

최 우 석 (崔宇錫)

약력 및 연구분야
우송대학교 글로벌복수학위학과 부교수.
고려대학교 중어중문학과 졸업, 國立臺灣大學 중문학 석사, 고려대학교 대학원 중국고전문학 박사. 중국고전문학 및 중국고전시가 연구에 종사.

주요 논문 및 저서
박사학위 논문으로 「심전기·송지문의 시가연구」(2005)가 있으며, 「李白의 行役詩 초탐」, 「陶淵明 四言詩의 특색과 그 지위」 등 다수의 소논문이 있으며, 저역서로는 『魏晉四言詩研究』(2006, 巴蜀書社/최우석 저), 『중국문화의 즐거움』(2009, 차이나하우스/최우석 공저), 『漢韓學習詞典』(2011, 북경대학출판사/최우석 공저) 외 다수의 저서가 있음.

당대 율시의 지평을 열다
심전기(沈佺期)·송지문(宋之問)의 시가예술

초판 인쇄 2018년 1월 5일
초판 발행 2018년 1월 10일

지은이 최우석 **┃ 펴낸이** 박찬익 **┃ 편집장** 권이준 **┃ 책임편집** 조은혜
펴낸곳 ㈜ **박이정 ┃ 주소** 서울시 동대문구 천호대로 16가길 4
전화 02) 922-1192~3 **┃ 팩스** 02) 928-4683 **┃ 홈페이지** www.pjbook.com
이메일 pijbook@naver.com **등록** 2014년 8월 22일 제305-2014-000028호

ISBN 979-11-5848-342-5 (93820)

* 책값은 뒤표지에 있습니다.

당대 율시의 지평을 열다

唐代 律詩

심전기(沈佺期) · 송지문(宋之問)의 시가예술

최우석 지음

(주)박이정

추천 서문

올 여름은 가만히 앉아있어도 땀이 날 정도로 고온다습한 날씨가 계속되었다. 이 후텁지근한 날씨에 시원하게 보낼 수 있는 방법은 없을까 궁리하고 있는데, 최우석 교수가 전화를 걸어왔다. "정말 더운 날씨입니다. 이렇게 더운 날씨에 한 가지 부탁을 드리게 돼서 송구스럽습니다."하면서, 졸저(拙著) 한 권을 출간하게 되었는데 서문을 써달라는 부탁이었다. 나는 흔쾌히 응낙하고, 그의 전화 목소리를 뒤로 하면서 잠시 최 교수의 옛날 모습과 옛일들을 떠올렸다.

학생 시절 강의실 구석자리에 앉아 묵묵히 내 강의를 듣던 모습, 그리고 졸업을 앞두고 나를 찾아와 계속 공부하고 싶다고 상담할 때, 나는 "공부하는 건 고생길인데…, 요즘은 일류 기업에도 취직이 잘 되니 다시 잘 생각해보게."라고 공부하는 길이 순탄하지 않다고 은근히 겁주었던 일, 중국 유학하고 돌아와서 시간강사를 하던 시절의 일들, 결혼하게 되서 내게 주례를 부탁했는데, 내가 거절하는 바람에 난처한 듯 실망하던 모습 등등. 실은 주례를 서주고 싶었지만, 나는 정년퇴직하면 결혼 주례는 사절한다고 선언한 터라 그의 간청을 들어주지 못해서 미안했다.

≪당대 율시의 지평을 열다─심전기·송지문의 시가 예술≫은 최 교수가 약 10여전에 쓴 박사학위 논문이다. 저자가 박사논문을 쓸 당시, 나는 강의 담당 과목이 많아서 바쁜데다가 〈중한사전〉 편찬실장이란 직책을 맡고 있어서, 논

문을 지도할 시간과 여력이 없었다. 내가 저자를 만날 때마다, 논문 지도를 제대로 하지 못해서 미안하다고 하면, 웃으면서 "염려 마십시요. 제가 다 알아서 열심히 하겠습니다."라고 오히려 나를 위로(?)하곤 했다. 이제 최 교수가 '다 알아서 열심히 썼던' 논문이 단행본으로 나온다니, 매우 반갑고 고마운 일이다. 그의 학문 연구에 대한 열정과 성실함에 박수를 보낸다.

王國維는 〈宋元戱曲考·序〉에서 "한 시대에는 그 시대의 문학이 있다. 楚나라 때의 離騷, 漢代의 賦, 六朝時代의 駢文, 唐代의 詩, 宋代의 詞, 元代의 戱曲 등은 모두 그 시대를 대표하는 문학이다."라고 하여, 각 시대마다 그 시대의 문학이 있고, 시대의 변천에 따라 변화하고 교체된다고 했다. 唐代에는 詩가 극성하여 당대를 대표하는 문학이다. 唐詩 가운데서도 律詩가 중심이 되며, 예술적 성취가 가장 뛰어났다는 것은 주지하는 사실이다. 그러나 당대의 율시가 어떠한 단계를 거쳐 발전해 왔으며, 율시 시형의 완성에 기여한 시인들은 누구이며, 이들의 시가 작품과 예술적 성취와 시사적 지위는 어떻게 평가할 것인가 등등 연구해야할 과제가 많다. 이에 최 교수는 초당의 시인 심전기와 송지문을 연구 대상으로 삼아 전반적이고도 세밀한 연구를 수행한 결과가 이 연구서이다.

최 교수가 書名을 ≪당대 율시의 지평을 열다 ─ 심전기·송지문의 시가 예술≫이라고 해도 좋은지 내 의견을 묻기에, 나는 "뭐 괜찮구먼"하고 좀 소극적으로 대답했다. '율시의 지평을 열다'는 말이 너무 과장된 것이 아닌가 하는 의문이 들었기 때문이었다. 그러나 내가 그의 연구서를 읽고 나서, 서명이 名實相符하는 좋은 作名이라고 생각한다. 저자는 沈·宋의 작품을 여러 각도에서 고찰 분석하고, 예술적 성취를 규명하여 공정한 평가를 내리고, 초당 시단의 상황과 시작품을 통해 율시의 발전에 심·송의 영향과 공헌이 큰 것을 입증하였기 때문이다.

일반적으로 중국문학사나 詩歌史에서 심·송은 율시를 잘 지은 궁정시인이라는 정도로 간략하게 언급하고 있다. 심·송의 시는 황제의 명을 받아 지은 應製詩가 많고, 형식만 화려하고 典雅할 뿐 내용은 공허하다는 폄하가 많다. 또 두 시인의 인품에 대한 평가도 좋지 않아서, 뇌물 받기를 좋아하고 권세가에 아부를 잘한다는 기록이 전한다. 과연 심·송의 시가와 인물에 대한 기록과 평가는 사실이며 공정한 것인가? 심송은 몇 수의 율시를 지었고, 그 예술적 성취는 어떠한가? 율시 완성에 공헌이 있다면, 그들의 영향은 어떻게 반영되어 나타나고 있는가? 등등 검토할 문제가 많다. 이제까지 심·송 두 시인에 대한 연구는 주로 생평을 고증하고, 일부의 시가 작품을 고찰하거나, 혹은 시가의 특색을 개괄적으로 언급하는 등 단편적인 연구 논문이 많다. 이들 단편 논문들은 학술적 수준이 높기는 하지만, 심·송 두 시인의 시가를 전반적으로 깊이 이해하기에는 한계가 있었다. 저자는 이 연구서에서 심·송의 시가를 내용, 풍격, 예술적 성취, 시사상의 지위 등 다각적으로 고찰하였다. 전면적이면서도 심도 있게, 그리고 쉽게 이해할 수 있도록 서술했다. 저자는 기왕의 연구 성과와 참고 자료를 충실히 인용하면서 자신의 논지와 주장을 입증하고 있으며, 서로 다른 기록이나 주장들을 비교하여 신중하게 판단하고 있다. 다만 향후 관련된 새로운 연구 성과물이 국내외에서 속속 등장하게 될 것임으로, 최 교수는 현재의 성과에 만족하지 말고 계속해서 정진하기 바란다.

최 교수는 성실하고 정직하게 살아가는 사람이다. 인품이 겸손하여 주위 사람과도 잘 어울리고, 敎學과 학문연구에도 열심이다. 이 저서에도 그의 성실성과 인품이 느껴진다. 앞으로도 계속 좋은 저서와 연구 업적이 나오기를 기대한다.

고려대학교 前명예교수
이동향 裳岩山房에서
2017년 8월

저자 서문

　본서는 저자가 고려대학교 박사학위 논문으로 제출한 《沈佺期 宋之問의 詩歌研究》(2005년 2월)를 수정 및 교열하여 출판하는 것이다. 돌이켜보니 박사논문을 제출한지가 벌써 10여년이 흘렀다. 석사논문을 대만의 국립대만대학교에서 《魏晉四言詩研究》로 작성하고 고려대학교 박사반에 진학한 나에게, 당시 이동향 지도교수님께서는 앞으로는 唐詩를 좀더 연구해 보라는 권유가 있었다. 당시를 연구하자면 역시 물이 위에서 아래로 흐르듯 初唐부터 연구해야 순리라고 생각했다. 더군다나 석사반 때 四言詩를 연구한 내게 가장 먼저 눈에 띈 것은, 사언시의 雅正 심미관을 계승하며 시대의 흐름에 따라 새롭게 등장한 唐代의 律詩였다. 즉 《詩經》이래로 사언시는 儒家가 추구하는 '中和' 내지는 '雅正'의 심미관에 부합하는 정통의 시가 형식으로 자리잡고 있었다. 그러나 六朝 시기를 거쳐 唐代에 이르는 동안 사언시는 이미 시대에 뒤떨어지는 형식으로 인식되었고, 시대는 이제 새로운 '雅正'의 형식을 요구하게 된 것이다. 율시는 바로 이러한 시대적 배경하에 등장하게 된 새로운 '정통' 시가의 형식이었던 셈이다. 생각이 여기에 이르렀을 때, 이 율시의 형식을 정형화시키고 내용과 예술 기교의 모든 면에서 탁월한 역량을 보여준 심전기와 송지문이 크게 다가오게 되었다.

　흥미롭게도 심전기와 송지문은 같은 해에 태어나 상당히 비슷한 인생경력을 보여주었다. 더욱 중요한 것은 비슷한 인생경력 뿐만 아니라, 이 두 시인의 시가창작 양상 역시 너무도 흡사하였다. 이러한 연유로 역대로 이 둘은 나란히 심·송으로 병칭되었으며, 후세의 평자들에게도 늘 함께 평가를 받아왔다. 사실 심전기와 송지문은 같은 해에 태어나 같은 시기에 과거에 급제했으며 동일한 궁정의 시단에서 활약하고 같은 이유로 폄적을 당했으니 언뜻 보면 이 둘은 매우 가까운 사이처럼 보인다. 그러나 현존하는 이 둘의 詩作을 검토해 보면, 이 둘은 서로가 서로에게 마음을 보여주는 시가를 창작한 적이 없다. 즉 이 두시인은 다정한 친구사이였다기 보다는 시가 창작을 겨루었던 일종의 '경쟁자' 관계였다고 말하는 것이 좀 더 정확할 듯하다. 만일 이 둘을 선의의 '경쟁자'로 관계를 정립한다면, 이 경쟁은 중국의 시가 발전을 위해 매우 성공적인 것이었다고 말할 수 있다. 이 두 시인의 시가 창작 성과는 실로 놀라운 것이었다. 율시의 형식을 중국의 정통 시단에 자리잡게 해 주었고, 각종 뛰어난 시가 예술 기교는 후세의 시가 창작에 커다란 전범이 되어 주었다. 또한 폭 넓은 시가 내용을 위해 여러 제재를 개척해 주기도 했으니, 이들의 시가 창작은 곧이어 등장하게될 盛唐의 시가 번영을 위해 새로운 지평을 열어준 셈이 되는 것이다. 따라서 唐詩를 이해하고 특히 율시의 발전 과정을 이해하고 싶은 독자가 있다면 본서가 조금이나 도움이 되기를 바란다. 만일 본서가 '시의 나라(詩國)'로 들어가는 關門 역할을 해줄 수 있다면 더할 나위 없이 기쁠 것이다. 다만 저자의 한계로 인한 여러 부족에 대해서는 강호 제현들의 질정과 가르침을 바란다.

　본서의 완성을 위해 도움을 주신 분께 이 자리를 빌려 다시 한 번 감사를 드리고자 한다. 무엇보다도 박사논문의 처음부터 마지막까지 지도해 주신 고려대학교 이동향 前명예교수님께 머리 숙여 감사를 올린다. 또한 논문심사를 하는 동안 많은 지도와 조언을 해주셨던 고려대학교 이재훈 교수님, 서울대학교 이영주 교수님, 동국대학교 오태석 교수님, 그리고 한국외국어대학교 류성준 명예교수님께 다시 한 번 깊은 감사의 뜻을 올린다. 그리고 긴 세월 동안 아들의 학문 발전을 위해 물심양면 애써주신 부모님과 준혁이 서원이를 돌보며 남편 내조에 힘써준 아내에게도 감사의 마음을 전한다. 아울러 본서가 출판될 수 있도록 흔쾌히 허락해 주신 박찬익 박이정출판사 사장님과 일일이 꼼꼼하게 교정일을 도와준 박이정출판사의 조은혜 선생님께도 고마움의 인사를 전한다. 마지막으로 평생 '학문의 길'이 무엇인가를 온몸으로 보여주시는 고려대학교 이동향 前명예교수님의 제자로서 '학문의 길'에서 방황하지 않고 더욱 올곧게 학문의 길을 완주할 수 있기를 다짐해 본다.

저자 최우석 적음
2017년 12월

목 차

I . 序 論

沈佺期(約656–約716)와 宋之問(約656–712)은 역대로 흔히 沈·宋으로 병칭되는,[1] 初唐 후기의 대표적인 두 시인이다. 본고는 바로 이 두 시인의 詩作을 연구 대상으로 삼아 이들 시작의 개별적인 특성과 아울러 중국 詩史에서 차지하는 이들의 지위를 함께 고찰하는 것에 그 목적을 두었다.

역대로 律詩는 초당의 심전기와 송지문에 이르러 그 격률과 체제가 완비된 것으로 인식된다. 嚴羽(1290–1364)가 ≪滄浪詩話≫에서 "風雅頌이 이미 망한 후에, 한번 변하여 離騷가 되었고, 다시 변하여 西漢의 五言詩가 되었다가, 세 번째 변하여 歌行雜體가 되었으며, 네 번째 변하여 沈·宋의 律詩가 되었다."[2]라고 밝힌 것은 그 대표적인 예이다. 율시는 唐代부터 淸末에 이르기까지 중국 문인들이 가장 애호했던 시가 형식이었을 뿐만 아니라, 정부의 과거 시험에서 공식적인 형식으로 채택되기도 했다. 즉 율시의 출현으로 중국 시가는 새로운 지평을 열었던 것이다. 이런 각도에서 보면 율시의 완성자로 여겨지는 심전기와 송지문의 시가 작품은 마땅히 세밀한 연구가 있어야 했다. 그러나 역대로 심·송의 시작에 대한 논의와 연구는 그다지 활발하지 못했다. 심·송이 율시의 격식을 완성했다는 점은 긍정하면서도, 이 둘을 그저 궁정시단에서 應制詩만을 창작했던 시인으로 여기거나, 혹은 이들의 인품이 저열하다 여기며 이들의 시작도 함께 폄하하는 경우가 많았던 것이다. 그러나 실제로 심·송의 생애와 시작을 면밀히 검토해 보면 이러한 평가는 다소 온당치 못했음을 발견할 수 있다.

본고는 바로 이점에 착안하여 먼저 심·송의 인품에 관한 오해를 검증한

---

1) ≪唐詩紀事≫卷30에 "(錢)起吳興人, 天寶進士與郎士元齊名, 時語曰, 前有沈宋, 後有錢郎."라는 기록이 보이고, 또한 唐人 皮日休(約834–約883)는 "北顧歡遊沈宋"(〈奉和魯望寒日古人名一絶〉, ≪全唐詩≫卷616)라 읊은 적인 있으며, 王定保(870–約940)≪唐摭言≫卷3에 "機雲筆舌臨文健, 沈宋篇章發韻淸."라는 기록 등이 보이는 것으로 보아, 심전기와 송지문은 唐代부터 이미 습관적으로 '沈·宋'으로 병칭되었음을 알 수 있다.

2) 嚴羽著, 郭紹虞校釋, ≪滄浪詩話·詩體≫: "風雅頌旣亡, 一變而爲離騷, 再變而爲西漢五言, 三變而爲歌行雜體, 四變而爲沈宋律詩."(臺北: 里仁書局, 1987, 48쪽)

후, 시가 작품에 대한 평가는 마땅히 그 작품을 통해 이루어져야 한다는 비평
원칙을 견지하여 작품을 분석하고 그에 대한 공정한 평가를 해 보고자한다.
동시에 이들이 율시 완성에 기여한 공로에 대해서는 그 시대적 배경과 아울러
그 의의를 시가사적인 측면에서 심층 분석해 보고자 한다. 필자는 이러한 논
의를 통해 그동안 그 명성에 걸맞지 않게 소홀히 대접 받아왔던 심·송의 시
작이 좀 더 공정하게 평가 받을 수 있는 계기가 마련되기를 기대해 본다.

한편 기존의 학계를 살펴보면, 이들에 대한 연구 역시 그 명성에 걸맞지 않
게 상대적으로 소홀히 대접받아 왔음을 알 수 있다. 실제로 국내외를 막론하
고 이들에 대한 연구는 상당히 미흡했다. 唐詩 연구에 있어서 초당은 다른 시
기에 비해 상대적으로 가장 소홀히 다루어져 왔지만, 그 중에서도 특히 심·
송은 비슷한 시기에 활약하던 初唐四傑이나 陳子昻(661-702)에 비해 상대적으
로 덜 주목 받아 왔다. 다행스러운 것은 최근 이들에 대한 관심이 점차 고조되
며 관련 논문이 속속 발표 되고 있고, 또한 陶敏·易淑瓊의 ≪沈佺期宋之問集
校注≫와 같은 善本이 출간되고 있다는 사실이다.3) 현재까지의 주요 연구 성
과를 거론해 보면 다음과 같다.

먼저 중국에서는 아직까지 심·송의 시가만을 전문적으로 다룬 학위논문이
한편도 발표 되지 않고 있으며 다만 단편적인 논문만이 발표되어 있다. 20世
紀 前半期에 들어서서 李維가 ≪詩史≫에서4) 심·송을 비교적 중요하게 다
룬 이후로, 鄭振鐸의 ≪揷圖本中國文學史≫,5) 蘇雪林의 ≪唐詩槪論≫등에
서6) 모두 비교적 비중 있게 심·송의 시가를 다루기 시작했다. 그러나 이들
은 모두 심·송이 율시의 체제를 완성하는데 기여한 공로만을 언급하고 있을
뿐 이들의 시가 특성에는 전혀 주의를 기울이지 않거나 혹은 소홀히 다루고

---

3) 陶敏·易淑瓊, ≪沈佺期宋之問集校注≫, 北京: 中華書局, 2001.
4) 北京: 東方出版社, 1996, 92-109쪽.
5) 北京: 人民文學出版社, 1982, 301-302쪽.
6) 臺北: 臺灣商務印書館, 1979, 27-31쪽.

있다. 중국의 학계는 60, 70년대에 들어서도 이러한 답보 상태에서 크게 벗어나지 못하며 뚜렷한 성과를 내지 못하고 있었는데, 1976년 美國의 漢學者 Stephen Owen이 ≪The Poetry of the Early Tang's≫에서 심·송 시가의 창작 특색을 다루어 초당 연구의 좋은 지침을 제공하기도 했다.[7]

　심·송에 대한 연구는 80년대에 들어서서 비교적 활기를 띠며 다양한 각도에서 비교적 본격적으로 이루어지기 시작했다. 특히 이들의 생애와 行蹟에 관계된 논문이 집중적으로 발표된 것은 이 시기의 가장 주요한 성과라 할 수 있다. 李雲逸의 〈沈佺期'考功受賕'考辨〉,[8] 譚優學의 〈沈佺期行年考〉,[9] 祝尙書의 〈沈佺期行年考略〉,[10] 傅璇琮의 ≪唐才子傳校箋≫〈沈佺期傳·宋之問傳〉[11] 등과, 昭民의 〈宋之問'賜死'欽州考〉,[12] 王啓興의 〈宋之問生平事迹考辨〉,[13] 劉振婭의 〈宋之問兩謫嶺南新考〉[14] 등은 모두 바로 그러한 성과물이다. 또한 이와는 별도로 심·송의 詩作에 대한 연구도 함께 진행되었으니, 洪順隆의 〈沈佺期·宋之問〉,[15] 劉開揚의 〈談沈佺期,宋之問,李嶠,杜審言等人的詩〉,[16] 馬茂元의 〈讀兩'唐書·文藝(苑)傳'札記〉,[17] 査洪德의 〈初唐詩壇的一代宗師−沈佺期新論〉[18] 등은 모두 심·송 시가의 내용을 나름대로 분류하며 고찰하거나 그 특색을 언급을 하고 있다.

　90년 이후 현재에 이르기까지는 심·송에 대한 연구가 상대적으로 더욱 활

7)　Yale University Press, 1977.
8)　≪學術論壇≫, 1983年, 第3期.
9)　譚優學, ≪唐代詩人行年考續編≫, 成都: 巴蜀書社, 1987, 38−63쪽.
10)　≪古籍整理與硏究≫, 1987年, 第1期.
11)　北京: 中華書局, 1987, 75−95쪽.
12)　≪學術論壇≫, 1982年, 第6期.
13)　≪貴州大學學報≫, 1987年, 第4期.
14)　≪文學遺産≫, 1988年, 第6期.
15)　≪中國文學講話≫第6冊, 臺北: 巨流圖書公司, 1982.
16)　劉開揚, ≪唐詩通論≫, 巴蜀: 成都書社, 1998, 75−108쪽.(1981年初版)
17)　馬茂元, ≪晩照樓論文集≫, 上海: 上海古籍出版社, 1981, 86−113쪽.
18)　≪唐都學刊≫, 1991年, 第3期.

발해졌다. 특히 심·송이 폄적된 이후에 창작한 시가들에 대한 연구가 집중적으로 이루어진 것이 그 특징이라 할 수 있다. 儲兆文의 〈論杜審言、沈佺期、宋之問的山水詩〉,[19] 章繼光의 〈宋之問貶流嶺南詩論〉,[20] 田彩山의 〈從宋之問後期詩歌看其貶謫心態〉[21] 등은 모두 그 좋은 예이다. 이밖에 이 시기에 발표된 綦開雲의 〈論沈、宋體詩與近體詩的完成〉[22]과 杜曉勤의 〈沈、宋與五言律體定型之關係〉[23]는 율시 완성에 심·송이 어떠한 역할을 했는가를 고찰했다. 또한 陶敏·易淑瓊의 〈沈、宋論略〉는[24] 심·송 시가가 이룩한 예술성취에 대해서 참신한 의견을 제시하기도 했으며 許總은 〈沈、宋'體'形式與內涵新論〉에서[25] 심·송의 시가 창작이 갖는 농후한 서정성에 주목하기도 했다. 그러나 위와 같은 논문들은 심·송 시가의 일부만을 다루거나, 혹은 단편적인 의견만을 제시하고 있어 역시 많은 아쉬움을 남기고 있다. 이 시기의 성과로 한 가지 더 언급할 만한 것은 連波·查洪德의 ≪沈佺期詩集校注≫(1991)가[26] 발표되어 심전기 시가 연구에 도움을 주었다는 사실이다. 그러나 王友勝이 〈≪沈佺期詩集校注≫注釋商兌〉에서[27] 지적했듯이 이 주석본은 詩作의 注釋과 編年등에서 많은 문제점을 드러내기도 했다. 다행히 이러한 문제점은 최근 출간된 陶敏·易淑瓊의 ≪沈佺期宋之問集校注≫(2001)에서 수정, 보완 되었으니 이후 심·송에 대한 연구는 많은 기대를 할 수 있게 되었다.

한편 국내에서의 연구 성과를 살펴보면 강창구의 ≪沈佺期詩研究≫와[28]

19) ≪唐都學刊≫, 1999年, 第1期.
20) ≪求索≫, 1999年, 第5期.
21) ≪集美大學學報≫, 2001年, 第3期.
22) ≪黑龍江敎育學院學報≫, 2001年, 第4期.
23) 杜曉勤, ≪齊梁詩歌向盛唐詩歌的嬗變≫, 北京大學 博士學位論文, 1995, 27-29쪽.
24) ≪湘潭師範學院學報≫, 1996年, 第2期.
25) ≪江西師範大學學報≫, 2002年, 第3期.
26) 鄭州: 中州古籍出版社, 1991.
27) ≪古籍整理研究學刊≫, 1996年, 第4期.
28) 전남대학교 박사학위논문, 1994.

〈宋之問詩硏究〉가[29] 유일하다. 이러한 성과는 初唐詩壇에서 비슷한 지명도와 중요도를 갖는 다른 시인인 初唐四傑과 陳子昂에 관련된 논문이 각각 약 9편, 10편씩 발표된 점과[30] 비교하면 매우 빈약한 것이다. 게다가 ≪沈佺期詩硏究≫는 학위논문으로서 심전기의 시가 내용을 비교적 상세히 분석하여 후학들을 위해 연구의 초석을 다졌음에도 불구하고 앞에서 이미 언급한 連波·查洪德의 ≪沈佺期詩集校注≫을 그 저본으로 삼았기에 의미 해석상에서 다소 여러 가지 문제를 안게 되는 아쉬움을 남겼다.

이상에서 살펴 본 바와 같이 심전기와 송지문에 관한 연구는 국내외를 막론하고 모두 주로 시인의 생평을 고증하거나, 혹은 이들의 일부 시가 창작만을 고찰하거나, 혹은 시가의 특색을 단지 개괄적으로 언급하는 등 지극히 단편적인 수준에만 머물고 있음을 알 수 있다. 따라서 본고는 바로 이러한 문제점에 착안하여 심·송의 시가 창작을 보다 전면적으로 고찰하고, 또한 이 두 시인의 시가 창작을 비교해 보며 동시에 이들이 중국 시가사에서 차지하는 지위에 대해 살펴보는 기회를 마련하고자한다.

---

29) ≪中國語文學≫, 1998年 6月.
30) 이 통계는 柳晟俊의 ≪初唐詩와 盛唐詩 연구≫(서울: 國學資料院, 2001, 41쪽)에서 인용하였음.

Ⅱ. 初唐의
시대배경과
시인의 생애

1. 初唐의 시대배경

唐代 文學의 발전을 논할 때 혹자는 '三變說'을 주장하기도 했지만,[1] 宋代 嚴羽(약 1180-1235년에 활약함)가 ≪滄浪詩話≫에서 '四變說'의 단초를 제공한 이후,[2] 明代에 이르러 '사변설'은 거의 정설로 굳어졌다. 특히 高棅(1350-1423)이 ≪唐詩品彙≫에서 初唐, 盛唐, 中唐, 晩唐으로 분류한 것은 가장 폭 넓게 지지를 받아왔는데, 다만 학자마다 그 분류시기를 놓고 조금씩 다른 견해를 보이고 있다. 초당의 경우, 그 마지막 시기를 놓고 혹자는 景雲 元年(710)까지를 初唐으로 보는가 하면, 혹자는 더 넓혀 玄宗 開元 8年(720)까지를 초당으로 보기도 한다.[3] 그러나 역시 高棅의 주장대로 開元 初年인 713년까지를 초당으로 간주하는 것이 학계의 일반적인 견해이다. 그런데 송지문과 심전기는 나란히 대략 656년에 태어나 송지문은 약 712년에 세상을 떠났고, 심전기는 마지막 시작인 〈龍池篇〉을 713년에 발표하고 약 716년에 세상을 떠났으니 실로 심·송은 초당과 함께 사라진 시인이라 할 수 있다. 따라서 본절에서는 먼저 심·송이 활약한 초당의 정치, 사회 및 詩壇의 상황을 개괄적으로 살펴보고자 한다.

---

1) 宋代 姚鉉의 ≪唐文粹·序≫, 歐陽修·宋祁의 ≪新唐書·文藝傳≫, 淸代 王士禎의 ≪阮亭古詩鈔≫ 등이 모두 이 설을 따르고 있다.

2) 嚴羽는 ≪滄浪詩話≫에서 "唐初體, 盛唐體, 大曆體, 元和體, 晩唐體"의 '五體說'을 제기했지만, 이 중 '대력체'와 '원화체'는 실제로는 中唐의 구체적인 연호였으니, '四變說'은 엄우에서 시작되는 것으로 볼 수 있다. (郭紹虞校釋, ≪滄浪詩話校釋≫, 臺北: 里仁書局, 53쪽), 참조.

3) 傅璇琮, 〈唐初三十年的文學流程〉(≪文學遺産≫, 1998年 第5期)과 羅時進, ≪唐詩演進論≫(南京: 江蘇古籍出版社, 2001)은 모두 景雲 元年說을 지지하고 있으며, 袁行霈는 〈百年徘徊 - 初唐詩歌的創作趨勢〉(≪北京大學學報≫, 1994年 第6期)에서 玄宗 開元 8年說을 주장했다.

唐朝의 정치, 사회 및 文壇의 기본적인 문학사상 기틀은, 대체로 高祖 武德年間(618-626)에서 太宗 貞觀年間(627-649)에 이르는 약 32년의 기간에 마련하게 된다. 먼저 高祖 李淵은 裵寂, 劉文靜에게 律令을 개정하게 하여, 武德 7年(624)에 唐朝 최초의 율령인 武德律令을 발표한다. 이어서 '三省六部'를 기본 골자로 하는 중앙집권적 관료 제도를 확립한다. 태종은 이어서 貞觀 11年(637)에 刑罰法規인 律, 行政法規인 令, 율령의 변경에 대한 추가법규인 格, 施行細則인 式의 내용을 담은 '貞觀律令格式'을 발표하게 되는데 대체로 唐朝의 국가체제는 여기에 이르러 완비된다. 또한 고조와 태종은 모두 崇儒政策을 펼쳤는데, 특히 태종은 前朝의 패망을 거울삼아 儒家부흥에 적극 앞장섰다. 그는 먼저 인재를 모아 '文學館'을 설치하고 18學士로 하여금 유학과 문학을 담당케 했다.4) 또한 그 자신이 〈帝京篇〉등을 직접 지어 문학과 국가의 흥망성쇠를 연관 지으며 전통적인 유교의 詩敎문학관을 주장하기도 한다.

　이러한 문학관은 唐初에도 여전히 사그라지지 않던 艶麗한 齊梁體 시가에 제동을 걸게 된다. 사실 당초의 시가는 남조 문학의 풍격을 그대로 계승하고 있었다. 이는 초당의 주요시인들 가운데 隋가 멸망한 후에 그대로 당에 벼슬하거나, 陳에서 隋를 거쳐 唐에서 활동한 이가 많았기 때문이다. 당태종은 문학은 반드시 政敎에 부합해야 한다는 유가 문학관에 입각하여, 이러한 齊梁의 淫靡한 풍조를 반대하였다.5) 그러나 태종은 한편으로는 南朝의 형식주의적 詩風을 모두 배척하지 않았다. 이른바 '文質幷重'의 折衷문학관을 수용하게 된다.6) 이러한 태종의 문학관은 當時 文壇의 주류를 이루던 문학관이기도 했

---

4)　≪舊唐書 · 褚亮傳≫卷72: "始太宗既平寇亂, 留意儒學, 乃於宮城西起文學館, 以待四方文士. 於是, 以屬大行臺司勳郎中杜如晦, 記室考功郎中房玄齡及于志寧, 軍諮祭酒蘇世長, 天策府記室薛收, 文學褚亮姚思廉, 太學博士陸德明孔穎達, 主簿李玄道, 天策倉曹李守素, 記室參軍虞世南, 參軍事蔡允恭, 顏相時, 著作佐郎攝記室許敬宗薛元敬, 太學助敎蓋文達, 軍諮典籤蘇勖, 並以本官兼文學館學士."

5)　太宗의 文學觀에 대해서는 본고 제Ⅵ장, 제1절 참조.

6)　浮華한 형식 속에서 淫靡한 내용만을 담고 있는 齊梁의 宮體詩와는 다르게, 初唐의 宮廷詩

26

는데, 이후 초당의 詩壇 역시 이러한 문학사상에 줄곧 영향을 받게 된다.[7] 이 시기의 詩壇은, 王績(585-644)과 같이 재야에서 隱居하며 阮籍과 陶淵明의 시풍을 계승한 시인이 출현하기도 했지만, 대체로 虞世南(558-638), 褚亮 (564-647), 楊師道(?-647), 許敬宗(592-672), 李百藥(565-648) 등의 원로대신들을 위시한 궁정시단이 그 중심을 형성하고 있었다. 물론 이들의 詩作활동은 應制 奉和詩의 범위를 크게 벗어나지 못하고 있었다.

태종의 뒤를 이어 貞觀 23年(649)에 황제에 등극한 이는 高宗이다. 그는 永 徽 6年(655)에 당시의 皇后 王氏를 폐위시키고 대신 則天武后를 황후에 임명 하게 된다. 이후 무후의 소행이 날로 전횡하게 되자, 그는 上官儀와 함께 무 후를 폐할 계획을 세운다. 그러나 이는 실패로 돌아갔고 상관의는 이 일로 죽 임을 당한다. 무후의 소위 '垂簾聽政'의 시대는 바로 이때부터 시작된다. 고종 은 늘 몸이 약했는데 결국 弘道 元年(683)에 病死하게 되었고, 中宗 李顯는 왕 위에, 韋氏는 황후의 자리에 오르게 된다. 중종 역시 고종을 닮아 우유부단 하였다. 그가 황제에 오르고 가장 먼저 한 일은 韋 황후의 아버지 韋玄貞을 侍中으로 발탁하려 한 것이었다. 이는 무후의 노여움을 사게 되었고 중종은 54일 만에 무후에 의해 폐위 당한다. 이어 무후는 자신의 직접 낳은 豫王 旦 을 황제에 옹립했으니 이가 바로 睿宗이다. 그러나 예종은 별전에 기거하며 정치에는 관여하지 않았고 무후가 政事를 좌우하게 된다. 이러한 상황은 여러 宗室과 大臣들의 반발을 사게 되었고, 마침내 光宅 元年(684)에 李敬業은 그의 동생 李敬猷와 初唐四傑의 한 사람인 駱賓王(約626-約684) 등과 함께 擧兵을

가 비록 화려한 형식을 띠고 있지만 음미한 내용이 없다는 점은 소위 '文質并重'의 문학사
상을 반영한 것으로 볼 수 있다.(張福慶, 〈唐初詩壇與'折中文質'論〉, ≪外交學院學報≫,
1998年, 第4期), 참조.

7) 羅宗强은 ≪隋唐五代文學史≫(北京: 高等敎育出版社, 1993, 32쪽)에서 "貞觀年間, 唐太宗
李世民和他的重臣們對文學的影響, 不僅在當時文風的變化上, 而且他們的文學思想, 還深遠
地影響着有唐一代文學的發展."라고 언급한 바 있다.

일으킨다. 그러나 이 거사는 오래가지 못하고 무후의 30만 대군에게 무너지고 만다. 이후 무후는 자신의 세력을 강화하기 위해 武氏 일족을 대폭 기용하였고 동시에 자신의 반대파를 제거해 나간다. 天授 元年(690)에 무후는 자신을 아예 황제로 칭하게 하고 國號를 周로 바꾸었으며 東都인 洛陽을 수도로 삼았다. 神龍 元年(705) 무후는 자신의 병세가 악화되자 그가 총애하던 張易之, 張昌宗 형제에게 정사를 관장하게 했는데, 이때 張柬之, 崔玄暐 등이 주도하여 張易之 형제를 주살하고 中宗을 다시 復位시켰고, 동시에 국호도 다시 唐으로 바꾸는 등, 모든 제도를 武周 이전의 상태로 환원시킨다. 무후는 이해 11월에 세상을 떠난다. 중종은 유약한 군주였기에 그가 복귀한 후에는 그의 황후인 韋氏와 그녀의 딸인 安樂公主가 세력을 잡게 된다. 위씨는 무후가 예전에 정권을 탈취하던 수법을 본받아 武氏 一家인 武三思, 武延秀 등과 결탁 하였으며, 마침내 안락공주와 공모하여 중종을 독살시킨다. 이것은 景龍 4年(710)의 일이다. 위후는 무후를 본떠 당을 대신하는 새로운 나라를 세우려 했다. 이것은 臨淄王 李隆基(睿宗의 셋째 아들로 후의 玄宗)에 의해 저지당한다. 이융기는 무후의 딸인 太平公主와 연합하고 또 薛崇簡, 陳玄禮 등과 결탁하여 6월에 玄武門으로 들어가 위후와 안락공주 등 그의 일당을 척살시키고 자신의 아버지인 예종을 복위시킨다. 그리고 마지막까지도 건재해 있던 태평공주도 先天 元年(712) 황제에 오른 현종에게 죽임을 당함으로써 初唐의 시대는 막을 내린다.

한편 高宗 이후의 시단은 크게 두 가지 갈래로 나누어 살펴 볼 수 있다. 그 하나는 궁정의 시단에서 어느 정도 벗어나 시가 창작을 개인의 情懷를 읊는 수단으로 삼았던 시인계열이다. 낙빈왕, 盧照鄰(634-686), 王勃(約650-676), 楊炯(650-約693) 등의 初唐四傑과 劉希夷(651-約680), 陳子昂(661-702), 崔湜(671-713) 등이 이에 속한다. 주지하다시피 초당사걸은 낙빈왕의 〈在獄詠蟬〉 등처럼 詠物의 제재를 사용하든지, 노조린의 〈長安古意〉, 〈行路難〉 등처럼 七言歌行體의 樂府詩를 구사하든지, 왕발의 〈送杜少府之任蜀川〉 등처럼 贈答詩를 창작하든지, 양형의 〈從軍行〉, 〈驄馬〉 등처럼 邊塞詩를 짓든지 간에 대부분 농후한 서정의 색채를 띠고 있는 것이 그 특징이라 할 수 있다. 또한 진자앙은 復古의 기치를 내세우며 漢魏 風骨을 추구하는 등, 시가 革新運動을 벌인 시인으로 유명한데 그의 명작인 〈感遇〉38수, 〈薊丘覽古〉7수, 〈登幽州臺歌〉 등은 모두 抒情의 본색을 잘 드러낸 작품들이다. 그러나 이렇듯 시인 개인의 性情을 전문적으로 노래한 시인은 初唐의 시단에서는 위에서 열거한 겨우 몇몇 시인에 불과했다.

사실 貞觀이래로 초당의 시단은 궁정을 중심으로 형성되었으니 이러한 현상은 고종, 무후, 중종시기에도 여전히 지속되었다. 물론 궁정시단에서의 시가 창작은 그 제재나 주제, 혹은 창작 방법상 모두 일정한 제약을 받을 수밖에 없었으니, 그 결과 초당의 시단은 후세 盛唐 등에 비해 상대적으로 빈약한 느낌을 줄 수밖에 없었다. 劉開揚은 초당의 시단에 대해서 다음과 같이 개괄 한 바 있다.

초당시문집은 모두 152작가인데 그 중에 저명한 시인은 20인에 불과하고, 성취가 비교적 큰 자는 단지 12인일 따름이다.[8]

이와 같은 현상은 초당의 대부분의 시인들이 천편일률적인 궁정의 시작에 열중했기 때문으로 해석 할 수 있다. 이러한 궁정시단의 융성은 태종이래로 무후, 중종 모두가 문학관을 설치하고 동시에 시를 애호하며 궁정의 행사 때마다 군신들로 하여금 唱和하게 하였던 궁정의 풍조에서 기인하는 것으로 볼 수 있다. 어쨌든 궁정시단은 초당 시단의 구심점 역할을 담당하며 수많은 시인들을 배양해 낸다. 이중에서도 上官儀와 杜審言(約645-748), 蘇味道(648-745),

---

8) 劉開揚, ≪唐詩通論≫: "初唐詩文集共一百五十二家, 其著名的詩人不過二十人, 成就較大的僅有十二人."(成都: 巴蜀書社出版社, 1998, 30쪽)

崔融(653-706), 李嶠(約645-約714) 등의 文章四友, 그리고 심전기, 송지문은 가장 뛰어난 시적 성취를 이루어낸 시인이었다.

상관의는 高宗시기의 가장 뛰어난 시인으로, 그는 對仗의 이론과 기교에 매우 능했었는데, 특히 이른바 '綺錯婉媚'한 시작을 잘 지어 당시 사람들은 이를 '上官體'라 부르기도 했다. 이후 무후의 시대에 관직의 영달을 누리며 궁정시인으로서 이름을 떨친 시인은 문장사우였다. 최융은 婉弱하며 典麗한 풍격으로 유명했으며, 두심언은 杜甫의 祖父로 오언율시에 뛰어나 율시의 완성에 큰 기여를 한다. 소미도와 이교는 同鄕으로 당시 문단에서 '蘇·李'라 칭해졌는데, 소미도는 재상의 벼슬까지 지냈다. 그의 대표작으로는 〈正月十五夜〉가 있다. 이상의 세 시인은 모두 무후의 寵臣 장역지 형제에게 다소 아부를 하였기에 장씨 형제가 패망하게 되었을 때 모두 폄적을 당하게 된다. 이교는 비교적 강직한 성품의 소유자로 '珠英學士'와 '修文館學士'의 영수를 지내며 당시의 궁정 문단에서 핵심적인 역할을 한다. 그에게는 120수에 달하는 詠物組詩가 있는데 이것은 엄격한 격률을 지키고 있는 것으로 유명하다. 문장사우는 모두 전형적인 궁정시인으로, 심·송과 더불어 율시 완성에 큰 기여를 한 것으로 평가 받는다. 심전기와 송지문의 나이는 문장사우에 비해 적게는 겨우 서너 살, 많게는 열 살밖에 적지 않았으니 심·송은 문장사우와 같은 시기를 풍미한 궁정시인이었다. 이제 아래에서 심·송의 생애를 자세히 살펴보자.

2. 沈佺期의 생애

沈佺期의 字는 雲卿으로 相州 內黃(現在의 河南省 內黃縣西) 사람이다. 그의 家系에 관해 ≪元和姓纂≫卷七에서 다음과 같이 기록하고 있다.

> 唐代의 下邳令은 眞과 惟를 낳았고, 惟는 佺期, 佺交, 宇宣을 낳았다. 佺期는 中書舍人과 太子詹事를 지냈으며 之象, 東美, 惟淸을 낳았다. 東美는 給事中, 夏州都督을 지냈다. 佺交는 濮陽尉를 지냈다.9)

이 문장에 대한 四庫館臣의 校釋에 따르면 下邳令의 이름은 전해지지 않으며 '惟' 字는 의심이 간다고 했다.10) 또한 ≪新唐書≫에서는 "아우 全交, 全宇는 모두 文章을 갖추었으나 佺期에게는 못 미친다"11)라는 기록이 있다. 이러한 것들을 종합해 보면 그의 조부는 '下邳令'의 관직을 지냈으며 부친의 이름은 '惟' 字이나 이 또한 분명치 않은 듯하다. 또한 ≪신당서≫에 보이는 아우들의 이름인 '全交, 全宇'는 응당 '佺交, 佺宇'의 誤字로 볼 수 있고, ≪元和姓纂≫에 보이는 '宇宣'의 이름은 '佺宇'가 아닐까 추측 해 볼 수 있다. 그의 두 동생의 생애에 관한 자세한 기록은 남아있는 것이 없다. 다만 심전기가 神龍 2年(706)에 지은 〈答魑魅代書寄家人〉 시에서 "上計吏가 경사에서 와서, 집안의 어른, 아이들이 잘 있으며, 두 형제는 관직을 제수 받아 분가하여 이미 세

---

9) 林寶, ≪元和姓纂≫, "唐下邳令, 生眞,惟, 惟生佺期,佺交,宇宣. 佺期, 中書舍人, 太子詹事, 生之象,東美,惟淸. 東美, 給事中,夏州都督. 佺交, 濮陽尉."(≪四庫全書≫, 子部, 類書類, 卷七)
10) 앞의 책 같은 곳, "案下邳令失名, 惟字亦疑."
11) 歐陽修, ≪新唐書·沈佺期傳≫卷202: "弟全交, 全宇, 皆有才章而不逮佺期."

집으로 나뉘었다고 전한다. 劍閣 밖으로 뼈 녹일 듯 걱정하고, 荊州 남쪽으로는 애간장을 끊는다. 편지는 黃耳 개가 전해주니, 꿈속에서 뛰어난 형제 생각하노라."라고 한 것으로 보아,[12] 神龍 2年 당시 佺交, 佺宇 두 동생은 각각 劍南과 荊南에서 관직생활을 하고 있었음을 알 수 있을 뿐이다. 이밖에 그의 아들 沈東美 또한 문장으로 이름을 드러내며 膳部員外郎의 벼슬을 지냈다.[13]

沈佺期의 생애에 대해서는 ≪舊唐書≫卷190中과 ≪新唐書≫卷202에 기록이 보이나, 두 곳 모두 기술이 너무 간결하여 그의 생애의 전모를 살피기엔 부족하다. ≪舊唐書≫〈沈佺期傳〉의 기록은 아래와 같다.

> 심전기는 相州 內黃 사람이다. 진사에 합격하여 長安연간 중에 이어서 通事舍人으로 관직이 바뀌었고, ≪三敎珠英≫ 편찬에 참가하였다. 심전기는 문장을 잘 지었고, 특히 7언 작품에 뛰어났으며, 송지문과 이름을 나란히 드러내어, 세상 사람들이 沈・宋이라 호칭하였다. 다시 考功員外郎으로 轉職하였으나, 뇌물수수죄로 嶺南으로 유배되었다. 神龍연간(705~707)에 起居郎을 제수 받고, 修文館直學士에 임명되었다. 후에 中書舍人, 太子詹事를 역임했다. 開元 연간(713~741) 初에 사망했다. 文集 10권이 있다. 동생 佺交와 아들 또한 文詞로 이름이 알려졌다.[14]

비단 ≪구당서≫뿐만 아니라 沈佺期의 출생년도에 관해서 분명히 밝힌 史料는 현재까지 없다. 다만 聞一多(1899~1946)가 ≪唐詩大系≫에서 심전기와 송

---

12) 심전기, 〈答魑魅代書寄家人〉: "計吏從都出, 傳聞大小康, 降餘沾二弟, 離析已三房, 劍外懸銷骨, 荊南預斷腸, 晉塵黃耳間, 夢想白眉良."
13) 이와 관련해서 杜甫의 시 〈承沈八丈東美除膳部員外郎〉(≪全唐詩≫卷224)와 綦毋潛의 〈題沈東美員外山池〉(≪全唐詩≫卷135) 참조.
14) ≪舊唐書≫卷190: "沈佺期, 相州內黃人也. 進士擧. 長安中, 累遷通事舍人, 預修三敎珠英. 佺期善屬文, 尤長七言之作, 與宋之問齊名, 時人稱爲沈宋. 再轉考功員外郎, 坐贓配流嶺表. 神龍中, 授起居郎, 加修文館直學士. 後歷中書舍人, 太子詹事. 開元初卒. 有文集十卷. 弟全交及子, 亦以文詞知名."

지문은 나란히 弱冠의 나이로 上元 2年(675)에 進士에 급제한 것으로 보고, 이를 역 추산하여 그가 태어난 해는 마땅히 唐高宗 顯慶 元年인 대략 紀元 656年이라고 주장한 이래로,15) 큰 무리 없이 최근 대부분의 학자들이 이 설을 따르고 있다.16) 본고에서도 이를 따르기로 한다.

심전기의 유년시절에 대해 알 수 있는 것은 그의 〈十三四時嘗從巫峽過他日偶然有思〉詩와 이와 거의 같은 시기에 지은 작품으로 여겨지는 〈少游荊湘因有是題〉17) 詩를 통해 약 14세 즈음에 巫峽과 荊襄을 유람했었다는 것뿐이다.

弱冠의 나이가 되던 高宗 上元 2年에 심전기는 진사에 급제한다.18) ≪新唐書 · 沈佺期傳≫卷202에 "진사에 합격해서 協律郎에서부터 계속해서 給事中까지 제수 받았다.[及進士第, 由協律郎累除給事中]"라는 구절이 보이는데, 協律郎은 正八品上의 비교적 높은 朝廷 관직으로 과거급제 후 처음부터 받을 수 있는 것이 못된다. 따라서 급제 후 처음에 무슨 관직을 얻었는가는 위의 설명으로는 알 수 없다. 다만 그가 30세가 되는 垂拱 元年(685)부터 조정의 관리들과 본격적으로 唱和하며 작품 활동을 했던 점으로 미루어 보아, 심전기는 아마도 이 시기에 협률랑에 재직하고 있었을 것이라 추측해 볼 수 있다.

심전기의 詩作 〈哭蘇眉州崔司業二公〉의 序文에서 "蘇味道는 예전에 鳳閣侍郎에 임명되고, 심전기는 通事舍人(從六品上)을 맡았다.[蘇往任鳳閣侍郎, 佺

---

15) 譚優學 ≪唐詩人行年考續編≫(城都: 巴蜀書社, 1987), 39쪽 재인용.
16) 許總≪唐詩史≫(淮陽: 江蘇教育出版社,1994, p298.), 劉開揚≪唐詩通論≫(成都: 巴蜀書社, 1998, 77쪽), 陶敏 · 易淑瓊≪沈佺期宋之問集校注≫(북경: 중화서국, 2001, p1)등에서는 모두 沈佺期와 宋之問의 生年을 대략 656年으로 보고 있으나, 이들 보다 조금 이른 蘇雪林≪唐詩槪論≫(臺北: 商務印書館, 1970, 29쪽)와 Stephen Owen≪The Poetry of Early T'ang≫(New Haven and London: Yale University Press, 1977)에서는 이 둘의 생년을 650年으로 보기도 하였다.
17) 詩 중에 "지난날 지나쳤던 곳 생각하니, 지금으로부터 이십년이 되었구나.[憶昨經過處, 離今二十年]"라는 구절을 근거로 14세 즈음에 荊湘을 유람했음을 추측할 수 있다. 또한 "荊湘"은 마땅히 "荊襄"의 誤字임. 陶敏 · 易淑瓊, ≪沈佺期宋之問集校注≫, 235쪽 참조.
18) 傅璇宗主編, ≪唐才子傳校箋≫卷1: "上元二年, 鄭益榜進士."(北京: 中華書局, 1987), 75쪽.

期乑通事舍人]"라 했고, ≪舊唐書≫卷94의 〈蘇味道傳〉에서는 "聖曆 연간 초에, 봉각시랑으로 관직을 옮겼다.[聖曆初, 遷鳳閣侍郎]"라 했으며, 또한 ≪資治通鑑≫에서는 聖曆 元年(698)六月에 "天官侍郎 소미도를 봉각시랑으로 삼았다."[19]라고 기재하고 있는 것으로 보아 언제부터 역임했는지는 알 수 없어도 그의 나이 약 43세인 성력 원년(698)에 이미 通事舍人에 재직하고 있었음을 알 수 있다. 따라서 ≪구당서≫에서 "장안 연간 중(701~704)에 점차 통사사인으로 관직이 바뀌었다.[長安中, 累遷通事舍人]"라고 되어 있는 것은 잘못된 기록으로 볼 수 있다.

성력 2년(699)에 則天武后는 張昌宗에게 명하여 儒, 釋, 道 三敎를 망라하는 대규모 類書≪三敎珠英≫을 편찬케 했는데, 通事舍人인 심전기는 송지문과 함께 이 작업에 참여하였다. 장안 원년(701) 11월에 ≪三敎珠英≫은 완성된다. 같은 해에 심전기는 考功員外郎(從六品上)으로 轉職한다. 다음해 장안 2년(702)에는 과거 시험을 주관하고 나서 考功郎中(從五品上)을 배수 받았으며, 이듬해 장안 3년(703) 다시 給事中(正五品上)으로 승진한다.[20] 이처럼 꾸준히 승진을 하며 안정된 관직 생활을 영위하던 심전기는 그의 나이 약 49세가 되던 장안 4년(704) 彈劾이라는 정치적 시련을 겪는다.

이 탄핵 사건에 관해서 ≪舊唐書≫卷190에서는 "뇌물수수죄로 영남에 유배되었다.[坐贓配流嶺表]"라고만 언급하고 있으며, ≪新唐書·沈佺期傳≫卷202에서는 "고공랑중 재직 시 뇌물을 받은 탄핵이 아직 궁구되지 않았는데, 장역지가 망하는 때를 만나 멀리 환주로 유배당하였다.[考功受賕, 劾未究, 會張易之敗, 遂長流驩州]"라 기록 되어 있다. 탄핵을 받아 하옥된 시기에 대해서는 그의 시작인 〈寄北使〉의 序文에서 "장안 3년 고공랑중에서 급사중으로 배수 받았으나, 재주가 없고 임무에 소홀하여 마음에 부끄럽고 저어함이 많았다.

---

19) ≪資治通鑑≫卷206: "以天官侍郎蘇味道爲鳳閣侍郎."(北京: 中華書局, 1992), 6535쪽.
20) 沈佺期, 〈寄北使·序〉, "長安三年, 自考功郎中拜給事中."

… 다음해 正月에 하옥되었다."21)라고 기술한 것으로 보아 장안 4년 정월에 하옥되었음을 알 수 있다. 또한 그의 시〈被彈〉에서 "어린자식 둘은 감옥에 갇히고, 늙은 이 한 몸도 감옥살이 한다. 아우 둘 셋도 차례로 모두 갇히었다."22)라고 한 점으로 보아 이 사건은 당시 매우 중대한 사건이었음을 알 수 있다.

이 사건이 발생한 이듬해인 신룡 원년(705) 2월에 張柬之, 崔玄暐등이 당시 武后의 총애를 받으며 政事를 농단하던 張易之, 張昌宗 형제를 척살하고 무후를 폐위시키는 동시에 中宗을 복위 시키는 일련의 사건이 발생한다. 중종은 國號와 모든 제도를 高宗 때의 것으로 환원시켰으며 또한 張易之, 張昌宗 형제와 교류가 있던 조정의 신하들을 유배시켰는데,23) 심전기 또한 탄핵 사건이 종결되지 않은 상태에서 이 사건에까지 연류 되어 당시 함께 연류 된 사람들 중 가장 먼 곳인 驩州(지금의 越南 榮市)로 폄적을 당하게 된다. 거의 1년의 시간에 걸쳐 심전기는 남쪽으로 郴州(지금의 湖南), 容州北流(지금의 廣西), 陸州安海(지금의 廣西東興), 交州龍編(지금의 越南河內東北), 愛州九眞山(지금의 越南淸化北) 등을 지나 신룡 원년 年末이나 혹은 신룡 2년(706) 초에 환주에 도착한다.

그의 유배기간은 그리 길지 않았다. 환주에 도착한 다음해인 中宗 景龍 元年(707) 봄에 심전기는 바로 사면을 맞이하게 되고, 환주의 紹隆寺를 잠시 들

---

21) 沈佺期, 〈寄北使〉序文: "長安三年, 自考功郎中拜給事中, 非才曠任, 意多慚沮. ……明年獻春下獄." 심전기가 하옥된 시기에 대해서, 譚優學의 〈沈佺期行年考〉는 高宗 永隆 元年(680)으로 보았고, 李雲逸의 〈沈佺期考功受賕考辨〉(《學術論壇》, 1983年, 第3期)에서는 大足 元年(701)으로 보았지만, 심전기는 스스로 〈寄北使〉序文에서 하옥의 시기를 밝히고 있을 뿐만 아니라, 〈傷王學士〉序文에서도 "(長安)四年, 나는 떠도는 비방을 받고 하옥되었다.[四年, 余遭浮議下獄]"라고 밝히고 있다. 즉 심전기는 장안 4년 정월에 하옥되었음을 알 수 있다. 陶敏의 《沈佺期宋之問集校注》과 傅璇琮의 《唐才子傳校箋》卷1에서는 모두 長安 4年說을 주장하고 있다.

22) 沈佺期, 〈被彈〉, "幼子雙囹圄, 老夫一念室. 昆弟兩三人, 相次俱囚桎."

23) 《舊唐書》卷78: "두 張씨는 주살되었고, 조정의 신하 房融, 崔神慶, 崔融, 李嶠, 宋之問, 沈佺期, 閻朝隱이 모두 유배당하기를, 무릇 수십 명이었다.[二張被誅, 朝官 房融, 崔神慶, 崔融, 李嶠, 宋之問, 沈佺期, 閻朝隱等皆坐竄逐, 凡數十人]" 참조.

린 후, 平昌(지금의 海南文昌), 越州(지금의 廣東合浦), 端州(지금의 廣東肇慶), 樂昌(지금의 廣東一帶), 郴州(지금의 湖南), 潭州(지금의 湖南長沙)를 거쳐 낙양으로 다시 돌아온다.24) 이것은 그의 나이 약 52세 때의 일이다.

조정에 돌아온 이후 사망하기까지의 그의 관직 생활은 비교적 순탄했다. 歸京하자마자 그는 바로 起居郞(從六品上)에 임명되었으며, 다음해(708)에는 修文館學士가 되어 황제의 각종 '遊幸'에 참여하며 응제시를 짓게 된다. 심전기가 궁중 연회에서 〈回波樂〉을 지어 바치며 "몸과 이름은 이미 관직 회복했으나, 관복과 홀만은 아직 상아홀과 붉은 색 찾지 못했다.[身名已蒙齒錄, 袍笏未復牙緋.]"라고 읊어 관직을 회복해 줄 것을 은근히 바랬고, 이에 중종이 魚袋와 붉은 관복을 그에게 내려주며 그가 폄적되기 이전의 관직인 給事中(正五品上)에 상당하는 官階를 회복시켜 주었다는 일화는 바로 景龍 3年(710) 正月七日 때의 일이다.25)

한편 710년 6월 韋后가 中宗을 毒殺하고, 溫王 李重茂를 少帝로 옹립하고 年號를 唐隆으로 고치는 정변이 일어난다. 이때 李隆基가 군사를 일으켜 韋后와 그의 무리를 척결하고 相王 李旦을 睿宗으로 옹립시킨 후, 다시 景雲으로 改元하였다가, 2년 뒤인 712년에 李隆基는 스스로 玄宗으로 등극하게 된다.

이러한 政變 속에서, 景雲 2년(711)에 심전기는 中書舍人(正五品上)에 임명되었고, 다음해에는 太府少卿(從四品上)이 되었다가 그가 약 60세 때인 開元 3년(715)에는 太子少詹事(正四品上)를 맡게 되는데, 이것이 그의 생애 마지막 관직이었다.

심전기의 卒年에 대해서 ≪舊唐書≫, ≪新唐書≫에서는 모두 "開元 初年에

---

24) 沈佺期, 〈喜赦〉: "去歲投荒客, 今春肆眚歸."
25) ≪本事詩·嘲戲≫: "沈佺期以罪謫, 遇恩, 復官秩, 朱紱未復. 嘗內晏, 羣臣皆歌〈回波樂〉, 撰詞起舞, 因是多求遷擢. 佺期詞曰, '回波爾時佺期, …', 中宗即以緋魚賜之."(丁福保, ≪歷代詩話續編≫, 北京: 中華書局, 1997, 21쪽)

죽음[開元初卒]"이라고만 했는데, 그것이 확실히 언제인지는 단정 지을 수 없다.26) 다만 일반적으로 聞一多가 ≪唐詩大系≫에서 開元 4年(716)으로 추정한 것을 따르고 있기에 본고에서도 이를 따른다.

　≪舊唐書·經籍志下≫와 ≪直齋書錄解題≫卷16 등에 "≪沈佺期集≫十卷"이 명시되어 있다. 그러나 이 판본은 元, 明 교체기에 유실되었고 현존하는 여러 ≪沈佺期集≫ 판본은 크게 두 가지 판본으로 나뉜다. 하나는 明人이 하나의 ≪沈佺期集≫ 殘本을 토대로 재정리한 판본에서 파생되어 나온 것으로 正德王廷相刻≪沈佺期詩集≫七卷, 明活字本≪沈佺期集≫四卷, 嘉靖朱警刊≪唐百家詩·沈雲卿集≫二卷 등이 있는데, 이 판본들은 주로 詩賦를 수록한 것으로 적게는 詩 132수, 많게는 136수를 수록하고 있다. 이 판본들의 단점으로는 첫째, 李崇嗣, 徐彦伯, 張循之, 蘇頲, 孫逖 등 다른 시인들의 일부 詩作이 잘못 실려 있다는 점을 들 수 있고, 둘째, ≪國秀集≫, ≪文苑英華≫, ≪樂府詩集≫ 등에 수록된 심전기의 일부 시가 여기에는 누락되어 있다는 점을 꼽을 수 있다. 다른 하나는 五卷本≪沈雲卿文集≫으로 현재 淸大興朱筠抄本과 淸東武李氏硏錄山房抄本이 남아있다. 이 판본은 앞의 三卷은 賦와 詩로 구성되었고, 뒤의 二卷은 文으로 구성되었다. 詩는 겨우 82수만 수록되어 있어 明刻本에는 크게 못 미친다. 그러나 다른 시인의 작품이 잘못 실린 것이 전혀 없으며 明刻本에는 보이지 않으나 唐, 元, 明의 다른 典籍에서는 보이는 35수의 詩作이 이 판본에는 보이기 때문에, 이 판본의 가치는 명각본 보다 훨씬 높은 것으로 평가된다.

---

26)　沈佺期의 卒年에 관해서는, 크게 세 가지 주장이 있다. 첫째는 開元 元年(713)이라는 견해로, 劉開揚≪唐詩通論≫과 周祖譔主編≪中國文學家大辭典≫(北京: 中華書局, 1992)이 이를 따른다. 둘째는, 開元 2年(714)이라는 주장으로, 劉大杰≪中國文學發展史≫(臺北: 華正書局, 1995)과 陸侃如·馮沅君, ≪中國詩史≫(臺北: 藍田出版社, 1985)가 따른다. 셋째는 開元 4年(716)으로 聞一多≪唐詩大系≫와 譚優學, ≪唐詩人行年考續編·沈佺期行年考≫, 陶敏·易淑瓊≪沈佺期宋之問集校注≫ 등이 따르고 있다.

3. 宋之問의 생애

宋之問의 字는 延淸이고 일명 少連이라 부르기도 했으며 虢州弘農(현재의 河南靈寶縣南虢略鎭)사람이다. 원래 그의 가문은 西河(현재의 山西汾陽縣)의 명망가였다. 그의 조부 宋仁回는 太常丞을 역임했으며, 그의 부친 宋令文은 高宗 때에 左驍衛郞將, 東臺詳正學士를 지냈다. 兄弟로는 宋之遜과 宋之悌 두 동생이 있는데 송지손은 荊州刺史 벼슬을 지냈고, 송지제는 太原尹, 益州長史를 역임했다. 당시 세상 사람들은 그의 부친 송영문이 '三絶(勇力, 書法, 屬文에 뛰어남)'을 갖추었는데, 송지문은 文詞로 이름을 드러냈고 동생 송지제는 勇力이 있으며 송지손은 書法이 능해, 삼형제가 각각 부친의 '一絶'을 얻은 것이라 했다.27) 부친 송영문은 晩年에 道家를 숭상하며 嵩山, 陸渾山莊에 기거하다가 高宗末 혹은 武后初에 세상을 떠난 듯하다. 그의 草書가 張懷瑾≪書斷≫中卷에 실려 있을 정도로 書法에 능했으며, ≪宋令文集≫十卷을 남겼다. 송지문에게는 孫氏 姓의 아내와 아들 宋昌藻가 있고, 송창조는 玄宗 天寶(752~755)연간 중에 滏陽尉를 역임했다.

송지문의 生年에 대해서는 앞 절에서 이미 언급한 바와 같이,28) 일반적으로 인정받고 있는 顯慶 元年(656)의 설을 따르기로 한다. 송지문의 어린 시절에 대한 기록은 현재 보이는 것이 없고, 다만 駱賓王이 약 674年에 지은 시작 〈연주에서 송지문을 전별하다(在兗州餞宋五之問)〉을 통해 송지문이 약 19세 되던 해에 兗州에 있었고, 여기서 낙빈왕과 교류가 있었음을 알 수 있을 뿐이

---

27) ≪舊唐書≫卷190中: "世人以之問父爲三絶, 之問以文詞知名, 弟之悌有勇力, 之遜善書, 議者云各得父之一絶."
28) 본장 注(16) 참조.

다. 그리고 그 이듬해인 上元 2年(675)에 송지문은 심전기와 나란히 약관의 나이로 進士에 급제하고 바로 이때부터 관직 생활을 시작하게 된다. 송지문의 〈潛珠篇〉에 "지금 천 리 밖에서 縣尉를 하고 있어"[29]라는 구절이 있는데, 현위(從九品下)는 唐代의 中品 관리 중 가장 낮은 직책으로, 아마도 이것이 그가 처음 제수 받은 직책인 듯 하다. 다만 언제부터 언제까지 이 직책을 맡았는가에 대한 현존하는 사료는 없다. 한편 ≪舊唐書≫에 "송지문은 약관의 나이로 이름이 알려졌는데 특히 오언시를 잘 지어 당시에 능히 그를 뛰어 넘을 수 있는 자가 없었다."[30]라고 기록하고 있는 바와 같이, 그는 이미 약관의 나이에 오언시로 그 이름을 드러낸다.

송지문은 부친의 영향 등으로 初年 시절부터 道教와 접촉을 한 듯하다. 이는 그가 시 〈臥聞嵩山鍾〉에서 "예전에 潘眞人을 섬겼다[昔事潘眞人]"라고 읊은 적이 있는데, 이때의 潘眞人은 潘師正으로서 嵩山의 嵩陽觀에 기거한 적이 있는 도교 上淸派의 제11대 宗師라는 사실에서 유추할 수 있다. 또한 그의 〈冬宵引贈司馬承禎〉,〈使至嵩山尋杜四不遇慨然復傷田洗馬韓觀主因以題壁贈杜侯〉 등의 시 속에 등장하는 韓法昭, 司馬承禎이 모두 그의 문하 제자였던 것으로도 미루어 짐작할 수 있다. 한 가지 주의 할 것은 潘師正은 垂拱 元年(685)에 타계했으니 송지문이 숭산에 머물며 이들과 교류한 것은 아마도 그의 나이 약 30세 이전의 일인 것으로 생각해 볼 수 있다.

송지문의 〈秋蓮賦〉序文에 "天授 元年(690)에 학사 양형과 송지문에게 칙령을 내려 나뉘어 각각 洛陽城의 서쪽에서 임직하게 했다."[31]라는 구절이 있는데, 이로 보아 그의 나이 약 35세에 그는 習藝館學士로서 낙양성 서쪽에 있는 上陽宮에서 근무했음을 알 수 있다. 그러나 그 다음해에 그는 병이 들어 관직

---

29) 宋之問, 〈潛珠篇〉: "今乃千里作一尉, 無媒爲獻聖明君."
30) ≪舊唐書≫卷190中: "之問弱冠知名, 尤善五言詩, 當時無能出其右者."
31) 宋之問, 〈秋蓮賦·序〉: "天授元年, 勅學士楊炯與之問分直於洛城西."(≪沈佺期宋之問集校注≫, 631쪽)

을 사직하게 되며, 또 그 이듬해인 如意 元年(692)에는 병간호를 위해 陸渾山 莊에 칩거한다. 그 후 송지문은 그의 나이 약 40세가 되는 證聖 元年(695)에 낙양에서 다시 관직 생활을 하며 자주 지방으로 출장을 나가게 된다. 하지만 이때 그가 어떤 관직을 하고 있었는가에 대해서는 알려진 바가 없다. 다만 그 다음해인 萬歲登封 元年(696)에 陳子昂이 지어 송지문에게 화답한 〈東征至淇 門答宋參軍之問〉을 보아 송지문은 혹시 이미 증성 원년부터 洛州參軍을 역임 하고 있었던 것은 아닐까 추측해 볼 수 있다.

한편 송지문은 이른바 '方外十友'라는 交友 관계를 가졌었다. 이에 관해 ≪藍 田縣志 · 雜記卷≫에 "송지문은 輞川에 기거하며 盧藏用, 司馬子徽, 釋懷一 등과 方外十友의 교류를 하였다."라는 기록이 보인다.32) 또한 구체적인 十友 가 누구인가에 대해서는 ≪唐詩紀事≫에 "子昂, 趙貞固, 盧藏用, 杜審言, 宋 之問, 畢隆澤(擇), 郭襲微, 司馬承禎, 釋懷一, 陸餘慶를 '方外十友'라 불렀다." 라는 구절이 보인다.33) 그런데 방외십우 중, 진자앙은 武后 光宅 元年(684)에 26세의 나이로 進士에 급제했으며,34) 같은 해에 趙貞固는 낙양으로 올라와 처음으로 진자앙과 교유를 시작했고,35) 조정고는 무후 萬歲通天 元年(696)에 汴州에서 죽음을 맞이했으니, 따라서 송지문이 輞川에 머물며 방외십우의 교 류를 한 것은 자연히 그의 나이 약 25세에서 40세가 되는 684년에서 696년 사이의 일로 볼 수 있다.

만세통천 원년(696) 이후로도 4년을 더 낙주참군을 지낸 송지문은 聖曆 二年 (699)에 심전기 등과 더불어 ≪三敎珠英≫ 편찬에 참여했고, 그해에 또 司禮主

---

32) ≪藍田縣志 · 雜記卷≫에 인용된 ≪避暑錄≫중, "宋之問居輞川, 與盧藏用, 司馬子徽, 釋懷 一等爲方外十友."(張海沙, ≪初盛唐佛敎禪學與詩歌硏究≫, 北京: 中國社會科學出版社, 2001, 98쪽)에서 재인용.

33) 計有功, ≪唐詩紀事≫: "子昂, 趙貞固, 盧藏用, 杜審言, 宋之問, 畢隆澤(擇), 郭襲微, 司馬承 禎, 釋懷一, 陸餘慶, 號方外十友."(上海: 上海古籍出版社, 1987), 102쪽.

34) 傅璇琮, ≪唐才子傳校箋≫卷1(北京: 中華書局, 1987), 103-104쪽 참조.

35) 陳子昂, 〈昭夷子趙氏碣頌〉(≪全唐文≫, 북경: 중화서국, 1983, 卷215, 2177쪽), 참조.

薄(從七品下)를 역임하게 된다. 그리고 武后는 다음해인 久視 元年(700) "6월에 控鶴을 奉宸府로 바꾸고 張易之를 奉宸令으로 삼아"[36] 전문적으로 자신의 시중을 들게 했다. 이때 송지문은 심전기, 閻朝隱 등과 더불어 장역지, 장창종 형제를 모시며 左奉宸內供奉의 직책을 맡으며 궁정문학의 侍從 역할을 하게 된다. 당시 송지문은 장역지 형제를 위해 문장을 대신 써 주기도 하였는데, ≪신당서≫에 "이 때 장역지 형제는 자주 가까이하고 매우 총애하였기에, 송지문과 염조은, 심전기, 유윤제는 마음을 바쳐 아부하였다. 장역지가 지은 여러 시편은 모두 송지문과 염조은이 지은 것이었고, 장역지를 위해서 소변통을 받쳐 주기에도 이르렀다."라는 기록이 보인다.[37] 이로 보아 당시 송지문은 시종 역할을 하며 장역지 형제에게 다소 지나치게 아부 한 것은 사실인 듯하다. 이렇게 장역지 형제를 모시며 아부 한 것은 후에 그가 1차 폄적을 당하는 빌미를 제공하기도 한다.

그 후 4년 뒤인 長安 三年(703)에 송지문은 尙方監丞(從六品下)으로 승진하는데, 이 때 그의 나이 약 48세였고, 그가 1차 폄적을 당하는 것은 그로부터 2년 뒤의 일이다.

앞 절에서도 언급 한바와 같이, 神龍 元年(705)에 張柬之, 敬暉 등이 張易之 형제를 척살하고 동시에 무후를 강제로 폐위 시키며 중종을 옹립하는 정변이 발생하는 과정에서, 장역지 형제와 교류를 하였던 많은 신하들이 폄적을 당하였다.[38] 이 때 송지문 또한 이에 연류 되어 瀧州(현재의 廣東羅定南)參軍으로 폄적을 당한다. 당시 송지문은 낙양에서 2월에 출발하여 蘄州黃梅(현재의 湖北에 속함), 洪州(현재의 江西南昌)을 지나 大庾嶺을 넘고 始興(현재의 廣東에 속함), 韶州(현재의 廣東韶關), 端州(현재의 廣東肇慶)를 경유하여 瀧州江을 따라 瀧州에 도착하는

---

36) ≪資治通鑑≫卷206, 武則天久視元年條："六月, 改控鶴爲奉宸府, 以張易之爲奉宸令."
37) ≪新唐書·宋之問傳≫："于時張易之等烝昵寵甚, 之問與閻朝隱, 沈佺期, 劉允濟傾心媚附, 易之所賦諸篇, 盡之問朝隱所爲, 至爲易之奉溺器."
38) 본장 注(23) 참조.

여정을 겪게 된다.

≪구당서≫의 "瀧州參軍으로 좌천 된지 얼마 되지 않아, 도망쳐 돌아와 낙양의 張仲之 집에 숨었다."라는 구절이 있는데,[39] 이는 역대로 송지문의 비열한 인격을 드러내는 일화로 여겨져 왔다. 그러나 이것은 사실상 오해의 소지가 많은 기록으로, 즉 송지문은 도망쳐서 낙양에 돌아온 것이 아니라 瀧州에 도착한 이듬해인 神龍 2年(706) 황제의 사면을 받고 歸京한 것으로 수정해야 할 것으로 보인다. 이는 그의 시 〈初承恩旨言放歸舟〉를 통해서도 증명 할 수 있는데, 시 중에 "눈물로 오늘의 기쁨을 맞이하고, 꿈으로 어제 밤의 슬픔 바꾼다. 스스로 돌아가는 혼에게 말하노니, 뜨거운 남방은 머물 곳이 못 되는구나"라는 구절은 당시 사면되어 돌아가는 그의 기쁜 심정을 잘 나타내 주고 있다.[40] 이에 관해서는 다음 절에서 상세히 검토하기로 한다.

한편 조정에 돌아 온 송지문은 그해 바로 鴻臚主薄을 역임 하며 정치에 복귀하게 되며, 이후로는 특히 韋后, 武三思와 安樂公主 등의 정치 세력과 가깝게 지낸다. 그는 景龍 元年(707)에는 〈宴安樂公主宅〉, 〈春游宴兵部韋員外韋曲莊序〉 등의 시를 지었고, 그 해 7월에 武三思와 그의 아들 武崇訓이 정변으로 피살되고 나서는 〈爲梁王武三思妃讓封表〉, 〈魯忠王輓詞〉 등을 지었고, 또한 위후를 송덕하면서는 〈爲文武百寮等請造神武頌碑表〉 등의 일련의 시편을 짓게 된다. 후일 송지문이 2차 폄적을 당하고 桂州에서 죽음을 맞이하게 된 것은 이러한 韋, 武 정치집단과 밀접한 관계가 발단이 된 것이기도 하다.

景龍 2年(708)에 송지문은 언제 鴻臚主薄에서 승진하였는지는 알 수 없어도 이 해에 戶部員外郎의 직책으로 修文館直學士에 편입되었다가 다시 考功員外

---

39) ≪舊唐書 · 宋之問傳≫卷190中: "左遷瀧州參軍, 未幾, 逃還, 匿於洛陽人張仲之家."

40) 송지문, 〈初承恩旨言放歸舟〉: "淚迎今日喜, 夢換昨宵愁. 自向歸魂說, 炎方不可留." 송지문은 景雲 元年(710)에 2차 폄적을 당했으나, 그 때는 폄적지에서 죽음을 맞이했으니, 이 시는 마땅히 1차 폄적 당시인 神龍 2年(706)에 지어진 것임. ≪沈佺期宋之問集校注≫의 〈簡譜〉 797-798쪽 참조.

郞으로 약간 강등 한다. 당시 송지문은 수문관직학사의 신분으로 황제의 각종 연회와 행차에 참여하여 각종의 응제시를 짓는데, 그는 이때 궁정시인으로서는 최고의 영예를 누리게 된다. ≪唐詩紀事≫에 실려 있는 中宗 景龍 元年(709) 정월 그믐 때, 곤명지에서 벌인 연회석상에서 송지문의 시가 최고의 찬사를 받은 것은 널리 알려진 일화이기도 하다.[41]

그러나 이러한 궁정시인으로서의 영달은 오래 가지 못했다. 그러한 영예를 얻은 바로 그해(709) 가을 중종이 송지문을 중용하여 中書舍人에 기용하려 하자 평소에 송지문이 중종의 딸인 안락공주와 가까이 지냈던 것을 못 마땅히 여기던 太平公主가 송지문이 고공원외랑으로서 知貢擧를 역임할 때 뇌물을 수수했다고 고발하며 汴州長史로 좌천시키고자 했으니, 결국 변주가 아닌 越州(현재의 浙江紹興) 長史로 바뀌어 또 다시 폄적을 당한다. 이것은 그의 나이 약 54세 때의 일이다.

그가 월주로 가기위해 경유했던 길을 살펴보면, 먼저 淮口(현재의 江蘇盱眙)를 지나 揚州(현재의 江蘇에 속함), 潤州(현재의 江蘇鎭江), 蘇州, 杭州를 지나 연말에 월주에 도착하게 된다. 주의할 것은 월주 장사로 좌천된 것은 사실상 송지문에게 있어서 그렇게 커다란 정치적 타격은 되지 못했다는 사실이다. 왜냐하면 長史는 고공원외랑과 같은 從五品上의 직급이었으며 월주는 결코 편벽한 곳이 아니었기 때문이다. ≪신당서≫의 "월주장사로 바뀌어 폄적 당한다. 스스로 몹시 힘을 기울여 정치를 돌보았고, 剡溪山을 끝까지 유람하며 술을 놓고 시를 지으니 경성까지 유포되어 사람들마다 전하며 읊었다."[42]라는 구절은 당시 송지문의 비교적 여유 있는 모습을 보여주는 듯하다.

이 당시 송지문은 월주의 法華寺, 雲門寺, 稱心寺 등의 사찰과 鏡湖, 若耶

---

41) 본고 제Ⅲ장, 注(26) 참조.
42) ≪新唐書 · 宋之問傳≫卷202, "改越州長史, 頗自力為政, 窮歷剡溪山, 置酒賦詩, 流布京師, 人人傳諷."

溪 등의 명승지를 돌며 1년이 안 되는 시간동안 약 30수에 가까운 시를 창작한다. 주목할 것은 이 시기의 詩作 중 약 12수는 여러 사찰을 유람하고 승려들과 唱和하는 가운데 지은 것으로, 그 가운데에는 禪理의 색채가 농후하여 아마도 이 시기에 송지문은 佛家의 禪宗과 접촉하며 이를 받아들인 듯하다.

한편 월주에서 나름대로 정치에 힘을 기울이며 재기를 꿈꾸었던 송지문은 월주로 폄적 온 이듬해인 睿宗 景雲 元年(710) 6월 그 꿈을 이루지 못하고 결국 또 다시 欽州(현재의 廣西에 속함)로 유배를 당한다. ≪資治通鑑≫은 이에 관해 "월주장사 송지문, 饒州刺史 冉祖雍은 武氏와 韋后에 빌붙었다는 죄로 모두 嶺南으로 유배당했다."[43]라고 기록하고 있다. 이후 약 2년 후 송지문은 유배지에서 죽음을 맞이한다.

그의 죽음에 관해서는 玄宗 先天 元年(712)에 유배지에서 사약을 받아 최후를 맞이했다는 것에 대체로 의견이 모아지고 있다. 그러나 그가 어느 유배지에서 죽음을 맞이했는가에 대해서는 역대로 의견이 분분하다. 그 주장은 대략 '欽州'에서 죽음을 맞이했다는 설과 '桂州'에서 죽음을 맞았다는 두 가지 설로 크게 나뉜다. 먼저 近來에 '欽州說'을 주장하는 것으로는 昭民의 〈宋之問'賜死' 欽州考〉,[44] 羅宗强 ≪隋唐五代文學史≫,[45] 周祖譔 ≪中國文學家大辭典≫[46] 등이 있으며, '桂州說'을 제기하는 것으로는 譚優學 ≪唐詩人行年考續編 · 宋之問行年考≫,[47] 陶敏 〈宋之問卒于桂州考〉가[48] 대표적이다. 이들의 주장을 토대로 먼저 前者의 '흠주'설을 보면, 이들은 주로 ≪舊唐書≫에서 "欽州로 유배되어 갔다. 先天年間 중에 유배지에서 사약이 내려져 죽었다."라는 史料에

---

43) ≪資治通鑑≫卷209, "越州長史宋之問, 饒州刺史冉祖雍, 坐詔附武韋, 皆流嶺表."
44) 昭民, 〈宋之問'賜死'欽州考〉(≪學術論壇≫, 1993년 3월), 참조.
45) 羅宗强, ≪隋唐五代文學史≫(北京: 高等敎育出版社, 1993), 上冊, 111쪽, 注(33) 참조.
46) 周祖譔, ≪中國文學家大辭典≫, 396쪽 참조.
47) 譚優學, ≪唐詩人行年考續編 · 宋之問行年考≫, 33-34쪽, 참조.
48) 陶敏, 〈宋之問卒于桂州考〉(≪文學遺産≫, 2000年, 第2期), 참조.

기초하고 있음을 알 수 있다.[49] 그러나 이 문장을 잘 분석해 보면 사약을 받은 유배지가 반드시 欽州일 필요는 없으며 더욱이 ≪舊唐書 · 周利貞傳≫에서 "현종이 즉위하니, 周利貞은 薛季昶, 송지문과 함께 桂州驛에서 사약을 받고 죽었다."라고 명확히 桂州를 밝히고 있는 점,[50] 그리고 ≪新唐書 · 宋之問傳≫에서 冉祖雍이 "역시 영남으로 유배를 당하고, (송지문과) 나란히 계주에서 사약을 받아 죽었다."라고 언급하고 있는 점으로 미루어 볼 때,[51] 송지문은 '계주'에서 죽음을 맞이했다는 後者의 주장이 것이 더욱 설득력을 얻는다. 그러나 ≪舊唐書 · 周利貞傳≫의 기술은 ≪新唐書 · 周利貞傳≫에서 "주리정은 邕州長史로 폄적되었고, 얼마 되지 않아 梧州에서 사약을 받고 죽었다."라고 언급한 내용과 일치하지 않을 뿐만 아니라,[52] 또한 주리정은 적어도 개원 2년(714) 이후에나 죽었으며 薛季昶 또한 睿宗 즉위(710) 전에 죽었음이 밝혀짐으로써,[53] ≪구당서≫의 언급 또한 신빙성을 잃고 만다. 게다가 송지문이 冉祖雍과 나란히 계주에서 죽음을 맞았다는 ≪신당서 · 송지문전≫의 언급에 대해서 일찍이 宋人 葛立方은 ≪韻語陽秋≫에서 "史籍에 송지문은 冉祖雍과 함께 계주에서 사약을 받고 죽었다고 실려 있다. … 〈發藤州〉 및 〈昭州〉 두 시편의 두 州는 모두 계주의 남쪽에 있으니, 사약을 받고 죽음을 당한 장소가 계주가 아님은 분명하다."라고 회의하기도 했으니,[54] '계주'설 또한 쉽사리 확정짓기에는 아직 부족한 감이 남아 있다. "송지문이 죽은 장소에 대해서는 여전히

---

49) ≪舊唐書 · 宋之問傳≫: "配徒欽州. 先天中, 賜死於徒所."
50) ≪舊唐書 · 周利貞傳≫卷186: "玄宗正位, 利貞與薛季昶, 宋之問同賜死於桂州驛."
51) ≪新唐書 · 宋之問傳≫卷202: "睿宗立, 以獪險盈惡詔流欽州. 祖雍歷中書舍人, 刑部侍郎. 倡飲省中, 為御史劾奏, 貶蘄州刺史. 至是, 亦流嶺南, 竝賜死桂州."
52) ≪新唐書 · 周利貞傳≫卷208: "貶利貞邕州長史, 未幾, 賜死梧州."
53) 傅璇琮, ≪唐才子傳校箋≫卷1, 94~95쪽 참조.
54) 葛立方, ≪韻語陽秋≫卷6: "史載宋之問冉祖雍並賜死於桂州. … 有發藤州及昭州二詩二州皆在桂州之南則賜死之地非桂州明矣"(何文煥訂, ≪歷代詩話≫, 臺北: 藝文印書館, 1991), 329쪽.

수수께끼로 남아 있는 것이다."55)

　"≪宋之問集≫十卷"이란 조목이 ≪舊唐書·經籍志下≫, ≪新唐書·藝文志四≫, ≪直齋書錄解題≫卷16 등에 기재되어 있다. 그러나 이 판본은 대략 明末에 소실되었다. 현존하는 판본으로 가장 중요한 것은 明代 崦西精舍刊≪宋之問集≫二卷으로, 여기에는 賦 2수와 詩 176수가 실려 있다. 이밖에 嘉靖朱警刊 ≪唐百家詩≫本, 嘉靖黃埻刊張遜業校≪唐十二家詩≫本, 萬曆許自昌校刻≪全唐十二家詩≫本 등이 있다.

55)　劉辰婭, 〈宋之問兩謫嶺南新考〉: "關于宋之問的死地, 至今仍是個迷."(≪文學遺産≫, 1988年 第6期), 84쪽.

4. 沈·宋의 人品과 詩品

역대로 심·송의 인품은 저열한 것으로 인식되어 왔다. 그 주된 원인은 심·송 모두 考功員外郎 재직 시 뇌물을 받았고 武后의 嬖臣 張昌宗 형제에게 빌붙어 아부를 했다는 점과 특히 송지문은 유배지에서 몰래 도망쳐 나와 그의 친구 王同皎가 武三思를 죽이려 한다는 계략을 고발함으로써 면죄부를 받았다는 것 등에서 기인한다. 이로 인해 역대의 많은 선비들은 심·송을 비열한 성품의 소유자로 비하했으니 심지어는 "똑같이 이와 머리카락을 갖춘 사람으로서 행실이 어찌 이 지경에까지 이르렀는가?"56)라는 질타까지 했다.

그런데 중요한 것은 이렇듯 힐난 받는 이들의 인품으로 인하여, "詩品은 人品에서 나온다."57)라는 중국전통의 비평 논리 속에서, 이들의 詩品 또한 이와 함께 일률적으로 상당부분 폄하 받아왔다는 사실이다. 錢基博의 ≪中國文學史≫에서 언급한 다음의 내용은 그러한 사실을 단적으로 보여준다.

張易之 형제가 무후와 가까워져 총애가 깊어지니, 송지문과 심전기는 아부하는데 심혈을 기울였다. 장역지가 쓴 여러 詩篇은 대부분 송지문이 대신 써준 것이며, 장역지를 위해 소변통까지 받쳐 주기에 이르렀기에, 선비들에게 크게 지탄 받았다. 그리고 이 때문에 이들의 詩文을 내용 없이 희롱이나 하며 가볍고 부미한 것이라 헐뜯게 되었다.58)

---

56) 葛立方, ≪韻語陽秋≫卷7: "匿張仲之家, 而告其私, 規以贖罪. 之問亦含齒戴髮者, 所爲何至如是乎!"(上海: 上海古籍出版社, 1984), 95쪽.

57) 劉熙載, ≪詩槪≫: "詩品出於人品"(臺北: 華正書局, 1985), 82쪽.

58) 錢基博, ≪中國文學史≫: "張易之等蒸昵寵甚, 之問, 佺期傾心媚附. 易之所賦諸篇, 多之問代爲, 至爲易之奉溺器, 大爲士論所薄, 而因詆其詩文俳體輕靡."(北京: 中華書局, 1996), 272쪽.

예를 들어 賀裳(生卒年未詳, 約 1681年 前後 활약)의 ≪載酒園詩話又編≫에서는
다음과 같이 언급한다.

> 송지문은 張易之에게 빌붙어 아첨을 하다가, 瀧州에 폄적을 당했으나, 도망
> 쳐 돌아와 張仲之의 집에 은닉하였다. 장중지는 武三思를 제거하여 왕실을 안
> 정시킬 계획을 세웠었는데, 형의 아들(실제로는 동생 宋之遜의 아들) 宋曇을 시켜
> 그 변고를 상부에 알려 속죄를 구걸하였다. 음험하기가 이와 같았는데, 그러나
> "스스로 오로지 충효를 최고로 삼을지니, 이 죄는 어리석음으로 얻은 것이다.
> [自惟最忠孝, 斯罪憒所得.〈早發大庾嶺〉]"라 말했고, 또한 "나는 평생 충성과
> 믿음을 품었으니, 소리 높여 읊조리며 스스로 편히 한가로워 하노라.[吾生抱忠.
> 信, 吟嘯自安閑.〈下桂江縣黎壁〉]"라고 했으니, 정말로 얼굴이 두껍다.59)

송지문의 시가 예술은 그들의 인품과 결부되어 철저하게 폄하 당하고 있음
을 볼 수 있다. 이러한 비평 방식은 현대에 이르러서도 여전히 그 효력을 발휘
하고 있다. 劉開揚이 ≪唐詩通論≫에서 송지문의 詩인 〈途中寒食題黃梅臨江
驛寄崔融〉을 평가하면서 "이 시는 정밀하고 공교하게 격률에 부합하고 있지
만, 애석하게도 그의 사람 됨됨이가 말할 만한 것이 못되기에, 시도 그로인해
빛이 바랬다."60)라고 한 것은 좋은 예이다. 또한 역대의 많은 평자들은 심·
송의 詩作을 칭찬하는 와중에도 이들의 저열한 인품을 거론하고 있으니, 方回
(1227-1307)의 ≪瀛奎律髓≫에서 "송지문은 唐代 율시의 鼻祖이다. 시는 훌륭
하지 않은 것이 없으나, 그 사람됨을 논하자면 … 천하가 그를 추악하게 여겼
다."61)라고 하거나, 鍾惺(1574-1625)이 ≪唐詩歸≫에서 "송지문은 공명에 초조

---

59) 賀裳, ≪載酒園詩話又編≫: "延淸諂附易之, 謫龍州, 逃歸匿張仲之家. 仲之謀誅三思, 安王
   室, 卽令兄子曇上變乞贖罪. 傾險如此, 而曰'自惟最忠孝, 斯罪憒所得.', 又曰'吾生抱忠信, 吟
   嘯自安閑.'眞是厚顔.(郭紹虞, ≪淸詩話續編≫, 上海: 上海古籍出版社, 1999, 301쪽)
60) 劉開揚, ≪唐詩通論≫: "這詩精工合律, 惜其爲人不足道, 詩便爲之減色."(成都: 巴蜀書社出
   版社, 1998), 87쪽.

48

해 했던 사람이나, 그의 시는 깊고 고요하며 그윽이 좋아, 단지 엄정할 뿐만
은 아니었다. 詩文에는 결코 그 사람 같지 않은 것은 있다."[62]라고 한 것이
모두 그러하다. 물론 이렇듯 인품의 결함을 들추어내며 비평하는 방식은 작품
의 평가를 상대적으로 떨어뜨리고 있음은 자명하다.

그러나 실제로 심·송의 인생역정을 자세히 고찰해보면, 이들의 인품에 대
한 후대의 인식은 다소 왜곡되어 왔음을 알 수 있다. 다시 말해 이들의 인품이
고대 선비들의 理想에는 꼭 부합하지는 않더라도 후세 평자들이 인식하고 있
는 그런 정도로 비열하거나 저속하지는 않다는 것이다. 다음에서는 이들의 인
품에 관계된 적지 않은 오해에 대해 고증을 해보고자 한다.

(1) 沈佺期 人品論

역대로 심전기의 인품이 비열하다고 평가한데에는 크게 두 가지 원인이 있
다. 하나는 그가 知貢擧 시절에 뇌물을 수수하였다는 것이고, 다른 하나는 궁
중 연회에서 〈回波樂〉을 지어 관직을 구걸했다는 것이다. 그런데 이와 관계
된 당시의 여러 문헌을 고찰해 보면, 이 같은 사실은 실제 상황과 다소 거리가
있음을 발견할 수 있다. 먼저 뇌물 수수 사건을 살펴보자.

≪舊唐書·沈佺期傳≫에 다음과 같은 기록이 보인다.

다시 考功員外郞으로 轉職하나, 뇌물수수의 죄를 입고 嶺南으로 유배당한다.[63]

---

61) 方回, ≪瀛奎律髓≫卷1: "宋之問, 唐律詩之祖, 詩未嘗不佳, 論其爲人……天下丑之."(上海:
上海古籍出版社, 1993), 8쪽.
62) ≪唐詩歸≫卷3: "鍾惺曰: 之問竟躁人, 其爲詩冞靜冞適, 不獨峻整而已. 詩文故有絕不似其人
者."
63) ≪舊唐書·沈佺期傳≫卷190中: "再轉考功員外郞, 坐贓配流嶺南."

≪新唐書・沈佺期傳≫에서는 다음과 같이 전한다.

考功員外郎 때에 뇌물을 받고, 탄핵을 받았으나 판결이 나지 않았고, 장역지
의 패망에 엮여, 멀리 환주로 유배당했다.[64]

≪唐詩紀事≫卷11에도 이와 비슷한 기록이 보인다. 이 짧은 기록들로 인해
심전기는 뇌물을 수수한 파렴치범으로 몰렸음은 물론이다. 그러나 이러한 기
록들은 당시의 실제 상황과는 다소 차이가 있을 확률이 매우 높다.

먼저 ≪舊唐書≫에서는 심전기가 "뇌물죄로 인해 영남으로 유배를 당했다
[坐贓配流嶺南]"라고 언급하고 있는데 이는 사실과 부합하지 않는다. 왜냐하
면 심전기가 뇌물수수로 하옥된 시기는 장안 4년(704)이었고, 그가 유배 길에
오른 것은 그 이듬해인 神龍 元年(705) 2월이었기 때문이다. 게다가 그가 폄적
을 당하게 된 것도 장역지 형제가 척결을 당하게 되었을 때 그에게 아부하며
빌붙었다는 것이 그 주요한 이유였던 것이니, 즉 ≪구당서≫에서처럼 뇌물죄
로 유배를 당하게 된 것은 결코 아니라는 사실이다.[65]

또한 심전기의 뇌물수수 사건 역시 誣告일 확률이 높다. 왜냐하면 심전기가
하옥된 1년 남짓의 시간 동안 그 탄핵 사건은 "판결이 나지 않았던[劾未究]"
사실을 보아 그 탄핵은 확실한 물증이 없었던 것으로 추측해 볼 수 있기 때문
이다. 심전기는 그의 시 〈被彈〉에서 "천 개의 비방은 한 조각도 진실이 없네
[千謗無片實]"라고 토로한 적이 있는데 이는 공연한 말이 아니었다. 게다가
심전기는 이 하옥된 시기에 몇 편의 시를 써서 자신의 결백을 일관되게 주장
하고 있다. 예를 들어 그의 〈被彈〉에서는 "만 가지의 모략은 많은 이의 노여

---

64) ≪新唐書・沈佺期傳≫卷202: "考功受賕, 劾未究, 會張易之敗, 遂長流驩州."
65) 馬茂元,〈讀兩唐書・文藝(苑)傳〉札記〉: "盖佺期以阿附張易之, 于神龍元年(公元705年)與
杜審言, 宋之問等人同流嶺表, 與知貢受賕無關, ≪舊傳≫乃以坐贓事當之, 謬矣."(馬氏, ≪晚
照樓論文集≫, 上海: 上海古籍出版社, 1981, 104쪽)

움을 사고, 천개의 비방은 한 조각도 진실이 없네. … 가슴의 아픔 펼쳐 낼 수 없고, 품은 억울함 끝내 밝히기 어렵다.[萬鑠當衆怒, 千謗無片實.…懷痛不見伸, 抱冤竟難悉]"라고 했으며, 〈移禁司刑〉에서는 "하루아침에 그릇된 탄핵을 받으니, 세 번을 돌아봐도 끝내 잘못이 없네.[一朝逢糾謬, 三省竟無虞]"라고 피력했으며, 〈枉繫〉其二에서는 "나는 털끝만큼도 허물없으니, 괴로운 마음으로 눈얼음 같은 지조 품는다.[我無毫髮瑕, 苦心懷冰雪]"라고 밝히는 등 매우 강하게 자신의 결백을 주장하고 있는 것이다. 이 같은 점으로 보아 심전기의 뇌물수수 연류는 억울한 누명이었을 확률이 매우 높은 것으로 볼 수 있다.

다음으로 심전기가 궁중 연회에서 〈回波樂〉을 지어 관직을 구걸했다는 것에 대해 살펴보자. ≪新唐書≫에 다음과 같은 언급이 보인다.

宴會에서 시중들 때, 황제가 학사들에게 〈回波〉 춤을 추게 명하였다. 심전기는 가벼운 詞를 지어 황제를 즐겁게 하였고, 상아홀과 배복을 돌려받았다.66)

이 연회는 중종 경룡 3년(709)에 벌어진 것으로, 이때는 심전기가 폄적에서 돌아온 이후로 당시 관직은 起居郎으로 從六品上이었으니 폄적 이전인 正五品上 給事中 보다는 낮았다. 이 때 심전기는 "가벼운 詞를 지어 황제를 즐겁게 하여[爲弄辭悅帝]", 옛 관직을 돌려받았다라고 ≪新唐書≫는 전하고 있는 것이다. 이후 이 언급에 의거해 후대의 많은 문인들은 심전기는 황제에게 아부하는 사를 지어 관직을 구걸한 것 같은 인상을 주게 된 것이다. 그러나 실제 상황은 조금 다르다. 당시에 지었던 심전기의 〈回波樂〉을 보자.

廻波爾似佺期　굽이치는 물결! 너는 마치 나 자신과 같아
流向嶺外生歸　산 밖으로 유배 되었다가 살아서 돌아 왔네

---

66) ≪新唐書·沈佺期傳≫卷202: "既侍宴, 帝詔學士等舞回波, 佺期為弄辭悅帝, 還賜牙緋."

身名已蒙齒錄　몸과 이름은 이미 관직 회복했으나
袍笏未復牙緋　관복과 홀만은 아직 상아홀과 붉은색 되찾지 못했네

여기에는 그 어떤 아부의 내용도 보이지 않으며, 오히려 당당하게 자신의
의견을 솔직하게 고백하는 모습만 보일 뿐이다. 또한 이와 같이 시를 통해 자
신의 의견을 솔직하게 황제에게 고백하는 것은 당시 궁정 연회에서는 흔히 볼
수 있는 일이었으니, 특히 〈回波樂〉은 전문적으로 그러한 용도에 활용되었던
곡조였던 것이다. 예를 들어 《大唐新語》에 다음과 같은 대목이 보인다.

　　경룡연간에 중종이 일찍이 흥경지를 유람했는데, 곁에서 모신 자들이 번갈아
　　일어나 춤과 노래를 하며 〈回波詞〉를 불렀는데, 이 틈을 타서 官爵을 구했다.[67]

사실 〈回波樂〉은 중종시기에 새로 만들어진 新曲으로, 당시 궁중의 연회에
서는 이 곡을 사용하여 본인이 구하는 바를 떳떳이 밝히거나, 혹은 이를 사용
해 諫止의 뜻을 내비치기도 했던 것이다.[68] 이와 같은 당시의 정황을 보면
심전기가 〈回波樂〉을 지으며 옛 관직을 돌려받을 것을 요구했던 것은, 결코
심전기 혼자만이 사용한 치졸한 행위가 아닌 당시의 궁정시단에서 일반적으
로 볼 수 있던 관행이었던 것이다. 다시 말해 심전기의 이러한 행위는 찬양
받을 만한 것은 못된다고 하더라도 후세 사람들이 생각하는 만큼 그런 정도로
비열한 행위는 아니었던 것으로 평가할 수 있다.
위를 종합해 보면, 심전기는 뇌물을 받고 탄핵을 받기는 했어도 그 죄상이
분명치 않아 誣告일 가능성이 매우 높으며, 또한 궁정 연회에서 옛 관직을 회
복 시켜달라는 시를 짓기는 했어도 이는 당시 시단의 관행이었다. 이러한 점

---

67)　《大唐新語》卷3: "景龍中, 中宗嘗遊興慶池, 侍宴者遞起歌舞, 并唱迴波詞, 方便以求官爵."
68)　傅璇琮, 《唐才子傳校箋》卷1: "按〈回波〉樂舞, 當是中宗時興起之新曲, 亦可表達干求, 諫
　　止之意."(82쪽)

을 고려하면, 심전기의 인품에 대한 후세 평가는 다소 지나치게 폄하하고 있음을 알 수 있다. 물론 심전기는 장역지 형제에게 아부를 하며 당시의 전형적인 궁정시인의 형상을 보여주기는 했지만, 그렇다고 해서 후세 평자들이 생각하는 만큼 그 정도로 저열한 인품의 소유자는 아니었던 것이다.

(2) 宋之問 人品論

일반적으로 송지문의 인품은 심전기에 비해 더욱 저열한 것으로 알려져 있다. 이렇게 된 원인은 그와 관련된 좋지 않은 醜聞이 더욱 많이 회자되었기 때문이다. 대표적인 추문으로는 무후의 男寵인 張易之 형제에게 오줌통까지 받쳐줄 정도로 아부를 했던 점, 친구 王同皎 등이 武三思를 제거하려는 계획을 밀고하여 榮達을 추구했던 점, 또한 劉希夷를 살해하고 그의 시구를 빼앗아 자신의 것으로 삼았다는 점 그리고 知貢擧 시절에 뇌물을 수수하였던 점 등이 있다. 그러나 이러한 추문과 관련된 각종의 史料를 살펴보면, 그 상당 부분이 사실과 다르게 왜곡되어 있음을 알 수 있다. 예를 들어 송지문이 則天武后의 嬖寵인 "장역지에게 오줌통까지 받쳐 주는 지경에까지 이르며[至爲易之奉溺器]" 아부하였다는 ≪新唐書≫의 언급은 사실상 張鷟(658-730)의 ≪朝野僉載≫에서 유래하는 것으로 張鷟은 다음과 같이 언급했다.

侍御史 郭霸가 來俊臣의 똥을 맛보고, 송지문이 장역지의 오줌통을 받쳐주었던 것은, 모두 아부를 하며 꾸며낸 것들이니, 실로 名敎의 큰 폐해가 되는 것이다.[69]

---

69) ≪朝野僉載≫卷五: "天后時, 張岌詔事薛師, 掌擎黃幭, 隨薛師後, 於馬傍伏地, 承薛師馬鐙. 侍御史郭霸嘗來俊臣糞穢. 宋之問奉張易之溺器並偸媚取容實名敎之大弊也."

그러나 이 내용에 대해 今人 譚優學는 먼저 장작이 어찌 그러한 사실을 자신의 눈으로 직접 볼 수 있었는가에 회의를 품었으며, 또한 ≪資治通鑑≫에서는 郭覇가 오물을 맛본 사람은 來俊臣이 아니고 魏元忠으로 기재되어 있어, 위의 기재가 신빙성이 떨어진다고 여겼고, 게다가 당시에 이미 무후와 신임을 얻고 있었던 송지문이 그러한 행동을 했을 리 만무하다는 등의 이유를 들며 강하게 회의를 했다.70) 실제로 ≪朝野僉載≫는 小說家의 저작으로 그 내용이 황당무계한 것들이 많다. 그래서 洪邁(1123-1202)는 ≪容齋續筆≫卷12에서 이 저작에 대해 "일을 기록한 것이 모두 자질구레하며 조각났으며, 또한 무람없는 말이 많다.[紀事皆瑣尾摘裂, 且多媟語]"라고 까지 했다. 따라서 이러한 소설가의 말에서 유래한 ≪신당서≫의 기록은 그 신빙성이 매우 떨어지는 것으로 볼 수 있다. ≪舊唐書≫나 ≪資治通鑑≫에서 그러한 기록을 하지 않은 것도 아마도 그 사실에 회의를 품었을 가능성이 높다. 이렇듯 송지문과 관련된 추문은 상당부분 사실과 다른 경우가 많았으니, 본 절에서는 이와 관련한 왜곡된 사실을 아래와 같이 재조명 하고자 한다. 물론 이의 목적은 송지문의 인품을 좀 더 공정하게 평가하는 데에 있다.

① 貶謫地에서 도망쳐 洛陽으로 돌아 온 후 친구를 팔아 告變한 사건

≪舊唐書 · 宋之問傳≫에 다음과 같은 기록이 보인다.

張易之 등이 패하고 나서 瀧州參軍으로 좌천되었다. 얼마 지나지 않아 도망쳐 돌아와 낙양 사람 張仲之의 집에 숨었다. 장중지는 駙馬都尉 王同晈 등과 더불어 武三思를 살해할 계획을 꾸몄는데, 송지문이 형의 아들을 시켜 그 일을 고발하고 자신의 죄를 씻고자 했다. 왕동교 등이 죄를 얻게 되자 송지문은 鴻臚主簿으

---

70) 譚優學, ≪唐詩人行年考 · 宋之問傳≫, 7-8쪽 참조.

로 승진하였으니, 이 일로써 의로운 선비들에게 심한 질책을 받게 되었다.[71]

≪新唐書≫에서도 "송지문은 낙양으로 도망쳐 돌아와 장중지의 집에 숨었다. … 형의 아들 曇과 冉祖雍을 시켜 황급한 政變을 고해바치고 이로써 속죄를 구걸하였다."[72]라 하며 송지문을 그 고발 사건의 主謀者로 인식하고 있다.

그러나 후대의 일부 사료에서는 이에서 더 나아가 송지문을 아예 그 사건의 고발 당사자로 치부해 버리고 있으니, 辛文房(生卒年未詳, 약 1304年 前後 활약)의 ≪唐才子傳≫에서 "후에 도망해 돌아와 張仲之 집에 숨었다. 장중지가 무삼사를 죽이려 하는 계획을 듣고 이에 고변을 하여 鴻臚主簿으로 발탁되었다."[73]라고 언급한 것이나, 이와 유사한 기록을 보여주는 ≪全唐文≫의 내용은 모두 그 좋은 예다. 물론 후세의 많은 선비들은 이러한 내용을 그대로 믿고 송지문의 인품을 평가했을 것이므로 그의 인품이 질타 받는 것은 당연한 일이 된다. 그러나 이 사건은 다음과 같은 두 가지 측면에서, 적지 않은 연구자들에 의해 그것이 허구임이 밝혀졌다. 첫째, 송지문은 폄적지에서 도망쳐 낙양으로 돌아 온 것이 아니라 사면을 받고 돌아 온 것이다. 둘째, 왕동교 사건을 고발한 사람은 송지문이 아니고 그의 동생 宋之遜이다.

먼저 송지문 '赦免復歸說'에 관해 살펴보자. 사실 이 주장을 가장 강력하게 뒷받침 해주는 근거는 그의 시가 속에서 찾아볼 수 있다. 그는 시작 〈初承恩旨言放歸舟〉에서 다음과 같이 읊고 있다.

---

71) ≪舊唐書 · 宋之問傳≫卷190中: "及易之等敗, 左遷瀧州參軍. 未幾, 逃還, 匿於洛陽人張仲之家. 仲之與駙馬都尉王同皎等謀殺武三思, 之問令兄子發其事以自贖. 及同皎等獲罪, 起之問為鴻臚主簿, 由是深為義士所譏."

72) ≪新唐書 · 宋之問傳≫卷202: "之問逃歸洛陽, 匿張仲之家. 會武三思復用事, 仲之與王同皎謀殺三思安王室, 之問得其實, 令兄子曇與冉祖雍上急變, 因丐贖罪. 由是擢鴻臚主簿, 天下醜其行."

73) 辛文房著, 傳璇琮主編, ≪唐才子傳校箋≫卷1: "後逃歸, 匿張仲之家. 聞仲之謀殺武三思, 乃古變, 擢鴻臚主簿"(北京: 中華書局, 2002), 90쪽.

一朝承凱澤　하루아침에 기쁜 성은을 받들고
萬里別荒陬　만 리 밖 거친 변방과 이별을 하네
去國雲南滯　경성을 떠나와 운남에서 머물다가
還鄉水北流　고향 향해 북쪽 물줄기로 돌아가노라
淚迎今日喜　눈물로 오늘의 기쁨 맞이하고
夢換昨宵愁　꿈으로 어제 밤 수심 바꾸려네
自向歸魂說　스스로 귀향하는 혼령에게 말하노니
炎荒不可留　뜨거운 황무지 땅에서 머물러선 아니 되리

　송지문은 2차 폄적기에 유배지에서 죽음을 맞이했다. 따라서 이 시는 당연히 1차 폄적 시기에 지어진 것으로 보이며, 결국 이 시를 통해 송지문은 사면을 받고 귀향했음을 알 수 있다.74) 이 시 외에도 神龍 2年 귀향 도중에 지은 〈自湘源至潭州衡山縣〉에서 송지문은 "상강에 배 띄워 빠른 물살을 따라가다, 나루터에 멈추어 멀리 눈길을 보낸다. … 나는 궁궐 바라보는 나그네려니, 돌아가는 배는 빨라도 이미 습관 되었다.[浮湘沿迅湍, 逗浦凝遠盼. … 紛吾望闕客, 歸橈速已慣]"라고 읊은 적이 있는데, 여기서 그 스스로를 '궁궐 바라보는 나그네[望闕客]'로 표현한 것은, 그러한 사실을 더욱 신빙성 있게 만든다. 왜냐하면 만일 송지문이 몰래 도망쳐 귀향을 하고 있는 도중이라면 감히 궁궐을 떳떳이 바라 볼 수 없었을 터이기 때문이다.

　사실 위의 주장은 그 '告變' 사건과 함께 맞물려 살펴보면 더욱 확연해 지는 듯하다. 역대로 그 고변사건의 주모자로 송지문이 아닌 그의 동생 宋之遜으로 지목한 것은 唐代 張鷟(658-730)의 ≪朝野僉載≫에서 처음이다. ≪太平廣記≫에서는 ≪朝野僉載≫의 내용을 다음과 같이 인용하고 있다.

---

74) 이에 관해서는 陶敏·易淑瓊校注, ≪沈佺期宋之問集校注≫(438-439쪽)와 楊墨秋, 〈宋之問研究二題〉(≪中國典籍與文化≫, 2002年, 第3期, 참조.)

송지손은 장역지 형제에게 빌붙어 아부를 하다가, 나아가 兗州司倉이 되었고, 그들이 망해서 돌아오니 왕동교가 작은 방에 숨겨 주었다. 왕동교는 비분강개한 선비로 韋氏와 武三思가 나라를 어지럽히는 것에 분개하여, 한 둘 친분 있는 자들과 그것을 논하며 매번 이를 갈았다. 송지손은 주렴 아래서 그것을 엿듣고 조카(실제로는 아들임) 宋曇을 보내 상서를 올려 그것을 고발하였다.[75]

　　≪資治通鑑≫卷208의 中宗 神龍2年 三月 條目에서도 이와 거의 흡사한 내용이 실려 있다. 여기서 밝히고 있는 것은, 고변 사건의 주모자는 송지문이 아닌 송지손이라는 점으로 이는 兩≪唐書≫와는 전혀 다른 견해인 것이다. 그런데 ≪舊唐書≫의 다른 곳인 〈蘇晉傳〉에서는 "蘇晉은 洛陽 사람인 張循之, 張仲之 형제와 잘 벗 삼았다. … 장중지는 신룡 연간에 武三思를 죽이려 계획했는데, 친구 송지손에게 고발당해 하옥되어 죽었다."[76]라고 되어 있으니, 이는 ≪舊唐書 · 宋之問傳≫의 내용을 스스로 뒤집는 결과가 되고 마는 것이다. 게다가 당시에 송지손은 冉祖雍, 李俊 등과 더불어 武三思의 귀와 눈이 되어 준 소위 '다섯 마리의 개[五狗]'로 통했으니,[77] 무삼사에게 그러한 기밀을 고발한 것은 역시 송지손으로 보는 것이 더욱 타당할 것이다.[78] 결국 송지문은

---

75) ≪太平廣記≫卷263: "之遜詔附張易之兄弟, 出為兗州司倉, 逮亡而歸, 王同皎匿之於小房. 同皎慷慨之士也忿逆韋與武三思亂國與一二所見言之每至切齒, 之遜於簾下竊聽之遺姪曇上書告之."
76) ≪舊唐書≫卷100: "晉與洛陽人張循之, 仲之兄弟友善. 仲之, 神龍中謀殺武三思, 為友人宋之遜所發, 下獄死."
77) ≪資治通鑑≫卷208: "三思既殺五王, 權傾人主. … 時兵部尚書宗楚客, 將作大匠宗晉卿, 大府卿紀處訥, 鴻臚卿甘元柬皆為三思羽翼. 御史中丞周利用, 侍御史冉祖雍, 太僕丞李俊, 光禄丞宋之遜, 監察御史姚紹之皆為三思耳目, 時人謂之五狗."
78) 當代에 들어서 이 告變 사건에 가장 먼저 의혹을 제기한 것은 譚學友, ≪唐詩人行年考續編 · 宋之問≫(成都: 巴蜀書社, 1987, 15-18쪽)이고, 뒤이어 張錫厚, 〈宋之問告變考補〉(≪中國文化≫, 第14期)에서는 매우 상세한 고증을 통해 그 주모자를 宋之遜으로 보았고, 傅璇琮, ≪唐才子傳校箋≫과 陶敏 · 易淑瓊, ≪沈佺期宋之問集校注≫는 모두 대체로 이 설을 따르고 있다.

폄적지에서 도망쳐 낙양으로 몰래 숨어 돌아 온 것이 아닌 정식적인 사면을 통해 복귀한 것이고, 더군다나 왕동교 고발 사건에는 전혀 관여를 하지 않은 것으로 볼 수 있다.

② 劉希夷를 살해하고 詩句를 탈취한 혐의

劉肅(生卒年未詳, 約 807年 前後에 활약)의 ≪大唐新語≫에 다음과 같은 대목이 있다.

> (劉希夷는) 일찍이 〈白頭翁〉을 지어 읊조렸다. '금년의 꽃 지고 얼굴 색 변하니, 내년에 꽃 필 때 누가 다시 있을까?' 이윽고 스스로 후회하여 말하기를, 나의 이 시는 예언 같으니, 石崇의 '흰 머리로 함께 돌아가노라'와 어찌 다르겠는가! 그래서 한 구절을 다시 지어 읊기를, '연마다, 해마다 꽃은 비슷하건만, 해마다, 연마다 사람은 같지 않구나.' 이윽고 탄식하며 말하기를, 이 구절 역시 예언으로 향하는 듯하구나. 그러나 죽음과 삶에는 운명이 있을지니, 어찌 또한 이것으로 말미암을 것인가?' 그래서 두 구절 모두 보존하였다. 시가 완성되고 일 년이 채 지나지 않아, 간악한자에게 살해를 당하였다. 혹자는 말하기를, 송지문이 죽였다고 한다.[79]

여기서 언급하고 있는 〈白頭翁〉 시는 ≪全唐詩≫의 송지문편에서는 〈有所思〉로, 유희이(651-約678)편에서는 〈代悲白頭翁〉으로 동시에 게재되어 있는데, 역대의 다른 많은 사료를 참고해 보면 역시 유희이의 것으로 보는 것이 타당하다.[80] 위의 대목은 송지문이 유희이를 살해했다는 최초의 기록인데,

---

79) 劉肅, ≪大唐新語≫卷8: "嘗爲白頭翁詠云, '今年花落顔色改, 明年花開復誰在.' 既而自悔曰, 我此詩似讖與石崇白首同所歸何異也. 乃更作一聯云, '年年歲歲花相似, 歲歲年年人不同.' 既而歎曰, 此句復似向讖矣. 然死生有命, 豈復由此, 乃兩存之. 詩成未周, 爲奸所殺, 或云, 宋之問害之."

물론 여기에서는 '혹자가 말하였다[或云]'라고 하여 추측성 발언을 하고 있으며, 또한 그 시의 佳句를 빼앗았다는 언급은 없다. 그러나 후에 韋絢(801~約866)의 ≪劉賓客嘉話錄≫에서는 다음과 같이 유희이의 죽음에 대해 상세히 설명하고 있다.

유희이는 말했다. '연마다, 해마다 꽃은 비슷하건만, 해마다, 연마다 사람은 같지 않구나.' 그의 외삼촌인 송지문이 그 두 구절을 매우 사랑하여 달라고 간청하였더니 허락은 했지만 주지 않았다. 송지문은 화가 나서, 흙 부대로 그를 눌러 압사시켰다. 송지문이 제 수명을 다하지 못한 것은 하늘의 응보이다.[81]

韋絢은 여기서 송지문과 유희이가 삼촌, 조카 사이라는 것을 밝혔으며 동시에 명확하게 송지문의 살인 동기와 방법까지도 기록하고 있다. 이 기록으로 인해 송지문은 조카를 죽이고 또한 그의 시구도 탈취했다는 오명을 뒤집어쓰게 되었으며 이에 따라 그의 인품은 더욱 더 악명을 떨치게 되었다. 그러나 이 사건에 대해 회의를 품은 평자들이 적지 않았다. 宋代의 魏泰(生卒年未詳, 約 1107年 前後 활약)는 ≪臨漢隱居詩話≫에서 다음과 같이 회의를 품었다.

---

80) 이 시는 ≪全唐詩≫卷51에서는 송지문의 것으로, 卷82에서는 유희이의 것으로, 권67에서는 前半 10句가 賈曾의 것으로 수록되어 있다. 그러나 ≪搜玉小集≫, ≪文苑英華≫卷207, ≪樂府詩集≫卷41등에서는 유희이의 시로 게재되어 있고, ≪大唐新語≫卷8, ≪本事詩≫, ≪龍記陽秋≫등 역시 모두 유희이의 것으로 여기고 있다. 특히 ≪大唐新語≫에서 언급하기를, 이 시는 孫翌의 ≪正聲集≫에서 처음으로 보인다고 했는데, 孫翌은 開元年間에 監察御史를 지낸 이로 송지문, 유희이와는 거의 동시대를 살았다 할 수 있으니, 이 시를 유희이의 것으로 보는 것이 좀더 타당한 것으로 여겨진다. (佟培基編撰, ≪全唐詩重出誤收考≫, 西安: 陝西人民教育出版社, 1996, 33쪽), 참조.
81) 韋絢, ≪劉賓客嘉話錄≫: "劉希夷曰, '年年歲歲花相似, 歲歲年年人不同.' 其舅宋之問苦愛此兩句, 懇乞, 許而不與. 之問怒以土袋壓殺之, 宋生不得其死, 天報之也."

세상 사람들은 송지문이 말년에 폄적되어 죽은 것은 유희이의 응보라고 말한다. 내가 본 송지문의 시집에는 좋은 곳이 가득했으나, 유희이의 시구에는 특별히 취할 만한 것이 없었다. 어찌하여 압살 시켜 그것을 빼앗는 지경까지 이르렀는지 알 수가 없으니, 정말 억울한 죽음이다.[82]

元代의 王若虛(1174-1243)는 여기서 더 나아가 다음과 같이 언급했다.

이것은 거의 허황될 따름이다. 송지문이 본래 소인이기는 하여도, 그러나 역시 이런 일이 있을 수는 없다. '연마다 해마다, 해마다 연마다.[年年歲歲, 歲歲年年]' 얼마나 고루한데, 이로 인해 그의 친족을 죽이는 지경까지 이를 수 있단 말인가? 대체로 詩話가 기록하고 있는 바는 완전히 믿기에는 부족하다.[83]

淸代의 沈德潛(1673-1769) 역시 강하게 회의를 품으며 말했다.

《唐新語》에는 송지문이 이 시의 佳句를 위해 유희이를 살해하고, 이 시를 자신의 작품으로 삼았다고 실려 있다. 이것은 송지문의 인품이 하류에 속했기 때문에 죄악을 그에게로 돌린 것이다. 사실 송지문의 시는 유희이 보다 뛰어났으니, 다른 사람의 것을 탈취할 필요는 없었다. 잡설은 믿기에 부족한 바가, 매번 이와 같은 것이다.[84]

---

82) 魏泰, 《臨漢隱居詩話》: "世謂之問末節貶死, 乃劉生之報也. 吾觀之問集中, 儘有好處, 而希夷之句殊無可采, 不知何至壓殺乃奪之, 眞枉死也"(何文煥, 《歷代詩話》, 臺北: 藝文印書館, 1991, 190쪽)

83) 王若虛, 《滹南詩話》卷1: "此殆妄耳. 之問固小人, 然不應有是. 年年歲歲, 歲歲年年, 何等陋語, 而以至殺其所親乎. 大抵詩話所載, 不足盡信."(丁福保輯, 《歷代詩話續編》, 北京: 中華書局, 1983, 511쪽)

84) 沈德潛, 《唐詩別才集》卷5: "《唐新語》載宋之問爲此詩有佳句, 因殺害希夷, 而以此詩爲己作. 此因之問品居下流, 而以惡歸之. 其實宋之詩高於劉, 不用攘竊他人也. 雜說不足憑, 每每如此."(上海: 上海古籍出版社, 1992, 151쪽)

≪劉賓客嘉話錄≫의 이야기는 허망하기 그지없는 전설일 확률이 높다. 가장 먼저 유희이와 송지문이 조카, 삼촌의 사이라는 점이 의심스럽다. ≪唐才子傳≫에 의하면 유희이는 上元 二年(675)에 25세의 나이로 과거에 급제를 했다고 한다.[85] 이것을 추산해 보면, 그는 651년에 태어났다는 계산이 나오는데, 이 해는 바로 일반적으로 받아들여지는 송지문의 탄생 연도인 656년 보다 앞선 것이다. 즉 송지문이 유희이 보다 더 어리다는 뜻으로 이 둘이 삼촌, 조카의 관계가 된다는 것은 매우 신빙성이 낮아 보인다. 또한 설령 송지문이 실제로 흙 부대로 서른 살도 되지 않은 유희이를 압사시킨 것이 사실이라고 해도 당시 나이 20대 중반의 미관말직 상태였으며,[86] 권세가의 집안도 아니었던 송지문이 어떻게 그러한 살인극을 벌이고도 무사할 수가 있었는가 하는 것이다. 게다가 詩文에 능해 당시 시인들 가운데 가장 두각을 내었던 송지문이 위의 王若虛의 말대로 단지 그 '고루한 말[陋語]' 한 구절 때문에 사람을 해쳤다고 하는 것은 좀처럼 납득하기가 어렵다.[87] 따라서 위의 서술을 종합해 보면, ≪大唐新語≫에서 '혹자는 말했다'라는 언급에서 비롯된 유희이 살인사건은 일종의 호사가들이 지어낸 날조사건으로 보는 것이 타당할 것이다.

③ 뇌물 수수 혐의

≪新唐書 · 宋之問傳≫에 다음과 같은 기록이 보인다.

아첨하며 태평공주를 모셨기에 기용 되었다. 안락공주의 권세가 커지자 다시 그녀에게로 가서 영합해 결탁했으니, 그래서 태평공주는 그를 몹시 미워하였

---

85) 傅璇琮主編, ≪唐才子傳校箋≫卷1: "上元二年鄭益牓進士, 時年二十五, 射策有文名."(97쪽)
86) 송지문은 약 21세에 縣尉(從九品下)를 역임했고, 이후 약 30세 때 協律郞(正八品上)을 역임한 바 있다.
87) 王啓興, ≪宋之問生平事迹考辨≫(≪貴州大學學報≫, 1987年, 4月, 128쪽), 참조.

다. 중종이 장차 그를 中書舍人으로 임용하려 하자, 태평공주는 그가 知貢舉 시절에 뇌물로 받은 재물이 낭자했던 사실을 고발해 汴州長史로 폄적시키려 했으나, 이는 이루어지지 않고 越州長史로 바뀌어 폄적되었다.[88]

또한 《唐才子傳》에서는 "지공거 시절에 뇌물을 크게 받은 것으로 인하여 越州長史로 좌천되었다."[89]라고 언급하기도 했다. 이렇듯 '지공거 시절에 뇌물을 크게 받아 좌천되었다'라는 언급은 송지문의 여타 좋지 않은 소문들과 맞물려 그의 인품을 더욱 저열하게 만드는 주요 요소가 되었다. 실제로 송지문이 中宗 景龍 3年(709) 겨울 혹은 그 이듬해 봄 가량에 월주장사로 폄적되었던 것은 사실이다.[90] 그러나 그 원인이 그가 지공거 시절에 뇌물을 받았기 때문이라고 한다면, 이것은 반드시 그 진위를 가려 보아야할 것으로 여겨진다. 아래에서 그 진위를 고찰해 보자.

태평공주는 高宗과 則天武后의 딸로, 송지문은 본래 처음에는 이 태평공주와 가까이 지내며 詩文을 통해 다소 아부를 했던 것으로 보인다. 고종 후기 혹은 무후시기에 창작되어진 것으로 보이는 〈太平公主山池賦〉가 頌美로 일관하고 있는 것은 그 좋은 예이다. 그러나 후에 中宗이 재위에 오르게 된 후, 安樂公主가 여러 공주 중에서 중종의 사랑을 가장 많이 받게 되어 권세가 높아졌을 때, 송지문은 안락공주에게 접근해 〈宴安樂公主宅〉(神龍 3年, 706년 2月에 지어진 것으로 추정됨) 등과 같은 讚美의 시를 바치게 된다. 그러나 이 뒤에도 송지문은 여전히 태평공주와는 일정한 관계를 유지했던 것으로 보이는데, 이

---

88) 《新唐書·宋之問傳》卷202: "詔事太平公主, 故見用. 及安樂公主權盛, 復往諧結, 故太平深疾之. 中宗將用為中書舍人, 太平發其知貢舉時賕餉狼藉, 下遷汴州長史, 未行, 改越州長史."
89) 傅璇琮主編, 《唐才子傳校箋》卷1: "以知舉賕賂狼藉, 下遷越州長史."(92쪽)
90) 景龍 3年 11月에 궁중에서 벌어진 연회에서 송지문은 다른 여러 신하들과 함께 〈十一月誕辰內殿宴群臣效柏梁體聯句〉를 발표한 적이 있다. 또한 그의 시 〈景龍4年春祠海〉에서 읊은 '북쪽의 뭇 四明山(四明北群山)'에서 사명산은 越州의 山名이다. 따라서 송지문이 월주로 폄적되어 간 것은 마땅히 경룡 3년 겨울에서 경룡 4년 봄 사이로 볼 수 있다.

는 월주장사로 좌천 된지 한 해 전인 景龍 2年(708) 2월에 창작한 〈奉和春初幸太平公主南莊應制〉에서 태평공주를 찬미하고 있는 것으로도 알 수 있다. 어쨌든 당시는 "태평공주와 안락공주가 각각 붕당을 이루어 서로의 당을 헐뜯는"[91] 시기였기에, 태평공주와 안락공주를 모두 넘나들며 처세를 했던 송지문은 필경 어느 한쪽의 미움을 받을 수밖에 없었다. 결국 태평공주의 미움을 산 송지문은 태평공주에 의해 뇌물수수죄라는 죄목으로 고발당했고, 이로 인해 좌천을 당한다. 그런데 송지문의 뇌물수수 사건은 이미 좌천시키려고 노리고 있던 태평공주에 의해 고발 되었다는 점에서 다소 석연치 않은 부분이 있다. 이 사건에 대해 《舊唐書》는 "후진을 발탁하여 이름난 사람이 많았다. 곧이어 월주장사로 폄적되었다.[引拔後進, 多知名者. 尋轉越州長史]"[92]라고만 언급하여 《新唐書》와는 전혀 다른 해석을 하고 있다. 이로 볼 때 송지문의 인품에 대해 편견을 가지고 있던 《新唐書》가 태평공주가 내세운 구실을 그대로 사실로 받아들여 기재한 것이 아닌가 추측해 볼 수 있다.[93] 역시 송지문이 지공거 시절에 뇌물을 크게 받았다고 하는 것은 태평공주의 모략에 불과한 것으로 보는 편이 옳을 듯하다.[94]

이상의 서술을 통해 송지문의 인품이 사실 보다는 더욱 지나치게 왜곡 받고 있었음을 알 수 있다. 즉 송지문이 뇌물 수수를 했다고 하는 것은 그다지 신빙성이 없어 보이며, 특히 송지문이 폄적지에서 몰래 도망쳐 돌아와 친구를 고변하여 이를 속죄의 계기로 삼았다고 하는 것이나, 詩 한 구절을 위해서 조카 유희이를 살해했다고 하는 것 등은 모두 사실과 거리가 있는 것임을 알 수 있다. 비록 송지문이 고대 선비들이 이상으로 생각하는 그러한 고매한 인격의 소유자는 될 수 없을 지라도, 역대로 여겨왔듯이 그렇듯 파렴치한 인격의 소

---

91) 《資治通鑑》卷209 : "太平, 安樂公主各樹朋黨, 更相黨毁."
92) 《舊唐書・宋之問傳》卷109中.
93) 譚優學, 《唐詩人行考・宋之問》: "按《新・傳》于之問似有成見, 特多貶詞."(23쪽)
94) 傅璇琮主編, 《唐才子傳校箋》卷1, 93쪽, 참조.

유자는 아니었던 것이다.

(3) 人品과 詩品

역대로 심·송의 인품은 저열한 것으로 인식되어졌고 특히 송지문의 인품은 더욱 비열한 것으로 인식되어 왔다. 그리고 '문장은 그 사람됨과 같다.[文如其人]'라는 중국 고대문학 비평의 전통 속에서 이들의 '詩品'은 그와 함께 폄하 내지는 평가 절하를 받아 왔다. 그러나 앞에서 서술한 바와 같이 심·송의 인품은 사실과는 다르게 지나치게 왜곡 받아왔던 것이다. 따라서 그러한 평가는 역시 다소 온당치 못한 것으로 재평가 할 수 있다. 또한 설령 심·송과 관계된 그러한 저열한 혐의가 모두 진실이라고 하여도 인품 혹은 인격이라는 도덕적 잣대 하나로 문학 작품을 동시에 함께 평가하는 이른바 '文如其人'의 중국 전통의 비평 논리는 그 정당성 여부가 비교적 불투명한 것이기에 이들의 詩品을 人品과 결부시켜 평가하는 방식은 다시금 새롭게 재조명되어져야 할 것이다.

이를 위해 먼저 중국전통의 '文如其人'의 비평 논리를 검토해 보자. 이 비평 방식은 중국 문학비평사에서 매우 깊은 전통을 가지고 있다. 이는 언어는 道德修養의 자연적인 표출이라고 여기는 ≪論語·憲問≫의 "덕을 가지고 있는 자는 반드시 말이 있다.[有德者必有言]"라는 말에서 비롯된 것이라 볼 수 있다. 揚雄(기원전53-18)이 ≪法言≫에서 "말은 마음의 소리요, 글은 마음의 그림이다. 소리와 그림의 형태로 군자와 소인이 드러난다."[95]라고 하여, 언어와 문자를 작자의 인격과 결부시켜 그 이론적 기반을 마련했다. 이후 후대의 많은 비평가들은 文品과 人品을 하나로 연결시켜 그 문학 작품을 비평하는 양식

---

95) 揚雄, ≪法言·問神篇≫卷4: "言, 心聲也. 書, 心畫也. 聲畫形, 君子小人見矣."

을 점차 체계화 시켰다. 예를 들어 王通(584-618)은 ≪中說·事君篇≫에서 謝靈運, 沈約, 鮑照, 江淹, 徐陵, 庾信 등 일단의 六朝 시인들의 문품을 그들의 인품과 결부시켜 비평했으며,[96] 白居易(772-846)는 "말이라는 것은 뜻의 싹이요, 행동이라는 것은 글의 뿌리이다. 따라서 한 사람의 시를 읽으면 또한 그 사람의 사람됨을 알 수 있다."[97]라고 했다. 林景熙(1242-1310)는 마침내 "무릇 시는 그의 문장과 같은 것이며, 문장은 그 사람됨과 같은 것이다."[98]라고 정언하였다. 물론 이러한 견해에 많은 후학들이 동조하고 따랐다. 徐增(1612-?)이 "시는 바로 그 사람의 행적이다. 사람이 고상하면 시 또한 고상하고, 사람이 저속하면 시 또한 저속하니, 한 글자도 가릴 수는 없다. 그 시를 보는 것은 그 사람을 보는 것과 같다."[99]라고 피력한 것이나, 紀昀(1724-1805)이 "인품이 높으면 詩格 또한 높고, 마음 부리는 것이 바르면 詩體 또한 바르다."[100]라고 지적한 것은 모두 좋은 예이다.

그러나 한 문인의 문장은 반드시 그의 인품을 모두 반영하고 있는 것일까? 元好問(1190-1257)은 바로 이러한 문제에 회의를 품었으니, 그는 〈論詩三十首〉 其六에서 다음과 같이 읊었다.

---

96) 王通, ≪中說·事君篇≫卷3: "子謂文士之行可見也. 謝靈運小人哉, 其文傲. 君子則謹. 沈休文小人哉, 其文冶. 君子則典. 鮑照, 江淹, 古之狷者也, 其文急以怨. 吳筠, 孔珪, 古之狂者也, 其文怪以怒. 謝莊, 王融, 古之纖人也, 其文碎. 徐陵, 庾信, 古之夸人也, 其文誕. 或問孝綽兄弟, 子曰, 鄙人也, 其文淫. 或問湘東王兄弟, 子曰, 貪人也, 其文繁. 謝朓淺人也, 其文捷. 江總詭人也, 其文虛. 皆古之不利人也. 子謂顔延之, 王儉, 任昉有君子之心焉, 其文約以則."

97) 白居易, 〈讀張籍古樂府〉: "言者志之苗, 行者文之根, 所以讀君詩, 亦知君為人."(≪全唐詩≫卷424)

98) 林景熙, 〈顧應仁詩集序〉: "蓋詩如其文, 文如其人."(≪林景熙詩集校注≫, 浙江古籍出版社, 1995, 350쪽)

99) 徐增, ≪而菴詩話≫: "詩乃人之行略, 人高則詩亦高, 人俗則詩亦俗, 一字不可掩飾, 見其詩如見其人."(丁仲祜編訂, ≪清詩話≫, 臺北: 藝文印書館, 1977, 517쪽)

100) 紀昀, 〈詩教堂詩集序〉: "人品高則詩格高, 心術正則詩體正."(≪紀文達公遺集≫卷8)

心畵心聲總失眞 마음의 그림과 소리는 어쨌든 진실을 잃게 마련이니
文章寧復見爲人 문장으로 어찌 다시 사람됨을 볼 수 있으랴!
高情千古閑居賦 천고에 고상한 정을 남긴 〈閑居賦〉로
爭信安仁拜路塵 어떻게 반악이 먼지 날리는 길 위에서 절을 했다고 믿을 수
있을까?101)

潘岳(247-300)은 "그 성정이 경박하고 조급하며 세상의 이익을 쫓았기에, 石
崇 등과 더불어 賈謐에게 아부를 했고, 매번 그가 나오기를 기다려 석숭과 함
께 먼지를 쳐다보며 절을 올렸던"102) 시인이다. 이런 그가 千古에 그 고상함
을 떨친 〈閑居賦〉를 지었으니 원호문은 여기서 문장과 덕행은 반드시 모두
일치하는 것만은 아니라는 사실을 우회적으로 지적하고 있는 것이다. 또한 許
學夷(1563-1633)는 다음과 같이 언급했다.

　　《傳》에서 말했다; '溫庭筠은 행실이 경박하여, 위정자가 그의 사람됨을 비
　열하게 여겼다.' 지금 그의 칠언율시를 보니, 격조는 비록 晩唐의 것이긴 하여
　도 淸逸하고 閑雅하며 완약하여 속된 모습이 전혀 없으니 어찌된 일인가? 말하
　자면, 王維, 韋應物은 소위 '덕이 있는 자는 반드시 말이 있다'에 해당하는 것이
　고, 온정균의 시는 '말이 있는 자가 반드시 덕이 있는 것은 아니다'에 해당하는
　것이다.103)

　사실 한 작가의 인품과 문품이 완전히 일치하지 않는 경우는 중국문학사에
서 비일비재하다. 그렇다면 이렇듯 인품과 문품이 일치하지 않는 경우에는 어

---

101) 羊春秋, 《歷代論詩絶句選》(長沙: 湖南人民出版社, 1881, 162쪽)
102) 《晉書·潘岳傳》卷55: "性輕躁, 趨世利, 與石崇等諂事賈謐, 每候其出, 與崇輒望塵而拜."
103) 許學夷, 《詩源辯體》卷30: "《傳》言, 庭筠薄於行, 執政鄙其爲人. 今觀其七言律, 格雖晩
　　唐, 而淸逸閑婉, 殊無塵俗之態, 何也? 曰, 摩詰, 應物, 所謂有德者必有言, 庭筠之詩, 則有
　　言者, 未必有德也."(北京: 人民文學出版社, 1998, 291쪽)

뗗게 그 작품을 비평해야 하는 것인가? 이와 관련하여 淸代 餘雲煥이 ≪味蔬齋詩話≫에서 펼친 다음의 비평을 살펴보자.

> 詩는 사람됨이 중요하니, 인품이 바르지 않으면 시가 비록 공교하다해도 말하기엔 부족하다. 말이라는 것은 마음의 소리이니, 서로 빌릴 수가 없다. 阮籍의 〈詠懷詩〉八十二首, 陳子昂의 〈感遇〉三十八首는, 세상 사람들이 암송하며 배우는 바였으니, 사람됨으로써 그 말을 폐기 시키지는 않은 것이다. 완적은 司馬昭의 당에 끼어 晉王에 오를 것을 권하는 글을 썼으며, 진자앙은 무후에게 아첨하여, 무후의 아홉 廟堂을 세울 것을 청했었다. 이밖에, 王維, 송지문, 劉禹錫의 무리는, 모두 마땅히 물리쳐야 할 것이다. 따라서 입은 伯夷와 叔齊의 말을 하여도 마음은 도척이니, 그 시는 속이지 않아도 스스로 거짓된 것이다. 그 입은 산수를 말하여도 마음은 부귀영화에 있으니, 그 시는 속되지 않으려 해도 역시 속된 것이다.104)

餘雲煥은 송지문을 비롯하여, 완적, 진자앙, 왕유, 유우석의 인품이 저급하다는 이유를 들어 이들의 작품을 일률적으로 모두 허위와 가식이라 치부해 버리고 있다. 그러나 이러한 비평 방식은 쉽게 받아들일 수는 없다. 이에 관해 陳延焯(1835-1892)은 아래와 같이 회의를 했다.

> 詩詞로 본래 인품을 볼 수 있지만, 그러나 역시 모두 그럴 수는 없다. 詩에서의 謝靈運, 楊武人은 인품이 모두 취하기에 부족하나 그러나 시품은 매우 높다. 더욱이 괴이한 것은, 陳子昂은 陳, 隋의 구습을 일소하고 復古 운동의 공이 가장 앞섰으며 그의 시는 웅위하며 깊고 넓고 아득한 가운데 한결같이 純正함에 귀결

---

104) 餘雲煥, ≪味蔬齋詩話≫卷1: "詩以人重, 人品不正, 詩雖工不足道. 言者心之聲, 不相假借. 阮籍〈詠懷〉八十二首, 陳子昂〈感遇〉三十八首, 爲世所誦習, 不以人廢言也. 籍黨司馬昭而作勸晉王箋, 子昂諂武后, 請立武后九廟. 此外如王維, 宋之問, 劉禹錫之類, 皆應摒斥. 故口夷齊而心盜跖, 其詩不僞而自僞; 口山水而心軒冕, 其詩不俗而亦俗."(宣統二年鴻雪石印本)

하고 있어 그 시로써 인품을 논한다면, 마땅히 겉으로 드러난 것이 있어야 할 것이다. 그러나 그는 아첨하며 武后를 섬겨 천고의 웃음거리가 되었다.105)

  역시 한 작가의 작품인 詩詞로 그 작가의 인품을 모두 볼 수는 없는 노릇이다. 마찬가지로 한 작가의 인품으로 그의 詩品을 모두 볼 수도 없다. 사실 시품과 인품이 완전히 동일해지기 위해서는, 대체로 다음과 같은 前提가 필요하다. 첫째, 작자는 "문장이 그 사람됨과 같아[文如其人]"지기를 원해야 한다. 둘째, 작자는 진실하게 자신의 내면세계를 표현해야 한다. 셋째, 문학 작품이 작가가 표현하고자 하는 바를 완벽하게 재현 할 수 있어야 한다.106) 물론 이러한 조건을 모두 지켜 陶淵明이나 杜甫와 같은 예술 성취를 이루기 위해서는 반드시 장시간의 자기수양이 필요함은 두말 할 나위 없다.107) 그러나 현실의 창작과정 속에서 모든 문학작품이 이러한 조건을 모두 충족시키기란 사실상 불가능할 것이다. 따라서 모든 문학작품을 '文如其人'의 방식으로 비평하는 것은 옳은 일이 아닐 것이다. 이탈리아 철학자 Benedetto Croce(1866-1952)는 "'풍격과 인격은 같다.'라는 등식은 잘못된 것이다."108)라고 피력한 것은 그러한 견해와 일맥상통한다. 역시 문학작품은 문학작품 그대로를 대상으로 삼아, 객관적으로 평가하는 것이 좀 더 타당해 보인다.

  이런 측면에서 보면, 서구의 當代 문학비평가 Northrop Frye(1912-1991)가

---

105) 陳延焯, ≪白雨齋詞話≫: "詩詞原可觀人品, 而亦不盡然. 詩中之謝靈運, 楊武人, 人品皆不足取, 而詩品甚高. 尤可怪者, 陳伯玉掃陳隋之習, 首復古之功, 其詩雄深蒼莽中, 一歸於純正, 就其詩以論人品, 應有可以表見者, 而諂事武后, 騰笑千古."(北京 人民文學出版社, 1998, 132쪽)
106) 蔣寅, ≪古典詩學的現代詮釋≫(北京: 中華書局, 2003), 188쪽, 참조.
107) 吳承學, 〈詩品與文品〉: "文品與人品的統一是一種必須經過長期培養才能達到的藝術境界."(≪文學遺産≫, 1992年, 第1期), 14쪽.
108) Benedetto Croce著, 朱光潛譯, ≪美學原理≫: "風格卽人格說只有兩個可能 … 那就是錯誤的. 許多藝術家傳記中的傳說都起于風格卽人格一個錯誤的等式."(≪朱光潛全集≫卷11, 合肥: 安徽敎育出版社, 1987), 189-190쪽.

지적한 다음의 내용은 '文如其人'의 비평 방식으로 다소 지나치게 왜곡 받아 왔던 심·송의 시가를 좀 더 객관적으로 연구하는데 좋은 길잡이가 되어주는 듯하다.

> 문학 비평을 위해 가장 먼저 해야 할 일은, 문학 작품을 읽으며 그 고유의 영역 안에서 귀납적인 고찰을 하는 것이며, 또한 그의 비평 원리들 자체는 그 영역의 지식 속에서는 완전히 배제시켜야 하는 것이다.109)

여기에서 강조하고 있는 것은 흔히들 말하는 이른바 '純批評'의 원리로, 즉 문학비평은 다른 어떠한 사유체계에 영향을 받아서는 안 되고 그 문학작품만을 객관적인 대상으로 삼아 비평해야 한다는 것이다. 이러한 측면에서 보면, '文如其人'이라는 비평 양식은 그 설 자리를 잃고 만다.

이상의 서술을 통해 우리는 심전기와 송지문의 인품은 후세의 소문처럼 그토록 저열했던 것은 아니었음을 알 수 있었다. 또한 설령 그 소문이 모두 진실이라고 해도 이들의 人品을 통해 詩品을 평가하는 것은 온당한 문학비평이 아니라는 사실도 함께 알 수 있었다. 따라서 본고에서는 심·송의 인격은 저급하기 때문에 이들의 詩文 또한 저급하다라고 하거나 혹은 이들의 詩歌는 그 내용이 위선적이다라는 등의 선입관은 배제한 채, 이들의 시가작품 그 자체를 연구의 객관적인 대상으로 삼아 고찰, 평가하고자 한다.

---

109) Northrop Frye, 〈The Function of Criticism at the Present Time〉: "The first thing that the literary critic has to do is to read literature, to make an inductive survey of his own field and let his critical principles shape themselves solely out of his knowledge of that field."(Robert Con Davis and Ronald Schleifer, ≪Contemporary Literary Criticism-Third Edition≫, New York: Longman, 1994, p.37.)

Ⅲ. 沈·宋 詩歌의 內容分析

1. 沈 · 宋 詩歌의 內容 考察

심 · 송의 시가를 그 題材와 내용으로 분류하는 것은 그리 쉬운 작업이 아니다. 왜냐하면 비슷한 내용을 서로 다른 제재로 표현한 경우가 많을 뿐만 아니라 내용상의 경계도 모호한 경우가 많기 때문이다. 본고는 그러한 혼란을 피하고자 제재를 우선한다는 원칙 아래, 심 · 송의 시가를 아래의 도표와 같이 분류해 보았다.

	奉和應制	贈答唱和	述懷言之	山水自然	邊塞閨怨	其他	총계
심전기	35(23%)	28(18%)	49(32%)	11(7%)	14(10%)	14(10%)	151首
송지문	27(13%)	39(20%)	93(47%)	22(11%)	0	18(9%)	199首

이 도표에서 한 가지 주의해야 할 것은 제재를 우선한다는 원칙에 의거하여 흔히들 변새시로 분류하는 심전기의 〈古意呈喬補闕知之〉1首와 송지문의 〈贈嚴侍御〉와 〈送朔方何侍御〉2首는 증답창화시로 분류했다는 점이다. 이밖에 기타에 속하는 것으로는 사물 묘사에 중점을 둔 詠物詩, 특정한 세시풍속을 맞아 지은 節令詩, 혼인에 관한 내용을 그려낸 婚禮詩, 개인적인 연회 때 읊은 宴會詩 및 殘句 등을 모두 포함한다. 그 주요 내용을 아래와 같이 고찰한다.

(1) 奉和應制

이른바 奉和應制詩란 신하가 황제의 명령을 받아 짓거나 혹은 황제의 작품을 받들어 화답해 지은 시를 말한다. 흔히들 이 둘을 합쳐 그냥 응제시로 칭하

기도 한다. 응제시는 魏朝 曹植(192-232)의 4언 48구로 이루어진 '應詔詩'에서
그 유래를 찾을 수 있다. 六朝 ≪文選≫에는 '應詔類'라는 전문적인 시가분류
는 없으나, 주로 公宴類와 遊覽類에 應詔詩가 집중적으로 보이고 있다. '공연
류'로 분류된 范曄(398-445)의 〈樂遊應詔詩〉, 顔延之(384-456)의 〈應詔宴曲水
作〉, 沈約(441-513)의 〈應詔樂遊苑餞呂僧珍〉 등과 '유람류'로 분류된 謝靈運
(385-433)의 〈從遊京口北固應詔〉, 顔宴之의 〈應詔觀北湖田收〉 등은 모두 그
좋은 보기이다. 이러한 시들이 모두 당시 최고 통치자가 소위 "시를 짓게 하
여 그 뜻을 살피고자 한다.[賦詩觀志]"[1]라는 목적으로 궁중의 연회장이나 出
遊의 장소에서 황제의 명령 아래 지어졌다는 것은 주지의 사실이다. '응조시'
의 명칭은 宋, 梁代에 이르러 謝莊(421-466)의 〈七夕夜詠牛女應制〉와 심약의
〈三日侍鳳光殿曲水宴應制〉 등의 예처럼 '응제시'라는 명칭과 함께 혼용되어
지다가 초당에 들어와 본격적으로 '응제시'란 명칭으로 대체된다.

　　응제시는 초당에 이르러 宮廷詩의 興盛과 더불어 일대 繁榮을 맞이하게 된
다. 이른바 궁정시라 함은 문학시종 혹은 조정의 중신들이 궁정의 범위 안에
서 벌이는 시가활동의 창작물을 범칭한다. 이에는 작자가 비록 궁정시인의 신
분이 아니더라도 그 시가 창작이 당시의 특정한 궁정시의 창작 傾向과 風格을
반영하고 있다면 이것까지도 궁정시로 포함하는 것이 일반적이다. 그리고 이
궁정시 중에서도 궁중의 연회나 출유 때에 황제의 명령을 받아 짓거나, 황제
의 시가작품에 화답하는 應制奉和詩는 궁정시의 대표 격이라 말할 수 있다.

　　궁정시는 초당에 이르러 크게 번성하게 된다. 이러한 사실은 ≪全唐詩≫에
수록된 初唐의 詩作을 살펴보면 쉽게 알 수 있다. 실제로 94년간의 初唐 시기
에 활동한 약 220여명의 작가 중 210여명이 궁정의 君臣, 后妃로서 이는 초
당 전체 작가의 90% 이상을 차지한다. 이들은 때로는 소위 宮廷詩人群을 형

---

1)　　≪文選≫卷20 '公宴類'의 應詔詩 중 應貞의 〈晉武帝華林園集詩〉에서 李善이 인용한 干寶
　　≪晉紀≫의 "泰始四年二月, 上幸芳林園與群臣宴, 賦詩觀志."라는 언급이 보임.

74

성하며 궁정시의 창작을 선도해 나갔는데, 太宗 시기의 秦府十八學士, 고종 때의 龍朔 궁정시인군, 武后 때의 珠英學士, 中宗 때의 景龍文館學士 詩人群 등이 모두 그 예이다. 또한 이 220여 명의 2444首의 시작 중 궁정시로 포함될 수 있는 것은 무려 1520수로 이는 약 62%에 이른다. 明代의 楊愼이 "唐代의 貞觀(627-649)에서 景龍(707-709) 시기의 시인 작품은 모두가 응제시이다"[2]라고 말한 것은 이러한 현상을 대변해 준다.

한편 이러한 응제시는 궁정의 범위 안에서 통상 경쟁을 펼치며 지어지는 것이 일반적인데, 그 짓는 속도 아니면 내용의 정교함이 평가의 기준이 되었고, 이러한 경쟁에서 승리한 자는 그 보상으로 '비단을 얻는[得錦]' 영예를 얻을 수 있었다.

응제시는 궁정의 '雅音'이라는 속성상, 典雅한 풍격은 끝내 유지되어야 했으며 내용상 勸勉 하거나 頌美하는 儒家의 '詩敎' 전통이 그 깊숙이 자리 잡고 있었다. 소위 '三部式'[3]이라는 정형화 된 틀은 주요 형식이 되었고 화려한 수식과 彫琢 그리고 개성을 찾아보기 어려운 천편일률적인 내용은 그의 일반적인 특색이었다.

초당 96년의 기간 동안 궁정시는 약간의 변화를 거치며 서로 다른 특색과 면모를 띠게 되는데, 이에 관해서 葛曉音은 〈論宮廷文人在初唐詩歌藝術發展中的作用〉에서 "초당 궁정시가의 발전은 대체로 箴規型에서 頌美型으로 그리고 다시 娛樂型의 세 가지 단계로 귀납할 수 있다."[4]라고 전제한 뒤 箴規型의

---

2) 楊愼, 《升菴詩話》卷8: "唐自貞觀至景龍, 詩人之作, 盡是應制." (丁福保, 《歷代詩話續編》, 北京: 中華書局, 1997, 787쪽)
3) 소위 三部式이라 함은 "點題, 描寫, 結束"의 세부분으로 구성됨을 의미하는데, 이에 관해서는 Stephen Owen의 〈궁정시의 문법〉(《초당시》, 장세후 譯, 서울: 중문출판사, 1985, 535-538쪽), 참조.
4) 葛曉音, 〈論宮廷文人在初唐詩歌藝術發展中的作用〉, "初唐宮廷詩的發展, 大致可以歸納出由箴規型到 頌美型再到娛樂型這三個階段." (葛氏《詩國高潮與盛唐文化》, 北京: 北京大學出版社, 1998) 25쪽. 이하의 구체적 관련 내용은 같은 책 25-36쪽 참조.

궁정시는 주로 당태종 貞觀 초기와 중기에 흥기하였고, 頌美型은 箴規型과 거의 동시에 출현하였으며, 이는 다시 中宗 景龍 연간에 급속히 娛樂型으로 변화했다고 보았다. 이 중 頌美型과 箴規型의 시가 내용은 儒家의 '詩敎' 전통을 계승한 것이다. 이러한 유가 문학관이 궁정시에 충분히 반영될 수 있었던 것은 唐太宗의 유가 崇尙 정책과 밀접한 관련을 맺고 있다.

실제로 당태종 정관시기에는 천하의 儒士를 모집하여 學官을 세웠으며 대규모의 '예악을 정비하였으며[制禮作樂]' ≪五經正義≫, ≪五禮≫, ≪五經正本≫ 등을 편찬하는 등 유가 숭상 정책을 확고히 했다. ≪貞觀政要≫에서 吳兢(670-749)도 이러한 유가 부흥정책으로 인해 "유학이 흥성한 것은, 옛날에는 일찍이 없었던 것이다!"[5]라고 평한 바 있다. 이로 볼 때 정관 시기에 유가의 詩敎 문학관이 다시 부흥한 것은 어쩌면 당연한 현상이다. 그러나 이러한 유가의 전통문학 관념은 武后 후기에 들어서 현저하게 퇴색하고 대신 궁정시의 오락화 경향으로 이어지게 되었다. 이에 관해 聶永華의 ≪初唐宮廷詩風流變考論≫에서 다음과 같이 밝히고 있다.

武周 후기부터 궁정시풍은 오락화의 경향이 출현하기 시작했다. 武則天은 궁궐에서의 연회를 즐길 때 마다 장씨 형제와 控鶴府의 諸學士 및 그 뒤의 '株英學士'들과 더불어 술 마시고 도박하고 희롱하면서 장씨 형제의 용모와 자태를 찬미하는 시작을 남겼다. …… 大唐이 복벽되어 中宗이 다시 황제의 제위에 올랐고 이 '다시 흥성한' 황제의 사치 풍조는 그의 어머니에 비해 더하면 더했지 결코 뒤지지 않았다. 神龍 2년 겨울 10월에 수도를 장안으로 옮기니 이 사치 풍조도 이에 따라 두 京城의 상하층을 모두 휩쓸게 되어 궁정문학 활동이 오락 위주로 된 것도 더하면 더했지 결코 모자라지 않았다.[6]

---

5) 吳兢, ≪貞觀政要≫: "太宗又數幸國學, 令祭酒, 司業博士講論, 畢, 各賜以束帛. 四方儒士負書而至者, 蓋以千數. … 于學於是國學之內, 鼓篋升講筵者, 幾至萬人, 儒學之興, 古昔未有也."(上海: 上海古籍出版社, 1999, 215-216쪽)

심전기와 송지문의 응제시 또한 이러한 풍조에서 자유로울 수 없었다. 이들의 응제시 중에서 창작시기를 고증할 수 있는 작품으로 가장 먼저 지은 것은, 심전기의 경우 武后 聖曆 元年(698)에 지은 〈從幸香山寺應制〉이고, 송지문의 것은 이보다 3년 빠른 무후 證聖 元年(695)에 지은 〈奉和梁王宴龍泓應敎〉이다. 또한 가장 늦게 창작된 것은 송지문의 경우 中宗 景龍 3年(710) 봄에 지은 〈春日芙蓉園侍宴應制〉이고, 심전기의 경우는 睿宗 景雲2年(711)에 지은 〈奉和聖制同皇太子遊慈恩寺應制〉이다. 이로 볼 때 심 · 송은 대체로 무후 중기부터 예종 연간 사이에 응제시를 창작했음을 알 수 있다. 다만 주의할 것은 이 시기의 궁정시 내용은 유가의 詩敎에서 오락화의 경향으로 변화하기 시작한 시기에 해당한다는 점이다. 이러한 시대적 風潮가 심 · 송의 응제시 창작에도 영향을 끼쳤을 것임은 미루어 짐작할 수 있다. 사실상 심 · 송의 응제시에는 詩敎의 내용과 오락적 내용이 모두 상존하고 있었다.

현존하는 작품으로 심전기에게는 35수, 송지문에게는 27수의 응제시가 있다. 이 작품들은 풍격과 형식면에서 앞서 서술한 바와 같은 틀에 박힌 궁정시의 특징에서 크게 벗어나지 않고 있다. 다만 이를 그 내용으로 다시 분류해 보면, 크게 셋으로 나눌 수 있다. 첫째, 詩敎의 頌美 정신을 체현하여 국가의 태평성대나 황제 혹은 공주의 아름다운 덕을 찬미하는 歌功頌德의 내용이다. 이것들은 응제시 중 가장 많은 분량을 차지하고 있다. 둘째, 시 창작 당시의 상황을 재현하거나 당시의 주위 경관을 묘사하는 가운데 해학적인 내용을 담거나 혹은 상투적인 방법으로 끝맺음을 하는 소위 '오락적'인 성격의 응제시이다. 이 또한 적지 않은 분량을 차지한다. 마지막으로 정형화된 수법으로 연회

---

6) 聶永華, ≪初唐宮廷詩風流變考論≫, "從武周後期宮廷詩風開始出現了娛樂化的傾向. 武則天每豫內殿曲宴, 與張氏兄弟以及控鶴府諸學士及其後的'珠英學士'飲博嘲謔, 留下了一批張氏兄弟容貌姿質的詩作. …… 大唐復辟, 中宗重登帝位, 這位'中興'皇帝的豪奢之風隨卽刮遍了兩京上下, 宮廷文學活動以娛樂爲主且有過之而無不及."(337쪽)

혹은 행렬의 웅장함을 묘사하다 마지막 구절에 이르러 자기 자신의 재주 없음을 부끄러워하는 등, 스스로를 勉勵하는 내용이 몇 수 있다.

먼저 가공송덕의 뜻을 보인 작품으로 Stephen Owen이 當代 최고의 궁정시를 대표한다고 극찬했던 심전기의 〈興慶池侍宴應制〉를 살펴보자.[7]

碧水澄潭映遠空	푸른 물 맑은 연못에 먼 하늘이 비치고
紫雲香駕御微風	보랏빛 구름속의 향기로운 수레는 가벼운 바람 속을 달리네
漢家城闕疑天上	漢 왕조의 궁궐은 하늘 위에 있는 듯
秦地山川似鏡中	秦 땅의 산천은 거울 속에 있는 듯
向浦回舟萍已綠	물가로 배 돌리려니 마름은 이미 녹색이요
分林蔽殿槿初紅	나뉜 숲이 궁전을 가리는데 무궁화는 갓 붉구나
古來徒羨橫汾賞	예부터 분수 가로지르며 노닌 것을 공연히 흠모했었는데
今日宸游聖藻雄	지금 궁궐 유람 속 임금의 문장은 웅장도 하도다

이 시는 격률을 엄격히 지킨 칠언율시로 전형적인 삼부식의 형식을 따르고 있다. 먼저 고요히 맑은 연못에 하늘이 비추는 곳에 화려한 휘장을 한 향기로운 황제의 수레가 출현한다. 그 뒤 당시의 하나의 관용적인 수법인 천상의 神仙으로 황제를 비유한 뒤 '이미 푸른 마름'과 '갓 핀 붉은 무궁화'를 대비 시키며 세밀하게 경물을 묘사한다. 마지막 연에서는 '橫汾'이라는 전고를 사용하여 漢武帝가 汾陽에 출유하며 부른 〈秋風歌〉의 "누각 배 띄워서 汾河를 건너는구나, 가운데 물살 가로지르니 흰 파도가 솟구치는구나!"[8]라는 구절을 떠올리게 하며 황제의 시를 찬미한다. ≪唐體餘編≫에서는 "'橫汾'의 전고를 사용한 이들은 많았지만 이와 같이 절실하지는 못했다."[9]라고 말한 바 있다.

---

7) ≪초당시≫, 419쪽.
8) ≪文選≫卷45: 漢武帝 〈秋風辭·序〉, "上行幸河東, 祠后土, 顧視帝京欣然. 中流與群臣飲宴, 上歡甚, 乃作〈秋風辭〉詩云: '泛樓舡兮濟汾河, 橫中流兮揚素波.'"

≪唐詩直解≫에서는 이 시를 "음률이 조화롭고 유창하며, 대우가 정밀하고 공교하여, 초당의 압권이다"[10]라고 평했다.

다음에서 송지문의 〈奉和幸長安故城未央宮應制〉를 보자.

漢王未息戰	漢王은 전쟁 끝내지도 않았는데
蕭相乃營宮	소하는 궁궐을 건축하였네
壯麗一朝盡	장려한 모습은 하루아침에 다했고
威靈千載空	신령한 위엄은 천년에 헛되어졌구나
皇明悵前跡	영명하신 황제는 옛 자취에서 슬퍼하시고
置酒宴群公	술 따르며 뭇 신하와 연회를 여시네
寒輕綵仗外	추위는 화려한 의장 밖에서 누그러지고
春發幔城東	봄기운은 성처럼 두른 휘장 동쪽에서 피어나네
登高省時物	높은 곳에 올라 시절의 경물을 살피고
懷古發宸聰	옛 일을 생각하며 황제의 총명함을 일으키네
鍾連長樂處	종은 장락성까지 이어졌으니
臺識未央中	누대로 미앙궁의 한가운데를 알겠네
樂思迴斜日	즐거운 생각은 지는 해에 돌아들고
歌詞繼大風	노래 가사는 한 고조 대풍가를 잇네
今朝天子貴	지금 나라의 천자는 귀하시니
不假叔孫通	숙손통의 재주는 필요 없구나

이 시는 景龍 2年 12월에 중종이 漢代의 長安故城에 행차했을 때 지은 것이다.[11] 당시 시 창작에 참여한 李嶠, 趙彦昭, 劉憲, 李乂 등의 작품이 함께 전

---

9) ≪唐體餘編≫: "用'橫汾'者多矣, 不若此之切."(陣伯海主編≪唐詩彙評≫, 杭州: 折江敎育出版社, 1995, 220쪽)

9) ≪唐體餘編≫: "用'橫汾'者多矣, 不若此之切."(陣伯海主編≪唐詩彙評≫, 杭州: 折江敎育出版社, 1995, 220쪽)
10) 葉義昂直解, ≪唐詩直解≫: "音律調暢, 駢麗精工, 初唐堅卷."(陣伯海主編≪唐詩彙評≫, 220쪽)
11) 이 시를 포함하여 본고에서 인용한 모든 심·송의 詩作 編年은 陶敏·易淑瓊, ≪沈佺期宋

해진다. 처음 4구에서는 장안성, 미앙궁의 과거와 현재를 대비 시키며 역사의
공허함을 피력하고 있다. 곧이어 역사의 공허함을 통찰하는 '영명하신 황제
[皇明]'의 연회 묘사가 이어진다. 제7구에서 12구까지는 봄기운 속에 펼쳐진
연회의 화락함과 지금은 자취를 감춘 미앙궁의 공허함을 교묘하게 대비시켰
는데, 여기서도 '황제의 총명함[宸聰]'은 빼 놓지 않는다. 마지막 4구에서는
한 고조의 大風歌를 빌려 태평성대를 찬미하는 동시에 한고조가 막 제위에 올
랐을 때 황실의 위엄과 법도가 없는 것을 걱정한 숙손통이 禮義를 제정하고
나서야 한 고조가 "나는 오늘에야 비로소 황제의 귀함을 알았다."[12]라고 말한
전고를 들어 지금 황제의 성덕을 부각시켰다.

마지막으로 심전기의 〈守歲應制〉를 살펴보자.

　南渡輕冰解渭橋　　남쪽으로 건너가는 中渭橋의 얇은 얼음은 녹고
　東方樹色起招搖　　동쪽 푸른 하늘에 북두성이 떠오르네
　天子迎春取今夜　　천자께선 봄을 맞아 오늘 밤 지새우려니
　王公獻壽用明朝　　왕공들은 내일 아침 만수무강을 바치리라
　殿上燈人爭烈火　　궁전의 불지기들 앞 다투어 불 밝히고
　宮中侲子亂驅妖　　궁중의 어린아이들은 어지러이 귀신을 쫓네
　宜將歲酒調神藥　　마땅히 원단 술엔 仙藥을 섞어야 하니
　聖祚千春萬國朝　　천자 보위 천만 년 봄 같이 이어지리라

《唐詩紀事》에 "景龍 二年 … 십이월 그믐날 여러 학사들이 입궐하여 밤을
지새우며 새해를 맞이하였다."[13]라는 기록이 보인다. 이 시는 그날 밤에 지어

　　之問集校注》의 고증을 따르고 있음.

12) 　《史記 · 叔孫通傳》卷99: "吾迺今日知爲皇帝之貴也."

13) 　計有功撰, 《唐詩紀事》卷9: "景龍2年, … 十二月晦, 諸學士入閣守歲."(上海: 上海古籍出
　　　版社, 1987, 114쪽)

진 것이다. 이 시 역시 전형적인 삼부식의 형식을 취하고 있으며, 頷聯에서는 상투적인 頌祝을 표현했다. 이 시에서 가장 돋보이는 곳은 頸聯에서 표현한 섣달 그믐날의 세시 풍속 묘사 부분이다. 정교한 대우 속에서 핍진하게 상황을 묘사하고 있어, 노련한 시인의 창작기교가 충분히 드러나고 있다. 尾聯에서는 천자와 신선을 동일시하는 상투적인 수법으로 頌美의 뜻을 드러내었다.

이와 같이 먼저 창작 배경을 설정한 후에, 경물이나 당시의 상황을 묘사 하는 가운데 공덕을 찬송하는 것은 심·송 봉화응제시의 가장 주된 내용이라 할 수 있다. 심전기의 〈昆明池侍宴應制〉, 〈苑中遇雪應制〉, 〈奉和幸韋嗣立山莊應制〉 등과 송지문의 〈扈從登封告成頌〉, 〈奉和幸神皇亭應制〉, 〈奉和幸三會寺應制〉 등이 모두 이 부류에 속한다.

둘째, 시 창작 당시의 상황을 재현하거나 혹은 주로 당시의 주위 경관을 묘사하는 상투적인 방법으로 끝맺음을 하는 응제시 또한 적지 않다. 이 부류의 詩作 중에는 이른바 '娛樂化'의 경향을 띠는 것이 대부분이고 심지어 어떤 시는 해학적이기까지 하다.

먼저 심전기의 〈人日重宴大明宮恩賜彩縷人勝應制〉를 보기로 하자.

拂旦雞鳴仙衛陳	새벽 깨는 닭 홰치니 황제의 호위병은 진열을 가다듬고
憑高龍首帝城春	높이 용수산에 올라 보니 경성은 봄이로구나
千官黼帳杯前壽	천명의 관리가 도끼 무늬 휘장 앞에서 축수 잔을 올리니
百福香奩勝裏人	백 개의 福자 새긴 향기로운 상자에서 색동 인형을 내어주네
山鳥初來猶怯囀	산새는 막 날아왔으나 오히려 지저귐을 겁내고
林花未發已偸新	숲속엔 아직 꽃 피지 않았으나 이미 슬그머니 새싹 돋았네
天文正應韶光轉	날씨는 마침 아름다운 봄빛이니
設報懸知用此辰	제사는 때맞추어 지내야 함을 미리 알려 주는구나

이것은 경룡 4년 立春 전날인 正月七日에 색동인형 장식을 나누어 주는 풍속을 읊은 시이다. 정월 칠일에 해당하는 人日은 人七日 혹은 人慶日이라고도 부르는데 唐代에는 '人勝節'이라고도 불렀다. 道家에서는 세상의 첫째 날에는 닭이 태어났고 둘째 날은 개가 태어났으며 이어서 돼지, 양, 소, 말이 태어난 후 마지막 일곱째 날에는 사람이 태어났다고 여겼는데 人日은 바로 이 일곱 번째 날을 기념하는 것이다. ≪荊楚歲時記≫에는 "정월 칠일은 사람이 되는 날로 일곱 가지 나물로 죽을 만들고 색동을 오려 인형을 만들거나, 금박을 새겨 인형을 만들어 병풍에 붙이거나, 머리에 달거나 또는 머리장식품을 만들어 서로 건넨다."14)라는 기록이 있다. 시 전체의 구조는 삼부식의 전형을 그대로 따르고 있다. 내용은 색동인형을 나누어 주는 정경과 당시의 풍경을 대구의 수법을 사용해 묘사하고 있을 뿐, 개인적인 감정이나 뜻은 보이지 않는다. 이와 같이 정해진 틀 속에서 궁중의 일상을 판에 박힌 듯이 노래하는 것이 바로 당시 궁정시의 일반적인 창작 경향이다. 이에 관해 ≪唐詩紀事≫의 다음의 일화를 살펴보자.

천자가 연회를 열거나 외유를 할 때는 재상과 직학사만이 수행할 수 있었다. 봄에는 梨園에 행차하고 渭水의 재액을 막는 제사에 참석해서는 역병을 막아 준다는 버드나무 화환을 하사한다. 여름에는 포도원에서 연회를 열고 붉은 앵두를 내린다. 가을에는 慈恩寺에 올라 국화주를 바치며 장수를 기원한다. 겨울에는 신풍에 행차하는데 白鹿觀을 거쳐 驪山에 올라 탕지에서 목욕하게 하고 향기로운 분과 난초 향유를 내린다. 수행관원들에게는 각기 翔麟馬와 환관의 누런 관복을 각각 하나씩 하사한다. 황제께서 감흥이 일면 즉시 시를 짓고 학사들은 모두 그에게 화답하는데, 이는 당시의 모든 사람들이 흠모하는 바였다. 그러나 가볍고 경박하게 행동하고 아첨만 일삼으며 군신간의 예법 따위는 잊어

---

14) ≪荊楚歲時記≫: "正月七日爲人日, 以七種菜爲羹, 翦綵爲人, 或鏤金薄爲人, 以貼屛風, 亦戴之頭鬢, 又造華勝相遺."(≪四庫全書≫, 史部, 地理類.)

버린 채 오로지 문장의 화려함으로만 총애를 받고자 하였다.15)

이것은 中宗이 修文館 학사들을 이끌고 出遊하며 '연회를 벌여 놀며 시를 짓는[遊宴賦詩]' 정경을 묘사한 것이다. 이를 통해 응제시 창작 과정의 한 단면을 엿볼 수 있다. 특히 "너무 가벼이 행동하고 아첨만 일삼으며 군신간의 예법 따위는 잊어버렸다."라는 부분은 武后 후기부터 현저하게 드러나게 되는 궁정시 '오락화' 경향의 창작 배경으로 보아도 무방하다.

송지문의 〈奉和梁王宴龍泓應敎〉에서도 '오락화'의 경향을 비교적 잘 엿볼 수 있다.

水府淪幽壑　깊은 계곡에 물의 신이 잠겨있고
星軺下紫微　자미성 아래에는 황제의 사자 수레 있네
鳥驚司僕馭　태복사 관원의 말몰이에 새는 놀라고
花落侍臣衣　시중드는 신하의 옷에는 꽃이 지네
芳樹搖春晚　향초 나무 하늘거리는 늦봄인데
晴雲繞座飛　갠 구름은 자리를 에워싸며 날아가네
淮王正留客　회남왕은 지금 손님 잡고 있으니
不醉莫言歸　취하지 않으면 돌아간다 말하지 말지라

이 시는 송지문이 대략 證聖 元年(695)에 지은 것이다. 시 제목 중의 梁王은 武三思를 가리키고 龍泓은 嵩山의 九龍潭을 지칭한다. 이 시 역시 삼부식의 전형을 그대로 따르고 있는데 頷聯과 頸聯에서의 산수 배경 묘사 부분은 매우 정교하게 대구를 이룬다. 마지막 두 구절에서는 박식한 문장가이자 천하의 인

---

15) 《唐詩紀事》卷9: "凡天子饗會游豫, 唯宰相直學士得從. 春幸梨園並渭水祓除, 則賜柳圈辟廣; 夏宴蒲萄園, 賜朱櫻; 秋登慈恩浮圖, 獻菊花酒稱壽; 冬幸新豐, 歷白鹿觀, 上驪山, 賜浴湯也. 給香粉蘭澤. 從行給舞鱗馬, 品官黃衣各一. 帝有所感, 即賦詩, 學士皆屬和, 當時人所欽慕然. 皆狎猥佻佞, 忘君臣禮法, 惟以文華取幸."(上海: 上海古籍出版社, 1987), 114쪽.

재를 모았던 회남왕을 무삼사에 비유하며, 질탕하게 즐기며 마시는 연회석상의 즐거움을 표현했다. 회남왕에 대한 비유는 아부하는 듯한 인상을 주는데, 시 전반에서 구사한 정련된 시어는 단지 '문장의 화려함[文華]'만을 좇는 듯하다. 또한 통상 송미나 권면을 하던 마지막 구절에서는 연회의 질탕함만을 표현했으니, 이 시는 일종의 '오락화'된 응제시의 전형을 보여주는 셈이다.

심전기의 ≪幸梨園亭觀打毬應制≫는 일종의 擊毬 놀이를 묘사 했는데 내용이 다소 해학적이다.

今春芳苑遊　올 봄 향기로운 정원에서 노닐며
接武上瓊樓　앞 사람의 발을 좇아 옥루에 오르네
宛轉迎香騎　이리저리 분주히 향기로운 기마 선수를 맞이하고
飄颻拂畫毬　회오리바람처럼 화려한 공을 치네
俯身迎未落　몸을 숙여 떨어지지 않은 공을 올려치고
回轡逐傍流　말 머리 돌려 옆으로 흐르는 공을 쫓네
祇爲看花鳥　다만 꽃과 새를 감상 하려다
時時誤失籌　때때로 실수해 점수 딸 기회를 놓치고 마네

≪당시기사≫9卷에 경룡 4년 正月 七日에 "또한 격구를 관람하였다.[又觀打毬]"[16]라는 구절이 있는 것으로 보아, 이 시는 앞의 〈人日重宴大明宮恩賜彩縷人勝應制〉와 함께 같은 날에 지은 것으로 보인다. 첫 두 구절에서는 시의 배경을 설정했고, 이어서 제3구에서 6구까지는 말을 타고 공을 치는 격구동작을 비교적 핍진하게 묘사하고 있다. 특히 마지막 두 구절에서는 꽃과 새를 쳐다보다가 점수를 못 따고 마는 조금은 해학적인 장면을 묘사하고 있다. 이렇듯 시의 내용이 단순히 공놀이 하는 장면만을 묘사하는 것에 이르렀을 때,

---

16) ≪唐詩紀事≫9卷: "七日, 重宴大明殿賜, 綵縷人勝, 又觀打毬."(115쪽), 참조.

궁정시는 이미 頌美, 諷諫의 詩敎 정신을 찾아볼 수 없는 일종의 오락의 한 방편이 되었던 것이다.

이밖에 심전기의 詩作 중, 공놀이의 정경을 약간은 해학적으로 재현한 〈奉和立春遊苑迎春應制〉, 강가에서 액운을 제거하는 제사를 지내는 태평스런 정경을 묘사한 〈晦日滻水詩宴應制〉, 그리고 송지문의 연회의 질펀하고 흥겨운 정경을 묘사한 〈奉和梁王宴龍泓應敎〉, 〈岳寺應制〉 등은 모두 이 부류에 속하는 것들이다.

이상의 두 부류의 내용 외에, 상투적인 수법으로 연회의 정경을 묘사하거나 혹은 가공송덕의 뜻을 비치다가 마지막 구절에 이르러 자기 자신이 재주 없음을 부끄러워하며 스스로를 勸勉하는 詩敎의 정신을 발휘한 것이 몇 수 더 있다.

심전기의 〈扈從出長安應制〉가 바로 그러하다.

漢宅規模壯　漢代의 장안성은 규모가 웅장하고
周都景命隆　周代의 낙양성은 천명 받아 융성했네
西賓讓東主　서도의 손님이 동도의 주인에게 양보하여
法駕幸天中　황제의 수레는 낙양으로 행차하네
太史占星應　태사가 별자리 점을 쳐서 바치니
春官奏日同　춘관이 올린 날짜와 같네
旌門起長樂　깃발은 장락궁에 세우고
帳殿出新豐　휘장은 신풍으로 나오네
翕習黃山下　황산 아래서는 성대한 행차를 하고
紆徐淸渭東　맑은 위수 동쪽에서는 천천히 행차하네
金麾張畫月　금빛 깃발에는 달이 펼쳐져있고
珠幰戴相風　진주 수레 휘장에는 측풍기를 실었네
是節嚴陰始　이 계절부터 세찬 추위 시작되니
寒郊散野蓬　찬 들녘에는 들 쑥이 흩어져 있네
薄霜霑上路　옅은 서리 가는 길을 적시고

殘雪繞離宮　남은 눈은 별궁을 에워싸네
賜帛矜耆老　비단을 내려 노인을 긍휼히 여기고
褰旒問小童　면류관 술을 들어 올리며 어린 아이에게 묻네
復除恩載洽　요역 면제의 은혜를 또 다시 두루 펼치고
望秩禮新崇　산천 제사는 등급 따라 새롭게 지내네
臣忝承明召　신은 임금의 부름을 받자오나
多慚獻賦雄　부끄럽게도 양웅처럼 뛰어난 부를 바치지 못하는구나

이 시는 심전기가 長安 3년(703) 武后를 모시고 장안에서 낙양으로 돌아오
는[17] 길에 지은 것이다. 무후에 대한 공덕을 찬미하는 동시에 자신의 재주
없음을 自勵하는 내용을 담고 있다. 셋째 구절에 보이는 서도와 동도는 각각
장안과 낙양을 가리키는데, 이는 班固(32~92)의 〈兩都賦〉에서 서도와 동도를
의인화하여 동도의 주인이 서도의 빈객을 설득한다는 내용을 전고로 사용하
고 있다. 李善은 ≪文選≫에서 "반고는 황제가 낙양을 떠날까 두려워서, 이
글을 올려 諷諫하였다."[18]라고 한 바 있으니, 여기서 심전기는 마치 무후가
신하의 풍간에 귀를 기울여 낙양으로 다시 돌아가는 것을 찬미하는 듯한 인상
을 준다. 이어서 제5구부터 16구까지는 행차의 택일 설정과 행렬의 화려함 등
을 묘사하고 있다. 뒤의 네 구절은 무후의 공덕을 직접적으로 頌美하다가, 마
지막 두 구절에서는 그렇게 풍간에 귀 기울일 줄 알며 공덕도 많은 무후에게
揚雄이 황제의 명을 받고 〈甘泉賦〉를 지어 풍간한 것[19]처럼 문장을 지어 바
치지 못함을 부끄럽게 여기고 있다.
　만일 이와 같은 내용을 심·송의 바로 다음 세대에 활약 했던 王維(約701~761)

---

17)　≪舊唐書·則天皇后紀≫卷6: (長安)"三年冬十月丙寅, 駕還神都. 乙酉, 至自京師."
18)　≪文選≫卷7: "自光武至和帝, 都洛陽, 西京父老有怨, 班固恐帝去洛陽, 故上此詞以諫."
19)　≪漢書·揚雄傳≫卷87上: "孝成帝時, 客有薦雄文似相如者, 上方郊祀甘泉泰畤, 汾陰后土,
　　以求繼嗣, 召雄待詔承明之庭. 正月, 從上甘泉, 還奏〈甘泉賦〉以風."

의 응제시인 〈奉和聖製從蓬萊向興慶閣道中留春雨中春望之作應制〉와 비교 해
본다면 심·송의 응제시가 띠고 있는 내용상의 특색이 더욱 확연하게 드러나
는 듯하다. 여기에서 왕유의 그 시를 함께 보자.

渭水自縈秦塞曲　위수는 진나라 땅을 감돌아 굽이치고
黃山舊遶漢宮斜　황산은 옛 한나라 궁전을 비스듬히 둘러쌌네
鑾輿迥出千門柳　방울수레 행차가 궁문의 버들 숲 멀리 나서는데
閣道迴看上苑花　각도에서 멀리 돌려 상림원의 꽃을 보네
雲裏帝城雙鳳闕　구름 속 황성에는 한 쌍의 봉황궐문 솟았고
雨中春樹萬人家　비속의 봄 나무 사이로 수많은 인가가 있네
爲乘陽氣行時令　봄기운 따라 농사 칙령 행하기 위함이니
不是宸遊玩物華　황제께서 노닐며 경치 즐기는 것 아니로다

이 시에 대해 沈德潛(1673-1769)은 "응제시는 마땅히 이 작품이 제일이다."[20]
라고 극찬 한 바 있다. 심·송 혹은 다른 초당의 응제시와 마찬가지로 삼부식
의 정형화된 틀 속에서 대구의 정련된 언어를 구사한 것은 매한가지이다. 다
만 마지막 구절에서 황제의 행차가 단순한 나들이에 그치지 말기를 바라는 권
면의 내용이 확실히 전달되고 있어, 찬미 일색이던 위의 〈扈從出長安應制〉
시와는 확연한 차이를 보이고 있다. 이러한 차이는 아마도 시에서 조금이라도
감히 諷諫의 내용이 보이면 그 즉시 황제의 노여움과 연결되었던 중종의 시기
와[21] 비교적 자유롭게 자신의 의견을 시에서 토로할 수 있었던 玄宗 때의 시
대적 배경과 밀접한 관련이 있는 듯하다.

---

20)　沈德潛, ≪唐詩別裁≫: "應制詩應以此篇爲第一."(上海: 上海古籍出版社, 1992, 436쪽)
21)　이에 관해 葛曉音은 ≪論宮廷文人在初唐詩歌藝術發展中的作用≫에서 "中宗宮廷詩的娛樂性
　　質使貞觀詩的箴規體詩遭到徹底摒棄. 縱有個別敢臣敢在詩中稍存箴諫, 也會觸怒皇帝, 所以
　　凡作應制詩, '衆皆爲諛語.'"라고 지적했다. (葛氏, ≪詩國高潮與盛唐文化≫, 北京: 北京大
　　學出版社, 1998.) 36쪽.

이어서 송지문의 〈扈從登封途中作〉을 보자.

帳殿鬱崔嵬　행궁은 높고도 크며
仙遊實壯哉　신선의 유람은 진실로 장엄하다네
曉雲連暮捲　새벽 구름은 저녁까지 뭉게뭉게 오르고
夜火雜星回　한밤중에 불꽃같은 뭇 별들이 돌아오네
谷暗千旗出　계곡 어두워지니 천기의 깃발 올리고
山鳴萬乘來　산을 울리며 만승의 수레 다가오네
扈從良可賦　천자 따르며 진실로 노래 할 만하지만
終乏揆天才　필경 하늘을 빛낼 재주는 모자라는구나

≪舊唐書·則天皇后紀≫에 "萬歲登封 元年(696) 그믐달 甲申일에 嵩嶽산에 올라 封禪을 지내고, 천하에 대 사면령을 내리고 改元을 하였으며 구일동안 큰 주연을 열었다."22)라는 기록이 있는 것으로 보아, 이 시는 송지문이 무후를 모시고 嵩山으로 가는 도중에 지은 것으로 보여진다. 첫 두 구절은 전체 시의 배경을 설정하고 있는데 仙境으로 황제를 미화하는 초당 응제시의 상투적인 수법을 구사하고 있다. 이어서 산수 경물과 행렬의 웅위함을 묘사하고 있는데, 그 기세가 웅장해 "기상이 가장 뛰어나다."23)라는 평을 받기도 했다. 마지막 구절에서는 자신의 재주 없음을 자책하는 듯한 어조를 보이고 있다. 이러한 자책 속에는 스스로 勸勉한다는 自勵의 詩敎 정신이 내포되어 있음은 물론이다. 다만 마지막 구절이 시 전반의 웅장한 기세에 비하여 크게 소극적이기에, ≪五七言今體詩鈔≫에서는 "깊고 웅혼한 작품이나, 마지막 구에서 뜻이 다하고 있음은 면할 길이 없다."24)라고 평 한 바 있다.

---

22)　≪舊唐書·則天皇后紀≫卷6: "萬歲登封元年臘月甲申, 上登封于嵩嶽, 大赦天下, 改元, 大酺九日."
23)　≪唐詩分類繩尺≫: "氣象冠冕."(≪唐詩彙評≫, 82쪽)

이밖에 심전기의 〈奉和晦日駕幸昆明池應制〉의 "미천한 신하 썩은 재질 조각하니, 예장 거목의 재주 바라보기 부끄럽네.[微臣彫朽質, 羞睹豫章材]"라는 마지막 구절 또한 위의 좋은 예이다. 다만 이 시는 심·송 시가의 우열을 논하거나, 혹은 그들 응제시의 뛰어남을 논할 때 더 자주 인용된다.

위에서 살펴 본 바와 같이, 심·송의 봉화응제시 내용은 가공송덕하거나 또는 오락으로서의 임무를 수행하는 당시의 보편적인 궁정시 범위에서 크게 벗어나고 있지 않음을 알 수 있다. 다만 여기서 주목해야 할 것은, 심·송이 當代의 궁정시단에서 가장 典範적이며 우수한 봉화응제시를 구사했었다는 점에 있다.

먼저 형식적인 측면에서 본다면, 심·송은 모두 5언 혹은 7언의 율시로만 봉화응제시를 창작했는데 이는 이후 응제시의 典範이 되었고 이윽고 "唐代는 심·송 이후로, 응제시는 모두 율시이다."[25]라는 말까지 나오게 된다. 이러한 전범적인 율시의 형식 기틀 위에서 심·송은 내용의 질적인 면에서나, 예술적 수사기교 면에서나 모두 당대 최고 수준의 응제시를 창작해 냈던 것이다.

여기에서 위에서 언급한 〈奉和晦日駕幸昆明池應制〉와 관련된 일화를 먼저 소개해 본다.

> 중종 정월 그믐날 곤명지에 행차하여 시를 지었는데, 여러 신하들이 응제시 백 여 편을 지었다. 황제의 휘장 전각 앞에는 채색한 누대가 세워졌으며, 소용에게 명하여 한곡을 뽑게 하여 새로 어제곡을 짓게 했다. 수행한 신하들이 모두 그 아래에 모여들었고 잠깐 만에 종이가 날 듯 떨어졌는데, 각자 그가 지은 시 제목을 알아보고 그것을 가슴에 품었다. 이미 모두 들어갔는데 오직 심전기와 송지문의 시만이 떨어지지 않았다. 또 얼마간 시간이 흘러 종이가 하나 땅에 떨어져 앞 다투어 살펴보니, 곧 심전기의 시였다. 그 평을 들어보니 다음과

---

24) 《五七言今體詩鈔》: "沉雄之作, 落句未免意盡."(《唐詩彙評》, 82쪽)
25) 《唐音審體》卷3: "唐人自沈, 宋而後, 應制皆律詩也."

같았다. "두 시의 공력은 실로 필적할 만하다. 심전기 시의 마지막 연에서는 '미천한 신하 썩은 재질 조각하니, 예장 거목의 재주 바라보기 부끄럽네'라 하였다. 대체로 시어의 기운이 이미 다 하였다. 송지문의 시에서는 '밝은 달 다하는 것 슬퍼하지 않으니, 대신 절로 야광주 온다네.'라고 하였으니, 더욱 드세고 굳세다." 이에 심전기는 복종하고 감히 다시 다투지 않았다.[26]

이것은 景龍 三年(709) 정월 때 昆明池 연회석상에서 上官婉兒(664-710)로 하여금 심판을 보게 하며 벌어진 일종의 시가 경연의 한 장면을 묘사 한 것이다. 이를 통해 심전기와 송지문이 當代 詩壇에서 대등한 위치를 점하며 서로의 우열을 경쟁하던 가장 뛰어난 궁정시인이었음을 살펴 볼 수 있다.

다시 아래에서 송지문이 궁정시인으로서 확실하게 인정받았던 또 다른 일화를 소개한다.

무후가 용문을 방문하여 여러 신하들에게 시를 짓게 하고는, 가장 먼저 시를 지은 사람에게는 금포를 하사하도록 하였다. 좌사 동방규가 제일 먼저 시를 짓고는 상을 받았다. 그러나 신하들은 이에 못마땅해 하였으며 그러는 사이 송지문의 시가 완성되었는데, 문체와 내용 모두 아름다웠다. 좌중의 모든 사람들이 훌륭하다고 칭찬하지 않는 사람이 없자, 이내 동방규의 금포를 벗겨 송지문에게 입혀 주었다.[27]

---

26) ≪唐詩紀事≫3卷: "中宗正月晦日幸昆明池賦詩, 羣臣應制百餘篇, 帳殿前結綵樓, 命昭容選一首為新翻御製曲. 從臣悉集其下, 須臾紙落如飛, 各認其名而懷之. 既進, 唯沈宋二詩不下. 又移時, 一紙飛墜, 競取而觀, 乃沈詩也. 及聞其評曰; 二詩工力悉敵, 沈詩落句云: '微臣彫朽質, 羞觀豫章材'蓋詞氣已竭. 宋詩云: '不愁明月盡, 自有夜珠来.' 猶陟健舉, 沈乃伏, 不敢復爭."(上海, 上海古籍出版社, 1987), 28쪽.
27) ≪唐詩紀事≫11卷: "武后遊龍門, 命羣官賦詩, 先成者賜以錦袍. 左史東方虬詩成, 拜賜. 坐未安, 之問詩後成, 文理兼美, 左右莫不稱善, 乃就奪錦袍衣之."(165쪽)

이것은 무후가 聖曆 元年(698) 봄에 龍門山을 방문했을 때 일어난 일화로 앞서 소개한 심·송이 경쟁한 일화 보다 약 십 여 년이 앞선다. 흥미로운 것은 현존하는 송지문의 최초의 응제시가 證聖 元年(695)에 지은 〈奉和梁王宴龍泓應敎〉이며, 마지막 작품은 중종 景龍 3年(710) 봄에 지은 〈春日芙蓉園侍宴應制〉라는 것을 감안해 본다면, 그가 활동했던 거의 대부분의 궁정시인 생애 동안 그는 당시 시인으로서 누릴 수 있는 최고의 영예를 누렸다는 점이다. 아래에서 당시에 '금포[錦袍]'의 영예를 안겨 주었던 그 〈龍門應制〉를 한번 보자.

宿雨霽氣埃	간밤의 비는 먼지 걷어버리고
流雲度城闕	흐르는 구름은 성곽을 지나네
河堤柳新翠	강둑의 버들은 새로 푸르고
苑樹花先發	동산의 나무 꽃은 먼저 피었네
洛陽花柳此時濃	낙양의 꽃과 버들은 녹음 지고
山水樓臺映幾重	산과 물, 누와 대는 몇 겹으로 비치네
群公拂霧朝羽鳳	많은 귀족들이 안개 털며 봉황 나는 궁전으로 향하니
天子乘春幸鑿龍	천자는 봄기운 타고 용문산으로 행차하네
鑿龍近出王城外	용문산은 낙양성 밖으로 나가면 가까우니
羽從琳瑯擁千蓋	깃털 장식 의장대는 줄줄이 수레 덮개 옹위하네
雲罕縱臨御水橋	구름 같은 수행원들 황궁 물가 다리에 이르자마자
天衣已入香山會	천자의 옷은 이미 향산의 모임에 들어서네
山壁嶄巖斷復連	산벼랑은 가파르고 바위투성이인데 끊길 듯 이어졌고
淸流澄澈俯伊川	깨끗한 물길은 맑고 투명하게 이천을 굽어다보네
塔影遙遙綠波上	탑 그림자는 아득히 푸른 물결위에 있고
星龕奕奕翠微邊	별 같은 용문 석굴은 푸른 언덕 가에서 촘촘하네.
層巒舊長千尋木	층층의 봉우리에는 예부터 팔 척의 나무 자라는데
遠壑初飛萬丈泉	먼 골짜기에서는 만 척의 샘물이 막 날아드네
彩仗紅旌繞香閣	화려한 지팡이와 붉은 깃발 향기로운 누각을 휘감으니
下輦登高望河洛	가마에서 내려 높이 올라 낙양을 바라보네

東城宮闕擬昭回	동쪽 성의 궁궐은 은하수 도는 듯하고
南陌溝塍殊綺錯	남쪽 길의 도랑과 두둑은 아주 비단을 짠듯하구나
林下天香七寶臺	숲 아래에는 하늘의 향기 나는 칠보대이고
山中有酒萬年杯	산 속에서는 술로 만년토록 살라 건배하네
微風一起祥花落	산들바람 한번 일어나니 상서로운 꽃 떨어지고
仙樂初鳴瑞鳥來	신선의 음악 처음 울리니 길조가 날아오네
鳥來花落紛無已	새 날아오고 꽃 떨어지기가 분분히 끝이 없는데
稱觴獻壽香霞里	술잔 들고 향기로운 노을 속에서 장수를 축원하네
歌舞淹留景欲斜	노래하고 춤추며 오래 머무르니 해 기울려 하고
石間猶駐五雲車	바위 사이에는 아직도 오색 구름수레 머물러 있네
鳥旗翼翼留芳草	새 깃발 펄럭펄럭 향기로운 풀에 남아 있고
龍騎駸駸映晚花	용 탄 사람 쌩쌩 저녁 꽃에 비치네
千乘萬騎鑾輿出	천 수레 만기병 난새 수레와 출발하니
水靜山空嚴警蹕	물 고요하고 산 비었는데 황제 앞길은 삼엄하구나
郊外喧喧引看人	교외에서는 시끌벅적 구경꾼들 모이고
傾都南望屬車塵	온 도성에선 남쪽으로 시종들 수레 먼지를 바라보네
囂聲引揚聞黃道	시끄러운 소리 높아 황도까지 들리고
王氣周回入紫宸	왕의 기운은 빙 돌아 자미성에 드는구나
先王定鼎山河固	선왕께서 수도 정하시니 산과 내가 굳건하고
寶命乘周萬物新	보배로운 천명이 주나라에 이르니 만물은 새롭다네
吾君不事瑤池樂	우리 황제께선 요지의 즐거움 일삼지 않으시고
時雨來觀農扈春	때맞추어 내린 비로 농가의 봄을 구경한 것이라네

이 시는 5, 7언 42句의 장편으로 황제의 출유에서 연회의 화락함 그리고 돌아가는 웅위한 장면을 시간의 추이에 따라 장엄하게 묘사하고 있다. 마치 독자로 하여금 漢賦를 읽는 듯한 느낌을 준다. 곳곳마다 화려한 시어를 사용하며 정교한 대구를 이루고 있는 것이 인상적이다. 특히 중간 '林下天香' 이하 네 구에 대해서 ≪網師園唐詩箋≫는 "맑은 시어와 아름다운 구절로, 시인의

賦이다."[28]라는 평을 했다. 마지막 네 구는 주제에 해당하는 부분인데 여기서 시인은 무후가 세운 周나라에 정통성을 부여하는 동시에, 周穆王이 西王母와 瑤池에서 연회를 벌이며 즐겼다는 전고를[29] 사용하며 무후의 덕을 찬미하고 있다. 아마도 이러한 시어의 화려함과 가공송덕의 내용으로 인해, 당시 연회 석상에서 '문체와 내용 모두 아름다웠다[文理兼美]'라는 칭송을 얻었던 것 같다. 일찍이 ≪唐風懷≫에서는 "맑고 화려하며 함축적이라, 진실로 걸작이다."[30]라며 이 시를 극찬한 바 있다.

한편 앞에서 소개한 중종(709) 정월 昆明池 연회석상에서의 일화에서도 알 수 있듯이, 송지문과 나란히 마지막 경쟁까지 벌였던 심전기의 응제시 또한 당시 최고 수준이었음을 간과해서는 안 될 것이다. Stephen Owen이 當代의 최고 궁정시를 대표한다고 했으며, ≪唐詩直解≫에서는 '초당의 압권'이라 극찬했던[31] 심전기의 〈興慶池侍宴應制〉는 이미 앞에서 살펴본 바와 같다. 여기에선 그의 또 다른 응제시 〈奉和春日幸望春宮應制〉를 한번 감상해 보자.

芳郊綠樹撒春晴　향기로운 푸른 교외 숲에는 맑은 봄빛이 흩어지고
複道離宮煙霧生　이중 복도와 離宮에는 아지랑이 피어나네
楊柳千條花欲綻　수양버들 천 가닥 꽃은 봉오리 터뜨리려 하고
蒲萄百丈蔓初縈　포도 백 길 덩굴은 막 얽히려 하네
林香酒氣元相入　숲 향기 술기운은 원래 서로 섞이는 법
鳥囀歌聲各自成　새 지저귐과 노래는 각기 소리를 이루네
定是風光牽宿醉　필경 이 경치가 숙취 끌어 낼 것이니
來晨復得幸昆明　새벽되면 다시 곤명지로 납실 수 있으리

28) ≪網師園唐詩箋≫: "淸詞麗句, 詩人之賦."(≪唐詩彙評≫, 80쪽)
29) ≪穆天子傳≫3卷: 傳說周穆王西遊"觴西王母于瑤池之上, 西王母爲天子謠."
30) ≪唐風懷≫: "淸華蘊籍, 洵是傑作."(≪唐詩彙評≫, 80쪽)
31) 본장 注(7), (10) 참조.

이것은 경룡 4년 3월에 중종이 長安 禁苑의 동남쪽에 있는 望春宮에 행차하였을 때 지은 시이다. 응제시임에도 불구하고 봄놀이의 내용을 잘 표현하고 있어 상투적인 응제시의 격식을 벗어난 佳作으로도 볼 수 있다. 특히 정련된 언어와 정교한 章法은 이 시의 또 다른 큰 성취이기도 하다. ≪唐詩成法≫에서는 이 시를 비교적 자세히 분석하였기에 여기서 소개한다.

  '터뜨리려 하다[欲綻]' 이 두 글자는 딱 들어맞는 표현이다. '하나로 서로 모여 들고[元相入]', '각기 소리를 이루네[各自成]'의 글자에서는 새로움이 생겨난다. '풍광[風光]'은 위 여섯 구절과 합쳐져 연결되고, '숙취[宿醉]'는 다섯째, 여섯째 구절과 연결되며, '곤명지[昆明]'는 望春宮과 연결된다. 다만 두 번째 구절과 여덟 번째 구절만이 응제시에 해당 할 뿐이고, 나머지는 단지 봄놀이의 작품이 되니, 지극히 뛰어나다.[32]

  또한 ≪歷代詩發≫에서는 "다섯 번째 구와 여섯 번째 구의 펼침과 거둬들임의 모두 절묘하다."[33]라고 언급하고 있다. 그러나 이렇게 절묘하며 정교한 장법으로 시를 구성하고 있음에도 불구하고, 그 내용과 사상성은 끝내 판에 박힌 궁중 응제시의 범위를 크게 벗어나고 못한 점은 이 시의 한계이다.

  이상에서 살펴 본 바와 같이 심·송의 응제시는 그 作法上 當代 최고 수준이었으며, 또한 후세의 典範까지 되어 줄 만 했음을 알 수 있었다. 그러나 그 내용이 頌美, 혹은 勸勉이라는 詩敎의 뜻을 내포하거나 혹은 오락의 성격을 지니고 있어 初唐 궁정시의 테두리를 크게 벗어나지 않고 있었으니, '정형화된 틀의 몰개성'이라는 궁정시의 한계를 쉽게 극복하지는 못했던 것이다. 역시 이들이 봉화응제시에서 보여준 그러한 詩的 才能은 개인적인 생활에서 우

---

32) ≪唐詩成法≫: "'欲綻' 二字有分寸. '元相入', '各自成', 下字生新. '風光'合結上六句. '宿醉'結五, 六, '昆明'結望春宮. 只二, 八兩句是應制, 餘只是遊春作, 佳極.(≪唐詩彙評≫, 218쪽)
33) ≪歷代詩發≫: "五, 六開合俱妙."(≪唐詩彙評≫, 218쪽)

러나온 詩歌들에서 좀 더 선명하게 드러나는 이들의 개성과 결합했을 때 더욱 훌륭한 작품으로 선보이게 된다.

(2) 贈答酬唱

심·송의 贈答酬唱詩는 그 창작 배경의 상황에 따라, 다시 크게 일상생활 속에서 단순히 뜻과 정을 주고받는 贈答詩와 이별의 순간에 그 이별의 슬픔이나 뜻을 주고받는 送別詩로 나눌 수 있다. 심전기에게는 15수의 증답시와 13수의 송별시가 있고, 송전기는 21수의 증답시와 18수의 송별시가 있다. 그러나 그것이 증답시이든 송별시이든 다시 크게 두 가지 내용으로 나눌 수 있다. 그 하나는 詩敎의 전통을 이으며 '美刺'의 관념을 구현하는 頌美, 勸勉의 내용이고, 다른 하나는 작가 자신이 품고 있는 이별의 슬픔이나 그리움 혹은 개인적인 情懷를 토로하는 내용이다.

먼저 송미, 권면의 내용을 살펴보면, 심전기에게는 총 28수의 증답수창시 중 10수(권면2수, 송축8수)가, 송지문에게는 총 39수 중 15수(권면7수, 송축8수)가 이 내용을 포함하고 있다.

심·송의 이 부류의 시는 전아한 풍격을 유지하며 頌美나 勸勉의 뜻을 내비치는 것이 일반적인 특색이다. 먼저 심전기의 〈酬楊給事廉見贈省中〉를 살펴보자.

子雲推辨博	揚雄은 박식한 변론으로 추앙받았고
公理擅詞雄	仲長統은 문장을 잘 짓는 인물이었네
始自尙書省	상서성에서 벼슬 시작하여
旋聞給事中	막 급사중으로 옮겨갔네
言從溫室秘	말은 궁중의 비밀을 지켰고
籍向瑣闈通	門籍은 문하성으로 통할 수 있네

顧我叨郎署	돌이켜보니, 나는 상서성 낭관을 맡았으나
慚無草奏工	상서문 초안하는 재주 없음이 부끄럽구나
分曹八舍斷	부서가 나뉘어 궁중에서 끊겼으니
解袂五時空	이별한 후 한 해가 허전했다네
宿昔陪余論	예전에 그대 모시며 의논 했는데
平生賴擊蒙	평생 그대의 깨우침에 의지하노라
神仙應東掖	신선은 문하성으로 갔으나
雲霧限南宮	안개구름은 상서성에 머물러 있다네
忽枉瓊瑤贈	문득 외람되이 그대의 옥 같은 문장 얻으니
長歌蘭渚風	오래도록 난초 핀 물가의 바람을 노래하노라

　　이것은 심전기가 尙書省에 재직하고 있을 당시인 長安 2年(702)에, 동료였던 楊廉이 給事中으로 부서를 옮기고 난 후 보내준 문장에 화답하여 지은 시이다. 여섯 번째 구의 '籍'은 門籍을 가리키며 이는 관리의 연령, 성명, 신분 등을 기록한 竹牒으로 이것이 확인 되어야만 궁문을 출입할 수 있었다. 또한 門下省은 급사중에 속해 있는 부서이다. 시는 전반에 걸쳐 정교한 대구와 비유의 수법을 통해 상대방을 頌美하는 것으로 주를 이루고 있으니, 漢代 당시 給事를 역임했던 대문장가 양웅, 尙書郎을 벼슬했던 才人 仲長統[34] 그리고 神仙은 모두 양렴을 비유하는 것이며, '아름다운 옥[瓊瑤]'과 '난초 핀 물가의 바람[蘭渚風]'은 모두 양렴이 보내 온 문장을 지칭하고 있다. 물론 시 가운데에는 '八舍斷', '五時空'의 공간과 시간의 대구를 통해 이별한 후의 허전한 마음을 표현하기는 했지만, 너무 형식적이라는 느낌은 지울 수 없다. 이렇듯 진솔한 감정이 부족한 가운데 비교적 판에 박힌 듯하게 頌美 혹은 권면의 내용을

---

34) 《漢書·揚雄傳》87권: "雄少而好學, 不爲章句, 訓詁通而已. 博覽無所不見. …… 除爲郎, 給事黃門." 《後漢書·仲長統傳》79卷: "少好學, 博涉書記, 贍於文辭. …… 友人東海繆襲常稱統才章足繼西京董、賈、劉、楊."

담고 있는 것이 일반적이기는 하기만, 이 부류의 시 중에는 시인의 은근한 감정이 잘 드러난 작품 또한 적지 않다

예컨대 송지문의 〈送許州宋司馬赴任〉을 보자.

> 潁郡水東流　영천군에는 강물이 동으로 흐르고
> 荀陳兄弟游　荀爽과 陳紀 형제가 노닐었었네
> 偏傷茲日遠　뜻밖에 이날부터 멀어지게 됨을 슬퍼하니
> 獨向聚星州　홀로 별들이 모이는 허주로 향하는구나
> 河潤在明德　강물처럼 윤택하게 함은 밝은 덕에 있을지고
> 人康非外求　백성의 평안은 밖에서 구하는 것이 아닐지라
> 當聞力爲政　마땅히 힘써 선정 베푼다는 것이 들려
> 遙慰我心愁　멀리서 걱정하는 나의 마음 위로해 주리라

이것은 중종 경룡 2년(708) 가을에 지은 송별시로, 당시 함께 송별하며 창작한 李適, 盧藏用, 馬懷素, 薛稷 등의 景龍文館學士 작품들이 현존한다. 그 가운데 설직의 〈餞許州宋司馬赴任〉 내용 중 "令弟與名兄, 高才振兩京. 別序聞鴻雁, 離章動鶺鴒."이라는 구절로 보아 이 시는 송지문의 동생 宋之遜 혹은 宋之悌가 許州 司馬로 부임해서 떠날 때 송별하며 지은 것임을 알 수 있다. 또한 시 중의 潁郡은 潁川郡으로 바로 許州를 가리키고, 荀陳은 荀爽과 陳紀를 지칭하는데 이들은 모두 東漢 시기의 潁川 출신 才人들이다.[35] 시 전반부에서는 순상과 진기 형제가 태어나 노닐던 허주 땅으로 홀로 떠나가는 아우를 슬퍼하고 있다. 후반부에서는 부임지에서 덕을 쌓고 선정을 베풀 것을 당부, 권면하고 있는데, 그 당부 속에서 시인의 은근한 정을 느낄 수 있다.

---

35) 《後漢書·荀淑傳》92卷: "字季和, 潁川潁陰人. …… 有子八人, 儉·緄·靖·燾·汪·爽·肅·專, 并有名稱, 時人謂之八龍." 《後漢書·陳寔傳》92卷: "字仲弓, 潁川許人也, …… 有六子, 紀·諶最賢."

한편 이러한 권면과 송덕의 내용을 담고 있는 작품 중에는, 시인 개인이 일상생활에서 체득한 진솔한 정감을 한껏 토로한 佳作들도 몇 수 있다. 그중 '숙직'이라는 일상의 생활 속에서 송축의 뜻을 전하는 심전기의 〈酬蘇員外味玄夏晩寓直省中見贈〉시를 보자.

并命登仙閣	나란히 명령 받고 신선 부서에 들어가
分霄直禮闈	서로 다른 관직으로 상서성에서 밤 숙직을 하네
大官供宿膳	밥 짓는 太官이 야식을 제공하고
侍史護朝衣	궁중의 노비는 아침 복장 정리하네
卷幔天河入	휘장을 거두니 은하가 들어오고
開窗月露微	창을 여니 달 이슬이 희미하네
小池殘暑退	작은 못에는 늦더위 물러가고
高樹早凉歸	높은 나무에는 일찍 서늘한 바람 불어오네
冠劍無時釋	관모와 칼은 한때도 풀어 놓지 않고
軒車待漏飛	수레는 (아침조회) 때를 기다리다 날아가네
明朝題漢柱	내일 아침 조정의 기둥에 글이 나 붙어
三署有光輝	상서성은 밝게 빛나리

이것은 장안 2년(702) 심전기가 考功員外郎을 역임하고 있을 당시, 蘇味道의 아우 蘇味玄에게 문장을 받고 이에 화답하여 지은 시이다. 《唐詩近體》는 이 시에 대해 "먼저 숙직의 즐거움을 쓰고, 다음에 상서성의 아름다움을 그렸으며, 마지막에 송축의 뜻을 지니고 있으며 청아하고 속되지 않다."[36]라 평한 바 있다. 첫 4구에서는 상서성에서 숙직하는 배경을 제시하고, 다음 4구에서는 숙직 당시 여름밤의 풍경을 淸雅한 풍격으로 그려냈다. 마지막 4구에서는

---

36) 《唐詩近體》: "先寫寓直之樂, 次寫省中之勝, 末兼頌祝之意, 淸雅絶俗."(《唐詩彙評》, 223쪽)

蘇味玄의 단정한 풍모를 묘사한 뒤, 漢나라 田鳳이 상서랑에 재직 할 때 몸가짐이 단정하자, 이를 본 靈帝가 기둥에 "堂堂乎張, 京兆田郎"이라 쓰며 치하했다는 전고를[37] 사용해 송축한다. 紀昀은 이 시에 대해 "초당의 여러 작품들에는 그 골격은 남음이 있되 기세는 부족하고, 그 살은 남음이 있되 정신이 부족한 것이 많다. 이 작품은 格調와 氣韻이 가장 높아, 또 다시 판에 박힌 누습을 반복하지 않았다."[38]라고 추켜세운 바 있다. 확실히 이 시는 전반적으로 典雅한 격조 속에서, 정교한 대구와 정밀한 언어, 전고를 구사하며 頌美의 뜻을 분명히 비친 秀作임에 틀림없다.

다음으로 이별의 슬픔이나 그리움 혹은 개인의 情懷를 풀어낸 증답, 송별시 작품을 보자. 이 부류에는 심전기가 18수, 송지문이 13수 작품을 남기고 있는데, 적지 않은 시에서 농후한 抒情의 흔적을 발견할 수 있다. 특히 송별시 중에는 이별의 정감을 잘 그려낸 것이 많다. 그 예로 송지문의 〈送杜審言〉을 보자.

臥病人事絶	병으로 누워 세상사 끊었는데
嗟君萬里行	아! 그대 만 리 길 떠나는가
河橋不相送	강다리에서 송별 못하니
江樹遠含情	강가 나무 멀리서 슬픔을 머금네
別路追孫楚	이별의 길에서 孫楚를 추억하니
維舟弔屈平	배 묶고 屈原을 조문하네
可惜龍泉劍	애석하도다! 용천의 보검이
流落在豊城	풍성을 떠도는구나

---

37) 《太平御覽》卷215引《三輔決録》: "田鳳字季宗, 爲尚書郎, 容儀端正, 入奏事, 靈帝目送之, 因題柱曰, '堂堂乎張, 京兆田郎.'"
38) 《瀛奎律髓匯評》: "紀昀; 初唐諸作多骨有餘而氣不足, 肉有餘而神不足. 此作最有格韻, 非复板重之習矣."(《唐詩彙評》, 223쪽)

이 시는 聖曆 元年(698) 두심언이 吉州 司戶參軍으로 좌천되어 떠나갈 때 송지문이 낙양에서 송별하며 지은 것이다. 병이 들어 직접 마중 나가지 못하는 안타까운 이별의 심정을 함축적인 전고를 통해 잘 드러냈다. 첫 두 구절에서 전체 시의 배경을 설정했고, 이어서 두 구절은 병이 들어 직접 다리 밖까지 나와 송별하지 못하는 안타까운 심정을 강가의 나무에 기탁했다. ≪唐詩鏡≫에서는 "3, 4구는 간결하게 다듬고 정묘하게 깊으니, 뜻이 다하지 않는 오묘함이 있다"[39]라고 평한 바 있다. 제5구에서 보이는 孫楚(?-293)는 시와 문장에 뛰어났던 晉代 사람으로 여기서는 두심언을 비유하고 있다. 6구에서는 폄적되어 가는 길에서 굴원을 조문했던 賈誼(紀元前200-168)의 슬픔을 연상시키고 있다. 마지막 두 구에서는 龍泉이라는 寶劍으로 두심언을 비유하며 짙은 연민의 정을 토로한다. 이 시는 전반적으로 상대를 흠모하는 마음과 석별의 정이 곡진하게 드러나 있어, 鍾惺(1574-1625)은 이 시를 두고 "'죽어가는 병중에 놀라 앉으니, 남몰래 부는 비바람, 차가운 창가에 스민다.'와 더불어 그 깊고 도타움이 얼마인가? 떠나보내는 사람은 같지 않지만 자연스레 정은 생겨나고 게다가 직접 보내지 못하니 또한 한차례 정감이 풍부하게 일어난다."[40]라고 했던 것이다.

심전기의 〈古意呈喬補闕知之〉 또한 서정의 성분이 농후하게 잘 드러나 있다. 이것은 변경으로 출정나간 남편을 그리워하는 여인의 정서를 읊은 것으로, 혹자는 이 시를 唐代의 최고 칠언율시로 평가하기도 했다.[41] 아래에서 그 내용을 보자.

39) 陸時雍, ≪唐詩鏡≫卷5: "三, 四簡煉精深, 有意不盡言之妙."(≪四庫全書≫本, 集部, 總集類)
40) 鍾惺, ≪唐詩歸≫: "鍾云, 與垂死病中驚坐起, 暗風吹雨入寒窗深厚多少. 所送之人不同, 自然生情, 且不親送, 又多生出一番情."(≪唐詩彙評≫, 83쪽)
41) 楊愼, ≪升庵詩話≫10卷: "宋嚴滄浪, 取崔顥黃鶴樓詩為唐人七言律第一. 近日, 何仲黙, 薛君采取沈佺期盧家少婦鬱金堂一首為第一. 二詩未易優劣, 或以問予, 予曰: '崔詩賦體多, 沈詩比興多.'"(丁福保, ≪歷代詩話續編≫, 834쪽)

盧家少婦鬱金堂	젊은 노씨네 아낙은 울금향 배어나는 방에 살고
海燕雙棲玳瑁梁	바다제비 한 쌍은 대모 기둥에 둥지를 트네
九月寒砧催木葉	구월의 차가운 다듬이 소리 낙엽을 재촉하고
十年征戍憶遼陽	십년간의 정벌 수자리에 요양 땅 생각하네
白狼河北音書斷	백랑하 북쪽 소식과 편지 끊겼는데
丹鳳城南秋夜長	단봉성 남쪽에는 가을 밤 길기만 하네
誰謂含愁獨不見	그 누가 시름 속에 홀로 임을 보지 못했다 하나?
更敎明月照流黃	다시금 밝은 달로 황갈색 짠 옷 비추게 하네

이 시는 일명 〈古意〉 혹은 〈獨不見〉이라 부르기도 한다. 〈獨不見〉은 원래 악부시의 한 제목으로서 ≪樂府詩集≫卷75에서는 "그리움에 슬퍼하나 볼 수가 없다.[傷思而不得見]"라고 解題 하고 있다. 즉 이 시는 옛 악부체의 형식을 빌려 자신의 감정을 기탁한 것이다. 첫 구에서의 '盧家少婦'는 젊은 아낙을 가리키는 범칭이다. 제비 한 쌍이 둥지에 깃든다는 것으로 젊은 아낙의 외로움을 더욱 부각시키고 있다. '백랑하'는 현재 요녕 땅의 大凌河를 지칭하며, '단봉성'은 경성 장안을 가리킨다. 마지막의 '流黃'은 황갈색의 옷감을 가리키는데, 이는 張載(생졸년미상. 약 273-302년에 활약함)의 시 중 "아름다운 그대 나에게 옷감 상자 주시니, 어떻게 황갈색 명주로 보답이 되리까?"[42]라는 구절을 전고로 사용해 임을 그리는 마음을 극대화 시켰다. 方東樹(1772-1851)의 ≪昭昧詹言≫에서는 이 시를 아래와 같이 분석하며 찬사했다.

본래는 제비가 쌍을 이루며 깃드는 것으로써 젊은 아낙이 홀로 있는 외로움을 불러일으키려 한 것이었으나, '울금향 배어나는 방', '대모 기둥' 등의 시구를 이채롭게 수놓아 오색이 화려해 사람으로 하여금 눈부시게 하였으니, 이는 齊梁 시기의 비법을 얻어 더욱 신묘하게 한 것이다. 3, 4구는 단지 흘러간 세월의

---

42) 張載, 〈擬四愁詩〉: "佳人贈我筩中布, 何以報之流黃素."(≪藝文類聚≫卷35)

풍경을 서술하고 있는데, 그 언어가 침착하고 매우 진중하다. 5, 6구는 각각 나누어 떠도는 이와 기다리는 이를 서술하고 있는데, 균등히 나눈 것이 완전무결하다. 이어서 다시 '백랑'과 '단봉'을 한데 수놓아 색을 물들이고 있다. 거둬들이고 개척하며 한 발짝 넓혔으니, 바로 넘어지면서 한 발짝씩 나아가는 것과 같다. 곡절이 원만하게 전환되는 것은, 마치 탄환이 손에서 떨어져 나가는 것과 같으니, 멀리 齊梁을 싸안고, 높게 唐音을 진작시켰다.43)

今人 葉嘉瑩 또한 이 시의 장점에 대해 다음과 같이 밝혔다.

이 시의 장점의 하나는 처음 두 구에서 화려한 것으로 비애를 부각시킴으로써, 지극히 신묘한 풍채가 있게 쓴 것이다. 두 번째는 중간의 두 聯에서, 한 구는 閨中을, 한 구는 塞外를, 다시 한 구는 塞外, 다시 한 구는 閨中을 써서, 지극히 광활하게 쓴 것에 있다.44)

역대의 많은 평자들이 이 시에 대해 많은 찬사를 보내고 있다. 淸代의 王夫之(1619-1692)는 이 시를 "예나 지금이나 絶唱이라고 추켜세우는 것은 마땅히 꾸며낸 것이 아니다"45)라 했고, 姚鼐(1732-1815)는 "이것은 신이나 이를 수 있는 작품으로 마땅히 그 朝代의 최고로 꼽을 수 있다."46)라 하며 찬사를 아끼지 않은 것은 그 좋은 예이다.

---

43) 方東樹, ≪昭昧詹言≫卷十五: "本以燕之雙棲興少婦獨居, 却以'鬱金堂', '玳瑁梁'等字攢成異彩, 五色并馳, 令人目眩. 此得齊梁之秘而加神妙者. 三四不過敍流年時景, 而措語沈着重穩. 五六句分寫行者居者, 勻配完足, 復以'白狼', '丹鳳'攢染設色. 收拓開一步, 正是跌進一步. 曲折圓轉, 如彈丸脫手, 遠包齊梁, 高振唐音."(≪唐詩彙評≫, 221쪽)

44) 葉嘉瑩, ≪杜甫秋興八首集說≫: "這首詩的好處, 一在開端二句以華麗反襯悲哀, 寫得極有神采. 二在中間兩聯, 一句閨中, 一句塞外,再一句塞外,再一句閨中, 寫得極有開闊."(河北教育出版社, 1997), 15쪽.

45) 王夫之, ≪唐詩評選≫: "古今推爲絶唱當不誣."(北京: 文化藝術出版社, 1997) 154쪽.

46) 姚鼐, ≪今體詩抄·序目≫:"'盧家少婦一章, 高振唐音, 遠包古韻, 此是神到之作, 當取冠一朝矣."(陳曾杰, ≪唐人律詩箋注集評≫, 杭州: 浙江古籍出版社, 2003, 42쪽에서 재인용)

심·송의 贈答詩 중 또 한 가지 눈여겨 볼만한 것은, 이들이 폄적을 당하여 폄적지로 가는 도중이나 유배지에서 증답, 창화한 詩作 중에는 당시의 서글픈 정회나 애상이 곡진히 드러난 경우가 많다는 사실이다. 송지문의 〈途中寒食 題黃梅臨江驛寄崔融〉을 살펴보자.

馬上逢寒食　말위에서 한식을 만나니
途中屬暮春　길 도중 늦봄이 되었네
可憐江浦望　가련하게도 강 포구를 바라보아도
不見洛陽人　낙양 사람은 보이지 않네
北極懷明主　북극성은 성명하신 군주 품고 있는데
南溟作逐臣　남쪽 바다에서는 쫓긴 신하가 되었네
故園腸斷處　옛 정원의 애간장 끊어지는 곳에선
日夜柳條新　낮 밤으로 버들가지 새로워지겠지

神龍 元年(705) 중종이 즉위한 후, 장역지 형제는 척살되었고 두심언, 최융, 심전기, 송지문 등 18명이 이들에게 아부했다는 죄목으로 폄적 당하게 된다. 이 시는 바로 송지문이 이 당시 瀧州參軍으로 폄적당하여 농주로 가는 도중에 지은 것이다. 시 중의 '낙양인'은 최융 등, 함께 폄적된 동료 관리를 가리키며, '北極'은 朝廷을 비유하고 있다.[47] 이 시에 대해 近人 高步瀛은 "슬픔에 사로잡혔구나![纏綿悱惻]"[48]라고 언급하고 있는 바와 같이, 첫 두 구절에서 폄적지로 가는 도중 쓸쓸한 늦봄에 한식절을 맞게 되는 배경을 설정 한 뒤, 이어서 바로 폄적을 당해 경성에서 멀어지는 서글픈 감정을 비교적 담박한 어조로 잘 드러내었다. 《唐詩選脈會通評林》은 "이 시는 담아한 가운데 기이한 기운이 있으며 그 두 번째 연과 마지막 결어를 보면, 그 얼마나 사람을 슬프게 하는

---

47) 《論語·爲政》: "子曰, 爲政以德, 譬如北辰, 居其所, 而衆星共之."
48) 高步瀛, 《唐宋詩擧要》(上海: 上海古籍出版社, 1999), 414쪽.

가!"49)라고 평한 바 있다.

심전기 詩作 중에도 역시 폄적 당하여 가는 도중에 지은 증답, 창화시가 적지 않은데, 이들은 대부분 서정의 색채가 농후하다. 그의 〈遙同杜員外審言過嶺〉는 비교적 잘 알려진 작품으로, 아래에서 예로 든다.

天長地闊嶺頭分	천지는 광활한데 산령에서 헤어지니
去國離家見白雲	경성과 집을 떠나와 흰 구름만 보이네
洛浦風光何所似	낙수가의 풍경은 어디와 같은가?
崇山瘴癘不堪聞	숭산의 장려병은 차마 듣지 못하겠네
南浮漲海人何處	남해로 배 띄운 사람은 어디로 갔는가?
北望衡陽雁幾群	북으로 형양을 바라보니 기러기 몇 무리 날아가누나
兩地江山萬余里	두 곳은 강산이 만 여리 나 떨어졌으니
何時重謁聖明君	언제나 고명하신 성군을 다시 뵐까?

詩題에서의 '同' 字는 '和' 또는 '奉答'의 의미인데, 이렇게 '동'자를 '화답하다'라는 의미로 쓰기 시작한 것은 南齊시대 謝璟의 〈銅爵臺〉 시에 화답하며 지은 謝朓(464-499)의 〈同謝諮議詠銅爵臺〉에서 기원한다.50) 이 시는 신룡 원년(705) 시인이 폄적지로 향하는 도중 大庾嶺을 넘어가다, 장역지 사건에 함께 연루된 두심언이 먼저 산령을 지나가다 지어 보낸 贈詩에 화답한 것이다. '遙同'이라 함은 '멀리서 화답 한다'라는 뜻으로, 이 시제를 통해 시인은 이미 그의 아련한 정감을 여실히 토로하고 있다.51) 첫째 연에서는 대유령을 지나는 情景을 묘사하고 있는데, 경성을 벗어나 불모의 땅으로 내딛

---

49) 《唐詩選脈會通評林》: "此詩淡雅中有奇氣, 看他次聯與結語, 何等感悲動人."(《唐詩彙評》, 84쪽)
50) 이에 관해서는 趙以武, 《唱和詩研究》(蘭州: 甘肅文化出版社, 1997), 330-341쪽 참조.
51) 《唐詩歸》卷3上: "鍾惺曰, 言情在遙同二字."

는 외로운 마음을 떠도는 흰 구름에 잘 交融 시키고 있다. 둘째 연에서 낙수가의 풍경이 '어디와 같은가?[何所似]'라고 읊은 것은 두심언과 시인이 모두 떠난 후 그곳이 얼마나 번화해질지 모른다는 것을 언급하고 있으니, 바로 아래의 숭산의 獐瘴에 대해서는 '차마 듣지 못하겠네.[不堪聞]'와 확연한 대조를 이루고 있다.52) 셋째 연에서는 고향으로 돌아가고픈 심정을 기러기 무리에 기탁하였고, 마지막 두 구절에서는 '兩地'를 사용하여 바로 위의 '北'과 '南' 字를 이어 받으며 완곡하게 사면을 바라는 심정을 토로하였다. 시는 전반적으로 고요한 물결처럼 평담한 어조로53) 경성을 떠나 풍토병이 만연한 불모지로 향하는 애달픈 심정이 분명하게 드러나 있다. 다만 시 속에서 세 번의 '何' 字와 두 번씩의 '山', '地' 字를 사용함으로써, "글자의 중복을 피하는 것[避忌重字]"을 중시했던 성당이후의 율시와는 확연한 구별을 가져와 후인들로 하여금 이 시는 "소박하며 도타와 초당의 풍격을 지녔다."54)라는 평을 받기도 했다.

이 밖에 송지문의 〈浣紗篇贈陸上人〉은 佛家의 禪理를 드러내고 있는 이채로운 작품이기에 여기에서 소개한다.

越女顏如花　월나라 완사녀의 얼굴은 꽃과 같기에
越王聞浣紗　월왕은 완사녀에 대해 들었네
國微不自寵　나라가 힘없어 스스로는 총애하지 못하고
獻作吳宮娃　바쳐서 오나라의 궁녀로 삼았네
山藪半潛匿　산과 늪에 반쯤 숨어 있었고
苧羅更蒙遮　저라산에 완전히 덮여가려 있었는데
一行霸勾踐　한번 나아가니 월왕 구천을 사로잡았고

---

52) 屈復 ≪唐詩成法≫ 卷六: "何所似', 言我兩人去後, 不知更如何繁華, 正與下'不堪聞'相反也."
53) 王夫之 ≪唐詩評選≫ 卷四: "如海波平定, 無縠紋."(156쪽)
54) 夏裳 ≪戴酒園詩話·又篇≫: "朴厚自是初唐風氣."(郭紹虞編選, ≪淸詩話續編≫, 上海: 上海古籍出版社, 1999, 300쪽)

再顧傾夫差　다시 돌아보니 오왕 부차의 마음을 기울였네
艷色奪常人　농염한 아름다움은 사람들의 마음을 빼앗고
斅嚬亦相誇　찡그리는 얼굴도 따라하며 서로 자랑한다네
一朝還舊都　하루아침에 옛 도성으로 돌아와
靚粧尋若耶　짙은 화장하고 若耶溪를 찾노라
鳥驚入松網　새는 놀라 소나무 숲으로 날아들고
魚畏沈荷花　물고기는 두려워 연꽃으로 가라앉는다
始覺冶容妄　처음으로 꾸민 얼굴 망령됨을 깨닫고
方悟羣心邪　비로소 뭇 사람들의 마음이 간사함을 체득했다네
欽子秉幽意　그대가 깊은 뜻을 지니고 있음을 흠모하노니
世人共稱嗟　세상 사람들이 모두 찬탄을 한다
願言托君懷　원컨대 그대의 품은 뜻에 기탁하여
倘類蓬生麻　혹시라도 삼베 가운데 곧게 자란 쑥대 같이 될 수 있기를
家住雷門曲　집은 회계성의 굽이에 짓고
高閣凌飛霞　높은 누각은 노을을 뚫고 날아간다
淋漓翠羽帳　새 깃털로 장식한 휘장은 화려하고
旖旎釆雲車　채색 구름 그려진 수레는 즐비하다
春風艷楚舞　봄바람 속에서 초나라 춤은 곱고
秋月纏胡笳　가을 달 아래 오랑캐 피리소리 감기어온다
自昔專嬌愛　스스로 예전에는 오로지 총애만을 좇고
襲玩唯矜奢　입고 즐기는 것은 오직 사치만을 일삼았네
達本知空寂　사물의 근본을 깨달으니 공허함을 알겠기에
棄彼如泥沙　이를 진흙과 모래처럼 버리려하네
永割偏執性　영원히 치우친 편견을 잘라내고
自長薰修牙　스스로 향 피워 수양의 싹을 기르리라
攜妾不障道　저와 함께 하여도 도 닦는데 방해되지 않는다면
來止妾西家　저의 서쪽 집에 와서 머무르소서

詩題에서의 '上人'은 승려에 대한 경칭인데, '陸上人'에 대해서는 현재까지 알려진 바가 없다. 姚寬의 ≪書溪叢語≫卷上에 "≪唐景龍文館記≫에 '송지문의 〈제목을 나누어 浣紗篇을 얻음〉에 이르기를'이라는 구절을 보아[因觀≪唐景龍文館記≫宋之問〈分題得浣紗篇〉云]"라는 구절과 함께 이 시의 앞 16구가 실려 있다. 따라서 이 시는 송지문이 修文館學士 재임 당시인 경룡 2년에서 3년 가을 사이에, 동료들과 함께 제목을 나누어 지은 것으로 보인다. 전체 시는 5언 34구의 장편으로 처음 14구 까지는 春秋 시대의 越王 勾踐이 吳王 夫差에게 완사미녀 西施를 미인계로 이용하여 자신의 치욕을 갚는다는[55] 전고를 빌려 완사녀의 미모를 찬미한다. 이는 독자로 하여금 마치 詠史詩를 읽는 듯한 느낌을 준다. 그러나 제15, 16구에 이르러 홀연히 '꾸민 얼굴이 망령됨을 깨닫고[覺冶容妄]', '뭇 사람들의 마음이 간사함을 체득한다.[悟羣心邪]'라는 '悟道'의 경지를 내보인다. 이어서 시인은 10구절에 걸쳐 허망한 외모만을 추구하는 凡人과는 다른 '육상인'을 흠모하고 찬미한다. 그 중 '蓬生麻'는 ≪荀子≫의 "쑥이 삼베 밭 가운데서 자라면, 받쳐주지 않아도 스스로 곧게 자란다."[56]라는 전고를 사용했다. 마지막 8구절에서는 '本', '空寂', '障' 등 佛家語를 사용하며 다시 한번 '悟道'의 禪理를 드러내는데, 자신의 지난날의 잘못을 깨닫고 수양의 길로 들어선다는 다짐은 마치 스스로에 대한 권면의 뜻을 상대방에게 보여주는 듯하다. 마지막 두 구절에서는 상대방과 가까이 하고픈 은근한 정도 함께 드러낸다. 결국 이 시도 그들의 다른 증답시와 마찬가지로 상대에 대한 '頌美'와 자신에 대한 '勸勉'이라는 큰 틀에서는 크게 벗어나고 있지 않음을 알 수 있다. 다만 시 중에 불가의 禪理를 담고 있다는 점에서 상당한 이채로움이 느껴진다. 이 시에 대해 ≪唐詩歸≫는 〈浣紗篇贈陸上人〉의 제목은 절묘하다. 갑자기 한 단락의 禪理를 말하는데 전혀 억지스러움이 없으니,

---

55) ≪越絶書≫卷12, ≪吳越春秋·陰謀外傳≫ 등 참조.
56) ≪荀子·勸學≫卷1: "蓬生麻中, 不扶自直."

바로 가슴속에서 철저히 느낀 치우치지 않은 진리를 끄집어낸 것일 뿐이다."57)라고 했다. 또한 ≪唐詩選脈會通評林≫에서는 "깨달음이 충분하니 精華가 스스로 생겨났다. 식견이 이르니 말단의 枝葉은 스스로 사라졌다. 禪理로부터 색즉시공의 교묘한 언어를 찾아내는 그 견식의 힘이 참신하니, 六朝를 스치며 몇 사람이나 여기에 착안했으며, 몇 사람이나 여기에 손을 댈 수 있었던가?"58)라며 추켜세우기도 했다.

이밖에 심전기에게는 궁체시를 모방하며 여인의 相思를 그린 〈和杜麟臺元志春情〉과 친구 康庭芝를 은근한 마음으로 그리는 〈和洛州司士康庭芝望月有懷〉가 있으며, 송지문에게는 폄적되어 가는 길에 아우를 그리워하는 〈錢江曉寄十三弟〉와 隱者를 그리워하는 〈敬答田徵君〉 등이 있다.

이상과 같이 심·송의 증답수창시에서는 은근히 상대를 송축, 권면하는 내용뿐만 아니라, 抒情과 個性의 색채가 비교적 농후한, 이별의 슬픔, 그리움 혹은 폄적의 情恨 등을 표현한 작품이 적지 않음을 알 수 있다. 다음에서 소개할 述懷言志類의 작품에는 이러한 시인의 서정의 색채와 개성이 더욱 확연히 드러나고 있다.

(3) 述懷言志

이른바 述懷言志詩라 함은 일반적으로 작자가 품고 있는 감정이나 뜻을 펼쳐 풀어낸 시를 의미하는데, 시가 분류상 그 범위가 다소 불분명하고 애매한 점이 있다. 본고에서는 편의상 그 범위를 비교적 넓게 잡아, 즉 경우에 따라

---

57) ≪唐詩歸≫: "鍾云, 〈浣紗篇贈陸上人〉, 題便妙矣. 忽說出一段禪理, 了無牽合, 直是胸中圓透, 拈着便是."(≪唐詩彙評≫, 76쪽)
58) ≪唐詩選脈會通評林≫: "周啓琦曰; 悟足, 故精華自生. 識到, 故枝葉自掃. 從禪理摸出色空妙語, 識力斬新, 曆六朝幾人能着此眼, 幾人能下此手."(≪唐詩彙評≫, 76쪽)

서는 隱逸, 閑適詩로도 분류할 수 있는 은일에 대한 동경이나 한적한 마음을 서술한 것까지도 모두 포함하여 아래와 같이 심·송의 술회언지시를 분류하였다.

내용	심전기	송지문	소계
脫俗·閑適의 추구	7	26	33
哀悼의 輓歌	6	19	25
貶謫 生活의 傷念	7	14	21
故鄕에 대한 그리움	2	9	11
相思의 情感	7	1	8
彈劾의 억울함 호소	7	0	7
人生의 無常	4	1	5
隱逸에 대한 동경	0	5	5
기타	9	18	27
총계	49首	93首	142首

앞의 도표를 통해 심·송의 술회언지 詩作은 여러 다양한 내용을 포함하고 있음을 알 수 있다. 또한 그 수량도 심전기는 전체시의 32%, 송지문은 46%를 점하며, 이들의 다른 시작들에 비해 상대적으로 많은 부분을 차지하고 있음도 함께 알 수 있다. 그런데 여기서 마땅히 주목해야 할 것은, 위의 내용 중 抒情의 색채가 가장 농후한 폄적으로 인한 傷念, 고향에 대한 그리움 및 탄핵의 억울함 등의 내용을 표현한 述懷詩와 老莊 사상이나 佛理에 기탁하며 현실의 번뇌에서 벗어나고픈 마음을 드러낸 言志詩는, 심·송이 貶謫이라는 정치적 타격을 당한 이후에 비교적 집중적으로 창작되어졌다는 사실이다.

앞장에서 이미 살펴본 바와 같이, 심전기는 약 49세가 되던 해인 長安 4년(704)에 考功員外郎 재직 시 뇌물을 받은 혐의로 탄핵을 받아 下獄을 당하고,

이듬해에는 또 張易之 형제에게 아부했다는 죄가 더해져 驩州(現在의 越南榮市)로 3년간 유배당한다. 한편 송지문은 두 차례에 걸쳐 폄적을 당하는데, 첫 번째는 神龍 元年(705)에 張易之 형제에게 아부했다는 죄로 瀧州(현재의 廣東 羅定南)參軍으로 폄적 당했다가 이듬해에 歸京하고, 두 번째는 景龍 3年(709)에 뇌물을 받았다는 죄목으로 월주장사로 폄적 당했다가, 이듬해에는 欽州(현재의 廣西)로 유배당하고 다음해에 다시 桂州로 옮겨져 결국 開元 3年(715)에 사약을 내려 받는다.

심전기는 바로 이러한 약 4년간의 下獄 및 폄적기간 동안 약 32首의 시작을 창작하게 되는데 그중 약 20여수가 술회언지시에 해당한다. 특히 송지문은 두 번에 걸친 폄적기간 동안, 심전기에 비해 약 2배가 더 많은 72首의 시가를 창작하게 되는데, 이 중 무려 50여수가 이 부류에 해당한다. 결국 폄적이라는 정치적 타격은 그들로 하여금 정형화된 틀 속에서 수사와 기교만을 能事로 삼는 宮廷詩의 테두리를 뛰어넘어 그들만의 개인적인 情懷와 뜻을 본격적으로 풀어낼 수 있게끔 해준 하나의 큰 전환점이 된 셈이다. 바로 이러한 사실을 염두에 두며, 다음에서 심·송의 술회언지 詩作의 전면모를 하나하나 살펴보기로 한다.

① 폄적 생활의 상념

먼저 심·송의 술회언지시 중에서 서정의 색채가 가장 농후한 폄적의 傷念을 읊은 작품을 살펴보자. 심전기는 약 7수, 송지문은 약 14수의 詩作이 이 부류에 해당한다. 그 내용은 폄적지로 향하는 도중이나 혹은 폄적지에서 각종의 상념을 토로하는 것이 그 주를 이루고 있으며, 시 가운데에는 남방의 이국적인 정취와 열악한 자연환경에서 오는 고충을 드러내는 이채로운 장면들이 자주 등장한다. 폄적지로 향하는 도중 旅程의 고됨에서 비롯된 상념을 표현한 심전기의 〈入鬼門關〉은 그 좋은 예이다.

昔傳瘴江路	예전에 장기 낀 강 길에 대해 들었었는데
今到鬼門關	지금 귀문관에 이르렀네
土地無人老	이 땅엔 늙은이가 없으니
流移幾客還	유배 온 나그네 몇이나 돌아갔을까?
自從別京洛	서울 낙양에서 이별한 이후로
頹鬢與衰顔	귀밑털은 세어지고 얼굴도 늙어졌네
夕宿含沙裏	저녁에는 독충 함사역[含沙蜮] 사이에서 묵고
晨行茵路間	새벽에는 독초 길을 걷네
馬危千仞谷	말은 천 길의 협곡에서 위태하고
舟險萬重灣	배는 만 굽이의 물살에 위험하네
問我投何處	나에게 어느 곳으로 가려는지 묻는다면
西南盡百蠻	서남의 온갖 오랑캐 다 있는 곳이라네

≪舊唐書≫의 容州北流縣條에 "현의 남쪽 삼십 리 떨어진 곳에 두 바위가 마주하고 있는데, 그 가운데는 이십 보 떨어져 있어 속칭 귀문관이라고 부른다. … 옛날에는 교지 땅으로 가려면 모두 이 관문을 경유하였다. 그 남쪽에는 더욱이 장기가 많아, 가서 살아 돌아 온 이가 적었다."[59]라는 기록이 있다. 귀문관은 현재의 廣西北流縣에 있는 곳이다. 이 시는 심전기가 神龍 元年(705)에 폄적되어 驩州로 가는 도중 이곳을 지나며 느낀 感傷을 읊은 것이다. 첫 두 구절에서는 말로만 듣던 귀문관에 도착했음을 설정하고, 이어서 돌아갈 날을 기약하지 못하는 失意의 심정을 드러내었다. 특히 제7구에서 10구까지는 '夕宿'과 '晨行'이라는 시간의 대구와 '千仞谷'과 '萬重灣'이라는 공간의 대

---

59) ≪舊唐書 · 地理志四≫卷41: "縣南三十里, 有兩石相對, 其間潤三十步, 俗號鬼門關. ……昔時趨交趾, 皆由此關. 其南尤多瘴癘, 去者罕得生還."

구를 정교하게 구사했다. 게다가 남방의 험악한 風土와 위험스런 여정의 길을 이채롭게 묘사하고 있는 부분은 '매우 스산하기'까지[60] 하다.

위의 시에 비하면 그의 〈初達驩州〉其二는 이채로운 정도를 벗어나 '奇險하다'라는 느낌마저 들게 하는데, 그 내용 또한 폄적으로 인한 상념을 표현하고 있다.

流子一十八	유배된 이는 열여덟인데
命子偏不偶	나의 운명이 가장 불우하구나
配遠天逾窮	먼 하늘 끝으로 유배되어 끝까지 오니
到遲日最後	며칠 지나면 도착 기한 마지막 날이네
水行儋耳國	수로로는 儋耳國을 가고
陸行雕題藪	육로로는 雕題 늪을 지나네
魂魄游鬼門	혼백은 귀문관에서 노닐고
骸骨遺鯨口	해골은 고래 입으로 버려지네
夜則忍飢臥	밤이면 굶주림 참으며 눕고
朝則抱病走	아침이면 병든 몸으로 가네
搔首向南荒	머리 긁적이며 남쪽 변방으로 향하니
拭淚看北斗	눈물 훔치며 북두성을 바라보네
何年赦書來	어느 해나 사면 조서 내려 와서
重飮洛陽酒	다시 낙양 술을 마셔 볼까?

이 시는 신룡 원년 연말 즈음에 시인이 폄적지인 환주에 거의 도착하여 지은 것이다. 환주는 현재의 越南 榮市에 해당하는 곳으로, 이곳은 당시 함께 폄적을 당한 李嶠, 崔融, 劉憲, 蘇味道 등 약 18명의[61] 폄적지 가운데 경성에

---

60) 《沈詩評》: "寒愴之甚"(《唐詩彙評》, 224쪽)
61) 《舊唐書·張行成傳》卷78: "朝官房融, 崔神慶, 崔融, 李嶠, 宋之問, 杜審言, 沈佺期, 閻朝隱等皆坐二張竄逐, 凡數十人."

서 가장 멀리 떨어진 곳이다. 이런 연유로 시의 첫 구에서 자신의 운명이 가장 불우하다고 한탄한 것이다. 그리고 이러한 한탄은 시의 마지막 두 연에서 황제를 상징하는 북두성을 바라보며 사면을 기원하는 부분과 맞물려 독자로 하여금 더욱 처연하게 만든다. 또한 시 중간 '水行' 이하 여섯 구에서는 이국적이며 奇險한 풍경을 묘사함으로써 그러한 처연한 감정을 더욱 두드러지게 하고 있다. 한 가지 주의 할 것은 시 중의 묘사 가운데 귀를 어깨까지 늘어뜨린 사람들이 사는 '儋耳國',62) 혹은 이마에 무늬를 새겨 넣는 풍속을 가진 남방의 '雕題'63) 늪 등의 시어와 "고래 입에 해골이 버려진다[骸骨遺鯨口]" 혹은 '굶주려 눕다[飢臥]', '병들어 간다[病走]' 등의 표현은 독자로 하여금 매우 생소한 느낌이 들게 하는 '기험'함을 풍긴다는 사실이다. 그래서 혹자는 "〈初達夔州〉 한 편은 기험함을 파헤쳐 내어, 두보와 한유의 시작을 창시해 내었다. …… 모두 속박의 제한을 받지 않고, 스스로 하늘로 내달았다."64)라는 평을 하기도 했던 것이다.

이밖에 심전기가 폄적지로 가는 도중 "꿈꾸는 혼은 여전히 어지럽고, 수심에 병은 부질없이 치근덕거린다.[夢來魂尙擾, 愁委疾空纏]"라 노래한 〈度安海入龍編〉, 폄적지인 환주에서 상사일을 맞이하여 "화로를 맞이하여 술 마실 이 없으니, 어찌 고향의 근심 풀어 낼 수 있으랴?[無人對爐酒, 寧緩去鄕憂]"라 읊은 〈三日獨坐驩州思憶舊遊〉, 신룡 2년 천하에 사면령이 내려졌으나 자신은 사면 받지 못해 실의하는 심정을 읊은 〈赦到不得歸題江上石〉 등은 모두 이 부류에 속한다.

한편 송지문에게는 폄적으로 인한 상념을 읊은 시가 심전기 보다 훨씬 많은

---

62) ≪山海經·大荒北經≫卷17: "有儋耳之國, 任姓, 禺號子, 食穀." 郭璞注; "其人耳大下儋, 垂在肩上."

63) ≪禮記注疏≫卷12: "南方曰蠻, 雕題交趾, 有不火食者矣." 注; "雕文謂刻其肌, 以丹靑涅之"

64) ≪靜居緖言≫: "〈初達夔州〉一篇, 鑿奇出險, 創杜韓之始. …… 皆不受牢籠, 自騁天步.(≪唐詩彙評≫, 213쪽)

14수가 있다. 그 중 5수는 1차 폄적 때에 지은 것이고, 나머지 9수는 2차 폄적 때 지은 것이다. 그럼 먼저 송지문이 1차 폄적시기에 지은 〈至端州驛見杜五審言沈三佺期閻五朝隱王二無競題壁慨然成咏〉을 살펴보자.

逐臣北地承嚴譴	쫓겨나는 신하는 북녘 땅에서 엄중한 문책 받들고
謂到南中每相見	남녘땅에 오면 항상 서로 볼 수 있으리라 여겼는데
豈意南中岐路多	어찌 생각했으랴? 남녘 땅 갈림길이 이다지 많을 줄을!
千山萬水分鄕縣	천 봉우리 산 만 갈래 강으로 마을과 현이 나뉘는구나
雲搖雨散各翻飛	구름은 요동치고 비는 흩뿌리니 각자 이리저리 날리고
海闊天長音信稀	바다는 광활하고 하늘은 긴데 소식마저 뜸하네
處處山川同瘴癘	산과 강 곳곳 마다 瘴氣는 매 한가지로니
自憐能得幾人歸	능히 돌아갈 자 몇이나 있을까 애처로워 하노라

이 시는 제목에서도 알 수 있듯이, 시인이 폄적지 瀧州로 향하는 도중 端州 역참에 이르러 심전기, 두심언, 閻朝隱, 王無競 등이 먼저 폄적 길에 올라 이 곳을 지나며 벽에 써 놓은 시를 보고 감회가 일어나 읊은 것이다. 시는 전반적으로 함께 폄적되어 뿔뿔이 흩어진 동료들과도 만날 수 없는 상황과 험악한 땅에 던져져 한치 앞도 알 수 없는 불안한 운명에 대한 "서글픈 정감을 직설적인 언어"[65]로 표현하고 있다. 다만 시 중의 "구름은 요동치고 비는 흩뿌리니 [雲搖雨散]"라는 구절은 일반적으로 이별을 의미하는 '雲飛雨散' 혹은 '雨飛雲散'라는 시어들과는 구별되는 독특한 의미를 가지니, '雲搖'라고 한 것은 아마도 張易之 형제 등의 척살로 인한 정치적 파동을 암시하는 듯하다. 또한 시의 마지막에 "능히 돌아갈 자 몇이나 있을까 애처로워 하노라![自憐能得幾人歸]" 라고 한 부분은, 張說(667-731)이 신룡 원년 폄적에서 사면 받아 귀경하던 도중

---

65) ≪唐詩直解≫: "情苦語直, 眞正高情."(≪唐詩彙評≫, 78쪽)

端州를 지날 때 폄적지에서 병사한 高戩을 슬퍼하며 읊은 "예전에 기억하던 산천은 그대로건만, 지금 인간 세상은 같지 않음을 슬퍼하노라. 이 길로 모두 가고 왔건만, 삶과 죽음은 다르게 갈리었구나!"66)라는 구절에서 모티브를 얻은 듯한 느낌을 준다.67) 이 시는 平易한 언어를 구사하며 시인의 진솔한 감정을 교묘하게 잘 드러내었기에 王夫之는 "이것은 심전기의 〈遙同杜審言過嶺〉 시와 함께 신묘한 흔적에 있어서 어찌 서로 닮지 않은 바가 있겠는가?"68)라는 호평을 했다.

이 시 외에 1차 폄적 시기에 지은 〈題大庾嶺北驛〉, 〈度大庾嶺〉, 〈早發大庾嶺〉, 〈入瀧州江〉 등은 모두 농후한 서정의 색채로 폄적으로 인한 여러 가지 傷念을 잘 드러낸 시들이다. 마찬가지로 2차 폄적 시기에 지은 것인 〈初宿淮口〉, 〈春湖古意〉, 〈在荊州重赴嶺南〉, 〈晩泊湘江〉 등은 모두 이 부류에 속한다. 그 중 〈晩泊湘江〉 한 수를 살펴보자.

五嶺恓惶客	五嶺의 황망한 나그네
三湘憔悴顔	三湘에서 초췌한 얼굴이구나
況復秋雨霽	게다가 가을비 개이니
表裏見衡山	지척에 형산이 보이네
路逐鵬南轉	길은 붕새를 좇아 남에서 굽이도나
心依雁北還	마음은 기러기 따라 북으로 돌아가네
唯餘望鄕淚	오로지 남은 것이라곤 고향 바라보며 짓는 눈물 뿐이니
更染竹成班	또다시 대나무에 반점무늬 물들이네

---

66) 張說, 〈還至端州驛前與高六別處〉: "昔記山川是, 今傷人代非. 往來皆此路, 生死不同歸." (《全唐詩》卷87)

67) 趙建莉, 《初唐詩歌賞析》(南寧: 廣西教育出版社, 1990, 129-130쪽), 참조.

68) 王夫之, 《唐詩評選》卷1: "此與沈佺期〈遙同杜審言過嶺〉詩, 神迹有何不相肯."(6쪽)

이 시는 景雲 元年(710) 가을, 송지문이 2차 폄적지인 越州에서 다시 欽州로 유배되어 가는 도중 느낀 失意를 노래한 것이다. 五嶺은 越城, 都龐, 萌渚, 騎田, 大庾 등 다섯 산령을 가리키는데, 이는 현재의 湖南, 江西와 廣東, 廣西의 경계가 되는 지점이다. 三湘은 일반적으로 湘水와 그 지류를 모두 합쳐 부르는 말이다. 시 속에서 '五嶺', '三湘'과 '南轉', '北還'라는 숫자와 방향의 대구를 정교하게 사용했다. 또한 옛날 舜임금이 南巡을 하다가 蒼梧의 들판에서 죽었을 때 堯의 두 딸이 이를 통곡하니 눈물이 대나무에 물들어 무늬가 되었다는[69] 전고를 사용하며, 시인의 핍진한 상심을 잘 표현하였다. 특히 "오로지 남은 것이라곤 고향 바라보며 짓는 눈물 뿐이니[唯餘望鄕淚]"라고 표현한 것은 흡사 절망적이기까지 하다.

또한 송지문에게는 악부의 형식으로 한 여인의 입을 빌려 "첩은 월성의 남쪽에 머무니, 떨어져 사는 것에 스스로 감당 못하겠습니다.[妾在越城南, 離居不自堪.]"라고 토로하는 〈江南曲〉과 시의 일정부분을 산수 자연의 경물 묘사로 할애 한 뒤 폄적의 상념을 드러낸 〈發藤州〉 역시 2차 폄적 기간에 지은 것이다.

朝夕苦巡征	아침저녁 고되고 급한 먼 여정으로
孤魂長自驚	외로운 혼은 항상 스스로 놀라네
泛舟依雁渚	배 띄우면 기러기 물가를 따르고
投館聽猿鳴	객사에 들면 원숭이 울음 들리네
石髮緣溪蔓	돌 위의 이끼 풀은 계곡 따라 깔리었는데
林衣掃地輕	나무는 잎가지 떨어져 가볍네
雲峰刻不似	구름 봉우리는 조각을 해도 비슷하게 못하며
苔蘚畫難成	이끼는 그리기도 어렵다네

---

69) 《述異記》卷上: "昔舜南巡而葬於蒼梧之野, 堯之二女娥皇, 女英追之不及, 相與慟哭, 淚下沾竹, 竹文上爲之斑斑然."

露裛千花氣	이슬은 천 송이 꽃의 향기를 적시고
泉和萬籟聲	연못은 만 가지 구멍 소리와 조화 이루네
攀幽紅處歇	깊은 곳으로 부여잡고 올라 붉은 곳에서 쉬고
躋險綠中行	험한 곳에 올라 초록빛 속에서 나아가네
戀切芝蘭砌	지초와 난초 핀 고향의 섬돌 간절히 그리워하고
悲纏松柏塋	송백 나무 무덤으로 슬픔은 감기어오네
丹心江北死	붉은 마음은 강북에서 죽고
白髮嶺南生	흰 머리는 영남에서 생겨나니
魑魅天邊國	도깨비 사는 하늘 끝 나라
窮愁海上城	바닷가 성에서 곤궁해 슬퍼하노라
勞歌意無限	수고로운 자의 노래 뜻은 무한하거늘
今日爲誰明	지금 누구를 위하여 밝힐 것인가!

藤州는 현재의 廣西省 藤縣으로, 시인이 景雲 2年 유배지 欽州로 가던 도중 이곳을 지나며 이 시를 지었다. 첫 구절에서의 '고되고 급한 먼 여정[苦遄征]' 은 시인 자신이 유배 길에 있음을 암시해 주고 있다. '외로운 혼(孤魂)'은 집중적으로 시인의 鄕愁 혹은 孤獨 등의 상념을 풀어내고 있는 제13구에서부터 마지막 구절까지와 연결되어, 시 전반에 걸쳐 외롭고 쓸쓸한 분위기를 제공해 주고 있다. 마지막의 "지금 누구를 위하여 밝힐 것인가![今日爲誰明]"라는 구절과는 서로 긴밀히 호응하고 있다. 역시 이 시에서 주목을 끄는 것은, 제3구에서 12구에 걸친 한 폭의 경물 묘사 부분이다. 그 대부분이 정교하고 섬세한 필치로 기이한 남방 산수의 이국적인 경물을 묘사하고 있어 얼듯 보면 마치 산수 기행시를 보는 듯한 느낌을 준다. 하지만 처량한 원숭이 울음소리, 낙엽 떨어져 가벼워진 나무의 스산함, 험한 산봉우리 등의 낯선 풍경 속에는 시인의 처연한 감정이 스며들어 있다. 그래서 왕부지는 "앞의 한 큰 단락의 경치 묘사 시어는 결코 '원망하지[怨]' 않는 듯하지만, 오히려 '원망' 할 수 있는 것이다."[70]라고 했던 것이다.

② 고향에 대한 그리움

심·송에게는 폄적으로 인한 슬픔이나 고독을 토로하는 詩作 못지않게 고향을 그리워하는 마음을 읊은 시 또한 적지 않다. 심전기에게는 2수가, 송지문에게는 9수가 바로 그러한 내용을 담고 있다. 역시 이것들도 폄적시기에 지은 것이며 모두 농후한 서정의 색채를 띠고 있다. 먼저 폄적지 驩州에서 고향에 대한 그리움을 애잔하게 읊고 있는 심전기의 〈驩州南亭夜夢〉을 감상해보자.

昨夜南亭裏	어제 밤 남정에서
分明夢洛中	분명히 낙양의 꿈을 꾸었네
室家誰道別	누가 처자와 이별했다 하는가?
兒女案常同	아이들과 밥상에서 같이 밥을 먹었는데
忽覺猶言是	홀연 깨어날 때는 사실같이 여겼지만
沈思始悟空	깊이 생각하니 비로소 공허한 것임을 깨닫네
肝腸餘幾寸	애간장은 얼마나 남았는가?
拭淚坐春風	봄바람 속에서 헛되이 눈물 닦네

첫째 연에서는 어제 밤 고향인 낙양 꿈을 꾼 것을 설정하였으며, 다음 연에서는 꿈속에서의 정경을 그려내고 있는데 그 묘사가 매우 생동적이다. 이어서 그 꿈에서 깨어나 공허함 속에서 눈물 흘리는 것으로 결말을 맺고 있다. 이 시는 전반적으로 平易하고 소박한 언어를 구사하며 고향에 대한 그리움을 지난밤의 꿈을 통해서 핍진하게 형상화하고 있다. 특히 꿈속에서 본 정경을 묘사하는 부분은 눈앞의 일처럼 생생한 것이 인상적이다. 이 시와 함께 "머리 돌려 옛 고향 생각하노니, 구름과 산이 마음을 어지럽히는구나![回首思舊鄕, 雲山亂心曲]"라고 읊는 심전기의 〈臨高臺〉 또한 고향을 그리워하는 마음이

---

70) 王夫之, ≪唐詩評選≫卷3: "前一大段景語不似怨, 乃可以怨."(140쪽)

잘 드러나 있다.

송지문에게는 약 9수의 詩作이 鄕愁를 노래하고 있다. 이 중 〈早發始興江口至虛氏村作〉, 〈早發韶州〉, 〈發端州初入西江〉 등은 모두 남방의 이국적인 경물을 묘사하는 가운데 思鄕의 정을 읊고 있다. 여기서는 시인이 1차 폄적 때에 폄적지인 瀧州로 가던 도중 지은 〈早發始興江口至虛氏村作〉을 예로 든다.

候曉踰閩嶠	새벽을 기다려 東嶠山을 넘어가다가
乘春望越臺	봄을 틈타 越王臺를 바라보네
宿雲鵬際落	한밤중 구름은 붕새의 끝에서 떨어지고
殘月蚌中開	이지러진 달은 진주조개 속에서 빛을 내네
薜荔搖靑氣	벽려수는 푸른 기운에 흔들리고
桄榔翳碧苔	사탕야자나무는 청록 이끼에 덮여 있네
桂香多露裛	계수나무 향기는 뭇 이슬에 스미고
石響細泉回	돌 개울 소리는 가늘게 못에 돌아 울리네
抱葉玄猿嘯	잎가지 안고 검은 원숭이 울부짖는데
啣花翡翠來	꽃을 물고 비취빛 물총새는 날아오네
南中雖可悅	남방에는 비록 즐거운 것 있으나
北思日悠哉	북녘 땅 생각은 날이 갈수록 아련해지네
鬒髮俄成素	숱 많은 머리는 홀연 세어지고
丹心已作灰	일편단심은 이미 재가 되었네
何當首歸路	언제쯤이나 귀향길에 올라
行剪故園萊	고향 정원의 잡초 벨 수 있을까?

첫 구절의 '東嶠山'은 '大庾嶺'을 가리키며, '越王臺'는 廣州에 있는 누각을 말한다.[71] 이 시는 시인이 신룡 원년 봄에 폄적되어 대유령을 넘어가다가 처

___

71) 《元和郡縣圖志》卷34: 韶州始興縣大庾嶺條"本名塞上, 漢伐南越, 有監軍姓庾城於此地, 衆軍皆受庾節度, 故名大庾. 五嶺之戌中, 此最在東, 故曰東嶠."《眉山文集》卷2:"越王臺,

음 접하게되는 嶺南의 풍경 속에서 일어나는 思鄕의 정을 읊은 것이다. 시는
크게 세 부분으로 나눌 수 있다. 처음 두 구에서는 먼저 시의 배경을 설정하였
고, 이어서 8구에 걸쳐 '즐길 만 한[可悅]' 남방의 이색적인 풍광을 정련된 언
어로 묘사하고 있다. 그러나 폄적되어 가는 시인에게 그러한 경치는 마냥 즐
길 수만은 없는 것이다. 오히려 시름을 더욱 가중 시키는 촉매 역할을 할 뿐이
었다. 그래서 제11구 '南中' 이하에서는 폄적으로 인해 '재가 되어 버린[作灰]'
심정과 고향으로 돌아가고픈 마음을 비교적 적나라하게 토로하고 있다. ≪瀛
奎律髓匯評≫에는 이 시에 대해 "제4구는 달빛 한 줄기가 길게 비껴드는 것이
마치 진주 빛이 조개 안에서 빛나는 것과 같음을 말하고 있을 따름이다. …
제3구('宿雲'句)는 기묘하다. 두 번째 聯은 드높게 고풍스러우며 기이하게 아름
다우니, 杜甫(712-770)도 이런 것은 없었다. … 드러낸 필치가 ≪離騷≫, ≪詩
經≫의 〈雅〉의 기운만큼 순정하니, 일반 무리와는 크게 다르구나."[72]라고 평
한 것들이 보인다.

이외에 송지문이 누각에 올라 고향을 그리는 〈登逍遙樓〉, 물가의 가마우지
새를 보고 고향의 다듬이 소리를 연상하는 〈江行見鸕鷀〉 등은 모두 이 부류
에 속한다. 특히 '騷體詩'를 모방하며 폄적의 상념 속에서 형제와 고향을 그리
는 마음을 드러낸 〈高山引〉은 눈여겨 볼 만하기에 여기서 예로 든다.

攀雲窈窕兮上躋懸峰 깊은 구름 부여잡고 험준한 봉우리 오르니
長路浩浩兮此去何從 가없는 이 긴 길은 어디서부터 시작된 것인가?
水一曲兮腸一曲   물 한 굽이에 애간장은 한마디

臺據北山, 其高數百尋, 南臨小海而潢溪, 橫浦牂牁之水, 輻輳於其下, 左右瞻顧則越中諸山
不召而自至, 却立延望, 則海外諸國蓋可彷彿於溟濛杳靄之間."
72) ≪瀛奎律髓匯評≫: "紀昀; 第四句言月光斜長一線, 如珠光之閃於蚌中耳. … 馮舒; 第三句奇
妙. 第二聯高古奇秀, 老杜所無. … 無名氏; 出筆純乎≪騷≫, ≪雅≫之氣, 迥異凡流."(≪唐
詩彙評≫, 86쪽)

山一重兮悲一重　　산 한 겹에 슬픔은 한 층 더 하네
松檟渺已遠　　소나무 개오동나무 무덤은 이미 아득히 머니
友于何日逢　　형제들은 언제 만날 수 있으리오
況滿室兮童稚　　하물며 어린아이들 꽉 찬 집안은…
攢衆慮于心胸　　여러 걱정이 마음속에 모이네
天高難訴兮遠負明德　　하늘은 높아 아뢰기 어려워도 밝은 덕 멀리서 입었건만
卻望咸京兮揮涕龍鐘　　도리어 장안 바라보며 축축한 눈물 날리네

　이 시는 시인이 유배지 흠주에서 고향을 그리는 마음을 토로한 것이다. 처음과 마지막의 각 두 구절에서는 길고 험준한 폄적 여정과 황제를 상징하는 하늘이 높기만 하기에, 그저 고향 향해 눈물만 흘릴 수 밖에 없는 시인 자신의 모습을 형상화했다. 제3, 4구에서 교묘하게 '山'과 '水'와 '腸'과 '悲'를 연결시킨 부분과, 이어서 형제를 의미하는 '友于'73)와 어린아이들 가득 찬 집안의 모습을 그리는 부분은 모두 서정의 색채가 농후하다. 한편 이 시는 형식면에서 '兮'字와 長短句를 구사하며 '騷體詩'의 형식을 취하고 있는 것이 주목을 끈다. 이는 시인이 의식적으로 早期 폄적 문학을 대표하는 屈原의 楚辭를 모방한 것으로 여겨진다.74)

　사실상 송지문 뿐만 아니라 심전기의 폄적시기 詩作 중에는 굴원이나 賈宜(BC200-BC168)의 형상으로 시인 자신을 비유하거나, 혹은 이들과 관계된 시어를 구사하는 것들이 적지 않게 보인다. 예를 들면 다음과 같다.

　　大招思復楚, 於役限維桑　　（심전기, 〈答魑魅代書寄家人〉）
　　長沙遇大守, 問舊幾人全　　（심전기, 〈哭蘇眉州崔司業二公〉）

---

73) 이는 《尙書·君陳》 "惟孝友于兄弟."의 구절에서 후인들이 '友于'만을 節錄하여 이를 형제의 뜻으로 사용한데서 비롯되었음.
74) 이에 관해서 許總《唐詩史》(南京: 江蘇敎育出版社, 1994), 313-315쪽, 참조.

但令歸有日, 不敢恨長沙　　(송지문, 〈度大庾嶺〉)

流芳雖可悅, 會自泣長沙　　(송지문, 〈經梧州〉)

楚臣悲落葉, 堯女泣蒼梧　　(송지문, 〈洞庭湖〉)

跡類虞翻枉, 人非賈誼才　　(송지문, 〈登粤王台〉)

別路追孫楚, 維舟弔屈平　　(송지문, 〈送杜審言〉)

　〈大招〉는 초사의 篇名이고, 長沙는 〈弔屈原賦〉로도 유명한 가의가 일찍이 폄적되었던 곳이며 楚臣은 굴원을 지칭한다. 이렇듯 굴원 혹은 가의의 형상에 기탁하며 시인의 울분을 토로하는 것 외에, 심전기의 〈答魑魅代書寄家人〉은 '도깨비[魑魅]'가 질문을 하고 이에 자신이 대답하는 '문답'의 형식을 갖추고 있다. 이는 올빼미에게 묻고 답하는 가의의 〈鵩鳥賦〉 형식을 모방 한 듯하다. 또한 송지문의 贈詩인 〈冬宵引贈司馬承禎〉 역시 초사의 형식을 취하며 폄적으로 인한 상념을 상대방에게 전달하고 있다. 결국 심·송은 중국 早期 폄적 문학의 대표인 굴원과 가의의 형상과 문학을 빌려 자신들의 폄적으로 인한 傷念 혹은 고향에 대한 그리움 등을 토로했던 것이다. 이는 그러한 예술기교 자체로서는 독자로 하여금 더욱 풍부한 느낌을 전달받게 해주는 역할을 할 뿐 아니라, 중국 詩史上에서는 이른바 '怨騷' 정신을 폄적 문학 속에서 발휘하는 전통을 세움으로써 후대 성당이후의 폄적 문학에 많은 영향을 주게 된다.

　이상에서 살펴본 바와 같이, 정치적 폄적 기간 동안 심·송은 폄적으로 인한 상념 혹은 고향에 대한 그리움과 같이 서정성이 농후한 작품을 상당부분 창작했음을 알 수 있었다. 물론 이러한 작품들이 궁정의 봉화응제시와는 판이하게 다른 시가 양상을 띠며 심·송 시가의 일정 부분을 농후한 서정의 색채로 각인 시켜주고 있음을 간과해서는 안 된다. 다만 한 가지 주의해야 할 것은 심·송에게는 정치적 폄적과는 무관하게, 자신의 다양한 감정을 농후한 서정의 색채로 풀어내고 있는 작품 역시 적지 않다는 사실이다.

③ 離別과 哀悼의 슬픔

知人과의 離別로 인해 찾아오는 슬픔이나 또는 남녀간의 이별로 인한 相思의 정을 노래하는 것, 혹은 死別로 인해 운명을 달리한 사람을 애도하는 것은 중국 고대 서정시가에서 가장 흔히 볼 수 있는 내용 중 하나이다. 물론 심·송의 詩作에도 이러한 내용들이 적지 않다. 먼저 이별의 슬픔이나 相思의 정을 읊은 것을 살펴보면 심전기에게는 7수의 시가 있다. 그 중 〈古離別〉은 악부의 형식을 빌려 이별 후의 그리움을 노래하고 있다. 〈古離別〉의 내용을 살펴보자.

白水東悠悠	흰 물결 동으로 유유히 흐르는데
中有西行舟	그 가운데 서쪽으로 가는 배 있네
舟行有返棹	뱃길은 반대로 노 저을 수 있지만
水去無還流	물은 흘러가면 돌이킬 수 없구나
奈何生別者	어찌 할 것인가! 생이별 하는 자여
戚戚懷遠遊	근심 안고 먼 길 떠나는구나
遠游誰當惜	멀리 떠나면 누가 장차 애석해 할까?
所悲會難收	슬픔은 필경 거두기 어려우리
自君間芳躅	향기로운 그대 발길 닿지 않은 후로는
靑陽四五遒	봄날의 따스함도 흩어져 사라졌네
皓月掩蘭室	흰 달은 난초 방을 비추고
光風虛蕙樓	개인 후의 바람은 빈 향초 누각에 드네
相思無明晦	그대 향한 그리움 밤낮 없으니
長嘆累春秋	긴 탄식은 봄가을로 쌓이네
離居久遲暮	떨어져 산지 오래되어 늙어 가는데
高駕何淹留	높은 수레는 어찌하여 멈춰있는가?

이 시는 ≪珠英學士集≫殘卷에 수록되어 있다. 이로 볼 때 이것은 ≪三敎珠英≫이 완성된 大足 元年(701)이나 혹은 그 몇 년 전에 지어진 것으로 보인다.

'古別離'은 악부 雜曲歌辭의 하나로 ≪樂府詩集≫에 "≪초사≫에 이르기를 '슬프구나, 생이별이여!', … 그래서 후세 사람들은 이것을 모방하여 〈古離別〉을 지었다."[75]라는 해제가 있다. 이 시가 실제로 누구와 헤어지고 난 후에 지은 것인가, 혹은 다른 '기탁'의 뜻이 내재 되어 있는가에 대해서는 확실히 알 수 없다. 시는 전반적으로 농후한 서정의 색채를 띠며 이별 후의 그리움을 확연히 드러내고 있다. 그 언어는 '난초 방[蘭室]', '향초 누각[蕙樓]' 등과 같은 시어를 제외하고는, 3, 4구의 '배의 노는 돌릴 수 있지만 한번 흘러간 물을 돌이킬 수 없다'는 표현처럼 비교적 자연스럽게 구사되어 있다. 다만 비교적 판에 박힌 듯한 상투적인 시의 전개로 인해 시의 진실성이 다소 떨어져 보이는 것이 흠으로 남는다.

　사실 이별 후 상대를 그리워하거나 원망하는 宮女의 恨을 읊은 심전기의 〈長門怨〉, 〈鳳簫曲〉, 〈古歌〉, 〈芳樹〉는 더욱 더 판에 박힌 느낌을 준다. 왜냐하면 이 4首는 모두 이른바 '宮怨詩'에 해당하는 것들로서, 화려한 수식 속에서 南朝 궁체시의 판에 박힌 내용을 그대로 답습하고 있기 때문이다.

　반면 송지문의 경우에는 이별한 남녀의 相思를 노래하거나, 혹은 궁체시를 모방한 '궁원시'는 한 수도 보이지 않는다. 대신, 동생과 헤어진 후 돌아와 그를 그리워하는 내용을 담은 〈別之望後獨宿藍田山莊〉만이 한 수 있을 뿐이다. 그럼 여기서 이 시를 감상해 보자.

鶺鴒有舊曲　할미새는 옛 곡조 알고 있으나
調苦不成歌　음조가 애달파 노래 못하네
自嘆兄弟少　스스로 형제 적음을 한탄하니
常嗟離別多　항상 이별 많음을 탄식하네

---

75)　郭茂倩, ≪樂府詩集≫卷71: "≪楚辭≫曰, '悲莫悲兮生別離', … 故後人擬之爲古別離."(北京: 中華書局, 1998, 1016쪽)

爾尋北京路　너는 北都로 가는 길 찾아 떠나고
予臥南山阿　나는 남녘의 종남산 기슭에 누웠네
泉晚更幽咽　샘물은 밤 되니 더욱 고요히 흐느끼고
雲秋尙嵯峨　가을 구름은 높은 산에 여전히 걸려있네
藥欄聽蟬噪　꽃 난간에선 매미 소리를 듣고
書幌見禽過　서재에선 새들 날아가는 것 보네
愁至願甘寢　밀려오는 수심에 달콤한 잠을 청하니
其如鄉夢何　진실로 고향 꿈은 어떠할런지?

　'之望'은 송지문의 동생으로 후에 '之遜'으로 改名한다.76) '藍田山莊'은 藍田縣에 있는 輞川山莊을 가리키는데, 이곳은 후에 王維가 말년에 이 곳을 사들여 지낸 곳으로도 유명하다.77) 이 시는 시인이 동생 송지망을 당시의 北都인 太原府(현재의 山西省에 속함)로 떠나보낸 후, 홀로 산장에 돌아와 느낀 이별의 쓸쓸함과 그리움을 읊은 것이다. 첫 구절에서의 "할미새[鶺鴒]"는 '脊令'과 통용되는데, 이것은 ≪詩經≫의 "할미새 초원에 있으니, 형제는 급한 어려움 있구나."78)라는 전고를 사용한 것으로, 여기서는 소위 '起興'의 작용을 하고 있다. 제6구부터 네 구절에서는 흐느끼는 샘물, 높은 산위의 가을 구름, 매미 소리, 날아가는 새 등의 사물에 시인의 고독하고 쓸쓸한 심정을 移入하고 있어 '정경융합'의 높은 예술 성취를 이루었다.

　한편 심·송에게는 죽은 자를 哀悼하는 詩作이 다수 있다. 이 모두 그 시의 성격상 서정의 색채가 농후하다. 심전기의 6수, 송지문의 19수 詩作이 이에 해당한다.

---

76)　≪元和姓纂≫卷8, 弘農宋氏條: "唐太常丞宋仁回, 生果毅, 生之問, 之望, 之悌. …… 之望改名之遜, 荊州刺史."
77)　≪舊唐書·王維傳≫卷190下: "得宋之問藍田別墅, 在輞口, 輞水周於舍下. …… 其田園所為詩, 號輞川集"
78)　≪詩經≫〈小雅·常棣〉: "脊令在原, 兄弟急難."

먼저 심전기의 작품을 살펴보면, 그의 상급 上司인 崔玄暐의 盧氏夫人의 죽음을 애도 하는 〈天官崔侍郞夫人盧氏挽歌〉, 시인이 下獄되어 "자신이 있지 말아야 할 곳에 있어, 그대의 葬事에 참석하지 못함이 한스러워, 물러나 시를 지어 운명을 슬퍼하네."79)라고 밝힌 〈傷王學士〉, 知人인 蘇味道와 崔融의 죽음을 애도하는 〈哭蘇眉州崔司業二公〉 외에, 〈章懷太子靖妃挽詞〉, 〈秦州薛都督挽詞〉, 〈哭道士劉無得〉 등이 모두 이에 해당한다. 이 중 〈哭蘇眉州崔司業二公〉 한 수를 살펴보자. 시는 먼저 다음과 같은 序文을 통해 시의 창작 배경과 사건의 경위를 비교적 상세히 밝히고 있다.

같은 시기에 尙書省에서 郎官을 지냈던 裴懷古란 자가 潭州刺史로 있었다. 神龍 3년 가을 8월에 나는 성은을 입고 북으로 돌아가는 도중 그를 만나 멈추어 옛 知人들에 대해 물어보고 나서, 眉州刺史 蘇味道와 國子司業 崔融이 갑자기 차례로 죽었다는 것을 알게 되었다. 蘇公이 전에 鳳閣侍郎에 임명되었을 때, 나는 通事舍人에 임명되었고, 崔公이 또 봉각사인을 맡게 되었을 때 나는 給事中으로 옮겨갔다. 두 公 모두에게 그 옛날 신임을 받았고, 함께 끌어주고 권면하는 은혜를 입었다. 이전에 남쪽 변방으로 유배되었을 때는 두 公이 먼저 관직을 옮겨갔었는데, 이 흉한 소식을 들으니 마음이 또 어찌 감당했었겠는가? 귀양살이에 일정한 기한 있음이 한탄스러우니, 먼 길 떠나 있었기에 슬프나 옛 정을 펼칠 수 없었고 예의상 슬픔을 호소할 수도 없었다. 이 노래로 비통하게 크게 우니, 저승길까지 통할 수 있기를 바라노라.80)

79) 심전기, 〈傷王學士·序〉: "恨吾非所, 闕爾喪葬, 退而賦詩以哀命."
80) 沈佺期, 〈哭蘇眉州崔司業二公·序文〉: "同時郎裴懷古者, 作牧潭府. 神龍三年秋八月, 佺期承恩北歸, 途中觀止, 訪及故舊, 知眉州蘇使君味道, 國子崔司業融, 馳旋間相次而逝. 蘇往任鳳閣侍郎, 佺期忝通事舍人. 崔重為鳳閣舍人, 佺期又遷結事. 並銜疇昔之眷, 俱荷提獎之恩. 前年負譴南荒, 二公先移官守. 追此凶問, 情復何堪. 所歎逐竄有期, 行邁在遠, 哀不展舊, 禮不申悲. 流慟斯文, 冀通幽路."

시의 전문은 모두 5언 36구의 장편으로, 내용상 크게 3부분으로 나눌 수 있다. 첫째 부분은 처음 여섯 구로 폄적에서 돌아오던 길에 두 公의 죽음을 알게 되었음을 읊는다. 이어서 시는 14구에 걸쳐 蘇味道와 崔融을 魏晉의 才人 羊祜(221–278)와 王粲(177–217)에 비유한 뒤, 두 사람의 지난날을 回顧한다. 그리고 다음과 같이 哀悼의 슬픔을 밝힌다.

及此俱冥昧	이제 모두 어둠 속으로 사라졌으니
云誰敍播遷	그 누가 유배 갔던 일 이야기 해 줄까?
隼斾懷舊轍	송골매 새긴 깃발로는 옛 수레 자국이 그리워지고
鱣館想虛筵	강당에선 빈 자리 생각나누나
家愛方休杵	백성들은 사랑 표시로 절구소리 막 멈추었고
皇慈更撤懸	황제는 자애로 더욱이 음악까지 거두셨네
銘旌西蜀路	명정은 西蜀 길에 있고
騎吹北邙田	기마 음악대는 북망산에 있네
隴樹應秋矣	묘지위의 나무 응당 가을빛일 것이고
江帆故杳然	강 위 돛대는 본래 적막하여라
罷琴明月夜	거문고는 밝은 달밤에 버리고
留劍白雲天	칼은 흰 구름 하늘가에 남겨두네
涕泗湘潭水	湘潭의 강물처럼 눈물 흘리노니
凄凉衡嶠煙	衡山의 연기처럼 처량하구나
古來修短分	예로부터 수명은 길고 짧음으로 나누니
神理竟難銓	신묘한 이치는 끝내 밝히기 어렵네

서문에서 이미 밝혔듯이 시인이 한때 중서성에서 상관으로 모시기도 했었던 최융과 소미도의 죽음을 애도하고 있다. 제32구의 '칼을 남겨두다[留劍]'라는 표현은 春秋시기 吳나라의 季札이 자신의 칼을 흠모하던 徐君에게 그의 살아생전에 칼을 주지 못했던 것이 한스러워, 그가 죽은 후 그의 무덤가에 그

칼을 두고 떠났던 81) 전고를 사용하고 있다. 시는 哀歌에 걸맞게 처연한 분위기로 일관하고 있지만 전아한 풍격은 잃지 않고 있다.

송지문의 경우는 심전기보다 더욱 많은 19수의 哀悼詩가 있다. 그 중 〈則天挽歌〉, 〈梁宣王挽詞〉三首, 〈范陽王挽詞〉二首, 〈鄭國太夫人挽歌〉 등 모두 15수의 挽歌는 皇帝나 郡王, 혹은 國夫人의 죽음을 애도하는 내용이다. 이 외에 北邙山 古墓를 지나다 죽은 자를 애도하는 〈北邙古墓〉, 故人의 집을 지나다가 죽음을 슬퍼하는 〈過史正議宅〉, 물에 빠져 죽은 河陽의 妓女 曹娘을 애도하는 〈傷曹娘〉4首는 모두 이에 해당한다. 이 가운데 〈過史正議宅〉 한 수를 살펴보자.

舊交此零落　옛 친구 이렇게 쇠락해 버렸기에
雨泣訪遺塵　비 오듯 눈물 흘리며 유적지를 찾았네
劍几傳好事　칼과 책상 같은 유물은 호사가에게 전해지고
池臺傷故人　못과 누대에서는 고인을 슬퍼하네
國香蘭已歇　나라의 난초 향기 이미 시들었건만
里樹橘猶新　옛 고향 귤나무는 오히려 새로 피었네
不見吳中隱　吳 땅의 은자는 볼 수 없으니
空餘江海濱　강과 바닷가는 텅 비었네

시제 중의 '正議'는 '正諫'의 誤字로, 史正諫은 蘇州昆山人 史德義를 가리킨다. 시 속의 '칼과 책상[劍几]'과 '못과 누대[池臺]'82)는 각각 사덕의의 유물과 고향을 가리키며, '난초[蘭]'와 '오 땅의 은자[吳中隱]'는 모두 사덕의를 암시한다. '옛 고향 귤나무[里樹橘]'는 吳나라 丹陽太守 李衡이 홍귤나무를 심어 놓

81) ≪史記·吳太伯世家≫卷31: "季札之初使, 北過徐君. 徐君好季札劍, 口弗敢言. 季札心知之, 爲使上國, 未獻. 還至徐, 徐君已死, 於是乃解其寶劍, 繫之徐君冢樹而去."
82) ≪天中記≫卷42: "千秋萬歲之後, 宗廟必不血食. 高臺既以傾, 曲池又已平"

고 임종을 앞두고 자식에게 "우리 마을엔 나무 노비가 천 그루 있어, 衣食을 책임지지 않아도, 해마다 천 필 비단을 수확할 수 있을 것이다."[83]라고 유언한 전고를 사용했다. 이 시는 전반적으로 비유, 암시 그리고 전고의 사용으로 일관하고 있지만, 억지스런 군더더기는 잘 보이지 않는 가운데 은근한 애도의 정을 잘 드러낸 작품이라 할 수 있다.

④ 脫俗과 閑寂의 뜻

펌적으로 인한 여러 傷念이나 思鄕의 정, 혹은 死別, 離別로 인해 발생하는 슬픔을 토로하는 것이 심·송 '逑懷' 詩作의 주요한 내용이라면, 현실의 번뇌를 超脫하거나, 혹은 閑適한 생활을 추구하는 뜻을 드러내는 것은 심·송 '言志' 詩作의 가장 주요한 내용이다. 주의할 것은 초탈의 뜻을 드러낸 작품의 대부분이 주로 펌적 기간에 창작 되어졌다는 점과, 그 상당수는 道家 사상이나 혹은 佛理에 기탁하고 있다는 점이다.

먼저 초탈의 뜻을 드러낸 작품으로는 심전기는 6수, 송지문은 17수가 전한다. 먼저 심전기의 시를 살펴보면, 神仙의 脫俗을 흠모한 뒤, "몸은 세상과 더불어 끝이 없으리.[身世兩無窮]"라는 초탈의 뜻을 밝힌 〈鳳笙曲〉 외에, 〈神龍初廢逐南荒途出郴口北望蘇耽山〉는 도가의 신선 세계를 흠모하며 탈속의 동경을 드러낸 것으로 볼 수 있다. 다음에서 이 시를 보자.

　　少曾讀仙史　젊어서 일찍이 仙史를 읽고
　　知有蘇耽君　소탐이 있는 것을 알았네
　　流放來南國　유배되어 남국에 오니

---

83) 《水經注·洣水》卷37: "洣水又東歷龍陽縣之氾洲, …… 吳丹楊太守李衡植柑於其上, 臨死, 勅其子, 曰: 吾州里有木奴千頭, 不責衣食, 歲絹千匹太."

依然會昔聞　여전히 예전에 듣던 그대로구나
泊舟問耆老　배를 대고 늙은이에게 물으니
遙指孤山雲　멀리 손가락으로 고산의 구름만 가리키네
孤山郴郡北　고산은 침군 북쪽에 있으니
不與衆山群　다른 산들과는 무리 짓지 않네
重查下縈映　겹치는 산들은 아래로 휘감으며 빛을 발하고
嶛嶢上糾紛　우뚝 솟은 봉우리 위로는 어지러이 얽혀있네
碧峰泉對落　푸른 봉우리에서는 샘물이 마주하며 떨어지고
紅壁樹傍分　붉은 절벽 곁에선 나무가 갈라지네
選地今方爾　땅을 골라 지금 바야흐로 이곳에 처했으니
升天因可云　하늘 오르는 일도 여기서는 말할 만 하리
不才子竄迹　재주 없는 난 귀양 흔적 남기는데
羽化子遺芬　신선된 그대는 향기를 남겼네
將覽成麟鳳　소탐이 신선된 일을 보려했건만
旋驚禦鬼文　홀연 역병 막는 내용 있어 놀라네
此中迷出處　이 가운데서 나갈 길 몰라 헤매다
含思獨氛氲　그대 생각하니 홀로 기운 왕성해지노라

　이 시는 시인이 神龍 元年(705)에 폄적을 당하여 瀧州로 가던 도중 蘇耽山을
지나다가 지은 것이다. 시는 홀어머니에게 역병을 막을 수 있는 비법을 알려
주고 사라진 뒤 신선이 된 소탐을 전체 시의 전고로 삼았다.[84] 시인은 제7구
부터 제12구까지는 신비스럽고 그윽한 소탐산의 경물을 묘사한 뒤, "하늘 오
르기도 여기서는 혹시 가능하리라[升天因可云]"라 하며, 현실의 세계에서 벗
어나고픈 심리를 드러내었다. 마지막 구절에서도 또한 신선을 생각하며 마음

---

84) ≪水經注≫卷39: "蘇耽, 郴縣人, 少孤, 養母至孝. … 面辭母云: '受性應仙, 當違供養.' 涕泗
又說: '年將大疫, 死者略半, 穿一井飮水, 可得無恙.' 如是有哭聲甚哀. 後見耽乘白馬還此山
中, 百姓爲立壇祠.

130

의 위안을 삼으려는 의지를 보이기도 한다. 그러나 신선처럼 하늘에 오르는 일에 대해서도 그저 '말할 만 하리[可云]'라 하며 다소 소극적인 자세를 보였으며, 또한 자신은 '재주 없다[不才]' 단정 지으며 마치 신선되는 일에 대해서는 아예 꿈조차 꾸지 않는 듯이 보인다. 일찍이 初唐의 唐太宗이 "신선의 일은 본래 虛妄한 것으로, 헛되이 그 이름만 있는 것이다."[85]라 했고, 송지문과도 교류를 한 적이 있는 司馬承禎(647-735)은 "신선도 사람이다."[86]라고 언급한 바와 같다. 初唐의 문인들에게 있어서 도교의 神仙관념은 이미 그 신비한 종교성을 완전히 상실했을 뿐더러, 그것은 그저 예술적 審美의 대상으로만 의의가 있었을 뿐이다.[87] 따라서 이러한 시대적 배경 속에서 창작되어진 이 시 속의 신선 형상 역시 진정한 초탈의 '구원자'는 되지 못하고 다만 잠시의 '위안'만이 되어 주는 것이다.

이에 반해 남조시기에 이미 크게 발달하고 당대에 들어서 문인들 사이에서 깊숙이 자리 잡은 불교는 정신적 번뇌에서 능히 벗어날 수 있게끔 해주는 좋은 정신적 지주가 되어 주었다. 물론 심 · 송의 시가 속에도 불가에 기탁하여 세속의 번뇌에서 초탈하고자 하는 뜻을 드러낸 작품이 상당 부분 존재한다. 심전기의 〈九眞山靜居寺謁無礙上人〉, 〈樂城白鶴寺〉, 〈紹隆寺〉 3수는 모두 그 좋은 예이며, 특히 송지문의 경우에는 초탈추구의 내용 시가 17수 중 神仙을 떠올리며 永生을 추구한 〈郡宅中齋〉, 〈景龍四年春祠海〉 2수를 제외한 나머지 15수가 모두 불가에 기탁한 것들이다. 이 가운데 송지문의 〈自衡陽至韶州謁能禪師〉 먼저 살펴보자.

---

85) ≪貞觀政要≫卷6: "貞觀二年, 太宗謂侍臣曰, 神仙事本是虛妄, 空有其名."(191쪽)
86) ≪天隱子 · 神仙≫: "人生時稟得虛氣, 精明通悟, 學無滯塞, 則謂之神. 宅神於內, 遺照於外, 自然異於俗人, 則謂之神仙. 故神仙亦人也."(≪道藏≫, 第21册, 699쪽)
87) 孫昌武, ≪道敎與唐代文學≫, 135-145쪽 참조.

謫居竄炎壑 폄적지는 뜨거운 남해이니
孤帆淼不繫 외로운 배는 가없는 물에서 맬 곳이 없구나
別家萬里餘 집 떠나 만 여 리를
流目三春際 유랑한지 삼년 세월
猿啼山館曉 원숭이 울음에 산 객사에 새벽 들고
虹飲江皐霽 무지개 아래서 물 마시니 강 언덕엔 날씨가 개네
湘岸竹泉幽 상강 기슭의 대나무 못은 깊고
衡峰石囷閉 형산의 석균봉은 막혔네
嶺嶂窮攀越 병풍 같은 산봉우리 끝까지 올라 넘어서고
風濤極沿濟 풍랑은 다할 때 까지 물 따라 건너네
吾師在韶陽 나의 스승은 韶州에 있으니
欣此得躬詣 이번에 배알 할 수 있음을 기뻐하노라
洗慮賓空寂 마음 씻고 空사상에 귀의하노니
香焚結精誓 향 사르며 진실한 맹세를 하네
願以有漏軀 원컨대 이 번뇌의 몸으로
聿薰無生惠 삶도 죽음도 없는 진리의 은혜 쐴 수 있기를
物用益沖曠 사물의 쓰임에는 더욱이 담박해지고
心源日閑細 마음의 근원은 날로 세밀해지는 것을 막네
伊我獲此途 아, 나는 이 길을 얻었으니
游道廻晚計 불법에서 노닐다 늦게 돌아가려네
宗師信捨法 종사께선 진실로 불법 깨치셨으니
擯落文史藝 文史의 예술은 떨쳐 버렸네
坐禪羅浮中 나부산에서 좌선하며
尋異南海裔 남해의 끝자락에서 색다름 찾는구나
何辭御魑魅 어찌 도깨비 막는 일 사양할 것인가?
自可乘炎癘 스스로는 뜨거운 瘴癘 이길 수 있네
回首望舊鄕 머리 돌려 옛 고향 바라보니
雲林浩藹薆 드넓은 구름 숲에 가려 있구나
不作離別苦 이별의 슬픔 짓지 말지니

歸期多年歲　돌아갈 기약에는 몇 해 더 남았으리

이 시는 景雲 2年(711) 봄 송지문이 유배지 欽州로 가는 도중 韶州 廣果寺를 들러 禪宗 南宗六祖 慧能선사를 배알하고 지은 것이다. 처음의 10구에서는 폄적의 고됨과 산수의 험난함을 묘사했고, 이어서 14구에 걸쳐 생도 죽음도 본디 空이라는 불법에 귀의하여 현실에서의 번뇌를 초탈하고자 하는 뜻을 분명히 밝히고 있다. 마지막 6구에서는 폄적당한 현실을 돌아보며 이별의 슬픔 짓지 말자며 스스로를 안위하고 있다. 시에서 보이는 '空寂', '無生', '心源', '坐禪' 등의 불교용어는 모두 禪宗과 밀접한 관련을 맺고 있다. 이로써 우리는 송지문이 선종에 대해 상당한 조예가 있었음을 유추해 볼 수 있다. 사실 송지문은 2차 폄적 시기에 중국 남방의 여러 사찰을 지나는 동안 선종과 더욱 가까워졌고, 마침내 선종을 자신의 정신적 한 지주로 받아들이게 된 것 같다. 이에 관해서는 다음 절에서 좀더 상세히 고찰하고자 한다.

다음에서 禪趣의 분위기가 더욱 물씬 풍기는 송지문의 다른 시를 보자.

〈宿淸遠峽山寺〉
香岫懸金刹　향기로운 산봉우리에 사찰 깃발 걸려있는데
飛泉界石門　폭포수는 돌문과 경계를 했네
空山唯習靜　텅 빈 산에선 고요함 만을 익힐 뿐이고
中夜寂無喧　한밤중에는 적막하여 시끄럽지 않네
說法初聞鳥　설법은 처음으로 새가 듣고
看心欲定猿　마음을 보며 원숭이를 안정시키려 하네
寥寥隔塵事　조용히 속세와 떨어져 있으니
何異武陵源　어찌 무릉도원과 다르겠는가?

이것은 송지문이 폄적 기간 중 廣州 淸遠縣 峽山寺에 머물면서 읊은 시로 脫俗의 마음이 잘 나타나 있다. 3, 4구는 마치 禪詩로 유명한 王維(701~761)의

"빈 산엔 사람 보이지 않고, 다만 사람 말소리만 들린다.[空山不見人, 但聞人語響〈鹿柴〉]"라는 구절의 母胎인 듯한 느낌을 준다. 이러한 禪境에 가까운 산사의 풍경 속에서 "감화시키기 어려운 사람은 그 마음이 마치 원숭이와 같기에, 여러 佛法으로써 그 마음을 제어해야만 승복시킬 수 있다"[88]라는 佛理에 기탁해 스스로의 마음을 꿰뚫어 통찰한 후 자신의 내면에 숨어있는 '원숭이'의 속성을 제압하려 했으니, 그가 여기서 추구하려 했던 '무릉도원'은 결국 '禪定'의 세계와 다름 아닐 것이다.

이밖에 남방의 여러 사찰을 방문하며 지은 〈遊法華寺〉2수, 〈遊雲門寺〉, 〈宿雲門寺〉, 〈遊韶州廣果寺〉, 〈登總持寺閣〉 등과 〈自洪府舟行直書其事〉, 〈題鑒上人房〉2수, 〈雨從箕山來〉 등 13수, 또한 모두 불가에 기탁하며 초탈의 뜻을 드러낸 작품으로 볼 수 있다.

한편 閑寂을 추구하는 뜻이나 정취를 표현하고 있는 작품을 보면, 심전기에게는 〈釣竿篇〉1首가 있고, 송지문에게는 9수가 있다. 먼저 심전기의 〈釣竿篇〉을 감상해보자.

朝日斂紅煙	아침 해가 붉은 안개를 거두니
垂竿向綠川	낚시 대를 푸른 시내에 드리우네
人疑天上坐	사람은 하늘가에 앉아 있는 듯
魚似鏡中懸	물고기는 거울 속에 걸려 있는 듯
避檝時驚透	노 피해 때때로 놀라 튀어 오르니
猜鉤每誤牽	걸렸구나 생각하나 매번 잘못 끌어당기네
湍危不理轄	여울 높은 곳에선 낚시 못 드리우니
潭靜欲留船	고요한 물에서 배 멈추려 하네
釣玉君徒尙	옥구슬 낚는 것 그대 공연히 숭상하나

---

88) 《維摩詰經·香積佛品》: "以難化之人, 心如猿猴, 故以若干種法制御其心, 乃可調伏."(《沈佺期宋之問集校注》, 573쪽)

徵金我未賢　금 놓고 초빙해도 나는 현자 못되리

爲看芳餌下　보게나, 향기로운 미끼 아래서

貪得會無全　탐을 내다가 자신을 보전치 못하는 것을

　이 시는 낚시터에서의 閑寂함 속에서 '삶의 온전함[全]'을 보전하는 哲理를 드러낸 작품이다. 시는 크게 두 부분으로 나눌 수 있다. 전반부의 여섯 구는 낚시터의 한적한 정경을 묘사하고 있는데, 歷代의 名句로 통하는 제3, 4구는 한 폭의 수채화를 보여주는 듯하다.[89] 한가로운 낚시의 흥겨움을 드러낸 제5, 6구는 다소 해학적이기도 하다. 후반부에서는 자신의 온전한 삶을 얻기 위해서는 세상의 부귀공명이라는 미끼를 탐내지 말고 고요한 곳에서 멈출 줄 알아야 함을 설파하고 있다. 즉 독자로 하여금 "멈출 줄 안 연후에 정해짐이 있고, 정해진 연후에 고요함이 있어", 마침내 진정하게 "얻을 수 있다.[得][90]"라는 ≪大學≫의 道를 떠올리게 한다. 시는 전반적으로 淸新한 풍격을 유지하며 그칠 줄 알아야 한다는 인생의 철리를 고요하고 한적한 낚시의 정취 속에서 잘 융화시켰다.

　송지문의 〈初到陸渾山莊〉, 〈陸渾山莊〉, 〈陸渾水亭〉, 〈過中書元舍人山齋〉, 〈藍田山莊〉, 〈嵩山夜還〉, 〈春日山家〉, 〈臥聞嵩山鐘〉, 〈稱心寺〉 등의 9수 또한 한적의 정취나 뜻을 잘 드러낸 작품이다. 그 중 〈過中書元舍人山齋〉에서는 "다시 푸른 계곡 읊은 〈遊仙詩〉를 보고, 더욱이 붉은 노을 먹는 것에 힘쓰네.[更閱靑谿詩, 逾勵丹霞食.]"[91]라고 하였고, 〈臥聞嵩山鐘〉에서는 "지난날 후회하며 스스로 깨끗이 닦고, 도가 鍊形術 익히며 동굴로 돌아가리라.[悔往

---

89)　≪憂古堂詩話≫: 引≪潘子眞詩話≫云: "'船如天上坐, 人似鏡中行.', 又 '船如天上坐, 魚似鏡中懸.', 沈云卿時也. 杜子美詩云, '春水船如天上坐, 老年花似霧中看.', 盖觸類而長之.(≪唐詩彙評≫, 222쪽)

90)　≪禮記注疏≫卷60: "知止而后有定, 定而后能靜, 靜而后能安, 安而后能慮, 慮而后能得."

91)　'靑谿詩'는 '遊仙詩'를 말하는 것으로, 郭璞의 〈遊仙詩〉: "靑谿千餘仞, 中有一道士."(≪文選≫卷22)라는 전고가 있음.

自昭洗, 練形歸洞窟.]"라 하며 道家의 神仙을 흠모하는 중 한적의 뜻을 드러 냈다. 이외의 나머지 7수는 모두 隱者의 풍모를 풍기며 한적한 은일의 정취를 표현하고 있다. 그 예로 〈初到陸渾山莊〉을 살펴보자.

授衣感窮節　옷을 주니 끝무렵의 가을 느끼며
策馬凌伊關　말 채찍질로 이관을 지나네
歸齊逸人趣　돌아와 은자의 흥취 함께하니
日覺秋琴閒　날로 가을 거문고의 한가함이 느껴지네
寒露衰北阜　차가운 이슬 북쪽 언덕 시들게 하고
夕陽破東山　석양은 동쪽 산 깨뜨리네
浩歌步岑樾　호탕하게 노래하며 작은 산 숲 속으로 걸음 옮기니
栖鳥隨我還　깃드는 새 나를 따라 돌아오누나

시제에서 처음으로 東都 洛陽부근에 위치한 嵩山의(現在의 河南登封境에 있음) 陸渾山莊을[92) 찾았다고 하고 있으나 이것이 언제인지는 고증할 수 없다. 시 는 다분히 '은자[逸人]'의 한적한 정취를 노래하고 있으며, 그 시어는 매우 精 鍊된 가운데 자연스러움을 느끼게 해준다. 특히 제6구의 '破'자에 대해서 미국 의 학자 Stephan Owen은 "대담하고 격렬하여 … 대부분의 궁정 시인들이 감히 시도해본 적이 없는 그 무엇이다."[93)라고 언급하기도 했다.
　송지문의 〈春日山家〉는 은자의 가락이 더욱 흠뻑 배어나 있다.

今日遊何處　오늘은 어디에서 노닐었나?
春泉洗藥歸　봄샘에서 약초 씻고 돌아왔네

---

92)　《杜詩鏡銓》卷1: "宋公舊池館, 零落首陽阿."의 補注 "按之問有陸渾別業詩, 陸渾首陽俱在 洛陽之南, 公亦有陸渾莊, 當相去不遠也."참조.
93)　Stephen Owen, 《初唐詩》, 466쪽.

悠然紫芝曲　유유하게 은자의 노래 부르고
晝掩白雲扉　한낮의 흰 구름 덮인 문짝 닫네
魚樂偏尋藻　고기는 즐거이 수초만 찾는데
人閑屢采薇　사람은 한가로이 종종 고사리 캐네
丘中無俗事　작은 산속에는 속세 일 전혀 없으니
身世兩相違　이 몸은 세상과 서로 멀구나

　이 시는 중국 隱逸 전통의 여러 전형적인 形象을 한데 투영하고 있다는 데
서 흥미롭다. 먼저 시인은 약초 씻고 돌아와 〈紫芝曲〉[94]을 부르며, 秦漢 교
체 무렵의 은자 四皓를 연기하다가, 곧바로 "벌건 대낮에 사립문 닫으니, 텅
빈 방엔 때 묻은 생각 끊기네.[白日掩荊扉, 虛室絶塵想.]"[95]라 노래한 陶淵明
(365-427)의 형상으로 옮겨간다. 이어서 "수양산에 은거하며 고사리를 캐서 먹
었던[隱于首陽山, 采薇而食之]"[96] 伯夷와 叔齊를 흉내 낸다. 또 마지막에서
는 세속을 등지고 '작은 산[丘中]'[97] 속에서 고결한 삶을 추구했던 許由와 같
은 은자를 떠올리게 한다. 결국 이 시는 위와 같이 전통적인 은자의 형상을
비교적 자연스럽게 조합하며 봄날 산장에서의 한적한 정취를 표현한 셈이다.
　이밖에 〈陸渾山莊〉은 "돌아오니 세속 밖 정이 있어, 지팡이 짚고 산밭 갈이
보네[歸來物外情, 負杖閱岩耕]"라 읊고, 〈陸渾水亭〉에서는 "더욱이 고질병
날들로 인해, 돌아와 남산 언저리에 누웠네.[更以沈痼日, 歸臥南山陲]"라 했
으며, 〈藍田山莊〉은 "벼슬위해 떠도는 것은 吏隱 아니니, 마음이 삼는 바가
깊숙이 편벽된 곳을 좋아해야 하는 것이다.[宦遊非吏隱, 心事好幽偏]"라고 노
래하고 있다. 이러한 詩作들은 모두 은자의 형상 속에서 한적의 정취를 잘 드

---

94) 《樂府詩集》卷58: 〈採芝操〉"曄曄紫芝, 可以療飢. 唐虞往矣, 吾當安歸."
95) 陶淵明, 〈歸園田居〉其二(袁行霈, 《陶淵明集箋注》, 北京: 中華書局, 2003, 83쪽)
96) 《史記·伯夷列傳》卷61, 참조.
97) 左思, 〈招隱詩〉: "巖穴無結構, 丘中有鳴琴."(《文選》, 卷22)

러낸 작품들이라 하겠다.

⑤ **其他**

심·송의 술회언지류 詩作에는 위에서 살펴본 내용 외에도, 隱逸을 동경하는 뜻을 직설적으로 읊거나, 탄핵의 억울함을 토로하거나, 인생의 무상을 노래하거나, 지난날을 회상하며 감회에 젖는 등 그 내용이 사뭇 다양하다.

먼저 은일을 동경하는 내용을 살펴보면, 이는 송지문에게만 5수가 있는데 그의 〈憶嵩山陸渾舊宅〉를 예로 든다.

世德辭貴仕　　조상의 덕행은 귀한 고관 사양했고
天爵光道門　　자연의 관직으로 도교를 빛냈네
好仙宅二室　　신선을 좋아해 숭산에 집 지었고
愛藥居陸渾　　仙藥을 사랑해 육혼에 살았네
淸白立家訓　　청백리로 가훈을 세우고
偃息爲國藩　　누워 쉼에는 나라의 병풍이 되었네
喬樹南勿翦　　남쪽의 높은 나무 베지 않았고
弊廬北尙存　　북쪽의 헤어진 초가집 여전히 남았네
自惟實蒙陋　　스스로 오로지 실로 몽매하고 비루하니
何顔稱子孫　　무슨 낯으로 자손이라 칭하랴!
少秉陽許意　　어려서 楊羲 許遜의 뜻 품었는데
遭逢明聖恩　　밝은 군주의 은혜를 만났네
揮翰雲龍暑　　조정에서 붓을 휘두르며
參光天馬轅　　천자의 수레를 밝혔네
一身事扃闥　　이 한 몸 궁정에서 일하며
十載隔京暄　　십년 동안 추위 더위 잊었네
陳力試叨進　　힘을 펼쳐 외람되이 나아가려 했더니

祗寵固幽源　은총을 받자와 깊은 은거 버렸었네
況以沈疾久　하물며 깊은 지병으로
睽辭金馬垣　벼슬살이 떠날 수 있으랴!
天子猶未識　천자는 아직 알지 못하는데
詎敢棲丘樊　어찌 감히 옛 집 울타리 속에 머물 수 있으랴!
晝懷秘書谷　낮에는 鄭子眞의 계곡을 상기하고
夕夢子平村　밤에는 子平의 마을 꿈꾸네
撷芳歲云晏　향초 따면 한해 능히 편안할 지니
投紱意彌敦　관대 끈 버릴 뜻 더욱 절실하구나
皇私儻以報　황상의 은총 만일 이미 갚았다면
無負靑春言　젊은 날의 말 저버리지 않으리

　楊羲, 許遜, 鄭子眞, 子平은 모두 역대의 隱者들이다.98) 이것은 송지문이
약 36세이던 天授 2年(691)에 병으로 習藝館學士 관직을 사직하고 나서 지은
것이다. 전편에 걸쳐 은일에 대한 의지를 분명하게 드러내고 있다. 이밖에 위
시와 마찬가지로, 자신의 은일에 대한 뜻은 집안 대대로 내려오는 遺訓임을
밝힌 〈嵩南九里舊鵲村作〉과 숙직하는 밤에 '吏隱'의 의지를 밝힌 〈冬夜寓直
麟臺〉 등은 모두 은일을 동경하거나 은일하고자 하는 뜻을 드러낸 작품이다.
　다음으로 심전기의 詩作에만 보이는 것으로, 탄핵의 억울함을 호소하는 내
용을 살펴보자. 먼저 그의 〈枉繫〉其二를 보자.

昔日公冶長　옛날 공야장은
非罪遇縲絏　죄 없이 옥에 갇혔다
聖人降其子　공자는 그 딸을 시집보냈으니

---

98)　楊羲, 許遜은 ≪雲笈七籤≫卷106, 鄭子眞은 ≪漢書·王吉等傳≫卷72, 子平은 ≪後漢書·
　　逸民傳≫ 참조.

古來嘆獨絶　예로부터 뛰어남을 감탄하였다
我無毫髮瑕　나는 털끝만큼도 허물없으니
苦心懷冰雪　괴로운 마음으로 눈얼음 같은 지조 품는다
今世多秀士　지금 세대에는 뛰어난 선비 많으나
誰能繼明轍　누가 능히 밝은 前轍을 밟을 수 있을 것인가?

이것은 시인이 長安 4年(704)에 考功員外郎을 역임할 당시, 뇌물을 수수했다는 혐의를 받고 탄핵된 후 감옥에서 지은 시이다. 公冶長은 공자의 제자로, 그가 감옥에 갇혔을 때 공자는 그의 무죄를 알고 그의 딸을 공야장에게 시집보냈다는 전고가 있다.[99] 즉 심전기는 이 시를 통해 자신은 공야장과 같이 "털끝만큼도 허물없음[無毫髮瑕]"을 강력히 피력한 것이다. 이밖에 〈被彈〉, 〈移禁司刑〉, 〈枉繋〉2首, 〈同獄者歎獄中無燕〉, 〈獄中聞駕幸長安〉2首 등 또한 모두 시인이 감옥에 갇혔을 때 자신의 억울함을 일관되게 주장한 내용들이다.

이어서 주로 심전기의 시작에 보이는 것으로 人生無常의 내용을 담고 있는 작품을 보자. 이에 해당하는 심전기의 詩作으로는 秦나라 수도였던 咸陽이 덧없이 퇴폐해져 버렸음을 탄식한 〈咸陽覽古〉, 邙山의 무덤과 화려한 도시인 洛陽을 대비시키며 인생무상을 노래한 〈邙山〉, 그리고 〈銅雀臺〉와 〈覽鏡〉 등의 4首가 이에 속한다. 여기서는 〈覽鏡〉을 예로 든다.

霏霏日搖蕙　살랑살랑 햇빛은 혜초를 흔들고
騷騷風灑蓮　쏴쏴 비바람은 연꽃에 뿌려지네
時芳固相奪　계절마다 꽃은 본디 서로 바뀌는 법이니
俗態豈恒堅　속인의 자태 어찌 영원히 지속 될 수 있으리오
恍惚夜川里　밤에 냇물 흐르듯 몽롱하게
蹉跎朝鏡前　헛되이 세월 보내고 아침 거울 앞에 있다네

---

99) 《論語 · 公冶長》: "子謂公冶長, 可妻也. 雖在縲絏之中, 非其罪也. 以其子妻之子."

紅顔與壯志　붉은 얼굴과 젊은 이상은
太息此流年　흐르는 이 세월처럼 지나가 버렸음을 크게 탄식하노라

　蕙草는 봄풀이고 연꽃은 여름 꽃이다. 시인은 계절이 변하며 시들고 교체되는 꽃들처럼 거울 앞에서 시든 자신의 모습을 발견한다. 마지막에선 세월이 헛되게 흘러가버림을 크게 탄식하며 주제를 부각시키고 있다.
　이밖에 심·송의 술회언지 詩作에는, 송지문의 〈初承恩旨言放歸舟〉와 심전기의 〈喜赦〉처럼 赦免의 기쁨을 노래하거나, 심전기의 〈黃鶴〉처럼 報恩의 뜻을 내비치거나, 송지문의 〈茅齋讀書〉처럼 스스로를 면려하거나, 심전기의 〈十三四時常從巫峽過他日偶然有思〉와 〈少遊荊湘因有是題〉처럼 과거를 회상하며 감회에 젖거나, 송지문의 〈王子喬〉와 〈緱山廟〉처럼 神仙을 동경하는 뜻을 내비치는 등 매우 다양한 내용을 담고 있다. 이 가운데서 송지문의 〈王子喬〉를 한번 살펴보자.

王子喬, 愛神仙　왕자교는 신선을 사랑하여
七月七日上賓天　칠월칠석날 솟아올라 하늘의 손님 되었네
白虎搖瑟鳳吹笙　백호가 비파를 타고 봉황이 생황을 부니
乘騎雲氣吸日精　구름기운 올라타 해의 정기 빨아들이네
吸日精, 長不歸　해의 정기 빨아들이며, 오래도록 돌아오지 않으니
遺廟今在而人非　남겨진 사당 지금 건재하건만 사람은 없네
空望山頭草　헛되이 산기슭 풀만 바라보니
草露濕人衣　풀 이슬 사람의 옷깃만 적시네

　이 시는 周靈王의 太子인 王子晉이 신선이 되어 날아갔다는 전고를 사용하여 한편으로는 신선을 동경하지만, 한편으로는 신선을 찾아볼 수 없는 아쉬운 감정 등을 토로한 것이다. '남겨진 사당[遺廟]'은 緱山에 있는데, 이곳에서 읊

은 〈緱山廟〉 역시 이와 비슷한 내용을 담고 있다.

이상에서 살펴 본 바와 같이, 심·송의 술회언지 詩作은 그 내용이 매우 다양하며 그 수량 또한 상당함을 알 수 있었다. 먼저 심전기의 술회언지시는 그의 전체 시가 분량의 3분의 1을 넘게 차지하고 있으며, 송지문의 것은 더욱 많은 과반수까지 차지하고 있었다. 이로써 심·송의 시작에서 가장 많은 비중을 차지하고 있는 것은 술회언지의 내용이라는 사실을 증명한 셈이다. 또한 그 내용에 있어서도 한편으로는 시인 개인의 농후한 抒情의 세계를 노래함으로써, 唐初 이래 중국 詩壇에 부족했던 '詩緣情'의 시가전통을 어느 정도 회복시켰음은 물론이요, 또 한편으로는 隱逸과 閑適의 생활을 추구한 내용들을 다수 발표함으로써, 盛, 晩唐의 隱逸詩와 白居易(772-846) 등의 閑適詩 창작에 선구자 역할을 담당했던 것이다.

(4) 山水自然

산수자연을 읊는 이른바 山水詩는 중국 고대 시가에서 가장 오래된 전통중의 하나이다. 일반적으로 ≪詩經≫과 ≪楚辭≫ 속에서 적지 않게 보이는 자연경물 묘사 작품은 산수시의 源流로 여겨지고 있으며, 漢賦에서 보이는 장편의 자연경물 '粉飾'은 산수시의 先河로 여겨지고 있다. 그러나 이러한 작품 속에서의 경물묘사는 단순한 산수자연의 묘사를 그 목적으로 두는 것이 아니었다. 즉 사회생활 속의 생활감정과 결합된 시인의 마음을 표현하기 위한 수단 정도의 의의가 있었을 뿐이며, 또한 산수자연을 바라보는 시인의 審美觀에서도 판이한 차이를 보인다.[100] 역시 본격적으로 산수시가 탄생하고 크게 발전하는 것은 田園詩를 개척한 東晉의 陶淵明과 산수를 審美의 대상으로 삼아 핍진한

---

100) 王國瓔 ≪中國山水詩硏究≫(臺北: 聯經出版社, 1986) 1-62쪽 참조.

경물묘사에 중점을 두어 山水詩를 완성한 南朝의 謝靈運(385-433)과 謝朓 등의 등장에 의해서였다. 이후 전원시와 산수시는 서로의 영역을 침범하지 않으며 나름대로 각기 발전하다가,101) 盛唐에 이르러 비로소 하나로 융화되었고 마침내 내용, 사상 그리고 예술 풍격면에서 더욱 성숙한 '山水自然詩派'를 형성하게 된다.

初唐은 바로 이러한 산수전원시의 '형성'과 '성숙' 발전 단계의 중간에 위치하며 상대적으로 저조한 성과를 보인 시기이기도 하다. 그러나 바로 이러한 시기에 심·송은 前代의 산수시 전통을 계승하며 경물 묘사의 기교면에서나, 혹은 情景融合의 예술성취 면에서나, 혹은 산수시 심미 대상영역의 확대 면에서 모두 후대 盛唐 산수시의 발전을 위해 좋은 모범을 남기게 된다.

심·송의 詩作 중에는 자연 경물을 묘사하는 부분이 제재를 구분하지 않고 여러 곳에서 다양하게 보인다. 따라서 어떠한 작품을 산수시로 분류할 것인가의 문제는 그리 간단치가 않다. 사실 산수시는 사람에 따라 그 정의와 범위가 다소 차이가 난다. 일반적으로 산수시는 狹義와 廣義에 따라 그 정의를 다소 달리 할 수 있다. 협의의 산수시란 시인이 직접 체험한 산수자연의 미감과 정취를 묘사한 것으로, 작품 속에서 그 묘사의 비중이 상대적으로 크다. 한편 광의의 산수시는 그 범위가 더욱 넓어 산수자연 속에서 살아가는 인간의 삶과 활동을 시로 표현한 작품을 말하는 것으로 흔히 말하는 山水田園詩, 山水隱逸詩가 포함된다.102) 本稿에서는 題材를 우선한다는 원칙아래 산수시의 범위를 가급적 좁게 잡되 산수경물의 묘사가 主를 이루며 隱逸의 뜻이나 脫俗의 정취 등을 표현한 것도 포함하기로 한다.

---

101) 葛曉音 ≪山水田園詩派研究≫: "田園詩和山水詩雖在東晋時基本精神趨于一致, 都以回歸自然爲宗志, 但從南朝到唐初, 却互不上干, 分道而行."(遼寧: 遼寧大學出版社, 1999), 70쪽.
102) 산수시의 정의에 관해서 이동향의 〈王維의 山水詩와 禪理〉(≪중국어문논총≫, 서울:중국어문연구회, 1999. 6), 189-191쪽 참조.

위를 근거로 심·송의 시가를 분류해 보면, 심전기는 11수, 송지문에게는 22수의 산수시가 있다. 주의 할 것은 이 詩作들은 모두 심·송이 폄적을 당하여 嶺南 이남 지방을 떠돌며 그곳의 산수자연을 읊은 것이 대부분이라는 점이다.

심·송의 산수시는 그 수량 상 다른 제재의 시작들에 비해서는 상대적으로 적지만, 그 내용은 사뭇 다양하다. 그 내용은 대략 네 가지로 나눌 수 있다. 첫째, 산수자연 자체를 심미의 대상으로 삼아, 산수자연의 아름다움이나 기이함을 묘사하는 것에 치중하는 작품들이다. 먼저 山水紀行詩의 성격을 띠며 경물 묘사에 치중한 심전기의 〈自昌樂郡溯流至白石嶺下行入郴州〉를 예로 든다.

茲山界夷夏	이 산은 오랑캐와 중국의 경계를 이루며
天際橫寥廓	하늘가에 끝없이 펼쳐있네
太史漏登探	사마천도 이 산에 올라 탐색하지 못했고
文命限開鑿	禹임금도 이 산은 뚫지 못했네
北流自南瀉	북으로 흐르는 물 남쪽에서 쏟아지고
群峰回衆壑	여러 봉우리는 뭇 골짜기 휘감고 있네
馳波如電騰	세찬 물결 번개처럼 튀어 오르고
激石似雷落	부딪치는 돌은 천둥처럼 떨어지네
崖留盤古樹	절벽에는 盤古 때의 나무 남아 있고
澗蓄神農藥	산골 물가에는 神農氏 때의 약초 자라네
乳竇何淋漓	동굴 속 종유석은 그 얼마나 줄줄 흘러내렸나
苔蘚更彩錯	이끼는 더욱이 빛을 내며 번들거리네
娟娟潭里虹	곱디고운 못 속의 무지개
淼淼灘邊鶴	넓디넓은 여울가의 학
歲物應流火	세월 흘러 가을이려니[103]

---

103) '流火'에서의 '流'는 '下'의 의미이고, '火'는 별자리로 '大火'라 부르기도 하는데, 이 별자리

144

天高雲初薄	하늘은 높고 구름은 처음으로 얇구나
金風吹綠梢	가을바람은 푸른 가지 끝에서 불고
玉露洗紅籜	옥 같은 이슬은 붉은 대껍질 씻네
泝舟始興廨	배를 타고 始興의 관아로 거슬러 올라
登踐桂陽郭	桂陽의 바깥성에 오르네
匍匐緣修坂	기어서 기다란 산비탈 오르고
穹隆曳長絆	울퉁불퉁 개울에선 긴 대오리 동아줄 끄네
礙林阻往來	막힌 숲에 왕래는 끊기고
遇堰每前卻	둑 만날 때마다 나갔다 물러났다 하네
救難不遑食	곤경에서 벗어나자니 식사할 경황도 없고
飯畢昏無託	밥 먹고 나니 어두워져 의지 할 곳이 없네
濯谿寧足懼	시내에서 발 씻는데 어찌 두려워할 것이며
磴道誰云惡	돌 비탈길은 그 누가 싫다고 했는가?
我行湍險多	내 가는 길엔 급물살 위험 많으니
山水皆不若	산과 강 모두 만만치 않네
安能獨見聞	어찌 혼자서만 보고 들을 것인가?
書此遺京洛	이것 적어 경성으로 보내네

이 시는 심전기가 신룡 3년(707)에 사면을 받아 경성으로 돌아오던 도중, 韶州(현재의 廣東의 樂昌)에서 武水를 거슬러 올라 白石嶺에 이르렀다가 다시 湖北의 郴州로 향하던 길에 지은 것이다. 후에 杜甫의 湖南 行旅詩에 영향을 주기도 한104) 이 시는, 전편에 걸쳐 웅장하며 기이한 호남 산수의 경물을 매우 정교하고 세밀한 필치로 그려낸 것이 인상적이다. 주의할 만한 것은, 위의 시처럼 산수자연의 경물에 대한 매우 정교한 수사 기법은 일찍이 심·송이 궁정

---

104) 劉開揚 ≪唐詩通論≫: "這對日後杜甫在湖南的行旅詩當有啓迪和影響."(成都: 巴蜀書社出版社, 1998) 81쪽 참조.

가 서쪽으로 지는 때는, 더위가 물러나고 추위가 오는 계절에 해당한다.

시인으로 활동하던 시절에 창작한 초기의 여러 應制詩에서도 산발적으로 발견된다는 점이다. 예를 들면 다음과 같다.

溪水泠泠雜行漏, 山煙片片繞香爐. (심전기, 〈嵩山石淙侍宴應制〉)
磅礴壓洪源, 巍峨壯清昊. (심전기, 〈辛丑歲十月上幸長安時扈從出西嶽作〉)
柳拂旌門暗, 蘭依帳殿生. (심전기, 〈昆明池侍宴應制〉)
芳樹籠春晩, 晴雲繞座飛. (송지문, 〈奉和梁王宴龍泓應敎〉)
河堤柳新翠, 苑樹花先發. (송지문, 〈龍門應制〉)
花柳含丹日, 山河入綺筵. (송지문, 〈麟趾殿侍宴應制〉)

위와 같은 응제시 속의 경물 묘사는 주로 시 창작의 배경으로서 잠시 언급되는 것이기는 하지만, 그 묘사의 기교는 이미 상당한 수준을 이루고 있었다. 사실 일정 부분을 경물 묘사로 할애하며 궁정시를 짓는 것은 비단 심·송의 시가에서 뿐 만 아니라 초당의 다른 모든 시인들의 작품에서도 보편적으로 볼 수 있는 현상이었다. 이는 한 시대를 풍미하며 사물 묘사에 상당한 정성을 쏟아 부었던 南朝 宮體詩의 전통과 무관하지 않다.105) 다만 이러한 시들 속에서 표현된 경물묘사는 宮苑의 산과 못, '春花秋月', '細草岸柳', '魚雁鶯蝶' 등의 범위를 벗어나지 못하고 일종의 습관적인 심미 시각만을 형성했을 뿐이다.106) 결국 심·송은 궁정 詩壇에서 활동하던 시기에 당시 최고 수준의 궁정 시인으로서 이미 경물묘사에 대한 기교를 충분히 연마했던 것이고, 이러한 시적 예술 기교는 후에 그들이 폄적을 당하게 되었을 때 직접 보고 느낀 남방의 산수와 결합하게 되어 마침내 그들만의 산수시를 개척하게 된 것이다.

---

105) 이에 관해서는 王玫 〈論六朝詠物詩宮體詩與山水詩之關係〉(《齊魯學刊》, 1996年第6期) 참조.
106) 葛曉音 〈唐前期山水詩演進的兩次復變〉: "隋及初唐詩人寫景囿于宮苑山池, 取材無非是春花秋月, 細草岸柳, 魚雁鶯蝶之類, 這就形成了習慣性的審美視角."(《詩國高潮與盛唐文化》, 北京: 北京大學出版社, 1998) 77쪽.

송지문의 〈泛鏡湖南溪〉 역시 산수자연 자체를 심미의 대상으로 삼아 경물
묘사에 치중한 시이다.

> 乘興入幽棲　흥에 겨워 깊은 보금자리로 드니
> 舟行日向低　배는 나아가고 해는 낮게 깔리네
> 岩花候冬發　바위 꽃은 겨울을 기다렸다 피고
> 谷鳥作春啼　골짜기 새는 봄 울음 우네
> 杳嶂開天小　첩첩 산봉우리 열리니 하늘은 작고
> 叢篁夾路迷　우거진 대 숲은 좁아 길을 헤매네
> 猶聞可憐處　이미 사랑스런 곳에 대해 들었으니
> 更在若耶溪　다시 若耶溪에 와 있노라

　이 시는 시인이 景龍 3년(709) 폄적지인 越州에서 지은 것이다. ≪唐律消夏
錄≫에서는 "첫 구에서 '흥에 겨워[乘興]'라고 말하여, 마치 이 시 앞에 시 한
首가 더 있는 것처럼 보인다. 마지막 구에서 '이미 들었네[猶聞]', '다시 와 있
네[更在]'라고 하여, 마치 이 시 뒤에 시 한 수가 더 있는 듯하다. 그러나 '사랑
스런 곳[可憐處]'이라는 세 字가 있으니, 마땅히 若耶溪詩로 여겨 읽을 수 있
다."107)라고 언급하고 있다. 전편에 걸쳐 매우 정련된 언어를 구사하며 남방
의 산수 경물을 묘사하고 있다. 특히 "첩첩 산봉우리 열리니 하늘은 작고[杳
嶂開天小]" 구절에 대해서 譚元春(1586-1637)은 "송지문은 '天小' 字를 잘 사용
하였다."라고 했고, 鍾惺은 "더욱이 교묘한 것은 '天小' 字에 있으며, 또한 '開'
字를 덧붙인 것에 있다."108)라고 하여 이 시의 높은 예술 기교를 잘 지적해

---

107) ≪唐律消夏錄≫: "起句說, '乘興', 則題前似有一首詩在. 結句說, '猶聞', '更在', 則題後似有
　　一首詩在. 然可憐處三字, 便可當一首若耶溪詩讀也."(≪唐詩彙評≫, 84쪽)
108) ≪唐詩歸≫: "譚云; 此公善用'天小'字.", "鍾惺云; 尤妙在天小上, 又加一'開'字."(≪唐詩彙
　　評≫, 84쪽)

내었다.

한가지 짚고 넘어갈 것은 이 시와 앞에서 살펴 본 심전기의 〈自昌樂郡溯流至白石嶺下行入郴州〉 시를 나란히 비교하면, 두 시인의 산수경물 묘사 기법의 차이를 살펴 볼 수 있다는 점이다. 물론 둘 모두 소위 "눈에 들어 온 것을 그대로 써내는[寓目輒書]" 謝靈運式 묘사 기법을 주로 구사하고 있는 점에서 공통점을 보인다. 하지만 송지문은 위의 시처럼 산수 경물을 순차적으로 차례차례 묘사하는 것이 아니고, 인상적인 경물만을 취해 전체적인 인상을 표현함으로써 남방 산수의 기본적인 정취와 특징만을 드러내었다. 반면 심전기는 위의 〈自昌樂郡溯流至白石嶺下行入郴州〉 시처럼 순차적으로 백석령의 험한 地勢와 산과 계곡의 복잡한 지형, 동굴 속의 기이한 모습 등을 매우 정연하게 묘사하고 있어, 경물 각각만의 독특한 특징을 묘사하는데 좀 더 심혈을 기울였다.109) 물론 이러한 심송의 경물묘사 技法의 차이는 다른 산수시에서도 여실히 드러나고 있다.

이밖에 심전기의 〈從崇山向越山〉와 송지문의〈使過襄陽登鳳林寺閣〉 또한 모두 山水紀行詩의 성격을 띠며 경물묘사에 치중하고 있다. 송지문의 〈嵩山天門歌〉 역시 전편에 걸쳐 산수자연을 읊고 있는데, 楚辭體의 형식을 취하고 있는 것과, 마지막 구절에서 "한번 쳐다만 보아도 혼을 빼앗아 가는데, 하물며 만물 속의 오묘한 이치의 무궁함이랴![試一望兮奪魄, 況衆妙之無窮]"라 하며 산수자연에서 체득한 이치를 "'理語'로써 山水를 형용하고"110) 있는 점이 흥미롭다.

심·송 산수시의 두 번째 내용은 산수자연의 경물을 묘사하는 가운데 시인의 孤獨이나 鄕愁 혹은 폄적으로 인한 傷念 등을 드러내는 것이다. 심전기의

---

109) 이에 관해서 葛曉音, 〈唐前期山水詩演進的兩次復變〉, 80-81쪽 참조.
110) 《唐詩歸》: "鍾星云, '衆妙無窮'四字, 理語以狀山水, 非冥契山水人不知其解. 山水何嘗無理."(《唐詩彙評》, 81쪽)

〈夜宿七盤嶺〉, 〈巫山高〉와 송지문의 〈初至崖口〉와 2차 폄적 때 지은 〈經梧州〉, 〈下桂江龍目灘〉, 〈下桂江縣黎壁〉, 〈過蠻洞〉 등이 모두 이에 해당한다. 그 예로 심전기의 〈夜宿七盤嶺〉을 먼저 살펴보자.

獨遊千里外　천리 밖에 홀로 떠돌다가
高臥七盤西　칠반령 서쪽에 높이 누웠더니
山月臨窗近　산에 뜬 달 창가에 가깝고
天河入戶低　은하수는 문에 들어 나직하네
芳春平仲綠　꽃피는 봄이라 팽나무 파랗고
清夜子規啼　맑은 밤이라 두견새 우나니
浮客空留聽　떠도는 나그네 부질없이 귀 기울이면
褒城聞曙雞　보성의 닭 우는 소리 들려오네

明人 唐汝詢은 "이것은 영남으로 유배되었을 때의 작품이다."[111]라고 하였으나, 이 시의 창작 시기에 대해서는 아직까지 확실한 고증이 없다. 다만 "영남으로 유배되어 갈 때는 漢中에서 나갈 필요가 없으며, 시에도 또한 폄적의 뜻이 없는"[112] 것으로 볼 때, 이것은 시인이 벼슬 중 蜀 지방으로 들어가기 전에, 현재의 陝西 漢中市 北褒河鎭 부근의 七盤嶺 역참에 잠시 머물면서 지은 것으로 추측할 뿐이다.[113] 시 전체는 정교한 대구로 이루어져 있으며, '山月', '天河', '芳春', '清夜' 등의 清新하며 자연스런 언어와, 남방의 정취가 물씬 풍기는 '팽나무[平仲樹]', 蜀지방의 신화 색채가 강한 '두견새[子規]' 등의 정련된 언어가 돋보인다. 홀로 떠도는 나그네가 잠시 안식하며 느낄 수 있는

---

111) 唐汝詢選釋, 王振漢点校, ≪唐詩解≫: "此流嶺南時作."(河北大學出版社, 2001, 858쪽)
112) 吳昌祺, ≪刪訂唐詩解≫卷16: "流嶺南不必出漢中, 詩亦無遷謫之意."
113) '七盤嶺'의 현재 위치에 관해서는, 張義光〈沈佺斯夜宿七盤嶺賞析〉(≪陝西廣播電視大學學報≫, 1999年, 3月, 80쪽)의 고증 참조.

작은 즐거움, 그러나 닭 울고 해 뜨면 다시 떠나야 하는 孤獨한 나그네의 복잡한 "감정을 경물에 기탁하여[寄情於景]" 잘 표현했다.

송지문의 〈經梧州〉 역시 산수자연을 읊는 가운데 폄적으로 인한 상념을 드러낸 작품이다.

南國無霜霰　남국에는 서리 싸라기눈 없으니
連年見物華　여러 해 계속 만물의 정화를 보네
青林暗換葉　푸른 숲은 어두운 곳에서 잎을 갈고
紅蕊續開花　붉은 꽃봉오리는 연이어 꽃 피우네
春去聞山鳥　봄이 가니 산새 소리 들리고
秋來見海槎　가을 오니 바다 뗏목 보이네
流芳雖可悅　천리 밖 아름다운 풍경은 가히 즐길만하건만114)
會自泣長沙　스스로 長沙에서의 울음 우노라

시 가운데서 '여러 해 계속[連年]'이라고 한 것으로 보아, 이것은 시인이 嶺南의 欽州, 桂州 등을 떠돌다 先天 元年(712) 무렵 梧州(현재의 廣西梧州市)를 지나며 지은 시로 추측된다. 전반적으로 비교적 명료하며 평이한 언어로 '가히 즐길만한[可悅]' 남방의 경물을 자연스럽게 묘사했다. 마지막 구절에서 일찍이 賈誼가 폄적되었던 장소인 長沙를 전고로 들어 폄적으로 인한 슬픔을 전달하고 있다. 다만 이 시에서 한 가지 눈에 띄는 것은, 산수경물의 묘사에 있어서 '남국에는 서리 싸라기눈 없네[南國無霜霰]', 혹은 '푸른 숲은 어두운 곳에서 잎을 갈고[青林暗換葉]'처럼 남국의 奇異한 풍경이 이채롭다는 점이다.

이 시 뿐만 아니라 송지문이 2차 폄적되어 嶺南(現在의 廣東, 廣西 一帶)을 떠돌며 지은 산수시 속에서는 자연 경물이 아름답게 묘사되기 보다는 주로 南國의

---

114) '流芳'의 '流'는 ≪禮記≫의 "千里之外, 曰采曰流."에서 유래하는 것으로, 즉 王畿 밖의 먼 지방을 가리킨다. '芳'은 아름다운 향기로 여기서는 아름다운 경치의 의미이다.

奇異함이나 혹은 險惡함이 보다 두드러지게 표현된 경우가 많다. 예를 들면 다음과 같다.

　　巨石潛山怪, 深篁隱洞仙. （宋之問〈下桂江龍目灘〉）
　　吼沫跳急浪, 合流環峻灘. （宋之問〈下桂江縣黎壁〉）
　　地濕煙常起, 山晴雨半來. （宋之問〈登粤王臺〉）
　　潭河勢不測, 藻葩垂綵虹. （沈佺期〈過蜀龍門〉）
　　藤蘿失昏旦, 崖谷轉炎涼. （沈佺期〈度貞陽峽〉）
　　群峰回衆壑, 馳波如電騰, （沈佺期〈自昌樂郡溯流至白石嶺下行入郴州〉）

　위와 같이 奇險하거나 異國적인 풍경이 폄적되어 온 나그네의 感傷을 자극시켜 주는 하나의 좋은 촉매제가 되어 주었음은 어렵지 않게 추측해 볼 수 있다. 唐汝詢이 "이역의 나무, 타국의 새는 충분히 사람을 슬프게 한다."[115] 라고 말한 바와 같다. 중요한 것은 이렇게 영남지방을 산수시의 심미 대상으로 삼아 본격적으로 그곳의 경물을 묘사한 것은 중국 山水詩史에서 처음 있는 일이라는 것이다. 물론 심·송 이전 영남지방을 읊은 시가 아주 없었던 것은 아니다. 하지만 그 작품 수량이 극히 미미하고 또한 그 내용에 있어서도 실제로 눈으로 본 경물을 묘사한 것이 아니고, 주로 상상에 의한 臆測의 묘사가 주를 이루었다.[116] 결국 영남 지방을 심미의 대상으로 삼아 그곳의 산수자연을 묘사하게 된 것은 심·송에 이르러 본격적으로 이루어지게 된 셈이다. 이는 바로 중국산수시가 심·송에 이르러 그 묘사의 空間이 더욱 확대 되었다는 것을 의미하는 것이다.
　그 세 번째 내용으로는, 시의 대부분을 경물의 묘사에 치중하면서 산수자연

---

115) 唐汝詢選釋, 王振漢点校, 《唐詩解》: "殊方之木, 他國之禽, 足令人悲."(858쪽)
116) 儲兆文, 〈論杜審言·沈佺期·宋之問的山水詩〉(西安, 《唐都學刊》, 1999年. 第1期. 31쪽) 참조.

속에서 느끼는 閑寂의 정서나 혹은 超脫의 뜻을 드러내는 것이다. 먼저 한적의 정서를 드러낸 작품을 살펴보면, 심전기의 〈早發平昌島〉, 〈嶽館〉, 〈遊少林寺〉, 〈入少密溪〉와 송지문의 〈遊禹穴廻出若耶〉, 〈憶雲門〉, 〈自湘源至潭州衡山縣〉, 〈秋晩游普耀寺〉 등이 모두 이에 해당한다. 그중 심전기의 〈早發平昌島〉를 예로 든다.

解纜春風後　봄바람 뒤로하여 닻줄을 풀고
鳴榔曉張前　새벽 물 차기 전에 뱃전을 두드리네
陽烏出海樹　해 까마귀는 바다 나무에서 떠오르는데[117]
雲雁下江煙　구름 속 기러기는 강 안개로 내려오네
積氣衝長島　쌓인 기운은 긴 섬을 때리고
浮光溢大川　물결 위 햇살은 큰 하천에 넘실대네
不能懷魏闕　조정의 궁궐은 품을 수도 없으니
心賞獨冷然　마음으로 감상하며 홀로 가벼이 하노라

平昌島는 현재의 海南島이다. 신룡 3년(707) 봄 시인이 사면을 받아 귀경하던 도중 지은 시이다. 봄바람 속에서 뱃전을 두드리며 바라 보이는 바다 풍경을 비교적 생동감 있게 묘사하고 있다. 특히 가운데 두 聯의 "말의 기운은 높고 산뜻하여,"[118] 청신한 풍격을 드러내고 있다. 다만 중간 두 연에서 연속으로 4개의 虛字를 사용함으로써 약간의 투박함을 느끼게 해준다.[119] 마지막 연에서는 莊子의 "몸은 강과 바다에 있으나, 마음은 궁궐아래에 있다."[120]라

---

117) '해 까마귀[陽烏]'는 태양을 가리키며(≪淮南子·精神≫卷7: "日中有踆烏."), '바다 나무[海樹]'는 전설상 해가 뜨는 곳인 東海의 神木 扶桑을 언급하고 있다.(≪天中記≫卷1: "日出於暘谷, 浴于咸池, 拂于扶桑, 是謂晨明.")
118) ≪唐詩鏡≫: "中聯語氣高朗."(≪唐詩彙評≫, 217쪽)
119) ≪匯評唐詩十集≫: "唐云; 雅淡有致, 恨中聯疊四虛字, 不堪入盛唐."(≪唐詩彙評≫, 217쪽)
120) ≪莊子·讓王≫卷9: "身在江海之上, 心居乎魏闕之下."

는 전고를 이용하고 있으나, 여기서는 오히려 홀로 느끼는 가벼운 마음이 더욱 돋보이고 있다.

이어서 송지문의 〈自湘源至潭州衡山縣〉을 살펴보자.

浮湘沿迅湍	상강에 배 띄워 빠른 물살을 따라가다
逗浦縋遠盼	나루터에 멈추어 멀리 눈길 보내네
漸見江勢闊	점차 강의 기세 확 트여 보이더니
行嗟水流漫	가다보니 흐르는 물살 느려지네
赤岸雜雲霞	붉은 강 언덕엔 온갖 구름 놀이 펼쳐있고
綠竹緣溪澗	푸른 대죽은 시내와 계곡 따라 피어있네
向背群山轉	등을 지고 뭇 봉우리들 돌아나가니
應接良景晏	응당 좋은 햇빛 청명한 날을 누려야 하리
沓嶂連夜猿	겹겹이 쌓인 산엔 밤 원숭이 연이어 있고
平沙覆陽雁	평평한 모래사장은 기러기가 뒤덮고 있네
紛吾望闕客	나는 궁궐 바라보는 나그네로
歸橈速已慣	돌아가는 배 속도 빨라도 이미 익숙하네
中道方沂洄	가는 도중 막 물을 거슬러 올라가노라니
遲念自茲撰	바라는 마음이 여기서 생겨나네!
賴欣衡陽美	형양의 아름다움 즐기며
持以蠲憂患	근심과 걱정 없애리라는....

이것은 송지문이 神龍 2年(706)에 폄적지에서 사면이 되어 낙양으로 돌아가는 도중 湘源(현재의 廣西全州)에서 潭州의 衡山縣(현재의 湖南湘潭)으로 거슬러 올라가며 지은 일종의 산수기행시라 할 수 있다. 시간의 추이에 따라 남방의 경물을 비교적 청신한 언어와 대구의 수법으로 잘 그려내고 있다. 마지막 구절에서는 그 산수자연의 아름다움 속에서 근심과 걱정을 잠시 떨쳐보려는 시인의 한적한 마음이 잘 드러나 있다.

다음으로 시의 대부분을 경물 묘사 위주로 전개하다가 잠시 초탈을 뜻을 드러낸 작품을 보면, 山寺 주위의 고즈넉한 풍경 속에서 현실의 번뇌에서 벗어나고자 한 심전기의 〈登韶州靈鷲寺〉와 송지문의 〈題杭州天竺寺〉 및 "좋은 계절 이곳은 아름다우니, 변방의 슬픔 스스로 벗어날 수 있구나. 그 누가 고향 바라보면, 눈물 흘리며 꽃향기 잃는다고 했던가![良候斯爲美, 邊愁自有違. 誰言望鄕國, 流涕失芳菲]"라 읊은 〈早入淸遠峽〉 등이 모두 이에 해당한다. 이 가운데 송지문의 〈題杭州天竺寺〉를 예로 보자.

鷲嶺鬱岧嶢	취령은 높디높은 봉우리들로 꽉 막히고
龍宮鎖寂寥	사찰은 적막에 잠겨있네
樓觀滄海日	누대에선 푸른 바다의 해를 바라보고
門聽折江潮	문에선 절강의 물결 소리 듣네
桂子月中落	계화꽃은 달 속에서 떨어지고
天香雲外飄	하늘 향기는 구름 밖으로 날아다니네
捫蘿登塔遠	넝쿨을 부여잡고 먼 탑에 오르고
刳木取泉遙	나무를 깎아 아득히 먼 샘물을 뜨네
霜薄花更發	서리 얇게 깔리니 꽃은 다시 피어나고
冰輕葉互凋	얼음 가벼워지니 나뭇잎은 서로 시드네
夙齡尙遐異	어려서부터 먼 괴이함을 좇았거늘
搜對滌煩囂	마침내 찾아내어 번잡하고 시끄러운 것을 씻어내네
待入天台路	천태산 길목으로 들기를 기다렸다가
看予度石橋	석교로 건너가는 나를 보노라

〈靈隱寺〉[121]라는 제목으로 더 잘 알려진 이 시는, 한편에서 낙빈왕의 작품으로 오인 받기도 하였다. 그러나 이는 다만 '小說家'의 말인 ≪本事詩≫에서

---

121) 이 시는 ≪宋學士集≫卷6에는 〈靈隱寺〉라는 제목으로, ≪文苑英華≫卷233, ≪天台集≫ 卷上, ≪詩淵≫등에는 〈題杭州天竺寺〉의 제목으로 각각 수록되어 있다.

'송지문이 이 시의 첫 두 구절만을 짓고 시를 잇지 못하고 있을 때 낙빈왕이 나타나 그 뒤의 시구를 알려주고 갔다.'122)라고 언급한 이야기만을 근거로 한 오해 일 뿐이다. 시는 전반에 걸쳐 '먼 기이한[遐異]' 남방의 경물을 정교한 시어로 마치 한 폭의 산수기행시처럼 그려내다가, '번잡하고 시끄러운 것을 씻어 내려[滌煩囂]' 하는 시인의 뜻을 드러낸다. 마지막 두 구절에서는 마치 자신의 환영을 보는 듯하게 묘사하고 있는데, 여기서 시인은 영은사를 신선이 사는 天台山으로 비유하며 '羽化登仙'의 심정을 표현하였다. 이 시에 대해 ≪唐風定≫은 "웅장하고 화려하며 높게 우뚝 솟았으니, 초당의 걸작으로서 낙빈왕의 작품이냐 송지문의 것이냐 분별할 필요는 없다."123)라고 호평했고, 淸代의 袁宏道(1568-1610)는 "내가 처음 영은사에 왔을 때, 송지문의 시가 그 풍경과 같지 않음을 의심하여, 아마도 옛사람들의 경물묘사도 또한 근자의 시인처럼 이것저것 한데 합쳐 모아 짓는 줄로 여겼다. 아름다움을 숨기고 드러나지 않은 곳에 올라서서야 비로소 滄海, 浙江, 捫蘿, 剜木 등의 시어들이 글자마다 모두 그림 속으로 들어간 것임을 알았다. 옛사람들은 진실로 따라갈 수가 없구나!"124)라며 추켜세우기도 했다.

마지막 네 번째로, 경물 묘사 위주로 시를 전개하는 가운데 隱逸의 뜻을 드

---

122) ≪本事詩·徵異第五≫: "宋考功以事累貶黜, 後放還. 至江南, 遊靈隱寺. 夜月極明, 長廊吟行, 且爲詩曰: '鷲嶺鬱岧嶤, 龍宮隱寂寥.' 第二聯搜奇思, 終不如意. 有老僧點長明燈, 坐大禪林, 問曰; '少年夜夕久不寐而吟諷甚苦, 何邪?'之間答曰; '弟子業詩, 適偶沈題此寺, 而興思不屬.'僧曰; '試吟上聯.'即吟與之. 再三吟諷, 因曰; '何不云, 樓觀滄海日, 門聽浙江潮.' 之間愕然, 訝其遒麗, 又續終篇曰; '桂子月中落, …… 看余度石橋.'僧所贈句, 乃爲一篇之警策. 遲明更訪之, 則不復見矣. 寺僧有知者曰; '此駱賓王현.'"(丁福保, ≪歷代詩話續編≫, 17-18쪽) 그러나 낙빈왕은 光宅元年(684)에 죽어 송지문이 嶺南으로 폄적 온 때와는 20여년이 차이가 나며, 또한 낙빈왕은 일찍이 〈在江南贈宋五之問〉 등의 문장을 송지문에게 보내주는 등 생전에 왕래가 있었던 것으로 보아, 위의 내용은 신빙성이 부족하다.
123) ≪唐風定≫: "宏麗巍峨, 初唐之杰, 不必辨爲駱, 爲宋."(≪唐詩彙評≫, 88쪽)
124) 袁宏道, 〈靈隱〉: "余始入靈隱, 疑宋之問詩不似, 意古人取景, 或亦如近代詞客, 捫拾拼湊. 及登韜光, 始如滄海, 浙江, 捫蘿, 剜木數語, 字字入畵. 古人眞不可及矣."(≪袁宏道全集·袁宏道遊記≫, 臺北: 世界書局, 1964, 15쪽)

러내거나, 혹은 시 속에 隱者의 형상을 드러낸 내용을 살펴보자. 이에는 심전기의 〈過蜀龍門〉과 송지문의 〈奉使嵩山途經縑嶺〉, 〈始安秋日〉, 〈侯山詩〉, 〈夜飮東亭〉, 〈壽安宮西山龍泓〉 등이 해당한다. 먼저 심전기의 〈過蜀龍門〉을 예로 든다.

龍門非禹鑿	용문은 우임금이 깎은 것이 아니고
詭怪乃天功	기괴한 것이 하늘의 솜씨라네
西南出巴峽	서남쪽으로 파협 나오니
不與衆山同	뭇 산들과는 같지 않네
長竇亘五里	긴 돌구멍은 오 리나 이어지다가
宛轉復嵌空	구불구불 다시 굴 이루네
伏湍煦潛石	낮은 여울물은 잠긴 돌을 불고
瀑水生輪風	폭포수에서는 회오리바람 이네
流水無晝夜	흐르는 물은 밤낮 없이
噴薄龍門中	용문으로 힘차게 용솟음치네
潭河勢不測	못과 강의 기세는 예측할 수 없고
藻葩垂綵虹	화려한 꽃은 화려한 무지개에 드리워졌네
我行當季月	내가 온 것은 늦봄의 마지막 달이기에
煙景共春融	안개 낀 경치는 모두 온화하네
江關勤亦甚	강과 협곡은 지나기에 몹시 고되고
巇崿意難窮	높고 험준한 봉우리는 다 탐색하기 어렵네
誓將息機事	맹세컨대 세속의 번잡한 일 멈추고
鍊藥此山東	이 산의 동쪽에서 丹藥을 만들려하네

이 시는 시인이 武后 前期 혹은 中期에 현재의 四川 廣元北에 위치한 龍門山을 지나며 지은 것이다. 한 편의 산수기행시라 할 수 있을 정도로 정경 묘사에 심혈을 기울이고 있는 것이 주목을 끄는데, 그 "기세가 자못 웅장하다."[125]

경물 묘사에 있어서는 심전기의 다른 산수시에서도 쉽게 볼 수 있듯이 "뭇 산들과는 같지 않은[不與衆山同]" 각 경물 특색을 반영하는 묘사 기법에 주력하고 있다. 상투적이기는 하지만 마지막 구절에서는 속세를 벗어나 산의 동쪽에서 丹藥을 만들고자 하는 은일을 뜻을 드러내기도 한다. ≪唐詩歸≫는 "'불다[煦]'라는 한 글자는 山水를 모두 다 써 내고 있으니, 그윽하게 오묘함으로 들었다."126)라 호평하고 있다.

다음의 송지문 〈夜飮東亭〉은 은일의 정취를 엿볼 수 있는데, 후세의 호평을 받고 있어 여기서 예로 든다.

春水鳴大壑	봄물은 큰 계곡에서 울고
皓月吐層岑	첩첩 산봉우리는 흰 달을 토해내네
岑壑景色佳	산봉우리와 계곡 풍경은 아름다워
慰我遠游心	멀리 노닐고픈 나의 마음 위로하네
暗芳足幽氣	은근한 향기는 그윽한 기운 충분하고
驚栖多衆音	깃든 새 놀라 온갖 지저귐 많구나
高興南山曲	남산 가락에 높게 흥겨워
長謠橫素琴	거문고 옆에 끼고 길게 노래하노라

東停은 어디에 있는 것이고, 또한 이 시가 언제 지어진 것인가에 대해서는 확실한 고증이 없다. 다만 경물의 묘사 전개가 폄적 이후의 산수시와는 차이를 보이는 관계로, 이 시는 아마도 시인이 폄적되기 이전에 嵩山이나 陸渾에 머무르며 지은 것이 아닌가 추측만 할 수 있다. 시는 계곡의 봄물, 봉우리의 흰 달이라는 '視覺'과 은근한 향기라는 '嗅覺', 그리고 온갖 소리라는 '聽覺'의 이미지를 사용하며 '아름다운 풍경[景色佳]'을 묘사하는 가운데, 일찍이 四皓

---

125) ≪沈詩評≫: "氣槪雄壯."(≪唐詩彙評≫, 212쪽)
126) ≪唐詩歸≫: "鍾云; 一'煦'字寫盡山水, 幽晦入妙."(≪唐詩彙評≫, 212쪽)

가 南山에 은거하며 불렀다는 〈採芝操〉의 전고를 빌려 隱者가 누릴 수 있는 여유로운 정서를 표현하고 있다. 특히 시 전반에 흐르는 고요하며 정적인 분위기는 매우 인상적이다. 이에 관해 ≪唐詩歸≫는 "시 중에 하나의 소리로 고요하게 하는 것이 있고, 여러 소리로 고요하게 하는 것이 있으니, 그 교묘함은 말로 설명하기 어렵다."127)라고 언급한 바 있다. 王夫之는 이 시를 "단지 40자 밖에 되지 않지만, 변화곡절이 매우 크고 돌며 합쳐짐이 매우 곡진하며, 깊은 마음과 고요한 힘을 썼으니 또한 세상에 진자앙이 있는 줄을 모르겠구나!"128)라며 호평하기도 했다.

위의 서술을 통해, 심·송의 산수시는 嶺南 이남의 지방을 그 소재로 하는 산수시를 창작하여 중국산수시의 영역을 넓혔을 뿐만 아니라, 때로는 정경융합의 높은 예술 성취를 이루며 산수시의 경지를 한 차원 높여 주었음을 알 수 있었다. 또한 은일의 뜻을 노래한 그의 산수시는 南朝이래의 山水隱逸詩 전통을 계승하며 후대 산수시에 일정부분 영향을 주었을 것이라는 것은 어렵지 않게 추론할 수 있다. 다만 이들이 창작해낸 山水詩作의 작품 수가 상대적으로 적었기에 하나의 '山水詩派'를 형성하기에는 그 세력이 아직은 너무 미흡했다.

(5) 邊塞閨怨

소위 邊塞詩라 함은 邊境으로 從軍하여 그 전쟁을 묘사하거나, 그곳의 風光을 그려내거나 혹은 出征나간 남편을 그리워하는 등, 변새의 종군과 관련된 여러 내용을 표현해 낸 시를 말한다. 이를 조금 더 세밀하게 나누자면, 남자의 입장에서 창작한 것은 邊塞詩라 하고, 閨中 여인의 입장에서 출정나간 남

---

127) ≪唐詩歸≫: "譚云; 詩中有用一音靜者, 有用衆音靜者, 其妙難言."(≪唐詩彙評≫, 75쪽)
128) ≪唐詩評選≫卷2: "僅四十字而波折甚大, 回合甚曲, 深心靜力, 亦不知世有陳子昻也."(39쪽)

편을 그리워하는 내용은 閨怨詩라 지칭한다. 일반적으로 이 둘은 구별하지 않고 통칭 변새시라 부른다. 다만 이 규원시는 변새의 종군과 상관없이 단순히 이별한 임을 그리워하는 내용을 묘사한 소위 閨情, 宮怨詩와는 반드시 구별해야 할 것이다.129) 따라서 심전기의 詩作 중, 변새와 상관된 내용을 언급하지 않고 단순히 임을 그리는 여인의 恨을 묘사한 〈古歌〉, 〈長門怨〉 등은 변새시로 보기 어렵다.

변새시는 중국 詩歌史上 오랜 전통을 가지고 있는 시가 장르이다. 주지하다시피, ≪詩經≫ 속의 〈大雅·大明〉, 〈小雅·出車〉, 〈小雅·六月〉 등은 모두 변새시의 源流로 인식되고 있고, 漢樂府의 〈戰城南〉, 古詩〈十五從軍征〉, 陸機(261-303)〈從軍行〉, 鮑照(?-466)〈代出自薊北門行〉 등은 모두 변새시의 先河로 여겨지고 있다. 변새시가 하나의 '一派'를 이루며 全盛期를 맞이하게 되는 것은 盛唐 때의 高適(約700-765), 岑參(約715-770) 등의 손에 의해서이며, 성당 이후에도 변새시의 전통은 연면히 이어졌다.

初唐은 바로 변새시가 찬란하게 꽃피우기 바로 직전의 시기에 해당하지만, 그 창작은 다소 미미했다. 四傑이 주로 악부의 형식을 빌려 모두 약 40여 편의 변새시를 창작 했을 뿐이며, 崔融(653-706)과 陳子昂만이 직접 종군하며 몇몇의 변새시를 창작했을 뿐이다. 심·송, 특히 심전기는 바로 이러한 시기에 이들 시인들과 더불어 예술성이 뛰어난 변새시를 적지 않게 창작함으로써 후일 성당 변새시파 형성에 일정부분 영향을 끼쳤던 것이다.

먼저 송지문의 변새시를 살펴보면, 그에게는 전통적인 악부체 형식의 변새시는 단 한 수도 없다. 그의 시 〈明河篇〉이 악부의 형식으로 떠나간 征人을

---

129) 일반적으로 閨怨詩에는 '征夫思婦'의 내용뿐만 아니고, '宮怨' 혹은 역사 속 인물인 '西施'나 '王昭君' 등을 노래하는 내용 또한 포함하고 있다. 따라서 규원시 중의 일부 내용만이 邊塞詩에 해당하는 것이지, 모든 규원시가 변새시에 해당하는 것은 아니다. 이에 관해서는 松浦友久 〈唐詩中表現的女性形象和女性觀-〈閨怨詩〉的意義〉(松浦友久著, 孫昌武譯 ≪中國詩歌原理≫, 臺北, 洪葉文化出版社, 1993) 45-51쪽 참조.

그리워하는 대목이 있긴 하지만,130) 이는 그저 시의 배경으로만 쓰인 것일 뿐이 시를 변새시로 보기는 어렵다. 대신 앞에서 贈答詩로 분류하였던 〈贈嚴侍御〉와 〈送朔方何侍御〉 2首만이 변방으로 출정하는 상대가 '建功立業'하리라는 축원을 하고 있어, 내용상 이를 다시 변새시로 분류 할 수 있을 뿐이다. 그 중 〈送朔方何侍御〉를 한번 살펴보자.

聞道雲中使　　들자하니 雲中의 관리
乘驄往復還　　청총마 타고 갔다 다시 돌아온다네
河兵守陽月　　황하의 병사는 시월을 지켜냈고
塞虜失陰山　　변방의 오랑캐는 陰山을 잃었네
拜職嘗隨驃　　관직은 일찍이 표기장군을 좇아 제수 받고
銘功不讓班　　공을 새김도 班固에게도 뒤지지 않으리
旋聞受降日　　금방 적의 항복 날 들려와
歌舞入蕭關　　노래하고 춤추며 蕭關으로 입성하시길....

監察御史 何氏가 어떤 인물이며 어디로 떠나가는지는 확실치 않다. 시의 내용은 모두 앞으로 일어나기를 바라는 하나의 假想으로서, 변새시의 색채가 다분하다. '雲中'은 현재의 內蒙古 '托克托'에 해당하며, '陰山'은 현재의 내몽고 '狼山'으로, 이곳은 당시 匈奴族의 근거지였다. '蕭關'은 현재의 '寧夏固原 東南에 해당한다. 이 시는 이러한 변방 지방의 地名과 '청총마를 타고[乘驄]', '변방의 오랑캐[塞虜]' 등의 詩語를 구사함으로써 변새시로서의 색채를 비교적 확연히 드러내고 있다. 또한 西漢 때 흉노를 대파한 霍去病의 전고131), 그리고 東漢 때 흉노를 무찌르고 燕然山에 올라 班固로 하여금 공을 새기게 했던 전고132)를 사용함으로써, '建功立業'이라는 初唐 변새시의 보편적인 주제

---

130) 宋之問, 〈明河篇〉, "南陌征人去不歸, 誰家今夜擣寒衣."
131) ≪史記·衛將軍驃騎列傳≫卷111 참조.

의식133)을 확연히 표현했다.

한편 심전기는 송지문 보다 훨씬 많은 14수의 변새시가 있다. 그 대부분이 전통적인 악부의 형식을 하고 있는 것이 또한 송지문과 차이를 보인다. 그 내용은 변방의 征人이 "괴롭고 힘든 고란 땅 북쪽에 있으니, 오랑캐 땅의 서리가 한나라 병사를 상하게 하네.[辛苦皐蘭北, 胡霜損漢兵]"라며 단순히 변새 군역의 고됨을 토로한 〈出塞〉한 수를 제외하면, 크게 두 가지 내용으로 분류할 수 있다.

그 첫 번째는 변방으로 종군하고픈 氣槪나 혹은 종군하여 '建功立業'하고픈 뜻을 드러낸 작품으로, 〈總馬〉, 〈塞北〉2수, 〈紫騮馬〉가 이에 해당한다. 여기서는 〈塞北〉其二를 예로 든다.

胡騎犯邊埃	오랑캐 기병이 변방을 침범하고
風從丑上來	바람은 동북에서 불어오네
五原烽火急	五原郡에서 봉화 급히 뜨니
六郡羽書催	六郡에서는 파병 격문 재촉하네
冰壯飛狐冷	얼음은 꽁꽁 얼어 여우는 추워하고134)
霜濃候雁哀	서리는 짙어 기러기 슬퍼하네
將軍朝受鉞	아침에 장군에게 도끼를 주니
戰士夜啣枚	한밤중 전사들은 막대 물고 행군 하네
紫塞金河裏	북방 변새는 金河지역 안에 있고
葱山鐵勒限	총산은 鐵勒의 변경에 있네

---

132) ≪後漢書·竇憲傳≫卷53: "遂登燕然山, 去塞三千餘里, 刻石勒功, 紀漢威德, 令班固作銘."
133) 初唐邊塞詩의 주제의식과 특색에 관해서는 徐定祥〈'文章四友'和盛唐邊塞詩〉(中國唐代文學學會第2屆≪唐代邊塞詩研究論文選粹≫, 蘭州; 甘肅敎育出版社, 1988, 125-144쪽)과 張福慶〈初唐四杰的邊塞詩與盛唐邊塞詩之比較〉(≪外交學院學報≫, 2001年, 第2期)를 참조.
134) '飛狐'는 여우를 가리키는 동시에, 북방 요새 '飛狐口'를 함께 언급한다. (≪漢書·酈食其傳≫卷43: "杜太行之道, 距飛狐之口." 注引臣瓚曰"飛狐在代郡西南.")

蓮花秋劍發　연꽃은 가을 칼에서 피어나고
桂葉曉旗開　계수나무 잎은 새벽 깃발에서 펼쳐지네
秘略三軍動　신묘한 책략으로 삼군을 움직여
妖氛百戰摧　요사스런 기운을 백번 싸워 꺾네
何言投筆去　어찌하여 붓 내던지고 가서
終作勒銘回　마침내 공 세워 새기고 돌아올 것이라 말하는가?

심전기는 단 한 차례도 종군한 적이 없다. 따라서 그의 모든 변새시는 그의 상상을 통해 지어진 것이다. 이 시 역시 그러하다. 塞北은 塞上, 塞下 등과 더불어 북방 邊塞 지방을 가리키는 범칭이다. 시 속의 '五原', '六郡', '紫塞', '金河', '鐵勒' 등 또한 모두 변새와 관련 있는 지명들이다.[135] 시는 전쟁의 급박함, 변새의 風光, 그리고 신묘한 책략을 통해 功을 세우려는 비장한 각오를 굳센 기상 속에서 잘 노래하고 있다. 이렇듯 시속에서 강인한 기상을 드러내며 '立功'의 의지를 불태우는 것은, 唐太宗이 "예부터 제왕이 비록 중원을 평정했다 하더라도, 戎狄의 오랑캐는 능히 복종시킬 수 없었는데, 짐이 비로소 옛사람에는 미치지 못하더라도 공을 이룸에는 그들을 넘어섰다."[136]라고 언급했던 것과 같이, 이미 空前의 강대국으로 부상한 初唐의 정치적, 사회적 분위기와 무관치 않다. 또한 이렇듯 '建功立業'을 높게 노래하는 것은 建安詩歌의 '慷慨之音'을 계승하고 있음이 자명하다. 다만 이 시는 송지문의 〈送朔方何侍御〉의 시에서도 볼 수 있었던 '공을 세워 새긴다'라는 상투적인 전고를 사용하였고, 그 묘사가 다소 진부하여 진실성이 결여되어 보인다는 흠을 남기고 있다.

---

135) '五原'은 唐鹽州로 현재의 陝西定邊이고, '六郡'은 西北 邊塞 近境을 가리키며, '紫塞'는 변새를 지칭하는 말이고, '金河'는 현재의 內蒙古의 托克托 지방을 지나 黃河로 흘러드는 大黑河이며, '鐵勒'은 匈奴의 근거지인 回紇을 언급하고 있다.(≪沈佺期末之問集校注≫, 253-254쪽 참조.)
136) ≪自治通鑑·唐紀14≫卷198: "古帝王雖平定中夏, 不能服戎狄, 朕才不逮古人而成功過之."

그 두 번째는, 규중의 여인이 출정나간 征人을 그리워하는 相思의 정을 읊거나 혹은 그 반대로 전장의 征人이 고향을 그리는 思鄕의 정을 표현한 것이다. 먼저 규중의 여인이 征人을 그리는 예로 〈雜詩〉其四를 살펴보자.

聞道黃龍戍　듣자니 황룡성의 수자리
頻年不解兵　여러 해 동안 전쟁 그치지 않네
可憐閨裏月　안타깝네, 규방 속에서 보는 달
長照漢家營　오래도록 한나라 병영 비추네
少婦今春意　젊은 아내 지금 봄 생각하는데
良人昨夜情　남편은 어제 밤을 그리네
誰能將旗鼓　그 누가 능히 깃발과 북가지고
一爲取龍城　단숨에 용성을 차지할 수 있을까?

이 시는 "古今의 絕唱[137]"이라는 칭송을 받은 바 있다. 규중의 여인이 여러 해 동안 그치지 않는 전쟁에서 돌아오지 않는 남편을 그리워하는 내용으로, '전쟁을 원망하는[怨戰]' 정서가 기저에 흐르고 있다. 첫 두 구절에서는 시의 배경을 설정하고, 3, 4구에서는 규방과 병영을 함께 비추는 달로 그리움의 정서를 기탁하고 있다. 情景融合의 높은 예술 성취를 이루었기에, "3, 4구는 경치로서 정을 볼 수 있으니, 初唐에서 가장 뛰어난 '神境'이다."[138]라는 호평을 받기도 하였다. 5, 6구에서는 대구를 통해 그리움을 함축적으로 형상화 시켰으며, 마지막 두 구절에서는 빠른 시간 내에 전쟁이 끝나기를 바라는 염원을 드러냈다. ≪唐律消夏錄≫에서 일찍이 이 시에 대해 비교적 자세히 분석한 바 있기에 여기서 소개한다.

---

137) 張延登, ≪沈詩評≫: "古今絕響, 太白'長安一片月'準此."(≪唐詩彙評≫, 216쪽)
138) 黃生, ≪唐詩摘鈔≫卷1: "三四卽景見情, 最是唐人神境."

예전의 '규방 안의 달'에서 두 사람은 얼마나 아름답고 다정했었던가! 지금의 '한나라 병영'에서 한 사람은 얼마나 슬프고 처량한가! '올 봄의 생각'은 젊은 아낙네가 가슴속에서 말로 표현 못할 생각이며, '어제 밤 그리움'은 남편이 꿈 속에서도 말 못할 그리움으로 모호하게 부끄러워하고 있으니, 그 원망의 한은 지극한 것이다. '그 누가 능히'의 두 구절은 반드시 이룰 수 없는 상상을 잠시 설정하고 있으나, 이것은 오히려 어찌할 수 없음을 나타내고 있다. 또한 5, 6구는 그 구절만을 본다면, 지극히 평범하지만 전체 시를 놓고 보면 가없이 말로 다 할 수 없는 것을 모두 이 두 구절에 농축해 놓은 것이다. 초당 사람의 미묘함이 여기까지 이른 것이다.139)

또한 高步瀛은 "한 번에 기세가 전환되어 풍격이 스스로 높으니, 이것은 초당이 이르지 못했던 바이다."140)라며 극찬하기도 했다. 결국 이 시는 드높은 풍격 속에서 정경융합의 예술성취를 이루며, 다른 初唐 변새시에서는 찾아보기 힘든 '怨戰' 관념을 드러냄으로써, 盛唐 변새시의 발전에 좋은 밑거름이 되어 주었던 것이다.

이밖에 전통적인 樂府의 형식으로 "철 기병은 언제 돌아 올 것인가? 금빛 규방에선 일찍 핀 매화를 원망하네.[鐵騎幾時回, 金閨怨早梅]"라 읊은 〈梅花落〉, "그대는 요역 나갔기에, 또다시 꽃 같은 세월은 텅 비네.[君子事行役, 再空芳歲期]"라 읊은 〈有所思〉141) 또한 모두 邊塞閨怨詩의 성격을 띠고 있다.

---

139) 《唐律消夏錄》卷2: "昔年'閨裏月', 兩人何等綺昵. 今在'漢家營', 一人何等悲凉. 至于'今春意', 是少婦心中說不出之意. '昨夜情', 是良人夢中說不出之情, 含糊腼腆, 怨恨極矣. '誰能'二句, 聊說一不可必之想, 却正是無可奈何. 又, 五六就本句看, 極是平常, 就通首看, 則無限不可說之話, 盡縮在此兩句內. 初唐人微妙至此."(陳曾杰, 《唐人律詩箋注集評》, 37쪽)
140) 高步瀛, 《唐宋詩擧要》卷4: "一氣轉折, 而風格自高, 此初唐不可及處."(413쪽)
141) 〈有所思〉는 《宋之問集》卷上과 《全唐詩》卷51에 송지문의 시로 수록되어 있다. 하지만 《文苑英華》卷202, 《樂府詩集》卷17 등에는 심전기의 작품으로 수록되어 있으며, 또한 宋代 이전의 典籍에는 송씨의 시로 인용한 것이 없는 것으로 보아, 이 시는 마땅히 심전기의 작품으로 보아야 할 것이다.(《沈佺期宋之問集校注》, 197-198쪽 참조)

한편 위와는 반대로 征人이 고향의 아내를 그리워하거나 혹은 歸鄕생각을 하는 것이 있다. 심전기의 〈隴頭水〉와 〈關山月〉 등이 이에 해당한다. 이 가운데 〈隴頭水〉를 살펴보자.

隴山飛落葉　농산에 낙엽 날리는데
隴雁度寒天　농산의 기러기는 차가운 하늘 넘어가네
愁見三秋水　근심스레 늦가을의 물을 보자니
分爲兩地泉　두 땅의 샘으로 갈라지는구나
西流入羌郡　서로는 羌郡으로 흘러드는데
東下向秦川　동으로는 秦川으로 흘러내려가네
征客重回首　원정 가는 나그네 자꾸 고개 돌리니
肝腸空自憐　애 간장 끊길 듯 공연히 절로 슬퍼지누나

'隴頭水'는 일명 '龍頭'라고도 하는데 이는 漢樂府 橫吹曲의 한 제목이다.[142] 龍頭는 현재 陝西隴縣西北에 위치한다. 羌郡은 羌族이 모여 살던 秦州 일대로 현재의 甘肅省 서부에 해당하고, 秦川은 陝西省 渭水 유역의 關中平原을 가리킨다. 시는 전반적으로 비교적 정밀한 대구를 이루며 가을 날 변방으로 출정하는 丈夫의 시름을 표현하고 있다. 특히 頷聯과 頸聯에서는 갈라지며 "협곡으로 떨어지는 물의 기세는 막을 수 없음"[143]을 묘사하며 어찌할 수 없는 이별의 슬픔을 암시했다. 마지막 두 구절에서는 거듭 고개 돌리며 애 간장을 태우는 모습을 형상화함으로써 思鄕의 정서를 각인시켰다.

---

142) 《樂府詩集》卷21: "〈樂府解題〉曰; 漢橫吹曲, 二十八解, 李延年造. 魏晉已來, 唯傳十曲, 一曰, 黃鵠, 二曰, 隴頭…."(311쪽)
143) 《沈詩評》: "倒峽之泉, 勢不可遏."(《唐詩彙評》, 215쪽)

(6) 其他

위에서 살펴본 다섯 부류의 내용 외에, 심·송의 詩作에는 사물이나 인물의
묘사에 중점을 둔 詠物詩, 개인적인 연회를 제재로 읊은 宴會詩, 중국 고대
세시풍속과 혼례를 제재로 삼은 節令詩와 婚禮詩, 그리고 역사의 흥망성쇠나
하나의 역사적 사실을 읊은 詠史詩 등이 더 있다. 먼저 영물시를 살펴보면,
심전기의 詩作 가운데 4수와 송지문의 시작 중 3수가 이에 해당한다. 이 가운
데서 심전기의 〈題椰子樹〉를 살펴보자.

日南椰子樹	남방의 야자나무
杳裊出風塵	높게 하늘하늘 바람 먼지 일으키네
叢生雕木首	떼 지어 자란 열매는 나무를 조각한 越王의 머리 같고
圓實檳榔身	열매는 둥글고 몸통은 빙랑나무 같구나
玉房九宵露	옥방 같은 야자는 구만리 하늘가로 드러내고
碧葉四時春	청옥의 나뭇잎은 사계절이 봄이로다
不及塗林果	塗林安 지방의 석류처럼
移根隨漢臣	한나라 신하 따라 뿌리를 이식하지는 못했구나

이것은 시인이 폄적지인 驩州에서 지은 것이다. 남방 나무인 야자수를 모델
로 삼아 지은 영물시이다. 첫 구부터 여섯째 구까지는 모두 야자수의 겉모습
을 묘사하는데 할애하고 있다. 셋째 구에서 야자열매를 越王의 머리와 같다고
비유한 것은, ≪南方草木狀≫의 "그 열매는 수박 같으니, 밖에는 두꺼운 외피
가 있고, 그 속에도 껍질이 있는데, 둥글며 또한 단단하다. … 세상 사람들은
이것을 월왕의 머리라고 불렀다. 예전에 林邑王은 越王과 옛 원한이 있어 자
객을 보내 그 머리를 잘라 오게 하여, 이를 나무에 걸어두었는데 홀연 야자로
변했다고 말한다."144)라는 것을 전고로 삼고 있다. 마지막 聯에서는 陸機의
〈與弟雲書〉에 보이는 "장건이 한나라 사신으로 외국에서 18년을 보냈을 때,

166

塗林安의 석류를 얻었다."145)라는 전고를 사용하여, 야자수의 이국적 분위기를 더욱 고조시켰다. 결국 이 시는 야자나무를 묘사하는 것에만 열중한 전형적인 영물시임을 확인할 수 있다. 이밖에 기녀의 모습을 묘사한 심전기의 〈李員外秦授宅觀妓〉와 송지문의 〈玩郡齋海榴〉, 〈廣州朱長史宅觀妓〉 등이 모두 이에 해당한다.

다음으로 개인적인 宴會의 장소에서 창작되어진 연회시의 내용에는, 심전기의 〈夜宴安樂公主宅〉, 송지문의 〈桂州陪王都督晦日宴逍遙樓〉, 〈春日宴宋主簿山亭〉, 〈宴鄭協律山亭〉 등이 있다. 이 가운데 송지문의 〈宴鄭協律山亭〉을 보자.

朝英退食廻	조정관리 식사하러 퇴정해서
追與洛城隈	낙양성 귀퉁이서 흥을 좇네
山瞻二室近	산에서 바라보니 二室山은 가깝고
水自陸渾來	물은 육혼산에서 흘러들어오네
小逕藤間入	작은 오솔길은 등나무 사이로 들어가고
高窗竹上開	높은 창문은 대나무위에서 열리네
砌花連菡萏	섬돌 꽃은 연꽃까지 이어졌고
溪柳覆莓苔	계곡 버들은 푸른 이끼를 덮었네
舞席歸雲端	춤추는 자리엔 돌아오는 구름 끝자락이 걸렸고
歌筵薄景催	대자리에서 노래 부르며 노을 재촉하네
可憐郊野際	아름다운 교외에서
長有故人杯	벗들과 많은 잔 기울이는구나

---

144) ≪南方草木狀≫卷下: "其實大如寒瓜, 外有粗皮, 次有殼, 圓而且堅. … 俗謂之越王頭, 云昔林邑王與越王有故怨, 遣俠客刺得其首, 懸之於樹, 俄化爲椰子."(≪四庫全書≫本, 史部, 地理類)

145) 陸機, 〈與弟雲書〉: "張騫爲漢使外國十八年, 得塗林安石榴也."(≪太平御覽≫, 卷970)

이것은 鄭協律의 山亭에서 펼쳐진 연회에서 지어진 것으로, 정협률이 누구인지는 알 수 없다. 한적한 교외의 정경과 시인의 한가로운 정취가 물씬 풍기는데, 그 작법이 궁중의 연회에서 지어진 응제 연회시와 매우 흡사하다. 다만 이것은 사적인 연회를 배경으로 하고 있기에, 보다 자유롭게 시인의 정서를 드러내고 있는 점이 다를 뿐이다. 심·송의 다른 연회시들 역시 이러한 내용에서 크게 벗어나지 않고 있다.

이른바 節令詩라는 것은 세시풍속을 제재로 지은 것이다. 심전시의 〈上巳日祓禊渭濱〉, 〈七夕〉, 〈曝衣篇〉과 송지문의 〈寒食江州蒲塘驛〉, 〈桂州三月三日〉, 〈寒食陸渾別業〉, 〈七夕〉 등이 있다. 이 가운데 심전기의 〈七夕〉을 예로 든다.

秋近雁行稀　가을 가까워지니 기러기 행렬 성기고
天高鵲夜飛　높은 밤하늘엔 까치 날아드네
妝成應懶織　화장하느라 베 짜기는 더딜 터이니
今夕渡河歸　오늘 밤은 은하수 건너 돌아가는 날이네
月皎宜穿綫　달은 교교히 밝아 옷 짜기 좋고
風輕得曝衣　바람은 가벼워 옷 말릴 수 있네
來時不可覺　올 때는 못 느꼈는데
神驗有光輝　영험한 징표로 빛이 나는구나

이것은 牽牛와 織女가 만난다는 음력 七月七日의 七夕날을 노래한 것이다. 이러한 내용은 東漢 '古詩十九首'중 〈迢迢牽牛星〉에서 처음으로 보인다. 칠석날은 '乞巧節'이라고도 부르는데, 민간에서는 낮에 '옷을 말리는[曝衣]' 풍속이 있다. 심전기의 〈曝衣篇〉은 바로 그러한 풍속을 노래한 것이다. 이처럼 절령시는 절령에 해당하는 세시 풍속을 소재로 삼아, 당시에 느끼는 감정이나 즐거움을 노래하는 것이 주를 이룬다.

또한 심·송의 시작에는 혼례를 제재로 읊은 시가 있는데, 송지문의 〈花燭行〉이 그러하다.

帝城九門乘夜開 황궁의 아홉 문이 밤을 틈타 열리니
仙車百兩自天來 신선의 수레 백 필이 하늘에서 내려오네
列火東歸暗行月 어두운 달밤에 늘어선 횃불은 동으로 돌아가고
浮橋西渡響奔雷 천진교 서쪽으로 달려 넘어가는 소리는 우레와 같네
龍樓錦帳連連出 태자궁의 비단 휘장은 연이어져 휘날리고
遙望梁臺如畫日 멀리서 바라본 양대는 마치 대낮 같구나
梁臺花燭見天人 양대의 화촉으로 하늘의 자손을 보니
平陽賓從綺羅春 安樂郡主의 내빈과 수행원은 화려한 의상의 봄이로구나
共迎織女歸雲幄 모두 함께 직녀가 구름 휘장으로 돌아가는 것을 영접하고
俱送常娥下月輪 모두 상아가 달 아래로 내려가는 것을 전송하네
常娥月中君未見 상아는 달 가운데서는 임을 볼 수 없으니
紅粉盈盈隔團扇 붉은 화장 아리따운 자태는 궁선에 가려져 있네
玉樽交引合歡杯 옥 술잔으로 합환주를 서로 교환하고
珠履共蹋鴛鴦薦 진주 신으로 함께 원앙 융단 밟네
漏盡更深斗欲斜 물시계 다하고 밤은 깊어 북두성은 기우려는데
可憐金翠滿庭花 아름다운 금 비취 정원의 꽃은 만개하였네
庭花灼灼歌穠李 정원의 꽃은 환히 빛나고 ≪詩經≫〈何彼穠矣〉편을 노래하니
此夕天孫嫁王子 이 밤은 하늘의 자손이 왕자에게 시집가는 날이네
結褵初出望園中 가슴에 띠 매고 처음으로 망원에서 나오니
和鳴已入秦簫裏 온화하게 우는 소리 이미 진나라 퉁소 속으로 들어갔네
同心合帶兩相依 동심을 함께 차고 둘이 서로 의지하니
明日雙朝入紫微 다음 날 아침 짝 이루어 황궁으로 들어간다
共待洛城分曙色 함께 낙성의 새벽빛이 하늘을 깨기를 기다렸다가
更看天下鳳凰飛 천하에 봉황 나는 것도 보리라

이것은 武三思의 둘째 아들 武崇訓의 혼례를 읊은 것이다. 성대한 혼례의 모습을 高華한 시어로 시간의 추이에 따라 묘사하고 있다. 이렇듯 혼인을 제재로 하는 시가는 ≪詩經≫의 〈鄭風·將仲子〉 등에서 淵源하는 것으로 볼 수 있다.146) 심전기의 〈壽陽王花燭〉 역시 위의 내용에서 크게 벗어나지 않고 있다.

이밖에 심전기에게는 소위 都城詩로 분류할 수 있는 〈洛陽道〉와 〈長安道〉가 더 있다. 전자는 낙양의 거리를, 후자는 장안의 모습을 묘사하고 있다. 또한 송지문에게는 역사적 사실을 제재로 노래한 詠史詩가 있는데, 吳江을 지나며 吳王 夫差에 얽힌 역사의 흥망을 노래한 〈夜渡吳松江懷古〉, 春秋 諸侯國 중의 하나였던 息이 초나라에 멸망되었을 때 당시의 왕후가 절개를 지킨 사실을 노래한 〈息夫人〉 등이 이에 속한다.

---

146) 郭預衡, ≪中國古代文學史≫에서는 ≪詩經≫의 내용 중 婚姻과 戀愛의 내용을 묶어 '婚戀詩'로 분류하기도 했다. (上海: 上海古籍出版社, 1998), 39~42쪽 참조.

2. 沈·宋 詩歌의 內容 比較

앞절에서 살펴 본 바와 같이, 심·송의 시가 내용은 그 유사점이 많이 발견된다. 비슷한 풍격의 응제시, 비슷한 數量과 내용의 증답시, 嶺南 풍경을 소재로 한 산수시, 폄적으로 인한 傷念을 드러낸 술회시 등등. 이러한 유사성은 아마도 같은 해에 태어나 弱冠의 나이로 함께 진사에 합격하여, 같은 宮中文人으로 활동하다, 張易之 형제가 축출되었을 때는 嶺南으로 함께 폄적을 당하는 등의 비슷한 인생경험에서 緣由하는 듯하다. 그러나 한편으로 심·송의 시가는 다음 두 가지 방면에서 커다란 차이점을 보인다. 첫째, 송지문의 詩作은 심전기에 비해 거의 2배에 가까운 산수시와 술회언지시를 가지고 있다. 둘째, 송지문의 시가는 보다 농후한 隱逸, 佛家의 색채를 띠고 있다. 이러한 차이점은 그들의 결코 똑같을 수 없는 人生歷程과 思想의 차이에서 그 원인을 찾을 수 있다.

먼저 서로 다른 인생역정으로 인한 시가 내용의 차이를 살펴보자. 제Ⅱ장 심·송의 생애에서 이미 살펴 본바와 같이, 심·송은 모두 神龍 元年(705)에 '二張'사건에 연류 되어 폄적을 당한다. 그 뒤 심전기는 景龍 元年(707)에 다시 復歸하게 되고, 이후 비교적 원만한 관직 생활을 유지하며 궁정 문인으로서 일생을 마감하게 된다. 반면 송지문은 심전기 보다 1년 빠르게 복귀하게 되지만, 3년 후인 경룡 3년(709)에 다시 2차 폄적을 당하게 되고, 결국 유배지 桂州에서 죽음을 맞이한다. 이러한 人生歷程의 차이는 결국 그들의 시가 창작에 영향을 줄 수밖에 없다.

먼저 심전기는 폄적에서 복귀한 후 다시 예전의 궁정문인으로 돌아와 安樂公主와 황제의 연회 등에서 응제시를 짓거나 혹은 궁중생활을 노래하는 궁정

시를 주로 짓는다. 이 시기에 지어 현존하는 응제시가 약22수(전체 응제시의 81%)에 달한다. 여기서 한 가지 이목을 끄는 것은, 이 시기의 그의 궁정시는 더욱 완숙해져 높은 예술 성취를 이루었다는 점이다. 이와 같은 사실은 약 58세가 되던 해(713) 그가 마지막으로 창작한 것으로 알려진 〈龍池篇〉을 통해 단적으로 알 수 있다.

龍池躍龍龍已飛　용의 못에서 용 뛰더니 용 이미 날아가고
龍德先天天不違　용의 덕은 하늘보다 앞서 하늘도 어기지 않네
池開天漢分黃道　못에선 은하수 펼쳐지니 황도 나뉘고
龍向天門入紫微　용은 천문 향해 황궁으로 들어가네
邸第樓台多氣色　저택과 누대 빛깔 화려하고
君王鳧雁有光輝　군왕의 물오리, 기러기는 환하게 빛나네
爲報寰中百川水　천하의 모든 물은 은혜 갚으려
來朝此地莫東歸　이곳으로 와 알현하고 동으로 돌아가지 않네

이 시는 황제의 성덕을 칭송한 작품이다. 典雅한 기풍을 잃지 않으며 그 웅장한 기백을 잘 표현했다. 특히 완숙한 솜씨로 '龍' 字, '天' 字 등을 반복 사용하며 높은 예술 성취를 이룬 것은, 후에 崔顥(?-754)의 〈黃鶴樓〉 등에서 따라 배우기도 했다.[147] 이 시에 대해 沈德潛은 "심전기의 〈용지〉 악장과 최호의 〈황학루〉 시는 형상보다 뜻을 먼저 얻었으며, 거침없는 붓을 놀려 이루었기에, 고금의 기이함을 차지했다."[148]라 호평했다. 陸時雍(生卒年未詳, 約 1633년 前後 활약함)의 ≪唐詩鏡≫은 더 나아가 "앞의 네 구절은 법도가 자유분방하며,

---

147) ≪唐詩成法≫: "五'龍'字, 二'池'字, 四'天'字, 崔之〈黃鶴樓〉所本, 而神韻過之, 然此味較厚." (≪唐詩彙評≫, 219쪽)
148) ≪說詩晬語≫: "沈雲卿〈龍池〉樂章, 崔司勛〈黃鶴樓〉詩, 意得象先, 縱筆所到, 遂擅古今之奇."(丁仲祜編訂, ≪淸詩話≫, 664쪽)

뒤의 네 구절은 흥취가 물씬하다. 이것과 〈古意〉 두 首는 마땅히 唐代 율시의 제일이다"라고 극찬 한바 있다.149) 이 시와 더불어 그의 응제시 중 후세의 절찬을 가장 많이 받는 〈興慶池侍宴應制〉, 〈奉和春日幸望春宮應制〉 등 역시 모두 그가 1차 폄적에서 복귀한 뒤에 지어진 것이니, 이러한 사실은 그의 응제시가 말년에 더욱 성숙했음을 잘 대변해 준다.

한편 심전기가 궁중의 테두리 안에서 궁정시에 더욱 몰두하고 있을 무렵, 송지문은 다시 한 번 嶺南으로 폄적을 당하게 된다. 이러한 정치적 시련은 영남의 山水라는 공간과 맞물려 그로 하여금 더욱 많은 산수시와 술회언지시를 창작하게끔 해주는 계기가 되어 준다. 사실상 현재 남아 있는 그의 詩作 가운데 창작시기를 어느 정도 파악할 수 있는 시만을 고찰해 보면, 그가 2차 폄적을 당하고 사망 할 때까지의 불과 약 4년 동안, 그는 무려 약 11여수의 산수시와 약 33여수의 술회언시를 창작하게 된다. 이 둘을 합치면 이 시기에 그가 지은 詩歌 약 57수 가운데 약 77%를 점하게 된다. 특히 산수시는 그의 전체 산수시의 과반수를 넘는 것이고, 술회언지시는 전체 술회언지시 중 약 3분의 1을 점하게 되는 것이다.

그리고 이러한 수량 보다 더 중요한 것은, 이 시기의 산수시와 술회언지시는 그 예술 성취 면에서도 높은 평가를 받고 있다는 사실이다. 이 시기에 창작한 산수시 〈題杭州天竺寺〉, 〈經梧州〉, 〈泛鏡湖南溪〉 등과 〈發藤州〉, 〈遊雲門寺〉, 〈初宿淮口〉 등의 술회언지시가 모두 후세의 높은 평가를 받고 있는 것은 그러한 사실을 뒷받침한다.

결국 말년의 심전기는 평생 동안 익혀온 시적 재능을 궁정시를 통해서 한껏 발휘했다고 말할 수 있다면, 말년의 송지문은 많은 산수시와 술회언시시를 창작하면서 그의 회포를 본격적으로 토로했다라고 볼 수 있다. 물론 송지문의

---

149) ≪唐詩鏡≫卷4: "前四語法度恣縱, 後四語興致淋灘, 此與〈古意〉二首, 當是唐人律詩第一."
　　(≪四庫全書≫本, 集部, 總集類)

산수, 술회언지시가 심전기의 그것에 비해 약 두 배 가량 더 많은 것은 이 같은 사실과 밀접한 관련이 있다.

다음으로 심전기 보다 더욱 농후하게 隱逸과 佛家의 색채를 보여주고 있는 송지문의 詩歌에 대해서 고찰해 보자. 먼저 심·송의 詩歌 속에서 은일을 다루고 있는 내용을 비교해 보면, 어렵지 않게 송지문의 시가 속에서 더욱 선명한 은일의 색채를 발견할 수 있다. 물론 심전기의 시가 속에도 은일에 관계된 내용이 아주 없는 것은 아니다. 다만 그가 보여준 은일의 형상은 시속에서 "스스로 秦나라를 피한 것이 아니고 시끄러움을 피해서, 벽려 옷 입고 밭 갈며 농사짓는 요임금 사람들이라 말한다.[自言避喧非避秦, 薜衣耕鑿帝堯人, 〈入少密溪〉]"라 하며, 陶淵明의 〈桃花源記〉式 은자를 흉내 내거나, "맹세컨대 세속의 번잡한 일 멈추게 하고, 이 산의 동쪽에서 丹藥을 만들고자 하네. [誓將息機事, 鍊藥此山東. 〈過蜀龍門〉]"라 하며, 도교와 맞물린 신선의 형상을 잠시 흠모하는 수준에 머물고 있을 뿐이다.

반면 송지문은 그것이 증답시이든 산수시이든 아니면 술회언지시이든 상관없이 곳곳에서 은일을 추구하는 뜻을 드러내고 있다. 이미 앞의 절에서 살펴본바와 같이, 은일에 대한 의지를 시속에서 직접 드러낸 〈敬答田徵君〉, 〈冬夜寓直麟臺〉, 〈憶嵩山陸渾舊宅〉, 〈嵩南九里舊鵲村作〉 등 외에도, 한적의 정취를 표현하는 가운데 은일의 형상을 드러낸 〈陸渾山莊〉, 〈陸渾水亭〉, 〈藍田山莊〉, 〈初到陸渾山莊〉, 그리고 산수 경물의 묘사 속에서 은자의 형상을 함께 그려낸 〈奉使嵩山途經緱嶺〉, 〈始安秋日〉, 〈侯山詩〉, 〈夜飲東亭〉 등이 모두 그 좋은 예이다.

그렇다면 송지문의 이러한 은일의 색채는 어디서 유래하는 것인가? 이에 대해 송지문 스스로는 "조상의 덕행은 귀한 고관 사양했고, 자연의 관직으로 도교를 빛냈다. 신선을 좋아해 숭산에 집 지었고, 仙藥을 사랑해 육혼산장에 살았다. …… 향초 따면 한해 능히 편안할 지니, 관대 끈 내버릴 뜻 더욱 절실하구나.[世德辭貴仕, 天爵光道門. 好仙宅二室, 愛藥居陸渾. …… 擷芳歲云暮, 投紱意彌敦. 〈憶嵩山陸渾舊宅〉]"라 하거나, "집안은 대대로 영험한 산을 섬겼으니, 바위에서 기거함을 어찌 감히 바꿀 수 있으랴. 나아가 관직 얻음은 흔적 남기려 했기 때문인데, 고요함으로 돌아와 보니 마음이 어리석었음을 알았다. 위로는 조상의 유훈을 어겼고, 아래로는 가벼운 몸이 가련하구나.[家世事靈嶽, 喦棲安敢渝. 從俗因迹化, 歸靜知心愚. 上違先人訓, 下憐菲薄軀]"라하며, 은일을 집안 대대로 내려오는 遺訓이라 피력하고 있다. 실제로 그의 부친인 宋永文이 말년에 道家에 심취하였고 또한 당시의 隱士인 孫思邈(約581–682)을 따르기도 했던 사실은150) 이 같은 주장을 증명해주는 듯하다. 물론이러한 집안 내력이 그로 하여금 은일 사상에 심취 할 수 있게끔 해준 하나의좋은 배경이 되어 준 것은 부인 할 수 없는 사실이다. 하지만 역시 그의 隱逸觀 형성에 가장 직접적으로 영향을 준 것은 아마도 이른바 '方外十友'라는 그의 교류관계였던 것 같다.

이 교우관계에 참여한 사람은 송지문을 비롯해 陳子昂, 杜審言, 司馬承禎, 盧藏用, 釋懷一등 열 명이며,151) 그 중 사마승정이 중심적인 역할을 했다. '세상 밖 열 사람의 교우'라는 그 이름에 걸맞게 '방외십우'는 道敎를 사상의 근간으로 삼고 神仙을 배우며 煉丹, 採藥에 열중했던 모임이었다. 당연히 이러한그들의 활동은 은일과 밀접한 관계를 갖는 것이었다. 실제로 그들 중 일부는當代의 隱士로 이름을 드러내기도 하였다. 노장용이 바로 그 좋은 예이다. 그는 전형적인 '終南捷徑'式의 은사로도 유명하다. 소위 '종남첩경'이란 관직을얻기 위한 수단으로 수도 장안에서 가까운 終南山에서 은거하는 은사를 가리

---

150) ≪舊唐書 · 孫思邈≫卷191: "上元元年, 辭疾請歸, 特賜良馬及鄱陽公主邑司以居焉. 當時知名之士宋令文, 孟詵, 盧照鄰等執師資以事焉."
151) ≪新唐書 · 陸餘慶傳≫卷116: "雅善趙貞固, 盧藏用, 陳子昂, 杜審言, 宋之問, 畢構, 郭襲德, 司馬承禎, 釋懷一, 號方外十友."

키는 말로 아래의 고사에서 유래한다.

尚書左丞 노장용이 종남산을 가리키며 사마승정에게 말했다; "이 가운데 크게 좋은 곳이 있는데 꼭 天台山이어야 할 필요가 있는가?"사마승정이 말하길; "우둔한 내가 보기엔 이곳은 단지 벼슬길로 나아가는 첩경일 뿐이네." 노장용이 일찍이 종남산에 은거했었고 武后시절에 부름을 받아 左拾遺가 된 연유로, 사마승정이 이와 같이 말한 것이다.152)

이러한 '종남첩경'식 은일 행위는 당시의 정치 풍토와 '방외십외' 자신들의 변화된 隱逸觀과 밀접한 관련을 맺고 있다. ≪구당서≫에 이르기를, "고종과 측천무후는 도관과 산림을 찾고 바위 동굴로 편지를 날리며, 수차례 은자의 집을 방문하여 기어코 은사의 차를 돌려 모시고 왔다."153)라 했다. 이러한 정치적 배경이 '종남첩경'식의 은일 탄생에 커다란 모티브를 제공해 주었음은 어렵지 않게 추측 할 수 있다. '방외십외'의 변화된 은일관에 대해 葛曉晉은 다음과 같이 밝히고 있다.

도교에 대한 신봉은 '방외십우'로 하여금 天命時運으로부터의 계발을 받게 하여 나아가고 들어오는 인생의 원칙을 확립하게 했다. 또한 산림 은일생활과 연결되어서는, 魏晉이래로 '조정에서 은거하는[朝隱]'것을 영광으로 삼아왔던 관념에도 변화를 가져오게 했다. '朝隱'은 隱逸을 그 마음으로 삼고, 관직생활을 겉으로 드러난 흔적으로 삼았으니, 이른바 "몸은 붉은 대문 안에 있어도 그 마음은 강과 바다를 노닌다."라는 것으로서, 실제로는 역시 영리를 추구하는 마음을 가식하는 이론이었다. …… 진자앙이 제창한 은일은 실제로는 經世

---

152) ≪資治通鑑·睿宗景雲二年≫卷210: "尚書左丞盧藏用指終南山謂承禎曰, '此中大有佳處, 何必天台.' 承禎曰, '以愚觀之, 此乃仕宦之捷徑耳.' 藏用嘗隱終南則天時徵為左拾遺, 故承禎言之."
153) ≪舊唐書·隱逸傳≫卷192: "高宗, 天后, 訪道山林, 飛書巖穴, 屢造幽人之宅, 堅廻隱士之車."

를 그 마음으로 삼고, 세속 일을 잊는 것으로 그 겉으로 드러난 흔적으로 삼았
으니, '朝隱'과는 바로 상반된 것이었다.154)

　이 같은 진자앙의 隱逸觀은 '종남첩경'식 은일방식의 정신적 배경을 잘 설명
해 준다. 사실 후일 盛唐의 "관직을 위해 은일한다.[爲仕而隱]"라는 특수한 은
일 풍조 역시 이러한 은일관과 밀접한 관련이 있다.

　흥미로운 것은 '방외십우'의 한 일원이었던 송지문 역시 이러한 은일관에서
크게 벗어나지 않고 있다는 점이다. 그가 시 속에서 "王氏는 선조를 귀히 여
기며, 나무로 문을 걸은 누추한 집에 살면서 고상한 도덕 풍모를 지녔네. 마
음을 얻어 도를 깨치니, 만물의 변화를 장악하여 무궁한 경지를 노닐었네. …
현량을 천거하는 조서 한번 받드니 바로 승명전으로 알현하게 되었네."155)라
하며, '入仕'한 은자를 찬미했던 것은, 그가 '종남첩경'식 은일을 긍정하고 있
음을 보여주는 것이다. 여기서 그의 은일관을 가장 단적으로 볼 수 있는 그의
시 〈奉使嵩山途經緱嶺〉을 한번 살펴보자.

　　侵星發洛城　　새벽녘 낙성을 출발하니
　　城中歌吹聲　　성안에선 노래 연주 소리 들리네
　　畢京至緱嶺　　날 저물어 후령에 도착하니
　　嶺上煙霞生　　산위에는 연기 노을 피어나네
　　草樹擁野意　　풀과 나무엔 들녘의 뜻 풍요하고

---

154) 葛曉音, 〈從'方外十友'看道敎對初唐山水詩的影響〉: "對道敎的信奉, 促使'方外十友'從天命
　　時運得到啓發, 確立了出處進退的人生原則, 并與山林隱逸生活聯系起來, 從而使魏晉以來以
　　'朝隱'爲榮的觀念也有所改變. '朝隱'以隱逸爲心, 以仕宦爲迹, 所謂'身處朱門而情遊江海', 實
　　際上還是掩飾榮利之心的理論. …… 陳子昻所提唱的隱逸實際上是以經世爲心, 以遺世爲迹,
　　與朝隱恰好相反."(葛氏 ≪詩國高潮與盛唐文化≫, 70쪽)
155) 宋之問, 〈傷王七秘書監寄呈揚州陸長史通簡府僚鄭廣陵好事〉: "王氏貴先宗, 衡門棲道風. 得心
　　晤有物, 秉化遊無窮. …… 一祇賢良詔, 遂謁承明宮."

山川多古情　산과 강에는 옛 정이 많구나
大隱德所薄　大隱하기에는 덕이 부족하니
歸來可退耕　돌아와 농사나 지을 수 있으리

　　시인은 고즈넉한 후령의 산수정경을 묘사한 뒤, 은일의 뜻을 표현하고 있
다. 특히 마지막 두 구절에서는 "大隱하기에는 덕이 부족하니, 돌아와 농사나
지을 수 있으리."라 하여, 산림으로 돌아와 은거하는 것은 '대은'하는 것 보다
못함을 완곡하게 표현하고 있다. 마치 '대은'에 대한 미련을 버리지 못하고 있
는 듯한 인상을 준다. 이른바 '대은'이란, 晉代 王康琚의 〈反招隱詩〉중 "小隱
은 언덕과 숲에 은거하고, '대은'은 朝廷과 저자거리에 은거한다."156)라는 시
구에서 유래하는 것으로, 즉 조정에서 관직생활을 하며 은일을 한다는 뜻이
다. 이는 또한 그 스스로 말한 "떠돌며 관직 구하는 것은 吏隱이 아니다."157)
라는 말 속의 '이은', 즉 '관리가 되어 하는 은일'과 일맥상통한다. 여기서 한
가지 주의 할 것은, 송지문이 추구했던 이러한 '대은' 혹은 '이은'은, 진자앙의
경우와 마찬가지로 '經世'를 그 중심에 두었던 것으로, 唐代 이전의 '몸은 붉은
대문 안에 있어도 그 마음은 강과 바다를 노닌다.'라는 式의 '대은'과는 확연히
구별해야 한다는 점이다.
　　어쨌든 송지문은 확실히 '대은' 내지는 '이은'을 최상의 은일로 삼았던 것 같
다. 이러한 연유로 그의 은일시 가운데에는, 위에서 살펴 본 〈奉使嵩山途經緱
嶺〉의 경우처럼, 산림으로 돌아와 진정한 평화를 얻는 은자의 모습 보다는
'吏隱'을 하지 못한 아쉬움이 곳곳에 흔적으로 남아있다. 이러한 피상적인 흔
적은 權力型 아부가 다소 심했던 송지문의 인격과 맞물려 후세의 평론가들에
게 송지문은 권력에 대한 욕망이 매우 심했던 시인이라는 평을 받는 빌미를

---

156) 王康琚, 〈反招隱詩〉: "小隱隱陵藪, 大隱隱朝市."(《文選》卷22)
157) 宋之問, 〈藍田山莊〉: "宦遊非吏隱."

주게 된다. 더 나아가 이것은 다시 人品과 文品을 동일시하는 문학비평의 풍
토 속에서, 송지문의 詩作들을 일괄적으로 폄하하게끔 하는 구실이 되어주게
된다. 그러나 만일 '經世'를 중시했던 당시의 은일관을 제대로 이해할 수 있다
면 이 같은 처사는 다소 온당치 못함을 발견할 수 있다.

다음으로 심전기에 비해 더욱 농후한 송지문의 불교 색채에 대해 살펴보자.
심전기는 일찍이 스스로 "내가 석가모니를 따른 지 오래되어 무상한 열반의
경지를 배웠다."158)라 했지만, 시가 속에서는 단지 〈樂城白鶴寺〉, 〈九眞山靜
居謁無碍上人〉 등의 몇 수에서만 불교용어를 시에 원용하고 있을 뿐, 결국 송
지문만큼 본격적으로 佛家 색채를 보여주지는 못했다.

송지문이 언제부터 불교에 심취하고 학습했는지에 대해서는 명확치 않다.
다만 그가 30세부터 41세까지 약 십년간 집중적으로 교류를 했던159) 이른바
"方外十友"중의 한명인 '釋懷一'이 당시의 고승인 '法愼'의 제자였던 것으로 보
아, 이 시기에 이미 어느 정도 불가와 인연을 가졌던 것으로 추측 할 뿐이다.
그가 약 43세이던 聖歷 元年(698) 때 지은 〈龍門應制〉의 "물은 고요하고 산은
비었다.[水靜山空]"의 佛家語 구절이나, 50세 1차 폄적 때 瀧州로 가던 길에
지은 〈自洪府舟行直書其事〉의 "석가의 가르침을 뒤따르며, 생 없는 이치에
탄복하네.[周旋本師訓, 佩服無生理]"라는 구절은 이를 뒷받침 하는 듯하다.
그러나 본격적으로 사찰을 방문하고 고승들과 唱和하며 시가 창작을 한 것 역
시 2차 폄적 뒤의 일이다.

中宗 景龍 3年(709) 가을 송지문은 考功中員外郎에서 越州長史로 폄적을 당
한다. 물론 越州長史가 考功中員外郎과 똑같은 從五品上의 품계이며, 월주는
산수가 수려하여 관직 생활하기에 그리 나쁘지 않았다는 연유로, 송지문이 비

---

158) 沈佺期, 〈紹隆寺〉: "吾從釋迦久, 無上師涅槃."
159) 葛曉音은 '方外十友'의 교류기간을 685년에서 696까지의 약 십년간으로 고증하였다. (葛
    氏, 〈從'方外十友'看道敎對初唐山水詩的影響〉, 앞의 책 62~63쪽 참조.)

교적 여유를 가지고 "섬계산을 끝까지 유람하며 술을 놓고 시를 짓는"[160] 활동을 할 수 있었을지는 몰라도, 역시 폄적으로 인한 슬픔과 미래에 대한 두려움은 떨쳐버리기 힘들었을 것이다. 이 시기에 그에게 다가온 것은 아마도 불교였던 것 같다. "남조의 사백 팔십 개 사찰"[161]이라는 말이 있듯이, 남조 宋齊 이후 불교는 번성하기 시작했고, 특히 吳越嶺南 일대에는 수많은 사찰이 건립되었다. 이러한 영남일대의 농후한 불교문화는 이미 두 차례의 폄적으로 인해 심하게 타격 받은 송지문에게 좋은 정신적 탈출구를 제공했던 것이다. 1년이채 안 되는 월주 폄적 기간 동안(경룡 3년(709)부터 이듬해 6월까지) 송지문이 남방의많은 사찰을 유람하며, 〈陪潤州薛司功丹徒桂明府遊招隱寺〉, 〈題杭州天竺寺〉, 〈遊法華寺〉, 〈宿雲門寺〉, 〈遊稱心寺〉 등 무려 9수의 사찰 배경 시를 지은 것이나, 승려 鑒上人과 교류하며 〈湖中別鑒上人〉, 〈題鑒上人房二首〉 등을지은 것은 모두 위와 같은 사실을 뒷받침한다.

이러한 유람과 교류를 통해 송지문이 더욱 깊게 불교를 이해하고 체득했을것이라는 것은 자연스럽게 짐작할 수 있다. 그리고 그가 다시 欽州와 桂州로유배되어 죽음을 직감하게 되는, "이 기간에 그는 마침내 불교의 '禪學' 사상을 받아들이며, 禪家 사상을 공감하기 시작했던 것이다. 번뇌 가운데서 지혜의 연꽃이 피어나기 시작했고 절망의 심정 가운데서 禪에 들게 되었으니, 송지문의 사상이 마침내 '超越'을 맛본 것이다."[162]

한 가지 짚고 넘어가야 할 것은 송지문이 이 당시에 심취했던 불교는 바로禪宗이었다는 점이다. 이는 그가 2차 폄적 때에 지은 〈湖中別鑒上人〉, 〈見南山夕陽召鑒師不至〉, 〈題鑒上人房二首〉의 제목 중의 '鑒上人'이 당시의 선종

---

160) ≪新唐書·宋之問傳≫卷202, "改越州長史. 頗自力為政. 窮歷剡溪山, 置酒賦詩."
161) 杜牧, 〈江南春〉: "南朝四百八十寺, 多少樓臺煙雨中."(≪全唐詩≫卷522)
162) 張海沙, ≪初盛唐佛教禪學與詩歌研究≫: "這段時期, 他終于接受了佛教禪學思想, 他開始與禪家思想發生共鳴. 煩惱泥中, 始有智慧蓮花生出, 在絕望的心境中而入禪, 宋之問的思想終于有了超越."(北京: 中國社會科學出版社, 2001, 104쪽)

계열 고승이라는 점, 그리고 欽州에서 지은 〈自衡陽至韶州謁能禪師〉에서의 '能禪師'은 禪宗 南宗의 六祖가 된다는 점 등에서 미루어 알 수 있다. 이러한 사실은 '禪理', '禪趣'가 드러난 그의 詩作을 통해서도 살펴 볼 수 있다. 아래에 예를 든다.

理勝常虛寂, 緣空自感靈. 〈遊雲門寺〉
說法初聞鳥, 看心欲定猿. 〈宿淸遠峽山寺〉
天香衆壑滿, 夜梵前山空. 〈宿雲門寺〉
洗慮賓空寂, 焚香結精誓. 〈自衡陽至韶州謁能禪師〉

'空' 사상에 뿌리를 두고 있는 이러한 '禪理'는, 다시는 歸京 할 수 없음을 직감하고 있던 송지문에게 좋은 정신적 탈출구를 제공해 주었으니, 그 자신이 "돌아갈 길 멀다고 슬퍼하지 말지니, 문 밖에는 聲聞, 緣覺, 菩薩의 佛法 있구나."[163]라고 읊은 바와 같다. 송지문의 생애 거의 마지막 순간에 지어진 것으로 보이는 〈憶雲門〉에서도 우리는 이러한 '선취'를 맛 볼 수 있다.

樹間煙不破   나무 사이의 연기는 깨지지 않고
谿靜鷺忘飛   고요한 계곡에서 백로는 날기를 잊네
更愛幽奇處   더욱이 깊숙하며 기이한 곳 사랑하노니
斜陽豔翠微   저무는 석양은 비취빛 깊은 산허리에 가득하네

이 시는 시인이 欽州에서 지난날 방문했던 雲門寺를 추억하며 지은 것이다. 연기도 깨지지 않고 백로도 날기를 잊은 정경은, 마치 정지된 고요한 한 폭의

---

163) 宋之問, 〈遊韶州廣果寺〉: "莫愁歸路遠, 門外有三車." '三車'는 본래 羊車, 鹿車, 牛車를 말하는데, 여기서는 聲聞, 緣覺, 菩薩의 불법을 가리킨다.(《沈佺期 · 宋之問集校注》, 550쪽), 참조.

그림 같다. 특히 두 번째 구절의 "고요한 계곡에서 백로는 날기를 잊었다[谿靜鷺忘飛]"라는 부분은, 그 추억하는 배경이 사찰이라는 것을 연상하지 않아도, '선취'가 물씬 풍긴다. 이렇듯 '선취'가 물씬 풍기는 내용은 송지문의 시가 경지를 더욱 확대 시킨 것은 물론이며, 王維 등의 禪詩에 일정부분 영향을 주었을 것이라는 것도 추측해 볼 수 있다.

위와 같은 서술을 통해 서로 다른 인생의 경력과 思想의 차이로 인해, 심전기와 송지문의 시가 창작은 그 내용과 창작 면에서 서로 차이를 보이고 있음을 알았다. 사실 심·송은 이러한 인생경력과 사상 뿐 만이 아니고 그 성격 면에서도 일정 부분 차이를 보이고 있으니, 이러한 성격상의 차이는 그들의 시가 풍격에도 그대로 반영되고 있다.

Ⅳ. 沈・宋
詩歌의
風格比較

風格이라는 용어는 넓은 의미에서 "비평 대상 혹은 관찰 대상이 발산하는 그 자신의 고유한 분위기"라고 정의할 수 있다.[1] 이를 다시 "문학의 관점에서 말한다면 풍격은 작가의 개성과 인격이 내용과 형식에 있어서 종합적으로 표현 된 것을 가리키는 것"[2]이라 할 수 있다. 그런데 한 작가의 문학 작품에는 때때로 여러 풍격이 함께 공존하는 경우가 많다. 다음의 예를 한번 보자.

> 두보에 이르러서는 기쁨과 슬픔, 발산하고 수렴하는 것, 억누르고 들어올리는 것, 빠르고 느린 것, 횡으로 내닫고 종으로 내닫는 것 등 모두 쓰지 않는 것이 없다. 따라서 그 시에는 '평담하고 간이함[平淡簡易]'이 있었고, '아름답고 화려하며 정교하며 확실한[綿麗精確]' 것이 있었으니, '엄중하고 위엄 있는[嚴重威武]' 것은 마치 삼군의 장수 같았고, '분연히 신속하게 빨리 내 달리는 것[奮迅馳驟]' 것은 마치 엎어진 수레의 말과 같았고, '담박하고 한가로이 고요한[淡泊閒靜]' 것은 마치 산골짜기의 은자와 같았으며, '풍류가 고상한[風流醞藉]' 것은 마치 존귀한 귀공자 같았다.[3]

이것은 宋代의 王安石이 杜甫 시가의 풍격에 대해 언급한 것이다. 여기에서 두보의 시가 풍격은 '平淡簡易', '綿麗精確', '嚴重威武', '奮迅馳驟', '淡泊閒靜', '風流醞藉' 등으로 다양하게 표현되고 있다. 이러한 비평방식은 宋 詩話 이후 발전한 이른바 '종합적 인상 비평'의 성격을 비교적 강하게 띠고 있는 것으로 보여진다. 한 작가의 전체 문학 작품이 소위 '인상 비평'의 과정을 거쳐 여러 다양한 풍격으로 이해된 경우는 비단 두보의 경우에만 국한된 것은 아

---

1) 팽철호 ≪중국고전문학풍격론≫(서울: 사람과 책, 2001), 52쪽.
2) 朱榮智, ≪文氣與文章創作關係硏究≫: "自文學觀點言之, 所謂風格, 是指作者的個性與人格, 在內容與形式上的一種綜合表現."(臺北: 師大書苑有限公司, 1988, 153쪽)
3) ≪邈齋閑覽≫: "引王安石曰: 至於甫, 則悲懽窮泰, 發斂抑揚, 疾徐縱橫, 無施不可. 故其詩有平淡簡易者; 有綿麗精確者; 有嚴重威武, 若三軍之帥者; 有奮迅馳驟, 若荒駕之馬者; 有淡泊閒靜, 若山谷隱士者; 有風流醞藉, 若貴介公子者."(胡仔纂集, 廖德明校点, ≪苕溪漁隱叢話≫, 北京: 人民文學出版社, 1981, 37쪽)

니다.

사실 심전기와 송지문의 시가 역시 여러 다양한 풍격을 함께 내포하고 있었다. 본장에서는 위의 예와 같이 '인상 비평'의 원칙에 근거해 심·송의 생평, 성격 및 개별 창작 등을 종합적으로 판단하여 심·송의 시가 풍격을 유사점과 차이점으로 나누어 고찰하고자한다.

1. 沈・宋 詩歌의 共通點

앞 장에서 보았듯이 심・송의 시가 내용은 많은 부분에서 상당한 유사점이 발견된다. 이러한 유사성은 비단 이들의 시가 내용 뿐 만이 아니라 시가 풍격에서도 찾아볼 수 있다. 또한 바로 이러한 유사성으로 인해 후세 사람들은 심・송의 일부 詩作이 심전기와 송지문 중 과연 누구의 것인가를 구별하지 못하게 만드는 일이 종종 있었다. 최근 고증을 통해 심전기의 작품으로 판명된[4] 〈有所思〉,〈長女路〉,〈銅雀臺〉,〈芳樹〉등 9首의 詩作이 ≪全唐詩・沈佺期詩≫뿐만 아니라 ≪宋之問集≫에도 동시에 실려 있었던 것은 바로 그러한 사실을 잘 대변해 준다. 심・송의 시가에서 풍기는 고유한 분위기 중에서, '高華典重', '淸新流暢', '奇崛險怪'는 아마도 가장 공통적으로 살펴 볼 수 있는 풍격이라 할 수 있다. 다음에서 차례대로 살펴보자.

(1) 高華典重

'高華典重'이라는 용어는 대체로 華麗하며 典雅, 莊重하다라는 뜻으로 풀이 할 수 있다. 이러한 분위기를 자아내는 심・송의 詩作은 대부분 화려함과 더불어 典雅함도 함께 요구했던 궁정의 연회석상이나 혹은 황제의 명령을 받아 지은 奉和應制詩나 혹은 적지 않은 贈答酬唱詩에서 찾아볼 수 있다. 이것들은 형식의 화려함과 비교적 판에 박힌 내용으로 인해 南朝의 소위 齊梁體와 일맥 상통하는 부분이 적지 않다. 먼저 심전기의 〈奉和春初幸太平公主南莊應制〉

---

4) 陶敏・易淑瓊, ≪沈佺期宋之問集校注≫,〈備考詩文〉751-761쪽, 참조.

를 보자.

主第山門起灞川　공주님의 산장 문에서는 패천이 발원하는데
宸游風景入初年　임금께서 초봄에 출유하여 이 풍경에 드셨네
鳳皇樓下交天仗　봉황 누대 아래에서는 천자 의장 받아들고
烏雀橋頭敵御筵　오작교 머리맡에서는 천자 자리를 까네
往往花間逢彩石　가다가다 꽃 사이서 화려한 바위 만나고
時時竹裏見紅泉　때때로 대숲 안에서 붉은 샘물 보이네
今朝屧躍平陽館　오늘 아침 천자 모시고 평양관에 왔으니
不羨乘槎雲漢邊　뗏목 타고 은하수로 가는 것 부럽지 않네

이 시는 中宗이 景龍 3년(709) 2월 "11일 太平公主 남쪽 별장에 납시었을 때"5) 지은 것이다. 송지문 또한 이 행차에 함께 참가하여 동일한 제목의 시를 奉和 하였다.6) 시는 7언 8구의 엄격한 律詩로 황제가 태평공주의 별장으로 出遊한 것을 頌美하고 있다. 전형적인 三部式의 구조를 갖추었으며 가운데 頷聯과 頸聯은 서로 정교한 對仗을 이루고 있다. 특히 '鳳皇', '御筵', '花間', '彩石', '紅泉' 등의 粉飾하는 시어는 이 시로 하여금 華麗한 분위기를 자아내게 한다. 또한 첫 구에서의 "패천이 발원한다[起灞川]"고 한 것이나 마지막 구에서 "뗏목 타고 은하수로 간다[乘槎雲漢邊]"라는 시어를 사용한 것은 이 시를 莊重하게 만든다. 뿐만 아니라 이 시는 전반적으로 황제의 출유를 頌美하려는 시인의 의도로 인해 줄곧 典雅한 분위기를 잃지 않고 있다. 그야말로 高華典重의 풍격에 확연히 부합하는 시로 볼 수 있다. 이 시와 동일한 제목으로 같은 시기에 함께 창작한 송지문의 〈奉和春初幸太平公主南莊應制〉 역시 그와 같

---

5) 計有功, ≪唐詩紀事≫卷9: "十一日, 幸太平公主南莊."(114쪽)
6) 당시 이 창작에 함께 참여한 시인은, 심·송 외에 蘇珽, 李乂, 韋嗣立, 宋璟, 邵昇 등이 더 있다. 모두 ≪文苑英華≫卷176에 보임.

은 풍격을 보여주고 있다.

靑門路接鳳皇臺　　청색의 궁궐문은 공주의 저택으로 이어졌고
素滻宸遊龍騎來　　흰 滻水로 황제께서는 용을 타고 유람 오네
澗草自迎香輦合　　계곡가의 풀들은 스스로 향기 나는 수레를 맞이하고
巖花應待御筵開　　바위의 꽃은 천자의 대자리가 펼쳐지길 기다리네
文移北斗成天象　　문장은 북두성으로 옮겨가 은하수를 이루고
酒遞南山作壽杯　　술은 남산으로 전해져 獻壽 잔을 만드네
此日侍臣將石去　　이날 신하들은 직녀의 베틀 돌을 치우고
共歡明主賜金廻　　영명하신 임금 돌아갈 때 황금 하사 하심을 함께 기뻐하노라

　이것은 엄격하게 粘式을 지킨 칠언율시이다. 시의 내용은 심전기의 그것처럼 頌德의 내용에서 크게 벗어나고 있지 않다. 마찬가지로 '鳳皇', '龍騎', '香輦', '北斗', '天象' 등의 시어를 구사하고 있어, 확연히 高華典重한 풍격을 보여주고 있다. ≪唐詩英華≫에서 "七言律詩는 唐初의 심·송부터 공교해져 유행하여 흥성해졌으니, 대체로 수사적 화려함에 힘을 기울였다."[7]라고 언급한 것은 아마도 이러한 심·송 칠언율시의 풍격을 간파한 것이라 볼 수 있다.
　그러나 좀더 엄밀히 따져보면, 송지문은 이 시외에 겨우 〈奉和春日玩雪應制〉한 수만이 高華典重한 풍격을 풍기는 반면, 심전기에게는 〈嵩山石淙侍宴應制〉, 〈守歲應制〉, 〈苑中遇雪應制〉, 〈奉和韋嗣立山莊應制〉, 〈上巳日祓禊渭濱〉 등의 적지 않은 칠언율시에서도 그러한 풍격을 살펴 볼 수 있다. 王世貞이 "심전기의 칠언율시는 송지문 보다 더욱 高華하다."[8]라고 한 것은 바로 이러한 차이를 잘 설명해 준다. 심·송의 응제시는 칠언율시 보다는 오언율시

---

7)　≪唐詩英華≫: "七言律自唐初, 工於沈·宋, 浸淫漸盛, 率務高華."(≪唐詩彙評≫, 212쪽)
8)　王世貞, ≪藝苑巵言≫卷4: "沈詹事七言律, 高華勝於宋員外."(丁福保, ≪歷代詩話續編≫, 1004쪽)

가 그 대부분을 차지하고 있는데 이 역시 高華典重한 풍격이 그 주를 이루고 있다. 송지문의 〈九月九日登慈恩寺浮圖應制〉를 예로 든다.

鳳刹侵雲半　봉황 탑은 구름을 반쯤이나 침범하고
虹旌倚日邊　무지개 깃발은 해의 주변에 의지하고 있네
散花多寶塔　다보탑에는 꽃잎이 흩날리는데
張樂布金田　황금불상 놓인 사찰에는 음악이 퍼지네
時菊芳仙醞　때 좋은 국화는 신선주에 향기롭고
秋蘭動睿篇　가을 난초는 황제의 문장에 움직이네
香街稍欲晩　향기로운 거리는 막 어두워지려하니
淸蹕扈歸天　깨끗한 거리에서 황제 따라 하늘로 돌아가네

《唐詩紀事》에 "경룡 2년(708) … 9월 慈恩寺塔에 납시니, 上官婉兒가 시를 바치고, 여러 신하가 함께 시를 지었다."9)라는 기록이 있는 것으로 보아, 이 시는 바로 이 때에 지어진 것으로 보인다. 慈恩寺塔은 현재 西安에 있는 大雁塔이다. 이 시는 5언 8구의 엄격한 율시로 역시 전편에 걸쳐 전아한 풍격을 잃지 않는 가운데, '鳳刹', '虹旌', '散花', '金田', '仙醞', '香街' 등 매우 화려한 시어를 구사하고 있는 것이 주목을 끈다. 후세의 일부 평자들이 "그러나 심 · 송 體制는, 때때로 徐陵과 庾信의 면모를 띠고 있다."10)라고 한 것과 같이, 심 · 송의 율시 속에 南朝의 염려한 궁체시풍이 여전히 존재하고 있는 것으로 파악한 것은, 아마도 심 · 송의 시가 속에서 때때로 보이는 위와 같은 화려한 면모에서 기인한 것이라 할 수 있다. 또한 위의 시에서는 황제를 '해[日]'로, '황궁으로 돌아가는 것'을 '하늘로 돌아간다[歸天]'고 비유하고 있는데, 이러한

---

9) 《唐詩紀事》卷9: "景龍二年 …… 九月, 幸慈恩寺塔, 上官氏獻詩, 群臣並賦."(114쪽)
10) 《周氏涉筆》曰: "舊傳四聲自齊梁至沈宋, 始定爲唐律. 然沈宋體制, 時帶徐庾."(馬端臨, 《文獻通考》卷231, 杭州: 浙工古籍出版社, 2000, 1843쪽)

修辭는 비록 판에 박힌 수법이기는 하지만 莊重한 분위기를 자아내는 요소임에는 틀림없어 보인다.

위 시외에 ≪唐詩選脈會通評林≫에서 周珽이 "氣像이 高華하다."[11]라는 평을 받은 바 있는 송지문의 〈扈從登封途中作〉은 물론이고 그의 〈岳寺應制〉, 〈幸少林寺應制〉, 〈麟趾殿侍宴應制〉 등과 심전기의 〈昆明池侍宴應制〉, 〈扈從出長安應制〉 등의 오언율시 응제시는 모두 이러한 풍격에 부합하는 것들이다.

위에서 살펴 본 봉화응제시 외에, 심·송의 일부 贈答酬唱詩에서도 高華典重한 풍격을 볼 수 있다. 심전기의 〈同韋舍人早朝〉를 보자.

閶闔連雲起　궁문은 구름에 맞닿아 솟고
巖廊拂霧開　조회 전당은 안개 걷히며 열리네
玉珂龍影度　옥 물린 말 재갈은 용 그림자처럼 지나가고
珠履雁行來　진주 장식 신발은 기러기 떼처럼 다가오네
長樂宵鐘盡　장락궁에 밤 종소리 마치니
明光曉奏催　명광전에 새벽 북소리 재촉하네
一經傳舊德　한 경전으로 조상의 덕을 이었고
五字擢英才　다섯 글자로 영재로 뽑혔다네
儼若神仙去　장엄하게 마치 신선 가는 듯하더니
紛從霄漢迴　분분히 하늘에서 돌아오는구나
千春奉休曆　천년에 걸쳐 태평성세 받들지니
分禁喜趨陪　궁궐에서 떨어져 있어도 달려가 모시기 좋아한다네

이 시는 경룡 3년 혹은 4년 봄에, 당시 中書舍人의 직책을 맡고 있던 韋元旦이 보내온 〈早朝〉 시에 화답한 것이다. 시는 5언 12구의 排律로, 기본적으로 전아한 분위기를 보여주고 있다. 전반 6구는 조정 朝會의 정경을 묘사하였

---

11) ≪唐詩彙評≫, 82쪽.

고, 후반 6구는 상대를 頌美하고 있다. 시는 첫 구부터 雄壯한 기풍을 보여주고 있으니, 胡應麟이 "무릇 排律詩의 첫 구절은 마땅히 관대 예복처럼 지극히 雄渾해야 하며, 하류 시인의 말을 써서는 아니 된다. 唐人 중에 배울 만한 것으로는, 盧照隣의 '地道巴陵北, 天山弱水東'과 駱賓王의 '二庭歸望斷, 萬里客心愁'와 杜審言의 '六位乾坤動, 三微歷數遷'과 沈佺期의 '閶闔連雲起, 巖廊拂霧開' … 등이 있다. 이러한 것들은 그 요체를 잘 얻은 것이다."[12]라고 언급한 것은 그러한 점을 잘 설명해준다. 또한 시 속의 '閶闔', '巖廊', '玉珂', '龍影', '珠履' 등의 粉飾 시어는 이 시로 하여금 동시에 화려한 면모도 갖추게 하니, 이로써 高華典重한 풍격은 비교적 잘 살펴볼 수 있다.

　이밖에 심전기의 〈和中書侍郎楊再思春夜宿直〉, 〈酬楊給事廉見贈省中〉, 〈和戶部岑尙書參迹樞揆〉 등과 송지문의 〈和姚給事寓直之作〉, 〈軍中人日登高贈房明府〉, 〈敬和史部韋郎中庭前朱槿之作〉 등의 詩作 또한 모두 이와 같은 풍격에서 크게 벗어나지 않고 있다. 그러나 심·송의 모든 응제시나 증답시 혹은 다른 詩作이 모두 高華典重한 풍격만을 띠고 있는 것은 아니었다. 淸代 吳喬(1611–約1695)는 "심전기와 송지문 등의 칠언율시가 高華典重한 것은 응제시인 까닭으로 그렇다. 그러나 여러 詩作이 모두 그러한 것은 아니다."[13]라고 말한 바와 같다.

---

12) 胡震亨, ≪唐音癸籤≫卷10: "凡排律起句, 極宜冠裳雄渾, 不得作小家語. 唐人可法者, 盧照隣 '地道巴陵北, 天山弱水東,' 駱賓王, '二庭歸望斷, 萬里客心愁,' 杜審言, '六位乾坤動, 三微歷數遷,' 沈佺期, '閶闔連雲起, 巖廊拂霧開.' …… 此類最爲得體."(上海: 上海古籍出版社, 1981, 99쪽)

13) 吳喬, ≪圍爐詩話≫卷3: "沈·宋諸公七律之高華典重, 以應制之故, 然非諸詩皆然."(郭紹虞編選, ≪淸詩話續編≫, 上海: 上海古籍出版社, 1999, 551쪽)

(2) 淸新流暢

'淸新流暢'이라는 풍격은 '맑고 새로우며 자연스럽고 유창하다'라고 풀이 할
수 있다. 이러한 풍격은 위에서 살펴 본 高華典重의 분위기와는 거리가 있다.
사실 고화전중의 풍격은 심·송 두 시인에게만 해당되는 것은 아니고, 初唐의
宮廷 시가에서도 폭 넓게 살펴 볼 수 있다. 중요한 것은 심·송은 그들 자신만
의 특유한 시적 재능을 통해 이러한 '沒個性'의 풍격에서 능히 벗어나 더 많은
부분에서 그들만의 淸新流暢한 풍격을 이루어 냈다는 사실이다. 이 점에 대해
서 許總은 다음과 같이 밝히고 있다.

> 조정의 궁정문인으로 장기간 생활해 온 심·송은 모두 볼만한 궁정 侍宴應制
> 詩를 지었다. 그러나 이들의 내재적 예술 수양과 뛰어난 창작개성은, 이러한
> 작품들로 하여금 대부분 초기 궁정시와 같이 화려한 수식만을 가하고, 내용은
> 공허했던 폐단에서 벗어나게 해 주었고, 풍부한 상상력과 예민한 감수성을 운
> 용하는 가운데 淸新流暢한 풍격을 형성하게 했으며, 개인적 寫景敍情 詩作에
> 더욱 가깝게 해 주었다.14)

실제로 심·송의 전체 시가 속에는 수식이 화려한 작품뿐 만 아니라, 淸新
流暢한 풍격의 작품이 더욱 폭 넓게 자리 잡고 있다.15) 이러한 사실은 심·송
의 일부 봉화응제시를 통해서도 알 수 있다. 그 예로 심전기의 〈奉和春日幸望

---

14) 許總 ≪唐詩史≫: "作爲長期生活在朝中的宮廷文人, 沈·宋都作有數量可觀的宮廷侍宴應制之
作, 但由于他們內在的藝術修養與顯明的創作個性, 使得這類作品大多擺脫了早期宮廷詩那樣
的矯飾堆垛, 虛浮靡弱之弊, 豊富的想像力與敏銳的感受力的運用之中, 形成淸新流暢的表現
風格, 更接近於個人寫景抒情之作.(南京: 江蘇教育出版社, 1994) 303쪽.

15) 이에 관해 董連祥〈略說沈佺期, 宋之問詩歌的意蘊、意象〉의 "飜開沈、宋各占三卷的≪全唐
詩≫, 我們發現, 他們創作了一些標準的五、七言律, 也寫有許多樂府, 歌行. 有的僻藻華美, 有
的則表現出淸新自然的語言風格."라는 언급 참조.(≪昭烏達蒙族師專學報≫, 第22卷, 第22
期, 17쪽)

春宮應制〉를 보자.

芳郊綠樹散春晴　　향기로운 교외와 푸른 숲에 봄날의 맑은 빛은 흩어지고
復道離宮煙霧生　　복도와 이궁에는 연기와 안개가 피어나네
楊柳千條花欲綻　　버드나무는 천 갈래로 꽃 터뜨리려 하고
蒲萄百丈蔓初縈　　포도는 백 길 덩굴에 얽히려 하네
林香酒氣元相入　　숲 향기와 술기운은 하나로 서로 모여들고
鳥囀歌聲各自成　　새 지저귐과 노래는 각기 소리를 이루네.
定是風光牽宿醉　　필경 풍광이 숙취를 끌 것이니
來晨復得幸昆明　　새벽되면 다시 곤명으로 납실 수 있으리

　이것은 景龍 4年 봄에 中宗이 長安 禁苑 동남쪽에 있는 望春宮에 행차하였
을 때 지은 것으로, 궁정시의 상투적인 수법인 三部式에서 크게 벗어나지 않
고 있다. 그러나 두 번째 구절과 마지막 한 구절만이 '應制'의 분위기를 자아
내고 있을 뿐, 나머지는 지극히 자연스런 언어로 봄의 풍광을 관찰하고, 또
그 속에서 얻은 즐거움을 읊고 있다. 이는 ≪唐詩成法≫에서 이 시에 대해 다
음과 같이 분석한 바와 같다.

　'터뜨리려 하다[欲綻]' 이 두 글자는 딱 들어맞는 표현이다. '하나로 서로 모여
들고[元相入]', '각기 소리를 이루네[各自成]'의 글자에서는 새로움이 생겨난다.
'풍광[風光]'은 위 여섯 구절과 합쳐져 연결되고, '숙취[宿醉]'는 다섯째, 여섯째
구절과 연결되며, '곤명지[昆明]'는 望春宮과 연결된다. 다만 두 번째 구절과
여덟 번째 구절만이 응제시에 해당 할 뿐이고, 나머지는 단지 봄놀이의 작품이
되니 지극히 뛰어나다.[16]

───────────────

16)　제Ⅲ장 注(32) 참조.

194

확실히 이 시는 '새로움'을 추구하는 가운데 '流暢'한 시어를 구사하고 있음을 알 수 있다. 이러한 점은 이 시를 ≪文苑英華≫卷174에 실려 있는 동일한 제목의 다른 시인들의 작품과 비교를 해 보면 더욱 확연히 알 수 있다.[17] 다음에서 송지문의 〈夏日仙萼亭應制〉를 보자.

高嶺逼星河　은하수에 다가선 높은 봉우리
乘輿此日過　수레 타고 오늘 넘어가네
野含時雨潤　들녘은 때 맞은 비에 윤택하고
山雜夏雲多　산엔 흐드러진 여름 구름 많네
睿藻光巖穴　황제의 문장은 바위 동굴을 밝히고
宸襟洽薜蘿　황제의 흉금은 벽라넝쿨과 조화이루네
悠然小天下　유유히 작은 천하 굽어보니
歸路滿笙歌　돌아가는 길엔 생황 노래 가득하구나

仙萼亭이 어느 곳이고, 이 시가 언제 지어진 것인가는 정확히 알 수 없다. 다만 華山에 仙掌峰이란 곳이 있는 것으로 보아 仙萼亭이 혹시 화산 부근에 있는 곳이 아닌가 추측해 볼 뿐이다. 통상적으로 '바위 동굴[巖穴]'은 隱者가 거처하는 곳을, '벽라 넝쿨[薜蘿]'은 은자의 의복이나 집을 은유한다. 이 시역시 마지막 한 구절의 상투적인 내용과 5, 6구의 '睿藻', '宸襟' 시어를 제외하고는, 마치 流暢한 산수 기행시를 보는 듯한 분위기를 자아낸다. 특히 전반부 4구절에서 비 갠 뒤에 펼쳐진 높은 산봉우리의 풍경을 매우 淸新한 언어로 묘사한 점은 퍽 인상적이다.

---

17) 이 점에 관해 Stephen Owen은 "심전기의 궁정체 풍격 특유의 유창함은 ≪文苑英華≫卷 174에 인용된 이 시와 일련의 다른 시 사이에서 명백한 대조를 띠며 나타난다."라고 언급했다. (≪初唐詩≫, 421쪽. 注(37) 참조.) ≪文苑英華≫卷174에는 岑羲, 崔湜, 張說, 劉憲, 蘇頲 등의 작품이 함께 실려 있다.

이밖에 심전기의 〈白蓮花亭侍宴應制〉, 〈仙萼池亭侍宴應制〉 등과 송지문의
〈奉和幸長安故城未央宮應制〉, 〈春日芙蓉園侍宴應制〉 등은 모두 청신유창한
풍격을 느낄 수 있는 시 들이라 할 수 있다.

심·송의 일부 봉화응제시 속에서 엿볼 수 있는 청신유창한 풍격은 시인의
개성이 더욱 확연히 드러나는 심·송의 山水, 述懷, 贈答詩 등에서 더욱 폭
넓게 살펴 볼 수 있다. 그 예로 심전기의 〈嶽館〉을 살펴보자.

洞壑仙人館　동굴은 신선 머무는 곳일지니
孤峰玉女臺　외로운 봉우리 옥녀대라...
空濛朝雨合　아득하게 아침 비와 합쳐지고
窈窕夕陽開　그윽하게 석양 속에서 열리네
荒澗含輕雨　거친 개울은 가벼운 비를 머금고
虛巖應薄雷　빈 동굴은 작은 천둥소리에 응하네
正逢鸞與鶴　때마침 난새와 학이
歌舞出天來　노래하고 춤추며 하늘에서 내려오는 것 마주치네

玉女臺는 嵩山에 있는 것으로, 漢武帝가 이 곳을 지나다 仙女를 보았기에
玉女臺라 불렀다는 典故가 있다.[18] 마지막 두 구절에서 신선이 타고 다닌다
는 난새와 학을 만난다고 한 것은 이러한 전고를 원용한 것이다. 이 시는 옥녀
대와 그 주변의 자연 경물을 묘사하는 것을 주축으로 삼고 있다. 특히 頷聯과
頸聯에서는 그 경물묘사를 신비스러운 가운데 매우 淸新한 언어로 그려내고
있다. 전반적으로 전고의 사용과 경물의 묘사가 자연스럽고 유창하게 전개되
고 있음을 볼 수 있다.

다음에서 송지문의 〈秋晚遊普耀寺〉를 보자.

---

18) ≪明一統志≫:"玉女臺在登封縣東四十五里, 與嵩高連亘, 漢武帝東遊過此, 見仙女, 因名."
　　(≪四庫全書≫本, 史部, 地理類, 總志之屬.)

薄暮曲江頭　곡강 어귀에 어둠이 깔리니
仁祠暫可留　사찰에 잠시 머물러도 좋으리
山形無隱霽　산 모양은 쾌청함이 드러나지 않은 것은 없고
野色遍呈秋　들녘의 색은 온통 가을빛이네
花覆香泉密　꽃 덮인 향기로운 연못은 고요한데
藤緣寶樹幽　등나무가 에두른 곳엔 진귀한 수풀로 그윽하네
平生厭塵事　평생에 번잡한 세상사 싫어했거늘
過此忽悠悠　이곳 지나며 홀연 유연해지네

　이 시는 송지문이 景龍 3年(709) 가을 越州長史로 폄적되기 얼마 전에 지은 것으로 추측된다. 普耀寺는 長安 東南에 위치한 사찰로, 시인은 이 곳에 들러 보고 느낀 바를 읊고 있다. 시는 전반적으로 사찰 주위의 풍경을 맑고 참신하게 묘사하고 있어, 마치 한 폭의 수채화를 보는 듯한 느낌을 준다. 특히 頷聯에서 "산 모양에 쾌청함이 드러나지 않은 것은 없고, 들녘의 색은 온통 가을빛이네.[山形無隱霽, 野色遍呈秋]"라고 노래한 부분은, 그 수사 기교 상으로 완전한 대구를 이루고 있음에도 불구하고, 억지스런 조탁의 흔적을 찾아보기 힘들 정도로 자연스럽다.

　이와 같은 淸新流暢한 풍격은, 심·송의 여러 산수자연시 속에서 어렵지 않게 살펴 볼 수 있다. 심전기의 〈入少密溪〉, 〈嶽館〉, 〈自昌樂郡溯流至白石嶺下行入郴州〉, 〈夜宿七盤嶺〉 등과 송지문의 〈始安秋日〉, 〈遊禹穴迴出若耶〉, 〈經梧州〉, 〈早發平昌島〉 등은 모두 그 좋은 예이다. 劉勰은 일찍이 "山水를 논하자면, 소리를 따라 모습을 얻는다."[19]라고 말한 바 있는데, 이는 마치 심·송의 산수시를 가리키는 듯 하다.

　淸新流暢한 풍격은 심·송의 述懷詩에서도 살펴 볼 수 있다. 심전기의 〈嶺

---

19) 劉勰著, 范文瀾註, 《文心雕龍註》卷1: "論山水, 則循聲而得貌."(臺北:學海出版社, 1991, 47쪽)

表寒食〉을 보자.

> 嶺外逢寒食　재 밖에서 맞이한 한식절
> 春來不見餳　봄이 와도 물엿 구경 못하네
> 洛中新甲子　낙양성의 새로운 달력에는
> 何日是淸明　어느 날이 청명절인가?
> 花柳爭朝發　꽃과 버들은 아침에 앞 다투어 피우고
> 軒車滿路迎　길 가득 수레 마차 맞이하네
> 帝鄕遙可念　황제 계신 고향을 아득히 그리니
> 腸斷報親情　애간장 끊으며 가족의 정 보내네

　이것은 시인이 神龍 2年(706) 驪州에 폄적되었을 때 지은 시이다. 시는 전반적으로 비교적 평이한 시어로 폄적지에서 한식날을 맞이하여 쓸쓸하게 도성을 그리는 애틋한 심정을 잘 드러내었다. "꽃과 버들은 아침에 앞 다투어 피우네(花柳爭朝發)"라는 표현은 매우 청신하며, "봄이 와도 물엿 구경 못하네[春來不見餳]"라든가, "어느 날이 청명절인가?[何日是淸明]"라는 시구는 거의 구어에 가깝다. 이와 같이 淸新流暢한 분위기는 심·송의 시가에서 폭 넓게 공통적으로 살펴 볼 수 있는 것이었다. 바로 이러한 풍격의 유사성으로 인해 후세 사람들은 종종 심전기의 작품을 송지문의 것으로 오인하거나, 혹은 송지문의 작품을 심전기의 것으로 잘못 착각했던 경우가 있었던 것이다. 劉禹錫(772~842)이 "僻字를 사용하여 시를 지을 때에는 반드시 전고가 있어야 한다. 송지문은 '馬上逢寒食, 春來不見餳.'라 했는데, 일찍이 이 글자(餳)를 의심하였다."[20]라고 언급하여, 위의 시를 송지문의 〈途中寒食題黃梅臨江驛寄崔融〉의 "馬上逢寒食, 途中屬暮春."과 착각하여 잘못 오인한 것은 바로 그 대표적

---

20)　王讜, ≪唐語林≫卷2: "劉禹錫曰; 為詩用僻字, 須有來處.. 宋考功云: '馬上逢寒食, 春來不見餳.'常疑之."(臺北: 臺灣商務印書館, 1979, 41쪽)

인 예이다.

다음으로 송지문의 〈早發始興江口至虛氏村作〉을 살펴보자.

候曉踰閩嶠　새벽을 기다려 東嶠山을 넘어가다가
乘春望越臺　봄을 틈타 越王臺를 바라보네
宿雲鵬際落　한밤중 구름은 붕새의 끝에서 떨어지고
殘月蚌中開　이지러진 달은 진주조개 속에서 빛나네
薜荔搖靑氣　벽려수는 푸른 기운에 흔들리고
桄榔翳碧苔　사탕야자나무는 청록 이끼에 덮여 있네
桂香多露裏　계수나무 향기는 많은 이슬에 스미고
石響細泉回　돌 개울 소리는 가늘게 못에 돌아 울리네
抱葉玄猿嘯　잎가지 안고 검은 원숭이는 울부짖는데
啣花翡翠來　꽃을 물고 비취빛 물총새는 날아오네
南中雖可悅　남방에는 비록 즐거운 것 있으나
北思日悠哉　북녘 땅 생각은 날이 갈수록 아련해지네
鬢髮俄成素　숱 많은 머리는 홀연 세어지고
丹心已作灰　붉은 마음은 이미 재가 되었네
何當首歸路　언제쯤이나 귀향길에 올라
行剪故園萊　고향 정원의 잡초를 벨 수 있으랴

이 시는 바로 위에서 살펴 본 심전기의 〈嶺表寒食〉과 똑같이 思鄕을 읊고 있다.[21] 3, 4구에서 "한밤중 구름은 붕새의 끝에서 떨어지고, 이지러진 달은 진주조개 속에서 빛나네.[宿雲鵬際落, 殘月蚌中開]"라고 한 것은 참신하다 못해 奇異하기까지 하다. 제5구부터 여섯 구절에 걸쳐 매우 정련된 시어로 越王臺 주변 경관을 묘사한 부분은 청신함을 자아내기에 충분하다. 제12구부터 마

---

21)　宋之問, 〈早發始興江口至虛氏村作〉의 주제와 내용은 제Ⅲ장 119-120쪽 참조.

지막까지는 고향을 그리는 마음을 마치 산문 쓰듯이 표현하고 있다. 먼저 배경을 설정하고 경관을 묘사한 뒤 심정을 술회하는 시의 전개 방식은 流麗한 시어와 더불어 자연스러움을 잃지 않고 있다. ≪唐詩直解≫에서 이 시를 "붓을 댄 것이 은근하여 막힘이 없으며, 흐르듯 아름답고 또한 세밀하며 깨끗하다."[22]라고 평한 것은, 이 시가 淸新流暢한 풍격에서 크게 벗어나지 않고 있음을 잘 대변해 준다.

이밖에 심전기의 〈臨高台〉, 〈入衛作〉, 〈十三四時常從巫峽過他日偶然有思〉 등과 淸代 冒春榮의 ≪葚原詩說≫에서 "공교함만을 일삼지 않고 지극히 자연스럽다."[23]라는 평을 받은 송지문의 〈陸渾山莊〉, 그리고 그의 〈初到陸渾山莊〉, 〈別之望後獨宿藍田山莊〉 등의 述懷詩 역시 위의 풍격에서 크게 벗어나지 않는 것이라 할 수 있다.

다음에서는 심·송의 증답시에서 엿볼 수 있는 청신유창한 풍격을 살펴보자. 먼저 심전기의 〈餞遠〉을 예로 든다.

任子徇遐祿	임씨가 먼 곳으로 관직 찾아가기에
結友開舊襟	친구 맺은 오랜 흉금 털어보네
撙酒輟行歎	술 준비해 이별의 탄식 멈추려하나
指途勤遠心	길 가리키며 멀리 떠나보내는 마음은 근심스럽네
秋晶澄迴壑	교교한 가을빛에 돌아드는 계곡은 맑고
霽色肅明林	갠 하늘색에 환한 숲이 고요하구나
曖然淸軒暮	어둑어둑 깨끗한 작은 방에 저녁이 들면
浩思非所任	가없는 생각은 이겨낼 수 없으리

---

22) ≪唐詩直解≫: "下筆宛轉不滯, 流麗亦細淨."(≪唐詩彙評≫, 86쪽)
23) 冒春榮 ≪葚原詩說≫ 卷1: "詩以自然爲上, 工巧次之. 工巧之至, 始入自然, 自然之妙, 無須工巧. … 五言如孟浩然〈過故人居〉, …… 宋之問〈陸渾山莊〉, 此皆不事工巧極自然者也."(郭紹虞 編選 ≪淸詩話續編≫, 1584쪽)

任子가 누구인지는 알 수 없다. '結友'라고 한 것으로 보아, 친구 혹은 동료 인 것으로 판단된다. 이 시는 친구를 멀리 떠나보내는 서글픈 심정을 비교적 자연스런 어조로 은근하게 드러내고 있다. 이 시는 자칫 哀傷 일조로 흐르기 쉬운 餞別詩에서 "교교한 가을빛에 돌아드는 계곡은 맑고, 갠 하늘색에 환한 숲은 고요하구나.[秋晶澄回壑, 霽色肅明林]"라며 청신한 배경을 묘사하거나, 혹은 '깨끗한 작은 방[淸軒]'이라는 시어를 사용한 것이 이채롭다. 청신한 분 위기를 이끄는 묘사가 이별의 슬픔을 더욱 부각 시키고 있음을 엿볼 수 있다.

마지막으로 송지문의 〈冬宵引贈司馬承禎〉을 살펴보자.

河有冰兮山有雪	강 얼어붙고 산에 눈 내리니
北戶墐兮行人絶	북문은 막히고 행인도 끊겼네
獨坐山中兮對松月	홀로 산 속에 앉아 소나무 달 마주하니
懷美人兮屢盈缺	아름다운 임 생각에 달은 몇차례 차고 이지러졌네
明月的的寒潭中	밝은 달은 반짝반짝 차가운 연못 비추고
靑松幽幽吟徑風	푸른 소나무는 그윽하게 오솔길 바람을 읊조리네
此情不向俗人說	이 마음 속인에겐 털어놓지 않을지니
愛而不見恨無窮	사모하되 보지 못하니 시름은 끝이 없구나

이 시는 楚辭體를 모방한 것이다. 송지문이 '方外十友'의 한 일원으로서 함 께 교분을 나누었던 司馬承禎을 그리워하는 마음을 내비친 시이다. 사모하나 볼 수 없는 애틋한 심정을 행인도 끊긴 눈 내리는 산 중에 홀로 앉아 임을 그리는 형상으로 그리고 있는데 그 묘사가 매우 청신하다. 특히 孤獨 혹은 高 潔한 인격을 상징하는 '푸른 소나무[靑松]'는 청신의 이미지를 더욱 강화 시키 고 있다. 전반 네 구에서는 '兮'자를 사용하여 시를 부드럽게 이끌고 있으며, 마지막 두 구절은 거의 산문에 가깝다.

이밖에 ≪圍爐詩話≫에서 "전편에 걸쳐 유창하다."24)라는 평을 받은 심전기의 〈遙同杜員外審言過嶺〉과 〈和崔正諫登秋日早朝〉, 〈和中書侍郎楊再思春夜宿直〉, 〈李舍人山園送龐邵〉, 그리고 송지문의 〈敬答田徵君〉, 〈遊陸渾南山自歇馬嶺到楓香林以詩代書答李舍人適〉, 〈軍中人日登高贈房明府〉 등의 贈答詩 또한 淸新流暢한 풍격에서 크게 벗어나지 않는 것으로 볼 수 있다.

(3) 奇崛險怪

심·송의 시가 속에서는 高華典重하거나 淸新流暢한 풍격에 비해 그 수량이 상대적으로 매우 적기는 하여도, 기괴하면서 평탄치 않은 면모를 보이는 이른바 奇崛險怪한 작품을 공통적으로 살펴 볼 수 있다. 이러한 풍격을 보이는 작품들은 주로 심·송이 嶺南의 이남지역으로 폄적 당한 후 창작한 詩作에서 집중적으로 보이는 것이 특징이다. 이에 관해 聶永華≪初唐宮廷詩風流變考論≫에서는 다음과 같이 언급하고 있다.

> 남국의 높은 산과 준령, 빠른 물살과 깊은 못이 또한 이들로 하여금 새로운 시야를 얻게 해주었고, 시가는 宮廷 중에서의 단정하고 근엄함을 한번 더 변화시켜 깊고 신괴한 경물의 묘사 속에서 형성된 奇崛險怪한 언어 풍격으로 바뀌게 되었다.[25]

다만 이러한 풍격을 띠는 작품은 상대적으로 적은 일부에만 한정되어 있다. 그러나 그 수량이 비록 상대적으로 극히 적은 것이라고는 하여도, 이러한 풍격이 후에 杜甫나 韓愈가 본격적으로 개척, 발전시킨 소위 '奇險派'의 先河가

---

24) 吳喬, ≪圍爐詩話≫: "〈過嶺〉詩, 通篇流利."(≪淸詩話續編≫, 552쪽)
25) 聶永華, ≪初唐宮廷詩風流變考論≫: "南國的高山峻嶺, 疾流深覃, 也使他們獲得了新的視覺, 詩歌一變宮廷中的端謹莊嚴, 在對幽深靈易之景的描畫中形成的奇崛險怪的語言風格."(318쪽)

된다는 점에서 중국 詩史의 발전에 있어서 매우 중요한 의의가 있다 하겠다.

먼저 심전기의 〈初達驩州〉를 예로 든다.

流子一十八　유배된 이는 열여덟인데[26]

命予偏不偶　나의 운명이 가장 좋지 않구나

配遠天逾窮　멀리 유배되어 하늘의 끝에 이르고

到遲日最後　늦게 이르러 날짜 가장 뒤쳐졌네

水行儋耳國　물길로 귀 늘어뜨린 나라를 가고

陸行雕題藪　육로로 이마에 문신한 사람들 사는 숲 지나네

魂魄游鬼門　혼백은 귀문관에서 노닐고

骸骨遺鯨口　해골은 고래 입에 남겠네

夜則忍飢臥　밤이면 굶주림 참으며 눕고

朝則抱病走　아침이면 병 안은 채 걸어가네

搔首向南荒　머리 긁으며 남쪽 거친 들 향하고

拭淚看北斗　눈물 훔치며 북두성을 바라보네

何年赦書來　어느 해나 사면조서 내려와

重飲洛陽酒　다시 낙양의 술을 마시겠는가?

이 시는 심전기가 神龍 元年(705)에 폄적지인 驩州에 막 도착하여 지은 것으로, 폄적으로 인한 失意가 매우 잘 드러나 있다. 폄적지에 처음 막 도착했다는 제목에 걸맞게 남방의 낯선 풍격을 매우 생경한 언어로 표현하고 있다. 특히 제5구에서부터 네 구절에서는, 귀를 길게 늘어뜨리며 살아간다는 '儋耳國', 이마에 문신을 한 부족인 '雕題', 또한 "혼백이 鬼門關에 노닌다"거나 "해골이 고래 입에 남겨진다." 등의 표현을 구사함으로써, 독자로 하여금 매우

---

26) 《舊唐書·張行成傳》卷78: "神龍元年正月 … 誅易之昌宗於迎仙院. … 朝官房融, 崔神慶, 崔融, 李嶠, 宋之問, 杜審言, 沈佺期, 閻朝隱等, 皆坐二張竄逐, 凡數十人." 참조.

기이하고 험괴한 인상을 느끼게 한다. 확실히 이 시는 기굴험괴의 분위기를 물씬 풍긴다 할 만하며, 후세 奇險派의 先河가 되기에도 손색이 없다. 그런 면에서 ≪靜居緒言≫에서 "⟨初達虁州⟩한 篇은, 奇險함을 파내고 꺼냈으니, 杜甫와 韓愈의 시작을 열었다. 시에 이르기를, '流子一十八, …… 重飮洛陽酒'이 모두는 구속을 받지 않은 것으로, 스스로 하늘로 걸어 오른 것이다. 시를 말하는 이들이 자주 이것을 수록하지 않으니 어찌 진정 훌륭한 말이 없는 것인가?"[27]라고 한 것은 수긍이 간다.

이어서 심전기의 ⟨夜泊越州逢北使⟩를 살펴보자.

天地降雷雨	천지에 우레와 비 내리고
放逐還國都	쫓겨났다가 다시 서울로 돌아가네
重以風潮事	바람과 조수를 중히 여기니
年月戒回艫	기일을 잘 골라 돌아갈 배 준비하네
容顔荒外老	모습과 얼굴은 황무지 땅 밖에서 늙었고
心想域中愚	마음과 생각은 나라 안에서 어리석었었네
憩泊在玆夜	이 밤에 쉬며 정박하노니
炎雲逐斗樞	불꽃같은 구름은 북두성을 좇네
颷颱縈海若	회오리바람은 바다의 신을 휘감아 돌고
霹靂耿天吳	벼락은 물의 신을 밝히네
鼇抃群島失	큰 거북이 손뼉 치니 뭇 섬들이 사라지고
鯨吞衆流輸	고래는 여러 물줄기 모아 들이키네
偶逢金華使	우연히 조정의 사신 만나니[28]

---

27) ≪靜居緒言≫: "⟨初達虁州⟩一篇, 鑿奇出險, 創杜韓之始, 云; 流子一十八, …… 重飮洛陽酒.', 皆不受牢籠, 自騁天步. 言詩者往往不錄, 豈眞無馬邪."(郭紹虞編選, ≪淸詩話續編≫, 上海: 上海古籍出版社, 1999, 1636쪽)

28) 金華는 본래 漢代의 未央宮 宮殿 이름으로, 후에 朝廷의 대명사로 쓰였다. ≪漢書 · 敍傳≫ 卷100上: "時上方鄕學, 鄭寬中, 張禹朝夕入說尚書,論語於金華殿中."라는 기록이 보인다.

握手淚相濡　손 부여잡고 서로 눈물 적시네

飢共噬齊棗　허기지면 함께 齊 땅의 대추를 씹고

眠共席秦蒲　졸리면 함께 秦 땅의 왕골 돗자리 까네

既北思攸濟　(나는) 이미 북쪽에 마음 있기에 물을 건너는 것이라 하는데

將南眘所圖　(사신은) 남으로 향하는 것은 신중히 그곳을 도모하고자 함이라
　　　　　　 하네

往來固無咎　가고 오는 것에 진실로 허물없거늘

何忽憚前桴　어찌 홀연히 앞으로 가는 뗏목을 꺼리는 것인가?

　이것은 심전기가 神龍 3年(707)에 폄적지에서 사면을 받고 서울로 돌아가는 길에, 越州에서 조정 사신을 만나 지은 것이다. 이것 역시 앞의 시와 마찬가지로 매우 낯선 표현들이 독자로 하여금 시의 의미를 모호하게 만들고 있다. 이 시에 대해 Stephen Owen은 다음과 같이 언급한 바 있다.

　　서두에 나오는 폭풍우의 주제는 두 개의 전통적인 연관, 즉 각각의 여행자들 중 하나를 결합시키고 있다. 한편으로는 황제의 총애를 나타내는 '비'이고, 다른 한편으로는 역경을 나타내는 '폭풍'의 개념이다. 심전기는 이어서 계속 태풍의 가공할 모습을 묘사하였는데 신화에 나오는 바다의 생물들 및 땅을 떠받치고 있는 자라를 살게 하였다. 마지막으로 심전기는 사람들끼리의 결합과 다양한 운명에 맞서야 한다는 평탄한 전달로 시를 평온케 하였다.[29]

　이 시는 전반적으로 복잡한 이미지를 생경한 시어로 표현하고 있다. 특히 제8구에서 12구까지의 晦澁한 묘사는 奇崛險怪의 풍격에 지극히 부합한다.
　이외에 위와 같이 폄적지에서 이국의 기이한 경물을 묘사한 심전기의 〈神龍初廢逐南荒途出郴口北望蘇耽山〉, 〈入鬼門關〉, 〈自昌樂郡溯流至白石嶺下行

---

29) Stephen Owen著, 오세후譯 ≪초당시≫, 440쪽.

入郴州〉 등의 詩作과 "옥갑은 깊은 지하를 경험했고, 거울위의 금룡은 깊은
굴에 숨었었네. …… 이끼는 맑은 못을 가리고, 벌레는 밝은 달을 갈아먹었
네.[玉匣歷窮泉, 金龍蟄幽窟. … 苺苔翳淸池, 蝦蟆蝕明月]"라고 읊은 〈古鏡〉
은 모두 奇崛險怪의 풍격에 어울리는 것이다.

이러한 풍격은 송지문의 〈早入淸遠峽〉에서도 찾아볼 수 있다.

傳聞峽山好	협산이 좋다는 소문 들었기에
旭日棹前沂	해 막 솟자 물결 앞으로 노 저어 나가네
雨色搖丹嶂	비에 비친 풍경은 가파른 붉은 산에 흔들리고
泉聲聒翠微	샘물 소리는 푸른 산에서 요란하네
兩岩天作帶	양쪽 낭떠러지는 하늘이 만든 띠요
萬壑樹披衣	가파른 골짜기엔 나무마다 옷을 입었네
秋橘迎霜序	가을 귤은 서리 내리는 계절을 맞이하고
春藤礙日輝	봄 넝쿨은 햇빛을 막네
翳潭花似織	숨겨진 연못엔 꽃들을 짠 듯하고
緣嶺竹成圍	산령 따라 대나무는 둘러싸고 있네
寂歷環沙浦	고요함이 모래 물가를 에워싸는데
葱蘢轉石圻	짙푸르게 무성한 초목은 바위 언덕에서 바뀌네
露餘江未熱	남은 이슬로 강은 아직 뜨겁지 않고
風落瘴初稀	바람내려 숲안개는 막 옅어졌네
猿飲排虛上	원숭이는 높이 솟은 곳에서 물을 마시고
禽驚掠水飛	새는 놀라 물을 스치며 나네
榜童夷唱合	노 젓는 아이는 오랑캐 노래 함께 부르고
樵女越吟歸	나무하는 여인네는 월나라 노래 읊조리며 돌아가네
良候斯爲美	좋은 계절 이토록 아름답건만
邊愁自有違	변방의 수심으로 스스로 여의치 않네
誰言望鄕國	그 누가 고향 바라보면
流涕失芳菲	눈물 흘리며 향기 잃는다 했는가?

清遠峽은 현재의 廣東 淸遠縣에 위치한다. 이것은 송지문이 貴州에서 죽음을 맞기 바로 직전인 先天 元年(712) 貴州, 廣州로 돌아가는 길에 淸遠峽을 지나며 지은 것으로 보인다. 제20구에서 "변방의 수심으로 스스로 여의치 않구나.[邊愁自有違]"라고 한 부분은 그러한 죽음을 예감 한 듯하다. 시는 많은 부분을 할애하며 협산의 정경을 묘사하고 있는데, 그 묘사가 奇崛險怪하다. "비색깔은 가파른 붉은 산에 흔들리고[雨色搖丹嶂]"라고 한다든지, "남은 이슬로 강은 아직 뜨겁지 않고, 바람내려 장기는 막 엷어졌네.[露餘江未熱, 風落瘴初稀]"라고 한 부분에서 모두 그러한 풍격을 느낄 수 있다. 이어서 송지문의 〈發端州初入西江〉을 보자.

問我將何去	스스로 '어디로 가려는가?' 묻는다면
淸晨泝越溪	맑은 새벽 월계를 거슬러 올라가네
翠微懸宿雨	푸른 산 빛은 간밤의 비로 공중에 매달렸고
丹壑歙晴霓	붉은 계곡은 갠 하늘 무지개를 마시네
樹撮稍雲密	나무 그림자 점점 구름처럼 빽빽해지고
藤陰覆水低	등나무 넝쿨 그늘은 물을 덮으며 낮게 깔렸네
潮回出浦駛	조수 밀려오자 강어귀에서 나아가고
洲轉望鄕迷	섬을 돌자 멀리 고향 아득해지네
人意長懷北	사람의 마음은 오래오래 북녘을 생각하나
江行日向西	강물은 날로 서쪽으로 향하네
破顏看鵲喜	반가운 까치에 크게 웃음 짓고
拭淚聽猿啼	원숭이 울음에 눈물 훔치네
骨肉初分愛	형제간에 처음으로 헤어지고
親朋忽解攜	친구는 홀연 이별했다네
路遙魂欲斷	길이 멀어 혼 끊어지려하나
身辱理能齊	몸 욕되니 이치가 능히 온전할 수 있을까?
疇日三山意	예전에 신선 구하고자 했던 뜻[30]

于玆萬緒暌　여기에서 만사가 어긋났구나
金陵有仙館　금릉에 신선 객사 있으니
卽事尋丹梯　눈앞에서 신선으로 통하는 길을 찾노라[31]

이것은 시인이 景雲 2年(711)에 유배지 欽州로 가는 도중에 지은 것이다. 유배되어 가는 신세에서 비롯된 여러 상념을 토로하고 있으며, 마지막 구절에서는 신선 찾는 일로 분위기 전환을 시도하고 있다. 이 시 역시 위의 시와 마찬가지로 곳곳에서 奇險한 표현을 살펴 볼 수 있다. "푸른 산 빛은 간밤의 비로 공중에 매달렸고, 붉은 계곡은 갠 하늘 무지개를 마시네.[丹壑飮晴霓, 翠微懸宿雨]"라는 기이한 묘사라든지, "등나무 넝쿨 그늘은 물을 덮고 낮게 깔렸네[藤陰覆水低]"라고 하거나, "조수 밀려오자 강어귀에서 달려 나가고[潮回出浦駛]"라고 하는 부분은 확연히 '淸新流暢'한 분위기와는 구별이 되어지며, 다소 晦澁한 어감을 주고 있다.

이밖에 "이슬은 천 송이 꽃의 향기를 적시고, 연못은 만 가지 구멍 소리와 조화 이루네. 깊은 곳으로 부여잡고 올라 붉은 곳에서 쉬고, 험한 곳에 올라 초록빛 속에서 나아가네.[露裛千花氣, 泉和萬籟聲. 攀幽紅處歇, 躋險綠中行.]"라고 읊은 〈發藤州〉 또한 奇崛險怪한 풍격을 비교적 선명히 드러내고 있다.

이상에서 살펴 본바와 같이, 高華典重, 淸新流暢, 奇崛險怪한 면모는 심·송 시가에서 공통적으로 살펴 볼 수 있는 풍격이라 할 수 있다. 고화전중한 풍격은 주로 정식적이며 상대적으로 엄숙한 분위기를 요하는 응제시나 일부 증답시에서 집중적으로 보인다. 청신유창한 풍격은 시인의 개성을 비교적 잘

---

30)　三山意는 神仙이 산다는 蓬萊, 方丈, 瀛洲 세 산에 대한 동경을 가리킴. ≪史記·秦始皇本紀≫卷6: "徐市等上書言, 海中有三神山, 名曰, 蓬萊,方丈,瀛洲. 僊人居之, 請得齋戒與童男女求之."참조.
31)　丹梯는 신선을 찾아가는 길을 가리킴. ≪杜詩詳注≫卷1: "鴻寶寧全秘, 丹梯庶可凌靈." 邵寶之注, "丹梯, 山上升仙之路."참조.

드러낼 수 있는 산수시나 술회시 혹은 일부 증답시에서 폭 넓게 살펴 볼 수 있다. 그리고 기굴험괴한 풍격은 주로 심·송이 폄적된 이후 남방의 이국적인 산수를 묘사한 일부 詩作에서 주로 살펴 볼 수 있었다. 그러나 서로 다른 두 작가의 작품 풍격이 완전히 동일할 수는 없을 것이다. 심·송의 경우에도 이들의 서로 다른 성격과 창작 개성 등으로 인해 그 풍격 역시 미세한 차이를 보이고 있다.

2. 沈·宋 詩歌의 相異點

(1) 宋之問 詩의 含蓄性

'含蓄적이다'라는 개념을 하나의 풍격으로 정식 분류한 것은, 아마도 司空圖
의 ≪二十四詩品≫에서 처음인 듯하다. 그는 여기서 含蓄을 "한 자도 드러내
지 않았지만, 風流[의경, 意境]를 모두 얻는다."[32]라는 표현으로 정의하고 있
다. 이러한 '함축'의 의미는 劉勰이 일찍이 "隱이란 글 밖의 중첩된 뜻이다."[33]
라고 한 것에 뿌리를 둔 것이며, 南宋 張戒(?-約1157)가 ≪文心雕龍·隱秀篇≫
의 逸文을 인용하며 "情이 말 밖에 있는 것을 隱이라 한다."[34]라고 했을 때의
'隱'과 일맥상통하는 것이며, 이것은 중국문학 예술표현상의 妙諦이기도 하
다.[35] 姜夔(約1155-1221)는 "말은 함축을 귀하게 여긴다. 소동파가 말하기를 '말
은 다했지만 뜻이 끝이 없는 것은 천하의 지극한 말이다. …… 만일 구절 가운
데 '餘字'가 없고, 문장 가운데 '長語'가 없으면 좋은 것 중의 좋은 것이라 할
수 없다.'"[36]라고 언급했는데 여기서의 '餘字'는 드러나지 않은 숨겨진 말을,
'長語'는 뜻이 길고 심원한 말을 의미한다.

---

32) 司空圖, ≪二十四詩品≫: "不着一字, 盡得風流."(何文煥訂, ≪歷代詩話≫, 臺北: 藝文印書
館, 1991, 25쪽)
33) 劉勰著, 范文瀾註, ≪文心雕龍·隱秀篇≫卷8: "隱也者, 文外之重旨者也."(632쪽)
34) 張戒, ≪歲寒堂詩話≫上: "情在詞外曰隱, 狀溢目前曰秀."(丁福保, ≪歷代詩話續編≫,
456쪽)
35) 이동향, 〈中國古典詩歌中의 言外之意〉(서울: ≪중국어문논총≫, 제24집), 90쪽.
36) 魏慶之, ≪詩人玉屑≫卷1: "語貴含蓄, 東坡云, 言有盡而意無窮者, 天下之至言也. …… 若句
中無餘字, 篇中無長語, 非善之善者也."(臺北: 世界書局, 1971, 10-11쪽)

이와 같이 직접적으로 드러내지 않고 완곡한 표현을 통해 뜻을 전달하는 방식은 송지문의 시가뿐만 아니라 일부 심전기의 시가 속에서도 찾아볼 수 있다. 그러나 심·송의 시가를 자세히 비교해 보면, 송지문의 詩作이 심전기의 그것에 비해 더욱 함축적이며 완곡하다는 것을 알 수 있다. 송지문의 시가 이렇듯 더욱 함축적인 것에는, 주로 아마도 보다 직설적인 심전기의 성격에 비해 더욱 복잡하고 소심한 그의 성격에서 유래하는 듯하다. 먼저 ≪本事詩≫에 실려 있는 다음의 일화를 통해 송지문의 성격을 추측해 보자.

송지문이 武后시절에 北門學士가 되고자 청하였으나 윤허되지 않았다. 그래서 〈明河篇〉을 지어 그의 뜻을 보였다. … 무후가 그 시를 보고 崔融에게 이르기를 "내가 송지문이 재주가 있는 것을 모르는 것은 아니나, 다만 그의 입에 문제가 있기 때문이다."라 했다. 대체로 송지문이 잇병이 있어 입에서 자주 냄새가 났었기 때문이리라. 송지문은 이를 평생토록 부끄러워하고 원망하였다.[37]

"평생토록 부끄러워하고 원망하였다.[終身慚憤]"라는 부분을 통해, 송지문은 확 트인 성격의 소유자라기보다는 다소 소심하고 집착이 강했던 인물이 아니었을까 하는 추측을 낳게 한다. 사실 송지문이 자신의 생명과 功名에 대해 다소 지나칠 만큼 집착했었던 것은 틀림 없어 보인다. 실제로 그 자신이 "세상의 그 무엇이 나의 몸보다 귀중할까?[何物貴吾身, 〈始安秋日〉]"라 했었고, 또한 "봄에서 가을에 이르기까지, 그것의 탄생을 보았고, 성장을 보았고 번성함을 보았으며, 그것의 쇠락함을 애석해 하였다. 천수를 다하여 요절한 것이 없었으니, 진실로 신선의 정원으로 떨어져 있기에, 사람들은 볼 수가 없구

---

37) ≪本事詩≫卷4: "宋考功, 天后朝求為北門學士, 不許. 作〈明河篇〉以見其意. 末云: '明河可望不可親, 願得乘槎一問津. 更將織女支機石, 還訪成都賣卜人.' 則天見其詩, 謂崔融曰, '吾非不知之問有才調, 但以其有口過.' 蓋以之問患齒疾, 口常臭故也. 之問終身慚憤."(丁福保, ≪歷代詩話續編≫, 16쪽)

나."38)라 하며 요절하지 않고 천수를 다해 영화를 누린 연꽃을 찬미한 적이
있었다. 앞서 '송지문의 生平'에서 이미 살펴 본바와 같이, 자신의 정치적 입
지를 위해 비록 그것이 후세 사람들이 생각하는 것처럼 그렇게 비열하게 행동
하지는 않았을 지라도, 다소 지나칠 정도로 張易之 형제에게 아부를 했던 사
실 등을 통해 어느 정도 그의 성격을 추론해 볼 수 있을 것이다. 이렇듯 다소
소심한 경향을 보이며 자신의 생명과 功名에 집착했던 송지문은, 詩文을 창작
할 때 마다 항상 다른 사람의 이목을 신경쓰며 자극적이고 직접적인 언어로
자신의 생각과 감정을 모두 그대로 드러내기에 주저했던 것 같다. 그런 면에
서 볼 때 淸代 賀裳의 ≪載酒園詩話≫에 수록된 다음의 언급은 의미심장하다.

> (심전기의)〈從驪州廨宅移住山間水亭贈蘇使君〉마지막에 이르기를; "그 옛날
> 堯 임금은 舜 임금에게 禪讓을 했거늘, 하필이면 驩兜의 죄를 반드시 물어야
> 할 것인가?"라 했는데, 송지문은 이렇게 말 할 수 없었다. 비록 흥분한 말이라
> 할지라도 오히려 탁월하며 비범하다.39)

여기서 인용된 시는 심전기가 張易之 형제에게 빌붙어 있었다는 이유로 폄
적을 당하고 난 뒤에 지은 것이다. 요임금이 순임금에게 선양한 것은 武后가
中宗에게 讓位한 것을 말하며, 요임금의 신하였던 驩兜는 심전기 자신을 암시
하고 있다. 즉 심전기는 이 시를 통해 자신의 억울함을 강하게 표출한 셈이다.
그러나 당시 함께 폄적에 연루된 송지문은 이러한 항변을 제대로 한번 드러내
지도 못했다. 그래서 "송지문은 이렇게 말 할 수 없었다.[宋不能道]"라고 한
것이다. 확실히 송지문은 심전기에 비해 보다 더 신중하며 함부로 말하기를
주저했던 성격이었던 것 같다.

---

38) 宋之問, 〈秋蓮賦并序〉(≪沈佺期宋之問集校注≫, 631쪽)
39) 賀裳, ≪載酒園詩話≫: "〈從驪州廨宅移住山間水亭贈蘇使君〉末云, '古來堯禪舜, 何必罪歡
    兜', 宋不能道. 却超卓不凡."(郭紹虞編選, ≪淸詩話續編≫, 300쪽)

이러한 송지문의 성격이 그의 시가 풍격에 그대로 반영되었으리라는 것은 어렵지 않게 추측해 볼 수 있다. 즉 그의 시가 심전기의 그것에 비해 보다 더 함축적이며 婉弱한 분위기를 보이게 된 것은 바로 이러한 그의 기질에서 연유하는 듯하다. Stephen Owen이 "심전기와 함께 송지문은 율시의 격률을 완성 시킨 것으로 알려져 왔지만, 일반적인 주제의 처리는 다소 보수적이며 그의 폄적시는 격정이 결핍되어 있다."[40]라 하여, 송지문의 시가를 '다소 보수적'이고 '격정이 결핍된' 것으로 인식한 것은, 송지문 시작이 띠는 含蓄적이며 婉弱한 면모를 잘 반증해 주는 것이라 할 수 있다.

실제로 함축적이며 완약한 분위기는 송지문의 詩作 곳곳에서 살펴 볼 수 있다. 먼저 송지문의 〈渡漢江〉을 예로 들어 본다.

嶺外音書斷　산령 밖의 편지는 끊기고
經冬復歷春　겨울을 지나 다시 봄을 지냈네
近鄕情更怯　고향에 가까워지니 마음은 더욱 겁이 나
不敢問來人　감히 오는 이에게 묻지 못하네

이 시는 시인이 神龍 2年(706) 폄적 생활을 끝내고 낙양으로 돌아오는 길에 지은 것이다. 고향이 점점 가까워지면서 느끼는 여러 가지 말 못할 복잡한 심경을 매우 含蓄적으로 형상화 시켰다. 특히 賀知章(659-744)의 〈回鄕偶書〉 시 중 "아이를 만났으나 서로 알지 못하니, 웃으며 '손님은 어디서 오시는 것입니까?'라고 묻는다."[41]라는 구절의 母胎가 되기도 한, 제3, 4구에서 '더욱 겁이 난다[更怯]'라고 하거나, "감히 오는 이에게 묻지를 못한다.[不敢問來人]"라고 한 부분은 매우 완곡하여 독자로 하여금 더욱 逼眞한 느낌을 자아내게 한다.

40)　Stephen Owen著, 장세후譯 ≪초당시≫, 455쪽.
41)　賀知章, 〈回鄕偶書〉其一: "兒童相見不相識, 笑問客從何處來."(≪全唐詩≫卷112)

≪詩法易簡錄≫에서 "'不敢問來人'은, 괴로운 상황을 반대의 내용으로 써내었다."[42]라고 하거나, 鍾惺이 ≪唐詩歸≫에서 "실제로 겪는 괴로운 역경을 모두 반대로 말하고 있으니, 意境이 한 층 더 깊어졌다."[43]라고 한 것은 바로 그러한 점을 잘 말해 준다.

여기서 한 가지 짚고 넘어 갈 것은, 송지문은 이 시에서 사용한 '감히~하지 못하다.[不敢]'라는 시어와 유사한 표현을, 그의 다른 시작에서도 비교적 즐겨 사용하고 있다는 점이다. 예를 들면 다음과 같다.

<blockquote>
不敢恨長沙　감히 長沙를 원망하지 못한다.(〈度大庾嶺〉)
鳶飛莫敢鳴　솔개는 날다가 감히 소리 내지 못한다.(〈入瀧州江〉)
詎敢棲丘樊　어찌 감히 옛 집 울타리 속에 머물 수 있으랴?(〈憶嵩山陸渾舊宅〉)
嵓棲安敢渝　바위에서 은거하는 것 어찌 감히 저버리랴.(〈嵩南九里舊鵲村作〉)
報功疇敢踰　은공에 보답하는 제사를 누가 감히 어길까?(〈謁禹廟〉)
</blockquote>

그런데 이와 같이 '감히~하지 못한다.[莫敢]'라고 하거나, 혹은 '어찌 감히~하랴.[安敢]'라는 표현을 즐겨 사용한 것은, 마치 말을 삼가며 함부로 감히 하지 않는 그의 완곡한 성격을 보여주기라도 하는 듯하다. 과연 이러한 성격으로 인해 송지문은 그의 시가 속에서 "품은 감정을 표현할 말을 얻지 못하는[含情不得語, 〈春湖古意〉]" 것과 같은 일면을 보여주게 된다.

다음에서 그의 또 다른 시 〈初至崖口〉를 감상해 보자.

<blockquote>
崖口衆山斷　애구에서는 뭇 산들 끊기고
嶔崟聳天壁　높디높게 하늘의 벽으로 솟았네
氣衝落日紅　천지의 기운은 저무는 붉은 해 때리고
</blockquote>

---

42) ≪詩法易簡錄≫: "'不敢問來人', 以反筆寫出苦況."(≪唐詩彙評≫, 88쪽)
43) ≪唐詩歸≫: "鍾惺云, 實歷苦境, 皆以反說, 意又深一層."(≪唐詩彙評≫, 88쪽)

影入春潭碧　그림자는 푸른 봄 연못에 드네
錦繢織苔蘚　이끼는 비단 수놓듯 짜여있고
丹靑畫松石　소나무와 바위는 단청으로 그려져 있네
水禽泛容與　물새들은 유유히 물위에 떠있고
岩花飛的皪　바위위로 꽃들은 눈부시게 날리네
微路從此深　오솔길은 여기부터 깊어지는데
我來限于役　내 여기 와서도 공무에 쫓기는구나
惆悵情未已　슬프도다, 시름은 가 없는데
群峰黯將夕　뭇 봉우리 어둑어둑 저물어가네

　이 시는 대략 송지문이 洛州參軍을 역임하던 證聖 元年(695)에 지은 것으로
보인다. 시의 전개가 전반적으로 매우 밀도 있게 진행되고 있는데, 아름다운
산수자연 속에서도 떨쳐버리지 못하는 복잡한 심정을 함축적으로 토로하고
있다. 崖口는 洛州의 河南登封 東南쪽에 위치한다. 시의 첫 구부터 8구까지는
崖口의 산수 경물을 묘사하고 있는데, 마치 렌즈의 초점을 遠景에서 近景으로
차례로 이동 시키듯이 밀도 있게 묘사하고 있다. Stephen Owen이 "이 시의
묘사의 통일성은 盛唐詩에 보다 근접하게 한다."[44]라고 언급한 바와 같다.
제9구에서 마지막까지는, 매우 복잡한 감정을 슬픔의 형태로 표현하고 있는
데, 이는 雄韋하며 淸麗한 앞의 정경 묘사와 묘한 대비를 이루고 있다. 물
론 이 부분 역시 일정한 밀도를 유지하며 언어 정련에 힘을 기울인 것으로
볼 수 있다. 鍾惺이 "오솔길은 여기부터 깊어진다.[微路從此深]"라는 "다섯
글자는 매우 묘하며, 또한 전환시킴에 힘이 있다."[45]라고 한 것이나, 제10구
에 대해 王夫之가 "唐人의 古詩는 언제나 '我來'를 사용하여 전환시키고 있으
나, 마치 철로 주조한 옷이 흔들리며 움직일 때 사람을 괴롭히는 것과 같다.

---

44)　Stephen Owen著, 장세후譯, ≪초당시≫, 466쪽.
45)　≪唐詩歸≫:"鍾云, 五字妙甚, 且轉得有力."(≪唐詩彙評≫, 76쪽)

오로지 이것만이 은연중 못 느끼게 할 뿐이다."46)라고 한 것은 모두 그러한 언어 정련의 밀도를 잘 설명해 준다. 이 시는 전반부의 많은 부분을 산수 경물 묘사에 할애 하였고, 자신이 품고 있는 감정은 단지 제10, 11구에서 "내 여기 와서도 공무에 쫓기는구나, 슬프도다, 시름은 끝이 없는데.[我來限于役, 惆悵 情未已]"라고만 표현하여, 독자로 하여금 그 슬픔의 정체에 대해서 의구심이 들게 만들고 있다. 즉 시인은 자신의 슬픈 감정에 대한 원인을 분명하게 처리 하지 않음으로써, 이 시를 더욱 함축적으로 만들고 있는 것이다. ≪王闓運手 批唐詩選≫에서 "다하지 않은 말을 하고 있으니, 과연 다하지 않은 뜻이 있 다. 이것은 唐人이 홀로 잘하던 기법이다."47)라고 평한 바와 같다.

이어서 송지문의 〈見南山夕陽召監師不至〉를 보자.

夕陽黯晴碧　　석양에 맑고 푸른 빛깔은 어둑해지고
山翠互明滅　　산의 청록 빛은 서로 가물거리네
此中意無限　　이 가운데 뜻은 무한할지니
要與開士說　　스님께 말하려 했네
徒鬱仲擧思　　공연히 陳蕃 생각에 울적해지나48)
詎迴道林轍　　어찌 스님 찾아뵐 수레 돌릴 수 있으랴!
孤興欲待誰　　홀로 흥에 겨워 누구를 기다리는가?
待此湖上月　　이곳 호수 위의 달을 기다린다네

이 시는 송지문이 景龍 연간에 越州에서 지은 것으로 보여 진다. 監師 스님 을 알현하러 갔다가 결국 만나지 못한 애석한 마음을 함축적으로 표현했다.

---

46) ≪唐詩評選≫卷2: "唐人古詩每用'我來'字轉, 如鐵鑄衣, 擺動鴆人, 唯此暗帶不覺."(39쪽)
47) ≪王闓運手批唐詩選≫: "作不盡語, 居然有不盡意, 此唐人獨擅技."(≪唐詩彙評≫, 77쪽)
48) 仲擧는 東漢의 陳蕃의 字로, 진번은 豫章太守로 있을 때, 郡內의 어떠한 손님도 접대하지 않았고, 오로지 徐穉이 찾아오면 접대했다는 전고가 있음. ≪後漢書・徐穉傳≫참조.

특히 3, 4구에서는 무언가 스님께 할 말이 있었음을 매우 함축적으로 표현했다. 譚元春은 "이 두 句는 매우 함축적이며 넘실거린다."[49]라 평한바 있다. 또한 마지막 두 구절에서는 "호수 위의 달[湖上月]"로 기다리는 스님을 비유하거나, 혹은 또 다른 意境을 내비치고 있으니, 역시 지극히 함축적이라 할 만하다. 이시는 "결국 해석할 수 있는 것과 해석할 수 없는 것 사이에 놓여 있는 것이니, 바로 해석할 수 없는 것으로 그것을 해석해야만 하는 것이다."[50]

이밖에 〈放白鷳篇〉, 〈明河篇〉, 〈下山歌〉, 〈送杜審言〉 등은 모두 함축적인 색채가 비교적 강한 것들이다. 폄적의 傷念을 토로하여 ≪唐詩繹≫에서 "그지없이 함축적이다."[51]라는 평을 받은 〈題大庾嶺北驛〉과 〈度大庾嶺〉 등의 詩作 또한 심전기의 이 부류 시가들 보다 더욱 함축적이라 할 만 하다. ≪唐律消夏錄≫에서 "심전기는 비록 침통하고 절절할 때라도 때로는 탁 트여 훤하고, 송지문은 비록 밖으로 드러내 보일 때라도 더욱 답답하고 막힌 느낌이 든다."[52]라고 평한 것은 아마도 위와 같은 사실을 간파한 것이라 할 수 있다.

(2) 沈佺期 詩의 悲凉感

송지문의 시 풍격이 심전기의 그것에 비해 보다 더 含蓄적이라면, 심전기의 詩作은 보다 더 많은 부분에서 '悲凉'한 분위기를 보인다고 할 수 있다. 물론 송지문의 시가 속에 悲凉한 분위기가 없는 것은 아니지만, 심·송의 詩作을 모두 비교해 보면, 역시 심전기의 시가 속에서 더욱 농후하게 悲凉한 풍격을 느낄 수 있다. 이는 국내에서 발표된 강창구 〈沈佺期 詩의 風格考〉[53]에서,

---

49) ≪唐詩歸≫: "譚云, 二句深蓄而蕩漾."(≪唐詩彙評≫, 77쪽)
50) ≪唐詩快≫: "總在可解不可解之間, 正當以不可解解之."(≪唐詩彙評≫, 77쪽)
51) 楊逢春 ≪唐詩繹≫卷16: "末二結出望鄕本旨, 暗抱庾嶺北驛, 不粘不脫, 含蓄不盡."
52) ≪唐律消夏錄≫: "沈雖沈切處時有軒豁, 宋雖顯露處更覺木滯."(≪唐詩彙評≫, 211쪽)
53) 강창구 〈沈佺期 詩의 風格考〉(≪中國語文學≫, 第38輯, 2001年 12月, 303-329쪽) 참조.

심전기의 시 풍격을 '高華典重, 沈鬱悲痛, 悲凉慷慨, 悲凉哀婉'의 네 종류로
분류한 것만 보아도, 어렵지 않게 추측해 볼 수 있다. 이렇듯 심전기 시가 속
에서 悲凉한 분위기가 비교적 폭 넓게 보여 지는 것은, 아마도 그의 직설적인
성격과 어느 정도 관련을 맺는 듯하다.

사실 심전기는 비교적 직설적이며 심지어는 강직해 보이기까지 하는 성격
을 소유한 것으로 여겨지는데, 이러한 기질은 그로 하여금 그가 부당하게 하
옥을 당하거나 혹은 폄적 당했을 때, 보다 더욱 적극적으로 자신의 억울함과
슬픈 심정을 표출하게 만든 것 같기 때문이다.

그럼 여기서 심전기의 성격을 엿볼 수 있는 다음의 일화를 보자.

> 張九齡이 약관의 나이에 향시 진사 시험을 보았는데, 考功郞인 심전기가 특
> 히 격려하며 추켜세워 일거에 급제를 하였다. 이때 그 보다 못한 자들이 헐뜯고
> 비방하며 조정에 보고하였다. 中書令 李公은 당대의 문단 영수로 조령을 내려
> 다시 시험을 거행하도록 했다. 다시 출중함을 드러내니, 秘書省 校書郞으로 발
> 탁했다.54)

이것은 長安 2年(702) 심전기가 知貢擧로서 관리 선발을 주관할 당시의 일화
로, 주위의 훼방을 받았으나 이를 모두 물리치고 소신을 굽히지 않는 모습을
통해 그의 강직한 성품을 잠시 엿볼 수 있다. 또한 久視 元年(700) 張易之를
奉宸令으로 삼자 武后에게 "당시의 아첨꾼이 아뢰기를, '張昌宗은 王子晉의
後身입니다.'라 하였고 이에 깃털 옷을 입고 통소를 불며 나무 학을 타게 하고
정원에서 연주하게 하니 마치 왕자진이 하늘로 오르는 것 같았고, 文士들이
모두 시를 지어 이를 찬미했을"55) 때에도, 심전기는 아부 대신 〈風笙曲〉을

---

54) 《全唐文》卷440, 《登科記考》卷4〈長安二年〉條, "張九齡弱冠鄕試進士, 考功郞沈佺期尤
　　所獎揚, 一擧高第, 時有下等, 謗議上聞. 中書令李公, 當代詞宗, 詔令重試. 再拔其萃, 擢秘
　　書省校書郞. 張九齡曲江人, 長安二年, 進士, 調校書郞."

지어 "長壽를 생각해 女色을 귀히 여기지 않았기에, 몸은 세상과 더불어 무궁하였네."56)라는 뼈 있는 諷諫을 한 것으로도 그러한 그의 성품을 엿볼 수 있다.

사실 그 스스로도 "곧음에 내맡겼다."57)라고 밝힌 적이 있는데, 이렇듯 곧고 강직해 보이는 성격은 그의 詩作에서 비교적 직설적인 면모로 드러나는 듯하다. 심전기가 폄적에서 돌아와 궁중연회에서 中宗에게 자신의 옛 관직을 회복해 줄 것을 요구하며 지은 〈回波樂〉에서 "몸과 이름은 이미 관직 회복했으나, 관복과 홀만은 아직 상아홀과 붉은 색 찾지 못했네.[身名已蒙齒錄, 袍笏未復牙緋]"58)라며 비교적 직설적으로 자신의 마음을 드러낸 것이나, 탄핵을 받았을 때 "나는 털끝만큼도 허물 없으니, 괴로운 마음으로 눈얼음 같은 지조 품네.[我無毫髮瑕, 苦心懷氷雪〈枉繫〉其二]"라고 하며 그 억울함을 매우 직설적으로 호소하는 구절이나, 사면을 받고 나서 "더욱이 합포나무 잎과 함께, 낙양성 향해 날아가고파.[還將合浦葉, 俱向洛城飛〈喜赦〉]"라고 하며 그 기쁨을 적나라하게 그러낸 것은 모두 그 좋은 예이다.

이렇듯 자신의 감정에 솔직하고 적극적이었던 심전기가 뜻하지 않게 슬프고 처량한 일을 당했을 때, 悲凉한 분위기의 작품을 본격적으로 선보였던 것은 아마도 당연한 일일 것이다. 실제로 이러한 면모는 그가 하옥 당하거나 혹은 폄적 당했을 때 지은 많은 詩作에서 살펴 볼 수 있다. 먼저 그가 하옥 당했을 때 지은 〈被彈〉의 일부를 살펴보자.

---

55) ≪舊唐書 · 張易之傳≫卷78: "時諂佞者奏云, 昌宗是王子晉後身. 乃令被羽衣, 吹簫, 乘木鶴, 奏樂於庭, 如子晉乘空. 辭人皆賦詩以美之."
56) 심전기, 〈風笙曲〉: "憐壽不貴色, 身世兩無窮."
57) 심전기, 〈移禁司刑〉: "任直翻多悔"
58) 제Ⅱ장 注 (25) 참조.

......

窮囚多垢膩	궁지에 몰린 죄인은 허물과 때 많아
愁坐饒蟣蝨	시름 속에 앉으니 이가 득실하네
三日唯一飯	삼일 동안 오로지 한 끼 식사요
兩旬不再櫛	스무 날에도 빗질 한번이 없네
是時盛夏中	때는 바야흐로 한창 여름이라
曀赫多瘵疾	찌는 더위에 질병도 많네
瞪目眠欲閉	눈을 떠도 졸음으로 감기고
喑鳴氣不出	소리 삼키며 기운 내지 못하네

......

이것은 시인이 長安 4年(704) 여름에 탄핵을 받고 옥에 갇혀있는 동안 지은 것으로, 총36구의 長篇 가운데 제25구에서 제32구까지의 내용이다. 시는 먼저 誣告를 당한 당혹감을 토로했다. 제5, 6구에서 "평생 바른 도를 지켰는데, 결국 뭇 사람들의 질시를 받았네.[平生守直道, 遂爲衆所嫉]"처럼 비교적 직설적으로 피력하였다. 하옥되어 있는 자신의 처량한 신세를 매우 핍진하게 묘사했다. 시는 전체적으로 비교적 비통한 심정이 기본 정서로 깔려 있는데, 특히 위의 내용은 매우 생동감 있게 悲凉한 분위기를 자아내고 있다. 이밖에 위 시를 지은 같은 해 가을, 감옥을 옮기고 나서 "초여름에는 바야흐로 감옥을 걱정했었는데, 한가을에는 홀로 벽 향해 눈물짓는다. 삼엄한 감옥에는 반딧불 보이고 둥근 감옥 문은 거미를 마주 대했다."[59]라 읊은 〈移禁司刑〉 또한 悲凉한 정서가 흐르고 있으며, 옥중에서 지은 〈枉繫〉, 〈傷王學士〉 등 역시 그러한 분위기에서 크게 벗어나지 않고 있다.

이어서 심전기의 〈度安海入龍編〉을 살펴보자.

---

59) 심전기 〈移禁司刑〉: "首夏方憂圄, 高秋獨向隅. 嚴城看熠耀, 圓戶對蜘蛛."

我來交趾郡	내 교지군에 오니
南與貫胸連	남으로 (전설속의) 貫胸과 이어졌네
四氣分寒少	사철의 변화 속에 추위는 적고
三光置日偏	해 달 별 중에 해로 편벽한 곳
尉佗曾馭國	趙佗가 일찍이 이 곳을 다스렸었고[60]
翁仲久游泉	翁仲이 황천을 노닌지는 오래 되었네[61]
邑屋遺氓在	마을에는 유랑민이 살고 있고
魚鹽舊産傳	물고기와 소금은 옛 산지에서 전해온다네
越人遙捧翟	越나라 사람은 멀리서 꿩을 바쳤고
漢將下看鳶	漢나라 장수는 아래로 솔개를 굽어보았었지
北斗崇山挂	북두는 숭산에 걸려 있고
南風漲海牽	남풍은 남해를 끌어당기네
別離頻破月	이별 후 달이 여러 번 차고 이지러졌으니
容鬢驟催年	얼굴과 귀밑머리는 홀연히 나이를 재촉한다네
昆弟推由命	형제는 운명에 떠밀리고
妻孥割付緣	처자식은 인연 따라 찢겨졌다네
夢來魂尙擾	꿈꾸면 혼은 여전히 맴도니
愁委疾空纏	수심에 병은 부질없이 치근덕거리네
虛道崩城淚	헛되이 길에서 성곽 무너져라 눈물 흘려도
明心不應天	밝은 마음을 하늘은 알아주지 않는구나

이 시는 시인이 神龍 元年(705)에 폄적지인 驪州로 가는 도중에 지은 것이다. 남방의 낯선 풍경 속에서 고향을 그리며 떠오르는 온갖 상념을 처량한 어

---

60) 尉佗는 趙佗로 秦末에 南海尉를 보직했었는데, 秦이 망하자 스스로 南粤을 세우고 武王에 올랐다.(≪漢書·西南夷兩粤朝鮮傳≫卷95, 참조)

61) 翁仲은 전설상의 거인으로 嶺南과 관련이 있는 인물이지만, 어떠한 관련을 갖는지는 남아 있는 사료가 없다. 柳宗元의 詩中에 "伏波故道風煙在, 翁仲遺墟草樹平."(〈衡陽與夢得分路贈別〉)라는 구절이 보임.

조로 읊고 있다. 특히 시속에서 슬픔을 상징하는 '別離', '魂尙擾', '愁', '淚' 등을 직접 사용함으로써 悲凉한 분위기를 더욱 고조시키고 있다.

이밖에 폄적의 傷念을 토로한 詩作 중, ≪唐詩成法≫에서 "그 일이 실의에 바탕을 두었기에 시 역시 悲凉하다."[62]라는 평을 받은 바 있는 〈遙同杜員外審言過嶺〉과 〈三日獨坐驩州思憶舊遊〉, 〈驩州南亭夜望〉 등은 모두 이 부류에 속한다. 또한 그 제제의 특성상 悲凉한 풍격을 띨 수밖에 없는 哀悼詩인 〈哭蘇眉州崔司業二公〉, 〈秦州薛都督挽詞〉 등과, 무덤가를 지나며 富貴의 무상함을 노래한 다음의 〈邙山〉 역시 이 부류에 속한다.

北邙山上列墳塋　북망산 위 줄 늘어선 무덤과 산소들은
萬古千秋對洛城　만고천추에 낙양성을 마주하고 있다네
城中日夕歌鐘起　성안에는 해 저물면 노래와 종소리 일지만
山上唯聞松柏聲　산위에선 소나무 잣나무 소리만 들려올 뿐이네

北邙山은 洛陽의 북쪽에 위치한 전통적인 묘지로, 역대의 名士인 蘇秦, 楊修, 孔融, 張華, 嵇康 등의 무덤이 이곳에 있다.[63] 이 시는 嚴整한 七言絶句로, 쓸쓸한 무덤가에서 느끼는 富貴榮華의 덧없음을 노래한 것이다. 이 시에 대해 明人 唐汝詢은 ≪唐詩解≫에서 "이것으로 부귀번영의 무익함을 볼 수 있다. 만고의 세월에 걸쳐 邙山에 들리는 것이라곤 오로지 소나무, 잣나무 소리 뿐이니, 노래 종소리는 황천의 해골을 즐겁게 해줄 수 없음을 알겠다."[64]라 언급한 바 있다. 특히 밤이 되면 들려오는 낙양의 풍류소리와 이를 마주하

---

62) 屈復, ≪唐詩成法≫: "事本失意, 詩亦悲凉, 寫'遙同'無痕."(≪唐詩彙評≫, 222쪽)
63) ≪太平寰宇記≫卷3: "芒山, 一名邙山, 在縣也北十里. …… 伊尹, 蘇秦, 張儀, 扁鵲, 田横, 劉寬, 楊修, 孔融, 吳後主, 蜀後主, 張華, 嵇康, 石崇, 何宴, 陸倕, 阮籍, 羊祜皆有冢在此." 참조.
64) 唐汝詢, ≪唐詩解≫: "此見貴盛之無益. 邙山歷萬古而所聞惟松柏聲, 乃知歌鍾不可以娛泉下骨也."(河北大學出版社, 2001, 614쪽)

고 있는 무덤가의 차가운 바람소리가 서로 정교하게 대비를 이루며 悲凉한 분위기를 자아내고 있다. ≪沈詩評≫이 "구석을 향한 흐느낌이 방안 가득 참담하다."[65)라고 한 것과 같다.

심전기의 悲凉한 풍격은 邊塞詩에서도 어렵지 않게 찾아볼 수 있다. 먼저 〈出塞〉를 살펴보자.

十年通大漠　십년 동안 큰 사막 지나갔는데
萬里出長平　장평에서 만 리나 나와 있네
寒日生戈劍　차가운 해는 창과 칼 끝에서 뜨고
陰雲拂旆旌　어두운 구름은 깃발에 스치네
飢烏啼舊壘　굶주린 까마귀 옛 성루에서 울고
疲馬戀空城　지친 말은 빈 성 그리워하네
辛苦皐蘭北　괴롭고 힘든 고란 땅 북쪽에 있으니
胡塵損漢兵　오랑캐 땅 먼지는 한나라 병사들 상하게 하네

≪全唐詩≫에서는 이 시의 제목을 '被試出塞'라 적고 있다. '出塞'는 원래 樂府曲名으로,[66) 변새시의 제목으로 자주 등장하는 것 중의 하나이다. 長平은 현재 山西 高平의 서북에 위치하며, 皐蘭은 현재의 甘肅省 蘭州로 모두 邊塞의 범칭이라 할 수 있다. 이 시는 변새의 거칠고 험난한 풍광을 보여주는 가운데 힘들고 고된 수자리를 묘사한 것이다. 슬프고 처연한 분위기는 시 전체에 흐르는 기본 정서인데, 특히 "굶주린 까마귀 옛 성루에서 울고, 지친 말은 빈 성 그리워하네.'라는 구절은 처연하고 괴로운 가운데 더욱 더한 슬픔을 띠고 있다."[67) 陸時雍이 이 시에 대해 "말이 충분히 悲凉하니, 중간의 네 구는 長

---

65)　≪沈詩評≫: "向隅之泣滿堂慘."(≪唐詩彙評≫, 225쪽)
66)　≪樂府詩集≫卷21: "≪晉書·樂志≫曰, 〈出塞〉, 〈入塞〉曲, 李延年造."
67)　周珽, ≪唐詩選脈會通評林≫: "雲卿〈出塞〉詩也, 可謂悽楚矣. '飢烏啼舊壘, 疲馬戀空城.' 悽

篇의 짧은 노래이다."[68]라고 한 것은 적절한 평가이다. 이어서 심전기의 〈關山月〉을 살펴보자.

漢月生遼海　한나라의 달 요해에서 생겨나
朧朧出半暉　몽롱하게 반쯤 빛을 발하네
合昏玄菟郡　현토군에선 어둠과 합쳐지고
中夜白登圍　한밤중엔 백등산 감싸 비치네
暈落關山逈　달무리는 관산 멀리서 돌고
光含霜霰微　달빛은 서리의 희미함 머금네
將軍聽曉角　장군께서 새벽의 호각 소리 들으니
戰馬欲南歸　전투마는 남쪽으로 돌아가려네

≪樂府解題≫에 "〈關山月〉은 이별을 슬퍼하는 것이다."[69]라는 기록이 보인다. 이 시는 嚴整한 五言律詩로 악부의 제목을 빌려 변새의 풍광을 묘사한 것이다. 玄菟郡은 현재의 북한 함경남도 咸興에 위치해 있으며, 白登山은 현재 山西省 定襄 東北에 있다. 첫 구에서 '漢月'이라 한 것은, 변방에 뜨는 달은 고향에서도 볼 수 있기 때문이다. 首, 頷, 頸聯은 모두 달의 이동을 따라가며 변새의 풍광을 그리고 있는 듯한데, 몽롱하며 희미한 달 빛 아래의 변새 풍광은 슬프고 처량한 분위기가 물씬하다. 마지막 연에서는 장군이 마치 그 달빛을 보며 밤을 지새운 듯한 설정을 하여 더욱 처연한 분위기를 고조시켰다. "남쪽으로 돌아가려 한다.[欲南歸]"는 것으로 思鄕의 감정을 드러내었다. 달빛 아래의 悲凉한 분위기가 시 전체를 압도하니, ≪沈詩評≫에서 "진술하는

楚中更含傷感."(≪唐詩彙評≫, 216쪽)
68)　陸時雍, ≪唐詩鏡≫: "語足悲凉, 中四語是長篇短賦."(≪唐詩彙評≫, 216쪽)
69)　郭茂倩, ≪樂府詩集≫卷23: "≪樂府解題≫曰, 〈關山月〉, 傷離別也."(北京: 中華書局, 1998, 334쪽)

가운데 비유가 있고, 끊어질 듯 쓸쓸하며 悲凉하다."라고 한 바와 같다. 이밖에 변새시로 분류되는 심전기의 〈古意呈喬補闕知之〉, 〈雜詩〉, 〈隴頭水〉, 〈折楊柳〉 등 또한 모두 悲凉한 풍격을 주조로 한 시들이다.

V. 沈·宋 詩歌의 藝術成就

일반적으로 唐詩는 "시는 반드시 성당이어야 한다[詩必盛唐]"[1]와 같이 중국시의 최고 성취를 이룬 것으로 평가된다. 하지만 初唐 약 100년의 詩壇이 상대적으로 덜 주목받고 상대적으로 더 낮게 평가받아 왔던 것 또한 부인 못할 사실이다. 그러나 中國詩史에서 각 단계는 나름의 의미를 지니게 마련이다. 만일 초당 시인들이 시 이론과 실제 창작 면에서 다각적인 노력을 경주하지 않았더라면 그러한 찬란한 시의 꽃은 피우기 힘들었을 것이다. 이러한 관점에서 볼 때 初唐이 중국 詩歌史上에서 차지하는 지위는 그렇듯 낮게만 평가할 수는 없을 것이다. 실제로 초당시기에는 수많은 성률이론이 등장하여 율시 완성에 이론적 기초를 마련해 주었을 뿐만 아니라, 초당사걸이나 진자앙 등과 같이 걸출한 시인이 배출되어 성당 시가에 많은 영양분을 제공해 주었다. 특히 이 중에서도 초당 후기의 시단에서 크게 활약하며, 시의 형식, 제재, 예술 기교 등에서 모두 성당 시단의 발전을 위해 훌륭한 밑거름을 제공한 심전기와 송지문의 시가 성취는 가장 두드러진 것이었다.

본장에서는 심·송의 시가가 이룩한 시단에서의 예술 성취와 詩歌史的으로 지니는 공헌에 대해 살펴보고자 한다. 심·송의 시가 창작은 대략 다음과 같은 네 가지 방면에서 커다란 성취를 이루었다고 할 수 있다. 첫째, 詩歌 領域의 開拓; 둘째, 情景 融合의 深化; 셋째, 詩歌 言語의 精練; 넷째, 律詩 格式의 完成이 그것이다.

---

1)   ≪四庫全書·總目≫卷170,〈懷麓堂集·提要〉: "自李夢陽, 何景明崛起, 弘正之間, 倡復古學. 於是文必秦漢, 詩必盛唐."

1. 詩歌 領域의 開拓

심·송의 시가가 초당의 시단에서 그 영역을 개척했다고 하는 것은, 시가의 風格, 題材, 形式 세 방면을 모두 아우르는 말이다. 이 중에서도 특히 시가 題材 방면의 開拓은 가장 두드러지는 성취라고 할 수 있다. 그런데 심·송 시가의 풍격과 제재에 대해서는 그 내재적 특성을 중심으로 이미 앞에서 자세하게 고찰해 보았으므로, 본장에서는 그것이 初唐 詩壇에서 지니는 의의와 영향에 대해 거시적인 측면에 역점을 두어 재조명하고자 한다.

(1) 詩歌 風格의 開拓

먼저 심·송의 시가 풍격이 初唐의 詩壇에서 새롭게 보여준 면모에 대해 토론해 보자면, 이는 바로 앞장의 '淸新流暢', '奇崛險怪' 부분에서 살펴본 바와 같다. 다시 한번 그 의미를 정리하자면, 심·송의 시가 풍격 중 '奇崛險怪'한 풍격은 후세 中唐의 '奇險詩派'의 先河가 되어 주었으며, 이러한 풍격은 初唐의 詩壇에서 심·송의 손에 의해 처음으로 개척된 것이었다. 또한 심·송 시가의 풍격 가운데 流暢한 면모 역시 初唐 후기 詩壇에 새로운 활력을 불어 넣어 주었다. 사실상 초당 시단의 주류를 형성하던 궁정 시인들의 詩作은 그 대부분이 응제봉화시로, 그 풍격은 천편일률적으로 雍容華貴하거나 高華典重한 면모에서 크게 벗어나지 못하며 彫琢의 흔적이 곳곳에 남아 있었다. 그러나 심·송에 이르러 이러한 상황은 크게 바뀌었다. 심·송은 비록 초당 후기에 전형적인 궁정시인으로 활동했을지라도, 이들의 많은 詩作 심지어는 일부 응제, 증답시에서조차도 그러한 틀에 박힌 풍격에서 능히 벗어나 비교적 자연스러우며 유창한 풍격을 이루어 내었던 것이다.[2] 葛曉音은 이러한 면모를 다음과 같이 지적했다.

五言古詩의 풍모를 변혁시키는 방면에 비교적 큰 힘을 기울였던 이가 송지문이다. 그의 많은 詩作에서는 平易하며 淺近한 풍격을 추구했으며, 또한 '興寄'도 적지 않았다. … 심전기 역시 일부 五言詩에 漢魏의 詩句 말투를 집어넣어 틀에 박힌 對偶의 격식에서 벗어나고자 했다. 그러나 그가 언어 풍격 면에서 더욱 치중했던 것은 齊梁의 평이한 어조와 流暢한 운치를 배우는 데에 있었다. 심지어는 응제시 중에도 역시 통속적인 句法을 사용하였다.[3]

실제로 유창하며 자연스런 詩語가 자아내는 풍격은 심·송 시가에서 광범하게 보인다. 이러한 점은 기본적으로 雍容華貴한 분위기에서 크게 벗어나지 못했던 初唐의 詩壇에 새로운 활력을 불어넣어 주었음은 물론이요, 바로 뒤이은 盛唐시가의 발전을 위해 훌륭한 典範이 되어 주었음은 자명하다.

(2) 詩歌 題材의 開拓

심·송의 시가가 새로운 영역을 개척한 점을 논할 때 가장 중요하게 여길 수 있는 것은 아마도 題材 방면일 것이다. 다만 심·송 시가의 題材와 그 內容에 관해서는, 풍격과 마찬가지로 본고의 앞 장에서 이미 어느 정도 상세히 다루었기에 여기서는 단지 거시적인 안목에서 다시 한번 짚어보고 아울러 조금 더 세밀한 각도에서 어떤 부분을 새롭게 개척했는가를 살펴보고자 한다.

---

2) 房日晰, 〈論沈·宋詩繼往開來的歷史貢獻〉(《晉陽學刊》, 1994年 第2期) 87쪽 참조.
3) 葛曉音, 〈論宮廷文人在初唐詩歌藝術發展中的作用〉: "而在變革五古風貌方面下力較大的是宋之問. 他有不少詩追求平易淺近的風格, 且不乏興寄. … 沈佺期也有一些五言詩穿挿漢魏句調以避免平板對偶的格局, 不過他在語言風格上更偏重于學習齊梁平易的調子和流暢的情韻. 甚至在應制詩中也使用通俗的句法."(葛氏, 《詩國高潮與盛唐文化》, 40쪽)

먼저 심·송 이전의 초당 시단에서는 어떤 題材를 중심으로 시가 장르가 변화, 발전해 왔는가를 간략히 검토해 보자. 초당 약 100년 동안의 시단 상황에 대해 劉開揚은 "초당시문집에는 모두 152명 작가의 작품이 있는데, 그 중에 저명한 시인은 20명에 불과하고 성취가 비교적 큰 자는 단지 12명일 따름이다."[4]라고 지적한 바 있다. 먼저 唐初부터 太宗에 이르는 시기까지 활약한 주요 시인으로는, 南北朝와 隋代를 거쳐 唐代에 이르는 三朝元老인 虞世南(558–638), 褚亮(564–647)과 隋代와 唐初의 兩朝元老인 楊師道(?–647), 許敬宗(592–672), 孔紹安(生卒年 未詳), 李百藥(565–648), 魏徵(584–643) 등이 있다. 그런데 이들은 주로 대부분 정치에 열중하거나 혹은 황제의 시종으로서만 문학 활동을 했었다. 즉 이들의 詩文은 대체로 황제의 요구에 응하여 자신의 재능을 과시하는 데에 주로 사용되었던 것 같다. 사실상 이들의 詩作은 봉화응제시가 가장 큰 비중을 차지하고 있다. 실제로 양사도의 文集 10卷, 허경종의 문집 80권, 공소안의 문집 50권에는 응제의 작품이 가장 많은 양을 차지하고 있다. 특히 허경종의 詩作 27수 중 20수가 응제시라는 점은 그러한 사실을 대변한다. 물론 이 시기에 활약한 시인 중에 王績(585–644)은 은거 생활을 하며 스스로를 阮籍과 陶淵明에 비교하며 소박한 시어로 생활의 정취를 담아내는 시가를 창작하기도 했었다. 하지만 그는 줄곧 시단 밖에서만 활동하였기에 시단의 주류에는 어떠한 영향도 끼치지 못했다. 이러한 상황 속에서 당초의 시인들이 시가 창작의 새로운 국면을 개척한다는 것은 애초 불가능했던 것이다.[5]

이들의 뒤를 이어 太宗과 高宗 연간 사이에 시단의 영수가 된 시인은 上官儀(約608–664)이다. 그는 對仗의 이론을 심화시켰으며 소위 '綺錯婉媚'의 예술

---

4) 劉開揚, ≪唐詩通論≫: "初唐詩文集共一百五十二家, 其著名的詩人不過二十人, 成就較大的僅有十二人."(成都, 巴蜀書社出版社, 1998), 30쪽.
5) 袁行霈, 〈百年徘徊―初唐詩歌的創作趨勢〉: "他們自然不可能開拓出詩歌創作的新局面. … 他們的生活圈子狹窄, 詩歌的題材受到很大的局限."(≪北京大學學報≫, 1994年, 第6期, 75쪽)

성취로 인해 이른바 '上官體'를 형성했다. 그러나 그의 시가 창작 역시 궁정시인의 면모에서 크게 벗어나지 않았다. 현존하는 그의 20首의 詩作 가운데 7수는 奉和應制詩, 4수는 應酬唱和詩, 4수는 높은 벼슬을 한 知人들에 대한 輓歌이며, 1수는 임금의 행렬을 따르는 작품이고, 1수는 入朝하는 途中에 지은 것이다. 당시의 문단 영수의 창작 경향이 이러할진데 그를 따르던 다른 시인의 시가 창작 경향은 미루어 충분히 짐작할 수 있을 것이다.

그러나 이러한 상황은 初唐四傑의 등장으로 어느 정도 새로운 국면을 맞게 된다. 즉 이들은 기존의 궁정시단에서 탈피하여, 述懷, 邊塞, 紀遊, 寫景 등의 제재를 통해 본격적으로 시가를 통해 개인의 감정을 풀어내거나 혹은 시를 통해 자신의 사상과 인생에 대한 인식을 피력했던 것이다. 널리 알려진 대로 聞一多가 "궁체시는 盧照鄰(634–686)과 駱賓王(約626–約684)의 손에서 宮廷으로부터 市井으로 걸어 나왔고, 오언율시는 王勃(約650–676)과 楊炯(650–約693)의 시대에 이르러 台閣에서 江山과 邊塞, 사막으로 이동하였다."[6]라 언급한 것은, 그러한 사실을 가장 잘 설명해 준다.

다만 여기서 주목할만한 것은 시기적으로는 四傑보다는 조금 뒤인 특히 양형과는 거의 동시대인 초당 후기의 시단 중심에서, 심전기와 송지문이 사걸이 이루어 놓은 그러한 성취 위에 더욱 풍부하며 다양한 제재 방면의 개척을 이루어냈다는 점이다. 심 · 송이 이렇듯 새로운 시가영역을 개척할 수 있었던 것은 정치적인 貶謫이 그 중요한 계기가 되어주었음은 앞서 설명한 바와 같다. 다시 말하자면 심전기와 송지문은 폄적을 당하기 이전에는 가장 전형적인 궁정 시인으로서 시가 창작에 전념했었다. 이 시기의 詩作들은 대체로 봉화응제나 혹은 응수창화시가 그 대부분을 차지하여 기껏해야 몇 수의 邊塞詩만이 위에서 말한 소위 '왕발과 양형의 시대'에 걸맞게 주목을 끌 뿐이었다. 그러나

---

6) 聞一多, 〈四傑〉: "宮體詩在盧駱手裏是由宮廷走到市井, 五律到王,楊的時代是從台閣移至江山與塞漠."(袁千正編選, 《聞一多古典文學論著選集》, 武昌: 武漢大學出版社, 1993, 238쪽)

심전기가 長安 4年(704) 봄에 무고하게 하옥을 당한 뒤, 다시 이듬해에 驪州로 폄적을 당한 기간과, 또한 송지문이 神龍 元年(705)부터 시작하여 두 차례의 폄적을 당하여 끝내 유배지에서 죽음을 맞이하는 그 기간 동안에, 이들의 시가에는 커다란 변화가 일어났고 그 변화는 바로 이들의 詩歌 題材 開拓에 직접적인 영향을 주게 된다. 즉 심·송은 일찍이 궁정에서는 맛보지 못했던 인생의 좌절을 겪으며, 이와 동시에 嶺南 이남 지역의 이국적인 풍경을 체험하게 됨에 따라 대량의 抒情述懷詩와 山水自然詩를 창작하게 되는 것이다.

陶敏·易淑瓊 ≪沈佺期宋之問集校注≫의 編年 고증에 의거하여, 이 기간동안 창작한 시가의 수량을 조사해 보면 심전기에게는 약 32수가 있고, 송지문에게는 더욱 많은 약 72수가 있다. 물론 이러한 詩作의 제재와 내용은 궁정 시단에서의 그것과 확연히 구분된다. 즉 때로는 폄적을 제재로 시인의 비통한 심정을 읊거나, 때로는 몸소 체험한 嶺南 이남의 산수자연을 읊었던 것이다. 그런데 이러한 제재는 초당 시단에서는 일찍이 살펴볼 수 없었던 시가의 새로운 영역이었다. 陶敏·易淑瓊가 "폄적을 제재로 한 시가는, 결코 심·송에게서 시작된 것은 아니다. 그러나 이러한 제재가 그렇게 집중적으로 대량 출현한 것은, 詩歌史上에 역시 처음 있는 일이다."[7]라고 언급한 바와 같다. 또한 儲兆文이 "四傑과 동시대이나 명성은 그 뒤에 드러낸 杜審言, 심전기, 송지문은 산수시의 묘사 공간을 일찍이 없었던 영남 밖으로 넓혔으니, 영남 산수는 처음으로 다각적이며 대규모로 산수시 속으로 묘사되어 들어갔다."[8]라고 설명한 것 역시 그러한 사실을 잘 대변해 준다. 嚴羽(約1180-1235)가 "唐代의 좋은 시는 征戍, 폄적, 행려, 이별의 작품에 많은데, 이것들은 자주 사람의 마음을

---

7) 陶敏·易淑瓊, 〈沈·宋論略〉: "詩歌以遷乏爲題材, 并不自沈·宋詩. 但它們如此集中地大量出現, 在詩歌史上却還是第一次."(≪湘潭師範學院學報≫, 1996年 第2기, 9쪽)
8) 儲兆文, 〈論杜審言·沈佺期·宋之問的山水詩〉: "與四傑同時而詩名後顯的杜審言, 沈佺期, 宋之問把山水詩的描寫空間擴展到了全無古人的嶺表荒外, 嶺南山水第一次被大規模多方位地寫進他們的山水詩中."(唐都學刊≫, 1999年, 第1期, 29쪽)

감동시키고 격발 시킨다."[9]고 평한 바 있는데, 엄우가 언급한 이른바 '좋은 시[好詩]'의 내용들이 初唐 詩壇 중 심·송의 시가에서 처음으로 대량 표현된 것은 중국 詩史上 매우 중요한 의의를 갖는 것이다.

심·송의 시가는 위에서 언급한 제재 외에도, 소위 '感悟詩'와 '自述詩'라는 제재를 새롭게 개척했다는 평을 받을 수 있다. 소위 '感悟詩'라 하는 것은 주로 佛敎사상에 정신적 기반을 두어 哲理의 깨달음이나, 혹은 번뇌에서의 초탈을 읊은 시를 지칭하는 것이다. 魏晉 시대에 유행하였던 '說理' 성격이 매우 농후한 소위 '玄言詩'와는 또 다른 면모를 보여주는 시가 제재라고 할 수 있다. 이러한 내용의 시가로는, 물론 심전기에게도 〈九眞山靜居謁無碍上人〉, 〈樂城白鶴寺〉, 〈紹隆寺〉 등 몇 수 보이기는 하지만, 역시 송지문의 시작 속에서 더욱 본격적으로 등장하게 된다. 그의 〈晩泊湘江〉, 〈憶雲門〉, 〈宿淸遠峽山寺〉, 〈宿雲門寺〉, 〈自衡陽至韶州謁能禪師〉 등은 모두 그 좋은 예이다.

송지문이 이와 같이 불교 사상에 바탕을 둔 철리적 내용을 본격적으로 창작하게 된 것은, 앞서 살펴 본 바와 같이 폄적 기간 중 남방 불교를 수용하게 되면서부터이다. 사실 이렇듯 불교 사상에 뿌리를 두며 '感悟'의 내용을 읊는 것은, 송지문 이전의 초당의 시단에서 僧人의 詩作을 제외하고 王績과 四傑 등의 일부 작품 혹은 궁정 시인의 일부 작품에서나 단편적으로 접할 수 있었을 뿐이었다.[10] 더군다나 폄적이라는 정신적 고통을 '감오'의 경지로 승화시키고자 했던 내용은, 송지문의 詩作에서 처음 보이는 것이다. 아마도 '感悟詩'라는 제재는 송지문에 의해서 더욱 개척되고 발전된 것이라고 말할 수 있다. 물론 송지문의 이러한 '감오시'의 개척은 후세 시단에 일정한 영향을 주었을 것이다. 말년에 송지문의 輞川 별장을 사들이고[11] 그곳에서 시가 창작에 열중

---

9) 嚴羽, ≪滄浪詩話≫: "唐人好詩, 多是征戍遷謫行旅離別之作, 往往能感動激發人意"(何文煥, ≪歷代詩話≫, 臺北: 藝文印書館, 1991, 699쪽)

10) 張海沙, ≪初盛唐佛學禪學與詩歌硏究≫(北京: 中國社會科學出版社, 2001) 5-48쪽 참조.

11) 제Ⅱ장 注(32)와 제Ⅲ장 注(77) 참조.

했던 王維가 盛唐의 시단에서 '禪詩'의 本色을 유감없이 발휘했던 점은 이러한 연결 고리를 설명해 주는 듯하다.

다음으로 '自述詩'에 관해서 살펴보자. 이른바 '자술시'라 함은 과거에서부터 현재에 이르는 시인의 생평을 그대로 '자술'하거나 혹은 과거와 현재의 처지를 대비하는 수법을 사용하여 현재 시인이 처한 상황을 진술하는 시가 형식을 말한다. 이는 전통적인 소위 "옛 것을 빌려 현재를 풍자하거나[借古諷今]" 혹은 古今盛衰를 歎息하는 시가와는 구별된다. 여기에 해당하는 심전기의 詩作으로는 〈答魍魅代書寄家人〉, 〈寄北使〉, 〈三日獨坐驩州思憶舊遊〉가 있으며, 송지문에게는 〈自洪府舟行直書其事〉, 〈桂州三月三日〉 등이 있다. 이 중 심전기의 〈答魍魅代書寄家人〉을 예로 들어 살펴보자. 이 시는 총 96句 장편의 五言排律로, 《莊子·齊物論》에 나오는 '罔兩'과 '그림자[景은 影과 통함]'의 대화를 모방해,12) 전설상의 山神 혹은 도깨비인 '魍魅'와 '그림자[影]'의 대화로 전체시를 구성한다. 먼저 제1구부터 제8구까지는 '魍魅'의 질문을 통해 시인 자신이 처한 상황을 진술하고 있다.

魍魅來相問　도깨비가 와서 묻기를
君何失帝鄕　그대는 어찌하여 황제의 수도를 잃었는가?
龍鐘辭北闕　뜻대로 되지 않아 조정을 사직하고
蹭蹬首南荒　불우하게 남쪽 변방으로 길을 떠난다네

---

12) 《莊子·齊物論》에 "罔兩問景曰, 曩子行, 今子止, 曩子坐, 今子起, 何其無特操與? 景曰, 吾有待而然者邪? 吾所待又有待而然者邪? 吾待蛇蚹蜩翼邪? 惡識所以然, 惡識所以不然." 라는 전고를 사용한 것으로, 胡應麟은 《詩藪·外編》에서 "폄적되어 유배된 사람은 자주 魍魅를 가지고 말하였다. 심전기 시 첫머리에서 황제의 수도(帝鄕)를 언급하며, 魍魅이 묻는 것을 설정한 것은 그래도 괜찮았다. 그러나 그림자에 기탁하며 대답하지는 말았어야 했다. 심전기는 무릇 장자에서 '罔兩'가 '그림자(影)'에게 묻는 말을 사용하였다.(按罔兩流人, 往往以魍魅爲言, 沈詩首及帝鄕, 作魍魅問亦可. 不應托影答辭, 沈蓋用莊子罔兩問影語.)"(臺北: 廣文書局, 1973, 560쪽)라고 언급했는데, 호응린이 여기서 "'罔兩'이 '그림자[影]'에게 묻는 말을 사용하였다."라고 한 부분은 착오로 보인다.

覽鏡憐雙鬢　거울 보며 양 살쩍 애처로워하고
沾衣惜萬行　옷 적시며 만 리길 애석해 하네
抱愁那去國　수심 안고 어찌 고향을 떠나
將老更垂裳　늙어가며 다시 위험한 변방 땅 밟는가?

　이후는 모두 '그림자'의 대답으로 설정하고 있다. 이의 실제적인 내용은 시인의 과거 經歷과 폄적된 과정을 침통한 어조로 自述하는 것으로 이루어져 있다. 먼저 제9구부터 제26구까지는 폄적되기 이전의 관직생활을 회고한다.

影答余他歲　그림자가 대답하기를 나는 다른 해에
恩私宦洛陽　황제의 은혜를 입고 낙양에서 벼슬을 했고
三春給事省　세 번의 봄을 給事省으로 지냈으며
五載尚書郎　오년은 尚書郎을 지냈다네
……
侍寵言猶得　임금 모시는 것으로 총애 얻었다 했으며
承歡謂不忘　임금 받들어 모시는 즐거움은 잊지 않았네

　이어서 제38구까지는 탄핵을 당해 유배당하는 상황을 다음과 같이 서술하고 있다.

一朝貽厚譴　하루아침에 엄한 처벌당하니
五宅竟同防　유배당한 것은 필경 防風氏와 같구나[13]

---

13)　'五宅'은 여기서는 流配를 가리키는 것으로, 《尚書·堯典》卷1에 "五流有宅, 五宅三居." 傳曰"謂不忍加刑則流放之, 若四罪者. 五刑之流, 各有所居. 五居之差, 有三等之居. 大罪四裔, 次九州之外, 次千里之外."라는 전고가 있다. '防'은 禹 임금 때, 지각을 하여 죽음을 당한 '防風氏'를 가리키는 것으로 보이는데, 《史記·孔子世家》卷47에 "禹致羣神於會稽山, 防風氏後至, 禹殺而戮之."라는 전고가 보임.

凶豎曾軀策　흉악한 소인이 일찍이 핍박했으니

權豪豈易當　권세를 어찌 쉽게 감당할 수 있었겠나?

欸顏因侍從　張易之 형제와의 만남은 임금을 모실 때였고

接武在文章　그들과의 접촉은 문장을 통해서였네

且懼威非贄　또한 위협하고 겁주는 괴물도 아니니

寧知心是狼　어찌 마음이 흉악한지를 알겠는가?

身猶納履誤　몸은 신발을 잘못 신는 오해를 샀고

情爲覆盆傷　마음은 (빛 못 보는) 거꾸로 엎어놓은 단지처럼 상처 입었네

可歎緣成業　죄를 얻은 것은 악연의 업장임을 한탄하지만

非關行昧藏　행동이 어둡고 아둔했던 것은 아니었으리

　여기서 심전기는 과거를 술회하며 자신의 유배가 오해에서 비롯되었음을 호소하고 있다. 그 어조가 매우 억울하다는 인상을 강하게 내비치고 있다. 이 뒤를 이어 제39구부터 제60구까지는 中宗이 復位하여 나라의 기강이 확립되었음을 칭송하며, 동시에 자신의 赦免과 歸京을 바라는 간곡한 마음을 드러낸다. 그리고 제61구부터 제76구까지는 먼저 자신이 처한 현재의 심정을 피력한 뒤, 자신의 과거를 회상하고 동시에 불우한 가족의 안위를 걱정하다가, 제77구부터 제80구까지에서 다음과 같이 計吏의 말을 빌려 가족의 무사함을 진술하고 있다. 그 진술은 아래와 같이 생생하다.

　計吏從都出　計吏가 경사에서 나와

　傳聞大小康　집안의 어른, 애들이 무강함을 전해 주네

　降除沾二弟　두 형제는 관직을 제수 받아

　離析已三房　분가하여 이미 세 집으로 분가했다 하네

　그리고 전체시의 마지막 부분에 해당하는 제81구부터 제96구까지는, 다음과 같이 이별의 상념과 가족에 대한 그리움을 피력한 뒤에, 周易과 老莊의 사

상에 기탁하여 현실의 번뇌에서 초탈하고자 한다.

劍外懸銷骨　劍閣 밖에서는 뼈 녹일 듯 걱정하고
荊南預斷腸　형주 남쪽에서는 애간장 끊길 듯 하네
音塵黃耳間　편지는 黃耳가 전해주고14)
夢想白眉良　꿈에서는 뛰어난 형제 생각하네
復此單栖鶴　홀로 사는 이 학을 돌아가게 하여
銜雛願遠翔　새끼를 물고 멀리 날아가고 싶네
何堪萬里外　어찌 만 리 밖에서 지낼 수 있으랴?
雲海已溟茫　구름 낀 바다 이미 어둡고 망망하니
戚屬甘胡越　가족이 남과 북으로 나뉘어도 달가워했고
聲名任秕糠　명성이 쭉정이와 겨를 보듯 해도 상관 안했고
由來休憤命　여태껏 운명에 분개하지도 않았으니
命也信蒼蒼　운명이란 참으로 알 수 없는 것이네
獨坐尋周易　홀로 앉아 ≪周易≫을 찾고
淸晨詠老莊　맑은 새벽에 老莊을 읊조리네
此中因悟道　이 가운데서 도를 깨달았기에
無悶入猖狂　물러나 구속 없이 자유로이 행하노라

　시인의 과거에서부터 현재에 이르는 상황을 비교적 진솔하게 '自述'하며 述
懷하고 있다. 이밖에 이 시와 마찬가지로 시인의 생평을 회고하고 '자술'하는
형식을 취하는 심전기의 〈寄北使〉와 송지문의 〈自洪府舟行直書其事〉, 그리
고 三月三日 上巳節을 맞이하여 지난날의 화려했던 궁정생활과 폄적으로 인

---

14) '黃耳'는 晉代 陸機의 愛犬으로 書信을 전달 해주었다는 함. ≪晉書・陸機傳≫:"初, 機有駿
犬, 名曰黃耳, 甚愛之. 旣而羈寓京師, 久無家問, 笑語犬曰, '我家絶無書信, 汝能齎書取消息
不.' 犬搖尾作聲. 機乃為書以竹筒盛之而繫其頸, 犬尋路南走, 遂至其家, 得報還洛, 其後因
以為常."라는 전고가 있다.

해 초라해진 현재의 처지를 대비하며 시인의 삶을 述懷한 심전기의 〈三日獨坐驪州思憶舊遊〉와 송지문의 〈桂州三月三日〉 등은 모두 이 부류에 속한다. 물론 이 부류에 속하는 작품 수량이 불과 몇 수에 지나지 않는다. 하지만 이렇듯 시인의 생애를 자신의 입을 통해 본격적으로 '자술'하는 형식은 심·송 이전의 初唐 詩壇에서는 찾아볼 수 없는 것이었기에, 이를 두고 새로운 시가 제재를 개척했다고 말한다면 충분히 긍정 받을 만하다.

결국 심·송의 시가는 그 제재 면에서 초당의 시단에서는 거의 처음으로 폄적을 제재로 한 詩作을 대량 창작했으니, 혹은 폄적의 傷念을 그대로 술회하거나, 혹은 '自述'의 형식으로 읊조리며 후세 唐詩의 발전을 위해 그 영역을 크게 확장시켜 주었던 것이다. 또한 폄적지인 嶺南의 낯선 산수자연을 그대로 묘사하거나 혹은 그 이국적인 산수에 기탁하여 폄적의 상념을 풀어내는 등, 산수자연시의 영역을 크게 확대시켜 주었다. 또한 주로 송지문에 의해 창작된 소위 '感悟詩'가 후세 '禪詩'의 先河가 되어 주었던 것 역시 중요한 의의를 갖는다.

(3) 詩歌 形式의 開拓 - 七言律詩

주지하다시피 심·송은 唐代 律詩의 형식을 완성한 것으로 인정 받는다. 하지만 심·송이 율시를 완성할 수 있었던 것은 그 이전부터의 여러 시인들에 의한 연구와 노력의 바탕위에서 이루어진 것이기에, 이를 두고 율시의 형식을 개척했다고는 말할 수 없다. 그러나 율시의 형식 가운데 七言律詩의 경우, 그 발전 내지 開拓에 있어서 심전기가 기여한 공로가 결코 작지 않다는 점은 강조하지 않을 수 없다.

사실상 칠언율시는 심전기 이전만 해도 거의 관심을 갖지 않는 시가 형식이었다. 初唐 前期의 詩壇에서는 엄격한 의미의 칠언율시는 출현하지도 않았으며, 그 뒤에도 그저 초기적인 형태의 작품만 몇몇 보일 뿐이었다. 初唐의 대표적인 시인이면서 오언율시에 많은 성과를 보였던 初唐四傑과 陳子昻 등이 단 한 수의 칠언율시만을 남기고 있다는 점은 당시의 사정을 잘 대변해 준다. 그러나 칠언율시는 초당후기 심전기의 손에 이르러 보다 본격적으로 주목을 받기 시작했다. 즉 심전기는 당시로서는 가장 많은 16수를 창작했을 뿐만 아니라, 그 예술 성취 면에서도 비교적 눈부셨다. 물론 심전기가 詩壇에서 주로 활약하던 中宗 景龍 연간(707-710)은 칠언율시가 이미 詩壇, 특히 宮廷 시단에서 이미 어느 정도 주목을 받기 시작했던 시기라 볼 수 있다. 이는 아래의 도표와 같이 중종 연간 당시의 修文館 학사 24명의 칠언율시 창작량을 통해 어느 정도 엿볼 수 있다.15)

직함	이름	칠언율시 작품수	봉화응제 작품수	직함	이름	칠언율시 작품수	봉화응제 작품수
大學士	李嶠	4	4	直學士	薛稷	2	2
	宗楚客	2	2		馬懷素	5	5
	趙彦昭	3	3		宋之問	4	3
	韋嗣立	1	1		武平一	2	2
學士	李適	5	5		杜審言	3	2
	劉憲	4	4		沈佺期	16	14
	崔湜	1	1		閻朝隱	3	3
	鄭愔	2	2		韋安石	0	0
	盧藏用	2	2		徐堅	0	0
	李乂	5	5		韋元旦	5	5
	岑羲	2	2		徐彦伯	2	2
	劉子玄	0	0		劉允濟	0	0
합계						73	69

15) 이 도표는 김준연, ≪唐代칠언律詩硏究 - 形成과 發展過程을 중심으로≫(서울대학교 박사학위논문, 2001, 95쪽)에서 인용하였음.

그 창작 수량이 아직은 미미한 수준일지라도, 칠언율시는 확실히 중종 경룡 연간의 궁정 시단에서 이미 어느 정도 폭 넓게 사용되고 있었음을 알 수 있다. 이렇듯 칠언율시가 폭 넓게 사용된 것은, 경룡 연간 이전에는 결코 찾아볼 수 없었던 일이었다. 이러한 연유로 인해, "경룡 연간(707~709)으로부터 비로소 칠언율시가 창시되었다."[16]라는 말이 나오게 된 것이다. 그런데 위의 통계에 서도 쉽게 알 수 있듯이, 당시의 궁정 문인 중 오로지 심전기만이 두 자리 수 의 작품 수를 창작하며 가장 돋보이는 성취를 이루었던 것이다. 또한 심전기 의 칠언율시는 이러한 수량적 측면 뿐만 아니라, 그 예술 성취 면에서 더욱 큰 의미를 지니고 있다. 즉 그의 칠언율시중 邊塞詩의 성격을 띠며 胡應麟으 로부터 "체제와 격조에서 신묘함이 풍부하니, 진실로 홀로 걸어 나왔다라고 할 만하다."[17]라는 평을 받은 〈古意呈喬補闕知之〉와 述懷의 내용을 담은 〈遙 同杜員外審言過嶺〉, 그리고 應制奉和詩인 〈龍池篇〉, 〈奉和春日幸望春宮應 制〉 등은 모두 후세 評者들에 의해 최고 수준의 찬사를 받았다. 다시 말해서 심전기는 칠언율시 방면에서 그 작품수량 뿐만 아니라, 예술성과 면에서도 모 두 七言律詩史上에서는 처음으로 가장 혁혁한 성과를 이루어 냈다고 할 수 있다. 이러한 성과는 미미한 칠언율시 창작을 보이던 初唐 前, 中期의 詩壇과 비교해 보고, 또한 심·송을 제외한 경룡 연간의 모든 궁정시인이 모두 천편 일률적인 봉화응제의 칠언율시를 창작했던 점을 모두 감안해 보면, 확실히 커 다란 성취라 할 수 있다. 이러한 점에 착안해 보면 심전기는 당시로서는 아직 커다란 주목을 받지 못했던 칠언율시라는 다소 생소한 시가형식을 詩壇의 중 심영역으로 끌어들이는 開拓者 역할을 한 셈이 되는 것이다. 물론 이러한 개 척이 후세 칠언율시의 발전에 큰 밑거름이 되어 주었음은 자명할 것이다.

---

16) 胡震亨, 《唐音癸籤》卷10: "自景龍始創七律."(93쪽)
17) 胡應麟《詩藪》: "盧家少婦, 體格豊神, 良稱獨步."(254쪽)

2. 情景 交融의 深化

심·송 시가 예술이 이룩한 성취의 하나로, 이들 이전의 시가 속에서는 쉽게 찾아보기 힘들었던 이른바 '情景交融'의 예술경지를 보다 본격적으로 추구하고 深化시켰다는 점을 꼽을 수 있다. 소위 '정경융합' 혹은 '情景交融'이라함은 한 작품 속의 景物 묘사가 感情의 표현와 완전히 혼연일치한다는 뜻으로, 중국 고전시가의 대표적인 비평이론 중의 하나이다. 이러한 관념이 하나의 구체적인 비평이론으로 정립되기 시작한 것은 南宋 중엽 이후의 일이다.[18] 즉 姜夔(約1155-1221)가 〈白石道人詩說〉에서 "意 가운데 景이 있고, 景 가운데 意가 있다."[19]라고 한 것에서 발단하고 있는 듯하다. 여기에서 말하고 있는 '意'의 내용은 사실상 '情과 통하고 있음은 물론이다. 그리고 이 보다 조금 뒤에 黃升은 史達祖의 詞를 평하면서 "무릇 능히 情과 景을 一家에 융합시키고, 句의 뜻을 두 가지 장점을 다 얻는 곳에 모을 수 있었다."[20]라 하여 처음으로 '정경교융'의 관념을 제기하였다. 또한 거의 같은 시기에 范晞文(生卒年未詳, 約 1226年 前後 활약함)이 ≪對牀夜語≫에서 唐代 시인의 창작을 "情과 景이 함께 융합되었다[情景兼融]"[21]라고 평하여 이의 이론에 동참하였다. 이후 '정경교

---

18) 물론 唐代의 王昌齡≪詩格·論文意≫에서 "若物色, 無意興, 雖巧亦無處用之."라고 하거나, 司空圖〈與王駕論詩書〉에서 '思與境偕'라는 명제를 제기하기는 했지만, 唐代 文人들의 論書에서는 역시 '情景交融'의 관한 구체적인 언급이 보이지 않는다.(喬惟德·尙永亮著, ≪唐代詩學≫, 53-75쪽 참조.)

19) 夏承燾校輯, ≪白石詩詞集≫: "意中有景, 景中有意."(臺北; 華正書局, 1974, 67쪽)

20) 黃升, ≪中興以來絶妙詞選≫卷7: "史邦卿, 名達祖, …… 堯章稱其詞奇秀淸逸, 有李長吉之韻, 盖能融情景於一家, 會句意於兩得."(≪四部叢刊≫本, 集部)

21) 范晞文, ≪對牀夜語≫卷2: "'樹搖幽鳥夢, 螢入定僧衣.' …… 右數聯亦晚唐詩警句, 前此少有表而出者, 盖不獨鷄聲'·'人跡'·'風暖'·'日高'等句而已. 情景兼融, 句意兩極, 琢磨瑕垢, 發揚光綵, 殆玉人之攻玉, 錦工之機錦也."(丁福保, ≪歷代詩話續編≫, 416-417쪽)

융'의 이론은 明代 王世貞(1526-1590)의 ≪藝苑巵言≫, 謝榛(1495-1575)의 ≪四溪詩話≫ 등에 의해 더욱 발전하게 되었고, 마침내 明淸 교체 시기의 王夫之에 의해 그 이론체계가 완성되었다.[22) 다음의 내용을 통해 왕부지의 '정경교융'의 이론을 엿볼 수 있다.

情과 景은 그 이름이 둘이지만 실제로는 떨어질 수 없다. 시에 신통한 사람은 교묘히 합하여 그 끝이 없으니, 공교한 자는 情 가운데 景이 있고 景 가운데 情이 있다.[23)

이후 '정경교융' 이론은 왕부지의 그것에서 크게 벗어나지 않고 있다. 이는 沈德潛의 ≪說詩晬話≫나 王國維의 ≪人間詞話≫ 등도 마찬가지이다.

한 가지 주의해야 할 것은 이러한 시가 비평이론으로서의 체계화 이전에 '정경교융'은 실제 시가 창작 속에서 이미 운용되고 있었다는 점이다. 주지하다시피 '정경교융'은 唐詩, 특히 盛唐詩가 이룩한 가장 큰 예술 성취 중의 하나이다. 이러한 성취는 邊塞詩派의 高適(約700-765)과 岑參, 山水田園詩派의 王維, 孟浩然(689-740), 그리고 李白(701-762)과 杜甫 등의 詩作 속에서 충분하게 살펴볼 수 있다. 그러나 唐代 이전만 해도 '정경교융'의 경지를 이룩한 시가는 東漢의 '古詩十九首'나 東晉의 陶淵明, 南朝의 謝靈運 등의 시작 중, 극히 제한된 일부의 작품에 불과하거나 혹은 전체 시 중 일부의 구절에서만 잠시 보이는 정도에 그쳤던 것이 사실이다. 이와 같은 상황은 唐初에 이르러서도 크게 달라지지 않았으니, 唐初 詩作 중의 대부분의 경물 묘사는 이른바 "교묘하게 사물의 형체를 핍진하게 그려내는 말[巧構形似之言]"[24)의 수준에

---

22) 蔡英俊, ≪比興物色與情景交融≫(臺北: 大安出版社, 1986) 301-328쪽 참조.
23) 王夫之, ≪姜齋詩話≫: "情景名爲二, 而實不可離, 神於詩者, 妙於無垠, 巧者則有情中景, 景中情."(丁仲祜編訂, ≪淸詩話≫上, 17쪽)
24) 鍾嶸著, 曹旭集注, ≪詩品集注≫卷, (上海: 上海古籍出版社, 1994, 149쪽)

서 크게 벗어나지 못했다. 그러나 심·송에 이르러 이러한 국면은 마침내 일대 전환을 맞이하게 된다. 즉 이들은 시가 곳곳에서 본격적으로 경물 묘사와 감정을 하나로 융합시키는 시가 예술을 성취했던 것이다.

심·송의 시작 속에서 '정경교융'의 예술 성취가 본격적으로 이루어졌다고 하는 사실은, '정경교융'의 이론을 확립시킨 왕부지가 주로 그 이론에 근거하여 스스로 唐代 시가를 취사선택한 ≪唐詩評選≫에 수록된 唐代 시인의 개별 작품 수량을 통해도 그 단면을 볼 수 있다. 다음은 ≪당시평선≫에 수록된 初, 盛唐 주요 작가의 작품 수량이다.

	樂府歌詩	5言古詩	5言律詩	5言排律	7言律詩	總計
王績	1	1	1	0	0	3
王勃	1	1	6	0	0	8
駱賓王	0	0	3	0	0	3
盧照鄰	1	0	0	0	0	1
楊炯	0	0	1	0	0	1
崔融	1	0	0	0	0	1
陳子昂	1	1	2	1	0	5
杜審言	0	0	7	2	3	12
宋之問	1	3	4	4	0	12
沈佺期	0	0	3	5	7	15
王昌齡	2	0	0	0	0	2
王維	2	4	12	3	4	25
孟浩然	1	0	3	0	2	6
高適	2	2	2	1	1	8
岑參	7	2	2	2	5	18
李白	16	17	7	1	2	43
杜甫	12	19	19	4	37	91

≪唐詩評選≫에는 송지문과 심전기의 詩作이 각각 12수, 15수가 수록되어 있는데 이러한 수량은 初唐 四傑의 수량보다 월등히 많은 것은 물론이요, 심지어는 盛唐의 일류 시인으로 꼽히는 孟浩然의 6首, 高適의 8首에 비해서도 훨씬 많음을 알 수 있다. 물론 ≪唐詩評選≫에 실려 있는 모든 작품이 단순하게 '정경교융'이라는 하나의 잣대만으로 취사선택된 것이 아니라 할지라도, '정경교융'의 성취도가 그 판단의 주요한 기준점이 되었다는 점도 부인 할 수 없다. 이러한 측면에서 볼 때 위의 통계는 심·송의 시작이 '정경교융'의 예술 방면에서 얼마나 커다란 성취를 이루었는가를 미루어 짐작게 해준다.

이제 아래에서 심·송의 시작 속에서 표현된 '정경교융'의 예술 성취를 구체적으로 살펴보자. 먼저 송지문의 〈陸渾山莊〉을 살펴보자.

歸來物外情　　돌아오니 탈속의 정이 있어
負杖閱岩耕　　지팡이 짚고 바위 밑 밭갈이 보네
源水看花入　　계곡 따라 올라 꽃나무 사이로 들어가고
幽林探藥行　　깊은 숲 약초 캐러 오르네
野人相問姓　　촌부들 서로 성 묻는데
山鳥自呼名　　산새들은 스스로 이름을 부르네
去去獨吾樂　　가고 또 가며 나 혼자 즐거워하니
無能愧此生　　재주 없는 이 삶이 부끄러울 뿐

이 시는 山莊 생활의 여유로운 한적함을 읊은 것이다. 시의 행간에 도연명의 〈도화원기〉적 隱逸의 정취가 물씬 배어난다. 먼저 首聯에서 '돌아오니[歸來]'라고 하거나, '바위 밑 밭갈이[岩耕]'라 하여 은일 생활을 제시하였고, 頷聯에서는 은일 속의 여유로운 생활을 묘사했다. 특히 시 중에서 '看', '入', '探', '行'의 네 개의 동사를 연달아 사용한 것은 독자로 하여금 고요한 정경을 동적으로 느끼게 해 준다. 頸聯에서는 완벽한 對仗을 이루며 시인의 한적한

情을 들판의 농부와 지저귀는 산새의 景物 속으로 融合시키고 있다. 마지막에서는 '가고 또 가며[去去]'라고 하여 첫 구의 '歸來'와 연결시키고 있다. 이 시에 대해 ≪唐詩箋注≫는 "전편에 걸쳐 세속 밖의 경물[物外景]을 묘사하고 있으니, 지극히 맑고 그윽하다."[25]라고 평한 바 있다. 사실상 그러한 '세속 밖의 경물[物外景]'에 대한 묘사는 '세속 밖의 정[物外情]'에 대한 표현과 다름 아니다. 趙建莉가 이 시에서 "사용한 시어는 표현력이 풍부하며, 능히 情과 景物을 융합시켰을 뿐만 아니라, 능히 景物 중에 情을 기탁해 내었다."[26]라 평한 것은 온당한 것이다.

이어서 송지문의 〈度大庾嶺〉을 살펴보자.

度嶺方辭國　대유령 넘어 바야흐로 도성을 떠나가다
停軺一望家　수레 멈추어 고향 한번 바라보네
魂隨南翥鳥　혼은 남쪽으로 나는 새를 따르고
淚盡北枝花　눈물은 북쪽 가지의 꽃에서 다하네
山雨初含霽　산 비는 막 개임을 머금었고
江雲欲變霞　강 구름은 노을로 변하려 드네
但令歸有日　다만 돌아 올 날이 있다면
不敢恨長沙　賈宜가 귀향 간 장사 땅도 마다 않으리

이 시는 시인이 神龍元年(705)에 瀧州로 폄적되어 가는 길에 지은 것이다. 폄적으로 인한 시인의 傷念을 大庾嶺의 경물 속에 잘 융합 시킨 작품이다. 특히 頷, 頸聯은 순수한 경물 묘사만으로 시인의 정을 드러내고 있다. 頷聯에서

---

25) 黃叔燦箋注, ≪唐詩箋注≫: "通首寫物外景, 極其淸幽."(≪唐詩彙評≫, 82쪽)
26) 趙建莉, ≪初唐詩歌賞析≫: "他取事、用詞、造句、設境, 都有獨到之處, 所取事物有典型性, 所用詞語富有表現力, 旣能融情與景, 又能景中寓情."(南寧, 廣西敎育出版社, 1990), 143쪽, 참조.

는 '남쪽으로 나는 새[南翥鳥]'와 '북쪽 가지의 꽃[北枝花]'으로 북녘 고향을
떠나 남쪽으로 폄적되어가는 시인의 傷念을 형상화시켰다. ≪天中記≫에 "大
庾嶺 위의 매화는 남쪽 가지에서 떨어지면 북쪽 가지에서는 핀다."27)라는 기
록이 있는 것으로 보아, 여기에서부터 중국과 오랑캐의 영역으로 갈린다는 것
을 암시하는 듯 하다. 頸聯에서는 산에서 비가 개고 놀이 지려는 미세한 경물
의 변화를 '막 머금다[初含]', '변하려 하다[欲變]'라는 동사를 사용하여 매우
섬세하게 그려내고 있다. 이러한 경물 묘사는 사실상 시인 자신의 심정 변화
를 보여 주는 것이라 할 수 있다. 즉 맑고 환하게 변하는 경물의 변화 속에
시인은 자신의 운명에 대한 실낱같은 희망을 투영하고 있는 셈이다. 이 시에
대해 高步瀛은 "情景交融을 이루고 있으니, 두보는 자주 이 방법을 사용하였
다."28)라고 평한 바 있다.

송지문의 〈發端州初入西江〉 역시 정경융합의 높은 예술 성취를 잘 보여주
고 있다.29)

問我將何去　나에게 묻노니, 어디로 가려는가?
清晨泝越溪　맑은 새벽 월계를 거슬러 올라가네
翠微懸宿雨　푸른 산 빛은 간밤 비로 공중에 매달렸고
丹壑飲晴霓　붉은 계곡은 갠 하늘의 무지개를 마시네
樹影稍雲密　나무 그림자 점점 구름처럼 빽빽해지고
藤陰覆水低　등나무 넝쿨 그늘은 물을 덮으며 낮게 깔렸네
潮回出浦駛　조수 밀려오자 강어귀로 나아가고
洲轉望鄕迷　섬 돌며 바라본 고향은 아득해지네
人意長懷北　사람 마음은 오래도록 북녘 생각하는데

---

27) ≪天中記≫卷52: "大庾嶺上梅, 南枝落, 北枝開. 寒煖之候異也."
28) 高步瀛, ≪唐宋詩擧要≫: "吳曰; 情景交融, 杜公常用此法."(上海: 上海古籍出版社, 1999,
415쪽)
29) 제Ⅳ장 208-209쪽 참조.

江行日向西	강 흐름은 날로 서쪽으로 향하네
破顔看鵲喜	웃음 지으며 까치 즐거움 보고
拭淚聽猿啼	눈물 훔치며 원숭이 울음 소리 듣네
骨肉初分愛	골육의 정은 처음으로 나뉘었으니
親朋忽解攜	친구는 홀연 이별했다네
路遙魂欲斷	길이 멀어 혼 끊어지려하나
身辱理能齊	몸이 욕되니 이치는 온전할 수 있다네
疇日三山意	예전에 신선 좇으려던 뜻
于茲萬緒暌	여기에서 만사 어긋났구나
金陵有仙館	금릉에 신선 객사 있으니
卽事尋丹梯	눈앞에서 붉은 계단 찾노라

시 속에는 유배로 인한 傷念이 물씬 배어난다. 마지막에서 신선을 좇으려 하는 것 역시 그러한 상념을 잠시 잊기 위함일 뿐이다. 특히 전반부의 奇異한 西江(珠江幹流)의 경물 묘사 속에는 시인의 상념이 그대로 녹아들어있다. 즉 '潮回' 이하 네 구절에서 고향을 떠나는 서글픔을 빠르게 서쪽으로 흘러가는 물결에 잘 기탁하고 있다. 또한 '拭淚聽猿啼'에서는 '원숭이 울음'으로 슬픔을 더욱 부각시키고 있다. 왕부지가 이 시에 대해 "'景語'와 '情語'가 함께 각별하게 이르렀다."[30]라고 평한 것은 이러한 정경융합의 성취를 높게 평가했기 때문이다.

이밖에 역시 왕부지가 "앞의 큰 한 단락의 '景語'는 결코 '원망하지[怨]' 않는 듯하지만, 오히려 '원망' 할 수 있는 것이다."[31]라는 평을 받은 송지문의 〈發藤州〉와 "오솔길은 여기부터 깊어지는데, 내 여기 와서도 공무에 쫓기는구나. 슬프도다, 정한은 끝이 없는데, 뭇 봉우리 어둑어둑 저물어가네.[微路從此深,

---

30) 王夫之, 《唐詩評選》卷3: "景語情語, 俱有特至, 體制亦自陰鏗、江總來."(141쪽)
31) 王夫之, 《唐詩評選》卷3: "前一大段景語不似怨, 乃可以怨."(140쪽)

我來限于役. 惆悵情未已, 群峰黯將夕]"라고 읊는 〈初至崖口〉, 그리고 "산의
형상은 드러내지 않은 쾌청함이 없고, 들녘의 색은 온통 가을빛이다.[山形無
隱霽, 野色遍呈秋.]"라 하여 경물 속에 산과 들을 대하는 여유로움을 드러낸
〈秋晚遊普耀寺〉 등, 송지문의 많은 詩作 속에는 정경융합의 높은 예술 성취
가 드러나 있다. 심지어는 應制詩인 〈夏日仙萼亭應制〉에서도 "들녘은 이 계
절 비 머금어 촉촉하고, 산에는 흐드러진 여름 구름 많네.[野含時雨潤, 山雜
夏雲多]"라 하며, 황제 출유의 화락한 분위기를 산수 경물에 기탁하고 있으니
그의 시작 곳곳에는 이렇듯 정경융합의 운용이 전폭적이었던 것이다.

정경융합의 예술기교는 심전기의 詩作에서도 어렵지 않게 찾아볼 수 있다.
그의 〈夜宿七盤嶺〉을 살펴보자.

獨遊千里外　천리 밖에 홀로 떠돌다가
高臥七盤西　칠반령 서쪽에 높이 누웠더니
山月臨窗近　산에 뜬 달 창가에 가깝고
天河入戶低　은하수는 문에 들어 나직하네
芳春平仲綠　꽃피는 봄이라 팽나무 파랗고
清夜子規啼　맑은 밤이라 두견새 우나니
浮客空留聽　떠도는 나그네 부질없이 귀 기울이면
襃城聞曙雞　보성의 닭 우는 소리 들려오네

이 시는 먼저 '홀로 떠돌다[獨遊]'라며, 고독의 정서를 전개 시키고 있는데,
'천리[千里]'와 '높이 누워서[高臥]'의 시어는 그러한 정서를 공간적으로 확대,
심화 시키고 있다. 頷聯에서는 '산의 달[山月]'이 '가까워지고[近]' '은하수[天
河]'가 '낮아지는[低]' 장면을 묘사함으로써, '높게 누워[高臥]' 잠 못 이루는 시
인의 심정을 더욱 부각시키고 있다. 頸聯에서는 남방의 나무와 새인 '팽나무
[平仲]'와 '두견새[子規]'의 시어로 낯선 이국에 온 시인의 슬픔을 더욱 배가

250

시키고 있다. 특히 전설상 "돌아감만 못하네[不如歸去]"라 소리낸다는 '子規'가 맑은 밤에 운다고 한 부분은 완전하게 시인의 심정을 대변하는 정경교융으로 이해 할 수 있다. 冒春榮은 이 구절의 경물묘사가 '淡遠'한 맛을 풍겨주는 '逸品'이라고 호평하기도 하였다.[32]

이어서 심전기의 잘 알려진 작품인 〈遙同杜員外審言過嶺〉을 예로 든다.

天長地闊嶺頭分　천지는 광활한데 산마루에서 헤어지니
去國離家見白雲　경성과 집을 떠나와 흰 구름만 보이네
洛浦風光何所似　낙수가의 풍경은 어디 같을까?
崇山瘴癘不堪聞　숭산의 장려병은 차마 듣지 못하겠네
南浮漲海人何處　남해로 배 띄운 사람은 어디로 갔는가?
北望衡陽雁幾群　북으로 형양을 바라보니 기러기 몇 무리 날아가네
兩地江山萬余里　두 곳은 강산이 만 여리나 떨어졌으니
何時重謁聖明君　언제 다시 고명하신 성군을 뵐 수 있을까?

首聯에서는 대유령을 지나는 경관을 묘사하고 있다. 京城을 벗어나 불모의 땅으로 내딛는 외로운 마음을 떠도는 흰 구름에 잘 交融시키고 있다. 또한 頸聯에서는 '北'과 '南'이라는 방향감각을 대비시키며 고향으로 돌아가고픈 심정을 기러기 떼에 기탁하고 있다. 尾聯에서는 '兩地'라는 시어를 이용해 바로 위의 '北'과 '南'의 시어를 이어 받아 사면을 바라는 심정을 완곡하게 토로했다. 시는 전반적으로 고요한 물결처럼 평담한 어조로[33] 경성을 떠나 풍토병이 만연한 불모지로 향하는 애달픈 심정을 대유령의 경물 속으로 잘 융합 시켰다. 이 시에 대해 明代 邢昉은 ≪唐風定≫에서 "景物에 얽매이지 않고 淸空(사물의

---

32) 冒春榮, ≪葚原詩說≫卷1: "寫景之句, 以工致爲妙品, 眞境爲神品, 淡遠爲逸品. 如'芳春平仲綠, 淸夜子規啼.', … 皆逸品也."(郭紹虞編選, ≪淸詩話續編≫, 1583쪽), 참조.
33) 王夫之, ≪唐詩評選≫卷四: "如海波平定, 無縠紋."(156쪽)

정신은 취하고 그 껍데기는 버린다는 境地로, 주로 詞의 境界로 쓰이는 용어임.)으로 써서 보 낸 것은 初唐에서 오로지 이 한편 뿐이다."34)라는 찬사를 아끼지 않았다.

마지막으로 심전기의 〈和元舍人萬頃臨池玩月戱爲新體〉를 보자.

春風搖碧樹 봄바람은 푸른 나무 흔들고
秋霧捲丹臺 가을 안개는 붉은 누대 휘감네
復有相宜夕 게다가 아름다운 밤일지니
池淸月正開 맑은 연못에 달은 막 떠오르네
玉流含吹動 옥 같은 물결은 부는 바람에 흔들리고
金魄度雲來 금 같은 달빛은 구름 넘어 비쳐오네
熠燿光如沸 물결 위의 밝은 달빛은 끓는 듯하다가
翩翾景若摧 작은 새 날아가며 서로 밀쳐대는 듯하네
半環投積草 물위의 반쪽 달빛은 쌓인 풀에 투영되고
碎璧聚流杯 깨진 옥 같은 달빛은 흘러가는 잔에 모이네
夜久平無渙 밤 깊어가니 반듯한 달빛 흩어지지 아니하고
天淸皎未隤 하늘 깨끗하니 달빛은 휘영청 이지러지지 않네
鏡將池作匣 거울 같은 달은 연못으로 상자 삼고
珠以岸爲胎 구슬 같은 달은 연못 기슭으로 태를 삼노라
有美司言暇 아름다운 사람은 司王言의 직무 한가한 틈에
高興獨悠哉 고상한 흥취로 홀로 유유자적하네
揮翰初難擬 글짓기는 처음부터 흉내 내기 어려웠으니
飛名豈易陪 높은 명성 어찌 따르기 쉽겠는가?
夜光珠在握 야광주 손 안에 있으니
了了見沉灰 분명하게 세상 불타버린 재를 볼 수가 있다네35)

---

34) 邢昉, 《唐風定》卷16上: "不着景物, 寫途淸空, 初唐唯此一篇."(《唐詩彙評》, 222쪽)
35) '沉灰'는 '劫灰'와 같은 뜻으로, 세상이 훼멸되고 난 뒤에 남은 잿더미를 말하는 일종의 불교 용어이다. 《三輔黃圖》卷4에 "武帝初, 穿池得黑土, 帝問東方朔, 東方朔日, '西域胡 人知.' 乃問胡人, 胡人日, '劫燒之餘灰也.'"라는 전고가 보인다.

이 시는 심전기가 약 29세가 되던 해인 垂拱 元年(685), 당시 中書舍人(正五品上)을 역임하던 元萬頃이 보내온 贈詩에 和答한 것이다. 淸新한 시어와 풍격 속에서 상대를 '頌美'하는 것을 그 主旨로 삼고 있다. 이러한 주지는 시의 후반부에서 확연히 드러나 있다. 그런데 시의 전반부에서 장장 14구절에 걸쳐 경물을 묘사하고 있어, 얼핏 보면 마치 그러한 주제와는 동떨어진 느낌을 주고 있다. 그러나 그러한 경물묘사 속에는 모두 상대의 "고상한 흥취로 홀로 유유자적하는[高興獨悠]" 모습을 '송미'하는 것으로 볼 수 있으니, 과연 이러한 "모든 景語는 모두 情語이다."36)라고 할 만하다. 특히 "밤 깊어가니 반듯한 달빛 흩어지지 아니하고, 하늘 깨끗하니 달빛은 휘영청 이지러지지 않는구나.[夜久平無渙, 天淸皎未隤]"라고 읊은 부분은 고도의 정련된 언어로37) 상대의 단정한 풍모를 찬미하는 감정이 잘 투영된 것이라 할 수 있다.

이렇듯 심전기의 시가 속에는 감정을 경물에 기탁하여 정경융합의 예술 성취를 이룬 작품이 비일비재하다. 왕부지가 "情과 景物이 짝을 이룬다"38)고 했던 "구월의 차가운 다듬이 소리 나뭇잎을 재촉하고, 십년간의 정벌 수자리 요양 땅 생각한다.[九月寒砧催木葉, 十年征戌憶遼陽. 〈古意呈喬補闕知之〉]"의 구절이나, ≪唐詩從繩≫에서 "景物을 대하여 情을 볼 수 있다."39)라는 평을 받은 심전기의 〈雜詩〉其四, 그리고 "나무는 모두 강 속에 보이고, 원숭이 울음 대부분 하늘 끝에서 들린다.[樹悉江中見, 猿多天外聞]"라 하며 시인의 감

---

36) 王國維, ≪人間詞話≫: "昔人論詩詞, 有景語, 情語之別, 不知一切景語皆情語也."(臺北: 金楓出版社, 1991, 58쪽)

37) 王夫之는 이 구절에 대해서, "'夜久平無渙', 右丞, 拾遺俱無此精采語, 中晩人學此者愈勞夢想, 體物語分巧化工至初唐而止, 嗣後不复有繼者."라고 극찬하였다. (王學太校点本, ≪唐詩評選≫, 140쪽)

38) 王夫之, ≪薑齋詩話≫卷下: "夫景以情合, 情以景生, 初不相離, 唯意所適, 截分兩橛, 則情不足興, 而景非其景. 且如'九月寒砧催木葉', 兩句之中, 情景作對." (丁仲祜編訂, ≪淸詩話≫上, 18쪽)

39) ≪唐詩從繩≫: "卽景見情, 此全篇直敍格也."(≪唐詩彙評≫, 216쪽)

정을 경물에 기탁한 〈十三四時常從巫峽過他日偶然有思〉 외에도, 〈入鬼門關〉, 〈赦到不得歸題江上石〉, 〈古歌〉 등의 詩作은 모두 경정융합의 높은 예술 성취를 충분히 보여주는 것들이다.

위와 같은 서술을 통해 심전기와 송지문은 그들의 많은 詩作 속에서 정경교융 혹은 정경융합의 예술 성취를 매우 본격적으로 이루어냈음을 알 수 있었다. 물론 이와 같은 예술 성취는 齊梁 이후로 거의 습관적으로 이루어져오던 初唐의 단순 경물 묘사 내지는 "교묘하게 사물의 형체를 핍진하게 그려내는 말[巧構形似之言]"로만 경물을 묘사하는 수준을 뛰어 넘어, 한 차원 더 높고 더욱 심도 있는 시의 '意境'을 개척한 셈이 되는 것이다.

3. 詩歌 言語의 精鍊

심·송의 시가 속에서 폭 넓게 살펴 볼 수 있는 高度로 精鍊된 詩語는 이들이 이룬 또 다른 예술 성취 가운데 하나이다. 다시 말해서 심·송은 시어의 字句 精鍊에 남다른 노력을 기울여 보다 정교하고 생동적인 의미를 전달하고자 했던 것이다. 그리고 이러한 노력은 실제로 심·송의 시가 곳곳에서 매우 성공적으로 이루어졌다. 사실 심·송 이전만 해도 "初唐의 대다수 시인들은 여전히 齊梁詩가 추구했던 매우 典麗하고 군더더기의 수식만을 늘어놓으며, 對偶를 잔뜩 모아 놓는 시어의 습관에서는 벗어나지 못했다. 비록 기백이 강건하고 抒情 성분이 농후한 四傑의 詩作이라 할지라도, 역시 '金玉龍鳳', '朱紫青皇' 등의 글자가 비교적 많이 보이는 것을 면할 수 없었다. 宮廷應制詩는 더욱 이러했다. 그러나 심·송의 손에 이르러 이러한 상황은 이미 기본적으로 사라지게 되었다."[40] 특히 字句의 정련을 필요로 하는 율시 창작에 있어서[41], 심·송은 "齊梁 이래의 습관적인 사고방식을 뛰어넘어 율시 句의 조합을 판에 박힌 나열식의 對偶에서 함축적인 정련으로 전환시켰고 작품의 意趣를 더욱 공교하게 만들었으니, 이것은 盛唐 율시 句式의 구성과 意境의 개척

---

40) 陶敏·易淑瓊, 〈沈宋論略〉: "初唐大多數詩人尙未能盡革齊梁詩追求語言典麗富贍, 堆砌詞藻, 拼湊對偶的餘習, 卽使在四傑那骨氣剛健, 情思濃烈的詩歌中, 也不免有較多的'金玉龍鳳', '朱紫青黃'之類的字眼. 宮廷應制詩就更是如此. 但是, 到了沈宋的手中, 這種情况已經基本絕迹了."(10쪽)

41) 蔣紹愚, 《唐詩語言研究》: "근체시에서의 字句는 더욱 精鍊을 요구한다. 왜냐하면 율시나 絶句는 본래부터 편폭이 매우 짧기 때문에, 만일 시 가운데 '쓸데없이 남는 말(餘字)'이나 '쓸데없이 긴 말(長語)'이 있으면 시가 공교하지 못하다고 여겨지기 때문이다.[在近體詩中, 字句更要求精鍊. 因爲律詩, 絶句本來就篇幅很短, 如果在詩中還有'餘字'和'長語', 就被認爲詩的不工了]"(鄭州: 中州古籍出版社, 1990, 266쪽), 참조.

에 중요한 선도적 역할을 담당하게 된 것이다."[42]

실제로 심·송의 많은 작품에서는 字句의 정련에 온갖 심혈을 기울인 흔적이 엿보인다. 예컨대 송지문의 〈洞庭湖〉를 보자.

地盡天水合　땅 다하고 하늘과 물 합쳐지는데
朝及洞庭湖　아침에 동정호에 이르렀네
初日當中涌　막 솟는 해 그 가운데서 솟아오르니
莫辨東西隅　동과 서를 분간할 수 없네
晶耀目何在　수정같이 빛나니 눈은 어디에 둘 것이며
澄熒心欲無　물 소용돌이치니 아무 생각 없어지네
靈光晏海若　신령스런 빛은 바다 신을 편안케하고
游氣耿天吳　떠 있는 기운은 물의 신을 빛내네
張樂軒皇至　음악 펼치니 黃帝 軒轅氏가 이르렀고
征苗夏禹徂　묘족 정벌하러 우임금은 갔다네
楚臣悲落葉　초나라 신하는 낙엽을 슬퍼했고
堯女泣蒼梧　요임금의 딸은 창오에서 흐느꼈다네[43]
野積九江潤　들판에는 구강의 윤택함 쌓여 있고
山通五嶽圖　산은 오악의 형세와 통하네
風恬魚自躍　바람 조용하니 물고기 절로 튀어 오르고
雲夕雁相呼　구름 저녁 되니 기러기 서로 부르네
獨此臨泛漾　홀로 여기서 출렁이는 물결 내려다보니
浩將人代殊　호탕함이 인간세상과는 다르구나
永言洗紛濁　길게 읊조리며 더러운 때 씻어내니

---

42) 葛曉音, 〈論宮廷文人在初唐詩歌藝術發展中的作用〉: 杜審言和沈,宋在完成律詩形式的同時, 也突破了齊梁以來的習慣性思路, 使律詩的構句由平板的羅列對偶轉爲含蓄凝練, 思致工巧, 這對盛唐律詩句式的構成以及意境的開拓, 應有重要的啓迪意義."39-40쪽.
43) ≪述異記≫卷上에 "昔舜南巡而葬於蒼梧之野, 堯之二女娥皇, 女英追之不及, 相與慟哭, 淚下沾竹, 竹文上爲之斑斑然."이라는 典故가 보임.

卒歲爲淸娛　끝나는 날 맑은 즐거움 누리겠네
要使功成退　공 이룬 후 물러나게 한다면
徒勞越大夫　월나라 대부의 헛수고리라44)

　이 시가 언제 지어진 것인가는 확실히 고증할 수 없다. 다만 시인이 폄적기
간인 神龍과 景雲 연간 중에 洞庭湖를 지난 적이 있었지만, 이 시 속에서는
뚜렷한 폄적의 분위기가 풍기지 않기에 그 이전인 武后 시기에 지어진 것으로
추측해 볼 수 있다. 시는 동정호의 풍경을 묘사하며 그 속에서 느낄 수 있는
한적한 정서를 읊고 있다. 시의 곳곳에는 시인의 詩語 精鍊에 대한 정성이 드
러나 있다. 마지막 여섯 구를 제외하고 앞의 16구절은 거의 모든 곳에서 對偶
를 이루고 있는 점이 퍽 인상적이다. 이 시의 作法에 관해서 ≪唐詩歸≫에서
는 다음과 같이 상세한 설명을 하고 있다.

　　('地盡' 두 구절 아래) 담원춘이 이르기를; "배 가운데서의 좋은 풍경이다."
　종성이 이르기를; "'漢水는 넓어 하늘과 나눌 수 없네[漢廣不分天]'와 같은 뜻이
　다. 그러나 '땅이 다하고[地盡]' 두 글자는 '漢水는 넓어[漢廣]' 보다 더욱 깊이가
　있다. 그 묘함은 '넓다[廣]'라는 字를 말하지 않은 것에 있다."… ('晶耀' 두 구절
　아래)종성이 이르기를; "'마음은 비우려 하네[心欲無]' 세 글자는 더욱이 한없이
　넓고 아득함을 다 써내었다." 담원춘이 이르기를; "'구름 저녁[雲夕]'은 高妙
　하다."45)

────────────

44)　越나라 大夫는 春秋시대 越國의 대부 范蠡를 가리킨다. 越王 句踐이 會稽에서 곤경을
　　당한 적이 있었는데, 후에 범려의 계략으로 회계에서의 수치를 씻게 되며, 범려는 공을
　　이룬 후 배를 타고 江湖로 물러났다는 전고가 있다. ≪史記·貨殖列傳≫卷129 참조.
45)　≪唐詩歸≫"譚云, 舟中好眼. 鍾云, 與漢廣不分天.'同意, 然'地盡'二字深于'漢廣'矣. 妙在不
　　說出'廣'字. … 鍾云, '心欲無'三字尤寫盡浩渺. … 譚云, '雲夕'妙."(≪唐詩彙評≫, 77쪽)

확실히 시의 곳곳에서 '煉字'에 힘을 기울인 흔적을 엿볼 수 있다. 그러나 이러한 노력에도 불구하고, '靈光' 이하의 여섯 구절에서처럼 對偶의 수식에만 힘을 기울인 듯한 인상을 주기에 전체적으로는 크게 성공한 작품으로 보기 힘들다.

다음에서 심전기의 〈夜遊〉를 보자.

今夕重門啓　오늘 밤 겹문을 열고
遊春得夜芳　봄나들이 나와 한밤중 꽃구경 하네
月華連晝色　달빛은 한낮의 빛을 이었고
燈影雜星光　등잔 그림자는 별빛과 뒤섞이네
南陌靑絲騎　남쪽 길엔 청실 재갈 물린 말을 탄 젊은이
東隣紅粉粧　동편 인가엔 붉은 단장한 아가씨
管絃遙辨曲　피리 거문고 소리는 멀리서도 곡을 알겠고
羅綺暗聞香　화려한 비단 입고 슬며시 향기 맡노라
人擁行歌路　사람들은 노래 부르는 거리로 몰리고
車攢鬪舞場　수레는 춤 경연장에 모이네
經過猶未已　행렬은 아직 다 통과하지 않았는데
鐘鼓出長楊　장안궁에선 종 북소리 울리네[46]

이 시는 長安宮에서 밤에 봄나들이 나와 보고 느낀 풍경과 한적한 정서를 읊은 것이다. 시는 전반적으로 高華典重한 풍격을 풍기며, 齊梁의 화려한 시어 조탁 기풍에서 크게 벗어나지 못하고 있다. 이 시에 대해 ≪唐風懷≫에서 "綺麗함을 잊기는 어려울지니, 齊梁의 훌륭한 소리를 얻었다."[47]라고 평가한 것은 그러한 점을 간파한 것이다. 그러나 예술기교 측면에서, 시어의 유창함 그리고 비교적 노련한 '煉字'기교는 제량의 그것들 보다 훨씬 앞서는 것으로

---

46) '長楊'은 秦, 漢代의 궁전이름으로, 여기서는 長安宮을 가리킨다. ≪三輔黃圖≫卷1: "長楊宮, 在今盩厔縣東南三十里, 本秦舊宮, 至漢修飾之, 以備行幸." 참조.
47) ≪唐風懷≫: "震靑曰, 綺麗難忘, 得齊梁之佳韻."(≪唐詩彙評≫, 224쪽)

평가 할 수 있다. 실제로 이 시의 곳곳에선 '煉字'의 성숙함을 살필 수 있다. ≪瀛奎律髓滙評≫에서 許印芳이 "제3구, 4구, 제7구, 8구의 중간 글자는(즉 '連, 雜, 遙, 暗'字) 정밀하고 공교하며, 경물 묘사는 핍진하고 신묘하다. 제9구, 10구의 두 번째 글자는(즉 '擁, 攢'字) 온당하니, 모두 '煉字'의 作法이다."[48] 라고 언급한 것은 그러한 사실을 잘 설명해 준다. 그러나 이 시 역시 앞의 시와 마찬가지로 '煉字'로는 성공을 거두었을지 몰라도, 전체 시가 표현한 내용과 사상 측면에서는 높은 예술 성취를 얻지 못했다.

"'煉字'하는 것은 '煉句'하는 것만 못하고 '煉句'하는 것은 '煉意'하는 것만 못하며 '煉意'하는 것은 '煉格'하는 것만 못하다."[49]라는 말이 있다. 다시 말해서 시어 한 글자 한 글자를 정련하는 것은 시어의 조합인 시구를 정련함만 못하고, 이것은 다시 시가 내포하는 뜻을 정련하는 것에 못 미치며 또한 이는 다시 시의 意境을 정련함만 못하다는 의미이다. 이런 의미에서 볼 때 위에서 든 두 시를 굳이 분류하자면 아마도 단지 '煉字'의 성공에만 머무른 것이라 할 수 있다.

다만 주의할 것은 심·송의 다른 많은 시가 속에서 어렵지 않게 매우 성공적인 '煉句'들을 찾아볼 수 있다는 점이다. 사실상 심·송은 當時에 가장 인정받던 궁정 시인답게 시가 언어의 精鍊에 능수능란했다. 이들의 이러한 면모는 '對偶'라는 詩歌 修辭를 통해 가장 확연히 드러난다.

일반적으로 "'對偶'라고 하는 것은 구조가 동일하고 字數가 같으며 의미가 서로 상관되는 두 개의 단어 혹은 구절을 함께 나란히 나열하는 일종의 修辭 양식"[50]으로 정의 할 수 있다. 이는 劉勰이 ≪文心雕龍≫에서 '言對, 事對,

---

48) ≪瀛奎律髓滙評≫: "許印芳曰, 三, 四, 七, 八, 腰字精工, 寫景眞有神. 九, 十第二字穩貼. 皆煉字法也."(≪唐詩彙評≫, 224쪽)

49) ≪詩人玉屑≫卷8: "煉字不如煉句, 煉句不如煉意, 煉意不如煉格."(172쪽)

50) 周生亞, ≪古代詩歌修辭≫: "對偶就是結構上同, 字數上等, 意義相關的兩個詞組或句子幷列在一起的一種修辭格式."(北京: 語文出版社, 1995, 52쪽)

反對, 正對'라는 소위 '四對'[51]를 언급하며 이론화 시킨 이래로, 初唐에 이르러 더욱 비약적으로 발전하게 된다. 즉 上官儀는 '六對'와 '八對'[52]를 제기하였고, 元兢은 이러한 기초위에 '八種切對'法을[53] 제기하여 더욱 정밀하고 다양하게 만들었다. 그 뒤의 崔融은 이른바 '九對'의[54] 이론으로 '대우'의 수사기교를 더욱 세밀화 시켰다. 물론 초당에 이르러 이렇듯 비약적으로 발달한 '대우' 이론은 '聲律論'과 함께 律詩 형성의 중요한 이론적 기반이 되어주었음은 주지의 사실이다.

　이러한 '대우' 이론의 비약적 발전 속에서 심·송은 매우 적극적으로 '대우'의 수사기교를 응용하며 시가 정련에 힘을 기울였던 것이다. 실제로 심·송의 대부분의 시가 속에서는 精密한 '대우'의 수사 기교가 거의 빠짐없이 등장한다. 특히 典故를 사용하는 '事對'와 숫자를 사용하는 '數字對'는, 심·송이 즐겨 사용했던 '대우' 수식이라 할 수 있다.[55] 먼저 '事對'의 예를 들어 본다.

　　子先呼其巓, 宮女世不老. (沈佺期, 〈辛丑歲十月上幸長安時扈從出西嶽作〉)
　　子雲推辭博, 公理擅詞雄. (上同, 〈酬楊給事廉見贈省中〉)
　　水行儋耳國, 陸行雕題藪. (上同, 〈初達驩州·其二〉)
　　願陪鵷鷺樂, 希並鵷鴣留. (上同, 〈從驩州廨宅移住山間水亭贈蘇使君〉)
　　漢文宜惜露臺費, 晉武須焚前殿裘. (上同, 〈曝衣篇〉)

51)　劉勰著, 范文瀾註, ≪文心雕龍註≫卷7: "故麗辭之體, 凡有四對, 言對爲易, 事對爲難, 反對爲優, 正對爲劣."(588쪽)
52)　上官儀의 '六對'는 "正名對, 同類對, 連珠對, 雙聲對, 疊韻對, 雙擬對."를 말하며, '八對'는 "的名對, 異類對, 雙聲對, 疊韻對, 聯綿對, 雙擬對, 回文對, 隔句對."를 가리킨다. (張伯偉 ≪全唐五代詩格彙考≫, 南京: 江蘇古籍出版社, 2002, 58-62쪽 참조.)
53)　元兢의 '八種切對'은 "正對, 異對, 平對, 奇對, 同對, 字對, 聲對, 側對."를 가리킴. (張伯偉 ≪全唐五代詩格彙考≫, 116-118쪽 참조.)
54)　崔融의 '九對'는 "切對, 雙聲對, 疊韻對, 字對, 聲對, 字側對, 切側對, 雙聲側對, 疊韻側對." (張伯偉 ≪全唐五代詩格彙考≫, 132-135쪽 참조.)
55)　洪順隆, 〈沈佺期, 宋之間〉: "沈, 宋詩中於對句, 詞律講求精密, 喜用數字對, 事對, 是一大特色."(≪中國文學講話≫第6冊, 臺北, 巨流圖書公司, 1982, 80쪽)

別路追孫楚, 維舟弔屈平.（宋之問,〈送杜審言〉）

帝憂河朔郡, 南發海陵倉.（上同,〈送姚侍御出使江東〉）

韋門旌舊德, 班氏業前書.（上同,〈故趙王屬贈黃門侍郎上官公挽詞〉）

一行覇勾踐, 再顧傾夫差.（上同,〈浣紗篇贈陸上人〉）

著書聞太史, 鍊藥有仙翁.（上同,〈遊禹穴迴出若耶〉）

이어서 '數字對'의 경우를 살펴 보자.

六甲迎黃氣, 三元降紫泥.（沈佺期,〈則天門觀赦改年〉）

一朝逢糺謬, 三省竟無虞.（上同,〈移禁司刑〉）

玉房九霄露, 碧葉四時春.（上同,〈題椰子樹〉）

四氣分寒少, 三光置日偏.（上同,〈度安海入龍編〉）

北斗七星橫夜半, 清歌一曲斷人腸.（上同,〈古歌〉）

一朝承凱澤, 萬里別荒陬.（宋之問,〈初承恩旨言放歸舟〉）

後果纏三足, 前因感六牙.（上同,〈遊法華寺〉）

五嶺恓惶客, 三湘顇頷顏.（上同,〈晚泊湘江〉）

別家萬里餘, 流目三春際.（上同,〈自衡陽至韶州謁能禪師〉）

八月涼風天氣淸, 萬里無雲河漢明.（上同,〈明河篇〉）

이밖에 色彩, 方位, 疊韻 등의 '대우' 또한 심·송의 시가 속에서 흔하게 찾아볼 수 있는 修辭上의 精練이다. 예를 들면 다음과 같다.

揮手弄白日, 安能戀靑宮.（沈佺期,〈鳳笙曲〉）

碧水澄潭映遠空, 紫雲香駕御微風.（上同,〈興慶池侍宴應制〉）

故人贈我綠綺琴, 兼致白鷳鳥.（宋之問,〈放白鷳篇〉）

綠水秦京道, 靑雲洛水橋.（上同,〈早發韶州〉）

晴明西峰日, 綠縟南溪樹.（沈佺期,〈雨從箕山來〉）

南山奕奕通丹禁, 北闕峨峨連翠雲.（上同,〈從幸香山寺應制〉）

北謝蒼龍去, 南隨黃鵠飛. (宋之問 〈送武進鄭明府〉)

西馳巴嶺徼, 東去汶陽濱. (上同, 〈留別之望舍弟〉)

霏霏日搖蕙, 騷騷風灑蓮. (沈佺期, 〈覽鏡〉)

遊魚瞥瞥雙釣童, 伐木丁丁一樵叟. (上同, 〈入少密溪〉)

濟濟衣冠會, 喧喧夷夏俱. (宋之問, 〈扈從登封告成頌應制〉)

鳥游溪寂寂, 猿嘯嶺娟娟. (上同, 〈下桂江龍目灘〉)

  심·송은 '대우'의 정련에 많은 힘을 기울였으니 이러한 모습은 이들의 詩作
도처에서 어렵지 않게 발견할 수 있다. 사실 심·송의 시가 속에는 '대우'를
사용하여 성공한 '煉句'가 적지 않다. 예를 들어 심전기의 "사람은 하늘 위에
앉아 있는 듯 하고, 고기는 거울 가운데 걸려있는 듯 하네.[人疑天上坐, 魚似
鏡中懸.〈釣竿篇〉]"라는 시구와 관련하여, ≪苕溪漁隱叢話≫에서 "黃庭堅이
이르기를, '배는 하늘 위를 타는 것 같고, 사람은 거울 가운데를 가는 듯 하
다.[船如天上坐, 人似鏡中行]', '배는 하늘 위를 타는 것 같고, 고기는 거울 가
운데 걸려있는 듯 하다.[船如天上坐, 魚似鏡中懸]'라는 구절은 심전기의 시이
다. 심전기는 이것을 좋아하여 누차 사용 하였다. 杜甫의 '봄물의 배는 하늘
위에서 타는 듯 하고[春水船如天上坐]'라는 구절은 심전기의 시어를 祖述한 것
이다."56)라고 한 바와 같다. 또한 ≪歷代詩發≫에서 "펼침과 거둬들임이 모
두 절묘하다."57)라는 평을 받은 심전기의 "숲 향기 술기운은 원래 서로 섞이
는 법, 새의 지저귐과 노래는 각기 소리를 이루는구나.[林香酒氣元相入, 鳥囀
歌聲各自成.〈奉和春日幸望春宮應制〉]"라는 시구, 그리고 ≪增定評注唐詩正
聲≫에서 "지극히 奇妙하니, 시어가 능히 여기에 이르면 통찰의 눈을 가졌다

---

56) ≪苕溪漁隱叢話≫卷6: "山谷云 '船如天上坐, 人似鏡中行.' '船如天上坐, 魚似鏡中懸.' 沈雲
  卿詩也. 雲卿得意於此, 故屢用之. 老杜, '春水船如天上坐.' 祖述佺期之語也."(胡仔纂集, 廖
  德明校点本, 北京: 人民文學出版社, 1981, 33쪽)
57) ≪歷代詩發≫: "五, 六開合俱妙."(≪唐詩彙評≫, 218쪽)

할 것이다.")58)라는 평을 받은 송지문의 "한밤중 구름은 붕새의 끝에서 떨어지고, 이지러진 달은 진주조개 속에서 빛을 내네.[宿雲鵬際落, 殘月蚌中開. 〈早發始興江口至虛氏村作〉]라는 시구와 鍾惺이 "각 구절마다 하나의 뜻을 가지고 있으나, 한 덩어리가 되어 전혀 느낄 수가 없다."59)라고 언급한 송지문의 "말위에서 한식을 만나니, 길 도중 늦봄이 되었다.[馬上逢寒食, 途中屬暮春. 〈途中寒食題黃梅臨江驛寄崔融〉]"라는 시구 등은 모두 그 좋은 예이다.

이밖에 심·송의 시가 속에는 후세 평자들에 의해 호평 받는 '煉句' 또한 허다하다. 예를 들면 다음과 같다.

小池殘暑退, 高樹早凉歸. (沈佺期, 〈酬蘇員外味玄夏晚寓直省中見贈〉)
閶闔連雲起, 巖廊拂霧開. (上同, 〈同韋舍人早朝〉)
九月寒砧催木葉, 十年征戍憶遼陽. (上同, 〈古意呈喬補闕知之〉)
江靜潮初落, 林昏瘴不開. (宋之問, 〈題大庾嶺北驛〉)
魂隨南翥鳥, 淚盡北枝花. (上同, 〈度大庾嶺〉)
氣冲落日紅, 影入春潭碧. (上同, 〈初至崖口〉)

이와 같은 시구는 모두 역대로 널리 회자되는 名句이다. 정교함과 더불어 참신함, 자연스러움을 함께 잃지 않고 있어, 齊梁 이후로 성행한 무미건조하며 판에 박힌 듯한 '대우'의 모습과는 확연히 구별 된다. 이와 같은 '煉句'의 참신함과 자연스러움은 심·송의 應制奉和詩에서도 어렵지 않게 볼 수 있다. 아래에서 예를 든다.

漢家城闕疑天上, 秦地山川似鏡中. (沈佺期, 〈興慶池侍宴應制〉)
水殿黃花合, 山亭絳葉深. (上同, 〈白蓮花亭侍宴應制〉)

58) ≪增訂評註唐詩正聲≫: "三四奇絶, 語能到此乃具眼."(≪唐詩彙評≫, 86쪽)
59) ≪唐詩歸≫: "鍾云, 首二語各一意, 渾然不覺."(≪唐詩彙評≫, 84쪽)

川長看鳥滅, 谷轉聽猿稀. (上同, 仙萼池亭侍宴應制)
今年春色早, 應爲剪刀催. (宋之問, 〈奉和立春日侍宴內出剪彩花應制〉)
不愁明月盡, 自有夜珠來. (上同, 〈奉和晦日幸昆明池應制〉)
巖邊樹色含風冷, 石上泉聲帶雨秋. (上同, 〈三陽宮侍宴應制〉)

심·송이 이와 같이 시가언어 정련에 힘을 기울인 것은 단순히 시가 한 두 구절의 高妙함만을 위한 것은 아니다. 이들이 추구했던 것은 전체 시가 내포하는 '意境'의 예술성에 있었다. 예를 들어 頷聯과 頸聯에서 "구월의 차가운 다듬이 소리 나뭇잎을 재촉하고, 십년간의 정벌 수자리 요양 땅 생각하네. 백랑하 북쪽 소식과 편지 끊겼는데, 단봉성 남쪽에는 가을 밤 길기만 하네.[九月寒砧催木葉, 十年征戍憶遼陽. 白狼河北音書斷, 丹鳳城南秋夜長.]"라 하며 완벽한 대우를 이루는 심전기의 〈古意呈喬補闕知之〉가 좋은 예이다. 마찬가지로 "계곡 따라 올라 꽃나무 사이로 들어가고, 깊은 숲 약초 캐러 오르네. 들농부는 서로 성씨를 묻는데, 산새들은 스스로 이름을 부르네.[源水看花入, 幽林採藥行. 野人相間姓, 山鳥自呼名.]"라 하며 함, 경련에서 정교한 대우를 이루어낸 송지문의 〈陸渾山莊〉 등 역시 고도로 성숙한 '煉句'를 통해 전체 작품의 '意境'을 고도화시켜 후대의 평자로부터 찬사를 받은 것들이다.

이외에 심전기의 〈雜詩·其四〉, 〈龍池篇〉과 송지문의 〈度漢江〉, 〈題大庾嶺北驛〉 등은 모두 字句의 정련을 통해 전체 詩作의 '意境'을 성공적으로 표현해낸 예들이다. 이렇듯 전체 詩作의 '意境'을 정련하여 시가 예술의 경지를 드높게 만든 것은 후세의 시가 창작을 위해 좋은 모범이 되어 주었음은 물론이다. 다만 이러한 詩作은 심·송의 전체 작품 속에서 여전히 일부 작품에만 국한된 경우로 볼 수 있기에 역시 심·송 詩作이 후세 시가 창작을 위해 좋은 영양분이 되어 준 것은, 고도로 성숙시킨 '字句'의 精鍊 그 자체에서 더 많은 것을 찾을 수 있을 것이다.

4. 律詩 格式의 完成

심·송이 唐代 율시 완성에 결정적 공헌을 했다는 것은 이미 기존의 학계에서 폭넓게 지지 받는 주지의 사실이다. 이러한 견해는 이미 이들 보다 약 한 세기쯤 뒤에 활약했던 皎然(約722-約804)이 ≪詩式≫에서 "심전기, 송지문에게는 무릇 律詩의 전범이 있다."[60]라고 지적한 이래로 현대에 이르기까지 공인된 사실로 받아들여진다. ≪新唐書·文藝傳≫에서 "송지문·심전기에 이르러 또 수식이 더욱 가해지고 聲病을 피하며 句節을 제약하고 篇章에 의거하여 마치 비단을 수놓아 무늬를 이룬 듯 하였다. 배우는 사람들이 이 둘을 추종하여 沈·宋이라 칭하였다."[61]라고 한 것이나, 近人 葉慶炳이 "율시 격률의 완성은, 예전부터 심전기와 송지문을 대표 인물로 삼아왔다."[62]라고 언급한 것은 모두 그러한 점을 잘 대변해준다.

그러나 '律詩'의 격률이 심·송에 의해 처음 발견되어진 것은 결코 아니다. 더군다나 심·송의 노력에 의해서만 완성된 것은 더더욱 아니었다. 다시 말해 율시는 "소리는 모두 '律'속으로 들어 왔지만, 그 체제는 여전히 아직 이루지 못한"[63] 齊梁의 萌芽期를 거쳐 初唐 後期의 심·송에 이르기까지, 수많은 시인들이 율시의 주요 요소인 '對偶', '聲律', '編制' 등의 창작 경험을 보다 더

---

60) 皎然著, 李壯鷹校注, ≪詩式校注≫卷2: "宋員外之問, 沈給事佺期, 蓋有律詩之龜鑑也."(北京: 人民文學出版社, 2003, 206쪽)
61) ≪新唐書·文藝傳≫卷202: "及之問,沈佺期又加靡麗, 回忌聲病, 約句準篇, 如錦繡成文. 學者宗之, 號爲沈宋."
62) 葉慶炳, ≪中國文學史≫: "律詩格律之完成, 素以沈佺期, 宋之問爲代表人物."(臺北: 學生書局, 1994), 329쪽.
63) 許學夷, ≪詩原辨體≫卷11: "隋煬帝五言, 聲盡入律, 語多綺靡, 樂府七言, … 調雖稍變齊梁, 而體猶未成."(135쪽)

정밀하게 다듬어가는 일련의 과정 속에서 완성된 것이었다. 구체적으로 말하면 齊梁 시기부터 성률론은 조금씩 성숙하기 시작하여, 初唐의 太宗 貞觀 시기에 이르러 太宗, 許敬宗, 虞世南 등이 적지 않은 신체시 창작하였고, 上官儀 등이 성률이론을 보다 성숙시키며 성률론 뿐만 아니라 창작 면에서도 장족의 발전을 이루었다. 이어서 初唐 四傑은 평균 약 30首 이상의 율시를 창작하여 율시 완성의 교량 역할을 했다. 中宗 시기에 이르러 율시는 여러 궁정 시인들에 의해 폭 넓은 지지를 받게 되었고 마침내 완성을 이룬다. 한 가지 주의해야 할 것은 이 시기의 율시 창작 성과를 살펴보면 심·송 외에도 많은 시인들이 엄격한 율시를 적지 않게 창작하여 심·송이 율시를 완성했다는 견해를 무색하게 만들고 있다는 사실이다.

예를 들어 文章四友의 일원인 李嶠, 杜審言이 창작한 율시 속의 '粘對' 부합 비율이 심·송의 그것에 육박하거나 혹은 더 월등히 높다고 하는 점이 바로 그러하다.[64] 특히 두심언의 현존하는 28수의 오언율시는 100% 모두 '粘對'에 부합한다. 宋代 陳振孫이 "두심언의 시는 비록 많지 않지만, 句의 聲律이 지극히 엄격하여 하나도 粘對에 어긋나는 것이 없다."[65]라고 언급한 것이나, 許學夷가 "두심언의 오언시에서 율시의 체제가 이루어졌다. … 지금 심·송의 詩集을 보면 그 가운데 또한 여전히 4, 5편 가량 완성하지 못한 것이 있다."[66]라고 한 것은 그러한 사실을 지적한 것이다. 또한 李嶠(約645–約714)의 경우는 무려 161수의 오언율시를 창작하여 심·송의 詩作을 모두 합친 것보다도 많은 양을 창작하였다. 게다가 이교는 심·송 보다 약 20세 정도 나이가 많았을 뿐만 아니라 中宗시절 함께 '修文館學士'를 역임했을 때에도 이교는 당시 '首席大學士'였고 심·송은 그저 이교 휘하의 말단 '直學士'였다. 즉 당시의 詩壇

---

64) 제Ⅶ장 注(43) 도표 참조.
65) 陳振孫, ≪直齋書錄解題≫卷19: "審言詩雖不多, 句律極嚴, 無一失粘者."
66) 許學夷, ≪詩源辯體≫卷13: "杜審言五言, 律體已成., … 今觀沈.宋集中, 亦尚有四五篇未成者."(146쪽)

에서 이교가 심·송 보다 더욱 더 큰 영향력을 행사했던 점을 고려해 본다면, 심·송이 율시를 완성했다는 주장은 그 입지가 더욱 좁아지는 듯한 느낌이 든다. 또한 무후와 중종 시절 '珠英學士' 혹은 '修文館學士'의 신분으로 궁정시단에서 활약했던 많은 궁정시인들의 율시 또한 그 粘對式'의 부합비율이 90%를 상회하는 경우가 많았다. 예를 들면 徐彦伯(?-714)의 총 14首의 율시(五言排律, 絕句 포함함. 이하도 마찬가지임) 가운데 14수 모두가 '粘對律'에 부합하고, 崔湜(671-713)은 23수의 율시 중 21수가 그에 부합하며, 李義(生卒年未詳, 珠英學士로 활약함)의 30수 율시 중 27수가 그에 부합했던 경우가 바로 그러하다. 明代 胡震亨이 "五言律體는 梁, 陳에서 발단하였다. 唐初의 四傑은 부염하고 화려함에 서로 노력하였으며, 때때로 어색하고 매끄럽지 못했으니 아직 '正始'라 할 수 없다. 神龍이후에야 탁월한 음조를 이루었다."[67]라고 언급한 적이 있다. 여기서 '神龍 이후'는 대체로 '珠英學士'와 '修文館學士'가 활동하던 무후에서 중종 경룡까지의 약 20여 년을 가리키는 것이니, 이 언급은 바로 위에서 살펴본 當時의 여러 궁정 시인들에 의해서 율시가 성숙되었음을 가리키는 것이다. 결국 위와 같은 여러 사실을 감안하면, 近來에 陳鐵民이 <論律詩定型于初唐諸學士>에서 율시는 무후, 중종 시기의 여러 '珠英學士'와 '修文館學士'들의 공동 노력에 의해 완성되었다라고 주장한 것이나,[68] 聶永華가 <文章四友: 詩歌聲律化的一支勁旅>에서 율시는 문장사우를 중심으로 하는 궁정시인들에 의해 이미 거의 정형화되었다고[69] 주장하는 것은 상당한 설득력을 갖는다.

허나 그럼에도 불구하고 심전기와 송지문의 詩作은 唐代에서 현대에 이르기까지 변함없이 줄곧 율시 완성의 指標로 공인되어 왔다. 본고 역시 이와 같

---

67) 胡震亨, 《唐音癸籤》卷9: "五言律體, 兆自梁陳. 唐初四子, 廉縟相矜, 時或拗澀, 未堪正始. 神龍以還, 卓然成調."(89쪽)

68) 陳鐵民, <論律詩定型于初唐諸學士>(《文學遺産》, 2000年, 第1期, 59-64쪽)

69) 聶永華, <文章四友: 詩歌聲律化的一支勁旅>(聶氏, 《初唐宮廷詩風流變考論》, 北京: 中國社會科學出版社, 2002年, 221-250쪽)

은 관점을 부정할 수 없는 詩歌史的 사실로 여기고 있으니 그 이유는 대략 다음의 몇 가지를 들 수 있다.

첫째, 심·송의 율시 창작량은 前代 혹은 當代의 어느 시인보다도 많다. 심전기와 송지문의 현존하는 詩作 중에서 五律, 七律, 排律, 絶句 등을 모두 합산하면 송지문은 135수, 심전기는 94수가 현재까지 전해지고 있다. 그런데 이러한 수치는 當代에 궁정시인으로 함께 활동했던 徐彦伯의 14수, 崔湜의 23수, 李乂의 30수 등의 수량을 훨씬 뛰어 넘는 것이다. 확실히 심·송은 율시 창작에 남다른 심혈을 기울였음을 알 수 있다. 이러한 사실은 다음의 도표를 보면 더욱 명확해 진다.[70]

作家	新體詩 總 數	粘式律 符合律	對式律 符合律
杜審言	37	33(89.81%)	
李嶠	164	156(95.12%)	
崔融	10	1(10%)	1(10%)
蘇味道	13	8(61.53%)	1(12.5%)
李適	9	6(66.66%)	
劉憲	15	6(40%)	
李乂	30	27(90%)	
蘇頲	71	64(90.14%)	2(2.81%)
上官昭容	19	9(47.35%)	6(31.57%)
崔湜	23	21(91.85%)	

70) 이 도표는 杜曉勤이 ≪齊梁詩歌向盛唐詩歌的嬗變≫ (北京大學, 博士學位論文, 1995年), 43-47쪽에서 ≪全唐詩≫를 근거로 통계한 것 중, 武后時期(684-704)의 주요작가의 것을 인용한 것임. 그러나 陶敏·易淑瓊, ≪沈佺期·宋之問校注≫을 근거로 新體詩와 粘對 符合律을 통계하면 심전기는 총 113首 중 106수가 부합해 93.8%, 송지문은 총 118首 중 110首가 부합해 93.2% 절대 부합률을 보여주고 있다. 본고[附錄] 367-374쪽, 참조.

作家	新體詩 總 數	粘式律 符合律	對式律 符合律
徐彦佰	14	14(100%)	
闇朝隱	5	2(40%)	
宋之問	135	124(91.85%)	5(3.70%)
沈佺期	94	86(91.48%)	1(1.06%)

이와 같이 심·송의 신체시 창작 수량은 당시의 그 어떤 시인보다도 많은 것이었음을 알 수 있다. 특히 심·송의 이러한 수치는 오언율시의 '粘對'가 100% 부합하여 "초당의 오언율시는 … 두심언이 최고이다."[71]라는 극찬을 받기도 했던 두심언의 신체시 총수량인 37수와 신체시의 점대 비율이 100%로 부합하는 서언백의 14수에 비해 몇 배나 많은 것이기도 하다. 이로써 한편으로 두심언이나 서언백이 律詩史에서 심·송과 같은 지위를 얻지 못한 이유를 잠시 엿볼 수 있기도 하다. 다만 여기서 李嶠의 현존하는 詩作 중 164여수가 근체시에 해당한다는 점은 예외로 보아야 할 것이다. 그 이유는 그의 신체시의 대부분을 차지하는 120여수는 시인의 개인적인 뜻이나 감정을 노래한 것이 아닌, 단순히 바람, 구름, 식물, 의복 혹은 사물을 항목별로 노래하여 신체시를 '어떻게[How to]' 창작할 것인가에 대한 참고서 역할을 한 '詠物組詩'에 해당하기 때문이다.[72]

둘째, 심·송 율시의 매우 높은 '粘對' 부합률을 들 수 있다. 주지하다시피 '粘對'라고 하는 것은 앞 聯에서 對가 되는 句의 두 번째 글자의 平仄이 뒤의 聯 첫 구의 두 번째 글자와 동일한 平仄을 이루는 것을 말한다. 예를 들면 다음과 같다.

---

71) 胡應麟, ≪詩藪·內編≫: "初唐間五言律, … 杜審言爲冠."(241쪽)
72) 葛曉音, 〈創作範式的提唱和初盛唐詩的普及-從'李嶠百詠'談起〉(≪文學遺産≫, 1995年, 第6期, 31-41쪽), 참조.

(甲): 平平仄仄平

(乙): 仄仄平平仄

(丙): 仄仄仄平平

(丁): 平平平仄仄

위의 예는 (甲)과 (乙) 그리고 (丙)과 (丁)이 서로 상반된 平仄을 이루는 완전한 '對'를 이루고 있을 뿐만 아니라 앞 聯의 對句인 (乙)의 두 번째 글자와 뒤 聯의 첫 구인 (丙)의 두 번째 글자가 모두 동일한 '仄聲'을 이루고 있어 완전한 '粘對'를 이루고 있다. 이와 같은 '粘對'는 한 聯 안에서의 '對'만을 중시하던 齊梁體에서는 극히 찾아보기 힘든 것이었으며, 初唐의 성숙한 율시에서는 반드시 필요로 했던 요소였기에 이 粘對의 운용 여부가 바로 성숙한 율시인가 아닌가를 결정짓는 중요한 잣대가 되었던 것이다.

물론 심·송의 율시는 이러한 粘對를 매우 엄격하게 운용했다. 먼저 아래에서 오언율시인 송지문의 〈扈從登封途中作〉을 예로 들어 살펴보자.

帳殿鬱崔嵬　仄仄仄平平

仙遊實壯哉　平平仄仄平

曉雲連暮捲　仄平平仄仄

夜火雜星回　仄仄仄平平

谷暗千旗出　仄仄平平仄

山鳴萬乘來　平平仄仄平

扈從良可賦　仄平平仄仄

終乏揆天才　平仄仄平平　[◎: 上平聲 '灰'字 押韻]

이어서 칠언율시인 심전기의 〈人日重宴大明宮恩賜彩縷人勝應制〉를 예로 든다.

拂旦雞鳴仙衛陳　仄仄平平平仄仄

憑高龍首帝城春　平平平仄仄平平

千官黼帳杯前壽　平平仄仄平平仄

百福香奩勝裏人　仄仄平平仄仄平

山鳥初來猶怯囀　平仄平平平仄仄

林花未發已偸新　平平仄仄仄平平

天文正應韶光轉　平平平仄平平仄

設報懸知用此辰　仄仄平平仄仄平　[◎: 上平聲 '眞'字 押韻]

심·송의 대부분의 新體詩는 이와 같이 점대의 규율을 잘 따르고 있다. 특히 五言八句의 형식이 점대에 부합하는 비율은 심·송이 각각 97, 95%를 차지하여 두심언(100%)을 제외한 初唐의 시인들 가운데 가장 높은 수치를 기록하고 있다.73) 물론 이와 같은 점대의 운용은 심·송의 대다수 絶句와 排律 속에서도 그대로 지켜지고 있다. 다음은 五言絶句인 송지문의 〈渡漢江〉이다.

---

73) 제Ⅶ장, 注(43) 참조.

嶺外音書斷　仄仄平平仄

經冬復歷春　平平仄仄平

近鄕情更怯　仄平平仄仄

不敢問來人　仄仄仄平平　　[◎: 上平聲 '眞'字 押韻]

5언 12구의 排律詩인 심전기의 〈同韋舍人早朝〉 역시 점대의 규율을 확실하
게 지키고 있다.

閶闔連雲起　仄仄平平仄

巖廊拂霧開　平平仄仄平

玉珂龍影度　仄平平仄仄

珠履雁行來　平仄仄平平

長樂宵鐘盡　平仄平平仄

明光曉奏催　平平仄仄平

一經傳舊德　仄平平仄仄

五字擢英才　仄仄仄平平

儼若神仙去　仄仄平平仄

紛從霄漢迴　平平仄仄平

千春奉休曆　平平仄平仄

分禁喜趨陪　平仄仄平平　　[◎: 上平聲 '灰'字 押韻]

사실상 심·송의 근체시는 율시, 배율, 절구를 가리지 않고 이렇듯 점대의 규율을 매우 엄격히 지키고 있다. 이러한 사실은 심·송 詩作의 대부분을 차지하는 오언시를 예로 들어 증명할 수 있다. 아래는 심·송을 제외한 시인 중, 율시의 완성에 가장 큰 공헌을 한 '文章四友'의 오언시와 심·송 오언시의 점대 부합률을 비교한 통계표이다.74)

	崔融	蘇味道	杜審言	李嶠	宋之問	沈佺期
總篇數	11	15	35	184	134	101
律詩	6	4	27	146	76	61
排律	1	5	6	12	28	29
絕句	0	0	0	3	9	0
合計	7	9	33	161	113	90

　이 도표를 통해서도 알 수 있듯이, 문장사우는 오언시 총 255수 가운데 210수가 점대에 부합하여 82%의 부합률을 보이는 반면, 심·송은 총 235수 가운데 203수가 부합하여 87%의 부합률을 보여 주고 있다. 특히 주목할 만한 사실은 심·송에게는 排律詩가 각각 31수가 있는데 심전기는 이 중 29수가 점대에 부합하여 93.5%의 부합율을 보이고, 송지문은 이 중 28수가 부합해 91%의 부합율을 보여주고 있어, 두심언의 43%, 이교의 80% 보다 훨씬 높은 수치를 나타내고 있다는 점이다.75) 확실히 심·송은 '粘對'의 規律에 매우 천착하며 율시의 창작에 노력을 기울였음을 알 수 있다. 그리고 바로 이 점은 심·송으로 하여금 율시를 완성했다는 영예를 안게끔 해 주는 커다란 요인이

---

74)　이 도표는 何偉棠, ≪從永明體到近體≫(廣東高等敎育出版社, 1994) 118쪽에서 인용하였음.
75)　이 통계는 聶永華, ≪初唐宮廷詩風流變考察≫(北京, 社會科學出版社, 2002) 256쪽에서 인용하였음.

되어 주었다.

셋째, 심·송의 율시 속에는 七言排律을 제외한, 율시의 각종 기본 형식인 五律, 五排, 五絶, 七律, 七絶 등의 격식을 모두 골고루 갖추고 있다. 이러한 사실은 위 注(74)의 도표를 통해서도 증명할 수 있다. 예를 들면 심·송은 오언율시 외에도 점대에 부합하는 배율시를 모두 57수를 창작한 반면, 문장사우는 네 시인을 모두 합쳐도 24수에 지나지 않는다. 胡應麟이 "심전기와 송지문 이전에는, 排律詩가 매우 적었다. 오로지 낙빈왕의 작품만이 홀로 성행 했을 뿐이다."[76]라고 한 것은, 바로 이와 같은 사실을 잘 간파한 것이다. 또한 絶句詩의 경우를 보면, 최융, 소미도, 두심언에게는 점대에 부합하는 오언절구가 단 한수도 없지만, 송지문은 혼자서만 9수에 이르는 오언절구시를 창작했다.

이러한 상황은 칠언시에서도 크게 다르지 않다. 먼저 문장사우와 심·송의 칠언율시 창작량을 분석한 아래의 도표를 보자.

	崔融	蘇味道	杜審言	李嶠	宋之問	沈佺期
七言律詩	1	1	3	3	4	8
七言絶句	0	0	3	4	3	5
合計	1	1	6	7	7	13

이 도표를 통해서도 볼 수 있듯이, 심·송은 모두 21수의 칠언절구, 율시를 창작하여, 문장사우의 총 합계인 15수보다도 훨씬 많음을 알 수 있다. 사실 이러한 창작량은 절대적인 수치로 보면 그리 많은 것이 못된다. 하지만 칠언

---

76) 胡應麟, 《詩藪》內編: "沈·宋前, 排律殊眞, 惟駱賓王篇什獨盛."(237쪽) 駱賓王은 총 46수의 五言排律詩를 창작하여, 오언배율시의 발전에 공헌한 사실은 이채로운 경우로 볼 수 있다.

율시를 단 한수도 창작하지 않았고, 다만 칠언절구만을 王勃, 盧照鄰이 각각 4수, 5수만을 창작했던 初唐四傑 시대에 비하면 비약적인 발전으로 볼 수 있다. 또한 제Ⅴ장 注(15)의 도표를 통해서도 알 수 있듯이, 심·송은 當時의 어느 궁정 시인보다도 많은 칠언율시를 창작했다. 게다가 그것들이 칠언율시가 詩壇에서 아직 자리 잡지 못했던 初唐의 시기에 창작된 것이라는 것을 감안하면, 이는 분명 매우 의미 있는 것으로 평가할 수 있다. 胡應鄰이 "칠언율시는 심전기와 송지문에서 시작되었다."[77]라고 평가한 것은 결코 무리가 아니다. 결국 심·송은 가장 많은 율시를 창작했다는 점에서나, 그 율시 창작의 粘對 부합율이 거의 완벽한 수준에 도달했다는 점에서나, 또는 율시의 다양한 형식을 고르게 창작하여 체제를 완비했다는 점 등 모두에서 當時의 그 어느 시인보다도 가장 눈부신 성취를 이루며 율시를 성숙시켰던 것이다. 唐代 율시의 격식이 심·송에 이르러 완성되었다라는 주장은 이로써 증명되는 셈이다.

위와 같은 율시의 실제 창작에서의 성취 외에, 하나의 추측이기는 하지만 심·송이 과거시험의 主管 관리인 소위 '知貢擧'에 재직하면서 율시의 표준 격식을 다듬고 이를 '詩賦'의 과거시험에 적용하였으며, 또한 '율시'라는 명칭을 정식으로 命名한 점 역시 율시 완성자로 여겨지게 된 중요한 요인이 되어 주는 듯하다.

唐代의 進士 시험에 '詩'를 채택한 것이 언제부터인가 하는 것은 역대로 논쟁이 많다. 다만 顔眞卿 〈朝議大夫贈梁州都督上柱國徐府君神道碑銘〉의 "나이 15세에 崇文館 학생으로 과거 시험에 응시했다. 考功員外郎 심전기는 다시 〈東堂壁畵賦〉를 시험으로 냈는데, 公(徐秀)은 붓을 잡고 즉시 써내었다. 심전기는 그 답안에 놀라고 기이하게 여겨 장원으로 발탁했다."[78]라는 구절에

---

77) 胡應麟, 《詩藪》內編: "七言律濫觴沈.宋, 其時遠襲六朝, 近沿四傑."(254쪽)
78) 顔眞卿, 〈朝議大夫贈梁州都督上柱國徐府君神道碑銘〉: "年十五, 爲崇文生, 應擧, 考功員外郎沈佺期再試東堂壁畵賦, 公援翰立成. 沈公駭異之, 遂擢高第."(《全唐文》卷343)

서 알 수 있듯이, 徐秀가 進士에 급제한 長安 2年(702)인[79] 이때에 詩賦를 포함하는 雜文으로 과거 시험을 치렀다는 점. 그리고 ≪唐摭言≫에 "神龍 元年(705)에 이르러 바야흐로 세 번의 시험을 시행했고, 그래서 자주 詩賦의 제목이 榜 가운데 나열 되었다."[80]라는 기록이 보이는 점. 또한 玄宗 先天元年(712)에 進士가 된 張子容이 현존하는 가장 오래된 '省試詩'인 〈璧池望秋月〉, 〈長安早春〉 두 수를 남겨, 장자용이 과거시험에서 이 시를 창작한 것이 늦어도 景雲 2年(711)이 된다는 점 등으로 비쳐 보아, 唐代의 과거시험에서 詩를 시험과목으로 정식 채택한 것은 대략 神龍 元年(705) 前後로 추정해 볼 수 있다.[81]

그런데 흥미로운 점은 바로 이 시기는 심전기가 長安 元年(702)에 考功員外郎에 제수되어 이듬해에 知貢擧까지를 역임하였고, 송지문은 景龍 2年(708)에 考功員外郎에 제수되었다가 역시 이듬해인 709년에 知貢擧를 역임한 시기와 겹쳐진다는 사실이다. 이러한 사실에 입각하면 다음과 같은 사실을 추론해 볼 수 있다. 즉 심·송은 '지공거'를 역임하는 동안 "홀로 시인의 '律'에 능한"[82] 재주를 바탕으로 율시의 체제와 聲律 등의 형식을 과거시험의 용도에 알맞게 표준화 시킨 뒤, 율시의 이름을 命名하고 이를 과거시험에 운용했을 것이라는 것이다.

≪新唐書·杜甫傳≫에 "唐이 일어나자, … 송지문, 심전기등에 이르러 聲音을 연구하고 시험하여 높고 낮음이 조화롭게 되었으니, 이를 율시라고 불렀다."[83]라는 기록은 이러한 사실을 대변해 주는 듯 하다. 또한 현존하는 문헌

---

79) ≪登科記考≫卷4 (北京: 中華書局, 1993), 134쪽 참조.
80) 王定保, ≪唐摭言≫卷1: "至神龍元年方行三場試, 故常列詩賦題目於榜中矣."
81) 이 추론은 賈晉華, ≪唐代集會總集與詩人群硏究≫(北京: 北京大學出版社, 2001, 491-493 쪽)의 주장을 인용하였음.
82) 蘇頲, 〈授沈佺期太子少詹事等制〉: "沈佺期, 才標穎拔, 思詣精微, 早升多士之行, 獨擅詞人之律."(≪文苑英華≫卷403)
83) ≪新唐書·杜甫傳≫卷201: "唐興, … 至宋之問, 沈佺期等, 硏揣聲音, 浮切不差, 而號律詩."

가운데 심·송 이전의 자료에 '율시'라는 명칭이 보이지 않다가, 심·송 이후에야 비로소 '古體詩'와 '律詩'를 구별하는 문헌이 보이는 것은, 이러한 추론을 뒷받침해 주는 것이라 볼 수 있다. 예를 들어 唐人 高仲武의 〈中興間氣集序〉(이것은 肅宗至德 初年(756)에서 代宗大力 末年(779) 사이의 시인의 시를 수록했음)에서 詩歌選錄의 기준에 대해 "조정과 재야에서 모두 취하였고, 格詩(古詩)와 律詩를 함께 수록했다."[84]라고 하거나, 皎然(約720-?)이 ≪詩式≫에서 전문적으로 '律詩'라는 항목을 두고 집중적으로 논의를 한 것이나,[85] 元稹(779-831)의 〈上令狐相公詩啓〉에 보이는 "古體歌詩 일백 수와 百韻에서 兩韻까지의 율시 일백 수를 잘 지어서 합이 五卷이 되었다."[86] 등의 기록은 모두 그 예이다.

이러한 정황으로 볼 때 심·송이 지공거를 역임하는 동안 율시를 정비하고 이를 정식으로 명명한 뒤 과거시험에 적용했을 것이라는 추측은 매우 신빙성이 있는 것이다. 즉 심·송은 율시의 실제 창작 방면 외에도, 율시를 과거시험의 한 과목으로 정착시키는데 큰 힘을 발휘하여 결국 율시가 시가에 있어서의 '法律'[87]과도 같은 지위를 얻게끔 하는데 커다란 공헌을 하게 된 셈이 되는 것이다.

---

84) 高仲武, 〈中興間氣集序〉: "朝野通取, 格律兼收."(≪文苑英華≫卷712)
85) 張佰偉, ≪全唐五代詩格校考≫, 276-280쪽 참조.
86) 元稹, 〈上令狐相公詩啓〉: "輒繕寫古體歌詩一百首, 百韻至兩韻律詩一百首, 合爲五卷."(≪全唐文≫卷653)
87) 律詩에서의 '律'의 의미는 원래 '聲律'의 의미였으나, 율시가 科擧 시험의 한 과목으로 채택되는 등, 그것이 갖는 규범성으로 인하여 후에, 시가로서의 '法律'이라는 의미까지도 포함하게 되었다. 그 대표적인 예로, 淸代 徐增(1612-?)의 ≪而菴說唐詩≫卷13은 아래와 같이 밝히고 있다. "八句詩何以名律也? 一爲法律之律, 有一定之法, 不可不遵也. 一爲律呂之律, 有一定之音, 不可不合也."

VI. 沈·宋 律詩의 詩史地位

바로 앞 절에서 이미 살펴보았듯이, 심·송이 당대 율시 완성에 커다란 공헌을 했음을 확연히 긍정할 수 있다. 본장에서는 바로 그러한 긍정에서 한 걸음 더 나아가, 먼저 심·송이 과연 어떠한 사회적 혹은 문학적 배경 아래서 그러한 성취를 이룰 수 있었는지를 살펴보고자 한다. 그 뒤 다시 심·송의 율시에 초점을 맞춰, 이들이 창작한 율시가 중국 詩史에서 어떠한 의의를 갖는가를 고찰하고자 한다. 마지막으로 심·송의 율시가 후대에 어떠한 영향을 주었으며, 또한 후세의 評者들에게는 어떠한 평가를 받았는가를 살펴보고자 한다.

1. 沈·宋 律詩 完成의 背景

심·송이 초당의 어떠한 시대적 배경 속에서 율시를 완성시켰는가 하는 문제는, 실제로는 당대의 율시가 어떠한 계기로 어떠한 과정을 겪으며, 결국 심·송의 손에 의해 완성되었는가라는 문제로 귀납된다. 이러한 문제에 대해 현재까지의 연구 성과는 주로 다소 피상적으로 聲律論의 발전과 율시의 창작이라는 측면에만 그 초점을 맞추어 왔다. 다시 말해 현재까지의 많은 학자들은 初唐 시기에 성률 이론이 발전하여 마침내 粘對와 같은 율시 규칙이 완성되었고, 이러한 이론의 바탕위에서 초당의 많은 시인들이 율시 창작에 노력을 기울인 결과, 결국 심·송으로 대표되는 궁정시인들에 이르러 완성된 것으로 파악하고 있다. 물론 이러한 연구 성과가 율시완성과정 연구에 큰 밑거름이 되었던 것은 사실이다. 그러나 이러한 연구 결과는 어째서 율시는 점대와 같은 규율을 추구하게 되었는가라는 근본적인 문제에 해답을 주지 못하고 있다. 뿐만 아니라, 율시가 어째서 초당의 詩壇에서 완성되었는가라는 물음에도 역시 시원한 해답을 주지 못하고 있다. 따라서 본장에서는 율시가 갖는 내재적인 심미관을 當時의 사회적, 문화적 배경과 관련 맺어 율시의 형식이 추구했던 심미관을 모색하고자 한다. 아울러 심·송이 율시를 완성 할 수 있었던 좀 더 심층적인 배경을 고찰해 보고자 한다.

(1) 文學 思想上의 背景 − 唐太宗의 '中和'觀

당태종은 초당의 문단에서 매우 중요한 의의를 갖는 인물이다. 그는 황제로 재임하는 동안 정치와 사회를 안정시키고 각종 文學館을 설립하여 문예를 부흥시켰고, 또한 그 스스로가 좋은 시작을 많이 남기기도 했다. 그리고 무엇보다도 그는 유가의 '中和' 문학관을 주창하여 율시의 발전에 지대한 영향을 끼쳤던 부분은 매우 중요한 의의를 갖는다. 물론 그의 이러한 문학관은 당시의 정치, 사회, 문화적 배경과 밀접한 관련을 맺는다.

唐高祖가 즉위하고 나서 내린 詔書인 〈令諸州擧送明經詔〉에 "隋代이래로 잃어버리고 어지러운 것이 심히 늘었다. 편적을 돌아보니 모두 잿더미가 되었다. 周公과 孔子의 가르침이 결여 되어 닦이지 아니하고, 학교의 의식은 망하여 장차 무너지려한다."[1]라는 기록이 보인다. 이것은 隋末이래로 쇠락한 당시의 儒學을 한탄한 것이다. 이후 唐왕조는 지속적인 유학 부흥의 조치를 취한다. 먼저 고조는 '國子學'을 세웠고, 武德 元年(618)에는 "황족의 자손 및 공신의 자제에게, 秘書外省에 따로 小學을 세우도록 조서를 내렸다."[2] 唐太宗은 貞觀2年(628)에 "천하의 儒學者를 크게 모집하여 학관으로 삼았으며, 자주 國學에 행차하여 祭酒와 博士로 하여금 강론을 하게 했고, 그것이 끝나면 비단을 하사하였다."[3] 이와 같은 初唐의 유학 숭상 분위기는 문인들의 문학관에도 큰 영향을 주게 된다. 初唐의 유가 문학관은 먼저 史學家의 著作에서 살펴 볼 수 있다. 魏徵(589-613)의 ≪隋書·文學傳序≫에 실린 다음의 대목이 눈에 띈다.

梁代 武帝의 大同年間 이후로 '雅道'는 몰락하고, 점차 규범에서 벗어났으며, 앞 다투어 새로운 기교로 달렸다. 梁簡文帝와 元帝는 그 '淫放'한 풍조를 열었으니, 徐陵과 庾信이 다른 길로 달려 나갔지만, 그 뜻은 얕고 번잡했고, 그 문장은

---

1) 唐高祖〈令諸州擧送明經詔〉: 隋季以來, 喪亂滋甚, 眷言篇籍, 皆為煨燼. 周孔之教, 闕而不修, 庠塾之儀, 泯焉將墮.(≪全唐文≫卷3)
2) ≪舊唐書·儒學傳≫卷189上: "武德元年, 詔皇族子孫及功臣子弟, 於秘書外省別立小學."
3) ≪舊唐書·儒學傳≫卷189上: "大徵天下儒士, 以為學官. 數幸國學, 令祭酒博士講論, 畢, 賜以束帛."

헛되이 화려하기만 했으며, 말은 가볍고 기험한 것을 숭상했다. 그 감정에는 슬픈 생각이 많았으며, 延陵의 季札이 음악 듣는 것으로써 격을 매기면, 역시 '亡國之音'이다.4)

魏徵은 여기에서 "雅道가 몰락하고, 점차 규범에서 벗어나게 된" 당시의 문단을 비판하고 있다. 즉 그는 '淫放'한 내용 속에 형식의 기교만을 추구하는 것, 그리고 유가가 추구하는 溫柔敦厚의 심미관에 부합하지 않는 "말은 가볍고 기험한 것을 숭상했고 그 감정에는 슬픈 생각이 많은 것" 모두를 '亡國之音'으로 정의하고 있다. 이러한 비판은 유가의 "典雅한 것은 나라를 바로 잡고, 슬픈 것은 나라를 망친다."5)라는 '雅正' 추구의 문학관에 기초하고 있다. 唐太宗은 이러한 비판에서 한 걸음 더 나아가 〈帝京篇·序〉에서 다음과 같은 儒家의 문학관을 제시하고 있다.

　　내가 政務에서 한가로울 때 文藝에서 노닐고 휴식을 했다. … 모두 '中和'로 알맞게 하고 淫放에는 매이지 않았다. … 실한 내용을 놓아 버리고 겉의 화려함만을 추구하여 사람들로 하여금 방종케 하며 大道를 어지럽히니, 군자는 그것을 부끄럽게 여긴다. 그리하여 〈제경편〉을 지어 '雅志'를 밝힌다.6)

'大道'는 유가의 道를 말하며, 추구하려는 '雅志'는 "모두 '中和'로 알맞게 하고, 淫放에는 매이지 않는다.[皆節之於中和, 不係之於淫放]"라는 구체적인 유가 문학관에 부합해야 하는 것은 물론이다. 이 대목을 통해서 내용과 풍격 모

---

4)　魏徵, ≪隋書·文學傳序≫卷76: "梁自大同之後, 雅道淪缺, 漸乖典則, 爭馳新巧, 簡文, 湘東啓其淫放, 徐陵, 庾信分路揚鑣, 其意淺而繁其, 文匿而彩, 詞尚輕險, 情多哀思, 格以延陵之聽, 蓋亦亡國之音乎"
5)　≪北齊書·文苑傳書≫卷45: "雅以正邦, 哀以亡國."
6)　唐太宗〈帝京篇·序〉: "子以萬幾之暇, 游息藝文, …… 皆節之於中和, 不係之於淫放. …… 釋實求華, 以人從欲, 亂於大道, 君子恥之. 故述〈帝京篇〉以明雅志云爾."(≪全唐詩≫卷1)

두 '온유돈후'한 심미관에 부합해야 하는 유가의 詩敎 주장이 唐太宗에 이르러 다시 부활하고 있음을 엿볼 수 있다. 비록 이러한 견해가 이미 당시 문단에서 주류를 형성하고는 있어도, 특히 황제의 신분에서 밝힌 이러한 견해는 당시의 유교 문학관을 더욱 공고하게 해주었을 것이라는 것은 자명하다.

그런데 "貞觀 初年은 浮靡함에서 비록 멀어졌지만, 綺麗함은 오히려 추켜세워지던"[7] 시기였으니, 태종 역시 예외는 아니었다. 즉 태종 역시 실제 시가 창작에 있어서는 유가의 詩敎에 부합하는 내용만을 선호했던 것은 아니었다. 오히려 그 반대로 綺麗하다는 느낌마저 주는 내용의 시가도 적지 않았다. 예를 들어 〈賦得櫻桃〉, 〈賦得殘菊〉, 〈詠風〉, 〈詠雨〉 등은 모두 華美한 남조의 문풍이 배어있는 詩作들이다. 사실 태종은 유가의 '雅正'한 문학관을 주창하면서도 한편으로는 "또한 남조 시인의 시가 창작관을 계승하고 있었다.""齊梁陳隋 시인들은 모두 시가의 社會敎化 기능에 대해서는 별로 중시하지 않았고, 대부분 감정을 즐겁게 하고 흥을 돋우며, 性情을 노래하는 예술 수단으로 보았으니,"[8] 태종에게도 역시 문학을 하나의 여흥의 수단으로 보는 문학창작관이 상존해 있었다. 위의 〈帝京篇〉에서 태종이 "내가 政務에서 한가로울 때 文藝에서 노닐고 휴식을 했다."라고 했던 점은 바로 그러한 사실을 드러내주고 있다. 또한 태종은 실제 시가 창작에 있어서도 華美한 梁, 陳의 文風에도 상당한 흥미를 가졌었다.[9] 다음의 일화는 그러한 면모를 잘 보여주고 있다.

황제께서는 일찍이 궁체시를 지으시고, 화답하게 했다. 우세남은 말했다.

---

7) 徐獻忠, ≪唐詩品≫: "貞觀之初, 浮靡雖去, 而綺麗猶揚."
8) 杜曉勤, ≪初盛唐詩歌的文化闡釋≫(北京: 東方出版社, 1997, 152쪽): "唐太宗還繼承了南朝詩人的詩歌創作觀. 齊梁陳隋詩人都不太重視詩歌的社會敎化功能, 多把詩歌視爲娛情遣興, 吟詠情性的藝術手段."
9) 封野, 〈論宮體詩在貞觀時期的新變〉: "他(唐太宗)一方面唱導雅正詩風, 另一方面對齊, 梁宮體文學懷着深度的愛好."(≪南京師大學報≫, 1998年, 第1期, 100쪽)

"聖王께서 지으신 것은 진실로 공교합니다. 그러나 그 詩體가 雅正하지 못합니다. 위에서 좋아하는 것이 있게 되면, 아래에서는 반드시 더욱 심해지는 것이 있게 마련이므로, 신은 이 시가 한번 퍼져 천하에 풍미하게 될까 두려워, 감히 받들지 못하겠나이다.[10]

게다가 당태종은 〈陸機論〉에서 "문장의 글이 웅장하고 아름다우니, 당시에는 독보적이었다. … 백대 문단의 종주는 이 한 사람 뿐이다."[11]라 하며, '詩緣情'의 주장을 펼쳤고 동시에 華美한 수식과 對偶의 기교도 마다하지 않으며, 글을 지음에 매우 장황하였던[12] 육기의 문학을 매우 높게 추켜세우기도 했다. 확실히 태종은 문학예술이 갖는 외재적인 아름다움에도 상당히 관심을 가졌던 것으로 파악된다.

위의 서술을 종합해 보면, 태종은 '中和'의 審美觀으로 집약되는 유가의 '雅正' 문학관을 주창하면서도 南朝의 綺麗한 문풍도 부정하지 않았던 것으로 파악되며, 아울러 실제 창작에서는 남조 문풍의 시가를 더욱 선호하였음을 알 수 있다. 이러한 태종의 문학관은 마치 자기모순에 빠지는 듯하다. 그러나 楊恩成의 다음의 언급은 그러한 모순을 해결해 줄 실마리를 제공해주고 있다.

당태종이 제창한 '中和美'는 윤리 관념에서 출발한 것이지, 문예상으로 착안한 것이 아니다. 初唐의 詩壇, 특히 貞觀 시단에서는 바로 당태종의 이러한 심미 표준의 제약 하에서 새로운 형식주의 시풍이 탄생하게 된 것이고, 이것이 바로 새로운 宮掖詩風이다.[13]

---

10) ≪新唐書·虞世南傳≫卷102: "帝嘗作宮體詩, 使賡和. 世南曰, 聖作誠工, 然體非雅正. 上之所好, 下必有甚者, 臣恐此詩一傳, 天下風靡, 不敢奉詔."
11) ≪晉書·陸機傳論≫卷54: "陸機, … 文藻宏麗, 獨步當時. … 百代文宗, 一人而已."
12) ≪文心雕龍·鎔裁≫: "士衡, 才優而綴辭尤繁."(臺北: 學海出版社, 1991, 544쪽), 참조.
13) 楊恩成, 〈論唐太宗的文學觀〉: "唐太宗所提唱的中和美是從倫理觀念出發, 而不是從藝術上着眼. 初唐詩壇, 特別是貞觀詩壇, 正是在唐太宗這一審美標準的制約下才出現了新的形式主義詩風, 卽新的宮掖詩風."(≪唐代文學研究≫, 1992年, 第3輯, 531쪽)

당태종이 '中和美'를 최고의 심미관으로 여겼던 것은 사실이나 이것은 윤리적인 관념에서 출발한 것이었고, 실제의 시가 창작에 있어서는 이러한 '중화미'와 남조의 綺麗한 문풍이 함께 절충된 새로운 형태의 형식주의 시풍이 탄생하게 되었다. 물론 이 '綺麗'한 형식주의 시풍은 결코 '浮靡'한 것과는 다른 것이며, 더욱이 '頹靡' 혹은 '宮體'와는 같을 수 없었다.14) 다만 이 새로운 형식주의 시풍은 태종이 최고의 심미기준으로 여겼던 '중화미'의 기준에서 벗어나지는 않았다. 楊恩成이 "당태종이 제창한 '중화미'는 단지 '오색이 서로 어울리고 팔음이 조화로우며 유창한[五色相宜, 八音協暢]' 외형적 형식미의 추구에 있었다."15)라고 극언한 것은 그러한 사실을 지적하고 있다. 당태종이 추구하였던 '중화미'는 실제 시가 창작에 있어서 내용 보다는 '오색이 서로 어울리고, 팔음이 조화로우며 유창한' 외형적인 형식에 더 크게 작용 하였고, 황제라는 지위로 인해 이러한 심미관은 당시의 문단에 지대한 영향을 끼치게 된 것이다.

그런데 무엇보다 중요한 사실은 이러한 '중화' 심미관은 율시의 형성과 발전에 촉진제가 되어주었다는 점이다. 다시 말해서 율시 형식의 이론적 바탕인 성률론이 바로 이러한 문풍의 영향 아래서 '중화'의 형식미를 추구하는 방향으로 더욱 발전하게 되었고, 마침내 貞觀 이후의 많은 학자들에 의해서 聲律, 對偶 그리고 體制의 세 방면에서 '중화'의 심미를 체현하는 율시 규율이 확립되었던 것이다.16) 물론 이러한 규율의 완성이 율시의 완성과 유행에 커다란 밑거름이 되어주었을 것이라는 것은 자명하다.

흥미로운 사실은 태종이 당시로서는 가장 많은 90수의 新體詩를 창작하였고, 또한 이 가운데 〈帝京篇〉其一, 〈秋日二首〉其二, 〈月晦〉, 〈三層閣上置音

---

14) 陳文華, 〈貞觀詩風浮靡辨〉: "貞觀詩風確有綺麗的一面, … 然而, 綺麗非浮靡, 更不等于'頹靡'或宮體'."(陳氏, ≪唐詩史案≫, 上海古籍出版社, 2003, 24쪽)

15) 위와 같은 책: "唐太宗提唱的'中和美'僅僅是在追求一種'五色相宜, 八音協暢'(沈約, ≪宋書·謝靈雲傳≫)的外在的形式美."(528쪽)

16) 이에 관해서는 다음절에서 상술함.

聲〉등 17수가 粘對의 규칙에 부합하여 당시로서는 매우 높은 수준인 18%의 粘對律 부합을 기록하기도 했다.[17] 특히 "唐太宗 후기에 이르러서는 君臣간의 연회에서 酬唱하는 풍조가 성행하여 태종이 지은 일련의 격률화된 新詩는 종종 신하들로 하여금 화답하게 하였으니, 일순간에 기교와 성운에 관한 연구가 크게 흥성하게 되었던 것이다."[18] 실제로 貞觀 中, 後期 이후부터 율시는 성률이론이나 실제창작 면에서 장족의 발전을 보이기 시작한다.[19]

예를 들어 주로 貞觀시기의 中, 後期에 활약한 許敬宗은 현존하는 27수의 詩作중 25수가 신체시이며 이중 7수가 점식률에 부합하여 28%의 점유율을 보여주고 있다. 揚師道는 현존하는 詩作 20수중 17수가 신체시이며, 이중 6수가 점식률에 부합하여 35.29%의 점유율을 보여주고 있다. 李義府는 7수의 신체시중 4수가 점식률에 부합하여 57.14%의 점유율을 보였다. 또한 더욱 특기할 만한 사항은 太宗 貞觀 후기부터 심·송이 문단에서 활약하던 武后 長安 말년까지의 약 60여 년 동안, 시가의 聲韻, 病犯, 對偶 등에 관한 이론서들이 집중적으로 쏟아져 나오게 된다는 사실이다. 예를 들어 上官儀(607-664)의 ≪筆札華梁≫, 元兢(生卒年未詳, 약 高宗시기부터 무후까지 활약함)의 ≪詩髓腦≫, 崔融(653-706)의 ≪唐朝新定詩格≫, 李嶠(約645-約714)의 ≪平詩格≫, 佚名의 ≪文筆式≫, ≪詩格≫, ≪詩式≫ 등이 모두 이 시기에 출현하였다. 이러한 점으로 미루어 볼 때, 태종 정관 시기는 확실히 初唐의 율시가 획기적으로 발전한 시기라 말할 수 있다. 이렇듯 발전을 보이게 된 데에는 태종의 신체시에 대한 개인적인 선호, '중화' 심미관의 주창이 그 근본적인 원동력이 되었던 것이다.

---

17) 이 통계와 이하 貞觀시기 시인의 新體詩 통계는 모두 杜曉勤, ≪齊梁詩歌向盛唐詩歌的嬗變≫ (北京大學 博士學位論文, 1995年), 39-41쪽의 통계표를 인용하였음.

18) 喬惟德, 尙永亮著≪唐代詩學≫: "到了唐太宗後期, 君臣飮宴唱酬之風盛行, 太宗寫的一些律化新詩, 往往要求臣下酬和, 一時間對奇巧, 聲韻的講求蔚爲風氣."(長沙: 湖南人民出版社, 2000), 92쪽.

19) 杜曉勤, 〈貞觀中後期新體詩聲律的長足發展〉(≪齊梁詩歌向盛唐詩歌的嬗變≫, 北京大學 博士學位論文, 1995年, 13-14쪽), 참조.

(2) 理論上의 背景 – 初唐의 聲律論

① 初唐 聲律論의 淵源

聲律論의 핵심은 아마도 四聲의 발견과 그것을 어떻게 운용하는가라는 문제에 있을 것이다. 주지하다시피 소위 '平上去入'의 四聲이 등장하게 된 것은, 六朝 시기의 일이다.[20] 四聲을 발견하게 된 것에는 여러 계기가 있겠지만, 그중 東漢末 불교가 중국에 전파된 이후, 譯經과 轉讀을 하는 과정에서 四聲이 파생했을 가능성이 특히 높다.[21] 四聲은 魏晉의 문인들도 자각하고 있었으니, 陸機가 ≪文賦≫에서 "音聲이 서로 교대하는 것에 이르러서는 마치 五色이 서로 펼쳐지는 듯하다."[22]라고 한 것은, 바로 그러한 聲調의 작용을 자각하고 있음을 보여준다. 남조에 이르러 이러한 사성에 대한 인식은 더욱 분명해지고 규범화 되었다. "周顒이 처음 ≪四聲切韻≫을 지어 당시에 유행하였고,"[23] "齊 永明年間 중의 王融, 謝朓, 沈約의 문장에서 四聲을 사용하기 시작하였다."[24] 특히 이들이 四聲을 운용하며 창작한 詩作은, 바로 후세 '律詩'의 先河가 되었다.[25] 이 시대의 詩體를 가리켜 '永明體'라 일컫는 것은 주지

---

20) 董同龢, ≪漢語音韻學≫: "六朝時, 中國音韻學上還有一件大事, 就是四聲的發見."(北京: 中華書局, 2001, 80쪽), 참조.

21) 沈括, ≪夢溪筆談≫(沈陽, 遼寧敎育出版社, 1997, 82쪽)에서 "音韻學은 沈約이 四聲을 다루고 인도에서 불학이 중국에 들어오고서부터, 그 방법이 점차 세밀해졌다.[音韻之學, 自沈約爲四聲及天竺梵學入中國, 其術漸密]"라고 한 것이나, 近人 陳寅恪이 〈四聲三問〉(≪金明館叢稿初編≫, 上海: 上海古籍出版社, 1980, 329쪽)에서 "중국 문인들은 당시의 불경 轉賣에 의거하거나 모방하여, 각각 나누어 平上去의 三聲을 정하였고, 入聲을 합쳐 함께 계산하여 四聲을 맞추었다.[中國文士依據及摹似當日轉賣佛經之聲, 分別定爲平上去之三聲. 合入聲共計之, 適成四聲]"라 언급한 것은 모두 그러한 사실을 주장한다.

22) 陸機, ≪文賦≫: "曁音聲之迭代, 若五色之相宣."(≪文選≫卷17)

23) ≪南史 · 周顒傳≫卷34: "顒始著≪四聲切韻≫, 行于時."

24) ≪南史 · 庾肩吾傳≫卷50: "齊永明中, 王融, 謝朓, 沈約, 文章始用四聲."

25) 宋代의 陳振孫이 ≪直齋書錄解題≫에서 "沈約 이후부터 비로소 音韻, 對仗을 사용해 시를 지었다. 송지문과 심전기에 이르러 더욱 아름다워졌다.[自沈約以來, 始以音韻對偶爲詩,

의 사실이다. ≪南齊書 · 陸厥傳≫에 다음과 같은 기록이 보인다.

　　永明 末年에 문장이 성행하였다. 吳興의 沈約, 陳郡의 謝脁, 琅邪의 王融은 의
　　기가 투합하여 서로를 도왔다. 汝南의 周顒은 聲韻을 잘 알고 있었다. 심약등은
　　글을 지을 때 모두 宮商의 성조를 사용하였고, 平上去入을 四聲으로 삼아 이로써
　　韻을 정하여, 더 할 수도 줄일 수도 없었으니 세상에서 永明體라 불렀다.[26]

　　또한 ≪南史 · 陸厥傳≫에서도 위와 거의 같은 내용을 담으며, 아래와 같이
언급했다.

　　吳興의 沈約 … 이로써 韻을 정하니, 平頭, 上尾, 蜂腰, 鶴膝이 생겼다. 다섯
　　字 가운데 音韻이 모두 다르고, 두 句 가운데 角徵의 성조가 같지 않고 더 할
　　수도 덜 할 수도 없었으니 세상에서 '永明體'라 불렀다.[27]

　　沈約은 여기서 더 나아가 이러한 사성의 분별을 전통적인 詩賦의 音韻지식
과 결합시켜 聲韻의 기본 원칙으로 더욱 분명하게 이론화 시켰다. ≪宋書 · 謝
靈運傳論≫에서 그는 다음과 같이 밝힌다.

　　무릇 五色이 서로를 부각시키며 드러내고 八音이 조화롭고 유창한 것은, 천
　　지의 색깔과 音律이 제각각 사물에 적합하기 때문이다. 宮羽의 성조가 서로
　　변하며 낮고 높음이 서로 조절되게 하려면, 만약 앞에 가벼운 소리가 있게 하

　　至之間,伶期, 益加靡麗]"라고 언급한 것은, 바로 그러한 사실을 알려준다.
26) ≪南齊書 · 陸厥傳≫卷52: "永明末, 盛為文章. 吳興沈約, 陳郡謝脁, 琅邪王融, 以氣類相推
　　轂, 汝南周顒善識聲韻. 約等文皆用宮商, 以平上去入爲四聲, 以此制韻, 不可增減, 世呼爲永
　　明體."
27) ≪南史 · 陸厥傳≫卷49: "吳興沈約, … 以此制韻, 有平頭, 上尾, 蜂腰, 鶴膝, 五字之中,
　　音韻悉異, 兩句之內, 角徵不同, 不可增減, 世呼為永明體."

면, 뒤에는 반드시 무겁고 탁한 소리가 있게 해야 한다. 한 句내에서는 音韻이 모두 다르고, 두 句 가운데에는 가벼운 소리와 무거운 소리가 모두 달라야 한다. 교묘하게 이 뜻을 통달해야만 비로소 문장을 논할 수 있다.[28]

위 세 단락의 내용을 종합해 보면, 永明 聲律論은 다음과 같은 주장을 펼치고 있음을 알 수 있다. 즉 시의 한 句 혹은 두 句 내에서의 모든 詩句는 聲韻의 변화를 추구해야 한다. 또한 이는 마땅히 "宮羽의 성조가 서로 변하며 낮고 높음이 서로 조절되게 하려면, 만약 앞에 가벼운 소리가 있게 하면 뒤에는 반드시 무겁고 탁한 소리가 있게 해야 한다."라거나 혹은 "五色이 서로를 부각시키며 드러내고 八音이 조화롭고 유창하다."라고 하는 '和諧'의 심미관에 부합해야 한다. 그렇지 못한 경우에는 이른바 "平頭, 上尾, 蜂腰, 鶴膝"의 '病犯'이 발생할 수 있다는 것이다.

이러한 永明 聲律論은 후세 성률론의 직접적인 先驅가 되었다. 특히 심약이 언급한 '浮聲'과 '切響'은 후세의 '平仄' 二元化의 모태가 되었으며[29], '平頭, 上尾, 蜂腰, 鶴膝'은 초당의 각종 '病犯'의 근거가 되었다. 그리고 더욱 중요한 것은 '八音協暢', '各適物宜', '低昂互節'라 하며 '和諧'의 심미를 중시한 것은 후세 성률 詩學에 커다란 영향을 주게 된다.

그러나 "永明體가 주의를 기울인 것은, 다만 '한 句 안에서' '다섯 字 가운데'의 문제일 뿐으로 가장 많더라도 '열 字'인 '두 句'에 불과 했으며, 전체 시의 音節 문제에는 전혀 주의를 기울이지 않았다."[30] 더욱 장교하게 시 전체의

---

28) ≪宋書·謝靈運傳論≫卷67: "夫五色相宜, 八音協暢, 由乎玄黃律呂, 各適物宜, 欲使宮羽相變, 低昂互節, 若前有浮聲, 則後須切響. 一簡之內, 音韻盡殊, 兩句之中, 輕重悉異, 妙達此旨, 始可言文."

29) 郭紹虞는 소위 '高下低昂', '淸濁輕重', '飛沈浮切' 등을 모두 平仄의 先聲으로 보았다. 郭氏 〈聲律說考辨〉에 이르기를, "所謂高下低昂, 所謂淸濁輕重, 所謂飛沈浮切, 甚至如劉勰所謂 '和體抑揚, 故遺響難契, 都是平仄律的先聲."(郭氏≪照隅室古典文學論集≫下編, 上海: 上海古籍出版社, 1983, 330쪽)

음절에 주의를 기울이는 聲律 이론이 등장하고 律詩 완성의 지표인 粘對의 규칙이 일반화된 것은 初唐 이후에나 가능했다.

② 初唐의 聲律論

앞서 언급한 바와 같이, 초당의 성률 이론은 太宗 貞觀 이후로 급속하게 발전하게 된다. 이는 아마도 "'새로운 노래[新聲]' 중 '雅正'함을 어지럽히는 것은 전부 틀린 곳을 좇아 바르게 교정하려"[31] 했던 당태종이 대우와 성률, 편제 면에서 모두 '중화'의 심미를 추구했던 신체시를 보다 적극적으로 구사했던 것에서 가장 큰 원인이 찾을 수 있을 것이다. 물론 적극적으로 황제의 취향에 부합하려 노력했던 것이 當時 궁정 시단의 풍조였으니, 좀 더 완전한 율시를 구사하기 위한 이론 바탕인 성률 이론이 이 시기에 집중적으로 발달하게 된 것은 자연스런 일이 될 것이다. 그럼 아래에서 초당 성률론의 대략적인 발달 과정을 살펴보고, 아울러 그 성률론을 통해 '율시'라는 형식의 내재미를 고찰해 보자.

초당 성률론에 있어서 가장 먼저 두각을 나타낸 시인은 단연 上官儀를 꼽을 수 있다. 그는 貞觀 중기부터 高宗 전기까지 활약하며 가장 앞서서 對偶와 四聲二元化의 이론을 제시하였다. 그의 이론은 그의 저서 ≪筆札華梁≫에 집중되어 있다. 그러나 아쉽게도 이 책은 ≪宋書庫闕書目≫에 逸書로 분류되어 있듯이 현재 찾아볼 수 없고,[32] 다만 日本 弘法大師의 ≪文鏡秘府論≫에 내용

---

30) 郭紹虞〈從永明體到律體〉: "永明體所注意的, 只是'一簡之內', '五字之中'的問題而已. 至多, 也不過是'十字', 是'兩句', 從不曾注意到通篇的音節."(앞의책, 上編, 331쪽)

31) 宋敏求 ≪唐大詔令集≫卷564: "太宗貞觀十一年三月詔日, … 新聲之亂於雅者竝邪遠違而矯正." 참조.

32) ≪宋書庫闕書目 · 文史類≫에 '上官儀 ≪筆九花梁≫二卷'이라는 목록이 보이는데, 여기서의 '九'는 '札'의 誤字이다. 이 책은 南宋 紹興年間에 편찬한 것이므로, ≪筆札華梁≫의 유실은 훨씬 더 이전으로 소급할 수 있다.(張伯偉≪全唐詩考彙考≫, 南京: 江蘇古籍出版

의 일부가 보일 뿐이다. ≪필찰화량≫은 '八階', '六志', '屬對', '名例', '文病' 등의 내용으로 구성되어 있다. 그 중 '屬對'는 그의 이론 중 가장 많은 비중을 차지하며, 對偶의 기교 문제를 언급하고 있다. 그의 '屬對'에 관한 다음의 내용을 살펴보자.

> 唐代 上官儀가 이르기를, 시에는 六對가 있다. 그 첫째는 正名對로, '天地日月'이 그것이다. 두 번째는 同類對로 '花葉草芽'가 그것이다. 세 번째는 連珠對로 '蕭蕭赫赫'가 그것이다. … 여섯 번째는 雙擬對로 '春樹秋池'가 그것이다. 또 이르기를, 시에는 八對가 있다. 그 첫째는 的名對로 '送酒東南去, 迎琴西北來.'가 그것이다. 두 번째는 異類對로 '風織池間樹, 虫穿草上文.'가 그것이다. 세 번째는 雙聲對로 '秋露香佳菊, 春風馥麗蘭.'가 그것이다. 네 번째는 疊韻對로 '放蕩千般意, 遷延一个心.'가 그것이다. …… 여덟 번째는 隔句對로 '相思復相憶, 夜夜淚沾衣. 空歎復空泣, 朝朝君未歸.'가 그것이다.[33]

위의 예문에서도 살펴 볼 수 있듯이, 앞의 '六對'는 일종의 단어와 단어 사이의 對偶이고 '八對'는 句와 句 사이의 대우라 할 수 있다. 이러한 이론은 劉協이 ≪文心調龍≫의 〈麗辭〉篇에서 언급했던 '言對, 事對, 正對, 反對'의 네 가지 '對法'에서 더욱 진보한 것으로, 그 범위가 글자 혹은 단어 사이의 '事類', '詞性'의 對偶 뿐만 아니고 '句式'과 '聲韻'의 대우까지도 포함하고 있다.

먼저 '句式'에 관한 '八對'의 대우를 살펴보면, 이는 한 聯句 뿐만 아니라 두 聯句 이상에서의 대우를 다루고 있어 대우의 공간을 더욱 넓혀 주고 있음을

社, 2002年, 54쪽 참조.)

33) 魏慶之≪詩人玉屑≫上卷7: "唐上官儀曰, 詩有六對; 一曰正名對, '天地日月'是也. 二曰同類對, '花葉草芽'是也. 三曰連珠對, '蕭蕭赫赫'是也. …… 六曰雙擬對, '春樹秋池'是也. 又曰詩有八對; 一曰的名對, '送酒東南去, 迎琴西北來.'是也. 二曰異類對, '風織池間樹, 虫穿草上文.'是也. 三曰雙聲對, '秋露香佳菊, 春風馥麗蘭'是也. 四曰疊韻對, '放蕩千般意, 遷延一个心'是也. …… 八曰隔句對, '相思復相憶, 夜夜淚沾衣. 空歎復空泣, 朝朝君未歸.'是也."

알 수 있다. 예를 들어 '異類對'의 "風織池間樹, 虫穿草上文"에서는 한 聯句 안에서의 對偶句를 제시하여 '一實一虛', '一動一靜', '一高一低'의 對稱의 '和諧美'를 보여 주고 있다. 뿐만 아니라 隔句對의 "相思復相憶, 夜夜淚沾衣. 空歎復空泣, 朝朝君未歸."에서는 제1구와 제3구가 서로 같은 句式의 대우를, 제2구와 제4구는 '밤마다[夜夜]'와 '아침마다[朝朝]'의 의미상의 대우를 제시하며 대우의 공간을 더욱 넓혀 주고 있다.

또한 더욱 획기적인 것은 상관의가 聲韻을 어떻게 대우로 운용하는가 하는 문제를 본격적으로 다루었다는 점이다. 즉 雙聲對의 "秋露香佳菊, 春風馥麗蘭."에서는 '佳菊', '麗蘭'처럼 雙聲의 대우를 제시하였고, 疊韻對의 '放蕩千般意, 遷延一个心.'에서는 '放蕩', '遷延'의 疊韻의 대우를 제시하였다. 이러한 상관의의 성률론에 대해 王夢鷗는 다음과 같이 그 의의를 설명하고 있다.

> 만일 그(상관의)에게 '麗辭' 구조에 대한 어떤 새로운 발견이 있었다고 말한다면, 그것은 마땅히 그가 단지 이른바 '正對, 反對, 事對, 言對' 등의 어렴풋한 '語式'에만 매달리지 않고, 이에서 더 나아가 구성하고 있는 각종 對偶句의 모든 매 글자 音과 뜻의 對稱 효과를 착안하고 있다는 점이며, 또한 그렇게 서로 같지 않은 효과에 근거하여 각종 대우구의 형식을 구분하고 있다는 점이다.[34]

이것은 상관의의 대우가 그 음과 뜻에서 모두 對稱의 효과를 노리고 있음을 지적한 것이다. 이러한 이론이 율시로 하여금 '의미'에서 뿐만 아니라 '소리' 방면에서도 정교한 '錯綜和諧'를 달성하는데 커다란 작용을 했었음은 자명하다. 상관의의 성률론 가운데 또 하나 주의를 끄는 것은, '平頭, 上尾, 蜂腰, 鶴

---

34) 王夢鷗, 〈有關唐代新體詩成立之兩種殘書〉: "如果要說他對於'麗辭'的構造有什麼創見, 應該是他不專在一些所謂'正對, 反對, 事對, 言對'等籠統的語式上用功, 而更進一層, 着眼於構成各種偶句的每一個字的音和義之對稱的效果, 並卽根據那不同的效果來區分各種偶句的形式."(《古典文學論探索》, 臺北: 正中書局, 1984, 244쪽)

膝, 大韻, 小韻, 旁紐, 正紐'라는 '八病'설의 구체적인 항목을 '文病'편에서 처음으로 언급했다는 점이다.35) 물론 여기서는 단지 제목만을 언급하고 있어, 그것이 어떤 의미로 사용한 것인지는 정확히 알 수 없다. 그러나 후에 元兢이 "나는 '八病' 외에, 별도의 '八病'을 만들었다. 예로부터 지금까지 그것을 완전히 다 알고 있는 사람이 없었는데, 근래에 상관의가 그것의 세 가지를 알았다."36)라고 말한 것으로 미루어 볼 때, 원긍이 개발한 새로운 '팔병' 이전의 기존의 '팔병'은 상관의가 완전히 알고 있었으며, 원긍이 설명하는 기존의 '팔병'설이 상관의의 '팔병'설과 거의 동일한 것임을 추측 할 수 있다. 그런데 율시 속의 '平仄'이라는 '四聲二元化' 규범이 위의 '팔병'설 속에서 이미 체계를 이루고 있었으니, 상관의의 '팔병'설이 율시 형성에 미친 영향은 획기적이었던 것이다.

소위 '八病'이란 平上去入의 사성을 시가에 운용하면서 발생하는 8가지 병폐를 말하는 것이다. 예를 들어 元兢≪詩髓腦≫는 '平頭'를 다음과 같이 설명하고 있다.

平頭詩라는 것은 오언시에서 第1字는 第6字의 성조가 같아서는 안 되고, 第2字는 第7字의 성조와 같아서는 안 된다는 것이다. 성조가 같다라는 것은, 平上去入의 사성이 같아서는 안 된다는 것인데, 이를 어기면 平頭를 범했다라고 하는 것이다.37)

그런데 여기서 주의해야 할 것은 이러한 '八病'說의 개념 속에 이미 平上去

---

35) 上官儀, ≪筆札華梁·文病≫(張伯偉≪全唐五代詩考彙考≫, 64-65쪽 참조)
36) 元兢, ≪詩髓腦·文病≫: "兢於八病之(外), 別爲八病. 自昔及今, 無能盡知之者. 近上官儀識其三."(張伯偉≪全唐五代詩考彙考≫, 120쪽)
37) 元兢 ≪詩髓腦·文病≫: "平頭詩者, 五言詩第一字不得與第六字同聲, 第二字不得與第七字同聲. 同聲字, 不得同平上去入四聲, 犯者名爲犯平頭."(張伯偉≪全唐五代詩考彙考≫, 118쪽)

入의 四聲을 平聲과 上, 去 入聲의 두 가지로 나누고 있다는 사실이다. 예를 들어 위의 설명의 뒤를 있는 다음의 대목을 보자.

> 위 句의 第1字와 아래 句의 第1字가 같은 平聲이면 病이 되지 않지만, 上去入의 하나와 성조가 같다면 병이된다. 만약 위 句의 第2字와 아래 句의 제2자가 같은 성조로, 平上去入을 묻지 않는다면, 이는 모두 큰 병이다.[38]

또 다른 '蜂腰'에 관해서는 이렇게 밝히고 있다.

> 예를 들어 第2字와 第5字가 去上入으로 같다면 모두 병이고, 平聲이면 병이 아니다.[39]

위의 설명은 모두 四聲을 平聲과 上, 去 入聲의 둘로 나누어 처리하고 있음을 알려 주고 있다. 물론 원긍은 여기서 명확하게 '平仄'이라는 용어를 사용하지는 않았지만, 그 내용은 이미 '평측'의 이원화와 동일한 것이었다. 이러한 사성의 이원화는 永明이래로 시가 속에서 운용하던 平上去入의 복잡한 사성 규범을 더욱 간결하고 손쉽게 사용할 수 있게 해주었다. 이는 율시 창작을 보다 쉽게 해 주었고, 또한 '二元'의 대립과 조화를 통해 시 전반의 '和諧美'도 함께 꾀할 수 있게 해주었다.

원긍의 《詩髓腦》는 '調聲', '對屬', '文病'의 세 부분으로 구성되어 있는데, 그 중 '調聲'의 내용은 그 의의가 가장 크다. 소위 '調聲'이란 평상거입 사성을 성률의 엄격한 규칙에 따라 한 句 혹은 전체 시 속에서 사용함으로써 音韻의

---

38) 注(37)과 같은 곳: "上句第一字與下句第一字, 同平聲不爲病, 同上去入聲, 一字卽病. 若上句第二字與下句第二字同聲, 無問平上去入, 皆是巨病."
39) 元兢, 《詩髓腦·文病》: "如第二字與第五字同去上入, 皆是病, 平聲非病也."(張伯偉, 《全唐五代詩考彙考》, 119쪽)

'錯綜和諧'의 효과를 꾀하는 것을 말한다. 원긍은 '調聲'의 방법으로 '換頭', '護腰', '相承'의 세 가지를 제시했는데, 그 중 '換頭'는 특히 눈여겨 볼만하다. 그 설명은 다음과 같다.

換頭라는 것은 나의 시 〈于蓬州野望〉 "飄颻宕渠域, 曠望蜀門限. 水共三巴遠, 山隨八陣開. 橋形疑漢接, 石勢似烟回. 欲下他鄕淚, 猿聲幾處催."와 같다.
이 시의 第1句 처음 두 자는 평성이고, 그 다음 구의 처음 두 자는 去上入聲이다. 그 다음 구의 처음 두 자는 去上入聲이고, 그 다음 구의 처음 두 자는 평성이다. 그 다음 구의 처음 두 자는 또 평성이고, 그 다음 구의 처음 두 자는 去上入聲이다. 그 다음 처음 두 자는 또 去上入聲이고, 그 다음 처음 두 자는 또 평성이다. 이와 같은 순서대로 시의 처음부터 시 끝까지 돌기에 이름을 雙換頭라 하니 이는 가장 훌륭한 것이다.[40]

위의 내용은 다음의 세 가지 측면에서 그 중요한 의의를 찾을 수 있다.[41] 첫째, 기존의 一聯二句의 聲律論에서 확장하여 시 한편의 전체 성률 문제를 모두 다루었다. 둘째, 이 설명 이전에는 율시라 함은 6句, 8句 혹은 10句 및 12句 그 이상까지도 함께 복잡하게 다루었는데, 여기서는 5言8句만을 예로 들어 이후 5言8句40字의 율시 典型을 확립했다. 셋째, 기존의 성률론은 각 聯의 두 구안에서의 平仄이 서로 상반되게 엇갈리는 '對'의 문제만을 언급했는데, 여기서는 聯과 聯사이의 平仄이 서로 동일하게 대응하는 '粘'의 문제를 언급함으로써, 율시에서의 '粘式律'을 이론화 시켰다.

---

40) 元兢, ≪詩髓腦≫: "換頭者, 若兢〈于蓬州野望〉詩云; '飄颻宕渠域, 曠望蜀門限. 水共三巴遠, 山隨八陣開. 橋形疑漢接, 石勢似烟回. 欲下他鄕淚, 猿聲幾處催.' 此篇第一句頭兩字平, 次句頭兩字去上入; 次句頭兩字去上入, 次句頭兩字平; 次句頭兩字又平, 次句頭兩字去上入; 次句頭兩字又去上入, 次句頭兩字又平. 如此輪轉, 自初以終篇, 名爲雙換頭, 是最善也. (張伯偉≪全唐五代詩考彙考≫, 114-115쪽)

41) 여기서 언급한 세 가지 의의는 喬惟德, 尙永亮≪唐代詩學≫, 99-100쪽 참조.

또한 원긍은 상관의의 '六對', '八對'의 이론에 기초하여, 그 분류가 더욱 섬세하게 확장된 '八種切對'를 제시했다. 예를 들어 상관의가 '的名對'에서 단지 '天, 地, 日, 月, 好, 惡, 去, 來' 등만을 제시하고 있는 반면, 원긍은 똑같은 제목 아래서 더욱 세분화하여 '平對'(예를 들면, 靑山, 綠水등)와 '奇對'(예를 들면, 熊耳山, 漆沮, 四塞 등)로 나누었다. 똑같은 '同類對'에서 상관의가 단지 '雲, 霧, 星, 月, 霜, 雪, 赤, 白' 등의 단음절 단어만을 제시한 반면, 원긍은 더 나아가 '大谷, 廣陵, 薄雲, 輕霧' 등의 雙音節 단어를 제시했다. 확실히 '屬對'이론 방면에서도 장족의 발전을 보여주는 것이다.

원긍 이후 심·송과 거의 같은 시기에 활약했던 崔融과 李嶠(約645–714) 또한 성률 연구에 동참하여, 각각 ≪唐朝新定詩格≫과 ≪評詩格≫을 남겼다. 그러나 이교의 ≪評詩格≫은 최융의 ≪唐朝新定詩格≫과 그 내용의 거의 비슷하며, ≪唐朝新定詩格≫의 이론 또한 상관의와 원긍의 그것에서 크게 벗어나지 않았다. 다만 최융은 기존의 '六對', '八對' 등의 '屬對' 이론을 수정하여 '九對'의 이론을 제시한 것만이 주목받을만 할 뿐이다.

이상에서 초당의 주요 성률론을 간략히 살펴보았다. 이를 통해 초당의 성률론이 주로 상관의와 원긍에 의해서 그 체제가 대략 확립되었음을 알 수 있었다. 그런데 여기서 한 가지 주목해야 할 사실은 초당 성률론의 주요내용인 病犯, 聲律, 屬對 등의 이론이 모두 儒家가 지향하는 '中和' 혹은 '和諧'의 정신을 지향하고 있다는 점이다. 상관의가 '六對', '八對' 등에서 본격적으로 제시하고, 원긍의 '八種切對'와 최융의 '九對' 등에서 더욱 정교하게 다듬어진 屬對 이론은, 시의 앞 뒤 句와 聯 사이에서 의미 혹은 音韻이 어떻게 하면 더욱 정교하게 對稱, 調和를 이루며 '和諧' 할 수 있는가 하는 문제들을 다룬 것이라 할 수 있다. 그리고 四聲을 平聲과 上去入聲으로 二元化 시킨 뒤 이를 운용함에 있어서 기피해야 할 사항을 제시한 病犯과 적극적으로 준수해야할 粘對의 성률 이론 또한 전체 시 속에서 성조를 어떠한 방식으로 對立, '和諧'시켜 '抑

揚頓挫'의 심미 효과를 극대화 시킬 수 있는가를 연구한 이론이라 할 수 있다. 郭紹虞가 〈從永明體到律體〉에서 "律體의 중점은 '粘'에 있으나, 永明體의 중점은 '粘'에 있지 않다. 따라서 율체는 '諧'에 주의 했으나, 영명체는 '諧'에 주의 하지 않았다. 그러므로 영명체에서 율체로의 발전은, 바로 어떻게 '諧'로 발전해왔는가의 문제이기도 하다."[42]라고 밝힌 것은 바로 이와 같은 점을 간파한 것이다.

이렇듯 초당의 성률론이 '和諧'의 심미관을 체현하는 방향으로 발전해 온 것은, 당태종이 주창했던 유가의 문학관과 밀접한 관련을 맺는 것이다. '和諧美'의 체현은 유가가 추구하는 '中和' 심미관의 구현이라 할 수 있다. 그리고 이와 같이 '和諧美'를 聲律과 屬對 등을 통해 체현시킨 율시는 유가의 '中和' 審美觀에 가장 부합하는 것이었다. 바로 이런 점으로 인해 율시는 '雅正'함을 잃지 말아야 할 궁정의 시단에서 가장 환영 받는 詩歌形式으로 자리를 잡았고, 궁정 시인들의 손에 의해 그 '定型'을 이루어내게 된다. 특히 당시 가장 우수한 궁정시인이었던 심전기와 송지문에 의해 그 완성의 지표를 얻어낸 것은 자연스런 일이 되는 것이다.

(3) 創作上의 背景 - 宮廷 시인들에 의한 律詩 창작

초당의 율시 창작 양상은 크게 세 단계로 나누어 살펴 볼 수 있다. 그 첫째는 율시의 본격적인 등장시기인 貞觀시기이고, 다음은 初唐四傑로 대표되는 율시의 漸增 시기이며, 마지막은 文章四友와 沈佺期, 宋之問으로 대표되는 율시의 완성 시기이다. 이와 같은 추이 변화는 다음의 도표를[43] 통해 그 일면

---

42) 郭紹虞 〈從永明體到律體〉: "律體重在粘, 永明體不重在粘. 所以律體注意諧, 而永明體不注意諧. 因此從永明體到律體, 也卽是如何進到諧的問題." (郭氏≪照隅室古典文學論集≫上編, 332-333쪽)

을 살펴 볼 수 있다.

作者	平聲韻 5言8句 詩 總數	粘式, 對式 모두 부합하는 시 (점유율%)	粘式만 부합하고 對式에는 부합하지 않는 시	粘式, 對式 모두 부합 않는 시
李世民	40	8 (20%)	1	31
褚 亮	6	0 (0%)	0	6
孫孝孫	4	0 (0%)	2	2
楊師道	4	1 (25%)	1	2
虞世南	9	0 (0%)	3	6
王 績	8	3 (37%)	0	5
許敬宗	7	1 (14%)	1	5
上官儀	6	0 (0%)	1	5
李百藥	11	2 (18%)	2	7
盧照鄰	33	6 (18%)	1	26
駱賓王	70	24 (34%)	6	40
王 勃	31	8 (26%)	1	22
楊 炯	14	14 (100%)	0	0
李 嶠	161	149 (93%)	4	8
杜審言	28	28 (100%)	0	0
蘇味道	9	4 (44%)	0	5
崔 融	8	6 (75%)	2	0
陳子昻	31	9 (29%)	1	21
宋之問	82	78 (95%)	1	3
沈佺期	64	62 (97%)	1	1

---

43) 이 도표는 王運熙, 〈寒山子詩歌的創作時代〉(王氏, ≪漢魏六朝唐代文學論叢≫, 上海: 上海古籍出版社, 1981) 210-214쪽에서 인용하였음.

이 도표를 통해 四傑이전에는 太宗이 5언8구의 율시를 40篇 지었다는 것과 王績이 약 37%의 '粘對式' 부합 비율을 보인다는 것 외에 율시 창작이 매우 저조했음을 알 수 있다. 이러한 국면은 노조린, 왕발, 낙빈왕이 모두 30여 편이 넘는 율시를 창작하여 조금의 발전을 보이는 듯하지만, '粘對式' 부합 비율은 여전히 20% 수준을 벗어나지 못하고 있다. 그러나 이교, 두심언 그리고 심전기, 송지문에 이르러서 상황은 뚜렷한 차이를 나타낸다. 즉 이교와 심 · 송은 모두 60여 편이 넘는 율시를 창작했고, 점대식 부합 비율은 넷 모두 93%가 넘는 것이다. 이는 곧 율시 완성의 指標를 보여 주고 있는 셈이니, 사실상 唐代의 율시는 바로 이시기에 완성되었다.

다만 여기서 한 가지 주의할 것은, 위의 도표 중 '점대식' 부합 비율이 상대적으로 매우 높은 양형, 이교, 두심언, 최융, 심전기, 송지문이 모두 궁정시인으로 활동했었다는 점이다. 먼저 四傑중 가장 늦게까지 활동을 한 양형은 高宗 上元 年間(674)에 弘文館學士를 지냈으며, 이교, 두심언, 최융, 심전기, 송지문 등 또한 모두 武后, 中宗 시절에 珠英學士, 修門館學士를 지내며 궁정문단의 핵심적인 역할을 담당했었다.

사실 초당에서의 율시 창작은 앞 절에서도 잠시 언급한 바와 같이, 太宗 貞觀시기의 궁전시단에서 본격화 되었다고 해도 과언이 아니다. 태종은 그가 秦王의 신분이었을 때 고조의 윤허를 받고 秦王府에 '文學館'을 설립한 뒤, 孔穎達, 陸德明 등 당시의 저명한 經學家 18명을 學士로 임명하여 詩文과 儒學을 담당하게 했다. 또한 후에 이 '문학관'을 '弘文館'으로 改名한 뒤, 虞世南, 褚亮, 姚思廉 등이 참여하도록 했으며, 孔穎達, 顏師古 등으로 하여금 ≪五經正義≫를 편찬케 하였다. 이들의 주된 목적은 儒家 등의 학술을 정비하는 것이었지만, 한편으로 일부 학사들은 궁정 遊宴에서 "황제가 느낀 바가 있어 시를 지으면 학사들은 모두 화답을 해야 하는"[44] 文學侍從의 역할도 담당했다. 이들은 태종의 '中和' 심미관과 창작 기호에 영합하기 위해 점차 율시 창작에 주의를 기울이게 되었고, 앞에서도 이미 살펴 본 바와 같이 바로 이 시기에 율시는 궁정시단을 중심으로 장족의 발전을 이루게 되었다. "貞觀이후, 弘文館은 점점 더욱 文學創作 團體의 성질로 변하게 되었고, 시가 창작 활동과 遊宴 역시 더욱 밀접한 관계를 맺게 되었다."[45] 특히 武后, 中宗 시기 文學館이 최고 전성기를 맞이하게 되었을 때, 율시는 바로 위에서 언급한 이교, 두심언, 최융, 심전기, 송지문 등의 문학관 諸學士들에 의해 그 정형을 이루게 된다.

이러한 사실은 當時의 弘文館 諸學士들의 율시 창작 상황을 보면 어렵지 않게 증명할 수 있다. 예를 들어 武后 聖歷 元年(698)부터 약 4년간 大型類書인 ≪三敎珠英≫의 편찬에 참가한 '珠英學士'[46]들이 '賦詩聚會'하며 엮은 ≪珠英學士集≫에 수록된 시가에는 총 56首의 詩作이 현존하는데,[47] 이 중 騷體, 七言歌行詩 2수를 제외한 54수가 모두 신체시이다. 그리고 이 가운데 50首는 오언시이고(五言四句: 1首, 五言八句: 18首, 五言排律: 31首), 4首는 칠언시인데(七律, 七絶 각각 2首), 오언율시의 경우 '粘式'에 부합하는 詩作이 41수가 되어 그 비율이 82%에 달하고 있다.[48]

---

44) ≪新唐書·李適傳≫卷202: "帝有所感卽賦詩, 學士皆屬和."
45) 羅時進, ≪唐詩演進論≫: "太宗以降, 文館越來越具有文學創作團體的性質, 詩歌創作活動與遊宴也有着更爲密切的關係."(南京: 江蘇古籍出版社, 2001, 11쪽)
46) 珠英學士에 참가한 學士에 대해서 ≪唐會要≫卷36에서는 "大足元年十一月十一日, 麟臺監張昌宗撰≪三敎珠英≫一千三百卷成, 上之. 初, 聖歷中, 以上≪御覽≫及≪文思博要≫等書, 聚事多未周備, 遂令張昌宗召李嶠, 閻朝隱, 徐彦伯, 薛曜, 李尚隱, 魏知古, 于季子, 王無競, 沈佺期, 王適, 徐堅, 尹元凱, 張説, 馬吉甫, 元希聲, 李處正, 高備, 劉知幾, 房元陽, 宋之問, 崔湜, 常元旦, 楊齊哲, 富嘉莫, 蔣鳳等二十六人同撰."라고 하여 26명을 나열했다. 이밖에, 晁公武은 ≪郡齋讀書志≫卷4下에서 "唐武后朝詔武三思等修≪三敎珠英≫一千三百卷, 預修書者凡四十七人."라고 언급하였을 뿐, 그 47명의 이름은 언급하지 않았다.
47) 王應麟, ≪玉海≫卷54에서 ≪珠英學士集≫에는 "崔融集學士李嶠, 張説等四十七人, 詩總二百七十六首."가 수록되어 있다고 전하는데, 이의 대부분은 산실되었다. 현재는 敦煌石窟에서 발굴된 殘卷에서 13명 시인의 55수와 無名의 4수가 전해지는데, 그 중 2수는 제목만 있고 내용은 없으며, 한 수는 殘句이다. 따라서 완정한 시는 총 56수이다.(傅旋宗等編纂, ≪唐人選唐詩新編≫, 陝西敎育人民出版社, 1996, 49-74쪽), 참조.
48) 이 통계는 聶永華, ≪初唐宮廷詩風流變考論≫, 270-271쪽에서 인용했음.

中宗 景龍 2年(708)에 설치된 '修文館'을 중심으로 활동한 諸學士들의49) 율시 창작 상황 또한 이와 큰 차이가 없다. 중종 경룡 연간은 황제를 중심으로 한 遊宴의 활동이 가장 성행한 시기로50) 궁정 시인의 창작 활동 역시 이에 따라 매우 활발했다. 張說(667-731)은 당시의 상황을 다음과 같이 묘사하고 있다.

중종 경룡시기의 십수 년 동안 천하는 안정되어 안으로는 도서의 부서가 우뚝하고 밖으로는 문장을 닦는 부서를 열었다. 뛰어난 영재를 찾아내어 모았기에 재야에는 남은 인재가 없었다. 중요한 요직에는 학문에 정통한 자가 우선이었고, 대신들은 문장이 뛰어나지 못한 것을 부끄러워하였다. 매번 이궁을 노닐고 강과 산을 유람하며 흰 구름이 솟아오를 때 황제는 노래를 하고, 비취 꽃이 날릴 때 신하들은 시를 지었다. 雅頌의 성대함이 夏殷周 三代의 기풍과 같았다.51)

당시(707-710의 4년간)의 궁정 문학 상황은 武平一(?-741)이 편찬한 ≪景龍文館記≫에 자세히 수록되어 있다. 여기에는 수문관 학사의 傳記와 문학 활동에 관한 기록 외에 제학사들의 應制, 唱和 시작들이 상당히 수록되어 있다. ≪景龍文館記≫에 수록된 詩作은 바로 이러한 상황을 여실히 보여준다. 그런데 현

---

49) '修文館學士'로 활동한 시인에 대해서는, ≪新唐書·李適傳≫卷202: "初, 中宗景龍二年, 始於脩文館置大學士四員, 學士八員, 直學士十二員, 象四時, 八節, 十二月. 於是李嶠, 宗楚客, 趙彦昭, 韋嗣立為大學士, 適, 劉憲, 崔湜, 鄭愔, 盧藏用, 李乂, 岑羲, 劉子玄為學士, 薛稷, 馬懷素, 宋之問, 武平一, 杜審言, 沈佺期, 閻朝隱為直學士, 又召徐堅, 韋元旦, 徐彦伯, 劉允濟等滿員. 其後被選者不一." 참조.
50) 중종은 景龍 2年 7月부터 4年 4月까지, 43차례의 크고 작은 遊宴을 벌였다. 賈晉華, ≪唐代集會總集與詩人群研究≫, 49-59쪽의 〈唐中宗景龍中修文館活動及作品編年表〉 참조.
51) 張說, 〈唐昭容上官氏文集序〉: "中宗景隆之際, 十數年間, 六合淸謐, 內峻圖書之府, 外關脩文之館. 搜英獵俊, 野無遺才, 右職以精學為先, 大臣以無文為耻. 每豫遊宮觀, 行幸河山, 白雲起而帝歌, 翠華飛而臣賦, 雅頌之盛, 與三代同風."(≪全唐文≫卷225)

존하는 369수의 詩作 중 283수(77%)가 율시였으니, 이는 율시가 당시 궁정시인들에게 가장 선호 받는 시가형식이었음을 알려주는 셈이다. 더군다나 이 율시들의 점대 부합률 역시 상당히 높은 수준이었으니, 다음의 도표를 보자.[52]

詩體	五言四韻律詩	五言長律	七言四韻律詩	合計
詩篇總數	171	43	68	282
合律篇數	120	30	57	207
合律百分比	70	65	76	73

여기에 드러난 점대 부합률 평균 73%는 다소 낮아 보일지 모른다. 그러나 《珠英學士集》에 4수밖에 보이지 않던 칠언율시가 68수나 창작된 것은 칠언율시의 본격적인 발전을 의미한다. 엄격한 율시를 다수 창작하여 율시 완성에 크게 공헌한 여러 시인들이 모두 이 수문관학사 출신이었다. 이들 시인 중 점식 부합율이 현저히 높은 율시를 창작한 徐彦伯(新體詩總數:14, 粘式律詩數:14, 百分率:100%),[53] 李嶠(164, 156, 95.12%), 송지문(135, 124, 91.85%), 심전기(94, 86, 91.48%), 崔湜(23, 21, 91.30%)은 珠英學士와 修文館學士를 동시에 지낸 학사였고, 李乂(30, 27, 90%), 杜審言(37, 33, 89.18%) 등이 修文館學士를 지낸 것은 그 좋은 예이다. 이로써 궁정 내 文學館에서의 창작 활동이 율시 형성에 큰 작용을 했음을 알 수 있다.

위의 서술을 종합해 보면 율시는 貞觀이래의 궁정의 시단에서 그 형식을 완성시켜 왔음을 알 수 있다. 그렇다면 율시가 어째서 이들 궁정시인들의 손에 의해 완성될 수 있었을까? 이에 대해 陳鐵民은 다음과 같이 밝히고 있다.

---

52) 이 도표는 賈晉華, 《唐代集會總集與詩人群研究》, 66쪽에서 인용하였음.

53) 이하의 통계는 모두 杜曉勤, 《齊梁詩歌向盛唐詩歌的嬗變》의 附錄 〈初唐五言新體詩聲律發展統計表〉(39~47쪽)에서 인용한 것임.

學士들은 宮廷詩壇의 핵심일 뿐만 아니라, 또한 자주 함께 모여 창작에 종사하며 시가 예술을 탐색할 수 있는 기회를 가질 수 있었으니, 따라서 그들은 律體 定型化의 임무를 완성할 조건과 가능성을 가질 수 있었던 것이다. … 初唐 시인 중에서 五言 新體詩가 律格에 부합한 정도가 가장 높은 사람은 일부 학사들이었다. 이러한 상황의 출현은 결코 우연이 아니니 學士들이 '밤낮으로 담론을 벌이고 시를 짓는 모임을 가질 때,' '粘式格律'을 선택하고 긍정하는 것에 대해 공통적으로 인식하고 암묵적으로 동의한 결과인 것이다.[54]

그러나 이 견해는 初唐의 여러 學士들이 궁정의 시단에서 암묵적으로 율시를 가장 선호했다는 사실을 전달해 줄 수는 있어도, 여러 詩體들 가운데 어째서 특히 율시만을 가장 선호 했었는가 하는 문제에 대해서는 해답을 주지 못한다. 본고는 이에 대한 해답을 바로 율시의 형식이 갖는 '中和'의 형식미에서 찾고자 한다. 初唐 상관의, 원긍 등의 聲律 이론은 이미 율시로 하여금 '抑揚頓挫', '錯綜和諧'의 심미를 표현할 수 있는 형식적 구조를 갖출 수 있게 해주었고, 특히 율시의 형식이 내포하는 '和諧'의 구조미는 유가가 추구하는 '중화' 심미관에 가장 부합하는 것이었다. 따라서 儒學과 文學을 함께 다루어야 하는 여러 학사들이 궁정 시인의 신분으로서 '雅正'함을 잃지 말아야할 공개적인 연회 酬唱詩나 황제의 奉和應制詩를 창작해야 할 경우 자연스럽게 율시를 가장 선호하게 되었던 것이다. 물론 武后, 中宗 당시의 궁정 연회에서 창작되어지던 응제시는 그 내용이 점차 오락화의 경향을 띠며 유가의 詩教와는 점점 거리가 멀어지기는 했어도,[55] 역시 궁정시는 '雅頌'의 본색을 잃을 수는 없었

---

54) 陳鐵民, 〈論律詩定型于初唐諸學士〉: "學士們旣是宮廷詩苑的主力, 又能經常得到聚集在一起從事創作, 探索詩藝的機會, 所以他們也就有了完成律體定型任務的條件與可能. … 在初唐詩人中, 五言新體詩合律程度最高的是一些學士, 這種情況的出現當非巧合, 而是學士們在日夕談論, 賦詩聚會時, 對選擇和肯定粘式格律有了共識或達成墨契的結果."(《文學遺産》, 2000年, 第1期), 62쪽

55) 初唐 宮廷詩의 娛樂化 현상에 대해서는, 葛曉音, 〈論宮廷文人在初唐詩歌藝術發展中的作

다. 따라서 그 형식에서만큼은 聲律, 對偶 등에서 모두 '중화'의 심미관을 추구했던 율시를 가장 선호하게 된 것이라 할 수 있다.

결국 이와 같은 연유로 궁정의 시인들에게 가장 큰 선호를 받게 되었던 율시는, 珠英學士와 修文館學士를 모두 역임하며 "밤낮으로 담론을 벌이며, 시를 짓는 모임의"[56] 중심에 있었던 심전기, 송지문의 손에 의해 그 완성의 지표를 선보이게 된 것이다.

用〉(葛氏, ≪詩國高潮與盛唐文化≫, 北京: 北京大學出版社, 1998), 35-36쪽 참조.

56) ≪舊唐書 · 徐堅傳≫卷102: "堅又與給事中徐彦伯, 定王府倉曹劉知幾, 右補闕張說同修≪三教珠英≫. 時麟臺監張昌宗及成均祭酒李嶠總嶺其事, 廣引文詞之士, 日夕談論, 賦詩聚會, 歷年未能下筆."

2. 沈·宋 律詩의 詩歌史的 意義
- 性情과 聲色의 통일

　바로 앞의 절에서 살펴본 바와 같이 궁정시단은 율시가 이론적으로 성숙하고 창작상으로 定型化를 이룰 수 있게 좋은 터전을 제공해 주었다. 심전기와 송지문이 율시 창작에서 뛰어난 기량을 선보이며 그 형식을 완성시킬 수 있었던 것 역시 모두 이 궁정시단을 기반으로 한 것이었다. 심·송은 당시의 다른 궁정시인들과 마찬가지로 율시 형식의 규율과 창작에 심혈을 기울였고, 이들이 궁정시인으로 활동할 시기에 율시의 형식은 이미 정형을 이루게 된다. 그러나 심·송의 율시 창작은 궁정시의 범위에만 머물지 않고, 貶謫 등을 통해 겪게 된 인생의 역경과 고뇌를 시가로 노래함으로써 율시에 '詩緣情'의 생명을 본격적으로 불어 넣게 된다. 이 점이 바로 심·송의 율시가 갖는 보다 중요한 의의일 것이다.

　앞서 누차 언급한 바와 같이, 심전기와 송지문은 當代 최고의 시적 재능을 지닌 궁정시인이었다. "송지문은 약관의 나이로 이름을 날렸으며, 더욱이 五言詩에 능해 당시에 그를 뛰어 넘을 있는 자가 없었고"[57], 심전기 또한 "시를 잘 짓는 것으로 유명하여, 燕國公 張說이 일찍이 '심전기의 시가 곧 마땅히 제일이다.'"[58]라고 극찬하기도 했다. 특히 심전기는 "詞人의 音律에 매우 능하여"[59] 일찍이 協律郎을 역임하기도 했다. 이 協律郎은 音樂을 관장하는

---

57) ≪舊唐書·宋之問傳≫卷190中: "之問弱冠知名, 尤善五言詩, 當時無能出其右者."
58) ≪隋唐嘉話≫卷下: "沈佺期以工詩著名, 燕公張説譽之日, '沈三兄詩, 直須遝他第一.'"
59) 蘇頲, 〈授沈佺期太子詹事等制〉: "沈佺期, 才標閒拔, 思詣精微, 早升多士之行, 獨擅詞人之律."(≪全唐文≫卷252)

직책이었으므로[60] 심전기는 자연히 음률과 매우 관계가 밀접한 聲律에 능통하게 되었다. 이러한 심·송의 개인적 시적 재능과 성률에 대한 조예는 이들로 하여금 궁정시단에서 율시를 통해 단연 두각을 나타내게 만들었던 것이다.

그런데 한 가지 주의를 기울여야 할 것은 심·송 외에도 當時의 詩壇에선 율시의 창작에 뛰어난 재주를 선보인 시인이 적지 않았다는 점이다. 예를 들어 武后 時期에 궁정시인으로 활약한 蘇頲의 현존하는 71수의 신체시 가운데 64수가 점대에 부합하고 있으며(90.14%), 珠英學士로 활동했던 徐彦伯의 현존하는 율시 14수가 모두 점대에 부합하고 있다. 특히 李嶠는 당시 珠英學士와 修文館學士를 이끌어 가며 실질적인 詩壇의 領袖 역할을 하며,[61] 무려 164수의 율시를 창작하였고 또한 이중 156수가 점대에 부합하여 95.12%에 이르는 점대 부합률을 선보였다. 이러함에도 불구하고 심·송의 율시를 율시 완성의 指標로 삼는 까닭은 이미 앞장에서 살펴 본 바와 같이 심·송의 율시는 점대 부합률이 상당히 높다라는 점을 먼저 꼽을 수 있다. 또한 이들의 율시 창작량이 前代 혹은 當代의 그 어느 시인보다도 많다는 점과 이들의 율시 속에는 七言排律을 제외한 율시의 각종 기본 형식인 五律, 五排, 五絶, 七律, 七絶 등의 격식이 모두 골고루 갖추고 있다는 점을 들 수 있다.

그리고 더욱 중요한 것은 이러한 형식적인 측면 외에도, 그 내용 상에서도 當時 율시 창작의 주된 제재와 내용이었던 應制奉和나 詠物詩의 한계를 뛰어넘어 貶謫詩, 山水詩, 述懷詩 등의 새로운 제재를 개척하여 唐代의 율시 발전에 매우 중요한 선도 역할을 해 주었다는 점이다. 즉 심·송의 율시는 그 형식적인 典範 역할 외에도 내용상에서도 후세의 율시 창작을 위한 새로운 지평을

---

60) 協律郎은 律呂를 관장하는 樂官으로, 漢武帝 시기에 協律都尉를 설치한 것이 시초가 되었는데, 晉 때에 協律校尉로 개칭하였으며, 北魏 이후로는 協律郎(從五品上)이라 칭하였다. ≪詩髓腦≫를 저작한 元兢도 협률랑을 재직한 바 있다.

61) 본 장의 注(46)와 注(49) 참조.

열어 주었던 것이다.

　사실 初唐 貞觀이후부터 궁정시단에서 발전을 거듭해 오던 율시는 그 내용
과 제재가 궁정시단의 奉和應制詩나 詠物詩 등의 편협한 제재에서 크게 벗어
나지 않고 있었다. 楊愼(1488-1559)은 ≪升庵詩話≫에서 다음과 같이 언급한
바 있다.

　　唐代의 貞觀에서 景龍까지의 시인의 작품은 모두 應制詩이다. 命으로 받든
　　제목은 모두 같았을 뿐만 아니라, 그 체제도 모두 한결같았고 그 수식의 綺麗함
　　은 남음이 있었으나 音韻의 法度는 조금 부족하였다.62)

　다소 극단적이기는 해도 이는 당시의 詩壇 상황을 충분히 잘 지적한 언급이
라 할 수 있다. 실제로 이러한 사실은 ≪全唐詩≫에 수록된 일련의 初唐 시인
의 詩作을 검토해 보면 어느 정도 검증해 볼 수 있다. 예를 들어 許敬宗
(592-672)의 詩作은 ≪全唐詩≫에 모두 27수가 수록되어 있는데, 이중 20수가
봉화응제시이며, 李適(663-711)의 경우는 17수 가운데 12수가; 武平一(624-705)
의 경우는 15수 중 12수가; 李乂(657-716)의 경우는 43수 가운데 29수가; 劉憲
(?-711)의 경우는 26수 가운데 24수가 봉화응제시에 해당한다.

　이러한 상황은 율시의 창작에도 그대로 적용되고 있었으니, 貞觀이후 주로
궁정시단을 중심으로 창작, 발전해 온 율시 역시 그 내용과 제재가 봉화응제
시라는 궁정시의 범위를 크게 넘지 않았다. 예를 들어 바로 위에서 예로 든
여러 시인들이 창작한 율시는 응제시가 대부분을 차지하고 있는 것이 그러하
다. 특히 앞서 소개한 바와 같이 응제시가 거의 대부분을 차지하는 ≪景龍文
館記≫에 수록된 시작 가운데 77%가 율시에 해당하는 것은 그러한 사실을 극

---

62)　楊愼, ≪升菴詩話≫: "唐自貞觀至景龍, 詩人之作, 盡是應制. 命題旣同, 體製復一, 其綺繪有
　　餘, 而微乏韻度."(丁福保輯, ≪歷代詩話續編≫, 687쪽)

명하게 보여준다. 또한 칠언율시의 경우 경룡 연간에 창작된 것은 모두 응제시이고 궁정시단 밖에서 창작된 것은 거의 찾아볼 수 가 없는 것[63] 또한 그 좋은 예이다.

이 봉화응제시는 그 제재와 내용이 극히 제한되어 있어서 遊覽과 侍宴중에 歌功頌德을 하거나 혹은 詠物하는 수준에서 크게 벗어나지 않았다. 특히 심·송 보다 더 많은 율시를 창작한 李嶠의 신체시 164수 가운데 120수가 乾象, 坤儀, 芳草, 嘉樹 등 12종류의 사물을 읊은 것은 영물 율시를 대표하는 것이라 하겠다. 어쨌든 율시는 주로 궁정시단이라는 환경에서 형성, 발전된 시가 형식이었기에 그 내용 역시 궁정시의 한계를 쉽게 벗어나지 못했던 것이다.

그러나 이러한 사정은 심·송에 이르러 크게 변화 되었다. 심·송은 율시를 단순히 궁정의 詩壇에서 頌美의 수단으로서만 창작한 것이 아니라, 개인적인 장소에서 시인의 性情을 표현하는 매개로 폭 넓게 구사했다. 예를 들어 송지문의 엄격한 오언율시 〈陸渾山莊〉, 〈陸渾水亭〉, 〈藍田山莊〉 등은 시인이 별장에서 느끼는 한적한 정취를 隱者의 형상으로 노래했으며, 심전기의 칠언율시 〈古意呈喬補闕知之〉는 변새로 요역 나간 征人에 대한 그리움을 증답시의 형식으로 노래했다. 특히 심·송은 모두 정치적인 이유로 인해 嶺南 이남 지역으로 폄적을 당하게 되는데, 바로 이때 이들은 역시 율시의 형식으로 지극히 개인적인 감정을 토로하거나 남방의 산수를 노래했다. 송지문의 〈度大庾嶺〉, 〈晩泊湘江〉, 〈發端州初入西江〉, 〈發藤州〉 등과 심전기의 〈遙同杜員外審言過嶺〉, 〈入鬼門關〉, 〈驩州南亭夜夢〉 등은 모두 폄적으로 인한 시인의 傷念을 엄격한 격률에 맞추어 노래한 작품이다. 또한 송지문의 〈泛鏡湖南溪〉, 〈經梧州〉, 〈始安秋日〉, 〈登粵王臺〉 등과 심전기의 〈早發平昌島〉, 〈度貞陽峽〉, 〈遊少林寺〉 등의 율시는 모두 폄적기간 동안 남방의 산수나 山寺를 유람

---

63) 高木正一, ≪景龍の宮廷詩壇と七言律詩の形成≫, 80쪽(賈晉華, ≪唐代集會總集與詩人群研究≫, 66쪽에서 재인용.)

하며 지은 山水詩作의 좋은 예들이다. 실제로 陶敏·易淑瓊의 ≪沈佺期宋之間集校注≫에 실려 있는 율시 113수와 송지문의 118수 가운데,[64] 심전기는 35수가, 송지문은 더욱 적은 27수만이 응제시이고 그 나머지는 대부분 개인적인 性情을 노래한 贈答, 述懷, 山水 등의 내용을 담고 있다. 확실히 심·송의 율시 속에는 개인적인 抒情의 색채가 농후함을 알 수 있다.

흥미로운 사실은 송지문이 越州長史로 2차 폄적되었을 때에 창작한 시가는 京師에서도 널리 유포되었다고 전해지는데, ≪新唐書·宋之間傳≫에 당시의 정황이 잘 드러나 있다.

> 월주장사로 바뀌어 폄적 당했는데, 매우 힘써 정치에 임했고 섬계산을 끝까지 다 섭렵했으며, 술을 놓고 시를 지으니 京師에 유포되어 사람들마다 모두 전하며 암송하였다.[65]

陶敏·易淑瓊의 ≪沈佺期宋之間集校注≫의 詩歌 編年에 의거하여 송지문이 越州로 폄적당해 있을 무렵에 지은 시가를 조사해 보면, 당시 송지문은 총 31수의 시가를 창작했다. 이 중 시인 자신의 傷念과 山水 등을 읊은 〈登北固山〉, 〈錢江曉寄十三弟〉, 〈錢江曉寄十三弟〉, 〈遊雲門寺〉 등의 12수가 엄격한 격률을 지킨 율시에 해당한다. 이러한 사실은 송지문이 폄적기간 동안 지극히 개인적인 性情과 뜻을 비교적 본격적으로 율시의 형식으로 노래했을 뿐만 아니라, 이 율시는 京師에 널리 유포되어 유행했다는 사실도 함께 알려주고 있다. 바로 이 시기에 율시는 이미 송지문에 의해 궁정의 테두리를 벗어나 민간 속으로 스며들고 있었던 것이다.

심·송은 궁정시단에서 벗어나 개인의 감정과 뜻을 전달하는데 율시의 형

---

64) 본고[附錄] 367-374쪽, 참조.
65) ≪新唐書≫卷202: "改越州長史, 頗自力為政, 窮歷剡溪山, 置酒賦詩, 流布京師, 人人傳諷."

식을 대폭 수용했으니, 이러한 현상은 이들 이전에서는 거의 찾아보기 힘든 것이었다. 이러한 사실은 심·송과 가장 가까운 시기에 활동했던 獨孤及 (725-777)이 〈左補闕安定皇甫公集序〉(약 大歷 7年, 즉 772년에 지어짐)에서 언급했던 다음의 내용에서도 확인할 수 있다.

심전기와 송지문에 이르러, 비로소 六律을 재단하여 이루고, 五色을 드러내 펼쳐내어 말로 하면 준칙에 합당하고 노래로 하면 소리를 이루게 하였다. '感情에 따르면서[緣情]' 綺麗하게 수식하는 功은 여기에 이르러 갖추게 되었다.[66]

이것은 심·송을 나란히 병칭하며, 이들의 율시를 詩歌史的으로 높게 인정한 현존하는 최초의 언급이다. 여기서 독고급은 심·송 율시의 綺麗한 '聲色'의 특성 뿐 만 아니라, 그 내용상에서는 '感情을 따르고[緣情]' 있는 특색도 함께 겸비하고 있음을 밝히고 있다.

또한 독고급과 거의 같은 시기에 활동했던 皎然(約720-約800)의 《詩式》에서도 다음과 같이 지적했다.[67]

심전기와 송지문은 대체로 律詩의 龜鑑이 된다. 단지 화살을 헛되이 쏘지 않았으니 情은 많고 興은 심원하며 시어는 아름다운 것을 최상으로 삼았고, 典故를 사용함에는 格調가 높고 낮은 것은 묻지 않았다. 송지문은 시에서 '象溟看落景, 燒劫辨沈灰.'라 했고 심전기는 시에서 '詠歌麟趾合, 簫管鳳雛來.'라 했는데, 무릇 이러한 것들은 모두 詩家의 名手인 것이다."[68]

---

66) 獨孤及,〈左補闕安定皇甫公集序〉: "至沈詹事, 宋員外, 始裁成六律, 彰施五色, 使言之而中倫, 歌之而成聲. 緣情綺靡之功, 至是乃備."(《全唐文》卷388)
67) 《詩式》은 葯 貞元 5年, 즉 790년 前後에 완성됨.(李壯鷹校注,《詩式校注》, 5-6쪽, 참조)
68) 皎然著, 李壯鷹校注,《詩式校注》: "沈員外之問, 沈給事佺期, 盖有律詩之龜鑑也. 但在矢不虛發, 情多, 興遠, 語麗爲上, 不問用事格之高下. 宋詩曰, '象溟看落景, 燒劫辨沈灰.' 沈詩

여기에서 교연은 심·송의 율시는 "情은 많고[情多], 興은 심원한[興遠]" 것으로 파악하고 있다. 교연 역시 심·송의 율시를 抒情性이 풍부한 것으로 여기고 있는 것이다.

심·송의 율시는 형식적인 격률의 아름다움을 보다 성숙하게 체현했을 뿐만 아니라, 내용면에서도 궁정의 테두리를 벗어나 보다 본격적으로 개인의 性情을 노래하는 '詩緣情'의 방향으로 나아가게 만드는데 큰 역할을 담당했던 것이다. 盛唐 이후 율시는 궁정의 테두리를 확연히 벗어나 개인의 性情을 노래하는 시가 형식으로 더욱 발전하게 되었으니, 盛唐의 시기에 활약하던 독고급이나 교연의 눈에 비친 심·송의 율시가 초당의 다른 어떤 시인의 창작 보다 더욱 '龜鑑'적인 율시가 되어 주었던 것이다. 심·송의 율시가 '전범'의 지위에 오를 수 있었던 것에는, 내용적인 측면도 함께 작용했음을 놓쳐서는 안될 것이다. 즉 심·송은 율시의 형식적인 측면인 격률을 완성 시킨 것 외에도, 내용상에서도 抒情的인 내용을 대폭 수용함으로써 후대 율시가 '詩緣情'의 방향으로 발전하는데 크게 공헌을 했던 것이다. 袁行霈는 "性情과 聲色의 統一에는 盛唐의 詩歌가 前代 보다 뛰어나며 또한 後代로 하여금 따라 올 수 없게 만드는 關鍵이 있다. 그리고 이것은 바로 初唐 시인이 백년간 盛唐을 위해 해온 중요한 준비가 되는 것이다."[69]라고 언급한 바 있다. 심·송은 바로 후세 율시가 '性情과 聲色의 統一'의 방향으로 나아가게 하는데 있어서 가장 결정적인 역할을 담당했던 것이다. 이것은 심·송 율시가 갖는 보다 중요한 의의이다. 그러나 성당을 거치며 이미 '詩緣情'의 꽃을 피운 이후에는 심·송 율시 속에 드러난 서정의 색채는 특이할 만한 것이 없었으므로 후세 평자들은 이들 율시를 평가할 때, 단지 형식적인 측면만을 부각시켰던 것으로 보인다.

曰, '詠歌麟趾合, 簫管鳳雛來.' 凡此之類, 盡是詩家射雕之手."(206쪽)
69) 袁行霈, 〈百年徘徊─初唐詩歌的創作趨勢〉: "性情和聲色的統一, 是盛唐詩歌超出于前代而又使後代不可企及的關鍵所在. 而這正是初唐詩人在一百年間爲盛唐所作的主要準備."(≪北京大學學報≫, 1994年, 第6期), 77쪽

3. 沈·宋 律詩의 後世 影響 및 評價

(1) 杜甫 律詩에 대한 沈·宋의 영향

皎然(約722-約804)이 ≪詩式≫에서"考功員外郞 송지문과 給事中 심전기는 律
詩의 龜鑑이다."[70]라고 밝힌 바 있다. 실제로 후세의 많은 시인들은 율시를
배우고 창작할 때 심·송의 율시를 귀감으로 삼았다. 陳德公이 "심전기와 송
지문은 위로는 六代를 이어받고 아래로는 盛唐을 열었다. … 音韻의 내쉼과
들이마심은 부드럽고 완곡하여 급하지 않았으며, 흐르는 듯한 아름다운 자태
는 행간에 넘쳤다. 王維와 岑參은 이것으로 모범을 삼았고, 錢起와 劉長卿 역
시 그것을 이었으니, 唐代의 正音이 여기에 있다."[71]라고 지적한 것이나, 胡
應麟이 ≪詩藪≫에서 "오언율시를 배울 때에는 王勃과 楊炯 이전을 익혀서는
안 되고, 元稹과 白居易 이후를 보아서는 안 되며, 먼저 심전기, 송지문, 陳子
昂, 杜審言, 蘇味道, 李嶠 등의 여러 시집을 취하여, 아침, 저녁으로 모사하면
風骨은 高華해지고 시구와 시어는 풍부해지고 음절은 웅장하고 밝아지며 대
우는 정연하고 엄정해 질 것이다."[72]라고 언급한 것은 모두 그 좋은 예이다.
이렇듯 심·송의 율시를 배우고 습득한 시인들 가운데 그 영향관계가 가장 두

---

70) 본장 注(68), 참조.
71) 淸 盧綖, 王溥撰 ≪聞鶴軒初盛唐體近體讀本≫: "陳德公日; 沈,宋上接六代, 下開盛唐, …
音韻吐含, 溫婉不迫, 姿態流媚, 生溢行間. 王,岑由此准繩, 錢,劉亦其嗣續, 唐代正音, 端在
是爾."(陳曾杰 ≪唐人律詩箋注集評≫, 35-36쪽)
72) 胡應麟, ≪詩藪≫:"學五言律, 毋習王,楊以前, 毋窺元,白以後, 先取沈,宋,陳,杜,蘇,李諸集,
朝夕臨摹, 則風骨高華, 句語宏贍, 音節雄亮, 比偶精嚴."(189쪽)

드러진 이를 꼽는다면 역시 杜甫를 들 수 있다. 葉夢得은 다음과 같이 언급했다.

> 황정견은 늘그막에 심전기, 송지문의 시를 좋아했으니 이들을 杜審言과 동시
> 대의 것으로 여겼다. 두보의 오언시는 그의 家法에서 나왔을 뿐만 아니라, 또한
> 심전기, 송지문 두 시인의 교묘함을 깨달아 얻은 것이다.[73]

이 단락은 黃庭堅(1045-1105) 역시 심·송의 詩作을 애호했다는 사실과 더불
어 두보의 율시가 심·송의 교묘함을 이어받았음을 함께 알려 주고 있다. 사
실 두보 詩作은 심전기, 송지문 뿐만이 아니라 "한 글자도 그 來源이 없는 것
이 없음"[74] 정도로 폭 넓은 淵源 관계를 가지고 있다. 元稹(779-831)〈唐檢校工
部員外郎杜君墓係銘幷序〉의 아래와 같은 언급은 그러한 사실을 잘 밝혀 주고
있다.

> 두보에 이르러 대체로 이른바 위로는 〈國風〉과 〈離騷〉를 가까이 하고, 아래
> 로는 심전기와 송지문을 갖추었으며, 말은 蘇武와 李陵을 빼앗고 기세는 曹植,
> 劉楨을 삼키고 顔延之와 謝靈運의 孤高함을 뛰어 넘으며 徐陵과 庾信의 流麗함
> 을 뒤섞어 고금의 체제와 기세를 모두 다 얻고 사람마다의 고유한 장점을 모두
> 함께 겸비했던 것이다.[75]

두보의 詩作이 "심전기, 송지문을 갖추었다[該沈,宋]"라고 말한 것은 두보
의 시가 가운데 특히 율시 방면에서 심·송의 그것을 배운 것으로 이해 할

---

73) ≪文獻通考≫卷231: "魯直晩喜沈佺期宋之問詩, 以為與杜審言同時. 老杜五言, 不惟出其家
   法, 亦參得二人之妙也."(杭州: 浙工古籍出版社, 2000), 1844쪽
74) ≪苕溪漁隱叢話≫卷9: "山谷云; 老杜作詩, 退之作文, 無一字無來處. 蓋後人讀書少, 故謂韓
   杜自作此語耳.)"(北京: 人民文學出版社, 1981), 56쪽, 참조.
75) ≪舊唐書≫卷190下: "至於子美, 蓋所謂上薄風騷, 下該沈宋, 言奪蘇李, 氣吞曹劉, 掩顔謝
   之孤高, 雜徐庾之流麗, 盡得古今之體勢, 而兼人人之所獨專矣."

수 있을 것이다. 사실 두보 스스로가 "詩律에 관해서 여러 公들이 (심전기에게) 물어보았다."[76]라는 시를 써서 심전기의 아들인 沈東美에게 보낸 적이 있듯이, 심전기를 송지문과 함께 율시의 전범으로 이해하며 이들의 시를 배운 것으로 보인다. 특히 두보 시 가운데 '藻贍精工'한 풍격의 율시는 그의 祖父인 杜審言과 함께 심·송의 詩作에서 來源하는 것으로 볼 수 있다.[77] 아래에서 두보의 〈鄭駙馬宅宴洞中〉[78]을 한번 살펴보자.

主家陰洞細煙霧	공주 저택의 그늘진 동굴엔 옅은 연무 피어오르는데
留客夏簟青琅玕	머문 손님이 앉은 여름 방석은 푸른 옥돌이라네
春酒杯濃琥珀薄	작은 호박잔의 봄 술은 진하고
冰漿椀碧碼瑙寒	푸른 마노 잔은 얼음물로 차갑네
誤疑茅堂過江麓	초가는 강기슭을 지나
已入風磴霾雲端	바람타고 이미 부연 구름 끝으로 올라간 것처럼 오해될 정도네
自是秦樓壓鄭谷	스스로 진씨 누각이 정씨 계곡을 압도하고 있으니
時聞雜佩聲珊珊	때때로 패옥 소리 찰랑찰랑 들려오네

마지막 연의 '진루'는 秦穆公의 딸 弄玉이 그의 남편 蕭史와 함께 머물던 누각이름이다. 여기서는 玄宗의 딸 臨晉公主와 연관시켰다. '鄭谷'은 隱者 鄭子眞이 살던 谷口로 鄭駙馬인 鄭潛曜 암시한다. 이 시는 귀족의 생활을 읊은 것으로, 全篇에 걸쳐 엄격한 對仗을 이루었고 화려한 시어를 사용하며 謹嚴한 章法을 구사한 점 등은 모두 비교적 확연히 심전기의 〈古意呈喬補闕知之〉나, 송지문의 〈奉和春初幸太平公主南莊應制〉 등과 흡사한 면모를 보여 주고 있

---

76) 杜甫, 〈承沈八丈東美除膳部員外郎阻雨未遂馳賀奉寄此詩〉: "詩律羣公問, 儒門舊史長."(杜甫著, 仇兆鰲注 ≪杜詩詳註≫卷3, 臺北: 里仁書局, 1980, 211쪽)

77) 金啓華, ≪杜甫詩論叢≫: "我們認爲杜甫的'藻贍精工'詩風方面, 是來源于初唐沈.宋以及他的祖父審言."(上海: 上海古籍出版社, 1985), 9쪽

78) 杜甫著, 仇兆鰲注, ≪杜詩詳註≫卷1, 46쪽

다. 方回가 "두보가 또한 어디에서 유래하는지 모르는가? 대체로 그의 祖父인
두심언과 같은 시기의 여러 친구인 陳子昻, 신전기, 송지문에게서 나온 것이
다. … 이 네 사람은 두보의 시가 유래한 곳이 된다. 다만 두보의 재주가 뛰어
나고 기운이 강하여 또한 능히 광대한 곳에 이르고 精微함을 다 할 수 있었을
뿐이다."79)라 하며, 두보 詩作의 淵源을 두심언, 진자앙과 더불어 심·송을
함께 꼽은 것은 일리가 가 있다.

여기서 송지문과 두보의 詩作을 예로 들어 그 영향관계를 살펴보자. 먼저
송지문의 〈自湘源至潭州衡山縣〉을 살펴보자.

浮湘沿迅湍　　상강에 배 띄워 빠른 물살을 따라가다
逗浦凝遠盼　　나루터에 멈추어 멀리 눈길 보내네
漸見江勢闊　　점차 강의 기세 확 트여 보이더니
行嗟水流漫　　가다보니 흐르는 물살 느려지누나
赤岸雜雲霞　　붉은 강 언덕엔 온갖 구름 놀이 끼어있고
綠竹緣溪澗　　푸른 대죽은 시내 계곡 따라
向背群山轉　　등을 지고 뭇 봉우리들 돌아나가니
應接良景晏　　응당 좋은 햇빛 청명한 날을 누려야 하리
杳障連夜猿　　겹겹이 쌓인 산엔 밤 원숭이 연이어 있고
平沙覆陽雁　　평평한 모래사장은 기러기가 뒤 덮고 있네
紛吾望闕客　　나는 궁궐 바라보는 나그네로
歸橈速已慣　　돌아가는 배 속도 빨라도 이미 습관 되었네
中道方沂洄　　가는 도중 막 물을 거슬러 올라가노라니
遲念自茲撰　　바라는 마음이 여기서 생겨나는구나!
賴欣衡陽美　　형양의 아름다움 즐기며

---

79)　方回 ≪瀛奎律髓≫卷4: "不知老杜亦何所自乎? 盖出于其祖審言, 同時諸友陳子昻, 宋之問,
　　沈佺期也. … 此四人者, 老杜之詩所自出也. 特老杜才高氣勁, 又能致廣大而盡精微耳."(≪四
　　庫全書≫本, 集部, 總集類)

持以鐲憂患　근심과 걱정 없애리라는....

이어서 두보의 〈過津口〉를[80] 비교 감상해 보자.

南岳自玆近　남악(衡山)은 여기서 가깝고
湘流東逝深　湘江은 동으로 흐르며 더욱 깊어지네
和風引桂楫　화락한 바람은 계수나무 노를 끌어당기고
春日漲雲岑　봄 해는 구름 낀 봉우리에 솟아오르네
回道過津口　길을 돌아 나루입구 지나니
而多楓樹林　단풍 우거진 숲이로구나
白魚困密網　흰 물고기는 촘촘한 그물에서 곤란 겪고
黃鳥喧嘉音　황조새는 좋은 소리로 지저귀네
物微限通塞　미물은 통하고 막힘에 제한받으니
惻隱仁者心　인자는 측은지심 가져야하리
甕餘不盡酒　단지에는 아직 다하지 않은 술 남았고
膝有無聲琴　무릎에는 소리 없는 거문고 있네
聖賢兩寂寞　성인과 현자는 둘 모두 적막했으니
眇眇獨開襟　아득히 홀로 흉금을 펴네

　두 시 모두 衡山 부근에서 지은 것이다.[81] 먼저 이 두시는 많은 편폭을 할
애하며 형산 부근의 산수경물을 묘사한 점에서 유사하다. 또한 겉으로는 근심
과 걱정이 없는 듯한 한가로움을 표현하고 있는 점도 비슷하다. 그러나 마지
막 구절에서 송지문은 근심과 걱정을 억지로 없애려하고 있고, 두보는 성인과
현자는 적막하다는 말로 자신의 고독을 표현하고 있다. 결국 두 시 모두 심층

---

80)　杜甫著, 仇兆鰲注, ≪杜詩詳注≫卷22, 1963쪽
81)　송지문의 詩作은 第Ⅲ章, 154쪽 참조. 杜甫의 작품은 시인이 大曆 4年(769) 봄에 배를
　　　타고 衡山 부근을 지나며 지은 것임.

에는 적막한 우수가 배어있으니, 시 전체의 분위기는 서로 유사하다 할만하다. 이 시 외에도 두보가 晩年에 湖南에서 창작한 오언배율인 〈次空靈岸〉, 〈次晩洲〉 등 역시 이와 비슷한 풍격을 지니고 있어 그 영향 관계를 추정해 볼 수 있다[82]

한편 역대의 평론을 잘 살펴보면, 혹자는 두보가 심·송 가운데 심전기에게서 보다 더 큰 영향을 받은 것으로 이해하고 있음을 알 수 있다. 예를 들어 范溫이 언급한 다음의 내용은 그러한 사실을 가장 극명하게 보여준다.

> ≪詩眼≫에서 이르기를, … 두심언부터 이미 스스로 시는 공교해졌고, 당시의 심전기, 송지문 등이 함께 儒學館에서 교유를 했다. 따라서 두보 율시의 배치법은 완전히 심전기에게서 배워 더욱 확대시키고 집대성 했을 따름이다. 심전기 시에 "雲白山靑千萬里, 幾時重謁聖明君."이란 詩句가 있다. 두보의 시에는 "雲白山靑萬餘里, 愁看直北是長安."이란 시구가 있다. 심전기 시에 "人如天上坐, 魚似鏡中懸."이란 시구가 있다. 두보의 시에는 "春水船如天上坐, 老年花似霧中看."이란 시구가 있다. 이것은 모두 앞 사람을 답습한 것에서 벗어나지 못하고 있다. 그러나 앞, 뒤의 걸출한 시구는 또한 그 우열을 쉽게 가리기가 어렵다.[83]

심전기는 칠언율시의 개척에 공헌을 했고, 두보는 칠언율시를 획기적으로 성숙시킨 시인이다. 따라서 이 둘의 관계는 어렵지 않게 그 연관성을 생각해 볼 수 있다. 이와 같은 사실은 심전기의 오언율시 〈喜赦〉와 두보의 〈收京〉를

---

82) 劉開揚, ≪唐詩通論≫, 87쪽 참조.
83) 胡仔纂集, 廖德明校点 ≪苕溪漁隱叢話≫前集卷6: "詩眼云, … 自杜審言己自工詩, 當時沈佺期宋之問等, 同在儒館爲交遊, 故杜甫律詩布置法度, 全學沈佺期更廣集大成耳. 沈云, 雲白山靑千萬里, 幾時重謁聖明君. 甫云, 雲白山靑萬餘里, 愁看直北是長安. 沈云, 人如天上坐, 魚似鏡中懸. 甫云, 春水船如天上坐, 老年花似霧中看. 是不免蹈襲前輩, 然前後傑句, 亦未易優劣."(北京: 人民文學出版社, 1981, 33쪽)

비교해 보면 그 일면을 파악할 수 있다. 먼저 심전기의 〈喜赦〉를 보자.

去歲投荒客　지난날 변방에 버려진 나그네
今春肆眚歸　올 봄 사면되어 돌아가노라
律通幽谷暖　율관 통해 깊은 계곡은 따스해 졌고
盆擧太陽輝　엎어진 동이 들어 세우니 태양은 찬란히 빛나도다
喜氣迎冤氣　기쁜 기운이 억울한 기분을 맞이하니
靑衣報白衣　푸른 옷의 하급 관리가 소복 입은 나에게 알려 주노라
還將合浦葉　다시 합포의 잎과84)
俱向洛城飛　함께 낙양성 향해 날아가고파

이어서 두보의 〈收京〉을 살펴보자.

仙仗離丹極　신선의 의장은 붉은 궁궐을 떠났으니
妖星照玉除　요사스런 별이 (궁궐의) 옥 계단을 비쳤기 때문이네
須爲下殿走　마땅히 궁전을 내려와 떠나야 했으니
不可好樓居　좋은 누각에서 머물 수는 없었네
暫屈汾陽駕　잠시 汾水의 북쪽으로 수레를 물렸으나
聊飛燕將書　聊城의 燕나라 장수에게 편지 날아들 듯 하겠지85)
依然七廟略　종묘를 안정시킬 지략은 여전할 테니
更與萬方初　다시 한번 천하에 좋은 시작 주리라

---

84) ≪太平御覽≫卷957: "劉欣期≪交州記≫曰; 合浦東二百里有一杉樹, 葉落隨風飄入洛陽城內."라는 전고가 보임.
85) 戰國시대에 燕나라 장수가 齊나라의 聊城을 차지했을 때, 제나라가 이 성을 공략했으나 함락시키지 못하자 魯仲連이 편지를 화살에 날려 聊城으로 보냈고, 연나라 장수는 이 편지를 읽고 스스로 자결했다는 전고가 있음. ≪史記·魯仲連鄒陽列傳≫卷83 참조.

두보의 시는 '安史之亂' 이후 약 至德 2年(757)에 관군이 長安을 다시 수복한 기쁨을 표현한 것으로, 그 기쁨을 표현하는 방식이 사면의 기쁨을 표현한 심전기의 시와 자못 흡사하다. 특히 두보 시에서 聊城에 편지를 '날려[飛]' 보내 연나라 장수를 가볍게 제압했다는 전고는 이번 안사의 난 역시 가볍게 진정시킬 수 있다는 기쁨을 더욱 배가시키는 작용을 한다. 이는 심전기 시에서 합포의 잎과 함께 '날아가고플[飛]' 정도로 기쁜 마음을 표현한 것과 매우 흡사하다. ≪聞鶴軒初盛唐近體讀本≫에서는 심전기의 시에 대해 "陳德公 선생이 이르기를, 다섯째, 여섯째 구는 활달하며 거침없이 썼는데 거꾸로 완약하며 깊은 느낌을 준다. 전편에 걸쳐 춤을 추며 날아 갈 듯한 흥겨움이 있다. 두보의 〈收京作〉의 뜻과 모습이 바로 이것과 같으니, 詩家의 숭상하는 바가 단연코 생기에 있음을 밝히기에 족하다."라고 인용한 뒤, 이어서 스스로 評 하기를 "매번 두보가 심전기를 닮았다고 말하는데, 여기에서 그것을 살펴 볼 수 있다."[86]라고 언급한 것은 그러한 사실을 잘 보여 준다.

심·송의 율시는 이후 얼마 지나지 않아 이미 典範의 지위를 차지했고 많은 후학들이 이들의 율시를 배우고 따랐던 것으로 보인다. 그 가운데 두보는 율시의 作法 뿐만 아니라 그 내용면에서도, 그의 조부인 두심언과 함께 심·송의 율시를 매우 중요한 모범으로 삼고 익혔던 것이다. 심·송의 詩作은 두보와 같은 후세 시인들에게 좋은 양분을 제공해 주었던 것이니 중국 시가 발전에 끼친 그 공로는 실로 지대하다 하겠다.

---

86) ≪聞鶴軒初盛唐近體讀本≫ "陳德公先生日, 五, 六 拓落縱筆, 反覺婉雋, 通首有飛舞之興. 杜陵〈收京作〉意態與此正同, 足明詩家所尙斷在生氣也. 評, 每謂少陵肖沈, 于此可見."(≪唐詩彙評≫, 218쪽)

(2) 沈·宋 律詩에 대한 後世의 評價

심전기와 송지문은 같은 해에 태어나서 같은 해에 과거에 급제하였으며, 비슷한 관직 생활을 하며 함께 궁정 시인으로서 시가 창작을 하였다. 특히 두 사람의 율시 창작에 대한 성과는 확연히 어깨를 나란히 하는 것이었기에, 후세 문인들은 자주 이 두 시인을 並稱하며 그 성과를 높이 추켜세우는 경우가 많았다. 그러나 후세의 모든 評者들이 모두 初唐의 율시 완성의 업적을 심·송 둘만의 공적으로만 돌린 것은 아니며, 또한 심·송 율시에 대해서 긍정적인 입장만을 취한 것은 아니었다. 심·송 율시에 대한 현존하는 評論를 살펴보면, 그 내용은 대략 크게 두 가지 입장으로 나눌 수 있다. 하나는 심·송의 율시가 唐代 율시 완성의 指標가 됨을 긍정하는 입장으로 후세 평론의 대부분을 차지한다. 다른 하나는 다소 드물게 보이는 경우이긴 하지만 심·송 율시를 다소 폄하하고 부정하는 입장을 보이는 경우이다. 아래에서 이 두 가지 입장의 대표적인 평론을 살펴보자.

① 沈·宋 律詩 地位에 대한 긍정적인 평가

현존하는 자료 중에서 심전기와 송지문을 함께 나란히 놓고 이 둘의 시가 성과를 언급한 것은, 아마도 심·송 보다 약간 뒤에 활약했던 獨孤及(725–777)이 〈左補闕安定皇甫公集序〉에서 설명했던 다음의 내용이 가장 처음인 듯 하다.

> 심전기와 송지문에 이르러 비로소 六律을 재단하여 이루었고, 五色을 드러내 펼쳐내었으며 말로 하면 준칙에 합당하고 노래로 하면 소리를 이루었다. 感情에 따르며 화려하게 수식하는 功은 여기에 이르러 갖추게 되었다.[87]

---

87) 본장 注(66) 참조.

獨孤及은 여기서 심전기와 송지문을 병칭하며, 이 둘의 詩歌 속에서 '六律'과 '五色'이 준칙에 합당하게 소리를 이루었음을 높이 평가하고 있다. 특히 앞에서 살펴 본 바와 같이 '緣情'을 심·송 시가의 功으로 파악한 점은, 심·송 시가 속의 농후한 抒情 색채를 제대로 간파한 것으로 여길 수 있다. '六律'에서의 '律'은 '音律' 혹은 '聲律'의 '律'인 것은 분명하므로, 독고급이 여기서 '律詩'라는 정식 용어를 직접 사용하지는 않았지만 율시만을 가리키며 평론하고 있음을 알 수 있다.

심·송의 시가를 '율시'라는 명칭을 사용하며 평론한 것은, 아마도 독고급과 거의 같은 시기에 활약했던 皎然이 ≪詩式≫에서 '律詩'라는 제목아래 "唐代 이래로 송지문과 심전기는 무릇 율시의 龜鑑이 된다."[88]라고 밝힌 것이 처음인 듯하다. 이것으로 볼 때 '율시'라는 명칭은 심·송이 세상을 뜬 후 얼마 되지 않아 이미 정식적으로 사용된 것으로 보인다.

그 후 中唐의 元稹(779-831)은 보다 명확하게 율시의 특성을 기술하며, 심·송 율시를 다음과 같이 언급한다.

> 唐이 흥기하여 학관이 크게 일어나고 역대의 문장에 능한 자가 서로 나타났다. 그리고 심전기, 송지문 등의 무리는 研鍊이 정확하고 적절하여 성음의 기세를 매우 알맞게 따랐으니, 이를 율시라 한다.[89]

'研鍊精切, 穩順聲勢'는 엄격한 성률 규칙에 대한 언급으로 율시의 형식이 갖는 '和諧'의 심미관을 잘 파악한 것이라 할 수 있다. 또한 '심전기, 송지문 등의 무리[沈宋之流]'라고 하여 은연중에 율시의 완성을 심전기, 송지문 외에

---

88) 본장 注(68) 참조.
89) 元稹, 〈唐檢校工部員外郎杜君墓係銘并序〉: "唐興, 學官大振, 歷世之文, 能者互出. 而又沈宋之流, 研鍊精切, 穩順聲勢, 謂之爲律詩."(陳良運主編, ≪中國歷代詩學論著選≫, 南昌: 百花洲文藝出版社, 1998, 302-303쪽)

다른 시인들의 공로도 함께 인정하고 있음을 알 수 있다. 이 같은 평론은 宋代에 이르러서도 보편적으로 받아들여졌던 것으로 보인다. 歐陽修(1007-1072) 등이 편찬한 ≪新唐書≫의 〈杜甫傳〉에서 그러한 사실을 살펴 볼 수 있다.

> 唐이 일어나자 시인들은 陳, 隋代의 유풍을 계승하고 가볍고 화려함을 자랑으로 삼았다. 송지문, 심전기 등에 이르러 聲音을 연구하고 시험하여 높고 낮음이 조화롭게 되었으니, 이를 율시라 했다.[90]

언급하고 있는 내용이 원진의 그것과 크게 다르지 않다. 그러나 ≪新唐書≫ 〈宋之問傳〉에서는 이 보다 구체적이고 더욱 명확하게 율시의 특성과 심·송의 율시 완성에 대한 공헌을 설명하고 있다.

> 魏 建安이후 晉, 南朝까지 詩律은 여러 번 바뀌었는데, 沈約과 庾信에 이르러 音韻이 서로 완곡하게 이어지고 對仗이 정밀해졌다. 송지문·심전기에 이르러 또 수식이 더욱 가해지고 聲病을 피하며 句節을 제약하고 篇章에 준거하여 마치 비단을 수놓아 무늬를 이룬 듯하였다. 배우는 사람들이 추종하여 沈·宋이라 칭하였다.[91]

위의 내용은 심·송 율시에 대한 가장 대표적인 언급이라 할 수 있다. 특히 여기서는 첫째 "句節을 제약하고 篇章에 준거하는[約句準篇]" 일정한 篇制, 둘째 "音韻이 서로 완곡하게 이어지고[以音韻相婉附]", "聲病을 피하는[回忌聲病]" 聲律, 셋째 "對仗이 정밀한[屬對精密]" 對偶라는 율시의 가장 기본적

---

90) ≪新唐書·杜甫傳≫卷201: "唐興, 詩人承陳隋風流, 浮靡相矜, 至宋之問,沈佺期等, 研揣聲音, 浮切不差, 而號律詩."
91) ≪新唐書·宋之問傳≫卷202: "魏建安後迄江左, 詩律屢變, 至沈約, 庾信, 以音韻相婉附, 屬對精密. 及之問, 沈佺期又加靡麗, 回忌聲病, 約句準篇, 如錦繡成文, 學者宗之, 號爲沈宋."

인 세 가지 구성 요소를 분명히 밝혀 주고 있어 그 의의가 자못 크다. 또한 "배우는 사람들이 추종한다[學者宗之]"라는 언급을 통해, 당시 문인들의 관념 속에 차지하고 있는 심·송의 지위를 엿볼 수 있다. 이러한 심·송의 율시에 대한 지위는 宋代에 이르러 확연히 공고화된 듯하다. 이는 宋人 張表臣의 〈珊瑚鉤詩話〉卷3에 기재된 다음의 평론을 통해서도 살필 수 있다.

> 蘇武, 李陵 이전의 드높고 간략하며 예스럽고 담박한 것을 가리켜 古詩라 한다. 심전기 송지문 이후의 따라야할 규율을 정확하고 적절히 한 것을 가리켜 율시라 한다.[92]

고시와 율시의 시대를 구분하면서 율시를 심전기와 송지문 이후의 것으로 판단하고 있다. 이 둘의 율시에 대한 공헌을 확연히 보여주는 대목이라 하겠다. 宋人들의 이러한 관념은 嚴羽가 ≪滄浪詩話≫에서 밝힌 다음의 대목에서 가장 극명하게 엿볼 수 있다.

> 風雅頌이 이미 망한 후에, 한번 변하여 離騷가 되었고, 다시 변하여 西漢의 五言詩가 되었다가, 세 번째 변하여 歌行雜體가 되었으며, 네 번째 변하여 沈·宋의 律詩가 되었다.[93]

중국 고전시가의 변화를 단계 별로 구분 하면서, 심·송을 율시의 대표로 인정한 점은 이후 ≪滄浪詩話≫의 권위와 함께 청대에 이르기까지 거의 확고부동한 사실로 받아들여졌다. 淸代의 趙執信(1662-1744)이 아래와 같이 밝힌 바와 같다.

---

92) 何文煥, ≪歷代詩話≫: "蘇李以上, 高簡古淡, 謂之古. 沈宋以下, 法律精切, 謂之律."(479쪽)
93) 第 I 章, 注(2)참조.

聲病說이 일어나자 詩에는 경계가 생겼다. 그러나 古體와 今體의 구분은 沈·
宋에게서 이루어졌다.[94]

심·송의 율시 확립을 긍정하는 역대의 평론은, 위에서 살펴본 내용에서 크
게 벗어나지 않고 있다. 비교적 주목을 끄는 明淸 시대의 평론을 몇 가지 더
살펴보면 아래와 같다.

먼저 明代의 高棅(1350-1423)은 ≪唐詩品彙≫에서 다음과 같이 밝히고 있다.

神龍이후 開元初에 이르기까지 陳子昻은 고풍스럽고 雅正하였고 李嶠는 詩文
에 노숙하였으며, 심전기와 송지문에게는 新聲이 蘇味道와 張說에게는 큰 문필
이 있었으니, 이것이 바로 初唐이 점차 흥성한 바이다.[95]

'新聲'은 율시를 가리킨다. 高棅보다 조금 뒤의 許學夷는 ≪詩源辯體≫卷13
에서 율시를 五言과 七言으로 나누어 다음과 같이 설명하고 있다.

오언은 王勃, 楊炯, 盧照鄰, 駱賓王에서 비롯하여, 더 발전하여 심전기, 송지
문 두 公의 것이 되었다. 심·송은 재능이 컸으며 조예가 순정하였다. 따라서
그 詩體는 엄격함이 극진하였고 말은 웅위하고 아름다웠으며, 기상과 풍격을
잘 갖추어 율시의 正宗이 되었다.

두심언, 심전기, 송지문의 세 公은 詩體가 매우 엄격하고 말은 웅위하였으며
기상과 풍격을 비로소 갖추었기에, 七言 율시의 正宗이 되었다.[96]

---

94) 趙執信, ≪談龍錄≫: "聲病興而詩有町畦. 然古今體之分, 成于沈宋."(北京: 人民文學出版
社, 1998, 6쪽)
95) 高棅, ≪唐詩品彙·總敍≫: "神龍以還, 洎開元初, 陳子昻古風雅正, 李巨山文章宿老, 沈宋
之新聲, 蘇張之大手筆, 此初唐之漸盛也."(陳良運主編, ≪中國歷代詩學論著選≫, 611쪽)
96) 許學夷, ≪詩源辯體≫卷13: "五言自王楊盧駱, 又進而爲沈·宋二公. 沈宋才力旣大, 造詣始
純, 故其體盡整栗, 語多雄麗, 而氣像風格大備, 爲律詩正宗. … 杜, 沈, 宋三公, 體多整栗,
語多雄偉, 而氣像風格始備, 爲七言律正宗."(北京: 人民文學出版社, 1998, 146-147쪽)

許學夷는 여기서 오언율시는 初唐四傑의 기초위에, 심·송의 재능과 조예가 더해져 완성되어졌음을 밝혔다. 또한 엄격하고 '雄麗'한 심·송 오언율시의 특성 또한 함께 지적해 내었다. 칠언율시의 특성에 대해서도 비슷한 견해를 표명하고 있는데, 다만 심전기, 송지문 외에 두심언도 칠언율시를 함께 완성한 것으로 인정하고 있는 점이 눈길을 끈다.

明代 王世貞(1526-1590)이 밝힌 다음의 대목 또한 주목을 끈다.

> 五言은 심전기, 송지문에 이르러 비로소 律이라 칭할 만하다. 律은 音律과 法律로 천하에 이보다 엄한 것은 없다.97)

이것은 심·송에 이르러 비로소 정식적으로 '율시'의 체제가 갖추어졌음을 언급한 것이다. 특히 '律詩'의 '律'을 '音律'과 '法律'의 의미 모두를 포함한 것으로 파악한 점이 흥미롭다. 왜냐하면 唐代에는 '律'의 의미를 단순히 '音律'의 의미로만 보았었는데,98) 언제부터인가는 확실히 고증할 수 는 없어도 明代에 이르러 '律'의 의미는 이미 '音律'과 '法律'의 의미를 모두 포함한 것으로 인식되어졌음을 이를 통해 엿볼 수 있기 때문이다. 물론 이 때의 '律'은 '音律'에서의 확고부동한 '法律'과 같다는 의미가 더욱 강조되고 있음은 자명하다. 淸代 錢良擇(1645-?)의 ≪唐音審體≫에서는 다음과 같이 지적하고 있다.

> 율시는 초당에서 비롯되었으니 심전기와 송지문에 이르러 그 격식이 비로소 갖추어졌다. 律이란 여섯 音律로 그 소리가 律呂에 맞는 것을 말한다. 군사를

---

97) 王世貞, ≪藝苑巵言≫卷4: "五言至沈宋, 始可稱律. 律爲音律法律, 天下無嚴於是者."(丁福保, ≪歷代詩話續編≫, 1004쪽)

98) 그 대표적인 예로 唐代 王昌齡(?-約756)은 ≪詩格≫에서 "上句平聲, 下句上去入, 上句上去入, 下句平聲. … 如此輪廻用之, 直至於尾. 兩頭管上去入相近, 是詩律也."(張伯偉, ≪全唐五代詩格彙考≫, 149쪽)라고 언급한 바 있다.

부리는 紀律, 형벌을 행하는 法律처럼 엄격하여 어길 수 없는 것이다.99)

먼저 율시를 확립한 공을 심전기와 송지문에게 돌리고 나서, '律'을 '音律'로 먼저 정의한 뒤 '法律'과 같이 "엄격하여 어길 수 없음[嚴不可犯]"을 강조하고 있다. 趙翼(1727~1814)은 ≪甌北詩話≫에서 아예 '법률'과도 같은 '율'의 의미만을 아래와 같이 강조했다.

> 唐初의 심전기, 송지문 등에 이르러 더욱 聲病을 강구하였고, 마침내 오언, 칠언율시가 일정한 격식을 갖추게 되었다. 마치 원 그리는데 제구가 있는 것과 같고 네모 그리는데 곱자가 있는 것과 같아, 비록 성현이 다시 일어난다고 해도 바꿀 수가 없다.100)

이상에서 살펴본 바와 같이, 심전기와 송지문은 獨孤及 이후로 줄곧 율시 창작의 龜鑑으로 인정받았으며, 동시에 율시 완성의 代表로 추켜세워졌음을 알 수 있다. 사실상 심·송의 이러한 지위는 宋代에 이르러 더욱 공고히 되었으며, 특히 明代이후에는 율시가 갖는 '法律'과도 같은 지위와 함께 심·송의 율시 확립이라는 시가사적 지위도 더욱 공고해졌다.

② 沈·宋 율시에 대한 다소 부정적인 입장

앞서 살펴본 바와 같이, 역대로 심·송에 대한 평가는 거의 대부분이 율시를 확립했다는 사실을 긍정하는 것에 초점이 맞추어져 있다. 그러나 후세의

---

99) ≪唐音審體≫卷2: "律詩始於初唐, 至沈.宋而其格始備. 律者, 六律也, 謂其聲之協律也. 如用兵之紀律, 用刑之法律, 嚴不可犯也."(丁仲祜編訂, ≪淸詩話≫, 1001쪽)
100) 趙翼, ≪甌北詩話≫卷12: "至唐初沈.宋諸人, 益講求聲病, 于是五七律遂成一定格式, 如圓之有規, 方之有矩, 雖聖賢復起, 不能改易矣."(北京: 人民文學出版社, 1998, 175쪽)

모든 평가가 그러했던 것은 아니다. 일부 評者들은 심·송의 율시에 대해 다소 貶下하며 부정적인 의견을 내놓기도 했다. 이들의 폄하 내용을 살펴보면 한결같이 심·송의 율시가 齊梁의 浮艶한 形式主義 문학을 계승했다는 점을 비판하는 것에서 크게 벗어나지 않고 있다.

심·송의 율시에 대해 다소 폄하하는 입장을 드러낸 것은 아마도 晩唐의 李商隱(約813-約858)이 〈漫成五章〉의 시에서 보여준 아래의 내용이 처음인 듯하다.

> 沈宋裁辭矜變律　　심전기와 송지문은 시를 지어 성률의 변화 자랑하였고
> 王楊落筆得良朋　　왕발과 양형은 문장 지어 좋은 친구 얻었네
> 當時自謂宗師妙　　당시엔 스스로 문단의 뛰어난 영수로 여겼었는데
> 今日惟觀對屬能　　오늘날엔 오로지 對仗만 능했음을 볼 수 있을 뿐이네[101]

이상은은 여기서 심전기와 송지문의 율시에 대한 재능과 공헌은 부정하지 않지만, 마지막 句에서 심·송의 율시가 단지 '對偶'와 '屬對'의 수사기교에만 능했다고 평하여 폄하의 뜻을 분명히 드러내었다. 특히 '오로지~만을 볼 수 있네[惟觀]'라고 한 부분은 다소 극단적이기까지 하다. 그러나 위 시는 이상은 스스로가 자신의 詩觀을 드러내기 위해서 창작한 純粹 批評性 작품이 아닌, "이 시를 빌려 자신의 정치상의 感慨를 풀어내기 위해 지은 것"[102]으로도 볼 수 있기에, 이 같은 폄하는 다소 객관성이 부족해 보이기도 한다.

위와 같은 평가에 비해 元代의 元好問(1190-1257)이 〈論詩絕句〉에서 언급한 다음의 평론은 다소 완곡하다.

---

101) ≪全唐詩≫卷540
102) 張式銘等選注, ≪歷代論詩絕句選≫: "詩人並不是單純評論別人, 而是此借以抒發自己政治上的感慨."(長沙: 湖南人民出版社, 1983, 32쪽)

沈宋橫馳翰墨場　심전기와 송지문은 문단의 마당을 마구 달렸으나
風流初不廢齊梁　그 풍류는 본래 齊梁의 기풍을 버리지 않았네
論功若准平吳例　吳나라 평정한 예에 따라 공로를 따진다면
合着黃金鑄子昻　황금으로 진자앙을 빚어야 마땅하리라103)

이것 역시 당시 시단에서의 심·송의 지위를 긍정하는 한편, 형식적인 수식만을 앞세운 제량의 풍조가 심·송의 시가 속에 여전히 상존해 있음을 드러낸 평론이라 하겠다.

이상과 같은 평가는 淸代에 이르러서도 여전히 유효했던 것으로 보인다. 翁方綱(1733-1818)이 ≪石洲詩話≫에서 "심전기와 송지문의 律句는 고르고 정연하였으나, 격조가 높지 않았으니 皎然이 '명수'로 보았던 것은 마땅히 字句가 정교한 것이 다른 사람 보다 뛰어났던 것만을 가리킬 따름이다."104)라고 한 것이나, 郞廷槐(生卒年 未詳)가 ≪師友詩傳錄≫에서 "七言율시는 五言八句에서 변화된 것이니, 唐初에 처음으로 이 詩體에 전념하였다. 심전기와 송지문은 정밀하고 교묘함을 서로 숭상했으나, 六朝의 遺風이 여전히 남아 있었다."105)라고 한 것은 그 좋은 예이다.

이상에서 살펴 본 바와 같이, 심·송에 대한 부정인적인 평론은 주로 그들의 율시가 齊梁의 浮艶한 形式主義 문학을 여전히 답습하고 있다는 점에서 크게 벗어나지 않고 있다. 물론 이러한 모든 평론이 심·송의 시가를 이해하는데 도움을 주는 것은 사실이지만, 일부에서 제기한 것처럼 심·송의 모든 율시가 일괄적으로 모두 공허한 형식의 공교함만을 추구했다고 폄하한다면,

---

103) 張式銘等選注, ≪歷代論詩絶句選≫, 164쪽.
104) 翁方綱, ≪石洲詩話≫卷1: "沈, 宋律句勻整, 格自不高, 杵山目以 '射雕手', 當指字句精巧勝人耳."(북경: 인민문학출판사, 1998, 26쪽)
105) 郞廷槐, ≪師友詩傳錄≫: "七言律詩, 五言八句之變也, 唐初詩專此體. 沈, 宋精巧相尙, 然六朝餘氣猶存."(丁仲祜編訂, ≪淸詩話≫上, 167쪽)

이는 한쪽으로 치우친 온당치 못한 평론으로 사료된다. 한 가지 주의할 것은 이러한 폄하의 평론들조차도 심·송이 율시 확립에 기여했던 공헌은 결코 부정하지 않고 있다는 점이다. 중국 律詩史에 있어서의 심·송의 지위는 그만큼 확고부동했던 것이다.

VII. 沈·宋 詩歌의 優劣論

역대로 심전기와 송지문은 매번 '심·송'으로 병칭되어 왔던 것은, 이들의 율시가 唐代 율시완성을 위해 혁혁한 공헌을 했으며 이와 더불어 이들의 시가 창작이 비슷한 양상을 보이며 서로 필적할 만한 예술 성취를 이루었기 때문이다. 따라서 이 둘의 시가창작의 우열을 논하는 것은 그리 쉬운 문제가 아니다. 顧安이 ≪唐律消夏錄≫에서 "심전기와 송지문의 기술과 역량은 모두 엇비슷하니, 확실히 맞수이다."[1]라고 한것이나, 王世貞(1526-1590)은 ≪藝苑巵言≫에서 "五言은 심전기 송지문에 이르러 비로소 律이라 칭할 만하다. … 두 사람은 바로 적수였다."[2]라고 언급한 것이나, 胡應麟이 더욱 분명하게 "오로지 진자앙, 두심언, 심전기, 송지문은 그 우열을 가리기가 쉽지 않다."[3]라고 지적한 것은 이러한 사실을 잘 설명해 준다.

近來에 들어 심·송의 詩作을 서로 비교하고 우열을 논한 것들이 적지 않게 발표되고 있다. 예컨대 Stephen Owen은 다음과 같이 지적했다.

> 송지문은 보다 복잡한 지성을 지녔으나 격률 방면에서는 그다지 운용이 뛰어나지 못했던 궁정수식의 대가였다. 심전기는 보다 풍부한 상상력, 뛰어난 문체의 제어력과 묘사능력을 가지고 있었으며, 궁극적으로 송지문보다 뛰어난 시인이었다.[4]

이것은 심전기 優勢論을 견지하는 내용이다. 그러나 한편에선 이와 반대로 송지문 우세론을 주장하고 있다. 趙建莉의 ≪初唐詩歌賞析≫에서 "송지문의

---

1) 顧安, ≪唐律消夏錄≫卷2: "沈, 宋工力悉敵, 確是對手."(陳增杰≪唐人律詩箋注集評≫, 36쪽)
2) 王世貞, ≪藝苑巵言≫卷4: "五言至沈宋, 始可稱律. 律為音律法律, 天下無嚴於是者, … 二君正是敵手."(丁福保, ≪歷代詩話續編≫, 1004쪽)
3) 胡應麟, ≪詩藪≫內編·近體中: "初唐王楊盧駱, 盛唐王孟高岑, 雖品格差肩, 亦微有上下. 惟陳杜沈.宋不易優劣."(288쪽)
4) Stephen Owen著, 장세후譯, ≪초당시≫, 421쪽

이름이 비록 심전기의 뒤에 위치한다하여도, 시를 짓는 재주와 情은 오히려 심전기에 앞선다."5)라고 한 것이나, 柳開揚이 ≪唐詩通論≫에서 "송지문의 시는 수량과 내용에 있어서, 심전기의 시 보다 더욱 많고 더욱 좋으며 영향도 더욱 크다."6)라고 지적한 것이 바로 그 예이다.

  그러나 심·송의 시가를 잘 비교해 보면, 이 둘은 서로 다른 장르에서 자신의 장점을 더욱 발휘하며 상대적으로 더 뛰어난 면모를 보여주고 있음을 알수 있다. 즉 심·송의 시가는 그것이 형식이든 아니면 제재이든, 서로 다른 분야에서 그 우세를 보이고 있다. 王夫之가 "심전기와 송지문이 名家의 이름을 얻게 된 것은, 대체로 오언장편으로 뛰어났기 때문인데 密潤하며 純淨함에 오히려 典型적인 것이 있어 진자앙의 敖辟 보다 더욱 현명했기 때문이다. 심전기의 宮廷詩는 송지문 보다는 귀하며, 송지문의 貶謫詩는 심전기 보다 周密하다."7)라고 평가한 것은, 바로 그러한 '상대적 우세론'을 잘 시사해 주는 것이다. 따라서 본장에서는 심·송의 詩作을 제재와 형식으로 구분하며 그 우열을 검토해 보고자 한다.

---

5) 趙建莉, ≪初唐詩歌賞析≫: "宋之間名字雖排于沈佺期後, 而作詩的才情却勝過佺期."(南寧: 廣西敎育出版社, 1990, 124쪽)

6) 柳開揚, ≪唐詩通論≫: "宋之間的詩就數量和內容說, 比沈佺期的詩更多更好, 影響也更大."(82쪽)

7) 王夫之, ≪唐詩評選≫卷3: "沈·宋之得名家者, 大要以五言長篇居勝, 密潤純淨, 猶有典型, 賢于陳子昂之敖辟遠矣. 沈廊廟詩貴于宋, 宋遷謫詩密于沈."(141쪽)

1. 應制詩 優劣論

바로 앞에서 본 바와 같이 왕부지는 "심전기의 宮廷詩는 송지문의 것보다는 귀하다."라 하며, 봉화응제시가 가장 주된 내용을 이루고 있는 궁정시의 영역에서 심전기가 송지문 보다 뛰어남을 역설하였다. 그러나 이러한 평가는 심·송이 궁정시인으로 활동하던 當時 문단의 평가와는 완전히 상반된 것이었다. 今人 房日晰이 〈論沈、宋詩繼往開來的歷史貢獻〉에서 "심전기의 응제시는 송지문에게 조금 뒤떨어진다."[8]라고 평가한 것과도 역시 큰 차이를 보인다. 본 절에서는 바로 이러한 점에 착안하여, 심·송의 응제시에 대한 歷代의 우열 논쟁을 살펴보고 아울러 그 우열을 가려보고자 한다.

먼저 심·송이 함께 궁정시인으로서 활동하던 當時 詩壇에서의 이들에 대한 평가를 살펴보려면, 中宗 景龍 三年(709) 정월 그믐 때 昆明池의 연회석상에서 벌어진 일종의 시 경연에 얽힌 다음의 일화를 참고해야 할 것이다.

중종 정월 그믐날 곤명지를 방문하고 시를 지었는데, 여러 신하들이 응제시 100여 편을 지었다. 황제의 휘장 전각 앞에는 화려한 누대가 세워졌으며 昭容에게 명하여 새로 지은 御製曲 가운데서 한 수를 뽑게 했다. 수행한 신하들이 모두 그 아래에 모여들었고 순식간에 종이가 날 듯 떨어졌는데, 각자 그가 지은 시 제목을 알아보고 그것을 가슴에 품었다. 이미 모두 들어갔는데 오직 심전기와 송지문의 시만 떨어지지 않았다. 또 얼마 후 종이가 한 장 땅에 떨어져 살펴보니 바로 심전기의 시였다. 그 평을 들어보니 다음과 같았다. "두 시의 공력은 실로 필적할 만하다. 심전기의 마지막 연에서는 '미천한 신하는 썩은 나무에

---

8) 房日晰, 〈論沈、宋詩繼往開來的歷史貢獻〉: "沈佺期的應制詩稍遜宋之問一籌."(《晉陽學刊》, 1994年, 第2期, 86쪽)

조각한 것 같아, 예장재를 보는 것이 부끄럽다네.'라 하였다. 대체로 시의 기운은 이미 다 하였다. 송지문의 시에서는 '밝은 달 진다고 슬퍼하지 않으니, 스스로 야광주가 있음이로다.'라 하였으니, 더욱 굳세고 드높다." 이에 심전기는 복종하고 감히 다시 다투지 않았다.9)

上官婉兒는 송지문의 응제시가 심전기의 것에 비해 마지막 구절에서 더욱 '굳세고 드높다.'라는 이유로 장원의 영예를 송지문에게 넘겼고 심전기 또한 이에 깨끗이 승복한다. 여기에서 당시 송지문과 심전기가 창작한 〈奉和晦日駕幸昆明池應制〉를 서로 비교해 보자. 먼저 심전기의 작품을 보자.

法駕乘春轉	황제 수레 봄을 틈타 출유하고
神池象漢迴	곤명지는 은하수 닮아 돌아 흐르네
雙星遺舊石	견우 직녀성은 옛 돌을 남기고
孤月隱殘灰	외로운 달은 세상 태우고 남은 재에 숨었네
戰鷁逢時去	전함은 때를 만나 떠나고
恩魚望幸來	은혜 입은 고기는 은총 바라며 오네
岸花緹騎遶	호숫가의 꽃은 붉은 옷 입은 기마 호위병처럼 에워싸고
堤柳幔城開	제방의 버들가지는 야외의 휘장처럼 늘어져있네
思逸橫汾唱	한가로이 한무제의 〈추풍사〉를 생각하고
歡留宴鎬杯	주무왕의 도읍 호경에서 술 마시는 연회를 기뻐하네
微臣彫朽質	미천한 신하는 썩은 나무에 조각한 것 같아
羞睹豫章材	예장재를 보는 것이 부끄럽다네10)

---

9) 제Ⅲ장, 注(26) 참조.
10) '豫章'은 枕樹와 樟樹를 가리키는데, 모두 재질이 뛰어난 나무로, 후에 이를 빌어 출중한 인재를 암시했다. 또한 昆明池 한 가운데의 누대는 豫章나무로 만들었다고 함. 張衡〈西京賦〉: "廼乃昆明靈沼, 黑水玄阯, 周以金堤, 樹以柳杞, 豫章珍館, 揭焉中峙. 牽牛立其左, 織女處其右."(≪文選≫卷2), 참조.

이어서 송지문의 작품을 보자.

春豫靈池會	봄 유람으로 곤명호의 영지에 모이고
滄波帳殿開	푸른 물결에 휘장은 열리네
舟凌石鯨度	배는 돌로 만든 고래를 넘어가고
槎拂斗牛迴	나룻배는 斗, 牛 별자리 스쳐 돌아가네
節晦蓂全落	시절은 그믐이라 명협풀은 모두 떨어지고
春遲柳暗催	봄이 더디니 버들 짙어지기를 재촉하네
象溟看浴景	넓은 바다를 취해 노을 풍경을 바라보고
燒劫辨沈灰	억겁의 세월 태우고 가라앉은 재를 분별하네11)
鎬歡周文樂	西周 鎬京에서의 술마시던 주문왕의 즐거움이여
汾歌漢武才	汾水의 노래 〈추풍사〉 불렀던 한무제의 재주여!
不愁明月盡	밝은 달이 진다고 슬퍼하지 않으니
自有夜珠來	스스로 야광주가 있음이로다

위의 두 시를 비교해 보면 전반적으로 歌功頌德의 내용을 典雅한 풍격으로 보여주고 있는 점이 유사하다. 두 시 모두 첫 두 구절에서 배경을 설정하였고, 이어서 역시 모두 정교한 대우를 사용하며 주위의 경관을 묘사하고 있다. 더욱이 제10, 11구에서 두 시 모두 周文王과 漢武帝의 전고를 빌려 歌頌하고 있는 점은 특히 유사하다. 두 시 모두 여기까지는 별다른 큰 차이를 보이지 않으며, 정교한 대우와 聲律의 和諧를 한껏 뽐내고 있다. 다만 차이가 있다면 심전기의 시는 비교적 평범한 경관 묘사로 일관한 반면, 송지문은 제7, 8구에서 좀 더 심혈을 기울인 듯한 느낌을 주고 있을 뿐이다. 송지문의 이 구절에 대해 ≪瀛奎律髓≫에서는 "연못에서 넓은 바다의 모습을 취해 저무는 해를 바라보

---

11) ≪三輔黃圖≫卷4: "武帝初, 穿(昆明)池得黑土. 帝問東方朔. 東方朔曰, 西域胡人知. 乃問胡人, 胡人曰, 劫燒之餘灰也." 참조.

앉으니, 이미 장엄하며 아름다운데 또 오랑캐 승려가 말한 '억겁을 태우고 남은 재[劫灰]'의 전고로 대우를 하였으니, 더욱이 정교하여 천하의 공교로움을 지극히 다했다라고 일컬을 수 있다."[12]라고 하기도 했다.

역시 두 시의 우열은 마지막 두 구절에서 보이는 것이라 할 수 있다. 즉 심전기는 마지막 구절에서 자신의 재주 없음을 스스로 부끄러워하여 시의 기세를 떨어뜨린 반면, 송지문은 스스로 야광주가 있어 밝게 빛낼 수 있다고 하여 시의 기세를 살리고 있는 것이다. ≪唐詩廣選≫에서 "王世貞은 말했다; 이 제목의 심전기와 송지문의 두 작품은, 중간의 頸聯에서 한 글자도 어울리지 않는 것이 없다. 다만 심전기 시의 마지막 구는 病句중의 病句이며, 송지문의 결말은 佳句 중의 佳句이다."[13]라고 지적한 것은 바로 그러한 점을 가리킨다. 상관완아의 판결은 후세 평자들에게도 역시 긍정을 받고 있음을 알 수 있다.

이 詩作에 얽힌 일화 한 가지로써, 심·송 응제시의 우열을 결정하는 것은 다소 무리가 있어 보인다. 그러나 이 시를 지은 경룡 3년(709)은 심전기와 송지문이 모두 약 53세가 되는 해로, 이 시기는 심·송의 인생 만년에 속하는 때이기도 하며 동시에 이들의 시가 예술 창작 재능이 거의 완숙한 경지에 이른 때라는 사실을 감안하면, 상관완아의 위 판결은 어느 정도 중요한 의미를 지닌다. 게다가 송지문은 이 보다 약 십여 년 앞선 聖曆 元年(698)에 龍門山에서 벌어진 시 경연에서 〈龍門應制〉를 지어 東方虯에게 내려진 금포를 다시 빼앗는 일화[14]를 남기기도 했으며, 또한 그가 남긴 五言律詩 응제시 〈奉和聖製立春剪綵花應制〉, 〈扈從登封途中作〉 등은 모두 후세에서 절찬 받는 작품이다. 이렇게 보면 송지문의 응제시가 심전기 것 보다 더욱 뛰어나다는 주장

---

12) ≪瀛奎律髓≫卷16: "池象溟每而觀浴日, 既已壯麗, 又引胡僧刼灰事為偶, 則尤精切, 可謂極天下之工矣."(≪四庫全書≫本, 集部, 總集類)

13) 李攀龍, ≪唐詩廣選≫: "王元美曰, 此題沈·宋二作, 中間頸聯無一字不稱. 特尤末是累句中累句, 宋結是佳句中佳句."(≪唐詩彙評≫, 85쪽)

14) 본고 第Ⅲ章 注(26) 참조.

은 일견 수긍이 가는 듯하다.

그러나 이러함에도 불구하고 王夫之는 "심전기의 宮廷詩는 송지문의 것보다는 귀하다."라고 했을 뿐만 아니라, 賀裳은 ≪載酒園詩話又編≫에서 다음과 같이 지적했다.

  송지문의 古詩는 훌륭한 것이 많아 진실로 모아도 다 모을 수가 없다. 律詩의 '扈從', '應制' 여러 편은 실로 심전기를 뛰어 넘을 수는 없다. 그러나 산수시의 綺麗한 情에 있어서는 심전기는 오히려 대나무에서 생겨나는 江南의 꿈같고, 송지문은 伶倫子가 불어 만드는 봉황의 소리와 같다.[15]

賀裳은 여기서 '扈從', '應制'의 장르에서 송지문은 심전기를 뛰어넘을 수 없다고 밝히고 있다. 심전기는 35수의 응제시를 지어 송지문의 27수 보다 많은 창작을 남기고 있을 뿐만 아니라, 또한 적지 않은 작품에서 후세의 극찬을 받고 있다. 특히 그 중에서도 〈興慶池侍宴應制〉, 〈奉和春日幸望春宮應制〉, 〈龍池篇〉 3편은 후세의 평자들이 가장 찬사를 아끼지 않는 작품이다.[16] 그런데 흥미로운 사실은 이 세 편 모두 송지문이 2차 폄적을 당한 경룡 3년(709) 이후에 지어졌다는 점이다.[17] 이러한 사실로부터 다음과 같은 추측을 할 수 있다. 즉 심전기는 자신과의 맞수인 송지문이 폄적을 당한 이후 지난날 昆明池에서 패했던 일을 설욕이라도 하려는 듯이 응제시의 창작에 열중하게 되었고, 마침

---

15) 賀裳, ≪載酒園詩話又編≫: "宋古詩多佳, 眞苦收之不盡. 律詩扈從, '應制'諸篇, 實亦不能高出于沈. 山水麗情, 則沈猶竹生雲夢, 宋則伶倫子吹之作鳳鳴矣."(≪淸詩話續編≫, 上海, 上海古籍出版社, 1999, 300쪽) '伶倫'은 黃帝의 樂官으로, 崑崙山에서 대나무를 따서 管樂器를 만들고, 이를 불어 봉황의 소리를 내며 음률을 바로 잡았다는 전설이 있음.(≪漢書·律歷志上≫卷21上, 참조)

16) 第Ⅲ章 79쪽, 94쪽, 173쪽 각각 참조.

17) 〈奉和春日幸望春宮應制〉은 경룡 4년 3월, 〈興慶池侍宴應制〉은 경룡 4년 3월, 〈龍池篇〉은 개원 2년(713) 여름에 지음.

내 송지문이 없는 궁정의 시단에서 위와 같은 최고 수준의 응제시를 성취하게 된다. 〈興慶池侍宴應制〉가 '초당의 압권'이라는 절찬을 받았고, 그의 마지막 작품으로 여겨지는 〈龍池篇〉이 唐代 최고의 율시라는 찬사를 받았던 사실이 이를 증명한다.[18] 특히 〈龍池篇〉은 龍이 하늘을 내달리는 듯한 氣勢가 있는 것으로 호평을 받고 있으니,[19] 지난날 곤명지에서 〈奉和晦日駕幸昆明池應制〉가 "시의 기운이 이미 다하여[詞氣已竭]" 송지문의 詩作에 패배했던 과거는 이로써 만회가 되는 듯하다. 아무튼 이와 같은 심전기의 성취는 상대적으로 송지문 보다 앞선 것이었다. 따라서 앞서 본 王夫之와 賀裳의 평가는 온당하다 할 수 있다. 그런데 흥미로운 것은 심전기의 위 세 편의 응제시가 모두 칠언율시라는 점이다. 여기에 착안해 심ㆍ송의 응제시를 살펴보면, 송지문은 오언율시의 응제시가 뛰어났던 반면, 심전기는 칠언율시 방면에서 더욱 훌륭한 성과를 남기고 있다. 즉 응제시라는 쟝르로 심ㆍ송의 우열을 가늠하는 작업은 상대적으로 의미가 떨어져 보인다.

한편 심ㆍ송은 각각 칠언율시와 오언율시, 배율시에서 상대적으로 좀더 확연하게 우세를 보이고 있다. 따라서 심ㆍ송 시가의 우열을 시가의 형식으로 나누어 고찰해보는 것이 더욱 유익해 보인다. 따라서 다음에서는 바로 이러한 방식으로 우열을 비교해 보고자 한다.

---

18) 陸時雍, 《唐詩鏡》卷4: "前四語法度恣縱, 後四語興致淋灘, 此與〈古意〉二首, 當是唐人律詩第一."(《四庫全書》本, 集部, 總集類)

19) 《唐詩觀瀾集》: "자유로이 변화하며, 또한 용이 하늘의 문을 내달리는 기세가 있다. 崔灝의 〈黃鶴樓〉는 여기에서 脫胎하여 나온 것이나, 오히려 그의 雄渾함에는 못 미치는 것으로 느껴진다.(夭矯變化, 亦有龍跳天門之勢, 崔灝〈黃鶴樓〉作脫胎于此, 猶覺遜其雄渾也.)"(《唐詩彙評》, 218쪽)

2. 沈佺期 優勢論 − 七言律詩

≪舊唐書≫에서 "심전기는 문장을 잘 지었고, 특히 七言의 詩作에 뛰어났다."[20]라고 언급한 바와 같이, 실제로 심전기는 칠언율시 방면에서 더욱 빼어난 秀作을 창작하여 송지문에게 우세를 보인다. 먼저 칠언율시 창작량을 보면, 송지문은 4수를 남긴 반면 심전기는 이보다 많은 8수를 남기고 있다. 송지문의 칠언율시는 겨우 몇 수밖에 되지 않을 뿐만 아니라, 그 예술 성취 역시 심전기와는 큰 차이를 보이고 있다. 그의 작품 가운데 비교적 찬사를 받는 〈三陽宮石淙侍宴應制得幽字〉를 보자.

離宮秘苑勝瀛洲	별궁과 비원은 영주산보다 뛰어나
別有仙人洞壑幽	별천지 깊은 신선의 동굴 있는 듯하네
巖邊樹色含風冷	바위 가의 나무 빛은 바람을 머금어 차갑고
石上泉聲帶雨秋	돌 위의 샘물 소리는 가을 비를 띠고 있는 듯
鳥向歌筵來度曲	새는 노래하는 연회석으로 날아와 곡조를 뽑고
雲依帳殿結爲樓	구름은 장막 친 행궁 주위에 모여 누각을 이루네
微臣昔忝方明御	미천한 신하는 예전에도 方明의 수레몰이에 부끄러웠는데[21]
今日還陪八駿遊	오늘은 다시 팔준마를 타고 노니는 일을 모시게 되었네

이것은 송지문이 久視 元年(700) 여름 武后가 崇山의 石淙에 새로 신축한 三陽宮으로 피서 왔을 때 함께 따라와 지은 것으로 보인다. 시는 전형적인 응제

---

20) ≪舊唐書·沈佺期傳≫卷190中: "佺期善屬文, 尤長七言之作."
21) '方明'은 黃帝의 수레를 모는 마부로, 전설상의 인물임. ≪莊子·徐無鬼≫에 "黃帝將見大隗乎具茨之山, 方明爲御, 昌寓驂乘."라는 전고가 있음.

시라 할 수 있다. 즉 典雅한 풍격과 三部式의 체제, 그리고 歌頌과 스스로를 勸勉하는 내용에서 벗어나지 않는 것이 바로 그러하다. 金聖嘆은 이 시에 관해 비교적 상세히 설명하며 감상법을 제시하고 있다.

> 이날 石淙에서 경치를 대했으니 '나무'를 쓰지 않을 수는 없고 '샘물'을 쓰지 않을 수는 없다. '나무'와 '샘물'을 쓰자니 또한 '바위 앞'과 '돌 위'를 쓰지 않을 수 없다. '바위 앞'과 '돌 위'를 쓰자니 '바람을 머금고 비를 띠는 것'을 쓰지 않을 수는 없다. '바람을 머금고 비를 띠는 것'을 쓰자니, 또한 '冷'자와 '秋'자를 쓰지 않을 수 없는 것은 당연하다. … 제5구와 6구가 만일 노래하는 좌석과 장막 친 행궁을 쓴 것이라고 말한다면 이는 하수 중의 하수인 속인이 되는 것이며, 그것이 '새'를 쓰고 '구름'을 쓴 것이라고 한다면 여전히 고수가 되지 못한다. 반드시 전반부는 石淙을 쓴 것이고 후반부는 侍宴을 쓴 것이라는 것을 알아야 할 것이다. 무릇 제7, 8구는 '모시는 것(侍)'을 쓴 것이고, 제5, 6구는 '연회[宴]'를 쓴 것이다. 연회에서는 반드시 곡조를 뽑아야 하고 반드시 누각을 세워야 한다. 지금 새가 곡조를 뽑고 구름으로 누각을 세웠으니 곡조를 뽑지 못하고 누각을 세우지 못함을 알 수 있다. 연회를 열었으나 곡조를 뽑지 않고 누각을 세우지 않았으니 천자가 오히려 능히 석종의 그윽한 정취를 깊이 느낄 수 있다. 그러한 즉 제5, 6구는 바로 天子를 쓴 것이니, 소위 고수 중의 고수는 교묘함이 이와 같아, 하수 중의 하수의 속인은 알지 못한다.[22]

---

22) 金聖嘆, ≪貫華堂選批唐才子詩≫: "是日石淙卽景, 乃定不得不寫樹, 定不得不寫泉也. 寫樹與泉, 又定不得不寫巖前石上也. 寫巖前石上, 又定不得不寫含風帶雨也. 寫含風帶雨, 又定不得不寫冷字秋字也, 固也. … 五六, 若謂其寫歌筵帳殿, 便是下下俗子, 卽謂其寫鳥寫雲, 猶未是上好手. 須知前解是寫石淙, 此解內寫侍宴, 蓋七八寫侍, 五六寫宴也. 宴必度曲, 必結樓. 今鳥度曲, 雲結樓, 卽是不度曲, 不結樓可知也. 開宴而又不度曲, 不結樓, 卽是天子亦能深嶺石淙幽趣也. 然則五六正寫天子, 所謂上上好手, 其妙如此, 下下俗子不知道也."(陳德芳 校点, ≪金聖嘆評唐詩全編≫, 成都: 四川文藝出版社, 1999), 13쪽

김성탄은 여기서 전체시의 맥락과 더불어 제5, 6구가 내포하고 있는 심층적인 의미를 잘 지적했다. 사실 이 시는 교묘한 정취를 내포할 뿐만 아니라, 중간 두 聯에서는 비교적 청신한 시어를 구사함으로써 흔히 볼 수 있는 초당의 판에 박힌 듯한 응제시와는 구별이 된다. 그러나 이 시는 다음과 같이 粘對의 규칙을 어기고 있다.

平平仄仄仄平平 ◎

仄仄平平仄仄平 ◎

平平仄仄平平仄

仄仄平平仄仄平 ◎

仄仄平平平仄仄

平平仄仄仄平平 ◎

平平仄仄平平仄

平仄平平仄仄平   (◎: 下平聲'尤'字 押韻)

押韻도 잘 지켰고 전반적으로 비교적 엄격하게 '對'를 이루었지만, 제3구에서 失粘의 오류를 범하고 있다. 이에 비해 심전기의 칠언율시 8수는 2수를 제외하고 나머지 모두 엄격한 격률을 잘 지키고 있다. 더욱 중요한 것은 그의 七律詩作에는 뛰어난 예술성으로 인해, 역대로 찬사를 받고 있는 작품이 적지 않다는 점이다. 바로 앞 절에서 언급했던 응제시 〈龍池篇〉, 〈興慶池侍宴應制〉 외에도, "景物에 얽매이지 않고, 淸空으로 써 보낸 것은, 初唐에서 오로지 이 한편 뿐이다."[23]라는 극찬을 받은 〈遙同杜員外審言過嶺〉과 〈古意呈喬

---

23) 본고 제Ⅴ장 注(34) 참조.

補闕知之〉가 바로 그 좋은 예이다. 특히 이 〈古意呈喬補闕知之〉는 唐代 최고의 칠언율시로 평가 받기도 했으니, 그 중요성은 두말할 나위가 없다. 이 시는 앞에서 이미 살펴보았지만,[24] 여기에서 다시 예로 든다.

盧家少婦鬱金堂　　젊은 노씨네 아낙은 울금향 배어나는 방에 살고
海燕雙棲玳瑁梁　　바다제비 한 쌍은 대모 기둥에 둥지를 트네
九月寒砧催木葉　　구월의 차가운 다듬이 소리 낙엽을 재촉하고
十年征戍憶遼陽　　십년간의 정벌 수자리에 요양 땅 생각하네
白狼河北音書斷　　백랑하 북쪽 소식과 편지 끊겼는데
丹鳳城南秋夜長　　단봉성 남쪽에는 가을 밤 길기만 하네
誰謂含愁獨不見　　그 누가 시름 속에 홀로 임을 보지 못했다 하나?
更教明月照流黃　　다시금 밝은 달로 황갈색 짠 옷 비추게 하네

胡應麟은 "심전기의 칠언율시는 高華함으로 송지문을 앞선다."[25]라고 했는데, 이 시에서 사용된 '鬱金', '玳瑁', '丹鳳城' 등의 화려한 시어 구사는 그 말을 수긍가게 한다. 역대로 적지 않은 평자들이 이 시와 崔灝의 〈黃鶴樓〉, 그리고 杜甫의 〈登高〉 등의 詩作 중, 어느 것이 唐代 최고의 칠언율시인가를 놓고 논쟁을 벌여 온 것은 널리 알려진 사실이다. 예를 들어 明代의 楊愼(1488-1559)은 다음과 같이 말했다.

宋代 嚴羽는 崔灝의 '黃鶴樓'를 취하여 唐代 칠언율시의 제일로 삼았다. 近人 何景明, 薛蕙는 심전기의 '盧家少婦鬱金堂' 한 수를 취하여 제일로 삼았다. 이 두 시는 우열을 가리기가 쉽지 않으니, 혹자가 나에게 묻는다면 나는 "최호의 시는 賦體가 많고 심전기의 시는 比興이 많다. 화가의 기법으로 논하자면 심전

---

24)　본고 제Ⅲ장 102쪽 참조.
25)　胡應麟, 《詩藪》內編 · 近體上: "沈七言律高華勝末."(238쪽)

기의 시는 '披麻皴'(南宗畵에 많이 쓰임)이고 최호의 시는 '大斧劈皴'(北宗畵에서 주로 쓰임)과 같다."라고 말할 것이다.26)

또한 胡震亨의 ≪唐音癸籤≫에서 다음과 같이 언급했다.

칠언율시의 압권에 대해서는 줄곧 정론이 없다. 송대 엄우의 ≪창랑시화≫는 최호의 '黃鶴樓'를 추커세웠고, 近代의 하경명, 설혜는 심전기의 '盧家少婦'를 추커세웠으나, 王世貞은 마땅히 두보의 '風急天高', '老去悲秋', '玉露凋傷', '昆明池水', 네 편 가운데서 구해야 한다고 말했다.27)

어쨌든 심전기의 〈古意呈喬補闕知之〉는 최호나 두보 등의 작품과 더불어 唐代 최고의 율시 자리를 놓고 雌雄을 겨루고 있으니, 그 예술 성취는 충분히 인정받을 수 있다. 胡應麟이 "初, 盛唐 사이에서, … 칠언율시는 심전기가 최고이다."28)라고 한 것은 과찬이 아니다. 물론 이러한 성취는 송지문의 그것과는 큰 차이를 보이는 것이니, 만일 칠언율시라는 하나의 형식만으로 심·송의 우열을 가린다면 심전기가 더욱 뛰어나다고 말할 수 있을 것이다.

---

26) 楊愼, ≪升庵詩話≫卷10: "宋嚴滄浪取崔顥黃鶴樓詩爲唐人七言律第一. 近日何仲黙, 薛君采取沈佺期盧家少婦鬱金堂一首爲第一. 二詩未易優劣, 或以問子, 子曰; 崔詩賦體多, 沈詩比興多. 以畫家法論之, 沈詩披麻皴, 崔詩大斧劈皴也"(丁福保輯, ≪歷代詩話續編≫, 834쪽)

27) 胡震亨, ≪唐音癸籤≫卷10: "七言律壓卷迄無定論. 宋嚴滄浪推崔顥'黃鶴樓', 近代何仲黙、薛君采推沈佺期'盧家少婦', 王弇州則謂當從老杜'風急天高', '老去悲秋', '玉露凋傷', '昆明池水', 四章中求之."(95-96쪽)

28) 胡應麟, ≪詩藪·內篇≫: "初盛間, … 七言律沈佺期爲冠."(241쪽)

3. 宋之問 優勢論 - 五言詩

≪舊唐書·宋之問傳≫에서는 "송지문은 약관의 나이로 이름을 날렸다. 더욱이 五言詩에 능했으니, 당시에 그를 뛰어 넘을 자가 없었다."[29]라고 언급하고 있다. 물론 심전기 또한 "오언시에 능해"[30] 그와 어깨를 나란히 하며 우수한 작품을 많이 남겼던 것은 사실이다. 許學夷가 "初唐의 오언율시에서 소리(聲)가 있고 色이 있는 것은 사람들이 쉽게 알아보지만, 氣가 있고 格調가 있는 것은 사람들이 쉽게 알아보지 못한다. 심전기의 '十年通大漠'(〈出塞〉), '解纜春風後'(〈早發平昌島〉), '巫山高不極'(〈巫山高〉)[31], '洞壑仙人館'(〈嶽舘〉), '紫鳳真人觌'(〈幸白鹿觀應制〉)와 송지문의 '帳殿欝崔嵬'(〈扈從登封途中作〉), '複道開行殿'(〈扈從登封告成頌〉), '聖德超千古'(〈駕出長安〉)[32], '芙蓉秦地沼'(〈春日芙蓉園侍宴應制〉), '度嶺方辭國'(〈度大庾嶺〉), '影殿臨丹壑'(〈遊韶州廣界寺〉) 등의 시편은, 氣와 格調, 소리와 색을 모두 겸비하였다."[33]라고 지적한 것은 바로 그러한 사실을 잘 설명하고 있다.

---

29) ≪舊唐書·宋之問傳≫卷190中: "之問弱冠知名, 尤善五言詩, 當時無能出其右者."

30) 傅璇琮主編, ≪唐才子傳校箋≫卷1: "佺期, … 工五言."(67쪽)

31) '巫山高不極' 한 首에 대해, ≪全唐詩≫에서 "此詩范攄云, 佺期作. 顧陶云, 張循作."이라고 언급하고 있는데, ≪樂府詩集≫, ≪文苑英華≫, ≪唐音統籤≫ 등에서 모두 張循의 것으로 보고 있는 것으로 보아, 마땅히 張循의 作品으로 보아야 할 것임.(佟培基編纂, ≪全唐詩重出誤收考≫, 西安: 陝西人民教育出版社, 1996, 62쪽 참조.)

32) ≪全唐詩≫에서는 이 시 아래 "一作王昌齡詩."라고 기재하고 있는데, ≪宋學士集≫에는 이 시가 보이지 않지만, ≪王昌齡集≫에는 실려 있는 것을 감안하면, 이는 王昌齡의 작품으로 볼 수 있다.(≪沈佺期宋之問集校注≫, 757-758쪽 참조)

33) 許學夷, ≪詩源辯體≫: "初唐五言律, 有聲有色者人易識之, 有氣有格者人未易識也. 沈如'十年通大漠', '解纜春風後', '巫山高不極', '洞壑仙人館', '紫鳳真人觌', 宋如'帳殿欝崔嵬', '複道開行殿', '聖德超千古', '芙蓉秦地沼', '度嶺方辭國', '影殿臨丹壑'等篇, 氣格聲色兼備."(147쪽)

오언율시 뿐만이 아니라 오언배율에서도 심전기는 송지문과 함께 훌륭한 성과를 거두었다. 胡應麟이 ≪詩藪≫의 〈近體上·五言〉에서 "배율시를 지으려면 먼저 송지문, 駱賓王, 심전기, 杜審言의 여러 詩篇을 숙독하고 그 시의 배치와 시어 구사를 흉내 내야 한다."[34]라고까지 말하였다. 역대로 심전기가 송지문과 함께 '심·송'으로 병칭되어 왔던 것은 주로 이러한 오언시의 성과에서 기인하는 것이다.

그런데 실제 심·송의 오언시작을 비교해보면 아무래도 송지문의 작품이 한수 위라는 점을 발견할 수 있다. 이는 심·송의 오언시 창작이 갖는 밀도의 차이에서 확연히 살펴 볼 수 있다. 다시 말해 송지문의 오언 시작은 심전기의 것에 비해 구조와 내용에서 더욱 촘촘하고 밀도가 있다는 것이다. 나름대로 그 예술성을 인정받은 심전기의 일부 五言 律詩조차도 시의 마지막 부분에 이르러 氣가 부족해지는 단점을 보이고 있는 반면, 송지문의 오언율시는 거의 모든 작품에서 일정한 밀도를 유지하고 있다. 심지어는 율시보다 긴 호흡이 필요한 排律詩에서조차 시 전반에 걸쳐 일정한 기세와 밀도를 유지하고 있다. 이러한 양상은 上官昭容이 심·송의 〈奉和晦日幸昆明池應制〉 시의 우열을 가늠할 때, 심전기의 시는 '시의 기운이 이미 다하였기[詞氣已竭]' 때문에 송지문의 詩作 보다 못하다고 했던 일화를 통해서도 엿볼 수 있다.

실제로 심전기의 일부 五言詩作에서는 시의 마지막 부분에 이르러 기세가 떨어지는 현상이 보인다. 예컨대 그의 〈出塞〉를 보자.

十年通大漠　　십년 동안 큰 사막 지났었고
萬里出長平　　장평에서 만 리나 나와 있네
寒日生戈劍　　차가운 해는 창과 칼에 뜨고
陰雲拂旆旌　　어두운 구름은 깃발에 스치네

---

34)　胡應麟, ≪詩藪≫: "作排律先熟讀朱駱沈杜諸篇, 倣其布格措詞, 則體裁平整句調精嚴."(240쪽)

飢鳥啼舊壘 굶주린 까마귀 옛 성루에서 우는데
疲馬戀空城 지친 말은 빈 성 그리워하네
辛苦皐蘭北 괴롭고 힘든 고란 땅 북쪽에 있으니
胡塵損漢兵 오랑캐 땅의 먼지는 한나라 병사들 상하게 하는구나

　이 시는 粘對 등의 격률을 흠 잡을 곳 없이 엄격하게 잘 지킨 平起式의 오언 율시이다. 시는 변새의 고된 요역을 그리고 있는데 전반에 걸쳐 悲凉한 어조로 일관하고 있어, 마지막 구절에서 극적인 반전이 필요해 보인다. 그러나 이 시는 더욱 처량하게 마무리를 하여 비범한 기개를 다 잃고 말았다. 唐汝詢이 이 시에 대해 "심전기의 對偶 격률은 정밀하고 공교하지만 尾聯은 최하이다. '胡塵損漢兵'은 전혀 名家의 말이 아니다. 상관소용에게 이것을 보게 한다면 마땅히 바로 던져버릴 것이다."[35]라고 비평한 것은 수긍이 간다.
　다시 심전기의 〈夜宿七盤嶺〉를 살펴보자.

獨遊千里外 천리 밖에 홀로 떠돌다가
高臥七盤西 칠반령 서쪽에 높이 누웠더니
山月臨窓近 산에 뜬 달 창가에 가깝고
天河入戶低 은하수는 문에 들어 나직하네
芳春平仲綠 꽃피는 봄이라 팽나무 파랗고
清夜子規啼 맑은 밤이라 두견새 우나니
浮客空留聽 떠도는 나그네 부질없이 귀 기울이면
褒城聞曙雞 보성의 닭 우는 소리 들려오네

이것 역시 엄격하게 격률을 잘 준수한 오언율시이다. 나그네의 傷念과 산수의 아름다운 정경이 잘 어우러져 역대로 심전기 佳作중의 하나로 늘 꼽힌다. 그러나 이 시 역시 마지막 구절에 이르러 기세면에서 흠을 보이고 있다. 沈德潛이 시의 마지막 구절에서 '듣다'라는 '聽', '聞'자를 반복 사용함으로써, 시의 氣勢가 마지막에 가서 떨어지고 말았다고 지적하기도 했다.36) 이 같은 면모로 인해 시의 밀도가 떨어지고 있음은 물론이다. 淸代의 賀裳은 "심전기가 송지문의 적수가 못 되는 것이, 비단 〈晦日昆明〉의 마지막 결말 하나 뿐 만이 아니다."37)라고까지 언급했던 것은 이와 같은 연유에서이다.

송지문의 오언시작이 확실히 심전기의 것에 비해 더욱 밀도 있고 짜임새가 있다는 것에 대해 胡應麟이 ≪詩藪≫에서 언급한 다음의 대목을 참조해 보자.

> 심전기와 송지문은 본래 함께 내달렸다. 그러나 심전기는 송지문에 비해 조금 메마른 쪽으로 치우쳤으며, 송지문은 심전기에 비해 더 縝密하다. 심전기의 작품은 또한 송지문처럼 풍부하지 못하다.38)

여기서 '縝密'하다는 것은 辭典的 의미로는 '細緻'39), '周密'함을 말하는 것으로 대략 '섬세하며 빈틈없이 주밀하다.'는 의미로 해석할 수 있다. 唐代 司空圖는 ≪二十四詩品≫에서 '縝密'을 풍격 용어로 사용하며, 이것의 의미를 "물이 흐르고 꽃이 피며, 맑은 이슬이 마르지 않는 것이다.[水流花開, 淸露未晞]"라고 정의한 바 있다. 郭紹虞는 이를 註解하기를 "물이 흐르는 것과 같이

---

36) 沈德潛, ≪唐詩別裁集≫卷9: "'聽'與'聞'复. 結處每不用力, 爲昭容所抑, 亦由乎此."(上海: 上海古籍出版社, 1992, 195쪽)
37) 賀裳, ≪載酒園詩話≫: "沈非宋敵, 不獨〈晦日昆明〉一結也."(郭紹虞編選 ≪淸詩話續編≫, 300쪽)
38) 胡應麟은 ≪詩藪≫內編 · 近體上: "沈宋本自幷驅, 然沈視宋稍偏枯, 宋視沈較縝密, 沈制作亦不如宋之繁富."(238쪽)
39) ≪十三經注疏 · 禮記注疏≫卷63에서는 "縝, 緻也."라고 注釋하고 있다.

스스로 혼연일체를 이루어 엿볼 틈이 없으며, 꽃이 피듯이 일단의 생기가 돌아 볼 수 있는 흔적이 없으며, 맑은 이슬이 아직 마르지 않은 것 같이 산과 강과 대지에 이슬이 내리지 않은 곳이 없다. 무릇 이러한 여러 가지가 어찌 縝密한 형상과 같지 않겠는가?"40)라고 하였다. 이로부터 사공도가 언급한 '縝密'이라는 개념 역시 엿볼 틈이 없고 미치지 않는 바가 없는 것처럼 '빈틈없이 주밀하다.'라는 의미와 상통하고 있음을 알 수 있다. 즉 호응린의 위의 언급은 송지문의 詩作이 심전기의 그것에 비해 더욱 '빈틈없이 주밀한 것'임을 역설하고 있는 것이다.

심·송 시가의 대부분을 차지하는 오언시작을 자세히 살펴보면, 송지문의 시가가 심전기의 그것에 비해 더욱 '縝密'한 면모를 갖추고 있음을 발견할 수 있다. 먼저 송지문의 오언율시인 〈奉和立春日侍宴內出剪彩花應制〉를 보자.

金閣粧仙杏   금빛 누각은 신선의 은행나무로 장식되어 있고
瓊筵弄綺梅   옥 같이 화려한 연석에선 아름다운 매화나무 장난치네
人間都未識   인간들은 모두 아직 알지 못하지만
天上已先開   하늘에서는 이미 먼저 봄을 열었구나
蝶繞香絲住   나비는 향기로운 실을 맴돌다 앉고
蜂憐彩艷迴   벌은 화려한 무늬를 뱅뱅 도네
今年春色早   올해의 봄 빛깔이 이른 것은
應爲剪刀催   응당 가위로 재촉당한 때문이라네

이것은 景龍 2年에 맞이한 立春 때 벌어진 연회에서 창작한 응제시이다. 입춘날에 황제가 신하들에게 하사해주는 색동 剪彩花를 소재로 읊었는데, 공교

---

40) 司空圖著, 郭紹虞集解, ≪詩品集解≫: "如水之流, 一片渾成, 無罅隙之可窺; 如花之開, 一團生氣, 無痕迹之可見; 如淸露之未晞, 山河大地, 無處非露. 凡斯種種, 豈非縝密象乎?"(北京: 人民文學出版社, 1963, 27쪽)

한 대우와 엄격한 격률을 유감없이 발휘하는 가운데 流麗한 풍격이 돋보인다. 제3, 4구는 口語에 가까울 정도로 자연스러우며, 제5, 6구의 '住'字와 '迴'字에는 힘이 느껴진다.[41] 특히 마지막 尾聯에 이르러서도 역시 지극히 자연스런 시어를 구사하며 전체 시에 생명을 불어넣고 있으니, ≪唐詩觀瀾集≫에서 "'春色早' 세 글자에서 전체 시의 筆墨이 모두 연기와 구름으로 변화하는 듯하니, '영양이 뿔을 걸어 놓는다[羚羊挂角]'라는 것은 바로 이와 같은 것이다."[42]라고 언급한 바와 같다. 요컨대 이 시는 처음부터 마지막까지 촘촘히 짠 그물과 같아 조금의 틈도 보이지 않고 있는 것이다. 方回가 ≪瀛奎律髓≫에서 바로 이 시 아래 "율시는 송지문에 이르러 한번 변하여 정교하고 조밀하여 틈이 보이지 않게 되었다."[43]라고 언급한 바와 같다.

이어서 8句의 율시 보다 더욱 호흡이 긴 송지문의 오언배율시를 살펴보자. 아래는 송지문의 〈登粵王台〉이다.

江上粵王台　강가의 월왕대
登高望幾回　높은 곳 올라 몇 번을 둘러보네
南溟天外合　남쪽 큰 바다는 하늘 밖에서 합쳐지고
北戶日邊開　북문은 태양 가에서 열렸구나
地濕煙常起　땅이 습하니 안개는 자주 피어오르고
山晴雨半來　산이 개니 비는 반만 내리네
冬花採盧橘　겨울 꽃으로 금귤을 따고
夏果摘楊梅　여름 과일로 양매를 딴다
跡類虞翻枉　행적은 虞翻의 억울함을 닮았으나[44]

---

41)　≪聞鶴軒初盛唐近體讀本≫: "陳德公先生日, 三四白話雋爽, 五六描刻尖而雅, 住回二字有力."(≪唐詩彙評≫, 81쪽)
42)　李因培, ≪唐詩觀瀾集≫: "'春色早'三字覺通首筆墨皆化煙雲, 羚羊挂角如是如是."(≪唐詩彙評≫, 81쪽)
43)　方回, ≪瀛奎律髓≫卷10: "律詩至宋之問, 一變而精密無隙矣."(94쪽)

人非賈誼才　사람은 賈誼의 재주 없구나
歸心不可度　돌아가고픈 마음은 헤아릴 길 없으니
白髮重相催　흰 머리 또다시 재촉하누나

　이것은 엄격한 격률을 잘 준수한 5언 12구의 배율이다. 이 시는 시인이 先天 元年(712) 廣州에서 폄적생활을 하며 지은 것으로, 낯 설은 이국땅에서 느끼는 애절한 思鄕의 정감이 드러나 있다. 처음 두 구절에서는 배경을 설정하였고, 이어서 제3, 4구에서는 "남쪽 큰 바다는 하늘 밖에서 합쳐지고, 북문은 태양 가에서 열렸구나."라 하며 주위 경관을 묘사했는데, 이 묘사는 단순한 경관 묘사 이상의 의미를 갖는 듯 하다. 즉 통상적으로 시 속의 하늘[天]과 태양[日]은 '황제'를 암시하는 경우가 많은 것으로 비추어 볼 때, 이 구절은 시인 자신이 처한 남쪽 바다에서 황제와의 만남을 이루고, 또한 황제가 계신 북쪽으로 향하는 문이 열려 歸京할 수 있을 지도 모른다는 희망을 암시하는 듯하기 때문이다. 제5구에서 8구까지는 남방의 생소한 경치를 정련된 언어로 묘사하여 자신의 서글픈 심정을 부각시켰다. 제9, 10구에서는 虞翻과 賈誼의 전고를 빌려 폄적된 자신의 입장과 처지를 비교적 명확히 전달했다. 마지막 두 구절에서는 직설적으로 思鄕의 심정을 드러내었다. 시의 전개 구도가 독자로 하여금 꽉 찬 느낌을 주며, 거의 모든 聯句가 정밀한 대구를 이루고 있는 점도 이 시를 緻密하게 보이게끔 하는 주된 요인이 된다. 《瀛奎律髓》는 이 시에 대해 "이 시는 훌륭하지 않은 것이 없다. 글자마다 모두 細密하다."[45]라고 평가한 바 있다. 왕부지가 "송지문의 貶謫詩는 심전기보다 周密하다."[46]

---

44)　《三國志 · 吳書 · 虞翻傳》卷12 "翻性疏直, 數有酒失. 權與張昭論及神仙, 翻指昭曰: '彼皆死人, 而語神仙, 世豈有仙人也.' 權積怒非一, 遂徙翻交州."참조.

45)　《瀛奎律髓》卷1: "詩則未嘗不佳, 字字細密."(8쪽)

46)　王夫之, 《唐詩評選》卷3: "沈 · 宋之得名家者, 大要以五言長篇居勝, 密潤純淨, 猶有典型, 賢于陳子昂之敖辟遠矣. 沈郎廟詩貴于宋, 宋遷謫詩密于沈."(141쪽)

라고 언급한 바 있는데, 이 시가 바로 그 좋은 예이다.

위 시 외에도 송지문의 배율시는 치밀한 구성을 하고 있는 것이 그 주요 특색이라 할 만하다. 예를 들어 〈發藤州〉, 〈發端州初入西江〉, 〈早發始興江口至虛氏村作〉, 〈早發大庾嶺〉 등이 모두 그러하다. 물론 이러한 성취는 심전기의 그것에 비해 한발 앞선 것이었다. 胡應麟이 "初唐과 盛唐 사이에서, … 배율시는 송지문이 최고이다."[47]라 하고, 동시에 "송지문의 오언배율시는 정밀함과 풍부함에서 심전기를 앞선다."[48]라고 언급한 바와 같다.

오언율시와 배율 외에 五言古詩 방면에서도 송지문의 詩作은 여전히 정밀함을 보여주고 있다. 이러한 사실은 그의 五言古詩인 〈初至崖口〉를 통해 증명할 수 있다.

崖口衆山斷	애구에서는 뭇 산들 끊기고
嶔崟聳天壁	높디높게 하늘의 벽으로 솟았네
氣衝落日紅	천지의 기운은 저무는 붉은 해 때리고
影入春潭碧	그림자는 푸른 봄 연못에 드네
錦績織苔蘚	이끼는 비단 수놓듯 짜여있고
丹靑畫松石	소나무와 바위는 단청으로 그려져 있네
水禽泛容與	물새들은 유유히 물위에 떠있고
岩花飛的皪	바위위로 꽃들은 눈부시게 날리네
微路從此深	오솔길은 여기부터 깊어지는데
我來限于役	내 여기 와서도 공무에 쫓기는구나
惆悵情未已	슬프도다, 시름은 가 없는데
群峰黯將夕	뭇 봉우리 어둑어둑 저물어가네

---

47) 胡應麟, ≪詩藪≫內編, 近體上 : "初盛間, … 排律宋之問爲冠."(241쪽)
48) 위의 책: "宋五言排律精碩過沈."(238쪽)

이 시는 대략 송지문이 洛州參軍을 역임하던 證聖 元年(695)에 지은 것으로, 아름다운 산수자연 속에서도 떨쳐버리지 못하는 슬픔을 토로하고 있다. 시의 첫 구부터 8구까지는 崖口의 산수 경물을 묘사하고 있는데, 마치 렌즈의 초점을 遠景에서 近景으로 차례차례 이동시키듯이 밀도 있게 묘사하고 있다. Stephen Owen이 "이 시의 묘사의 통일성은 盛唐詩에 보다 근접하게 한다."[49] 라고 언급한 것은 바로 그러한 점을 간파한 것이다. 마지막 두 聯은 매우 복잡한 감정을 토로하고 있는데, 雄偉하며 淸麗한 앞에서의 정경 묘사와는 묘한 대비를 이루고 있다. 이 결말 부분 역시 앞부분과 동일한 밀도를 유지하며, 언어 정련에 힘을 기울이고 있다. 鍾惺이 '微路從此深'이라는 "이 다섯 글자는 심히 교묘하며, 또한 힘이 있게 전환 시키고 있다."[50]라고 한 것이나, 제10구에 대해 王夫之가 "唐人의 古詩는 언제나 '我來'를 사용하여 전환시키고 있으나, 마치 철로 주조한 옷이 흔들리며 움직일 때 사람을 괴롭히는 것과 같다. 오로지 이것만이 은연중 못 느끼게 할 뿐이다."라 호평하고, 동시에 "밀도 있게 시를 잘 지었으니, 결말에서도 더욱 기세가 남아있다."[51]라고 한 것 모두 그러한 점을 가리키고 있다.

위의 서술을 종합해 보면 심전기는 칠언율시 방면에서 송지문에 비해 더욱 뛰어난 예술성취를 이루었고, 송지문은 오언시 방면에서 심전기에 비해 더욱 뛰어났음을 알 수 있다. 葉慶炳이 "역사적으로 심전기는 칠언에 능하고 송지문은 오언에 능했다고 하는데, 이 두 사람의 현존 작품을 관찰해 보면, 확실히 그러하다."[52]라고 한 것이나, 郭預衡이 "심전기는 칠언율시에 능했고, 송

49) Stephen Owen著, 장세후譯, 《초당시》, 466쪽
50) 《唐詩歸》: "鍾云, 五字妙甚, 且轉得有力.('微路'句下)"(《唐詩彙評》, 76쪽)
51) 王夫之, 《唐詩評選》卷2: "密好成章, 一結尤有留勢. 唐人古詩每用'我來'字轉, 如鐵鑄衣擺動搗人, 唯此暗帶不覺."(39쪽)
52) 葉慶炳, 《中國文學史》"史稱沈佺期長於七言, 宋之問長於五言, 就二人現存作品觀察, 確乎如此.(331쪽)

지문은 오언율시와 배율에 뛰어났다."53)라고 한 것은 모두 타당한 평가라 할 수 있다. 그런데 칠언율시 작품이 심·송의 詩作 가운데서 차지하는 비중이 매우 미미했던 반면, 오언시는 이들의 시작 대부분을 차지하고 있었던 연유로, 만일 이 두 시인의 우열을 전체 詩作으로 평가한다면 역시 송지문의 손을 들어주는 것이 좀더 타당한 것으로 여겨진다. 따라서 본장 서문에서 언급한 바 있는 趙建莉, 柳開揚의 견해나 楊柳가 "송지문의 시는 수량에 있어서 심전기를 뛰어 넘고 있을 뿐만 아니라, 예술성취에 있어서도 심전기보다 높다."54)라고 평가한 것이나, 喬象鍾·陳鐵民主編의 ≪唐代文學史≫에서 "창작 전체로만 평가 한다면, 송지문의 예술 조예와 성취가 마땅히 심전기의 위에 있다."55)라고 한 것은 모두 긍정 받을 수 있을 것이다.

---

53) 郭預衡 ≪中國古代文學史≫: "沈, 宋相比, 宋之問的人品更爲低下, 而詩歌成就却在沈佺期上. 沈擅長于七律, 宋則長于五律和排律."(上海: 上海古籍出版社, 1998), 191쪽

54) 楊柳, 〈論初唐詩壇〉: "宋之問詩不但數量超出沈佺期, 藝術成就亦高于沈."(≪唐代文學論叢≫, 1986年, 第7輯, 14쪽)

55) 喬象鍾, 陳鐵民主編의 ≪唐代文學史≫: "但就創作整體評價, 宋之問的藝術造詣和成就應在沈佺期之上."(北京: 人民文學出版社, 1995, 161쪽)

Ⅷ. 結 論

'律詩'라는 말 자체에서도 알 수 있듯이, 율시는 唐이후 시가 형식에 있어서 '法律'과도 같은 확고부동한 지위를 누리며 중국 시인들의 절대적 지지를 받게 된다. 사실 율시의 출현은 中國詩史에 있어서 매우 획기적인 사건이었다. 이러한 관점에서 볼 때 율시의 완성에 결정적 공헌을 한 심·송의 시가 창작은 마땅히 전면적인 연구가 진행되어 왔어야 했다. 그러나 旣往의 심·송에 대한 평가나 연구를 살펴보면 주로 한결같이 '律詩 完成'이라는 형식적인 측면에만 초점을 맞추어 긍정하고 있을 뿐, 이들의 실제 시가 창작 내용에 대해서는 상대적으로 관심이 소홀하거나 혹은 이들을 다만 宮中의 應制詩人으로만 인식하거나, 심지어는 그들의 人品이 매우 '卑劣'하다 여기며 詩作도 함께 비하시키는 경향이 있었다. 필자는 바로 이러한 점에 착안하여, 심·송의 전체 생애와 개인적인 인품 등을 고찰하고 이들의 시가 창작의 전체 내용을 분석하는 가운데 이들의 시가가 중국시사에서 차지하는 지위와 그 역할을 탐구해 봄으로써 아래와 같은 결론을 도출하였다.

먼저 심·송의 인품은 후세 評者들이 인식하는 것처럼 그렇게 저열했던 것은 아니었다. 심·송의 인품이 저열하다고 인식하게 된 주된 요인은 대체로 심·송이 모두 考功員外郞 재직 시 뇌물을 받았으며, 武后의 嬖臣 張昌宗 형제에게 빌붙어 아부를 했고, 특히 송지문은 유배지에서 몰래 도망쳐 나와 그의 친구 王同皎가 武三思를 죽이려 한다는 음모를 고발함으로써 면죄부를 받았다는 것, 그리고 시구 한 구절을 빼앗기 위해 조카 劉希夷를 살해했다는 점 등을 들 수 있다. 그런데 이러한 일화는 실제 사실과는 다소 차이가 있었다. 예를 들어 송지문은 유배지에서 도망쳐 洛陽으로 돌아온 것이 아니고 황제의 사면을 받아 돌아온 것이었다. 또한 친구 王同皎를 고발한 것은 송지문이 아닌 宋之愻이라는 점. 그리고 송지문이 조카를 살해했다는 것은 황당무계한 날조라는 점. 또한 심전기의 뇌물사건 또한 무고하게 탄핵받았을 가능성이 많다는 점 등이 그것이다. 즉 심·송의 인품에 관련된 상당 부분이 사실과는 거리가 먼 오해였던 것이다. 또한 설령 그러한 점이 모두 사실이라해도 소위 '文如其人'의 논리에만 의지하여 한 작가의 문학작품을 무차별적으로 폄하하는 것은 온당한 文學批評이 아닐 것이다. 필자는 한 작가의 문학작품은 그 작품 자체로써 평가해야 한다는 입장을 견지하여, 심·송의 전체 시가 작품을 모두 분석하였고 그 내용을 제재별로 분류한 뒤 다음과 같은 점을 밝혔다.

심·송은 같은 해에 태어나서 동일한 시기에 과거에 급제하며, 똑같은 이유로 폄적을 당하는 등 비슷한 인생 역정을 보인다. 이들의 시가 창작 역시 그 내용이 상당 부분 비슷하여 대체로 奉和應制詩, 贈答酬唱詩, 述懷言志詩, 山水自然詩, 邊塞閨怨詩 등으로 크게 나누어 볼 수 있다. 먼저 시 창작의 수량적 분포를 보면, 심·송을 한낱 궁정의 응제 시인으로 보았던 기존의 견해와는 크게 다르게 응제시의 창작량은 전체 시작에서 그리 많지 않은 부분을 차지하고 있었다. 응제시는 심전기의 경우 35수로 전체 시작의 5분의 1밖에 안되고, 송지문의 경우는 더욱 적은 27수로 전체 시작의 7분의 1만을 점유하고 있었다. 즉 심·송 시가의 절대 대다수는 개인적인 생활에서 연유하는 감정과 뜻을 읊고 있었던 것이다. 이러한 시가 창작의 내용과 성취를 살펴보면, 심·송은 물론 당시 최고 수준의 응제시를 창작하여 응제시인으로서의 면모를 유감없이 발휘하기도 했지만, 또 다른 한편에서 응제시 이외의 다른 시작에서 더욱 큰 시적 성취를 이루었던 것이다. 즉 심·송은 시가 창작의 가장 많은 부분을 述懷言志의 내용에 할애하고 있었던 것이다. 이별의 슬픔을 노래하거나 폄적의 상념을 토로하거나 탈속의 뜻을 염원하거나 相思의 情을 드러내는 등 지극히 개인적인 감정과 뜻을 농후한 抒情의 색채로 그려내고 있었던 것이다. 그런데 이렇듯 곳곳에서 그려낸 농후한 서정의 색채는 初唐의 詩壇에서는 四傑 등의 소수 시인을 제외하고는 극히 보기 힘든 것이었다. 다시말해 심·송의 시작은 당시의 시단에 중국시가의 '詩緣情'의 전통을 어느 정도 회복시켜 준 것으로 평가할 수 있다.

또한 이들이 창작한 산수시는 그 수량이 그다지 많지는 않지만, 嶺南이남 지역의 매우 낯선 풍경을 교묘한 필치로 시 속에 담아내어 중국산수시의 영역을 더욱 확대 시켜주었다. 뿐만 아니라 정경융합의 높은 예술 성취를 이루어 盛唐 이후의 山水詩派 형성에 先河가 되어 주었다. 게다가 심전기는 예술성이 뛰어난 변새시를 적지 않게 창작했으니, 이 또한 후일 성당 邊塞詩派 형성에 일정부분 영향을 끼쳤던 것으로 볼 수 있다. 따라서 이와 같은 점을 모두 고려하면 심·송을 단순히 응제시인 정도로만 여기는 것은 매우 온당치 않은 것이다.

위에서 언급한 대로 심·송의 시가 작품은 서로 닮은 점이 매우 많다. 그러나 이 둘의 詩作을 자세히 비교해 보면, 송지문의 詩作은 심전기에 비해 거의 두 배에 가까운 산수시와 述懷言志詩를 가지고 있었으며, 송지문의 시가는 보다 농후한 隱逸, 佛家의 색채를 띠고 있었다. 물론 이러한 차이는 두 시인의 서로 다른 人生歷程과 思想의 차이에서 연유하는 것이라 할 수 있다. 구체적으로 말하면 심전기는 단 한 차례의 폄적을 당했던 반면, 송지문은 두 차례에 걸쳐 폄적을 당하였으며 결국 유배지에서 죽음을 맞이하게 된다. 이러한 상황은 송지문으로 하여금 궁정시단을 벗어나 더욱 본격적으로 개인적인 시가 창작을 영유할 수 있게 만들어 주었다. 이러한 연유로 송지문의 시작에는 술회 언지시가 더욱 많다. 또한 송지문은 심전기에 비해 시작을 통해 자신의 사상과 개성을 더욱 뚜렷하게 각인 시키고 있다. 송지문의 시가 곳곳에서 보이는 은일에 대한 흠모와 불교 색채가 바로 그것이다. '大隱' 혹은 '吏隱'을 추구했던 송지문의 隱逸觀은 그가 젊은 시절에 참여 했던 '方外十友'의 사상과 밀접한 관련을 맺는다. 불교 색채의 경우는 그가 남방으로 폄적된 이후 그곳의 많은 사찰과 고승을 접하게 되면서 더욱 본격적으로 시가 속으로 수용하게 된 것이다. 이러한 인생 경력과 사상의 차이로 인해, 이들의 시가 창작은 상당부분이 유사한 가운데서도 결국 고유한 개성과 영역을 고수했던 것이다.

이들의 시가 풍격 역시 상당 부분이 비슷한 면모를 보이지만, 역시 미묘한 부분에서 차이를 보였다. 응제시나 증답시에서 주로 살펴 볼 수 있는 高華典重함, 詩作 곳곳에서 보여 지는 淸新流暢함, 일부 산수시 등에서 집중적으로 표현한 奇崛險怪함은 심·송의 시가에서 공통으로 보여지는 풍격이었다. 반면 송지문의 시가는 심전기의 것에 비해 더욱 含蓄적이었고, 심전기의 것이 송지문 보다 더 悲凉한 것은 이 둘의 차이라 하겠다. 특히 심·송의 시 풍격이 이러한 차이를 보이는 것은 주로 이 둘의 성격 차이에서 연유하는 것으로 볼 수 있다. 즉 송지문은 심전기에 비해 더욱 완약하고 복잡하며 심지어는 소심한 성격의 소유자였던 반면, 심전기는 그에 비해 좀 더 직설적인 성격의 소유자였다. 이는 곧 이들의 시가 창작에도 반영되었으니 송지문은 자신의 감정을 그대로 드러내는 것을 꺼리며 보다 함축적인 詩作을 많이 창작한 반면, 심전기는 자신의 감정을 그대로 솔직하게 드러낸 경우가 많아 정치적 시련을 당했을 때 보다 비량한 작품을 많이 창작했던 것이다.

이밖에 이들의 시 풍격에서 한 가지 더 주목해야 할 것은, 이들이 표현해낸 청신유창한 풍격은 판에 박힌 듯한 진부한 표현 일색이었던 초당의 시단에 참신한 활력을 불어 넣어 주었으며, 또한 그 창작량이 비록 얼마 되지 않지만 기굴험괴한 이미지를 풍기는 시작들은 후세 韓愈등 '奇險派'의 형성에 어느 정도 영향을 주었을 것이라는 점이다.

이러한 풍격상의 개척 외에도 심·송의 시작은 다음과 같은 면에서 시가 성취를 이룩했다. 첫째, 시가의 제재, 형식면에서 시가의 새로운 영역을 개척했다. 특히 이들이 모두 정치적 폄적을 당했을 때 당시의 심정을 토로한 소위 貶謫詩는, 심·송 이전에는 매우 드물게 보이는 제재였으나 심·송 이후의 唐詩에서 흔히 볼 수 있는 주요 제재가 되었으니 이들의 공로는 크다 하겠다. 이외에 소위 自述詩, 感悟詩의 제재 역시 초당 시단에서 이들이 개척한 제재라 할 수 있다. 또한 칠언율시의 형식은 특히 심전기에 의해서 비약적인 발전을 보였으니, 이것은 시가 형식상의 개척이라 할 만하다. 둘째, 정경융합의 예술 기교를 본격적으로 구사하여 이 예술기교를 더욱 성숙시켰다. 심·송은 경물에 감정을 이입하는 수법을 적지 않은 작품에서 구사하였으니, 이는 이들의 이룩한 시가 예술상의 큰 성취였다. 셋째, 심·송은 시가 언어를 매우 정교하게 精鍊시켜 후세 시가 창작에 좋은 전범이 되어 주었다. 심·송은 당시 가장 뛰어난 궁정시인이었던 만큼 字句의 정련에서도 남다른 재능이 있었다. 특히 고도로 정교한 對偶는 이들이 즐겨 사용한 정련의 한 방편이었다. 넷째, 율시의 격식을 완성시켰다. 물론 율시의 완성을 심·송 두 사람의 공으로만 돌릴 수는 없다. 하지만 심·송은 당시의 시단에서 가장 많은 율시를 창작하였고, 또한 높은 수준의 '粘對' 부합률을 보여 주었으며 칠언배율을 제외한 모든 율시의 격식을 골고루 사용했던 점 등을 고려하면 확실히 율시 완성의 지표로 삼을 수 있다.

특히 이들의 율시는 형식적 완성 외에도, 내용상에서도 매우 중요한 의의를 가진다. 사실 초당 시단에서의 율시의 창작은 궁정 시단에서 주로 이루어져 왔다. 물론 이러한 상황은 太宗이래로 역대 황제들의 율시에 대한 애호와, 율시의 형식 자체가 가지고 있는 '中和美'가 엄숙함과 근엄함을 요구하는 궁정의 시단에 잘 어울렸던 것에서 형성된 것임은 본론에서 밝힌 바와 같다. 어쨌든 이러한 상황은 당시에 창작된 대부분의 율시 내용이 頌美가 주를 이루는 응제시나 혹은 영물시라는 궁정시의 범위를 크게 넘지 못하고 있었음을 의미하는 것이니, 실제로 그 내용이 판에 박힌 듯이 공허한 것이 대부분이었다. 이러한 상황에서 심·송은 폄적이나 하옥 등의 정치적인 이유로 궁정의 시단을 벗어나게 되었을 때, 자신의 감정과 뜻을 자신들의 특기인 율시로 본격적으로 술회하고 토로했다. 이는 六朝末 浮華한 수식만을 능사로 삼던 궁체시의 한계를 넘어서, 율시의 형식미가 갖는 '聲色'의 장점을 '詩緣情'의 중국 시가 전통이 중시하는 개인의 '性情'과 결합시키게 해준 셈이 된다. 다시 말해서 심·송은 서정성이 풍부한 율시를 다수 창작함으로써, 唐代 율시가 盛唐 이후 '성색'과 '성정'의 통일이라는 새로운 방향으로 발전할 수 있도록 선구자 역할을 담당했던 것이다. 그러나 심·송의 율시는 盛唐 이후의 일류급 시인들의 창작에 비해서는 전반적으로 수준이 뒤처지는 양상을 보였고, 또한 그 서정의 색채도 盛, 晚唐의 율시에 비해서는 더 두드러져 보일 것이 없었으므로 만당에 이르러 李商隱은 "오늘날엔 오로지 對仗의 능함만을 볼 수 있을 뿐이네[今日惟觀對屬能,〈漫成五章〉]"라며 폄하했던 것이다. 그러나 이러한 평가는 어디까지나 만당 시인의 눈에 보인 심·송의 모습일 뿐, 초당의 시단이라는 시간적 제약을 고려해본다면 역시 마땅히 律詩史에서 매우 중요한 의의를 점하는 것으로 평가해야 할 것이다.

역사적으로 심·송의 詩作의 평가에서 양인의 우열을 빼놓기 어렵다. 본고는 이에 관해 다음과 같은 결론을 얻었다. 심전기는 칠언율시 방면에서 송지문 보다 더욱 뛰어난 기량을 발휘했고 송지문은 오언율시, 오언배율 등 오언시 방면에서 심전기 보다 한수 위의 실력을 발휘했다. 즉 심·송은 오언, 칠언이라는 시의 형식에 따라 그 우열을 달리했던 것이다.

결국 심전기와 송지문의 시가 창작은 서로 다른 형식에서 더욱 큰 장점을 발휘하기도 하고 서로 다른 내용과 풍격을 보여주기도 했지만, 역시 늘 '沈·宋'으로 竝稱되는 것에 걸맞게 더욱 많은 부분에서 비슷한 내용과 분위기를 띠며, 중국시가의 발전을 위해 많은 공헌을 했음을 살펴볼 수 있었다. 특히 율시의 완성 등과 같이 이들이 함께 구현한 크고 작은 많은 시가 예술의 성취는, 곧바로 뒤따르는 詩國의 꽃인 盛唐 詩歌의 형성에 매우 중요한 영향을 주었던 것이다. 다시 말해 심·송의 시가는 곧 성당의 시가로 들어가는 중요한 關門이었던 셈이며, 특히 당대에 이르러 찬란히 꽃을 피운 율시의 지평은 이들을 통해 활짝 열리게 된 것이다.

【 附 錄 】

* 본 통계는 陶敏 · 易淑瓊校注, ≪沈佺期宋之問集校注≫를 저본으로 삼았음.

1. 沈佺期 律詩 狀況表

번호	題目	形式	平起式:平 仄起式:仄	粘對與否
1	〈和元舍人萬頃臨池翫月戲爲新體〉	5언20구	平	失粘
2	〈古意呈喬補闕知之〉	7언8구	平	粘對
3	〈和崔正諫登秋日早朝〉	5언8구	平	粘對
4	〈則天門觀赦改年〉	5언8구	平	粘對
5	〈和中書侍郎楊再思春夜宿〉	5언8구	仄	粘對
6	〈李員外秦援宅觀妓〉	5언12구	平	粘對
7	〈送陸侍御余慶北使〉	5언8구	平	粘對
8	〈從幸香山寺應制〉	5언8구	平	粘對
9	〈嵩山石淙侍宴應制〉	5언8구	平	粘對
10	〈夏日梁王席送張岐州〉	5언16구	平	粘對
11	〈覽鏡〉	5언8구	仄	粘對
12	〈長門怨〉	5언8구	仄	粘對
13	〈春日昆明池侍宴應制〉	5언16구	仄	粘對
14	〈酬蘇員外味玄夏晚寓直省中見〉	5언12구	仄	粘對
15	〈夏日都門送司馬員外逸客〉	5언12구	平	粘對
16	〈天官崔侍郎夫人盧氏挽歌〉	5언8구	仄	粘對
17	〈酬楊給事廉見贈省中〉	5언16구	平	粘對
18	〈扈從出長安應制〉	5언22구	仄	粘對
19	〈和洛州司士康庭芝望月有懷〉	5언8구	仄	粘對
20	〈同獄者嘆獄中無燕〉	5언8구	仄	粘對
21	〈遙同杜員外審言過嶺〉	7언8구	平	粘對
22	〈入鬼門關〉	5언12구	平	粘對
23	〈寄北使〉	5언20구	仄	粘對
24	〈九眞山靜居寺謁無礙上人〉	5언20구	仄	粘對

번호	題目	形式	平起式:平 仄起式:仄	粘對與否
25	〈初達驪州〉其一	5언8구	仄	粘對
26	〈嶺表寒食〉	5언8구	仄	粘對
27	〈三日獨坐歡州思憶舊游〉	5언34구	平	粘對
28	〈歡州南亭夜望〉	5언8구	仄	粘對
29	〈赦到不得歸題江上石〉	5언48구	仄	粘對
30	〈答魏趣代書寄家人〉	5언96구	仄	粘對
31	〈從驪州廨宅移住山間水亭贈蘇使君〉	5언28구	仄	粘對
32	〈答甯愛州報赦〉	5언8구	仄	粘對
33	〈喜赦〉	5언8구	仄	粘對
34	〈早發平昌島〉	5언8구	仄	粘對
35	〈度貞陽峽〉	5언8구	仄	粘對
36	〈登韶州靈鷲寺〉	5언10구	仄	粘對
37	〈歲夜安樂公主滿月侍宴〉	5언8구	仄	粘對
38	〈立春日侍宴內出剪綵花〉	5언8구	仄	粘對
39	〈守歲應制〉	7언8구	仄	失粘
40	〈苑中遇雪應制〉	7언4구	仄	粘對
41	〈奉和晦日駕幸昆明池應制〉	5언12구	仄	粘對
42	〈奉和春初幸太平公主南莊應制〉	5언8구	仄	粘對
43	〈侍宴安樂公主新莊應制〉	7언8구	平	失粘
44	〈九日臨渭亭侍宴應制〉	5언8구	仄	粘對
45	〈餞唐郎中洛陽令〉其一	5언8구	平	粘對
46	〈餞唐郎中洛陽令〉其二	7언4구	平	粘對
47	〈安樂公主移入新宅〉	5언8구	平	粘對
48	〈奉和幸韋嗣立山莊侍宴應制〉	5언16구	平	粘對
49	〈奉和幸韋嗣立山莊應制〉	7언4구	平	粘對
50	〈幸白鹿觀應制〉	5언8구	仄	粘對
51	〈同李舍人冬日集安樂公主山池〉	5언16구	平	粘對
52	〈人日重宴大明宮賜彩縷人勝應〉	7언8구	仄	粘對
53	〈幸梨園亭觀打毬應制〉	5언8구	平	粘對
54	〈奉和立春遊苑迎春應制〉	7언8구	平	粘對

번호	題目	形式	平起式:平 仄起式:仄	粘對與否
55	〈奉和送金城公主適西蕃應制〉	5언8구	仄	粘對
56	〈晦日滻水侍宴應制〉	5언8구	仄	粘對
57	〈上巳日祓禊渭濱〉	7언4구	仄	粘對
58	〈奉和春日幸望春宮應制〉	7언8구	平	粘對
59	〈餞高唐州詢〉	5언8구	平	粘對
60	〈同韋舍人早朝〉	5언12구	仄	粘對
61	〈夜宴安樂公主宅〉	7언4구	平	粘對
62	〈興慶池侍宴應制〉	7언8구	仄	粘對
63	〈奉和聖制幸禮部尙書竇希玠宅〉	5언12구	仄	粘對
64	〈章懷太子靖妃挽詞〉	5언8구	仄	粘對
65	〈奉和聖制同皇太子遊慈恩寺應制〉	5언8구	仄	粘對
66	〈送韋商州弼〉	5언12구	仄	粘對
67	〈有所思〉	5언8구	仄	粘對
68	〈臨高台〉	5언8구	平	失粘
69	〈黃鶴〉	5언8구	仄	失粘
70	〈銅雀臺〉	5언8구	平	粘對
71	〈出塞〉	5언8구	平	粘對
72	〈樂城白鶴寺〉	5언8구	仄	粘對
73	〈游少林寺〉	5언8구	平	粘對
74	〈嶽館〉	5언8구	仄	粘對
75	〈夜宿七盤嶺〉	5언8구	平	粘對
76	〈三日禁園侍宴〉	5언8구	平	粘對
77	〈仙萼亭初成侍宴應制〉	5언8구	平	粘對
78	〈隴頭水〉	5언8구	平	粘對
79	〈關山月〉	5언8구	仄	粘對
80	〈折楊柳〉	5언8구	平	粘對
81	〈紫騮馬〉	5언8구	仄	粘對
82	〈上之回〉	5언8구	平	粘對
83	〈奉和洛陽玩雪應制〉	5언 8구	平	粘對
84	〈驄馬〉	5언8구	仄	粘對

번호	題目	形式	平起式:平 仄起式:仄	粘對與否
85	〈洛陽道〉	5언8구	平	粘對
86	〈十三四時常從巫峽過他日偶然有思〉	5언8구	仄	粘對
87	〈雜詩〉其一	5언8구	仄	粘對
88	〈雜詩〉其二	5언8구	仄	粘對
89	〈雜詩〉其三	5언8구	平	粘對
90	〈雜詩〉其四	5언8구	仄	粘對
91	〈咸陽覽古〉	5언8구	平	粘對
92	〈少游荊荊相因有是題〉	5언8구	仄	粘對
93	〈送洛州蕭司兵謁兄還赴洛成禮〉	5언8구	仄	粘對
94	〈李舍人山園送龐邵〉	5언8구	平	粘對
95	〈剪彩〉	5언8구	仄	粘對
96	〈巫山高〉	5언8구	平	粘對
97	〈梅花落〉	5언8구	仄	粘對
98	〈王昭君〉	5언8구	平	粘對
99	〈七夕〉	5언8구	仄	粘對
100	〈牛女〉	5언8구	仄	粘對
101	〈壽陽王花燭〉	5언8구	仄	粘對
102	〈秦州薛都督挽詞〉	5언8구	仄	粘對
103	〈白蓮花亭侍宴應制〉	5언12구	仄	粘對
104	〈仙萼亭侍宴應制〉	5언12구	仄	粘對
105	〈登瀛州城南樓寄遠〉	5언14구	平	粘對
106	〈塞北〉其一	5언16구	仄	粘對
107	〈塞北〉其二	5언16구	仄	粘對
108	〈初冬從幸漢故靑門應制〉	5언20구	平	失粘
109	〈哭道士劉無得〉	5언16구	仄	粘對
110	〈釣竿篇〉	5언12구	仄	粘對
111	〈送盧管記仙客北伐〉	5언12구	仄	粘對
112	〈夜遊〉	5언12구	仄	失粘
113	〈春雨應制〉	5언4구	平	粘對

2. 宋之問 律詩 狀況表

번호	題目	形式	平起式:平 仄起式:仄	粘對與否
1	〈軍中人日登高贈房明府〉	7언8구	平	粘對
2	〈送趙六貞固〉	5언8구	平	失粘
3	〈藍田山莊〉	5언8구	平	粘對
4	〈別之望後獨宿藍田山莊〉	5언12구	平	粘對
5	〈奉和梁王宴龍泓應制〉	5언8구	仄	粘對
6	〈扈從登封途中作〉	5언8구	仄	粘對
7	〈松山頌〉	5언8구	仄	粘對
8	〈扈從登封告成頌〉	5언8구	仄	粘對
9	〈扈從登封告成頌應制〉	5언16구	仄	粘對
10	〈使往天兵軍約與陳子仰新鄉爲期及還而不相遇〉	5언8구	仄	粘對
11	〈送杜審言〉	5언8구	仄	失粘
12	〈送司馬道士游天台〉	7언4구	仄	粘對
13	〈岳寺應制〉	5언8구	仄	粘對
14	〈幸少林寺應制〉	5언8구	仄	粘對
15	〈上陽宮侍宴應制得林字〉	5언8구	仄	粘對
16	〈麟趾殿侍宴應制〉	5언8구	仄	粘對
17	〈冬夜寓直麟臺〉	5언8구	仄	粘對
18	〈三陽宮石淙侍宴應制〉	7언8구	平	失粘
19	〈奉和幸神皐亭應制〉	5언12구	仄	粘對
20	〈留別之望舍弟〉	5언8구	仄	粘對
21	〈途中寒食題黃梅臨江驛寄崔融〉	5언8구	仄	粘對
22	〈題大庾嶺北驛〉	5언8구	仄	粘對
23	〈度大庾嶺〉	5언8구	仄	粘對
24	〈則天皇后挽歌〉	5언4구	仄	粘對
25	〈初承恩旨言放歸舟〉	5언8구	平	粘對
26	〈渡漢江〉	5언4구	仄	粘對
27	〈送合宮蘇明府頲〉	5언12구	仄	粘對
28	〈送姚侍御出使江東〉	5언8구	平	粘對
29	〈宴安樂公主宅〉	5언12구	平	粘對

번호	題目	形式	平起式:平 仄起式:仄	粘對與否
30	〈梁宣王挽詞〉其一	5언8구	平	粘對
31	〈梁宣王挽詞〉其二	5언8구	平	粘對
32	〈梁宣王挽詞〉其三	5언8구	仄	粘對
33	〈魯忠王挽詞〉其一	5언8구	平	粘對
34	〈魯忠王挽詞〉其二	5언8구	平	粘對
35	〈魯忠王挽詞〉其三	5언8구	仄	粘對
36	〈故趙王屬贈黃門侍郎上官公挽詞〉其一	5언8구	平	粘對
37	〈故趙王屬贈黃門侍郎上官公挽詞〉其二	5언8구	平	粘對
38	〈奉和春初幸太平公主南莊應制〉	7언8구	平	粘對
39	〈送許州宋司馬之任〉	5언8구	仄	粘對
40	〈九月九日登慈恩寺浮圖應制〉	5언8구	仄	粘對
41	〈奉和聖制閏九月九日登莊嚴總持二寺閣〉	5언8구	仄	粘對
42	〈和庫部李員外秋夜寓直之作〉	5언12구	平	粘對
43	〈奉和幸三會寺應制〉	5언12구	平	粘對
44	〈奉和幸大薦福寺應制〉	5언12구	仄	粘對
45	〈奉和立春日侍宴內出剪彩花應制〉	5언8구	仄	粘對
46	〈苑中遇雪應制〉	7언4구	仄	粘對
47	〈奉和春日玩雪應制〉	7언4구	仄	粘對
48	〈奉和薦福寺應制〉	5언12구	平	粘對
49	〈奉和晦日幸昆明池應制〉	5언12구	仄	粘對
50	〈春日芙蓉園侍宴應制〉	5언8구	平	粘對
51	〈送永昌蕭贊府〉	5언8구	仄	粘對
52	〈送李侍御〉	5언8구	仄	粘對
53	〈敬和吏部韋郎中庭前朱槿之作〉	5언8구	仄	粘對
54	〈訪省壁畵鶴〉	5언4구	仄	粘對
55	〈秋晚游普耀寺〉	5언 8구	仄	粘對
56	〈酬李丹徒見贈之作〉	5언14구	平	粘對
57	〈登北固山〉	5언8구	仄	粘對
58	〈過史正議宅〉	5언8구	平	粘對
59	〈錢江曉寄十三弟〉	5언8구	仄	粘對
60	〈謁禹廟〉	5언40구	平	粘對

번호	題目	形式	平起式:平 仄起式:仄	粘對與否
61	〈遊禹穴廻出若耶〉	5언12구	仄	粘對
62	〈泛鏡湖南溪〉	5언8구	仄	粘對
63	〈遊法華寺〉	5언20구	仄	粘對
64	〈遊雲門寺〉	5언22구	平	粘對
65	〈題鑒上人房〉其二	5언4구	仄	粘對
66	〈遊稱心寺〉	5언16구	仄	粘對
67	〈江南曲〉	5언8구	仄	粘對
68	〈渡吳江別王長史〉	5언8구	仄	粘對
69	〈夜渡吳松江懷古〉	5언12구	平	粘對
70	〈宋公宅送寧諫議〉	5언12구	平	粘對
71	〈在荊州重赴嶺南〉	5언4구	仄	粘對
72	〈謁二妃廟〉	5언4구	仄	粘對
73	〈晚泊湘江〉	5언8구	仄	失粘
74	〈游韶州廣界寺〉	5언8구	仄	粘對
75	〈早發韶州〉	5언20구	仄	失粘
76	〈端州別袁侍郎〉	5언8구	仄	粘對
77	〈發端州初入西江〉	5언20구	仄	粘對
78	〈發藤州〉	5언20구	仄	粘對
79	〈桂州陪王都督晦日宴逍遙樓〉	5언8구	仄	粘對
80	〈登逍遙樓〉	7언4구	平	粘對
81	〈始安秋日〉	5언10구	平	粘對
82	〈桂州黃潭舜祠〉	5언12구	仄	粘對
83	〈下桂江龍目灘〉	5언12구	仄	粘對
84	〈經梧州〉	5언8구	仄	粘對
85	〈廣州朱長史宅觀妓〉	5언4구	仄	粘對
86	〈登粵王台〉	5언12구	仄	粘對
87	〈早入淸遠峽〉	5언22구	平	粘對
88	〈宿淸遠峽山寺〉	5언8구	仄	粘對
89	〈憶雲門〉	5언4구	平	粘對
90	〈江行見鸕鷀〉	5언8구	仄	粘對
91	〈過蠻洞〉	5언8구	仄	粘對

번호	題目	形式	平起式:平 仄起式:仄	粘對與否
92	〈初到陸渾山莊〉	5언8구	平	粘對
93	〈送武進鄭明府〉	5언8구	平	失粘
94	〈夏日仙萼亭應制〉	5언8구	仄	粘對
95	〈登總持寺閣〉	5언8구	仄	粘對
96	〈陸渾山莊〉	5언8구	平	粘對
97	〈春日山家〉	5언8구	仄	粘對
98	〈緱山廟〉	5언8구	仄	粘對
99	〈春日宴宋主簿山亭〉	5언8구	仄	粘對
100	〈送朔方何侍郎〉	5언8구	仄	粘對
101	〈寄天台司馬道士〉	5언8구	平	粘對
102	〈答李司戶夔〉	5언8구	平	失粘
103	〈送田道士使蜀投龍〉	5언8구	仄	粘對
104	〈送趙司馬赴蜀州〉	5언8구	仄	粘對
105	〈餞湖州薛司馬〉	5언8구	仄	粘對
106	〈漢江宴別〉	5언8구	仄	粘對
107	〈范陽王挽詞〉其一	5언8구	仄	粘對
108	〈范陽王挽詞〉其二	5언8구	仄	粘對
109	〈剪彩〉	5언8구	仄	粘對
110	〈七夕〉	5언8구	仄	粘對
110	〈題謝處士山齋〉	5언8구	仄	粘對
111	〈和趙員外桂陽橋遇佳人〉	7언8구	仄	粘對
112	〈使過襄陽登鳳林寺閣〉	5언12구	仄	粘對
113	〈春日鄭協律山亭陪宴餞鄭卿〉	5언12구	平	粘對
114	〈和姚給事寓直之作〉	5언16구	仄	粘對
115	〈送楊六望赴金水〉	5언12구	仄	粘對
116	〈宴鄭協律山亭〉	5언12구	平	失粘
117	〈河陽〉	5언4구	仄	粘對
118	〈傷曹娘〉	5언4구	仄	粘對

【 參 考 文 獻 】

*中文은 著作者 筆劃順, 國文은 가나다順, 英文은 알파벳順

1. 原典, 註釋, 彙評類書

丁福保輯, ≪歷代詩話續編≫, 北京: 中華書局, 1983.

丁仲祜編訂, ≪淸詩話≫, 臺北: 藝文印書館, 1977.

王夫之評選, 王學太校点, ≪唐詩評選≫, 北京: 文化藝術出版社, 1997.

王堯衢注, 單小靑·詹福瑞点校, ≪唐詩合解箋注≫, 河北大學出版社, 2000.

王國維, ≪人間詞話≫, 臺北: 金楓出版社, 1991.

王讜撰, 周勛初校證, ≪唐語林校證≫, 北京: 中華書局, 1997.

王勃著, 蔣淸翊注, ≪王子安集註≫, 上海: 上海古籍出版社, 1995.

弘法大師撰, 王利器校注, ≪文鏡秘府論校注≫, 北京: 中國社會科學出版社, 1983.

司空圖著, 郭紹虞集解, ≪詩品集解≫, 北京: 人民文學出版社, 1963.

李昉等編, ≪文苑英華≫, 北京: 中華書局, 1995.

吳兢, ≪貞觀政要≫, 上海: 上海古籍出版社, 1978.

杜甫著, 仇兆鰲注, ≪杜詩詳注≫, 臺北: 里仁書局, 1980.

沈括撰, 劉尙榮校点, ≪夢溪筆談≫, 沈陽, 遼寧敎育出版社, 1997.

沈約著, 陳慶元校箋, ≪沈約集校箋≫, 杭州: 浙江古籍出版社, 1995.

沈德潛, ≪唐詩別裁集≫, 上海: 上海古籍出版社, 1979.

何焯, ≪義門讀書記≫, 北京: 中華書局, 1979.

何文煥, ≪歷代詩話≫, 臺北: 藝文印書館, 1991

辛文房著, 傅璇琮主編, ≪唐才子傳校箋≫, 北京: 中華書局, 2002.

周勛初, ≪唐人軼事彙編≫, 上海: 上海古籍出版社, 1995.

計有功, ≪唐詩紀事≫, 上海: 上海古籍出版社, 1965.

胡仔纂集, 廖德明校点, ≪苕溪漁隱叢話≫, 北京: 人民文學出版社, 1981.

胡應麟, ≪詩藪≫, 臺北: 廣文書局, 1973.

胡振亨著, ≪唐音癸籤≫, 上海: 上海古籍出版社, 1981.

徐定祥注, ≪杜審言詩注≫, 上海: 上海古籍出版社, 1982.

徐定祥注, ≪李嶠詩注·蘇味道詩注≫, 上海: 上海古籍出版社, 1995.

唐汝詢選釋, 王振漢点校, ≪唐詩解≫, 保定: 河北大學出版社, 2001.

高步瀛, ≪唐宋詩擧要≫, 上海: 上海古籍出版社, 1999.

袁行霈撰, ≪陶淵明集箋注≫, 北京: 中華書局, 2003.

馬端臨, ≪文獻通考≫, 杭州: 浙江古籍出版社, 2000.

翁方綱著, 陳邇冬校點, ≪石洲詩話≫, 北京: 人民文學出版社, 1998.

郭紹虞編選, ≪清詩話續編≫, 上海: 上海古籍出版社, 1999.

陶敏‧易淑瓊校注, ≪沈佺期宋之問集校注≫, 北京: 中華書局出版社, 2001.

許學夷著, 杜維沫校點, ≪詩源辯體≫, 北京: 人民文學出版社, 1998.

張伯偉撰, ≪全唐五代詩格彙考≫, 南京: 江蘇古籍出版社, 2002.

郭茂倩, ≪樂府詩集≫, 北京: 中華書局, 1979.

陳尚君輯校, ≪全唐詩補編≫, 北京, 中華書局, 1992.

陳沆, ≪詩比興箋≫, 臺北: 藝文印書館, 1970.

陳伯海, ≪唐詩彙評≫, 杭州: 浙江教育出版社, 1995.

陳德芳校点, ≪金聖嘆評唐詩全編≫, 成都: 四川文藝出版社, 1999.

常振國等編, ≪歷代詩話論作家≫, 臺北: 黎明文化事業公司, 1993.

皎然著, 李壯鷹校注, ≪詩式校注≫, 山東: 齊魯書社出版社, 1986.

逯欽立輯校, ≪先秦漢魏晉南北朝詩≫, 北京: 中華書局, 1983.

彭定求, 楊中訥等, ≪全唐詩≫, 北京: 中華書局, 1991.

董誥等編, ≪全唐文≫, 北京: 中華書局, 1996.

趙執信著, 陳邇冬校點, ≪談龍錄≫, 北京: 人民文學出版社, 1998.

劉熙載, ≪藝概≫, 臺北: 華正書局, 1985.

劉勰著, 范文瀾註, ≪文心雕龍註≫, 臺北: 學海出版社, 1993.

蕭統著, 李善注, ≪文選≫, 上海: 上海古籍出版社, 1986.

盧照鄰著, 李雲逸校注, ≪盧照鄰集校注≫, 北京: 中華書局, 1998.

鍾嶸, 曹旭集注, ≪詩品≫, 上海: 上海古籍出版社, 1994.

魏慶之, ≪詩人玉屑≫, 臺北: 世界書局, 1978.

嚴可均校輯, ≪全上古三代秦漢三國六朝文≫, 北京: 中華書局, 1995.

嚴羽著, 郭紹虞校釋, ≪滄浪詩話校釋≫, 臺北: 里仁書局, 1987.

2. 硏究單行本

김학주, 《中國文學史》, 서울: 신아사, 1989.

류성준, 《初唐詩와盛唐詩연구》, 서울: 국학자료원, 2001.

이동향 · 김학주등, 《중국고전문학의 전통》, 서울: 한국방송대학교출판부, 2002.

팽철호, 《중국고전문학풍격론》, 서울: 사람과책, 2001.

허세욱, 《중국고대문학사》, 서울: 법문사, 1989.

王力, 《漢語詩律學》, 上海: 上海教育出版社, 1978.

王力堅, 《六朝唯美詩學》, 臺北: 文津出版社, 1997.

木齋, 《中國古代詩歌流變》, 北京: 京華出版社, 1998.

王瑤, 《中古文學史論》, 北京, 北京大學出版社, 1998.

王夢鷗, 《初唐詩學著述考》, 臺北: 臺灣商務印書館, 1983.

吉川幸次郎著 · 章培恒等譯, 《中國詩史》, 上海: 復旦大學出版社, 2001.

余恕誠, 《唐詩風貌》, 合肥: 安徽大學出版社, 1997.

李浩, 《唐詩的美學闡釋》, 合肥: 安徽大學出版社, 2000.

李維, 《詩史》, 北京: 東方出版社, 1996.

李曰剛, 《中國詩歌流變史》, 臺北: 文津出版社, 1987.

李斌城等著, 《隋唐五代社會生活史》, 北京, 中國社會科學出版社, 1994.

杜曉勤, 《初盛唐詩歌的文化闡釋》: 北京: 東方出版社, 1997.

吳小平, 《中古五言詩硏究》, 南京: 江蘇古籍出版社, 1998.

吳功正, 《六朝美學史》, 南京: 江蘇美術出版社, 1994.

吳相洲, 《唐代歌詩與詩歌》, 北京: 北京大學出版社, 2000.

吳相洲, 《唐詩十三論》, 北京: 學苑出版社, 2002.

吳丈蜀, 《詩詞曲格律講話》, 周口: 河南人民出版社, 1986.

佟培基, 《全唐詩重出誤收考》, 西安: 陝西人民教育出版社, 1996.

周生亞, 《古代詩歌修辭》, 北京: 語文出版社, 1995.

金啓華, 《杜甫詩論叢》, 上海: 上海古籍出版社, 1985.

尙定, 《走向盛唐》, 北京, 中國社會科學出版社, 1994.

松浦友久著 · 孫昌武譯, 《中國詩歌原理》, 臺北: 紅葉文化, 1993.

柯慶明, 《中國文學的美感》, 臺北: 麥田出版社, 2000.

胡可先, 《政治興變與唐詩演化》, 北京: 中國社會科學出版社, 2003.

胡漢生, 《唐樂府詩譯析》, 北京: 北京大學出版社, 1996.

胡雲翼, 《唐詩研究》, 臺北: 臺灣商務印書館, 1972.

陳允鋒, 《唐詩美學意味-初盛唐詩學思想研究》, 北京: 新華出版社, 2000.

陳文華, 《唐詩史案》, 上海: 上海古籍出版社, 2003.

陳本益, 《漢語詩歌的節奏》, 臺北: 文津出版社, 1994.

陳植鍔, 《詩歌意象論》, 北京, 中國社會科學出版社, 1990.

陳尚君, 《唐代文學叢考》, 北京: 中國社會科學出版社, 1997.

陳伯海, 《唐詩學引論》, 上海: 東方出版中心, 1988.

陳望道, 《修辭學發凡》, 上海: 上海教育出版社, 2001.

陳順智, 《魏晉南北朝詩學》, 長沙: 湖南人民出版社, 2000.

孫昌武, 《道教與唐代文學》, 北京: 人民文學出版社, 2001.

凌欣欣, 《初唐詩歌中季節的研究》臺北, 文津出版社, 1997.

袁行霈, 《中國文學概論》, 臺北: 五南圖書出版社, 1988.

袁行霈·孟二冬·丁放, 《中國詩學通論》, 合肥: 安徽教育出版社, 1994

陸侃如·馮沅君著, 《中國詩史》, 香港: 古文書局, 1961.

許總, 《唐詩史》, 南京: 江西教育出版社, 1994.

張少康, 《中國古代文學創作論》, 北京: 北京大學出版社, 1982.

張步云, 《唐代詩歌》, 合肥: 安徽教育出版社, 1990.

張伯偉, 《中國古代文學批評方法研究》, 北京: 中華書局, 2002.

張海沙, 《初盛唐佛教禪學與詩歌研究》, 北京: 中國社會科學出版社, 2001.

張建業, 《中國詩歌史》, 臺北: 文津出版社, 1995.

張仁青, 《六朝唯美文學》,臺北: 文史哲出版社, 1980.

啓功, 《漢語現象論》, 台北: 臺灣商務印書館, 1991.

郭預衡, 《中國古代文學史-隋唐五代卷》, 北京: 首都師範大學出版社, 2000.

郭預衡, 《中國古代文學史》, 上海: 上海古籍出版社, 1998.

程毅中, 《中國詩體流變》, 北京: 中華書局, 1992.

傅樂成, 《中國通史》, 臺北: 大中國圖書公司, 1995.

傅紹良, 《盛唐文化精神與詩人人格》, 臺北: 文津出版社, 1999.

傅剛, 《魏晉南北朝詩歌史論》, 長春: 吉林教育出版社, 1995.

傅璇宗主編, 《唐五代文學編年史》, 沈陽:遼海出版社, 1998.

喬象鍾·陳鐵民, 《唐代文學史》, 北京: 人民文學出版社, 1995.

乔惟德・尚永亮，《唐代詩學》，長沙：湖南人民出版社，2000.

游國恩等主編，《中國文學史》，北京：人民文學出版社，1963.

葛曉音，《漢唐文學的嬗變》，北京：北京大學出版社，1990.

葛曉音，《詩國高潮與盛唐文化》，北京：北京大學出版社，1998.

葛曉音，《八代詩史》，西安：陝西人民出版社，1989.

賈晉華，《唐代集會總集與詩人群研究》，北京：北京大學出版社，2001.

葉桂桐，《中國詩律學》，臺北：文津出版社，1998.

葉慶炳，《中國文學史》，臺北：臺灣學生書局，1984.

楊鴻烈，《中國詩學大綱》，臺北：臺灣商務印書館，1970.

趙建莉，《初唐詩歌賞析》，南寧：廣西教育出版社，1990.

褚斌杰，《中國古代文體學》，臺北：臺灣學生書局，1991.

趙昌平，《趙昌平自選集》，廣西：廣西師範大學出版社，1997.

劉大杰，《中國文學發展史》，臺北：華正書局，1995.

劉師培著，陳引馳編校，《劉師培中古文學史論集》，北京：中國社會科學出版社，
　　　1997.

劉开扬，《唐詩通論》，成都：巴蜀书社出版社，1998.

蔡英俊，《比興物色與情景交融》，臺北：大安出版社，1986.

蔣紹愚，《唐詩語言研究》，鄭州：中州古籍出版社，1989.

蔣寅，《古典詩學的現代詮釋》，北京：中華書局，2003.

蔣伯潛・蔣祖怡，《詩》，上海：上海書店出版社，1997.

錢基博，《中國文學史》，北京：中華書局，1993.

駱祥發，《初唐四傑研究》，北京：東方出版社，1993.

錢鍾書，《談藝錄》，北京：中華書局，1984.

霍然，《隋唐五代詩歌史論》，長春：吉林教育出版社，1995.

龍榆生，《中國韻文史》，上海：上海古籍出版社，2002.

蕭華榮，《中國詩學通論》，上海：華東師範大學出版社，1996.

韓理洲，《陳子昂研究》，上海：上海古籍出版社，1988.

鍾優民，《中國詩歌史－魏晉南北朝》，長春：吉林大學出版社，1989.

聶永华，《初唐宮廷詩風流變考論》，北京：中國社會科學出版社，2002.

羅時進，《唐詩演進論》，南京：江蘇古籍出版社，2001.

羅宗强，《隋唐五代文學思想史》，北京：中華書局，1999.

蘇雪林, ≪唐詩槪論≫, 臺北: 臺灣商務印書館, 1970.

Robert Con Davis and Ronald Schleifer, ≪Contemporary Literary Criticism-Third Edition≫, New York: Longman, 1994.

Stephen Owen 著, 장세후 譯, ≪초당시≫, 서울: 중문출판사, 2000.

3. 學位論文

강창구, ≪沈佺期詩研究≫, 전남대학교 박사학위논문, 1994.

권혁석, ≪玉臺新詠研究≫, 서울대학교 박사학위논문, 1996.

김준연, ≪唐代七言律詩研究≫, 서울대학교 박사학위논문, 2001.

송영정, ≪鮑照詩研究≫, 서울대학교 박사학위논문, 1994.

안병국, ≪初唐四傑詩研究≫, 서울대학교 박사학위논문, 1992.

杜曉勤, ≪齐梁詩歌向盛唐詩歌的嬗變≫, 北京大學 博士學位論文, 1995

劉翔飛, ≪唐人隱逸風氣及其影響≫, 國立臺灣大學 碩士學位論文, 1978.

4. 一般論文

강창구, 〈沈佺期詩의 風格考〉, ≪中國語文學≫, 2001年 12月.

강창구, 〈宋之問 詩 研究〉, ≪中國語文學≫, 1998年 6月.

이동향, 〈唐詩의 修辭 研究〉. ≪中國文學≫, 1996年 6月.

이동향, 〈王維의 山水詩와 禪理〉, ≪中國語文論叢≫, 1999年 6月.

이동향, 〈中國古典詩歌中의 言外之意〉, ≪中國語文論叢≫, 2003年 6月.

王力堅, 〈六朝詩歌聲律形態探析〉, ≪齊魯學刊≫, 1995年 第6期.

王次澄, 〈南朝宮體詩析論〉, 中華文化復興運動推行委員會主編≪中國詩歌研究≫, 臺北: 中央文物供應社, 1985.

王友勝, 〈≪沈佺期詩集校注≫注釋商兌〉, ≪古籍整理研究學刊≫, 1996年 第4期.

王步高, 〈略論隋代詩體的格律化進程〉, ≪遼寧大學學報≫, 1994年 第4期.

王君, 〈唐代律詩發展的契機－淺論唐初宮體詩的功過〉, ≪南昌教育學院學報≫, 2000年 第1期.

王志强, 〈試論初唐歌行體〉, ≪徐州教育學院學報≫, 2000年 第1期.

王枚, 〈論六朝詠物詩, 宮體詩與山水詩之關係〉, ≪齊魯學刊≫, 1996年 第6期.

王啓興, 〈宋之問生平事迹考辨〉, ≪貴州大學學報≫, 1987年 第4期.

王思源,〈論永明體的格律詩地位〉,《中國地質大學學報》,2001年 3月.

王夢鷗,〈有關唐代新體詩成立之兩種殘書〉,《古典文學論探索》,臺北: 正中書局,
　　　1984.

田彩山,〈從宋之問後期詩歌看其貶謫心態〉,《集美大學學報》,2001年 第3期.

田彩山,〈宋之問詩歌在初唐詩壇上的創新意義〉,《山西師大學報》,2000年 第4期.

李力,〈古代近體詩的形式美－對稱美探索〉,《鄭州大學學報》,1995年 第4期.

李雲逸,〈沈佺期考功受賕考辨〉,《學術論壇》,1983年 第3期.

李軍,〈論四傑對初唐詩風的變革〉,《重慶廣播電視大學學報》,2002年 第1期

李峰,〈宋之問其人其詩〉,《歷史教學》,1996年 第10期.

李鴻杰,〈疊字與聲律、意象、創作心理〉,《山東師大學報》,2000年 第5期.

李繼紅,〈中國古代律體詩的形成原因〉,《三峽學刊》,1996年 第2期.

吳小平,〈論五言律詩的形成〉,《文學遺產》,1987年 第6期.

吳功正,〈初唐四傑文學審美的重大走向〉,《中州學刊》,2001年 第4期.

吳功正,〈初唐宮廷詩風與隱逸詩韻并生現象論析〉,《福建論壇》,人文社會科學版,
　　　2002年 第6期.

吳承學,〈人品與文品〉,《文學遺產》,1992年 第1期.

吳相洲,〈論初唐近體詩律的形成與歌詩入樂的關係〉,《首都師範大學學報》,2000年
　　　第2期.

沙先一,〈試論沈佺期、宋之問的兩重人格及其審美境界〉,《徐州師範學院學報》,1996年
　　　第4期.

林繼中,〈初唐: 宮廷詩的消化〉,《河北大學學報》,1997年 第2期.

孟向榮,〈英華乍起的詩體－初盛唐七律論略〉,《齊魯學刊》,2001年 第4期.

房日晰,〈論沈、宋詩繼往開來的歷史貢獻〉,《晉陽學刊》,1994年 第2期.

侯友蘭,〈近體詩中的名詞句〉,《紹興師傳學報》,第15卷 第3期.

胡大雷,〈試論南朝宮體詩的歷程〉,《文學評論》,1998年 第4期.

胡安順,〈近體詩有二一二這種節奏嗎?〉,《西安教育學院學報》,1995年 第3期.

胡安順,〈格律詩的節奏芻議〉,《陝西師範大學學報》,1997年 第3期.

胡志勇,〈論《周易》象數對近體詩形式的影響〉,《周易研究》,1994年 第2期.

洪順隆,〈沈佺期·宋之問〉,《中國文學講話》第6冊,臺北: 巨流圖書公司,1982.

昭民,〈宋之問賜死欽州考〉,《學術論壇》,1982年 第6期.

封野,〈論宮體詩在貞觀時期的新變〉,《南京師大學報》,1998年 第1期.

姚敏杰, 〈試談時代特點對初唐四傑的影響〉, 《西北大學學報》, 1994年 第1期.

查洪德, 〈初唐詩壇的一代宗師-沈佺期新論〉, 《唐都學刊》, 1991年 第3期.

党銀平, 〈試論隋人對唐詩繁榮的積極作用〉, 《漢中師範學院學報》, 1996年 第1期.

袁行霈, 〈百年徘徊-初唐詩壇的創作趨勢〉, 《北京大學學報》, 1994年 第6期.

馬悅寧, 〈論唐初詩風的嬗變〉, 《青海師傳學報》, 2000年 第4期.

馬悅寧, 〈隋代文學觀撫談〉, 《青海師傳學報》, 2002年 第1期.

馬茂元, 〈讀兩唐書·文藝(苑)傳札記〉, 《晚照樓論文集》, 上海: 上海古籍出版社,
　　　　1981, 86-113쪽.

高林廣, 〈初唐近體詩學的文化精神〉, 《內蒙古師大學報》, 2000年 第3期.

徐玉如, 〈宮體詩研究的現狀與反思〉, 《江海學刊》, 2001年 第4期.

徐伯鴻, 〈試論初唐中後期詩人的宇宙意識〉, 《信陽師範學院學報》, 1999年 第2期.

徐青, 〈南北朝詩人對詩律的探索和貢獻〉, 《湖州師傳學報》, 1997年 第1期.

徐青, 〈中國古代詩律體系(上)〉, 《湖州師傳學報》, 1999年 第1期.

徐青, 〈中國古代詩律體系(下)〉, 《湖州師傳學報》, 1999年 第2期.

郭紹虞, 〈永明聲病說〉, 《照隅室古典文學論集》上編, 上海: 上海古籍出版社, 1983.

郭紹虞, 〈從永明體聲到律體〉, 《照隅室古典文學論集》上編, 上海: 上海古籍出版社,
　　　　1983.

郭紹虞, 〈蜂腰鶴膝解〉, 《照隅室古典文學論集》下編, 上海: 上海古籍出版社, 1983.

郭紹虞, 〈再論永明聲病說〉, 《照隅室古典文學論集》下編, 上海: 上海古籍出版社,
　　　　1983.

陳炎·李紅春, 〈儒釋道對初唐詩歌的影響〉, 《齊魯學刊》, 2001年 第6期.

陳達華, 〈論杜審言詩歌的創作特色〉, 《松遼學刊》社會科學版, 1996年 第2期.

陳鐵民, 〈論律詩定型于初唐諸學士〉, 《文學遺產》, 2000年 第1期.

許總, 〈沈·宋體形式與內涵新論〉, 《江西師範大學學報》, 2002年 第3期.

許總, 〈聲律與靜境〉, 《江漢壇》, 1996年 第1期.

許總, 〈論杜審言詩歌藝術特徵與美學格調〉, 《寧夏大學學報》, 1997年 第3期.

曹旭, 〈宮體詩的審美意識新變〉, 《文學遺產》, 1988年 第6期.

曹麗芳·高潞芳, 〈貞觀時期宮廷詩風的新變〉, 《山西大學學報》, 1998年 第2期.

陶敏, 〈《宋之問集》考辨〉, 《湘潭師範學院學報》, 1994年 第5期.

陶敏, 〈宋之問卒于桂州考〉, 《文學遺產》, 2000年 第2期.

陶敏·易淑琼, 〈沈·宋論略〉, 《湘潭師範學院學報》, 1996年 第2期.

張海明,〈關于初唐文學思想的幾個問題〉,《北京師大學學報》,2000年 第2期.

張采民,〈對初唐詩歌革新理論的再認識〉,《南京師大學報》,2001年 第6期.

張學忠,〈李世民的審美價值觀與初唐詩風的嬗變〉,《吉林大學社會科學學報》,1999年 第4期.

張錫厚,〈宋之問告變考補〉,《中國文化》,第14期.

張雲鵬,〈復古思潮的歷史新變-試論初盛唐之際美學思想的轉型〉,《河南師範大學學報》,2001年 第3期.

張義光,〈高臥七盤西 山水皆寄情-沈佺期'夜宿七盤嶺'賞析〉,《陝西廣播電視大學學報》,1993年 第3期.

張福慶,〈唐初詩壇與'折中文質'論〉,《外交學院學報》,1998年 第4期.

張毅,〈南北文學的合流與初唐詩歌〉,《南開學報》,1999年 第6期.

章繼光,〈宋之問貶流嶺南詩論〉,《求索》,1999年 第5期.

章軍華,〈初盛唐詩歌革新的音樂性〉,《撫州師傳學報》,1998年 第4期.

梁文寧,〈格律化與民族審美範式-近體詩形成的意義〉,《廣東教育學院學報》,1996年 第4期.

普慧,〈齊梁詩歌聲律論與佛經轉讀及佛教悉曇〉,《文史哲》,2000年 第6期.

傅璇琮,〈唐初三十年的文學流程〉,《唐詩論學叢稿》,北京:京華出版社,1999.

楊福生,〈唐代律詩的審美取向〉,《學術界》,1999年 第5期.

葛曉音,〈創作范式的提唱和初盛唐詩的普及-從'李嶠百詠'談起〉,《文學遺產》,1995年 第6期.

葉桂桐,〈詩歌的建築美及其與聲律美之關系〉,《烟臺師範學院學報》,1996年 第3期.

楊墨秋,〈宋之問研究二題〉,《中國典籍與文化》,2002年 第3期.

楊恩成,〈宋之問與駱賓王聯句質疑〉,《陝西師範大學學報》,2003年 第6期.

楊恩成,〈論唐太宗的文學觀〉,《唐代文學研究》,1992年 第3輯.

湯貴仁,〈論初唐詩歌的歷史地位〉,《唐代文學研究》,1993年 第4輯.

董連祥,〈論山水、述離居、敍情怨-略說沈佺期、宋之問詩歌的意蘊、意象〉,《昭烏達蒙族師專學報》,第22卷 第2期.

聞一多,〈宮體詩的自贖〉,袁千正編選《聞一多古典文學論著選集》,武昌:武漢大學出版社,1993.

聞一多,〈四傑〉,袁千正編選《聞一多古典文學論著選集》,武昌:武漢大學出版社,1993.

綦開雲, 〈論沈, 宋體詩與近體詩的完成〉, 《黑龍江教育學院學報》, 2001年 第4期.

綦開雲, 〈唐初貞觀之治裏的詩歌拓展〉, 《北方論叢》, 2000年 第5期.

臺靜農, 〈論唐代士風與文學〉, 羅聯添編《中國文學史論文選集》, 臺北: 學生書局, 1979.

鄭伯勤, 〈關于唐太宗與宮體詩問題〉, 《晉陽學刊》, 1998年 第2期.

劉紀曜, 〈仕與隱一傳統中國政治文化的兩極〉, 黃俊傑主編《理想與現實》, 臺北: 聯經出版社, 1982.

劉振婭, 〈宋之問兩謫嶺南新考〉, 《文學遺產》, 1988年 第6期.

劉振婭, 〈對宋之問研究的幾點質疑〉, 《廣西教育學院學報》, 2000年 第2期.

鄧玉榮, 〈對近體詩拗救的再認識〉, 《桂林市教育學院學報》, 1995年 第2期.

鄧屏, 〈略論上官體形成的原因〉, 《贛南師範學院學報》, 1999年 第5期.

興膳宏, 〈從四聲八病到四聲二元化〉, 《唐代文學研究》, 1992年 第3輯.

盧國棟, 〈初唐詩壇的光輝〉, 《青大師院學報》, 1996年 第2期.

霍有明, 〈唐初詩歌的承傳與演進〉, 《人文雜志》, 2001年 第6期.

盧國棟, 〈初唐詩壇的光輝〉, 《青大師院學報》, 1996年 第2期.

韓曉光, 〈近體詩中的特殊名詞詞組及其審美效應〉, 《廣西教育學院學報》, 1994年 第3期.

韓曉光, 〈近體詩虛詞的運用及其審美效應〉, 《四川教育學院學報》, 1995年 第4期.

鄺健行, 〈初唐五言律體律調完成過程之觀察〉, 《唐代文學研究》, 1992年 第3輯.

戴昭銘, 〈說 '雅正'〉, 《復旦學報》, 1995年 第2期.

儲兆文, 〈論杜審言, 沈佺期, 宋之問的山水詩〉, 《唐都學刊》, 1999年 第1期.

聶永華, 〈論文章四友近體詩的歷史地位〉, 《南都學壇》, 1994年 第2期.

聶永華, 〈對盛唐的呼喚一再論'文章四友'對唐詩發展的貢獻〉, 《南都學壇》, 1995年 第5期.

聶永華, 〈初唐宮廷詩風流變論略〉, 《南都學壇》, 1997年 第4期.

聶樂根, 〈試論初唐前期至中期文學思想的發展〉, 《萍鄉高等專科學校學報》, 2000年 第3期.

譚德晶, 〈論律詩對偶的美學功能〉, 《湖南醫科大學學報》, 2001年 第2期.